Gaby Hauptmann
Eine Handvoll Männlichkeit
Die Meute der Erben

Zu diesem Buch

Und ab und zu erwischt es einen: Der sechzigjährige Günther, wohl-situiert und aus besten Kreisen, will eine andere Frau als seine perfekte Ehegattin Marion. Alles setzt er daran, die junge Linda herumzukriegen. Aber Marion kommt ihm auf die Schliche und setzt zur Gegenwehr an. Schlimmer ergeht es in Gaby Hauptmanns anderem Bestseller dem reichen Anno Adelmann: Er wird von seiner erbsüchtigen Familie belauert, der alle Mittel recht sind, um die angekündigte Hochzeit des alten Herrn mit der attraktiven Nachbarin Ina zu verhindern. Doch so leicht gibt Anno nicht auf... Mit hintergründigem Witz erzählt die Bestsellerautorin Gaby Hauptmann in diesen beiden Romanen von der Verlockung durch Erotik, Geld und Macht, die manche über Leichen gehen läßt.

Gaby Hauptmann, geboren 1957 in Trossingen, lebt als freie Journalistin, Filmemacherin und Autorin in Allensbach am Bodensee. Ihre Romane »Suche impotenten Mann fürs Leben«, »Nur ein toter Mann ist ein guter Mann«, »Die Lüge im Bett«, »Eine Handvoll Männlichkeit«, »Die Meute der Erben« und »Ein Liebhaber zuviel ist noch zuwenig« sind Bestseller und wurden in zahlreiche Sprachen übersetzt. Zuletzt erschienen ihr Erzählungsband »Frauenhand auf Männerpo«, ihr ganz persönliches Buch »Mehr davon. Vom Leben und der Lust am Leben« und ihr neuer Bestseller »Fünf-Sterne-Kerle inklusive«.

Gaby Hauptmann
Eine Handvoll Männlichkeit
Die Meute der Erben

Zwei Romane in einem Band

Piper München Zürich

Von Gaby Hauptmann liegen in der Serie Piper außerdem vor:
Suche impotenten Mann fürs Leben (2152)
Nur ein toter Mann ist ein guter Mann (2246; 3113)
Die Lüge im Bett (2539; 3112)
Eine Handvoll Männlichkeit (2707; 3111)
Die Meute der Erben (2933)
Ein Liebhaber zuviel ist noch zuwenig (3200)
Fünf-Sterne-Kerle inklusive (3442)
Frauenhand auf Männerpo (3635; 3114)

Taschenbuchsonderausgabe
Mai 2002
© 1998, 1999 Piper Verlag GmbH, München
Umschlag / Bildredaktion: Büro Hamburg
Isabel Bünermann, Julia Martinez, Charlotte Wippermann
Foto Umschlagvorderseite: Randolf Krings
Foto Umschlagrückseite: Herlinde Koelbl
Satz: Uwe Steffen, München
Druck und Bindung: Clausen & Bosse, Leck
Printed in Germany   ISBN 3-492-23574-3

www.piper.de

Eine Handvoll Männlichkeit

Sechzig ist doch kein Alter, bestätigt sich Günther an seinem Geburtstag und beobachtet aus den Augenwinkeln seinen fast gleichaltrigen Freund Klaus, der eng umschlungen mit Regine tanzt. Zumindest war heute morgen, als er aufwachte, alles wie immer. Bloß, daß er ein Jahr älter war, sonst nichts. Oder fast nichts, bis er zum Frühstückstisch kam. Irritierend deutlich stand ihm da zum erstenmal die Sechzig vor Augen: aufgespritzt auf der Geburtstagstorte, fast genüßlich in rosaroter Schrift auf brauner Schokosahne. Es versetzte ihm einen Stich, seine gute Laune sank, aber es war noch nicht entscheidend. Erst jetzt, hier auf seiner eigenen Gartenparty, nachdem er sich sechzigmal »herzlichen Glückwunsch zum Geburtstag« hat anhören müssen, oder »na, altes Haus, geht's noch?« oder »willkommen im Klub, alter Kumpel«, da wird es ihm schlagartig klar: Er wird nicht mitspielen, er wird sich aus dem allgemeinen Älterwerden ausklinken. Und wie er so überlegt, ob mit Sport, einer Insel in der Südsee oder einem neuen Hobby, und gleichzeitig Regine und Klaus, seinen Vermögensberater, beobachtet, weiß er plötzlich, wie er es anstellen wird: Er braucht eine neue Frau!

Der Gedanke durchzuckt Günther wie ein Blitz. Vor Aufregung schließt er kurz die Augen. Seine Gedanken wirbeln durcheinander, er spürt schon jetzt, wie sich sein Puls beschleunigt, seine Sinne erwachen.

Klaus lacht ihm zu: »He, Günther, was ist los? Stehst du Probe für ein Wachsfigurenkabinett? Du wirkst wie festgeklebt!« Günther löst sich aus seiner Starre, winkt ihm zu: »Mir ist eben etwas eingefallen, was ich dich dringend fragen muß!«

»Der Kerl hat nur Geschäfte im Kopf!« Klaus schüttelt spöttisch mißbilligend den Kopf, und Regine lacht.

Ich muß ihn fragen, wie er das mit Regine eingefädelt hat, denkt Günther und geht, ohne etwas um sich herum wahrzunehmen, zum Buffet. Er weiß noch genau, welchen Aufschrei es vor einem Jahr gegeben hat, als sich Klaus von heute auf morgen von seiner Frau getrennt und gleich darauf seine um sechsundzwanzig Jahre jüngere Sekretärin geheiratet hat. Alle waren schockiert. Die gesamte Kleinstadt-Frauenliga beschloß, ihn mitsamt seiner neuen Frau für diese Tat zu ächten, links liegen zu lassen, auf keine Gesellschaft mehr einzuladen. Alle saßen sie damals bei Monika, um die so schmählich Verlassene zu trösten und über Klaus und Regine herzuziehen. Und jetzt? Wo war Monika?

Bei ihm würde das auch nicht anders laufen.

Zufrieden holt er sich ein Glas Champagner und stößt innerlich mit sich selbst an, auf sein eigenes geheimes Geburtstagsgeschenk.

Dann greift er nach einem Lachskanapee und schaut sich um. Seine Frau hat alles perfekt arrangiert, ein kaltes Buffet aufbauen lassen, einen ausgezeichneten Barkeeper verpflichtet und einen Alleinunterhalter mit eigenem Synthesizer. Überall hängen bunte Lampions und Glühbirnen, und alles, was in der Kleinstadt Rang und Namen hat, hat sich eingefunden.

Günther gähnt. Wie langweilig. Genau wie Marion, seine Frau. Perfekt und langweilig. Er nimmt sich ein weiteres Lachskanapee und läßt wieder seinen Blick schweifen. Die Kleine da, die neben Klaus und Regine mit dem Sohn vom Oberbürgermeister tanzt, wäre seine Kragenweite. Schlank, sexy, keine Dreißig. Die würde Feuer ins Bett bringen! Er mustert sie genauer. Ihr kurzes Kostüm rutscht bei manchen Tanzschritten etwas über die schwarzen Strümpfe nach oben. Sie lacht, biegt ihren Kopf zurück. Er sieht sie vor sich. In dieser Stellung, nackt, die vollen Brüste frei über ihm, während sie hingebungsvoll auf ihm reitet.

Ein Schlag auf den Rücken läßt ihn fast sein Brötchen verschlucken. »Na, alter Kumpel, wie fühlst du dich mit sechzig?«

Sein Parteifreund aus vergangenen Tagen, Manfred, steht neben ihm. Er spielt sich jetzt nur so auf, weil er zwei Jahre jünger ist. »Nicht anders als sonst auch! Vielleicht ein bißchen ärmer, weil ihr alle so viel trinkt!«

Manfred lacht süßlich und leert zur Bestätigung sein Bierglas in einem Zug. »Du hast es wahrhaftig nötig«, er wischt sich mit dem Handrücken über den Mund und wirft einen demonstrativen Blick zu Günthers neuem Haus hinüber, einem Dreieinhalb-Millionen-Bau.

Es ist später Nachmittag, das Wetter hat mitgespielt, obwohl Gewitter gemeldet waren. Marion schaut sich zufrieden um. Der Landschaftsarchitekt hat Wort gehalten, der Garten ist geradezu wie geschaffen für repräsentative Feste, er ist abwechslungsreich und doch großzügig angelegt. Wären die Bäume schon größer und würden Schatten spenden, dann hätte der Garten mit der Tanzfläche aus hellem Marmor, mit der kleinen Ebene für Buffet und Bistrotische und dem putzigen Goldfischteich mit Holzbrücke durchaus das Flair der Jahrhundertwende. Marion holt tief Luft. Und allen scheint es zu gefallen, alle unterhalten sich, stehen an den Bistrotischen oder tanzen. Sie lächelt befreit. Alles klappt, sie hat alles tadellos organisiert, sie kann stolz auf sich sein. Und Günther auch! Sie schaut sich nach ihrem Mann um und sieht ihn bei Manfred stehen. Marion schenkt ihm einen zärtlichen Blick. Sechzig ist er heute geworden. Fünfunddreißig Jahre sind sie jetzt schon verheiratet, haben so manches gemeinsam durchgemacht, er vorn, an der Geschäftsfront, sie dahinter, unsichtbar, aber unerschütterlich. Stets war sie da, hat ihm den Rücken freigehalten, seinen Willen gestärkt und seinen Kampfgeist geschärft. Jetzt ist es vollbracht, die Saat aufgegangen, jetzt würde die verdiente Erntezeit kommen. Ein Gefühl des Glücks und der Geborgenheit durchflutet sie, hinterläßt ein angenehm warmes Gefühl in der Magengegend. Sie hat den richtigen Weg im Leben gewählt, sie hat einen wunderbaren, dazu noch attraktiven Mann, der von allen geachtet wird, der sie liebt und verehrt – was kann sich eine Frau vom Leben mehr erhoffen?

Linda tanzt noch immer, obwohl die Musik nicht gerade ihrem Geschmack entspricht. Aber sie tanzt lieber einen Foxtrott nach dem anderen, statt irgendwo mit einem Sektglas in der Hand auf der Wiese herumzustehen. So registriert sie, während sie sich pausenlos mit Dirk im Rhythmus dreht, wer alles zu der Geburtstagsfeier gekommen ist, und sieht, was um sie herum geschieht. Auch Günthers musternde Blicke sind ihr nicht entgangen. Es stört sie nicht. Was kann der schon wollen, der alte Sack, denkt sie und schlingt ihre Arme etwas fester um Dirks Hals.

Dirk spürt es und sucht ihren Mund. Er wird ihr einen ganz altmodischen Heiratsantrag machen, nimmt er sich vor. Diesen Sommer noch, irgendwo unten am Fluß, wird er unter einer Trauerweide einen Tisch aufstellen lassen, einen großen Tisch, mit einer bis zum Boden reichenden weißen Tischdecke aus Leinen und Spitzen. Auf dem Tisch werden ein riesiger Sektkübel mit einer Magnumflasche Champagner, zwei geschliffene, langstielige Gläser, ein silberner Leuchter mit brennenden Kerzen und ein gigantischer Strauß roter Rosen stehen. Und er wird in seinem weißen Anzug vor ihr ins Gras sinken, sie mit einem Dichtervers bitten, seine Frau zu werden, und vielleicht würden sie sich dort dann auch lieben – nein, sicher sogar, denn er wird ihr ein hingebungsvoller Mann sein, ein Mann, der immer für sie da sein wird. Hingerissen schmiegt er sich an sie, küßt sie leidenschaftlich, verpaßt dabei den Takt und tritt ihr auf den Fuß. Linda lacht laut auf. Ihr Blick begegnet dem von Günther. Sie beginnt Dirk am Ohrläppchen zu knabbern. Soll der Alte nur glotzen, sie ist jung, sie ist begehrenswert, ihr Leben ist im Fluß, komme, was wolle, es wird gut.

Sechzig Gäste hat Marion zu Günthers rundem Geburtstag eingeladen, und exakt sechzig Gäste sind gekommen. Keiner hat abgesagt, keiner hat einen Überraschungsgast mitgebracht. Alle wissen, daß Marion ihre Feste strategisch plant und überaus ernst nimmt. Manchmal lächelt sie selbst darüber, aber sie kann nicht anders, sie kommt aus einer preußischen Familie, ihr Vater und dessen Vater und Großvater hatten alle eine militärische Laufbahn eingeschlagen und zielstrebig Orden und Titel gesammelt, waren stets Vorbilder an Kampfgeist, Disziplin und Geradlinigkeit. Sie war zur Enttäuschung der gesamten Familie als Mädchen auf die Welt gekommen. Eigentlich konnte sie ja nichts dafür, aber es wurde ihr früh beigebracht, daß sie von den wirklich wichtigen Dingen des Lebens durch ebendiese Mißlaune der Natur ausgeschlossen sei. Marion litt lange darunter, denn unglücklicherweise blieb sie auch noch das einzige Kind – dann aber fand sie ihren Weg, diese Schmach und ihr mangelndes Selbstbewußtsein zu kompensieren: Was immer sie plante, es wurde generalstabsmäßig durchgeführt!

Günther wird von seinen neuen Nachbarn in ein Gespräch verwickelt, und Manfred schlendert auf das Haus zu. Es ist zu protzig, zu weiß, neureich eben. Trotzdem. Wenn auch ungern, so muß er sich selbst eingestehen, daß Günther ihn um ein Vielfaches überflügelt hat. Der Gedanke hinterläßt ein seltsam nagendes Gefühl. Er ist sich nicht sicher, aber er befürchtet, daß es Neid ist. Purer, bloßer, nackter Neid. Dabei kann er Günther eigentlich ganz gut leiden. Lange Jahre saßen sie gemeinsam im Gemeinderat, bis Günther sich aus Zeitmangel nicht mehr aufstellen ließ. Sie hatten sich während dieser Jahre so manchen Ball zugespielt, und der Informationsvorsprung hatte sich oftmals für beide ausgezahlt. Sie profitierten gemeinsam. Doch trotz allem – er hätte sich diebisch gefreut, wenn Günthers letzte Spekulationen nicht ganz so präzise ins Schwarze getroffen hätten. Als Günther kurz nach der Wende seine Hoch- und Tiefbaufirma in den Osten ausweitete und sofort durch waghalsige Investitionen die Zahl seiner Maschinen verdoppelte, hielten sie ihn alle für verrückt. Aber er hatte offensichtlich, vor allem im Tiefbaubereich, aufs richtige Pferd gesetzt: Für jedermann klar ersichtlich steht nun ein Teil des Geldes, das vom Staat in die neuen Straßen gebuttert wurde, strahlendweiß, mit einem Säulenaufgang im Kolonialstil, mitten auf der grünen Wiese. Was soll's, denkt Manfred und versucht mit Macht, seine negativen Gefühle zu bekämpfen. Günther hat sich eben ein Denkmal gesetzt.

Günther Schmidt ist nicht besonders gebildet, dazu haben ihm die Ausdauer, der Wille und die Einsicht gefehlt. »Learning by doing« war lange Zeit der einzige englische Satz, den er beherrschte. Aber als Kriegskind hatte er eine Art Bauernschläue entwickelt, und mit den Jahren reifte sein Sinn für wirtschaftliche Zusammenhänge. Gepaart mit dem Opportunismus und der Emotionslosigkeit, die er sich von seinem Ziehvater angeeignet hatte, gab das eine Mischung, die ihn bis zum heutigen Tag vielen anderen überlegen machte. Er nimmt kaum auf Gefühle Rücksicht, seine Ideale heißen Geld und Macht – Loyalität kennt er nur sich selbst gegenüber. Günther fühlt sich weder seinem Staat noch seiner Familie verpflichtet. Nur was ihn weiterbringt, ist gut und richtig.

Günthers leiblicher Vater war aus Rußland nicht zurückgekehrt. Er war, wie Tausende andere auch, als Schütze an die Front geschickt und irgendwann vermißt gemeldet worden. Günther war damals vierjährig und konnte sich schon ein halbes Jahr später kaum noch an ihn erinnern, zumal nicht nur seine eigenen Erinnerungen verblaßt waren, sondern auch

Erich, der neue Mann an der Seite seiner Mutter, alles daransetzte, um das Andenken von Günthers Vater zu schmälern.

Erich handelte mit Schrott, und das war, vor allem nach dem Krieg, ein gutes Geschäft. Bald hatte sein Stiefvater als einer der ersten in der Stadt ein eigenes Auto, und seine Mutter bekam einen Waschautomaten. Günther sollten damals durch einen Hauslehrer gute Manieren beigebracht werden, aber er wehrte sich, weil er in Erich kein direktes Vorbild hatte und außerdem viel lieber auf dem Schrottplatz herumstöberte. Dort brachte ihm sein Ziehvater die Grundgesetze der freien Marktwirtschaft bei: Halte die Nase stets in den Wind und die Ohren offen, verbrüdere dich mit allen, die dir nützlich sein könnten, verknüpfe die Fäden zu deinen Gunsten, und sei deiner Konkurrenz immer einen Schritt voraus!

Günther beobachtete alles, was Erich ihm vorlebte. Anfangs voll Bewunderung und später mit dem inneren Zwang, ihn überflügeln zu müssen. 1973 verkaufte sein Ziehvater das Gelände mit dem Schrottplatz zu einem Höchstpreis an die Betreiberfirma der neuen Kläranlage. Das Bauvorhaben scheiterte jedoch an einem Sturm der Entrüstung aus der Bevölkerung und dem Einspruch einer Bürgerinitiative. Erich konnte das egal sein, er stieg mit seinem neu erworbenen Kapital ins Immobiliengeschäft ein und baute Einkaufszentren und Baumärkte vor den umliegenden Städten. Als dieser Markt erschöpft war, sattelte er mit fünfundfünfzig noch einmal um und nannte sich kraft seiner Erfahrung Unternehmensberater. 1980 flüsterten ihm seine Sensoren, daß erneut eine Veränderung angebracht sei. Erich gründete mit zweiundsechzig Jahren eine Firma für die Entsorgung von Altlasten. Das war zu der Zeit, als Grün plötzlich keine Farbe mehr war, sondern Politik, und Erich erkannte, daß ganz Deutschland voll Altlasten steckte, insbesondere das Gelände um seinen ehemaligen Schrottplatz, auf dem inzwischen eine Schule gebaut worden war. Bereits im nächsten Jahr überreichte er einem Vertreter von Greenpeace für den Erhalt der Umwelt feierlich einen Scheck über eine fünfstellige Summe. Eine Spende, die er sich und seiner Firma sofort werbewirksam auf das Banner schrieb und ebenso schnell von der Steuer absetzte.

Günther tauscht einige Höflichkeitsfloskeln mit seinen Nachbarn aus und sieht sich ungeduldig nach Linda um. Sie ist nicht mehr auf der Tanzfläche, und die Menge seiner Gäste ist zu dicht, als daß er sie irgendwo im Gewühl entdecken könnte. Günther geht einige Stufen zum Haus hinauf. Von hier aus hat er einen besseren Überblick. Da, Linda und Dirk sind auf dem Weg zum Buffet. Ihr Gang ist schwebend, ihr schwarzes Kleid sitzt hauteng, gibt jedes Detail ihres Körpers preis. Günther schluckt. Er bildet sich ein, bei jedem ihrer Schritte das erotische Geräusch des aufeinanderreibenden Stoffes ihrer Strümpfe zu hören. Er spürt, wie sein Blut nach unten wandert, und hört gleichzeitig seinen Stiefvater »Behalte in jeder Lebenslage einen klaren Kopf« sagen. Aber Erich ist tot. Und blöderweise zwei Jahre zu früh gegangen, denn jetzt, endlich, könnte ihm Günther beweisen, daß er ihm ebenbürtig, nein, daß er ihm sogar überlegen ist! Er verdient viel Geld, er hat sich einen Millionenbau hingestellt, und er wird bald eine blutjunge Frau besitzen. Welch ein Triumph!

Linda geht an Dirks Seite zum Buffet und schickt ein strahlendes Lächeln und prüfende Blicke nach links und rechts. »Du bist die Schönste«, flüstert ihr Dirk plötzlich zu, »das ist unbestritten!«

»Bist du stolz?« fragt sie ihn leise, und er legt seine Hand im Gehen leicht auf ihren Poansatz.

»Und wie!«

Linda mustert amüsiert sein jungenhaft gerötetes Gesicht: »Und was gibt dir das?«

»Alles!«

»Und was gibt es mir?«

»Was du willst!«

Linda lacht belustigt auf: »Sei vorsichtig mit solchen Äußerungen!«

Marion sieht die beiden auf sich zukommen. Ein Paar, wie sie und Günther es nie waren. Unbesorgt, glücklich, zwanglos. Sie ordnet die Servietten und richtet das ohnehin akkurat daliegende Besteck aus. »Ich freue mich sehr, daß Sie beide gekommen sind, und«, sie wendet sich an Dirk, der eben nach einem Teller greifen will, »daß auch Ihre Eltern da sind!«

Er blickt auf und lächelt ihr zu: »Keiner möchte bei einem solchen Fest fehlen!«

»Sie haben ja auch einen wunderschönen Rahmen dazu«, mit einer Handbewegung zeigt Linda auf das Haus. »Ein Traumhaus! Man könnte direkt neidisch werden!«

Marion zuckt unter ihrem blaßblauen Leinenkostüm leicht mit den Schultern: »Es ist schon schön. Aber nichts ist so schön wie die Jugend. Und – *die* haben *Sie*!«

Linda nickt langsam.

»Stimmt!« Sie verzieht leicht den Mund: »Bloß – jung waren alle einmal, das wird einem geschenkt – im Gegensatz zu manchem anderen…«

Marion winkt lachend ab und legt Dirk eine Hand auf den Oberarm: »Sie werden ihr schon noch ein Schloß bauen, habe ich recht?«

Das Mikrofon wird knacksend eingeschaltet, alle recken die Köpfe. Der Oberbürgermeister hat sich neben den Synthesizer auf die kleine Holzbühne gestellt, es ist offensichtlich, daß er auf das Geburtstagskind eine Rede halten will.

»O nein, das ertrage ich nicht«, flüstert Dirk. Linda beobachtet, wie Günther vortritt und sich in Position stellt und wie Marion an seine Seite eilt. Die Gäste verstummen, alle treten näher. Der Oberbürgermeister hüstelt zweimal ins Mikrofon, aber darf noch nicht anfangen, weil die Videokamera erst noch auf das Stativ montiert werden muß. Als alles steht und auch der Akku vorsichtshalber ausgewechselt ist, schaut Joachim Wetterstein einmal in die Runde, bevor er sich auf Günther konzentriert: »Mein lieber alter Sportsfreund«, beginnt er, um sich gleich darauf lächelnd zu verbessern, »obwohl ich an diesem besonderen Tag vielleicht besser ›mein lieber, junggebliebener Sportsfreund‹ sagen sollte!« Einige lachen, andere spenden verhalten Beifall.

»Trag mich hier weg«, flüstert Dirk leise stöhnend.

»Warum?« fragt Linda. »Das ist doch witzig. Und außerdem gehört das eben dazu, wenn man dabei sein will!«

»Ich will ja überhaupt nicht dabei sein!«

Sie stößt ihm leicht ihren Ellenbogen in die Seite: »Aber ich! Stell dir mal vor!«

Günther fühlt die Meute in seinem Rücken. Sie gönnen ihm das nicht, er weiß es genau. Weder das Haus noch seinen Erfolg und schon gar nicht, daß jetzt auch noch der Oberbürgermeister höchstpersönlich eine Rede hält. Das einzige, was sie ihm vielleicht gönnen, ist seine biedere Frau in ihrem langweiligen Kleid. Und ganz sicher gönnen sie ihm auch seinen akuten Haarausfall, der ihm seit Wochen zu schaffen macht und der seine Stirn bereits empfindlich weit nach hinten ausdehnt. Manfred hat ihm daraufhin den sarkastischen Tip gegeben, seinen neuen Grund und Boden doch mal auf Schadstoffe untersuchen zu lassen. Und Klaus meinte augenzwinkernd, endlich ginge es mit seiner Potenz bergauf. Der hat gut reden mit seiner jungen Wespe! Unwillkürlich suchen Günthers Augen nach Linda. Ah, dort, noch immer am Buffet. Mit diesem Taugenichts von Bürgermeistersohn. Sozialkritischer Ewigstudent mit unersättlichen Weltverbesserungsallüren. Joachim hätte auch was Besseres verdient. Und Linda? Günther grinst den Oberbürgermeister an, ohne ihm zuzuhören, die wird's schon noch merken.

Als Marion in dieser Nacht zu Bett geht, ist sie glücklich. Schade, daß ihr Vater das nicht mehr erleben konnte. Es war ein gelungenes Fest, alles hat geklappt, keiner hat über die Stränge geschlagen, ein Stelldichein der wichtigsten Leute von Römersfeld. Sie hat sich im Badezimmer ein neues, fast durchsichtiges Negligé zurechtgelegt, denn heute wird sie Günther verführen, das gehört zu einem Geburtstag dazu, quasi als Abschluß eines schönen Tages. Marion schminkt sich gründlich ab, duscht, cremt sich mit einer duftenden Körperlotion von Kopf bis Fuß ein und mustert dabei im Wandspiegel ihre Problemzonen. Sachlich stellt sie fest, daß Oberschenkel und Bauch nicht mehr bikinitauglich sind, aber da ihr Bikinis schon früher zu gewagt waren und sie deshalb auch noch nie einen besessen hat, tut das ihrer guten Laune keinen Abbruch. Ihr Gesicht ist dank der rundlichen Form noch fast faltenfrei, und ihre Haare sind noch nicht gefärbt. Sie trägt das warme Kastanienbraun ihrer Jugend, auch wenn der Bubikopf längst einer Dauerwelle gewichen ist. In drei Wochen wirst du fünfundfünfzig, sagt sie sich und tupft eine Fingerkuppe Parfum hinter das Ohr, mal gespannt, was sich Günther für meine Schnapszahl einfallen läßt. Sie schlüpft in ihr Negligé, dreht sich kurz vor dem Spiegel hin und her, nickt zufrieden, fährt sich nochmals schnell mit dem Kamm durch die Haare und öffnet dann leise und erwartungsvoll die Tür zum gemeinsamen Schlafzimmer.

Lautes Schnarchen empfängt sie. Unentschlossen bleibt Marion stehen, dann tastet sie sich im Dunkeln zum Bett vor. Tatsächlich, Günther schläft schon! Enttäuscht knipst sie ihre Nachttischlampe an und setzt sich auf das Bett. Das ist noch nie passiert. Es war ein ungeschriebenes, aber heiliges Gesetz, daß man an Feiertagen und Geburtstagen nicht einfach so einschlief. Über fünfunddreißig Ehejahre hinweg, bis heute. Ratlos überlegt Marion, ob sie Günther wecken soll. Es könnte Unglück bringen, wenn sie diese Tradition einfach so durchbrechen würden. Es könnte aber auch Unglück bringen, wenn sie ihren Mann jetzt einfach weckt und er nicht geweckt werden wollte. Sie betrachtet ihn eine Weile, wie er so in Embryostellung mit dem Rücken zu ihr daliegt, und ist sich nicht sicher, ob diese Haltung eher kindlich oder abweisend wirkt. Schließlich schlüpft sie unter die Decke und schmiegt sich eng an seinen Körper.

Günther hat sie kommen hören. Jedes Detail im Bad hat er im Geiste miterlebt, die gesamte Vorbereitung des Rituals, inzwischen selbst zum Ritual geworden. Als die Tür schließlich aufgeht, stellt er sich schnarchend schlafen. Er will sie jetzt nicht anrühren. Er will sie überhaupt nicht mehr anrühren. Er ist jetzt sechzig und hat ein Recht auf ein neues, frisches Leben, er hat es sich verdient. Günther fühlt, wie Marion ihn betrachtet, und er spürt, wie sie ins Bett gleitet. Bleib mir vom Hals, denkt er und sieht Klaus mit seiner jungen Frau vor sich. Marion preßt sich an ihn, und die Berührung ist ihm zuwider. Das warme Fleisch, das bald welk sein würde, der Busen, der immer weicher wurde, er will sie nicht eines Morgens ohne Zähne sehen oder sich über einen Pflegefall Gedanken machen müssen. Er will sie überhaupt nicht altern sehen, er muß sie loswerden. So schnell wie möglich. Günther denkt an Linda, wie sie in ihrem hautengen Kleid aufreizend getanzt hat, er erinnert sich an seine Gedankenspielerei von heute mittag, vertieft sich nochmals in sie und treibt sie weiter. Er malt sich aus, wie Linda auf ihn zukommt, wie er ihr mit einem scharfen Ruck das Kleid vom Leib reißt, wie sie mit nichts als ihren schwarzen Strümpfen und hochhackigen Schuhen vor ihm steht, er sieht sich, wie er sie so auf das Bett wirft, und hört sie im Geiste stöhnen und wimmern, während er in sie stößt, stößt und stößt. Er sieht ihren offenen roten Mund vor sich und spürt, wie sein Glied erigiert. Kurz bevor er kommt, dreht er sich um und greift hart nach Marion.

Es ist Sonntag. Das Geburtstagsfest bei Schmidts hat lange bis in den Morgen hinein gedauert, und die Kirchenglocken läuten vergeblich nach der städtischen Prominenz. Selbst die, die es für politisch unumgänglich halten, sich an Sonn- und Feiertagen in der Kirche sehen zu lassen, basteln sich heute eine Ausrede.

Klaus Raack ist immerhin aber schon aufgestanden. Regine hört das Ergometer in seinem Fitneßraum surren. Sie dreht sich im Bett um, schaut auf die Uhr. Acht! Viel zu früh, um nach so einer Nacht schon aufzustehen. Aber sie kennt das bereits. Klaus wird sich jetzt eine Stunde an allen möglichen Geräten heimlich quälen und sich dann, frisch geduscht, leise neben sie legen, um schließlich gegen zehn Uhr gemeinsam mit ihr aufzuwachen, als sei nichts geschehen. Sie zieht sich die Decke über den Kopf, damit sie dieses monotone Surren nicht hören muß. Es ärgert sie, denn es zeigt ihr, daß Klaus längst nicht so über dem Altersunterschied steht, wie er nach außen tut. Soll er sich doch ihr gegenüber zu seinen Junghalteübungen bekennen. Was ist schon dabei, andere halten sich auch fit! Aber da es für ihn wichtig zu sein scheint, macht sie mit und verkneift sich einen Kommentar. Wenn das alles ist, soll er sein kleines Geheimnis ruhig behalten! Regine drückt die Augen zu und fällt kurz darauf wieder in einen traumreichen Frühmorgenschlaf.

Römersfeld mit seinen knapp 50 000 Einwohnern hatte lange Zeit den Status einer Vorzeigegemeinde. Zum einen durch seine sonnige Lage und die sanfte Hügellandschaft, die den seit Jahrhunderten ansässigen Weinbauern hervorragende Trauben bescherten, zum anderen, und das erregte in den Nachbarstädten entschieden mehr Neid, durch zwei große Zuliefererfirmen für die Autoindustrie, die der Gemeinde reichlich Geld brachten. Ende der achtziger Jahre kam als Sahnehäubchen für die Gemeindekasse noch eine große Computerfirma dazu, die den Bürgern nicht nur neue Arbeitsplätze verschaffte, sondern auch das Gefühl von Fortschritt. Römersfeld, das früher ganz vom Weinbau gelebt hatte, gedieh seit Jahrzehnten prächtig, baute ein »Gymnasium der Avantgarde«, ausgestattet mit allem, was den Nachwuchs möglicherweise fördern könnte, gleich dazu ein Hallenbad und ein beheiztes Freibad. Wenig später kam die Mehrzweckhalle, die noch ein bißchen besser sein sollte als die der Nachbarstadt, und nach und nach schmückte man sich mit einem Konzerthaus, einer modernen Reitanlage, einem noblen Tennisklub und dachte intensiv über ein geeignetes Gelände für einen Golfplatz nach. Das war die Zeit, als am Rande von Römersfeld Einkaufszentren und Baumärkte aus dem Boden schossen, sich große Autohäuser und Autovermietungen ansiedelten und der Kleinstadt, zumindest von der Bundesstraße aus gesehen, ihre Idylle nahmen. Und es war die Zeit der Schmidts, die sich wenig um Idylle scherten, aber immer früh genug wußten, wann welcher Acker zu Bauland werden würde, und die stets genug gute Beziehungen hatten, um rechtzeitig alles für sich in die Wege zu leiten.

Das Telefon läßt Regine hochschrecken. Sie will eben danach greifen, als sie hört, wie ihr Mann im Nebenraum abnimmt. Das ist Regine sehr recht, denn sie hatte gerade einen schönen Traum, den sie gern weiterspinnen würde. So dreht sie sich wieder in ihre Schlafstellung, doch einige Sprachfetzen aus dem Fitneßraum lassen sie aufhorchen. »Wieso willst du dich denn jetzt plötzlich scheiden lassen?« hört sie ihren Mann laut sagen. Und nach einer Weile: »Das wird dich deinen Hals kosten! – Oder zumindest dein Haus!« Regine setzt sich langsam auf. »Laß den Blödsinn sein! Nimm dir eine Geliebte und basta!«

Mit wem redet er bloß? fragt sich Regine und ärgert sich gleichzeitig über den Ratschlag. War nicht sie auch einmal nur

Geliebte? Was heißt denn da: Nimm dir eine Geliebte und basta?

Kurz darauf hört sie, wie Klaus ins Bad geht. Anscheinend ist ihm die Lust aufs Radfahren vergangen. Regine steht auf und geht ebenfalls ins Bad. Klaus steht prustend unter der Dusche. Regine schiebt die Glastür etwas auf und berührt seinen nackten Rücken. Klaus fährt herum: »Meine Güte, hast du mich jetzt erschreckt!«

»Du bist heute schon so früh auf, guten Morgen, mein Schatz!«

Sie wirft ihm einen Kuß zu und putzt sich an dem Doppelwaschbecken die Zähne, bis Klaus nach einem Badetuch greift und neben sie tritt.

»Das Telefon hat mich geweckt!« weicht er aus, und Regine lächelt ihm durch den Zahnpastaschaum hindurch zu.

»Ich hab's gehört«, sie greift nach dem Zahnputzbecher und spuckt aus. »Wer will sich denn scheiden lassen?«

Klaus stockt kurz, dann mustert er sie von der Seite. »Das kann ich dir leider nicht sagen. Berufsgeheimnis!«

»Bald wird es sowieso die ganze Stadt wissen!« Regine zuckt die Achseln und schlüpft aus ihrem dünnen Schlafanzug. »So wie bei uns damals!«

»Aber das war doch etwas ganz anderes!«

Regine setzt eine Duschhaube auf. »Scheidung ist Scheidung. Und daß du einem Ehemann dazu rätst, sich eine Geliebte zu nehmen und damit basta, finde ich geschmacklos. Frauenverachtend. Hört sich an, als sollte er sich beim Metzger ein Kilo Frischfleisch herunterschneiden lassen!«

Klaus greift nach seinem Bademantel. »Jetzt übertreibst du aber, mein Schatz. Ich wollte ihm damit nur sagen, daß er nicht vorschnell handeln und seine Karriere nicht zerstören soll!«

»T-t-t, du hast es nötig!«

Regine öffnet die Duschkabine, verhält aber nochmals kurz, um Klaus' Reaktion zu sehen.

»Aber Regine, ich bitte dich!«

Mehr fällt ihm dazu also nicht ein, denkt Regine, schließt die Kabine und duscht abwechselnd heiß und kalt.

Klaus sucht nachdenklich seine Badeschlappen und geht in die Küche. Sein Haus kann sich mit dem von Günther nicht messen, aber es ist ebenfalls ein Einfamilienhaus, ein Bungalow aus den siebziger Jahren, den er nach seiner Scheidung hat erweitern lassen. Danach war der Garten zwar erheblich kleiner, aber das bedeutet aufs Alter hin nur weniger Arbeit. Die Küche mußte er ebenfalls neu gestalten lassen. Merkwürdigerweise machte es Regine nichts aus, in Monikas Bett zu schlafen, aber in ihrer Küche wollte sie auf keinen Fall kochen.

Na, Junge, sagt er sich, während er nach Kaffee und Filter greift, und grinst vor sich hin, für deine Scheidung hast du gut Federn lassen müssen, auch wenn du ein junges Küken dafür bekommen hast. Bloß, Günther wird, so oder so, noch viel mehr abdrücken müssen, denn Monika hat im Gegensatz zu Marion eigenes Geld. Mehr Geld als er selbst sogar. Sie hatte vor Jahren die Lackiererei ihrer Eltern übernommen und war auf seine Unterstützung nicht angewiesen. Trotzdem hat sie über ihren Scheidungsanwalt natürlich um Kohle gekämpft, aber dabei ging es nur um die Ehre, nicht um die Mark. Daß seine Kinder ihn als Volltrottel hinstellten, tat mehr weh. Aber sein Sohn leitet mit seinen fünfunddreißig Jahren gemeinsam mit seiner Mutter den Betrieb, und seine vierunddreißigjährige Tochter versucht sich nunmehr in ihrem dritten Berufsanlauf als Modedesignerin. Beide sind also vollauf mit anderen Dingen beschäftigt und würden sich irgendwann schon wieder beruhigen.

Schlimmer ist es mit Regines Vater. Er ist zwei Jahre jünger als Klaus und behauptet bis heute, daß die Beziehung einem Inzest gleiche: Vater-Tochter-Beziehung. Klaus kann ihn zwar verstehen, wenn er an seine eigene Tochter denkt, aber bei sich selbst sieht das ganz anders aus. Er sei doch ein äußerst drahtiger, jugendlicher und aktiver Typ, hatte er bei der letzten Auseinandersetzung dagegengehalten. Aber Karl-Heinz hatte nur verächtlich gelacht: Das sei er selbst schließlich auch. Seitdem findet Klaus immer eine Ausrede, wenn Regine zu ihren Eltern fährt.

Der Kaffee läuft, Klaus deckt den Tisch im neuen Wintergarten, den Regine mit Bambusmöbeln und Palmen gestaltet hat und ihre »Sonneninsel« nennt. Eigentlich ein Wahnsinn, denkt er, während er in die Küche zurückkehrt und dem langsam in die Glaskanne rinnenden Kaffee zusieht. Eine Küche zum Preis eines gehobenen Mittelklassewagens. Und das, während in Römersfeld so nach und nach die Lichter wieder ausgehen. Die Computerfirma hat bereits zugemacht, die Autozulieferer entlassen mehr und mehr Leute, und es wird gemunkelt, daß die Firma für Kfz-Elektronik und Elektromotoren zur Komfortausstattung von Autos an die Verlegung ihres Standorts denkt. Näher ans Werk, keine Lagerhaltung mehr, keine Lkw-Lieferungen mehr, von der Fertigung direkt ans Auto. Die Gaststätten, die Baumärkte, die Einkaufszentren, alle leiden unter der schwindenden Kaufkraft. Und wer noch genug Geld hat, bunkert es, denn keiner weiß, was kommt. Nur die Angst vor Europa, die sitzt allen gemeinsam in den Knochen. Vor allem der Gedanke, daß andere Länder billigere Autositze liefern und damit den zweiten großen Arbeitgeber von Römersfeld auch noch in die Knie zwingen könnten. Von einem Konzerthaus kann keiner leben, so schimpfen nicht mehr nur die Stammtischbrüder. Auch nicht von Tennisplätzen und Freibädern. Die ersten Demos gegen Geldverschwendung und Energievergeudung hat es bereits im letzten Winter gegeben. Und wenn die Arbeitslosigkeit weiter wächst, wird der Unmut über die teure Unterhaltung der städtischen Luxusobjekte noch steigen.

Und da kauft Klaus eine Küche für 60 000 Mark.

Klaus seufzt. Auch er weiß nicht, wie seine Geschäfte weiterlaufen werden. Einige seiner besten Klienten hat er durch

Wegzug bereits verloren. Die Computerfirma war ein guter Kunde, aber mit dem Konkurs war das auch vorbei. Nun hat er noch die Männer in der Chefetage der beiden anderen Firmen, die mit ihren Einnahmen ebenfalls keine städtischen Freibäder heizen wollen, sondern eher an Schiffsanleihen oder an staatlich gefördertes Eigentum denken. Sollten die auch noch wegfallen, wird er Regine nicht mehr viel bieten können. Ob sie bei der Trauung die schlechten Tage ernst genommen hat?

Klaus öffnet den Kühlschrank, stellt Butter, Marmelade und die Plastikschüssel mit der Wurst auf ein Tablett und trägt es in den Wintergarten. An der Tür bleibt er kurz stehen. Das Morgenlicht flutet herein, bricht sich in den Palmen, die ihren Schatten malerisch über den Tisch werfen. Das Haus hat wirklich gewonnen, denkt er. Trotzdem, der Umbau war nicht nötig. Er hat zu einem Zeitpunkt viel Geld ausgegeben, als es andere zurückhielten. Mit einem Seufzer stellt er das Tablett ab. Bis auf Günther, der hat wahrlich keine Probleme. Den schütten sie im Moment mit Geld nur so zu. Dagobert Duck von Römersfeld. Dem steckt das »Geschäftemachen« im Blut. Und jetzt noch was anderes. Aber Frühlingsgefühle sind schlecht für den klaren Kopf, das weiß jeder. Wenn sich das Blut in der Körpermitte sammelt, wird's oben hohl.

Klaus setzt sich und schenkt sich eine Tasse Kaffee ein. Was soll er tun? Er kann ihm abraten, oder er kann ihm helfen.

Wenn er ihm abrät, wird sich Günther einen anderen Vermögensberater nehmen. Damit wäre nichts gewonnen, es würde nur eine weitere gute Geldquelle versiegen.

Wenn er ihm hilft, hat er das Blatt in der Hand. Er kann es beispielsweise so kompliziert anlegen, daß selbst Günther den Durchblick verliert. Und dann wäre er unentbehrlich. Klaus stockt kurz der Atem. Noch nie ist ihm ein solcher Gedanke gekommen. Einen Moment lang sitzt er völlig unbeweglich am Tisch und denkt über die Ungeheuerlichkeit seiner Idee nach. Dann weicht die Starre einem Schulterzucken und einem leichten Grinsen. Eine Hand wäscht die andere, denkt er, und, das wirst du, lieber Günther, auch bald merken, junge Frauen sind teuer.

»Willkommen im Klub«, sagt Klaus leise und hebt seine Kaffeetasse.

Günther ist seit dem frühen Morgen durch sein Haus gegeistert. Er hat mehrere Tassen schwarzen Kaffee im Stehen getrunken und unruhig darauf gewartet, daß es endlich acht Uhr sein würde. Nach acht erschien ihm ein Telefonat an einem Sonntagmorgen vertretbar. Er mußte unbedingt Klaus anrufen, denn Klaus sollte ihm sofort einen Schlachtplan entwerfen, einen Schlachtplan, der ihm ermöglichen würde, als vollkommener Sieger aus der Scheidung hervorzugehen. Es durfte kein Geld mehr da sein, zumindest kein sichtbares. Das bedeutete, daß er Zeit brauchte, Zeit, um alles verschwinden zu lassen. Das bedeutete aber auch, daß Marion so lange nichts merken durfte. Da sie von seinen Geschäften sowieso nichts verstand, war das sicherlich nicht weiter schwierig. Schwierig war für ihn, seine Rolle als Ehemann durchzuhalten. Am liebsten hätte er heute morgen schon an Lindas Haustür geklingelt und mit ihr eine heiße Nummer geschoben.

Während er an Linda dachte, fiel ihm ein, daß er weder ihren Nachnamen kannte noch wußte, wo sie wohnte. Aber das reizte ihn um so mehr. Ein Spiel! Einer wird gewinnen! Und das war er, Günther Schmidt!

Das ersehnte Telefonat mit Klaus ärgert ihn. Der Kerl wirkte so zögerlich. Was sollte das Geschwafel von einer Geliebten. Er, Günther Schmidt, will sich doch nicht verstecken. Er will sich in seinem neuen Glück sonnen, die ganze Welt soll seine junge Errungenschaft sehen und ihn darum beneiden!

Eben ist er auf dem Weg in die Küche, um sich erneut eine Tasse Kaffee zu holen, da hört er Marion die Treppe herunterkommen. Er wird ihr jetzt den netten Ehemann vorspielen. Das Spiel beginnt ihm Spaß zu machen.

Marion ist ebenfalls schon lange wach. Sie hatte mit offenen Augen im Bett gelegen, zugehört, wie Günther ziellos im Haus herumlief, und nachgedacht. Über das Fest und was sich danach im Bett abspielte. Sie kann es nicht deuten. Zuerst empfand sie es als plötzliche Leidenschaft. Dann, weil es viel zu schnell vorbei war und er ihr sofort wieder den Rücken zudrehte, als Demütigung. Sie überlegt hin und her, aber sie findet keinen Anlaß für sein Verhalten. Alles hatte geklappt, es gab nicht die kleinste Panne, sein Ansehen war mit dieser Feier sicher gestiegen. Was konnte also seinen Unmut erregt haben?

Einige Male war sie kurz davor, einfach hinunterzugehen, um ihn direkt darauf anzusprechen. Eine unbestimmte Angst hielt sie jedoch zurück. Dann hörte sie, wie das Telefon knackste. Er telefonierte! Mit wem konnte er morgens um acht Uhr telefonieren? Was konnte am Sonntag so wichtig sein?

Als sie jetzt die Treppe hinuntergeht, hat sie sich vorgenommen, so zu tun, als sei überhaupt nichts. Sie würde ein leckeres Frühstück zaubern, und sie würde mit leichtem Ton über das gestrige Fest reden. Dann würde sie schon sehen.

Monika Raak hat ebenfalls eine schlechte Nacht hinter sich. Nach dem lustlosen Aufstehen saß sie eine Weile untätig am Frühstückstisch, allein, wie bereits seit einem Jahr, schnitt anschließend Blumen, räumte Bücher um, und jetzt beschäftigt sie sich bereits seit einer Stunde mit den Ecken ihres großzügigen, modern und hell eingerichteten Drei-Zimmer-Appartements. Momentan ärgert sie sich lieber über die Putzfrau, die jede Ecke großzügig ausspart, als über gestern nachdenken zu müssen.

Daß Klaus mit Regine eingeladen war, nervt sie tierisch. Am liebsten hätte sie den beiden Gift in ihre Cocktails gemixt – welch ein Skandal, wenn sie auf Günthers famoser Geburtstagsparty einfach tot umgekippt wären. Allein zu sein, daran hat sich Monika mittlerweile gewöhnt. Im Gegenteil – heute würde sie Klaus um keinen Preis der Welt zurückhaben wollen. Sie braucht sich nur einige Dinge aus ihrem gemeinsamen Leben vor Augen zu führen, und schon ist sie über die Scheidung froh. Aber sie hat ihren Platz in der Gesellschaft verloren, und dafür könnte sie ihn lynchen. Es waren ihre gemeinsamen Freunde, es war ein gemeinsames Theaterabonnement, und es waren Traditionen, wie das Silvesterskifahren in Zermatt. Zwanzig Jahre waren sie, ohne eine einzige Unterbrechung, im selben Hotel gewesen. Klaus ist noch überall dabei, sie steckt zurück. Er sitzt mit Regine im Theater wie selbstverständlich auf ihren Plätzen, er wird weiterhin zu jeder Feier im Freundeskreis eingeladen, er fährt, ohne zu zögern, mit seiner Neuen nach Zermatt und läßt sich dort als toller Hecht feiern. Dagegen muß sie sich zu Silvester ein neues Hotel suchen, damit es nicht peinlich wird, wenn die derzeitige Frau Raak mit der ehemaligen Frau Raak zusammentrifft, und sie kann zu bestimmten Feiern aus demselben Grund nicht mehr eingeladen werden. Sie hat irgendwie eine aussätzige Krankheit: Sie ist die Ex.

Günther hat sich nach dem gemeinsamen recht gekünstelten Frühstück in sein Arbeitszimmer zurückgezogen. Von dort aus beobachtet er, wie Marion die Aufräumarbeiten im Garten beaufsichtigt, und überlegt, wie er an Lindas Nachnamen und an ihre Adresse kommen könnte. Joachim fällt ihm ein, der Oberbürgermeister. Er wird doch wohl wissen, wie das Gspusi seines Sohnes heißt.

Günther sucht in seinen Unterlagen. Joachim hat eine Geheimnummer. Die hat er sich erst kürzlich aufgeschrieben. Aber wo! Er geht sämtliche Schubladen seines wuchtigen Schreibtisches durch, zieht zahllose einzeln herumliegende Zettel und Blätter heraus, liest sie, legt einige zurück, zerknüllt die anderen und wirft sie weg. Blöderweise hat er manche Nummern ohne die dazugehörigen Namen aufgeschrieben. Das bringt ihn also auch nicht weiter! Aber er hat die Durchwahl ins Rathaus im Kopf, und bevor er lange darüber nachdenkt, wählen seine Finger bereits die Nummer. Zu seiner Überraschung wird sofort abgenommen: »Wetterstein.«

»Oha, das hätte ich nicht erwartet – grüß dich, ich bin's!«

»Günther!«

»Hast du jemand anders erwartet?«

»Nicht direkt … aber gut, daß du anrufst. Ich wollte mich auch schon melden, um mich für das schöne Fest zu bedanken!«

»Ich habe zu danken, für deine Ansprache. Sie war sehr gelungen, alle haben das gesagt!«

»Das freut mich! Marion hat mit der Feier aber auch Maßstäbe gesetzt. Andere werden es schwerhaben, dagegen anzukommen!«

»Ähm, ja! Was ich dich fragen wollte, Joachim, das Mädchen, das gestern mit deinem Sohn da war, die …«

»Linda meinst du?«

»Ja, die war's, glaube ich. Es ist ein Schminktäschchen liegengeblieben, und Marion meinte, es könnte ihres sein! Hast du vielleicht ihre Telefonnummer? Oder besser noch die Adresse, dann können wir ihr die Tasche zustellen lassen!« Günther klemmt sich den Hörer zwischen Ohr und Schulter und hält Zettel und Bleistift bereit.

»Na, da wird sie sich aber freuen«, Joachims Stimme hat den vorsichtigen Unterton verloren. Herzlich fährt er fort: »So viel Mühe braucht ihr euch doch nicht zu machen. Ich sag's heute nachmittag meinem Sohn, dann kann er schnell bei Marion vorbeifahren. Und nochmals, Günther, besten Dank. Es war wirklich klasse!«

»Gern geschehen«, antwortet Günther, da hat Joachim schon aufgelegt. Mist, schimpft Günther und knickt seinen Bleistift durch. Wo bekommt er jetzt ein Schminktäschchen her, und wie soll er das Marion glaubhaft in die Hand drücken?

»Schau mal her, Schatz, das hat die Kleine vom Bürgermeistersohn gestern auf der Herrentoilette vergessen!« Oder gar der Bürgermeistersohn selbst? Er muß diese Blamage verhindern. Bloß wie?

Günther blättert im Telefonbuch. Er wird Dirk Wetterstein anrufen. Möglicherweise läßt der sich gern bedienen und will nicht quer durch die Stadt fahren.

Tatsächlich, er hat Glück. Dirk Wetterstein ist eingetragen. Wahrscheinlich damit ihm seine Kommilitonen sämtliche Demonstrationstermine durchgeben können, denkt Günther grimmig, während er wählt und seinen Bleistiftstummel bereithält.

Es dauert eine Weile, bis abgenommen wird.

»Bei Wetterstein.« Eine weibliche Stimme. Ist sie das?

»Ja, Günther Schmidt, guten Tag!«

»Tag. Wollen Sie Dirk sprechen?«

»Tja«, Günther bricht die Bleistiftspitze des Stummels ab, er zögert. »Waren Sie gestern mit Dirk bei meinem Geburtstagsfest?«

»Ja, es war sehr schön. Vielen Dank!«

Günther überlegt krampfhaft. Aber es fällt ihm nichts Besseres ein: »Haben Sie ein Schminktäschchen vergessen? Wir haben eines gefunden.«

»Nein. Sicherlich nicht. Soll ich Ihnen jetzt Dirk geben?«

»Vielen Dank, Frau … Frau …« Aber Linda steigt nicht darauf ein, sie hat bereits Dirk den Hörer in die Hand gedrückt.

»Herr Schmidt? Das überrascht mich aber!«

»Ich … eigentlich wollte ich Joachim anrufen und habe mich im Telefonbuch vertan …«

»Er hat eine Geheimnummer. Ist schließlich wichtig, der Mann! Also, wenn Sie mitschreiben wollen: 6 06 06. Eine echte Prominummer.«

»Ja, danke, die kann ich mir auch so merken!«

»6 06 06« kritzelt Günther mit dem minenlosen Bleistiftstummel auf seinen Zettel. Jetzt ist die Situation noch blöder,
denkt er dabei. Joachim wird Linda die Geschichte von der Tasche erzählen, und sie wird ihm sagen, daß ich sie das doch bereits selbst gefragt hätte.

Ärgerlich über sich selbst steht er auf, um sich im Garten die
Beine zu vertreten. Zwei Männer sind gerade dabei, den restlichen Müll wegzuräumen, die Bühne und das lange Holzgestell
für das Buffet sind bereits abgeräumt. Marion klaubt hinter Büschen und Steinen Zigarettenkippen und sonstige Kleinabfälle
auf. Günther beobachtet sie eine Weile, dann fällt ihm die Gästeliste ein. Klar, dort müßte sie draufstehen.

Irgendwie wird er doch wohl an dieses Mädchen herankommen. Das wäre doch gelacht!

Linda liegt in Dirks Studentenzimmer im Bett und träumt in die
Zukunft. Gedankenverloren betrachtet sie dabei die vielen
Bücher, die auf dem einfach geschnittenen Holzregal kreuz und
quer übereinandergeschichtet lagern und sich auf dem Fußboden stapeln, und die politischen Magazine, die in Bündeln an
der Wand entlang liegen. Auf dem Schreibtisch, einer schlichten Holzplatte auf zwei Böcken, stehen etliche benutzte Kaffee-
tassen zwischen mehreren aufgeschlagenen Büchern. Weitere
dicke Wälzer liegen um den Klappstuhl herum, auf dem Dirk
sitzt und im Qualm einer Zigarette an seiner Seminararbeit
schreibt. »Scheiß Jura«, flucht er zwischendurch.

»Sei zufrieden, du wirst bald ein berühmter Anwalt sein und
über alle Schmidts dieser Welt lachen!« Linda schließt träume-
risch die Augen.

»Über die lache ich heute schon!«

»Mag sein«, Linda schweigt eine Weile. »Trotzdem«, fährt
sie fort, »wenn du dir vorstellst, was nur diese Gartenparty
gekostet haben mag und was wir uns dafür kaufen könnten ...«

Dirk drückt seine Zigarette aus. »Konsum! Mensch, Linda, es gibt doch ganz andere Werte – und außerdem, du verdienst doch gut!«

»Alles relativ!« Linda richtet sich auf, fährt sich mit allen zehn Fingern durch die langen schwarzen Haare. »Vielleicht hätte ich das Schminktäschchen doch nehmen sollen, wenn er schon extra deswegen anruft. Wäre möglicherweise ein Schnäppchen gewesen. Dior, Lancôme, Chanel, Joop, Jil Sander – was weiß ich.«

»Jetzt hör aber auf!« Dirk dreht sich nach ihr um. »Was ist denn in dich gefahren? Und – nur um dich daran zu erinnern – Günther hat nicht wegen des Täschchens angerufen, er hat sich schlichtweg verwählt, das ist alles.«

»Ist ja schon gut!« Linda schlägt die Decke zurück und mustert ihren Körper. »Ich könnte etwas Sonne vertragen. Kommst du mit? Ein bißchen radeln? Oder zum Fluß? Oder sonst was?«

Er mustert sie, und seine Gesichtszüge hellen sich auf. »Sonst was gern, aber zu allem anderen habe ich keine Zeit!«

»Nur, wenn du mir danach ein anständiges Frühstück ans Bett bringst!« grinst Linda und tätschelt ihren flachen Bauch.

»Alles, was der Kühlschrank hergibt!« Dirk nickt ihr zu und speichert seine Daten.

»Das kann nicht gerade viel sein!«

Zwei Stunden später fährt Linda mit ihrem roten Polo zu ihrer Wohnung. Während Dirk in einem Altbau mitten in der Fußgängerzone lebt, hat sie sich ein Appartement am Rande der Stadt im sogenannten »Neubauviertel« gemietet. Sechs fünfstöckige Mehrfamilienhäuser, die so ineinander verschachtelt gebaut wurden, daß nach italienischem Muster Innenhöfe mit Grünflächen für Spielplätze und Grillabende entstanden sind. Linda gefällt das, es ist anonym und trotzdem heimelig und zudem verdammt praktisch. Von der Tiefgarage führt ein Lift direkt vor ihre Wohnung, sie kann einkaufen, was sie will, es muß nicht erst über Straßen und Treppen in die Wohnung ge-wuchtet werden wie bei Dirk, zu dessen Wohnung noch nicht einmal ein eigener Stellplatz gehört und der auf der Suche nach einem Parkplatz manchmal wie ein Verrückter um das Alt-stadtviertel kreist und am Monatsende nicht selten mehr Geld für Strafzettel ausgegeben hat als Linda für ihre Garagenmiete.

Linda biegt in die Straße zu ihrem »Getto« ein, als ihr ein silberfarbener Mercedes entgegenkommt. Was hat denn so eine Staatskarosse bei uns zu suchen, denkt Linda, da fällt ihr Blick auf das Kennzeichen: GS 1. Und während sie ihr Tempo ver-langsamt und dicht an den Straßenrand fährt, um die S-Klasse vorbeizulassen, dämmert ihr, wer drinsitzt: Günther Schmidt. Er scheint sie im gleichen Moment auch erkannt zu haben, denn er hält an und läßt seine getönte Scheibe heruntergleiten.

»Na sowas«, sagt er aus dem dunklen Innenraum heraus, »das ist ja eine Überraschung. Wohnen Sie etwa auch hier?«

Linda, die bei der Hitze sowieso mit offenen Fenstern ge-fahren ist, nickt. »Ja, wer denn noch?«

»Wieso, wer noch?«

»Nun, ich meine, Sie wohnen doch nicht hier. Also waren Sie doch bei jemandem, der auch hier wohnt, oder nicht?«

»Ach so, ja, natürlich. Ich wollte einen Geschäftspartner be-suchen, aber er war nicht da.«

»Am Sonntag?«

»Ja, es ist wichtig.« Er lehnt sich etwas aus dem Seitenfenster heraus. »Ich habe mir eben überlegt, wo ich so lange warten könnte. Gibt's hier denn ein Café?«

Linda überlegt, schüttelt dann aber den Kopf. »In der An-lage nicht. Nur eine Pizzeria, die hat aber erst abends auf. Tut mir leid!«

Günther schiebt die Sonnenbrille etwas nach oben. »Dürfte ich Sie denn irgendwohin einladen? Dann komme ich in einer Stunde nochmals her, vielleicht ist mein Gesprächspartner bis dahin ja zurück.«

»Warum fahren Sie für diese Stunde denn nicht einfach nach Hause?«

»Tja, warum nicht ...«, murmelt Günther, und seine Sonnenbrille rutscht ihm auf die Nase zurück.

»Schön, Sie getroffen zu haben, ciao«, Linda winkt ihm zu, gibt Gas und fährt los.

»Sehr schön, wahrlich sehr schön!« Mit der flachen Hand schlägt Günther zuerst auf die Hupe und sich dann an den Schädel. »Mann, du bist zu blöd, so eine Puppe aufzureißen. Völlig aus der Übung! Das darf doch nicht wahr sein! Dreißig Jahre Eheleben, und dich guckt keine mehr mit dem Hintern an! An allem ist nur Marion schuld!«

Wütend gibt er Gas, aber schon an der Kreuzung zur Innenstadt hat er sich einen neuen Schlachtplan zurechtgelegt. Er wird nicht so einfach aufgeben. Er wird sich auch keine andere suchen. Er muß es jetzt einfach wissen: Ist er mit seinen sechzig Jahren etwa nicht mehr attraktiv genug? Sollte seine sexuelle Anziehungskraft nachgelassen haben? Blödsinn! Er klappt die Sonnenblende nach unten, öffnet den Schminkspiegel. Er sieht gut aus. Männlich eben. Herb! Reif, aber nicht alt!

Entschlossen steuert Günther das nächste Café an.

Eine Stunde später fährt er mit einem bunten Blumenstrauß im Wagen zurück in das Neubauviertel. Wo Linda wohnt, weiß er ja jetzt. Wie sie mit Nachnamen heißt, auch. Dank der penibel geführten Gästeliste seiner Frau.

Er stellt den Wagen gut sichtbar im Innenhof ab, dann geht er langsam auf die große Eingangstür ihres Blocks zu. Im Geiste zählt er die Klingeltasten hoch. Ihre Klingel war ganz oben rechts. Unauffällig versucht er nach oben zu schauen. Der Balkon unter dem Penthouse müßte ihrer sein. Durch die Eisenstäbe des Geländers schlängelt sich ein gelb-weißer Stoff. Blickdicht. Wie schade. Er kann nicht sehen, ob jemand auf dem Balkon ist. Vielleicht sogar liegt.

Sonnenbadend.

Nackt.

Sich wollüstig auf dem Liegestuhl räkelnd.

Voller Verlangen.

Nach ihm.

Er sieht Linda vor sich und spürt sofort, wie sich bei ihm etwas regt. Sechzig! Ha! denkt er. Lächerlich!

Jetzt steht er vor der Tür und ist trotzdem keinen Schritt weitergekommen. Kein Arm hat ihm einladend vom Balkon aus zugewinkt. Im Gegenteil, er fühlt sich ziemlich deplaziert. Wo soll er jetzt klingeln? Bei wem seine Blumen abgeben? Vorhin war es ihm noch so leicht erschienen. Der Zufall würde schon helfen. Irgendwie würde Linda im entscheidenden Moment auftauchen. Bloß – jetzt ist sie nicht da, obwohl der entscheidende Moment gekommen ist. Langsam dreht sich Günther um. Der Innenhof ist völlig leer. Nicht einmal Kinderstimmen sind zu hören. Anscheinend sind alle ausgeflogen, bei dem herrlichen Wetter beim Baden oder Grillen oder Radeln. Es war idiotisch gewesen, hierherzukommen.

Günther macht auf dem Absatz kehrt, legt die Blumen auf den Rücksitz und startet den Wagen.

Langsam löst sich Linda aus dem Schatten der Tiefgarage. Sie schiebt ihr Fahrrad hinaus und schaut der silberfarbenen Limousine nach, bis sie nicht mehr zu sehen ist. Zu wem er bloß wollte? Mit Blumen? Jedenfalls hat sie keine Lust, ihm nochmals über den Weg zu laufen. Das hätte ja sonst noch nach Absicht ausgesehen.

Linda schwingt sich auf ihr Rennrad und tritt in die Pedale. Oh, das tut gut. Bewegung, Sonne, warme Luft, ein traumhaftes Gefühl. Wie es Dirk in seiner stickigen Bude bei einem solchen Wetter bloß aushält! Sie beschließt, zu ihrer Freundin Irena zu fahren, um sie zum Mitradeln zu überreden.

Irena hat sich mit Richi bei ihrer Mutter eingefunden. Beide ahnten, daß es Monika nach einer solchen Nacht nicht besonders gut gehen würde, und unabhängig voneinander kamen sie auf die Idee, sie ein bißchen aufzumuntern.

»Wenn du es genau wissen willst, kann ich ja Dirk fragen«, schlägt Richi seiner Mutter eben liebenswürdig vor, »der war schließlich dabei!«

Irena wirft ihm einen schrägen Blick zu und tippt sich an die Stirn.

Monika, die in der zum Wohnzimmer offenen Küche eben eine Flasche Prosecco entkorkt, ruft: »Ich habe dich nicht verstanden, Richi, was willst du mir erzählen?«

»Daß es in der Firma klasse läuft«, antwortet Irena für ihn.

»Danke für die Information, ist mir bekannt«, Monika kommt mit der Flasche und drei Gläsern. »Lieb, daß ihr so rührend an mich denkt.« Sie stellt die Gläser auf dem kleinen Beistelltisch ab, füllt sie sorgfältig und hält jedem ihrer Kinder eines hin. »Trinken wir auf uns!« Dann setzt sie sich zu Richi auf die Couch. »Wie war's denn?«

»Wie war was?«

»Na, das Fest. Dirk hat dir doch sicherlich davon erzählt …«

Richi wirft Irena einen triumphierenden Blick zu. »Noch nicht, wir haben heute noch überhaupt nicht miteinander gesprochen. Aber wenn du willst, dann kann ich ihn ja anrufen …?«

»Tu, was du nicht lassen kannst!«

Richi steht grinsend auf und geht zum Telefon, Irena schüttelt den Kopf: »Aber Mutti! Mußt du dich damit denn so quälen?«

»Ich habe mich die ganze Nacht und den ganzen Morgen darüber geärgert, und bevor ich noch mal auf die Idee komme, meine Wohnung zu schrubben, schaue ich lieber den Tatsachen ins Gesicht!«

»Mama, diese Regine reicht überhaupt nicht an dich heran. Sie zockt unseren armen Trottel von Vater doch bloß ab, das weiß schließlich jeder!«

»Aber was sie macht, macht sie gut, das muß man ihr doch lassen!«

Monika greift nach ihrem Glas und betrachtet ihre Kinder. Schön, daß sie sie hat. Und daß sie zu ihr halten. Richi mit seiner Stupsnase, die überhaupt nicht zu seiner männlichen Erscheinung paßt, und den strahlend blauen Augen und Irena, die ihr braunes Haar, wie in den zwanziger Jahren, kurz und streng gescheitelt trägt und die sich schon als Kind gern verwegen und geheimnisvoll gab.

Richi kommt zurück und läßt sich neben Monika auf die Couch plumpsen.

»Also«, beginnt er, »Dirk sagt, es war ein perfektes Fest, wie immer, die ganze Clique war da, wie immer, sein Vater hat eine blödsinnige Rede gehalten, wie immer, und Günther hat sich, wie immer, nicht um seine Frau gekümmert.«

»Na, ist ja großartig«, spöttelt Irena. »Dein Freund sollte Dichter werden, nicht Jurist. Was Mutti wissen will: Hat Regine Papi nun eins in die Eier getreten oder nicht? Hat sie heimlich mit einem anderen, einem blutjungen Wilden, geknutscht? Hat sich Klaus an irgendeiner Weiberbrust ausgeheult? Stand die gesamte Frauenriege da und skandierte: Wir wollen Monika?«

»Na, Irena, stell mich doch nicht so blöd hin. Ich wollte nur wissen: Lebt er noch?«

Richi prustet los. »Hätte Dirk ihn vielleicht killen sollen? Mutti, es ist *unser Vater*!«

»Nun, gut. Ich gönne ihn euch ja auch! Laßt uns das Thema wechseln. Was für ein Kleid trug Regine?«

Linda klingelt mehrmals vergeblich an Irenas Haustür. Die Nachbarn, die Vermieter, strecken neugierig die Köpfe hervor: »Sie ist nicht da.«

»Danke, das dachte ich mir bereits!«

»Sie ist mit dem Fahrrad weggefahren, kann also nicht weit sein!«

»Ach ja.« Linda geht langsam zum Gartentor zurück.

»Wahrscheinlich ist sie zu ihrer Mutter. Aber genaueres hat sie uns nicht gesagt!«

»Ach nein.« Linda öffnet die Holztür, setzt sich auf ihr Rad.

»Vielleicht versuchen Sie es in einer halben Stunde noch mal!«

»Vielen Dank für den Tip!«

»Wir werden ihr sagen, daß Sie da waren!«

»Sehr aufmerksam!«

Klar, das hätte sie sich denken können. Monika dürfte nach der gestrigen öffentlichen Ausgrenzung Beistand bitter nötig haben. Wer raus ist aus Marions Gästeliste, ist out in Römersfeld. Das ist eine bittere Pille für eine Geschäftsfrau wie Monika. Vor allem, weil sie als Kauffrau viele von denen in die Tasche stecken könnte. Aber gegen Marions gesellschaftliche Hackordnung kommt eine Frau ohne Mann eben nicht an.

Wir sollten Monika für das nächste Fest einen Latin Lover besorgen, denkt Linda und tritt in die Pedale. Dann hat sie einen Mann an ihrer Seite, und alle glotzen sich die Augen aus. Das muß sie Monika und Irena gleich erzählen! Voller Vorfreude rast sie durch die Stadt. Zehn Minuten später klingelt Linda an der Eingangstür des eleganten Appartementhauses. Auf dem Parkplatz steht Richis Cabrio, und daran lehnt Irenas orangefarbenes Fahrrad. Hat sie es sich doch gedacht. Selbst Sohnemann ist herbeigeeilt, um Muttern zu trösten. Mal schauen, was sie beisteuern kann.

In Günthers Märchenvilla ist alles wieder an seinem Platz, fast so, als hätte es nie einen Geburtstag gegeben. Die Geschenke, auf einem großen Tisch ausgestellt, hat Marion aufgelistet und dann verstaut. Sie wird für jeden eine persönliche Dankeskarte formulieren und Günther unterschreiben lassen. Ein Teil der Gaben kam gerade recht für die ständigen Tombolaaktionen, die für alle möglichen guten Zwecke Geld auftreiben sollen, und der andere Teil hilft, den Weinkeller wieder aufzufüllen. Eines der Geschenke, eine Zeitung vom Tag seiner Geburt 1938, hat sie sofort in der Altpapiertonne verschwinden lassen. Es hätte Günther sein Alter zu allem Überfluß auch noch bildlich vor Augen geführt, dabei schien er die runde Sechzig im Moment so schon nicht verkraften zu können.

Marion hört das elektrische Garagentor. Aha, das hat aber lange gedauert. Sie schaut sich noch mal schnell um. Die Wohnung ist tadellos. Sie geht durch die Küche zur Garage, das hat sie nach amerikanischem Vorbild so haben wollen, und öffnet die Durchgangstür. Günther steigt gerade aus, in der Hand einen Blumenstrauß.

»Oh, Günther, das ist aber lieb von dir!«

Er hatte ihn eigentlich in die Biotonne stopfen wollen, aber so ist es ihm auch recht, so muß er sich wenigstens keine Gedanken mehr darum machen.

»Weil du alles so großartig arrangiert hast. Darin bist du wirklich eine Meisterin!« Marion schlingt die Arme um ihn und küßt ihn auf den Mund, was er regungslos über sich ergehen läßt. Dann nimmt sie den bunten Blumenstrauß, schneidet die Stiele an, füllt eine Vase mit handwarmem Wasser, gibt Blumenfrisch dazu und stellt die Vase auf den Eßtisch. Günther hat sich in der Zwischenzeit in einen Sessel gesetzt und blättert im Telefonbuch.

»Suchst du jemanden? Kann ich dir helfen?«

Günther klappt das Buch zu: »Nein, nur so.« Linda hat keine Geheimnummer, prima, er wird sie ganz einfach anrufen.

»Hast du Hunger?« Marion geht um den Tisch herum auf Günther zu und bleibt dicht vor ihm stehen. Er schaut zu ihr hoch: »Was gibt es denn?«

Marion liegt ein kokettes »mich« auf der Zunge, aber angesichts seiner Laune verkneift sie es sich. »Was du willst«, lächelt sie statt dessen aufmunternd und streicht sich leicht über den blauen Faltenrock.

»Am liebsten Sauschwanz mit Sauerkraut. Hast du das?«

»Ich nicht ...«

»Dachte ich mir, dann gehe ich in die Kneipe!«

In seinem Arbeitszimmer brütet Klaus über Günthers Akten. Er hat sie kurz nach dem Frühstück alle aus seiner Kanzlei geholt und sich seither darin vergraben. Regine ist sauer, denn sie hätte an dem herrlichen Sonnentag lieber etwas unternommen, als nun allein im heimischen Garten zu sitzen, aber Klaus hat ihr erklärt, daß es dringend sei und er die ganze Woche über kaum Zeit dafür habe. So liegt sie jetzt zwischen Rosenbüschen im Liegestuhl und blättert in Frauenzeitschriften. Aber zufriedener macht sie das nicht. Im Gegenteil. Eben hat sie die neue Bademode aufgeschlagen, fotografiert am Strand von Saint Tropez: schlanke, braungebrannte Models in knappen Bikinis an einer Strandbar, beim Volleyballspielen, im Meer, tolle Typen um sie herum, römisch geschnittene Gesichter und knackige Figuren, kühle Cocktails in den Händen und heiße Rhythmen im Blut. Und sie, Regine Raak, geborene Meermann, liegt in Römersfeld hinterm Rosenbusch. Die andere Illustrierte ist noch schlimmer. Sie zeigt Sonneninseln und Ferienparadiese weltweit im Preisvergleich, Farbbild über Farbbild, eines grausamer als das andere. Vor allem für Regine, die den Sommer hier verbringen wird. Klaus hat ihr erst gestern auf Günthers Geburtstagsparty erklärt, daß er weder Zeit noch Geld habe, um mit ihr zu verreisen. Die Scheidung und der Umbau seien für solche Späßchen einfach zu teuer gewesen. Erst müsse er wieder genügend Kohle auf dem Konto haben, dann sei an Urlaub zu denken. Auf Regines Einwand, sie habe noch etwas eigenes Geld und könne ja auch allein gehen, reagierte er fast aggressiv: Das käme nun schon mal überhaupt nicht in Frage, denn schließlich habe er nicht geheiratet, um allein in Römersfeld zu sitzen, während sich seine Frau irgendwo auf der Welt mit Gott weiß wem amüsiere.

Regine schlägt die Illustrierte zu und greift nach der nächsten. »Spannungen in der Ehe« lautet das Titelthema. Die hat sie nicht, denkt Regine und schleudert das Heft wütend in den Rosenbusch.

Klaus hat stundenlang in Günthers Akten gesucht und sich Zahlen herausgeschrieben. Seine Firma, Ost und West, seinen Immobilienbesitz, seine Aktien bei verschiedenen Banken, ebenso sein Festgeld, er hat alles fein säuberlich aufgelistet und kommt so auf ein Gesamtvermögen von 21 Millionen Mark. Es dürfte schwierig sein, das alles sang- und klanglos verschwinden zu lassen. Klaus stopft sich eine Pfeife, zündet sie an und beginnt im Zimmer hin und her zu gehen. Dabei beobachtet er, wie Regine in ihrem Liegestuhl zwischen den Rosenbüschen liegt und in einer Zeitschrift blättert. Ein malerisches Bild, findet er, und ein leichtes Lächeln entspannt seine Züge. Sie bringt ihm seine Jugend zurück, und er wird dafür sorgen, daß sie das Leben genießen kann. So wie jetzt, sorglos und wunderschön im Liegestuhl hingegossen, und das auf eigenem Grund und Boden. Besser kann es eine Frau doch wirklich nicht haben! Er versinkt einige Sekunden in ihrem Anblick, dann fällt ihm schlagartig eine Lösung für Günthers Problem ein. Er hat für einen anderen Kunden bereits vor Jahren eine Aktiengesellschaft in Liechtenstein gegründet. Diese Gesellschaft wurde bisher nicht gelöscht, und die Aktien lauten inzwischen auf seinen eigenen Namen. Das könnte sich als Plattform für ein kompliziertes Finanzmodell eignen. Klaus setzt sich sofort an seinen Computer und entwirft einen ersten Plan.

Monika kreiert gerade gemeinsam mit ihrer Tochter eine Spaghettisauce. Sie haben Regine über Stunden in ihre Einzelteile zerlegt und über Lindas Vorschlag diskutiert. Monika lachte herzlich darüber und meinte, daß ein rassiger Latin Lover tatsächlich eine Überlegung wert sei. Aber dann, gegen Abend, knurrte ihnen der Magen, und Monika stellte einen Topf mit Wasser auf. Nun ist Linda für den richtigen Biß der Teigwaren zuständig und Richi für den Salat. Und während Monika die Gewürze und Zutaten bereitstellt, erklärt sie plötzlich, daß die Trennung überhaupt nicht Regines Schuld war.

»Wenn Klaus nicht für ein Abenteuer reif gewesen wäre, wäre es überhaupt nicht passiert. Es gehören immer zwei dazu. Vielleicht ist Regine, nüchtern betrachtet, ja auch ein ganz nettes Mädchen. Möglicherweise hat sie so etwas wie Klaus überhaupt nicht verdient!«

Irena brät gerade Hackfleisch, Pilze und Tomaten an und dreht sich, den Kochlöffel in der Hand, nach Monika um. »Wie meinst du das, Mutti?«

»Schuld ist eigentlich Marion. Sie tut so, als sei Regine alles und ich nicht mehr existent. Vielleicht war es aber auch Günther, der Marion verboten hat, mich einzuladen.«

»Was soll's, Mutti. Es war sowieso ein blödes Fest!« Richi schneidet Zwiebeln klein und schnieft sich auf den Handrücken. Monika wirft ihm mit einem mißbilligenden Blick die Küchenpapierrolle zu.

»Ich glaube nicht, daß sich Günther um so etwas schert«, Linda gibt die Pasta ins sprudelnde Wasser, stellt die Uhr und greift nach zwei Paprika und einem Messer. »Der würde es wahrscheinlich nicht einmal merken – oder glaubt ihr, der weiß, wer gestern alles da war? Glaub' ich nicht!«

»Verdammt!« Richi reißt sich Küchentücher von der Rolle und wischt sich damit die Augen aus. »Gib halt du eine Party und lade die beiden nicht ein, dann bist du quitt. Oder besser noch, lade Günther mit jemand anderem ein. Mit«, er schaut sich um, »Irena zum Beispiel!«

Irena jault auf und droht ihm mit dem Kochlöffel. »Idiot! Den Glatzkopf kannst du mir schenken. Da kann ich ja gleich mit meinem eigenen Vater gehen!«

Monika lacht und winkt mit der Weinflasche. »Ich decke schon mal den Tisch, paßt mir auf die Sauce auf!«

Es ist schon dunkel, als Linda nach Hause kommt. Richi hat sie gefahren, denn sie hat an ihrem Rennrad kein Licht. Gutgelaunt geht sie ins Bad und duscht. Während sie sich laut singend abtrocknet, hört sie das Telefon klingeln. Ach je, Dirk. Der hat sicherlich den ganzen Abend lang versucht sie zu erreichen. Zu blöd. Sie hätte ihn von Monika aus ja mal anrufen können.

Linda schlingt sich das Badetuch um den Körper und geht ins Wohnzimmer.

»Schätzchen, hallooo«, flötet sie in den Hörer und läßt sich dabei auf das Sofa sinken.

»Schätzchen? Das hört sich ja gut an!« Die Stimme ist tief und nie und nimmer die von Dirk. Linda fährt hoch und setzt sich kerzengerade hin. »Wer ... ich meine, ich dachte, es sei mein Freund.«

»Was nicht ist, kann ja noch werden«, ein dunkles Lachen, »nein, Entschuldigung, das war ein Witz. Ich war noch eben bei meinen Bekannten im Nachbarhaus, und da dachte ich, die Krönung des Abends sei es, jetzt noch mit Ihnen ein Glas Wein zu trinken.«

Linda stockt der Atem. »Herr Schmidt?« fragt sie zögernd.

»Aber, ich bitte Sie! Doch nicht so förmlich. Günther tut's auch!«

»Wo, wo sind Sie denn?«

»Im Auto vor Ihrer Wohnung. Wenn Sie mal auf den Balkon treten, gebe ich Lichthupe. So, sehen Sie? Ich sagte doch, ich wollte eben heimfahren, da hatte ich diese Idee!« Tatsächlich, dort steht sein Wagen.

»Ich verstehe bloß nicht ... ich meine, wissen Sie eigentlich, wie spät es ist?«

»Müßte ich das? In solchen Nächten, solchen lauen Sommernächten, denke ich an keine Uhrzeit.« So ein unsäglicher Blödsinn, denkt Linda und beschließt, das Gespräch schnellstmöglich abzuwürgen.

»Ich muß morgen früh arbeiten!«

»Lassen Sie den Vormittag ausfallen, dann können Sie gemütlich ausschlafen. Ich erstatte Ihnen den Verlust. Was arbeiten Sie? Was verdienen Sie? Ich schätze mal, 500 Mark wären ein gerechtes Ausfallhonorar, habe ich recht?«

Linda steht wie versteinert auf dem Balkon und starrt die beiden Halogenscheinwerfer des Wagens an, der frech mitten im Innenhof steht.

500 Mark? Für ein Glas Wein? Der muß total verrückt sein.

»Habe ich nicht recht? Verdienen Sie mehr an einem Vormittag? Vielleicht 600 Mark? Das ist in meiner Haushaltskasse für ein nettes Plauderstündchen auch noch drin. Überlegen Sie es sich. Ich drehe jetzt zehn Runden um mein Auto, und wenn Sie einverstanden sind, dann knipsen Sie das Licht zweimal kurz hintereinander aus. Erst dann klingle ich bei Ihnen. Ist das ein faires Angebot?«

Linda hört ihr Blut rauschen. Automatisch unterbricht sie die Leitung, hält den Hörer aber noch in der Hand und schaut wie gebannt auf den Mann, der jetzt dort unten aussteigt und langsam um das Auto herumzugehen beginnt. Der spinnt wohl! Er hält sie für eine Nutte! Eine Unverschämtheit, sie sollte sofort Dirk anrufen. Oder noch besser Marion! Ja, Marion, der Tugendwächterin, sollte sie stecken, was sie für einen feinen Mann hat! Linda denkt an die Gespräche vom Nachmittag und wie Monika mal so eben mit links von Marion öffentlich abserviert wurde. Jetzt wäre die Gelegenheit für eine

Rache da: Sie könnte Günther heraufbitten und alles heimlich auf ein Tonband aufnehmen. Wer weiß, was Günther so zu erzählen hat? Bei einem Gläschen Wein? Für 600 Mark? Aus der Haushaltskasse? Allein das würde Marion mit einem Schlag vernichten. Zumindest emotional. Dessen ist Linda sich sicher.

Sie schaltet zweimal das Deckenlicht an und aus. Dann läuft sie ins Badezimmer, zieht sich schnell Jeans und T-Shirt an, fährt sich mit dem Lippenstift über die Lippen und, während es bereits klingelt, mit der Bürste durch ihr schwarzes Haar.

»Ja, vierter Stock, rechts«, sagt sie ins Haustelefon, drückt den Öffner, holt ihr Diktiergerät aus der Schublade, prüft die Kassette, schaltet auf »Aufnahme« und legt es unter den Sessel. Ihr Herz schlägt rasend, als es kurz danach an der Haustür klopft. Barfüßig öffnet sie.

Günther steht ihr gegenüber, größer und massiger, als sie ihn in Erinnerung hatte. Er trägt ein weißes, halbärmeliges Leinenhemd zur blauen Hose. Im Halbdunkel des Flurs sieht er direkt gut aus, und sein breites Lachen wirkt sympathisch.

»Ich habe Sie hoffentlich nicht erschreckt«, sagt er, während sie ihn hereinbittet. »Mir wurde erst jetzt bewußt, daß Ihnen das Ganze recht merkwürdig vorkommen muß. Aber machen Sie sich keine Gedanken, mir war wirklich nur nach einem Abschlußgläschen in angenehmer Gesellschaft. Ich wollte meinen vorangegangenen Besuch in Ihrer Nachbarschaft verdauen ...«, er lacht herzlich und zeigt seine weißen Zähne.

»Ach, ja, ja«, Linda überlegt. »Bei wem waren Sie denn?«

»Nun, Geschäftsfreund. Für mich wichtig, aber für uns beide nicht von Bedeutung.« Er bleibt mitten im Raum stehen und schaut sich um.

Linda deutet auf den Sessel. »Wollen Sie sich nicht setzen? Der Sessel dort ist recht bequem.«

»Ach, ich setze mich mit Ihnen lieber an den Tisch dort. Das ist nicht so förmlich. Außerdem kann man sein Glas besser abstellen.«

Mist, denkt Linda, jetzt liegt das Aufnahmegerät am falschen Platz!

»Haben Sie denn eine Flasche Wein da? Und Gläser?«

An ihr vorbei geht er in die Küche. »Oh, interessant eingerichtet. Sie haben Geschmack, sehr ausgefallen!« Er bleibt in ihrer Küche stehen, die aus losen Bestandteilen zusammengestellt ist, und schaut sich um. Linda folgt seinem Blick, der an einer zum Regal umfunktionierten Weinkiste hängengeblieben ist. »Ja, das habe ich bei meinem letzten Aufenthalt in Rom gesehen. Fand ich irgendwie gut, so für Flaschen mit Öl und Essig ... und so.«

»Oh, wo waren Sie denn in Rom? Ich liebe Rom!«

»Nun, wo man eben so hingeht, wenn man in Rom ist!« Hoffentlich versteift er sich nicht auf das Thema. Linda war noch nie in Rom, aber das geht ihn schließlich nichts an. Günther tritt an die Kiste heran und fährt mit dem Zeigefinger langsam den eingebrannten Schriftzug nach. »War auch guter Wein drin, Barolo.« Er nickt ihr anerkennend zu. »Kein Wunder, daß man so etwas als kleine Erinnerung gern aufhebt.«

»Und praktisch ist es auch!«

»Ja, auch das!« Er wirft ihr einen Blick zu, und Linda wird verlegen. Warum ist er bloß in ihre Küche gekommen. Sie ist siebenundzwanzig Jahre alt, woher soll sie Geld für eine Einbauküche nehmen? Den alten Kühlschrank hat sie ihren Eltern abgeschwatzt, der Küchenschrank stammt vom Flohmarkt, und den Herd hat sie sich im letzten Jahr gekauft, als das Elektrofachgeschäft bei Dirk um die Ecke Totalausverkauf machte. Wenn sie Geld übrig hat, steckt sie es lieber in schöne Reisen als in Möbel.

»Meinen Sie, daß Sie eine Flasche Wein da haben?« Er lächelt ihr aufmunternd zu.

»Ach so, ach ja! Natürlich habe ich das!« Sie öffnet den Kühlschrank. »Rotwein, Weißwein, auch eine Flasche Sekt. Was Sie wollen!«

»Darf ich?« Er greift nach der Rotweinflasche. »Ein schöner Italiener. Aber es bekommt ihm besser, wenn er nicht in der Kälte steht. Lassen Sie ihn draußen.«

Ein Chianti Classico, das letzte Mitbringsel ihrer Eltern. Sie hat ihn nicht für besonders gut gehalten, Chianti trinkt doch jeder. »Wer trinkt im Sommer schon warme Weine? Dazu ist es doch viel zu heiß!«

»Diese Antwort hätte ich vor ein paar Jahren auch gegeben. Aber glauben Sie mir, Weißwein trinkt man kühl, Rotwein hält man auf Zimmertemperatur.«

Hat dir das Marion erzählt, wäre ihr fast herausgerutscht, aber sie greift statt dessen nach der Weißweinflasche im Kühlschrank. »Na, dann dürfte diese ja passen!«

Er wirft einen kurzen Blick auf das Etikett und schmunzelt. »Mit einem heimischen Fabrikat kann man schwerlich etwas falschmachen. Gibt es dazu auch einen Korkenzieher und Gläser?«

Am Tisch öffnet er die Flasche und schaut sich dann suchend um.

»Fehlt jetzt noch etwas?« fragt Linda, schon leicht gereizt. »Vielleicht ein Temperaturmesser? Oder Eiswürfel für den Sektkübel?«

»Keine schlechte Idee fürs nächste Mal. Ich dachte nur eben an eine Kerze für den Tisch.«

Es wird kein nächstes Mal geben, schwört sich Linda. War sowieso schon mehr als idiotisch, daß ich auf diese blöde Tour hereingefallen bin.

Sie geht in ihr Schlafzimmer, um Kerzen zu holen.

Dort werde ich auch bald sein, denkt Günther und schaut ihr nach. Sie hat eine unverschämt gute Figur, stellt er zu seiner Freude fest, selbst in diesen unscheinbaren Klamotten. Dieser Apfelhintern in den Jeans. Wenn die Strapse trägt, werde ich wieder zwanzig!

Sachte, sachte, sagt er sich, als sie mit den Kerzen zurückkommt. Nicht verschrecken, das Kind. Es kommt, wie's kommt, und vor allem wird's mir kommen. Er grinst über diesen Gedanken.

»Ist was?« fragt Linda.

»Nein, ich freue mich nur, daß Sie sich Zeit für mich nehmen. Und ich frage mich, ob wir uns nicht setzen sollten.«

»Ja, bitte«, Linda deutet auf einen Stuhl und nimmt ihm gegenüber Platz. Es ist ein kleiner Tisch, als Frühstückstisch für zwei Personen gedacht. Linda zündet die Kerzen an und weiß nicht, was sie nun mit ihm reden soll. Wie konnte sie nur in eine so irrsinnige Situation geraten! Hoffentlich ruft Dirk bald an!

»Was arbeiten Sie denn, wenn ich fragen darf?«

Ach, jetzt will er um die Kohle feilschen. »Wegen des sogenannten Ausfallhonorars?«

»Gott behüte! Nein, das haben wir doch bereits ausgemacht. Nein, aus purem Interesse. Ich tippe, Sie haben etwas mit Schönheit zu tun – so wie Sie aussehen. Modeln Sie?«

Linda ist versucht aufzuschneiden. Sie hat tatsächlich etwas mit Schönheit zu tun, sie ist Verkäuferin in einem Parfümeriemarkt. Und sie modelt auch ein bißchen – verkauft nebenher Dessous. Aber muß sie ihm das auf die Nase binden, wo er sie doch so hoch ansiedelt?

»Ein bißchen, als Nebenjob.«

So stimmt's sogar.

»Das sieht man gleich. Sie sollten in professionelle Hände kommen. Einer richtigen Agentur vorgestellt werden. So schön wie die Mädchen in den Illustrierten sind Sie doch allemal.«

Er will ihr schmeicheln, er hat keine Ahnung! Nun gut, es kann ihr auch egal sein.

»Ich bin siebenundzwanzig Jahre alt, also zu alt, um richtig anzufangen. Außerdem mit 169 Zentimetern zu klein. Und das war schon immer so, also hatte ich nie ein echte Chance. Aber was soll's, ich bin auch so glücklich!«

»Das ehrt Sie, nein wirklich! Und zudem hätte Römersfeld einen Stern weniger ohne Sie.«

Schwätzer!

»Es reicht doch, wenn Sie einen Stern an Ihrem Auto haben.« Sie greift nach dem Glas und prostet ihm zu.

»Ha, ha, ha«, lacht Günther los, »das war wirklich originell. Sie sind eine interessante Frau, Linda«, er hebt sein Glas, »wirklich außerordentlich.«

Dann greift er zur Brieftasche und blättert sechs Hundertmarkscheine auf den Tisch. »Darf ich wiederkommen? Es war nett bei Ihnen.«

»Sie ... Sie wollten doch eine Stunde bleiben? Die ist doch noch gar nicht um?«

»Ich gehe lieber heute etwas früher und komme dafür das nächste Mal etwas früher, ha, ha.« Linda versucht, nicht wie gebannt auf das Geld zu starren. Er hat tatsächlich 600 Mark auf den Tisch gelegt. Für eine halbe Stunde plaudern. Das verdient sie gerade mal in der Woche! Du lieber Himmel, muß der Mann reich sein! Stinkreich!

Langsam steht sie auf. Günther steht bereits, streckt ihr die Hand hin. »Also, dann. Und ich wünsche Ihnen für morgen einen gemütlichen Vormittag. Danke für den Wein.« Linda läuft wie hypnotisiert neben ihm zur Tür. Er hat den Wein kaum angerührt, wie kann er sich dafür bedanken.

»Was trinken Sie denn gern?« Er dreht sich im Gehen nochmals nach ihr um.

So schnell fällt ihr gar nichts ein. Tomatensaft, aber das klingt zu kindisch. »Champagner«, sagt sie aufs Geratewohl.

»Sie haben Geschmack«, er nickt ihr zu und geht zum Lift.

Linda schließt langsam die Tür, dann löscht sie alle Lichter und stellt sich im dunklen Zimmer an ihr Wohnzimmerfenster. Sie sieht, wie er zu seinem Wagen geht, einsteigt, sie zweimal kurz per Lichthupe grüßt und langsam davonfährt. Hat er geahnt, daß sie am Fenster steht?

Zögernd zündet sie die Kerzen an und betrachtet im flackernden Licht die Scheine, die breitgefächert auf dem Tisch liegen. Da läutet das Telefon. Dirk! Was soll sie ihm bloß sagen? Du, hör mal, Günther Schmidt war hier und hat mir 600 Mark auf den Tisch geblättert – einfach so. Das glaubt kein Mensch! Sie muß zuerst das Diktiergerät abhören, ob überhaupt etwas drauf ist.

»Ja?« meldet sie sich.

»Es war schön bei Ihnen, ich möchte Ihnen nur eine gute Nacht wünschen!«

Günther Schmidt! Aus dem Auto!

»Ja, danke. Vielen Dank«, antwortet sie leise und legt auf.

Günther sitzt in seinem Wagen und triumphiert. Jetzt wird sie wie eine zahme Maus vor dem Geld sitzen und überlegen, was sie tun soll. Erst denkt sie, daß sie es zurückgeben muß, dann trinkt sie noch ein Glas, und wenn sie schließlich ins Bett geht, ist sie davon überzeugt, daß sie es sich redlich verdient hat! Er klappt im Fahren seine Sonnenblende herunter und öffnet den beleuchteten Schminkspiegel. »Phh, sechzig«, grinst er sein Spiegelbild an. »Frisches Blut von siebenundzwanzig Jahren ist wie eine Frischzellenkur. Und macht dazu noch Spaß!« Er legt eine Musikkassette ein und singt laut mit: »Schöne Maid, hast du heut' für mich Zeit, holadiaho...«, dann fährt er einen kleinen Umweg an dem Bungalow seines Vermögenberaters vorbei. Sieh an, im Arbeitszimmer brennt noch Licht. Klaus scheint die Message verstanden zu haben. Günther nickt zufrieden: Die Dinge nehmen ihren Lauf.

Am nächsten Morgen ist Linda bereits um sechs Uhr wach. Eine Stunde zu früh. Sie spürt eine seltsame Unruhe. Was ist bloß los, denkt sie und schaut auf den Wecker. Hat sie vergessen, die Uhr zu stellen? Dann schießt sie hoch. O Gott, das Geld! Der

Schmidt! Hat sie das geträumt? Sie springt aus dem Bett und läuft in ihr Wohnzimmer. Nein, dort stehen noch die beiden halb leergetrunkenen Gläser und die Kerzen auf dem Tisch, und dazwischen liegen die Scheine. Sie hat nichts davon angerührt, sie wollte darüber schlafen. Aber nun ist sie auch nicht schlauer.

Langsam geht sie ins Bett zurück, schlägt ihr Kopfkissen mißmutig zurecht und rollt sich in die Decke ein. Sie wird nicht eine Stunde zu früh aufstehen, nur weil ihr Günther Schmidt 600 Mark auf den Tisch gelegt hat. Sie ist noch für nichts und niemanden zu früh aufgestanden. Ihr ganzes Leben lang nicht. Also wird sie es auch heute nicht tun. Diese Stunde wird sie noch schlafen! Ganz normal! Wie immer!

Regine ist eben aufgestanden, um für Klaus und sich das Frühstück zu richten. Sie wird sich nachher zwar wieder ins Bett legen, aber sie haben es sich zum Grundsatz gemacht, den Morgen in Ruhe gemeinsam zu verbringen. Während sie den Kaffee aufstellt, hört sie, wie Klaus ins Bad geht. Regine holt die Zeitung aus dem Briefkasten und überfliegt die Seiten. Juli, alles steuert auf die großen Ferien zu, das Sommerloch macht sich breit. Sie dreht die Zeitung um. Die letzte Seite wimmelt nur so von Reiseangeboten. Seufzend klappt sie sie zu und legt sie neben Klaus' Teller. Vielleicht sollte sie doch noch einmal mit ihm reden. Schließlich könnte sie ja auch mit einer Freundin verreisen. Da bräuchte er keine Angst um sie zu haben und könnte unbesorgt seinen Umbau abarbeiten. Aber als Klaus endlich erscheint, sieht er zum erstenmal, seitdem sie zusammen sind, wirklich alt aus. Regine traut sich nicht, das Thema anzusprechen.

»Hast du schlecht geschlafen?« fragt sie erschrocken.

»Ich habe die halbe Nacht durchgearbeitet. Als ich im Bad war, war's drei!« Er gibt ihr einen Kuß und schiebt sich seinen Stuhl zurecht.

»Ich werde eben doch langsam alt. Früher hat mir so etwas nichts ausgemacht! Hoffentlich bereust du nicht eines Tages deine Wahl!«

»Aber Schatz, wie kannst du so etwas sagen!« Sie gießt ihm Kaffee ein und reicht ihm den Aufschnitt. »Ich kann auch wieder arbeiten gehen, wenn du so schuften mußt. Wir können das doch zu zweit schaffen!« Dann habe ich auch wieder mehr Rechte und kann in Urlaub, wann ich will, denkt sie dabei und schneidet zwei Scheiben Brot ab.

»Solange du mit mir zusammen bist, brauchst du nicht zu arbeiten. Ich hatte bereits einmal eine Karrierefrau an meiner Seite, das hat mir gelangt! Nie war sie da, nie hatte sie Zeit, selbst das Frühstück mußte ich mir allein richten. Ständig waren Fremde im Haus. Putzfrau, Büglerin, Wäscherin, Nachhilfelehrerin, Musiklehrer, Au-pair und was weiß ich noch alles.«

»Na ja, so schlecht ist das doch eigentlich nicht«, wirft Regine ein. »Es hat doch sicherlich alles gut funktioniert.«

»Funktioniert! Genau, du sagst es. Alle haben funktioniert. Selbst ich, das Familienoberhaupt, habe ›gut funktioniert‹. Ein Greuel. Ich möchte in meinem Leben niemals mehr gut funktionieren. Ich möchte leben. Und zwar so, wie es mir gefällt!«

Das habe ich nun davon, denkt Regine und klatscht wütend Frischrahm auf ihr Brot. Jetzt habe ich einen Egoisten, bloß weil ihn Monika nie ernst genommen hat! Sie hat mir den Mann versaut, die Kuh!

In Römersfeld bricht ein weiterer strahlender Sommertag an. Alles geht seinen gewohnten Gang, Günther fährt zu einer seiner großen Baustellen, um sich über den Fortgang der Arbeiten zu informieren, Marion bereitet ihren Bridgenachmittag vor, Dirk sucht gegen elf Uhr sein Auto, weil er wieder einmal nicht weiß, wo er es zuletzt abgestellt hat, und Monika erörtert mit ihrem Sohn Richi einen Brief vom Finanzamt, in dem eine Steuerprüfung angekündigt wird.

Nur Linda fühlt sich nach wie vor wie elektrisiert. Sie ist aufgestanden und hat ihr Diktiergerät geprüft, aber nur ein Rauschen mit zu weit entfernten Stimmen zeugt von der gestrigen Nacht. Nichts, womit sie Marion ärgern, geschweige denn Dirk etwas erklären könnte. Und es ändert nichts daran, daß diese Scheine weiterhin auf ihrem Tisch liegen.

Schließlich steckt sie das Geld kurzentschlossen ein, fährt zu ihrem Arbeitsplatz und in der Mittagspause zum Tierschutzverein. Im Namen von Günther Schmidt zahlt sie die volle Summe als Spende ein und bittet um eine baldige Spendenbescheinigung an seine Adresse. Anschließend fährt sie wieder zurück, kann sich aber weder auf ihre Kundschaft noch auf die Produkte konzentrieren. Ständig stellt sie sich das Gesicht von Marion vor, wenn sie den Brief vom Tierschutzverein erhält, und außerdem brennt sie darauf, die ganze Geschichte Irena zu erzählen.

Gegen achtzehn Uhr fährt Günther von seiner kleinen Rundreise von Baustelle zu Baustelle nach Hause. Er ist bestens gelaunt, seine Geschäfte laufen, seine Maschinen sind ausgelastet, von Flaute keine Spur.

Seitdem er im Auto sitzt, hat er den Telefonhörer nicht mehr aus der Hand gelegt, telefoniert mit seinen wichtigsten Auftraggebern, um sie über den Fortschritt der Arbeiten zu unterrichten, verabredet sich mit Klaus auf morgen nachmittag, sagt Marion, daß die Bridgedamen jetzt zu verschwinden hätten, denn er sei im Anrollen und wolle sein Abendessen pünktlich um sieben Uhr serviert haben, und ruft dann zum Schluß, sozusagen als persönliches kleines Dessert, seinen Weinhändler an und beauftragt ihn, eine Kiste Champagner an Lindas Adresse zu schicken. Lieferbar noch heute, möglichst gegen acht Uhr. Dann könnte er um neun Uhr mal unschuldig nachfragen, ob er ihre bevorzugte Marke getroffen habe. Er reibt sich die Hände über diesen Coup und zieht auf die Überholspur rüber.

Marion hat, um den lauen Sommerabend auszunutzen, auf der Terrasse gedeckt und, um Günther eine Freude zu machen, sein Lieblingsessen vorbereitet, Braten mit Sauerkraut und Weckknödeln. Günther verlangt zunächst mal nach einem kalten Bier und lehnt sich dann in seinem Stuhl zurück.

»Meinst du, das ist das geeignete Essen für einen Mann, der an einem heißen Tag den ganzen Tag unterwegs war?«

Marion, die ihm eben den Teller vollschöpft, hält irritiert inne. »Wieso? Was meinst du?«

»Ich denke, du könntest bewußter kochen. Ein Sommersalat wäre heute doch wohl das richtige gewesen!«

»Wie? Aber du magst doch gar keinen ...«

»Du könntest ruhig etwas an meine Figur denken!«

Marion läßt den Schöpflöffel sinken und starrt ihn an. »Aber du hast doch eine gute ...!«

»Schon mal was von Cholesterin gehört?« schneidet er ihr brüsk das Wort ab und schiebt den Teller von sich. »Genausogut kannst du mir auch eine Waffe auf den Tisch legen mit der genauen Anleitung zum Selbstmord!«

»Was um alles in der Welt ist denn bloß in dich gefahren?« Marion setzt sich und schüttelt ungläubig den Kopf.

»Ich bin sechzig geworden, Marion, falls dir das entgangen sein sollte, und ich will noch ein paar Jahre leben! Leben, verstehst du?«

»Nun gut«, Marion steht auf, um die Platte mit dem Braten, die Schüsseln mit Sauerkraut und Knödeln wieder abzutragen. »An mir soll's nicht liegen. Ich hab's ja bloß gut gemeint und ...« Die Haustürglocke läßt sie abbrechen. »Wer kann denn das noch sein?« wendet sie sich an Günther. »Erwartest du Besuch?«

»Vielleicht«, für einen Moment schießt Günther durch den Kopf, daß es Linda sein könnte, und sein Puls schlägt hoch. Blödsinn, sagt er sich dann, es gibt keinen Grund, weshalb sie herkommen könnte.

Marion ist schon an der Tür und öffnet. Eine Frau Mitte Dreißig steht strahlend vor ihr. »Ich mußte einfach persönlich vorbeikommen, um mich bei Ihrem Mann zu bedanken!«

»Ja«, Marion überlegt krampfhaft, ob sie das Gesicht kennt, »wofür denn?«

»Nun, für die großzügige Spende, es passiert nicht alle Tage, daß jemand ein so großes Herz zeigt. Ist er denn da, darf ich hereinkommen?«

Marion geht voraus, ohne einen klaren Gedanken fassen zu können. Eigentlich gehen alle Spenden über ihren Tisch. Oder war es etwa wieder eine Parteispende, die irgendwann nur Ärger bringen wird?

An Günthers Gesichtsausdruck merkt sie, daß er auch nicht schlauer ist als sie selbst. Die Frau streckt ihm ihre Hand entgegen, und er steht zögernd auf, um sie anzunehmen.

»Im Namen des gesamten Tierschutzvereins danke ich Ihnen herzlich. Ihr Geld hilft uns, die Anlage zu erweitern, und wenn es irgendwann soweit sein wird und auch der noch fehlende Betrag zusammengekommen ist, darf ich Sie, Sie beide natürlich«, sie nickt Marion lächelnd zu, »zur Einweihung schon jetzt sehr herzlich einladen. Wir werden natürlich Schildchen mit den Namen der Spender an der Erweiterung anbringen.«

Günther weiß nicht, wie er reagieren soll. Wird er hier auf den Arm genommen? Dazu wirkt diese Frau zu euphorisch. Möglicherweise eine Verwechslung?

»Ja, danke«, sagt er vorsichtshalber und versucht ihr seine Hand zu entziehen, die sie immer noch begeistert festhält.

»Ach so, ja, und hier ist Ihre Spendenbescheinigung, damit alles seine Richtigkeit hat!« Sie lacht kokett, läßt ihn los, zieht einen Briefumschlag aus ihrer Umhängetasche und legt ihn auf den Tisch. »Und wenn es noch irgendwelche Fragen geben sollte, fragen Sie das nächstemal einfach nach mir, Annemarie Roser, ich bin die Vereinsvorsitzende!«

»Ach ja. Ja, danke!« Aus den Augenwinkeln heraus mustert er den Umschlag. Eine Briefbombe? Die sähe aber wahrscheinlich anders aus und würde wohl auch kaum persönlich überbracht werden. Ob Klaus dahintersteckt? Womöglich hat er mit seinem Geld jetzt das Tierheim aufgekauft. Die Millionen garantiert sicher im Hundekot verborgen?

Annemarie Roser legt ihre Visitenkarte neben den Briefumschlag. »Ja, dann will ich nicht länger stören. War nett, Sie kennengelernt zu haben, und nochmals vielen Dank. Alles Gute fällt irgendwann auf einen zurück!«

Marion hat es eilig, sie an die Tür zu bringen. Sie will Günther diesen ominösen Briefumschlag nicht allein überlassen. Sie will wissen, von welcher Summe diese Frau gesprochen hat. Günther hat ihn bereits aufgerissen, als sie zurückkommt. Ihm ist mit einem Blick klar, um welche Transaktion es sich gehandelt hat.

Aha, denkt er, kleines Biest.

»Ach Gott«, lacht er, als Marion auf die Terrasse tritt. »Das habe ich ja total vergessen. Und deswegen machen die so einen Aufstand!«

Marion nimmt ihm den Beleg aus der Hand. »600 Mark«, liest sie ungläubig. »600 Mark für den Tierschutzverein? Wieso denn das? Gibt's dafür einen Grund?«

Günther schenkt sich Bier nach und trinkt den Schaum ab, bevor er antwortet. »Eine Wette, ich habe gegen Klaus eine Wette verloren. So einfach ist das. Aber ich hab's total vergessen!«

Marion hält ihm die Spendenbescheinigung vor die Nase. »Da steht aber das heutige Datum der Spende. Wie kann man so etwas vergessen?«

»Was soll's, Marion, Klaus hat das für mich erledigt. Glaubst du etwa, ich hätte für solch einen Firlefanz Zeit? Reich mir lieber die Knödel rüber!«

Linda ist ihre Neuigkeit nicht losgeworden. Irena ist zu einer Fortbildung nach München gefahren, und Dirk ist für so eine Geschichte nicht der richtige Gesprächspartner. Er würde gleich alles viel zu ernst nehmen und ihr damit den ganzen Spaß verderben. Monika wäre noch möglich, aber irgendwie fühlt sie sich in ihrer Rolle einer gestandenen Frau gegenüber unwohl. Immerhin hat sie Günther spät abends hereingelassen, und schließlich hat er ihr viel Geld dafür auf den Tisch geblättert. Nein, solche Geschichten taugen nur für Busenfreundinnen.

So fährt sie nach der Arbeit bei Dirk vorbei, schaut ihm beim Studieren über die Schulter und schlägt ihm einen Kinobesuch vor.

»Kino«, stöhnt er. »Als ob ich hier nicht genug Kino hätte! Zumindest hatte ich heute bei der Klausur einen Filmriß nach dem anderen! Wenn ich das Examen nicht schaffe, rastet mein Alter aus!«

»Was heißt da, dein Alter!« Linda setzt sich ihm auf den Schoß und schlingt ihre Arme um seinen Hals. »Vor mir solltest du eigentlich mehr Angst haben. Schließlich muß sich ein Bratkartoffelverhältnis auch irgendwann einmal umkehren!«

»Ein was?« Dirk streicht sich seine halblangen braunen Locken zurück, seine grauen Augen wirken müde.

»Bratkartoffelverhältnis«, wiederholt Linda, steht auf und zieht sich ihren kurzen Rock zurecht. »Wollen wir nicht doch vielleicht wenigstens ein Glas Rotwein miteinander trinken? Dann lasse ich dich auch in Ruhe weiterarbeiten!«

Dirk streckt sich auf seinem Stuhl aus und gähnt. »Wenn du meinst«, sagt er und dreht sich nach ihr um. »Schau im Kühlschrank nach, ob noch einer da ist.«

Linda geht um den großen Ölofen herum in das kleine, provisorisch zur Küche umfunktionierte Nebenzimmer. »Rotwein stellt man nicht in den Kühlschrank«, ruft sie.

»Was ist denn das für ein Schwachsinn«, erwidert Dirk und legt seine Beine auf den Schreibtisch. »Jetzt redest du wirklich schon wie meine Alten! Wer will im Sommer schon piß-warmenWein trinken?«

Linda kommt mit einer Flasche und zwei Gläsern zurück. »Nun ja, Kenner eben«, sagt sie unbestimmt und drückt ihm die eiskalte Flasche zwischen die nackten Oberschenkel.

»Au, verdammt!« Er zieht mit einem Ruck die Beine vom Schreibtisch und springt auf. »Bist du heute auf dem Sadotrip?«

»Na ja, wenn's dir gefällt …«, grinst sie und zieht im Stehen an seinen gekringelten Beinhaaren.

»Die Reaktionen sind aufschlußreich!« Dirk deutet auf seine Shorts.

»Was kalter Rotwein doch alles vermag«, Linda bohrt ihren Zeigefinger spielerisch in seinen Bauchnabel.

»Du solltest das lassen, wenn du ernsthaft an einem Rechts-anwalt interessiert bist!«

»Ach, eigentlich verdiene ich ja doch ganz gut«, Linda zieht mit ihrem Fingernagel eine zarte Kratzspur vom Bauchnabel bis zum Hosenbund.

»Wenn du meinst«, Dirk faßt in ihr dichtes Haar und beugt sich zu ihrem Ohrläppchen.

Punkt halb elf Uhr nachts fährt Linda ihren Wagen in die Tief-garage. Sie hat einen leichten Schwips und hätte eigentlich überhaupt nicht mehr fahren dürfen. Aber da Dirk, der mit ihr noch im einzigen Biergarten von Römersfeld war, auch getrunken hat, kam es seiner Meinung nach aufs gleiche raus. Zudem war er im Vorteil, weil er bequem durch die Innenstadt nach Hause laufen konnte.

Linda kichert im Lift vor sich hin.

Witzig, wie die Geschäftswelt in Römersfeld die Honneurs macht, wenn der Sohn des Oberbürgermeisters kommt. Als ob er irgendwem irgendwelche Vorteile verschaffen könnte. Und wie er sich jedesmal von neuem darüber aufregt, weil er mit seinem Vater auf keinen Fall in einen Topf geworfen werden will.

Als der Lift hält, sieht sie vor ihrer Tür etwas liegen, das da nicht hingehört. Hat sie bei irgendeinem Versandhaus etwas bestellt? Sie kann sich nicht erinnern. Beim Näherkommen erkennt sie, daß es kein Paket, sondern ein Getränkekarton ist. Linda bückt sich und liest die Aufschrift. Sechs Flaschen Champagner. Sie richtet sich auf, bleibt regungslos stehen und reibt sich die Arme, eine Gänsehaut hat sich an ihnen hochgeschlichen. Jetzt ist es klar. Günther Schmidt hat gestern nicht einfach nur einen Geschäftspartner besucht. Günther Schmidt hegt feste Absichten. *Sie*, Linda Hagen, ist sein Geschäftspartner.

Am anderen Ende der Stadt hat Günther Schmidt eben zum zehntenmal das Telefon in Lindas Wohung durchklingeln lassen. Verdammt nochmal, irgendwann muß sie doch nach Hause kommen! Er ist versucht, einfach hinzufahren, aber er befürchtet, daß Marion mißtrauisch werden könnte. Diese Geschichte mit dem Tierschutzverein hat er zwar noch einmal abbiegen können, aber Marion weiß natürlich genau, daß er eher ein Kriegsveteranenheim vergolden lassen würde, als eine Hundehütte zu bauen.

So setzt er sich zu den *Tagesthemen* zu Marion ins Wohnzimmer und schimpft über die Politik. Das tut er immer, und somit ist es unverdächtig. Verdammt, da schickt er dem Mädchen Champagner, und dann ist sie noch nicht einmal zu Hause! Was sie wohl gerade treibt?

Wilde Phantasien durchzucken ihn, während er blicklos auf den Fernseher starrt.

»Die arme Frau«, hört er Marion sagen.

»Was?« Er versucht sich auf den Bildschirm zu konzentrieren.

»Hörst du gar nicht zu?« Marion liegt mit ihrer Mohairdecke auf der Couch und schaut zu Günther herüber, der in ihrem letztjährigen Weihnachtsgeschenk sitzt, einem ledernen Fernsehsessel. Zwischen ihnen steht der Couchtisch, beladen mit Knabbereien, einer Flasche Weißwein im Kühler und zwei unbenutzten Gläsern.

»Was hast du gesagt?« Günther fängt ihren Blick auf, gibt ihn aber unbefangen zurück. »Ich hab' dich nicht verstanden!«

»Na, die Frau, die Fünflinge kriegen soll. Ist doch entsetzlich!«

»Woher willst denn du das wissen?« Günther zieht an einem Hebel und läßt mit einem Ruck das Fußteil hochschnappen, »du hast es doch nicht einmal zu einem einzigen gebracht!«

Linda hat in der Zwischenzeit den Champagner mitten in ihre Küche gestellt und bleibt unentschlossen davor stehen.

Was bildet der sich eigentlich ein! Er weiß doch genau, daß sie mit Dirk zusammen ist.

Auf der anderen Seite hat ihr noch nie ein Mann Champagner geschenkt. Und schon gar nicht im Sechserpack.

Am besten packt sie die ganze Kiste gleich in ihren Wagen und legt sie dem Schmidt einfach vor die Haustür. Mit den besten Grüßen von Marilyn Monroe aus dem Jenseits. Oder besser noch, sie stellt jede Nacht eine einzelne Flasche exakt zwischen die weißen Säulen des herrschaftlichen Eingangs und stülpt jeweils ein Kondom über den Flaschenhals. Mal schwarz, mal rot, mal mit Bananengeschmack und zum Schluß mit Noppen. Garantiert gefühlsecht und für die Augen des Zeitungsjungen geeignet.

Grinsend beginnt sie in ihrem Schrank nach Präservativen zu suchen. Es war noch ein Päckchen da, sie weiß es genau. Aber

als sie es findet, ist sie enttäuscht. Es sind einfache Allerwelts-
dinger, für jede Größe, aber nicht für jeden Anlaß geeignet.
Und das Haltbarkeitsdatum ist auch schon abgelaufen. Sie
feuert das Päckchen in den Abfalleimer und überlegt weiter,
aber schließlich beschließt sie, das Problem auf morgen zu vertagen. Linda geht ins Bad und danach direkt ins Bett. Als das
Telefon kurz nach Mitternacht noch einmal anhaltend klingelt,
hört sie es schon nicht mehr.

Zwei Kilometer Luftlinie weiter liegt Klaus wach neben Regine
und läßt sich alles noch einmal durch den Kopf gehen. Seit gestern kann er nicht mehr schlafen, sein Plan ist einfach gut, aber
verursacht ihm auch Gewissensbisse. Noch nie hat er einen
Freund betrogen. Noch nicht einmal in Gedanken. Klaus seufzt
und dreht sich auf die andere Seite. Im schwachen Licht sieht
er seine Frau, bis zum Kinn vergraben unter ihrer Daunendecke. Ihre Gesichtszüge sind entspannt, wirken kindlich
weich, fast puppenhaft. Er denkt an die Zeit zurück, als er seine
eigenen Kinder am Wochenende zu Bett gebracht hatte und
noch lange neben ihnen sitzengeblieben war, obwohl sie bereits
eingeschlafen waren. Er konnte sich an ihren friedlichen Gesichtern einfach nie satt sehen. Wie Engelchen sahen sie aus,
kleine Putten mit vollen, weichen Lippen. Sein Herz wollte ihm
übergehen, wenn er sie so betrachtete, aber nach einer kleinen
Weile schlich sich stets das bedrückende Gefühl der Vergäng-
lichkeit ein. Irgendwann einmal, dachte er damals, würde das
alles nur noch Erinnerung sein.

Günthers Erwartungen an den neuen Tag sind immens hoch.
Heute nachmittag wird er bei Klaus die Weichen für seinen
neuen Lebensabschnitt stellen, und am Abend wird er auf dieses
Ereignis mit Champagner anstoßen. Mit Linda, seiner wilden
Braut, ohne sie allerdings über den wahren Grund der kleinen
Feier zu unterrichten. Gutgelaunt fährt er durch die Stadt. Es

ist kurz nach neun, und er beschließt, noch schnell zum Friseur zu gehen. Ein bißchen frischer könnte der Schnitt sein, kürzer, dynamischer. Heiner Lauterbach hat schließlich auch eine hohe Stirn und sieht nicht schlecht damit aus. Er grinst vor sich hin, während er einen Parkplatz sucht. Vor dem Parfümeriemarkt wird gerade einer frei. Ein Wink des Schicksals, denn ein neues Rasierwasser könnte auch nicht schaden. Sicherlich haben sich die Düfte in den vergangenen Jahren völlig verändert, und er riecht hoffnungslos altmodisch.

Günther parkt ein, überlegt, ob er einen Parkschein ziehen soll, entscheidet sich aber fürs Risiko und geht durch die offene Tür.

Linda berät eben eine Kundin in der hinteren Ecke der Parfümerie und erstarrt, als sie im Spiegelregal Günther Schmidt erkennt, der mit forschem Schritt auf die nächstbeste Verkäuferin zusteuert. Wie peinlich, wenn er sie hier im weißen Arbeitsmantel entdecken würde. Sie kommt sich wie eine Hochstaplerin vor und sucht nach einem Schlupfloch. »Könnten Sie mich bitte kurz entschuldigen, mir ist gar nicht gut«, haucht sie ihrer Kundin zu und verschwindet in der nächsten Tür. Dahinter bleibt sie stehen, um wieder einen klaren Gedanken zu fassen. Eigentlich könnte sie ihm jetzt klipp und klar sagen, daß er seinen blöden Champagner abholen und sie in Ruhe lassen soll. Es wäre die Gelegenheit dazu. Sie schiebt die Tür einen Spalt auf und späht hindurch. Günther Schmidt hat derweil schon zwei Verkäuferinnen mit Beschlag belegt. Die eine sucht das Parfumregal nach passenden Herrendüften ab und sortiert sie der Reihe nach auf einem Präsentiertisch, die andere stellt alle entsprechenden Begleitdüfte dazu auf. Alle sind hochbeschäftigt, nur Lindas eigene Kundin steht von allen dienstbaren Geistern verlassen in der Ecke und schaut dem Treiben zu. Schließlich geht sie ohne ein Wort. Es fällt nicht groß auf, denn Günther Schmidt hält den Laden eine geschlagene Viertelstunde auf Trab. Schließlich trägt er eine randvoll gepackte Tüte hinaus.

»Solche Kunden könnten wir öfter gebrauchen«, meint Renate und klopft auf die Kasse. »Der allein hat jetzt mehr Umsatz gebracht als der ganze gestrige Tag!«

Linda schaut sich den Beleg an. Zwei Damenparfums für je 90 Mark, Körperlotion und Duschgel für weitere 100 und eine Herrenserie für 250 Mark.

»Gestern war's auch echt mies«, sagt sie dazu.

»Schon klar«, Renate räumt die Flaschen zurück. »Aber bar bezahlt hat er auch. Es gehen also noch nicht mal Prozente ab. Ich meine, das ist schon verdammt gut!«

»Der wird 'ne Freundin haben«, die zweite Verkäuferin kontrolliert ihre langen, schwarzlackierten Fingernägel. »Barzahlung! Typisch! Keine Karte, keine Belege, keine Beweise!«

»Du mußt es ja wissen!« Renate verzieht das Gesicht. »Zeichnet lieber mal die neue Ware aus. Möglicherweise bleibt er ja nicht der einzige Kunde heute!«

Marion befindet sich ebenfalls auf dem Weg durch die Stadt. Sie hat das unbestimmte Gefühl, daß irgend etwas in der Luft liegt. 1989, kurz nach der Wende, war es ähnlich. Günther war abweisend und oft übel gelaunt, und Marion rätselte, ob eventuell eine andere Frau im Spiel sei. Schließlich mußte sie durch Klaus, nein, eigentlich durch Monika, erfahren, daß er mit waghalsigen Spekulationen im Osten ihre ganze Existenz aufs Spiel gesetzt hat. Kein Wort hatte er ihr davon gesagt! Monika, damals noch mit Klaus verheiratet, rief sie eines Abends an und wollte ohne große Umschweife wissen, ob sie, unabhängig von Günther und seinen Geschäften, finanziell gut abgesichert sei. Marion fand es unverschämt, daß Monika in ihrem Privatleben herumstocherte, aber zumindest war sie gewarnt, obgleich sie Monika diese Indiskretion und vor allem den Informationsvorsprung niemals verziehen hat.

Die Spende an den Tierschutzverein geht ihr nicht mehr aus dem Kopf. Ohne Hintergrund würde Günther so etwas nie tun.

Aber was könnte dahinterstecken? Eine Wette jedenfalls nicht, da ist sie sich ganz sicher. Weder Klaus noch Günther kämen jemals auf die Idee, bei einer solchen Gelegenheit einen Tierschutzverein zu begünstigen. Es wäre höchstens denkbar, daß das Gelände um das Tierheim für die beiden von Nutzen sein könnte und sie deshalb irgendein Geschäft aushecken. Marion möchte sich das einmal näher anschauen.

Auch Regine ist unterwegs. Sie ist sauer. Seit Sonntag verkriecht sich Klaus jede Nacht in seinem Arbeitszimmer, erscheint morgens gerädert am Frühstückstisch und ist auch den restlichen Tag über nicht ansprechbar. Und wenn doch, so reagiert er auf das Wort Urlaub sofort allergisch, selbst in Verbindung mit dem Vorschlag, auf eigene Kosten mit einer Freundin zu fahren.

Wozu habe ich denn eigentlich geheiratet, fragt sie sich an diesem Vormittag, nachdem das Haus aufgeräumt und sonst nichts mehr zu tun ist. Sie schaut eine Weile in den Garten, dann ruft sie Klaus im Büro an.

»Klaus, möchtest du ein Kind?«

»Wie bitte?«

»Ob wir ein Baby haben wollen. Dann würde ich jetzt nämlich die Pille absetzen!«

»Regine, entschuldige, ich bin mitten in einer Besprechung!«

»Möchtest du?«

»Ich bitte dich!«

»Möchtest du?«

»Nein!«

»Dann wenigstens einen Hund!«

»Was?«

»Ich bin so allein! Du bist ja nie da!«

»Ich …«

»Sonst Baby!«

»Regine!«

»Dann Hund!«

»Meinetwegen …«

Wie damals bei ihren Eltern! Regine schüttelt den Kopf über sich selbst. Eigentlich ein entwürdigender Zustand, ständig um etwas bitten zu müssen und keine Entscheidung mehr allein treffen zu können.

Trotzdem! Sie hat erreicht, was sie wollte. Bis Klaus heute nacht nach Hause kommt, wird ein Hund da sein. Ganz ohne Rückgaberecht. Sie schnappt sich die Autoschlüssel zu ihrem kleinen Wagen und fährt zum Tierheim.

Marion und Regine begegnen sich an der Kreuzung, von der eine Schotterstraße zum Römersfelder Tierheim abgeht.

Was macht denn die da, denkt Marion, und in ihrem Kopf beginnen sich alle Rädchen zu drehen. Anscheinend wurde Regine von ihrem Mann in die neuesten Pläne eingeweiht, wie damals Monika. Nur sie steht wieder blöd da. Sie darf sich nichts anmerken lassen.

Regine winkt und lacht und läßt Marion die Vorfahrt. Es ist ihr klar, daß Marion andernfalls vor lauter Sorge um den Lack ihres schönen Wagens sterben würde. Dann fährt sie hinterher. Die Kieselsteine prasseln gegen ihren Kühler, und eine Staubwolke hüllt sie ein. Es macht Regine nichts aus. Gleich wird ihr Kindheitstraum in Erfüllung gehen: ein eigener Hund! Zuerst wollten ihre Eltern keinen, dann mußte sie arbeiten und hatte keine Zeit für ein Tier – aber jetzt, jetzt ist er zum Greifen nah.

Trotzdem wundert sie sich, was Marion in dieser Gegend sucht. Sie kann sich nicht vorstellen, daß sich die Schmidts in irgendeiner Form, es sei denn gebraten oder gegrillt auf dem Tisch, für ein Tier interessieren.

Vor dem großen Eingangstor aus Eisenstäben parken sie nebeneinander und begrüßen sich. »Unsere Männer sind ja jetzt Ehrenmitglieder«, sagt Marion und schüttelt Regines Hand.

»Ach so?« erwidert Regine verwundert, »und ich dachte, sie machen Geschäfte!«

Also doch, denkt Marion und beschließt, erst einmal abzuwarten. Ehrenmitglieder, Regine seufzt innerlich, immer kommt sie mit diesem alten Militärquatsch. Ehrenmitglied, Ehrenspalier, Ehrensalut, Ehrenbataillon, ob Günther zu Hause die Flagge hissen muß, wenn er einen hochkriegt? Sie klingelt.

Sofort setzt ein vielstimmiges Jaulen, Kläffen und Bellen ein. Beim zweiten Klingeln öffnet ein junges Mädchen, lädt sie mit einer Handbewegung ein, einzutreten, kümmert sich dann jedoch nicht weiter um sie. »Schauen Sie sich ruhig um, wir haben noch Arbeit«, schreit sie gegen den Lärm an und ist auch schon wieder in einer der Baracken verschwunden.

Solchen Leuten schmeißen wir nun also 600 Mark in den Rachen, denkt Marion und freut sich, daß Günther anscheinend ganz andere Pläne hat, als einen weiteren Zwinger bauen zu lassen. Sie mustert die Umgebung. Wiesen und Äcker, aber auf der rückwärtigen Seite steht eine große, leere Halle. Sie wirkt wie ein alter Flugzeughangar und scheint nicht besonders gut erhalten zu sein. Marion nickt innerlich. Klar, Günther und Klaus sind an etwas dran, machen sich im Tierheim beliebt, sondieren so unbehindert die Lage, warten auf die Genehmigung und walzen dann alles nieder. Sie kann beruhigt wieder gehen. Diesmal scheint es sich wirklich um keine existentielle Bedrohung zu handeln, allenfalls um ein kleines Geheimnis.

»Wenn hier keiner Zeit für uns hat, gehe ich wieder«, ruft sie Regine zu, streicht sich über ihr helles Leinenkleid, als sei es schon durch die Nähe zu den Zwingern schmutzig geworden, und läuft zum Tor.

In diesem Moment kommt Annemarie Roser aus dem Büro. »Oh, Frau Schmidt, einen Augenblick bitte, halt!« Aber Marion hat schon das Tor hinter sich zugeschlagen.

»Das tut mir leid, ich hätte unserer Gönnerin so gern die Anlage gezeigt und ihr erklärt, wofür wir ihr schönes Geld verwenden wollen«, sagt sie mit betroffener Miene zu Regine.

»Gönnerin?« fragt Regine verdutzt und schaut zu dem zugeschlagenen Tor, hinter dem jetzt ein Motor angelassen wird. Sie ist sicher, sich verhört zu haben. »Das war Marion Schmidt!«

»Ja, eben. Zu dumm, daß mir Sonja nicht gleich Bescheid gesagt hat! Was hat sie jetzt für einen Eindruck von uns!«

»Na, den gleichen wie ich! Nur, daß ich Ihnen gern einen Hund abkaufen würde. Klein bis mittelgroß, schmusig, aber trotzdem wachsam. Haben Sie da etwas?«

Zwei Stunden später fährt Regine mit einem ausgewachsenen Hirtenhund los. Er heißt Bobby, ist etwa drei Jahre alt, hat langes, helles Fell und wurde während der Osterfeiertage gefunden, angebunden an den Fahrradständer eines Supermarktes. Regine weiß inzwischen, daß Schmidts 600 Mark gespendet haben, sie weiß, daß der Tierschutzverein gern die alte Halle mit entsprechendem Gelände gekauft hätte, um ausgemusterten Großtieren eine letzte Heimat zu geben, und sie hat versprochen, sich dafür einzusetzen. Sie hat ja Zeit. Besser, als die Knospen an ihren Rosenbüschen zu zählen.

In seiner Kanzlei, mitten in Römersfeld, hat Klaus alles vorbereitet. Doch als Günther Schlag vier Uhr zur Tür hereinkommt, kann er seine Nervosität nur noch mit Mühe unterdrücken.

»So, dann laß sehen!« Günther steuert direkt auf den Schreibtisch zu, auf dem Klaus seine Papiere ausgebreitet hat. »Läßt du das anschließend wieder fein säuberlich verschwinden, ja?« sagt er mit einer Handbewegung und weist über den ganzen Tisch.

»Das ist doch wohl keine Frage!« Klaus tritt neben ihn. »Ich werd's dir gleich erklären! Jedenfalls kann ich dir mit meiner Arbeit garantieren, daß du in Kürze ein armer Mann sein wirst, ha, ha, ha!«

»Ich hoffe, du weißt, was du tust. Dann lache ich mit!«

»Und ob! Du wirst staunen!«

Klaus und Günther setzen sich an den Tisch. »Du hast doch dieses halb fertiggebaute Bürogebäude in Berlin. Wenn du jetzt deine Aktien verkaufst, kannst du die Hypothek von diesem Projekt tilgen. Der Clou ist, daß ich noch eine Aktiengesellschaft in Liechtenstein habe, die dein Bürogebäude kaufen könnte.«

»Und was haben wir damit gewonnen?«

»Na, die Immobilie ist doch noch nicht ganz fertig. Kein Mensch kann somit kontrollieren, ob der Kaufpreis, den du dafür ansetzt, angemessen ist. Deshalb verkaufst du zu einem Schleuderpreis an die Liechtensteiner Aktiengesellschaft. Auf diese Weise macht dein Bauunternehmen einen Riesenverlust, weil es ja nichts berechnen kann.«

»Hört sich schon mal gut an! Und diese... Aktiengesellschaft gehört dir?« fragt Günther und muß erst mal einen Schluck Wasser nehmen.

»Ach, eine reine Briefkasten-AG, deren Aktien auf meinen Namen laufen«, beschwichtigt Klaus ihn.

»Aha!« Ganz geheuer ist Günther die Sache noch nicht. »Und wie käme ich dann wieder an meine Kohle ran, und was ist mit meinem Bauunternehmen?«

»Die Liechtenstein AG kauft dein dadurch angeschlagenes Bauunternehmen und deinen ostdeutschen Tochterbetrieb gleich dazu. Und was ist eine Gesellschaft mit Verlust schon wert?« lacht Klaus und zuckt demonstrativ die Achseln.

Günther nickt. »Nun gut, das ist klar«, stimmt er zu. » Aber die Kohle?«

Klaus senkt die Stimme: »Du erhältst ein notarielles Kaufangebot für alle Aktien der Liechtenstein AG. Das wird selbstverständlich in einer separaten Notarurkunde vereinbart.«

»Dann werden die Aktien zu einem späteren Zeitpunkt auf mich übertragen?«

»Richtig!« Klaus nickt. »Und zwar zu einem Preis, den wir am besten gleich hier vereinbaren. Was hältst du davon?«

Günther steht auf, läuft mehrere Male quer durchs Zimmer und überlegt. Er hat durch diese Abmachung die Möglichkeit, sein gesamtes Vermögen zu einem symbolischen Preis zurückzuerhalten. Klaus hat recht, das hört sich wirklich gut an. Und daß auf diese Weise die Grunderwerbsteuer aus dem Immobilienkauf geringer ausfällt und er keine Ertragsteuer bezahlen muß, sind weitere Bonbons auf dem Weg in die Freiheit. Er bleibt vor Klaus stehen. »Okay, let's go!«

»So sehe ich das auch!« Klaus steht auf und geht zum Computer.

»Und der Rest?« fragt Günther. »Was machen wir mit den Festgeldern?«

»Die Million? Die hebst du ab. Vaduz ist doch eine schöne Stadt, warum sollte man sie nicht mal besuchen?«

»Da gebe ich dir recht. Ich wünsche dir viel Spaß dabei!« Günther grinst ihn mit einem Augenzwinkern an und überdenkt das Ganze noch mal. So wie es jetzt aussieht, wird sein gesamtes Vermögen tatsächlich nach und nach ins Ausland wandern. Und irgendwann wird er mit seinem Püppchen hinterherreisen und auf einem Geldkoffer mit Düsenantrieb ausfliegen. An die Côte d'Azur, nach Marbella, nach Malibu und überall dorthin, wo er ihren Körper mit möglichst wenig Kleiderstücken bewundern und das pralle Leben genießen kann.

Klaus beobachtet ihn. »Dir scheint der Plan zu gefallen!«

»Sieht man das?«

»Ich schon!«

»Na denn, mein Freund, entkorke die Cognacflasche und laß uns darauf anstoßen – auf alle Regines und …«, fast wäre ihm Lindas Name herausgerutscht, »und alle jungen Frauen dieser Welt!«

»Und auf uns«, ergänzt Klaus und geht zum Wandschrank. Als er die kleine Bar herunterklappt, sieht er im beleuchteten

Innenspiegel sein Gesicht wie das eines Fremden. Seine Augen glänzen, Erleichterung und Freude zeigen sich darin, aber auch der Ausdruck von Macht und Sieg. Klaus mustert sein Spiegelbild. Es stimmt, die erste Schlacht ist geschlagen! Wie sagte Günther doch eben noch so schön? Für alle Regines dieser Welt – et voilà!

Klaus hat sein Notebook auf den Tisch gelegt, und die beiden feilen an den Details ihres Plans. Plötzlich klopft es an der Tür. Erstaunt blickt Klaus auf. »Wo ist denn bloß Frau Zeller schon wieder?«

Günther schaut auf seine Armbanduhr. »Die dürfte schon Feierabend gemacht haben, mein Lieber!«

»So?« Es klopft erneut. »Herein!« ruft Klaus.

Die Tür wird langsam aufgeschoben, eine große Hundeschnauze erscheint, zieht sich aber sofort wieder zurück.

»Was ist denn das?« Klaus starrt auf die Tür.

»Los, Bobby, nur Mut«, hört er eine helle Frauenstimme.

»Regine?«

»Nein, Bobby!« Die Tür fliegt auf, Regine steht mit dem Riesen von Hund im Rahmen und lacht: »Darf ich dir unseren neuen Hausgenossen vorstellen, Bobby, der fliegende Berberteppich!«

»Aha!« Klaus fällt nichts darauf ein.

»Ist der nicht ein bißchen groß?« fragt Günther und steht auf, um Regine zu begrüßen. »Ist es noch möglich, dir ungefährdet die Hand zu schütteln?«

Regine kommt mit Bobby an der Leine herein. »Wir müssen es halt ausprobieren!«

Klaus steht ebenfalls auf. »Günther hat recht. Ich habe mir eher einen, äh, na, irgendeinen kleineren Hund vorgestellt. Einen, ja, Rehpinscher zum Beispiel!«

»Mit hat aber Bobby gut gefallen!« Regine krault ihn im Nacken. Dazu muß sie sich nicht einmal bücken.

»So ein großer Hund macht viel Arbeit!« startet Klaus einen weiteren Versuch.

»Bist du die Hausfrau oder ich?« Regine schüttelt verständnislos den Kopf. »Was ist jetzt. Freust du dich denn überhaupt nicht? Willst du Bobby nicht in unserer Familie begrüßen?«

Klaus wirft Günther einen hilflosen Blick zu. »Na ja!«

Günther lacht aus vollem Hals.

»Wart nur ab, was deine Frau nach Hause bringt«, wirft Regine ein.

»Wieso?« Augenblicklich erstirbt sein Lachen. »Was meinst du damit?«

»Nun, sie war ebenfalls im Tierheim. Irgendwelche Ambitionen scheint sie also auch zu hegen!«

»Marion im Tierheim?« Günther schaut sie ungläubig an.

»Glaubst du's etwa nicht?« Bobby macht einen langen Hals, um an ihm zu schnüffeln.

Günther schaut auf den Hund, dann auf Regine. »Doch, schon. Es wundert mich nur.«

»Übrigens, hast du heute eine Parfümerie leergekauft?«

»Ich?« Abweisend verschränkt Günther die Arme. »Wie kommst du denn auf so etwas?« Der Hund niest und dreht sich weg.

»Du riechst danach. Alles ziemlich durcheinander. Bobby mag's auch nicht!« Die beiden Männer schauen sich an.

»Na denn! Komm Bobby, wir gehen! Kannst dir ruhig Zeit lassen, Klaus, wir spazieren noch eine Runde durch den Park.« Sie drückt ihrem Mann einen Kuß auf.

»Aber – ich bin jetzt gleich fertig!«

»Es eilt nicht ...«, damit ist sie draußen.

»Das sind ja ganz neue Töne! Bisher war sie wegen jeder Minute verärgert, die ich zu spät kam.« Klaus geht kopfschüttelnd an den Computer zurück.

»Du hast einen Platzhalter gefunden. Ist doch praktisch. Und dazu noch völlig ungefährlich!«

»Das sagst du!«

»Jedenfalls besser als ein Nebenbuhler, oder nicht?«

»Solange er mich nachts noch ins Haus läßt!«

Eine halbe Stunde später sitzt Günther im Auto und denkt über Marion nach. Ganz offensichtlich spioniert sie hinter ihm her. Und wenn sie mit dieser Roser gesprochen hat, weiß sie jetzt auch, wie das Mädchen ausgesehen hat, das den Scheck überbracht hat. Jedenfalls kaum wie Klaus.

Die Ampel vor ihm schaltet auf Rot. Günther hält an und überlegt weiter. Es hätte eine von Klaus' Mitarbeiterinnen sein können. Sei's, wie's will, eine Ehekrise wäre jetzt denkbar ungünstig. Viel zu früh. Er muß verhindern, daß die Dinge eine Eigendynamik entwickeln. Hinter ihm hupt es zweimal. Trottel! Er blickt auf. Die Ampel ist grün, und er fährt an. Dann wirft er einen Blick in den Rückspiegel. Es ist Regine, die ihm jetzt von hinten zuwinkt. Die ist auch nicht ohne, denkt er. Die hat genügend Zeit, um alles zu sehen, und jede Menge eigene Erfahrung, um den Braten zu riechen. Er muß wirklich aufpassen. Günther hebt die Hand zum Gruß und biegt ab.

In ihrer kleinen Wohnung im »Getto« deckt Linda gerade den Tisch. Sie möchte mit Dirk über Günther Schmidt sprechen, und deshalb hat sie Dirk am späten Nachmittag angerufen und zum Abendessen eingeladen. Dirk fragte zweimal nach, ob das nicht auch bei ihm ginge, denn er hätte durch seine bevorstehende Klausur einfach keine Zeit für einen gemütlichen Abend. Aber Linda war klar, daß er in seiner Bude nur über seinen Büchern hocken und ihr kaum richtig zuhören würde. »Ich koche dir auch ein echtes Risotto, mit Pilzen und Käse und allem, was dazugehört«, hat sie ihn gelockt.

»Was gehört denn noch dazu?« fragte er, hellhörig geworden.

»Du wirst schon sehen ...«

»Hast du einen Schwung neuer Dessous?«

»Du bist gut, ich habe noch nicht einmal die alten verkauft!«

Stimmt, in ihrem Nebenjob war sie momentan nicht besonders aktiv. Sie hat ein Arrangement mit der größten Wäscheboutique in Römersfeld und zeigt bei Hausbesuchen die neuesten Kollektionen und führt sie auf Verlangen auch vor. Und das geht dann im Schneeballsystem weiter. Meistens veranstalten anschließend die Frauen, die als Gäste dabei waren, selbst Wäscheabende und laden dazu ihre eigenen Freundinnen ein. Jedenfalls ist es für die meisten ein riesiger Spaß, und für sie ist das Geschäft recht lohnend. Das letztemal hat sie in der Nachbargemeinde sieben Teile verkauft – bei nur fünf anwesenden Frauen. Das konnte sich schon sehen lassen. Vielleicht müßte sie wieder mal ein bißchen kurbeln.

Sie geht in die Küche, um das Risotto vorzubereiten, und macht dabei einen Bogen um den Karton mit den sechs Champagnerflaschen, der noch immer mitten im Raum steht. Sie nimmt zwei Beutel mit Fertigrisotto aus dem Schrank und reißt sie auf. Dirk wird den Unterschied nicht merken. Dann öffnet sie, zur Verfeinerung, eine Dose mit Champignons und holt eine Tüte mit geriebenem Parmesan aus dem Kühlschrank.

Günther fährt zum Abendessen nach Hause. Marion ist bestens gelaunt, sie fühlt sich jetzt in Günthers Pläne eingeweiht und damit gegen seine Attacken geschützt. Sie lobt seinen neuen Haarschnitt und erzählt den neuesten Stadtratsch. Von ihrem Tierheimbesuch sagt sie nichts, und auch Günther beschließt, das Thema vorerst zu übergehen. Marion hat einen bunten Salat zubereitet und eine Vesperplatte dazugestellt, beladen mit verschiedenen Leberwürsten, Speck, Parmaschinken, Radies-

chen und Peperoni. Günther hat schon das dritte Wurstbrot gegessen, aber den Salat noch nicht angerührt.

»Möchtest du keinen Salat?« fragt Marion und füllt ihren
Teller. »Ich dachte ...«

»Nachher«, schneidet Günther ihr das Wort ab. Er weiß,
worauf sie anspielt – auf seinen gestrigen Ausbruch.

Ab morgen wird er streng auf seine Linie achten.

Klaus hat sein Büro noch immer nicht verlassen. Nachdem er
Günther zur Tür begleitet hat, stellte er fest, daß die Kanzlei
tatsächlich menschenleer war, alle waren bereits gegangen. Er
war mit sich und seinen Gedanken allein. Überschwenglich
schenkte er sich einen weiteren Cognac ein, ließ sich befreit in
seinen breiten Ledersessel sinken und legte die Füße auf den
Schreibtisch.

Und so sitzt er jetzt, gedankenverloren, noch immer. »Auf
die Zukunft«, sagt er gerade laut zu sich selbst, nimmt einen tiefen Schluck, lehnt sich zurück und schließt die Augen. Die Ver-
einbarung mit Günther bedeutet für ihn bares Geld. Wenn er
es richtig anstellt, kann er aus der Sache beträchtlich Kapital
schlagen. Klaus denkt dabei nicht nur an die hohen Berater-
gebühren, sondern auch an das zusätzliche Salär, das ihm durch
seine Geschäftsführertätigkeit bei der Aktiengesellschaft zustehen wird. Und das über Jahre hinaus.

Er prostet sich erneut zu, die Verkrampfung in seinem Magen, die er genaugenommen seit der Scheidung von Monika
spürt, löst sich langsam, er atmet tief durch. Seine finanziellen
Ängste gehören seit heute nachmittag der Vergangenheit an, er
hat seinen Kopf aus der Schlinge gezogen. Selbst wenn die
zweite Zuliefererfirma schließen oder wegziehen sollte, kann
ihm das jetzt nicht mehr viel anhaben.

Klaus läßt dieses wohlige Gefühl der Befreiung durch seinen
Körper rauschen, und dann gestattet er sich noch einen winzigen Gedanken daran, was passieren würde, wenn Günther das

Vorkaufsrecht für die Aktien nicht mehr ausüben könnte. Klaus leert das Glas in einem Zug. Das wäre der Gipfel seines finanziellen Erfolgs. Aber es würde voraussetzen, daß Günther etwas zustößt.

Linda läuft seit einer geschlagenen Stunde in ihrer Wohnung hin und her. Dann setzt sie sich wieder auf den Balkon und schaut, wer die Straße zum »Getto« hochfährt. Um acht Uhr öffnet sie den Champagnerkarton und legt eine Flasche in das Eisfach. Sie braucht jetzt einen Schluck, denn sie spürt, wie der Ärger in ihr hochkriecht. Dirk sollte längst da sein. Will er sie etwa versetzen? Nur gut, daß sie das Risotto nicht gleich gekocht hat. Es wäre längst eine pampige Masse. Um halb neun klingelt das Telefon. Linda reißt den Hörer herunter: »Ja?«

»Schätzchen, es tut mir leid, ich habe mein Auto überall gesucht, aber ich befürchte, es ist abgeschleppt worden!«

Linda holt tief Luft. »Wo hast du es denn geparkt?«

Er zögert. »Das ist es ja, ich hab's vergessen...«

Linda knetet das Hörerkabel. »So etwas kann auch nur dir passieren. Dann nimm das Fahrrad!«

»Linda! Die Strecke mit dem Fahrrad? Das ist doch nicht dein Ernst!«

»Dann ruf ein Taxi!«

»Bist du verrückt? Was das kostet!«

»Es ist aber wichtig!«

»Schätzchen, du kannst mir das aber doch sicherlich auch erzählen, wenn du morgen kommst!«

»Dann bleib, wo der Pfeffer wächst!« Wütend knallt Linda den Hörer auf und läuft, den Tränen nahe, zum Kühlschrank. So ein blöder Kerl, wo ist er, wenn sie ihn mal braucht? Auto abgeschleppt! Billige Ausrede! Wetten, daß sie den Wagen sofort finden würde? Sie entkorkt die Champagnerflasche mit einem lauten Knall. So, die wird sie jetzt trinken! Ganz allein! Und dabei auf alle Kerle dieser Welt fluchen!

Das Telefon klingelt.

Soll es doch, sie geht nicht mehr ran. Wenn ihm etwas an ihr liegt, wird er einen Weg finden, um zu ihr zu kommen. Möglichkeiten gibt es immer, wenn man nur will!

Sie schaltet den Fernseher an und zappt sich mehrmals durch alle Programme. Aber es spricht sie nichts an, denn sie ist mit ihren Gedanken ganz woanders. Vielleicht sollte sie ihren Kleiderschrank aufräumen. Sie hätte jetzt die nötige Wut dazu, alles auf den Boden zu schleudern, und die Energie, alles neu einzusortieren. Aber sie läßt es, denn sie befürchtet, daß ihr die Lust vergeht, sobald alles auf dem Boden liegt.

Das Telefon klingelt wieder lang und nervtötend. Linda trinkt ihr Glas aus und hört zu, schließlich zieht sie mit einem Ruck den Stecker aus der Wand. Wenn ihm nichts anderes einfällt, als sich an die Strippe zu hängen, dann soll er es eben ganz bleiben lassen. Sie schenkt sich noch ein Glas ein und setzt sich vor den Fernsehapparat. Der Champagner perlt, schmeckt kühl und verschwenderisch, beim erneuten Durchschalten bleibt sie an einer Liebesklamotte hängen. Hoffentlich gibt es kein Happy-End, das könnte sie jetzt nicht ertragen.

Während einer Werbepause geht sie in die Küche, um sich erneut ein Glas einzuschenken. Sie hat noch nichts im Magen, und der Alkohol steigt ihr in den Kopf. Sie schaut auf die Uhr. Zehn Uhr, genau die richtige Zeit für einen Teller Risotto. Sie füllt einen Kochtopf mit der angegebenen Menge Wasser, rührt einen Beutel Risotto hinein, gibt Butter dazu und schaltet den Herd ein. So! Jetzt wird sie den Abend eben allein genießen.

In diesem Moment klingelt es an der Tür.

Na, also doch! Freudig greift sie nach ihrem Champagnerglas und läuft zur Tür. Sie drückt den automatischen Türöffner, aber es klopft bereits.

Linda reißt die Tür auf und streckt das Glas mit einem lauten »Prost« hinaus.

»Das ist aber ein netter Empfang!« Günther nimmt ihr das Glas ab.

»Sie!« Linda starrt ihn an, dann fällt ihr ein, daß sie die Tür auch zuschlagen könnte. Sie überlegt, ob sie es überhaupt will.

»Schmeckt er Ihnen denn?«

Linda weiß noch immer nicht, was sie tun soll. Das Licht im Gang geht aus.

»Das ist aber kurz geschaltet«, Günther schüttelt den Kopf. »Ein echtes Schwabenhaus, was?« Er sticht mit seinem weißen Hemd gegen die Dunkelheit ab. Linda steht unentschlossen da, sagt kein Wort.

»Haben Sie jemand anderes erwartet?« Günther hebt spielerisch das Glas und grinst. Seine Überheblichkeit ärgert Linda.

»Ja, allerdings! Meinen Freund!«

»Aha, und wo ist er?«

Gute Frage!

»Und was wollen Sie?« fragt Linda und weicht keinen Schritt aus dem Türrahmen.

»Fragen, wie Ihnen der Champagner schmeckt. Sie haben die Frage noch nicht beantwortet.«

»Hätten Sie nicht anrufen können?«

»Ich habe mehrmals durchklingeln lassen, aber es ist niemand rangegangen!«

Also war er es. Dirk hat es noch nicht einmal für nötig gehalten, nochmals bei ihr anzurufen!

»Kommen Sie herein«, sie tritt zur Seite, und er geht lächelnd an ihr vorbei.

»Vielen Dank!« Hinter ihr bleibt er stehen und schnuppert. »Mhh, das duftet aber gut!«

»O ja«, Linda entspannt sich. »Ich koche gerade Risotto. Mögen Sie das? Wollen Sie mitessen?«

»Wenn ich darf?«

Selbst schuld, du bornierter Bürgermeistersohn. Jetzt futtert ein anderer aus deinem Napf! »Na, dann kommen Sie!«

»Kann ich Ihnen irgend etwas helfen?«

»Sie könnten mir ein Glas Champagner einschenken!« Sie deutet auf ihr Glas, das er weiterhin in seiner Hand hält.

»Mit Vergnügen!« Mit zwei Handgriffen hat Günther ihr ein Glas eingeschenkt, den Karton auf die Seite geräumt und eine weitere Flasche kaltgestellt. Linda gefällt es, wie er die Dinge in die Hand nimmt. Dirk hätte das alles schön ihr überlassen. Sie stößt mit ihm an.

»Warum tun Sie das?« fragt sie dann.

»Was meinen Sie damit?« Er stellt sein Glas ab.

»Sie wissen genau, was ich meine. Geld, Champagner, all das!«

»Von dem Geld hatten Sie ja nicht gerade viel«, er grinst. Also weiß er es schon. Sie sagt nichts darauf, sondern rührt ihr Risotto. »Frau Roser hat sich sehr über die Spende gefreut und die Spendenbescheinigung auch gleich höchstpersönlich vorbeigebracht«, fährt Günther fort.

»Tja, die Frau hat was drauf!«

»Sind Sie ein solcher Tierfreund, oder hatte das andere Gründe?« Günther mustert sie, wie sie in ihrem kurzen Sommerkleid aus giftgrünem Stretch vor ihm steht. Der Stoff schmiegt sich wie eine zweite Haut an ihren Körper, und die knallige Farbe sticht von ihrer braunen Haut und den schwarzen Haaren ab. Sie hat lange, schlanke Beine und schöne Füße, die Nägel dunkelrot lackiert.

»Welche Gründe haben Sie?« Linda dreht sich schnell zu ihm um. Sie schauen sich an. »Die Antwort steht in Ihrem Gesicht!« sagt sie langsam und legt den Kochlöffel weg. Günther fühlt sich ertappt und kratzt sich am Kopf. »Sie wissen aber schon, daß ich mit Dirk Wetterstein zusammen bin. Ich liebe ihn, und ich werde ihn heiraten.« Werde ich das?, fragt sie sich, während sie das sagt.

»Ich will Ihnen in keiner Weise zu nahe treten«, Günther hebt abwehrend die Hände. »Sie gefallen mir, und ich möchte mich einfach ein bißchen mit Ihnen unterhalten!« Unter anderem, denkt er, verzieht aber keine Miene.

»Nun ja«, Linda runzelt die Stirn und wendet sich dem Kochtopf zu. »Das können wir ja jetzt auch, das Essen ist fertig!« Günther sucht nach einer geeigneten Flasche Rotwein, findet aber nichts, was ihn angesprochen hätte. »Schade, daß der Chianti Classico schon weg ist«, er hebt bedauernd die Schultern, als er mit einer billigen Flasche Kalterer See und zwei Gläsern zum Tisch kommt. »Darf ich Ihnen Rotwein schicken lassen? Ich habe einen sehr guten Weinlieferanten!«

Linda zündet gerade die Kerzen an, die von vorgestern noch da stehen. Sie sagt nichts, denn sie weiß nicht, was sie darauf antworten soll. Sagt sie ja, wirkt es wie eine Eintrittskarte in ihr Leben, sagt sie nein, entspricht es auch nicht ganz ihrer Überzeugung. Es ist eine neue Erfahrung, verwöhnt zu werden, und eigentlich ganz schön.

Sie schöpft die beiden Teller voll, und Günther schenkt den Wein dazu ein. Als sie die Gläser heben, schiebt Günther mit der anderen Hand ein in Geschenkpapier verpacktes kleines Päckchen über den Tisch. Linda kennt das Papier, es stammt aus ihrer Parfümerie.

»Ist das für eine kleine Plauderstunde nicht ein bißchen üppig?« Sie stippt mit ihrem Zeigefinger gegen die verschwenderisch gebundene Schleife.

»Ich komme ungern mit leeren Händen«, winkt Günther ab, »es ist nur eine Kleinigkeit. Statt Blumen.«

Linda kennt die Kleinigkeit, die beiden Parfums für je neunzig Mark. Und zudem hat sie schließlich den Kassenzettel gesehen. Sie ist versucht ihm zu sagen, daß er das nächstemal über sie einkaufen soll, denn sie bekommt Mitarbeiterrabatt. Aber sie läßt es und packt aus. »Eigentlich habe ich ja erst im April Geburtstag. Das ist noch eine Weile hin.«

»Es könnte ja auch ein nachträgliches Geburtstagsgeschenk sein …«

Linda bedankt sich und sprüht eine Probe auf ihr Handgelenk. Ihre Kolleginnen haben ihn gut beraten, es ist einer der neuen frischen Düfte. Soll sie sich morgen bei ihnen dafür bedanken? Das gäbe einen Spaß, ist aber leider unmöglich, denn wie sollte sie das erklären?

Wieder bleibt Günther nur knapp eine Stunde. Linda schaut ihm nach, wie er zu seinem Auto geht. Wie das letztemal hat er den Wagen einfach mitten auf dem Platz abgestellt. Irgendwann muß das jemandem auffallen, denn so viele silberfarbene Mercedeslimousinen gibt es nicht in Römersfeld. Schon gar nicht mit dieser einfachen Nummer: GS 1. Aber anscheinend ist ihm das völlig egal.

Sie geht auf den Balkon und hebt die Hand zum Gruß, als er den Wagen startet. Er blinkt ihr kurz zu und fährt davon.

Er legt sich mächtig ins Zeug, das muß sie ihm lassen.

Mit gemischten Gefühlen schaut sie ihm nach.

Das Rätsel um das Tierheim läßt Marion keine Ruhe. Die halbe Nacht hatte sie, während Günther neben ihr schnarchte, überlegt, wer ihr Informationen liefern könnte. Als sie die Kirchturmuhr in der Ferne vier schlagen hört, hat sie die Lösung. Manfred Büschelmeyer muß es wissen, er sitzt im Gemeinderat, er wird ihr sicherlich Auskunft geben. Die Aussicht, einmal nicht unwissend danebenzustehen, beflügelt sie jedoch so, daß sie nun vollends wach ist.

Kaum ist Günther gegen acht Uhr aus dem Haus, setzt sich Marion ans Telefon und ruft den Baumarkt an, in dem Manfred Geschäftsführer ist. Sie hat Glück, er ist schon da.

»Marion?« Er ist hörbar erstaunt.

»Ja. Es mag dir seltsam vorkommen, Manfred, aber ich habe da eine Frage, die wahrscheinlich nur du beantworten kannst.«

»Ach ja?« Manfred überlegt. »Wie lautet die Frage denn?«

»Kennst du das Gelände am Tierheim?«

»Ja, natürlich. Ziemlich außerhalb, viel Wiesen und Äcker und eine baufällige alte Halle. Warum?«

Marion räuspert sich. Hoffentlich weckt sie jetzt keine schlafenden Hunde. Günther würde sie umbringen. »Ist dir bekannt, ob es neue Pläne für das Gelände gibt? Ich meine, in Richtung Wohngebiet? Oder vielleicht Gewerbegebiet?«

Manfred zieht die Stirn in Falten. »Gewerbegebiet? Wo momentan alles den Bach runtergeht? Das kann ich mir nicht gut vorstellen.« Während er es sagt, überlegt er gleichzeitig, ob es nicht *doch* vorstellbar sei. Könnte Günther wirklich einer Sache auf der Spur sein, von der er noch nichts weiß? Und wenn ja, wie könnte das angehen? Hat er beim letzten Mal, als er bei der Gemeinderatssitzung fehlte, womöglich etwas Wichtiges verpaßt?

»Du denkst, das sei nicht möglich?« hakt Marion nach.

»Möglich ... möglich ist alles. Ich weiß es nur nicht.«

»Kannst du dich schlau machen?« Marion klingt aufgeregt. Es scheint also tatsächlich um eine Menge Geld zu gehen. Damit sich Günther als nächstes ein Schloß bauen kann? Er muß dringend dahinterkommen, was da Geheimes abläuft.

»Du kannst dich drauf verlassen, Marion. Aber ... warum fragst du eigentlich nicht Günther selbst?«

Sie räuspert sich erneut und senkt die Stimme. »Du weißt doch, wie Günther ist, Manfred. Ich will nicht noch einmal von nichts eine Ahnung haben, verstehst du?«

»Klar«, sagt Manfred nachdenklich. Wenn sie vor solchen Dimensionen wie nach der Wende, als er alles auf ein Pferd setzte, Angst hat, dann muß es sich um ein gewaltiges Projekt handeln. Danke, Marion, für diesen Tip! »Du kannst dich auf mich verlassen, Marion. Ich rufe dich an.«

»Ja, Manfred, am besten vormittags nach acht Uhr – du verstehst?«

»Ich verstehe!«

Annemarie Roser hat sich auf den Weg gemacht. Angestachelt von Regines Versprechen, sich für den Kauf der Halle einzusetzen, hat sie die finanzielle Situation des Vereins nochmals durchgerechnet und ist zu dem Schluß gekommen, daß es möglich sein müßte. Eine kleine Straßenaktion, vielleicht einige Patenschaften für die Gnadenbrotpferde, ein Entgegenkommen des Eigentümers, dann müßte das Projekt machbar sein. Vor allem könnte sie die Schmidts als soziales Aushängeschild benutzen, das würde sicherlich ziehen: »Sehen Sie, Herr und Frau Schmidt haben sich mit 600 Mark für diese armen Tiere eingesetzt, was ist *Ihnen* das Schicksal dieser Pferde wert?«

Dieses Geld war wirklich ein Glücksfall!

Sie hat sich bei dem Landwirt, dem das Grundstück und die alte Halle gehört, angemeldet. Um bei seiner Frau einen guten Eindruck zu machen, fährt sie noch bei der Bäckerei vorbei und kauft einen Hefezopf. In ihren Kindheitserinnerungen gehören Hefezopf und Bauernhof irgendwie zusammen. So wie die heiße Milch mit der dicken Haut und im Winter der bullernde Holzofen in der Wohnküche, während in allen anderen Zimmern Eisblumen an den Fenstern blühten. Aber es ist Sommer, die Gespenster ihrer Vergangenheit sind weit weg, sie würde einen Kaffee trinken und verhandeln.

Max Dreher ist erstaunt. Eigentlich hat er nie daran gedacht, das Grundstück mit der alten Halle zu verkaufen. Früher, als er den Hof noch stärker bewirtschaftete und seine jungen Söhne ihm noch halfen, hatte er sie für seine großen Maschinen gebraucht, manchmal auch, um überschüssiges Heu und Stroh aufzubewahren. Aber die Zeiten sind längst vorbei. Die Söhne sind in der Stadt, er geht auf die Siebzig zu und denkt schon seit einiger Zeit daran, den Hof aufzugeben, aber Bertha, seine Frau, will davon nichts wissen. Hier hat sie seit ihrer Hochzeit gelebt, hier hat sie ihre Kinder geboren, und hier will sie sterben, selbst wenn die Arbeit sie unter sich begräbt und alles über ihr zusammenbricht.

Annemarie Roser schwenkt um und versucht, den Verkauf seiner Frau schmackhaft zu machen. »Mit dem Geld könnten Sie zur Kur. Sich einmal richtig ausruhen und sich rundherum pflegen lassen.«

Die Bäuerin, die auf Annemarie völlig erschöpft wirkt, schüttelt entschieden den Kopf. »Ich brauche keine Kur. So ein neumodisches Zeug! Früher gab es auch keine Kur, und die Leute waren gesund! Und außerdem, wenn ich zur Kur gehe, wer versorgt dann die Viecher?«

Gute Frage, das weiß Annemarie Roser auch nicht. »Haben Sie keine Kinder?«

»In der Stadt!« Max Dreher winkt ab und läßt sich von Bertha einen Kaffee einschenken.

Annemarie Roser hat richtig getippt. Der Zopf kommt an, die Bäuerin hat ihn gleich mit Butter und selbstgemachter Himbeermarmelade auf den blankgescheuerten Holztisch gestellt. Zur Ehre für den Gast wurde ausnahmsweise in der Stube gedeckt.

»Was wollen Sie mit der Halle überhaupt machen? Die taugt doch zu nichts mehr!« Bertha tunkt ihr Stück Zopf in den Kaffee und schaut Annemarie aus kleinen, dunklen Augen an. Annemarie erklärt ihr Vorhaben, erntet bei Bertha aber nur ein verständnisloses Kopfschütteln. »So ein Aufheben für ein paar Gäule. Zum Schlachter müssen doch alle einmal!«

»Ja«, versucht Annemarie die Situation zu retten, »aber hier geht es um Tiere, die eben noch nicht schlachtreif sind und trotzdem, aus Profitgier, zum Abdecker geschickt werden sollen.«

»Wenn man an Tieren nichts verdient, braucht man auch keine! Wozu soll das denn gut sein?«

Annemarie rührt in ihrem Kaffee. Jetzt bloß nicht die Nerven verlieren. »Wir wollen den Tieren einfach helfen oder sie gegebenenfalls schützen. Deshalb heißen wir auch Tierschutzverein.«

Bertha brockt sich ein weiteres Stück Hefezopf in den Kaffee.

»Helfen! Uns hilft auch keiner«, bellt sie. »Jedes Tier hat seine Aufgabe. Der Hund bellt, die Katze fängt Mäuse, und die anderen liefern Eier und Fleisch. Das ist das Gesetz! Gott wollte das so, sonst wäre es anders!«

Annemarie fällt nichts mehr dazu ein.

Der Bauer verlangt von seiner Frau noch eine Tasse Kaffee, dann stützt er seinen Kopf auf. »Jetzt laß es uns halt mal überlegen, Bertha. Wir brauchen das Land nicht. Aber wir müssen den Silo reparieren, und zwar noch vor dem nächsten Winter. Vielleicht ist das eine gute Gelegenheit, dann müssen wir nicht zur Bank!«

Ein Blick aus den kleinen, braunen Augen trifft die Tierschutzvereinsvorsitzende von unten herauf.

»Wieviel Land wollen Sie überhaupt, und was wollen Sie bezahlen? Es steht ja immerhin ein Gebäude darauf. Das ist auch was wert!«

»Es ist baufällig, Bertha«, wirft der Bauer ein und schlürft seinen Kaffee.

»Aber es steht noch!«

»Wir könnten doch gleich mal zusammen hinfahren?« Annemarie möchte so schnell wie möglich handelseinig werden. »Dann zeige ich Ihnen das Gelände, das ich mir vorgestellt habe, ich schätze mal, es ist etwa ein Hektar, und Sie sagen mir Ihren Preis. Wenn der im Rahmen meiner Möglichkeiten liegt, lasse ich sofort den Vertrag aufsetzen.«

»Ehrliche Leute regeln so etwas mit Handschlag«, wirft Bertha ein und wischt die Brotkrumen vom Tisch.

»Das gehört natürlich auch dazu«, stimmt Annemarie Roser zu. »Aber ich werde trotzdem zusätzlich einen Notar mitbringen, damit alles seine Richtigkeit hat!«

»Aber mehr als den Hektar verkaufen wir nicht!« funkelt Bertha sie an. »Alles geben wir nicht her!«

»Gut, Bertha, ist gut. Wir fahren mit der Frau mit.« Mit der Hand im Rücken und einem leisen Seufzer steht Max Dreher auf.

Dirk schaut auf die Uhr. Es ist bereits nach drei, und Linda hat sich noch nicht gemeldet. Ob sie wegen gestern abend tatsächlich sauer ist? Er hat sie angeschwindelt, gut. Er hatte einfach keine Lust, wegen eines Abendessens so einen Umstand zu machen. Außerdem war er gerade so gut drin im Lernen, da konnte er doch nicht so einfach abbrechen. Das muß sie verstehen, denn schließlich geht es ja auch um ihre Zukunft.

Er zündet sich eine Zigarette an, lehnt sich in seinem Stuhl zurück und schaut aus dem Fenster. Sonst ist sie doch auch nicht so zickig. Er nimmt einige tiefe Züge. Trotzdem, so ganz wohl ist ihm nicht. Eigentlich ist es nicht ihre Art, sich überhaupt nicht zu melden. Die ganze Mittagspause lang schon nicht. Vielleicht möchte sie ihn damit ja herausfordern, das hat sicherlich etwas mit weiblicher Psyche zu tun. Dirk steht auf und geht zu seinem übervollen Bücherregal. Bald hat er gefunden, was er sucht: den Ratgeber über Frauen. Er schlägt unter »Verweigerung« nach. Was steckt dahinter, was will die Frau damit sagen, und wie kann der Mann dem begegnen? Dirk drückt seine Zigarette aus und vertieft sich in das Kapitel.

Annemarie Roser ist völlig aufgeregt in ihr Büro zurückgekehrt. Die Summe ist machbar, der Quadratmeterpreis von einer Mark pro Quadratmeter hat ihre kühnsten Hoffnungen übertroffen. Der Preis ist so niedrig, daß sie so schnell wie möglich zugreifen muß. 10 000 Mark müßten doch für den Hektar Land inklusive Gebäude irgendwie aufzutreiben sein. Die Hälfte etwa könnte der Tierschutzverein aus eigener Kasse stemmen. Für den Rest haben die Schmidts schon eine Anzahlung geleistet. Wären also noch 4 400 DM übrig. Kurz entschlossen ruft sie Regine Raak an.

»Sind Sie mit Bobby zufrieden? Geht alles glatt?« beginnt sie und wird, bevor sie weitersprechen kann, von Regine spontan eingeladen.

»Kommen Sie doch einfach her, und schauen Sie es sich an, wir würden uns sehr freuen, Bobby und ich!«

Ohne lange nachzudenken, springt Annemarie in ihren Wagen und fährt los. Vor Regines Bungalow stellt sie den Wagen in den Schatten, streicht sich durch die streichholzkurz geschnittenen dunkelblonden Haare und steigt aus. Sie hat einen feuchten Rücken, denn in ihrem Wagen war es heiß und stickig, aber sie ignoriert es, die Bluse wird schon wieder trocknen.

Dann klingelt sie. Regine öffnet ihr in T-Shirt und kurzen Hosen. Bobby kommt aus dem Hausinneren herbeigetrabt und begrüßt Annemarie schwanzwedelnd. Sie hatte eine besondere Zuneigung zu dem großen Burschen. Wenn sie gekonnt hätte, hätte sie ihn selbst behalten. Aber eine kleine Etagenwohnung ist nun eben mal kein Bungalow.

»Kommen Sie doch herein«, Regine geht voraus in den Garten. Dort hat sie unter einem Sonnenschirm einen kleinen Tisch gedeckt. »Mein Gott, haben Sie es idyllisch hier. Wirklich zum Beneiden!« Annemarie setzt sich auf den angewiesenen Stuhl und schaut sich um. »Ein Haus mit Garten, wer träumt nicht davon!«

Regine nickt. »Doch, und vor allem für Bobby ist es toll! Darf ich Ihnen einen Campari-Orange anbieten? Der erfrischt jetzt so richtig!«

Annemarie stimmt zu und erzählt Regine von ihrer erfolgreichen Verhandlung mit den Drehers.

»Donnerwetter«, meint Regine, »das ist aber erstaunlich, die gelten doch als so unzugänglich und stur. Wie haben Sie das denn geschafft?«

Annemarie schildert die Begegnung. Dann schaut sie Regina an. »Der wahre Grund, weshalb ich gekommen bin, ist eigent-

85

lich Ihr Versprechen, etwas für den Verein bewegen zu wollen. Haben Sie gute Verbindungen zu Sponsoren, oder haben Sie eine Idee für eine Aktion?«

»Wie wäre es mit einem Stand in der Fußgängerzone? Zusätzlich könnte ich meinen Bekanntenkreis etwas aktivieren, was halten Sie davon?«

Annemarie packt ihren Notizblock aus, und sie schreiben alles auf, was ihnen einfällt. Zum Schluß läuft Regine ins Haus und kommt mit ihrem Scheckbuch zurück. »Wissen Sie was? Eigentlich wollte ich ja in Urlaub fliegen, aber das hat sich zerschlagen und«, sie wirft einen zärtlichen Blick auf Bobby, »jetzt sowieso nicht mehr! Ich habe so viel Freude mit Bobby, daß ich unsere ›Aktion‹ hiermit starte und meinen Flug spende!«

»Wie meinen Sie das?«

»So!« Regine schreibt schwungvoll eine Zahl auf das Blatt und reicht es Annemarie. »Ich möchte gern meinen Teil dazu beitragen, schließlich haben nicht alle Tiere so viel Glück wie Bobby!«

Annemarie schaut auf den Scheck und wird rot. »Tausend Mark? Das ist ja Wahnsinn!«

»Das ist eine Woche Urlaub irgendwo. Ich denke, bei Ihnen ist das Geld besser angelegt als bei irgendeinem Reiseveranstalter.«

»Sie haben recht«, Annemarie steckt den Scheck vorsichtig in ihre Tasche. »Ich habe zwar nicht so viel Geld, aber ich werde ebenfalls auf meinen Urlaub im Bayerischen Wald verzichten. Wandern kann ich auch hier. Dann lege ich 500 Mark dazu, und es fehlen uns nur noch 2900. Wenn das keine Bilanz ist?«

»Ich sag's ja«, lacht Regine und krault Bobby, »wenn Frauen was wollen, erreichen Sie es auch!«

Es vergehen einige Tage, ohne daß sich Linda bei Dirk gemeldet hätte. Dirk hat sich an die Regeln aus seinem Buch gehalten. Frauen brauchen Freiräume, hat er da gelesen, und Frauen halten gern an Gewohntem fest. Selbst wenn alle äußeren Umstände dagegen sprechen, wird die weibliche Psyche, hauptsächlich aus Verlustangst, unbeirrt versuchen, das Beste daraus zu machen. Eigentlich kann ihm also nichts passieren, denkt Dirk. Er muß nur abwarten, denn Linda wird unter allen Umständen versuchen, das Beste aus ihm zu machen.

Regine hat in der Zwischenzeit die Werbetrommel gerührt und im Kreis ihrer ehemaligen Arbeitskollegen weitere 500 Mark eingetrieben. Marion wartet gespannt auf Manfreds Anruf, doch Manfred recherchiert längst in eigener Sache. Das Gelände ist landwirtschaftliche Nutzfläche, auch die Halle wurde landwirtschaftlich genutzt, das steht fest. Quadratmeterpreis eine bis drei Mark, je nachdem. Ein Schnäppchen für Günther, denn sollte der Boden, wie Günther wohl bereits aus irgendeinem Grund weiß, zu Gewerbegebiet werden, könnte er das unerschlossene Gelände an die Stadt weiterverkaufen. Quadratmeterpreis 35–40 Mark. Das würde bei zwei Hektar Land, einem Einkaufspreis von zwei Mark und einem mittleren Verkaufspreis von 37 Mark schon mal einen Gewinn von 700 000 Mark bedeuten. Sollte er das Gelände selbst erschließen wollen, natürlich noch viel mehr. Du bist ein Fuchs, denkt Manfred, aber nicht schlau genug. Diesmal krieg' ich dich!

Linda hat sich in den letzten Tagen bewußt zurückgezogen. Sie wollte Günther nicht sehen und Dirk schon gar nicht. Er hält es nicht einmal für nötig, bei ihr anzurufen oder im Geschäft vorbeizukommen. Nicht zu fassen! Dabei weiß sie genau, daß er sie angelogen hat. Als sie am nächsten Morgen in die Parfümerie fuhr, hat sie einen kleinen Umweg gemacht, und siehe da, sein Wagen stand brav vor seinem Haus geparkt. Noch nicht einmal mit Strafzettel, geschweige denn abgeschleppt! Am liebsten hätte sie mit ihrem bloßen Zeigefinger »Ich bin ein

Schwein« auf die schmutzige Kühlerhaube geschrieben, aber sie wollte sich die Schmach nicht antun, von irgend jemandem dabei gesehen zu werden.

Auch Günther überlegt sich seine weitere Strategie. Die Million hat er bereits abgehoben und in einem abschließbaren Köfferchen Klaus übergeben. Es ist jetzt sein Part, das Geld irgendwie nach Liechtenstein zu bringen und für ihn arbeiten zu lassen. Bisher hat sich alles gut entwickelt, noch sind keine Hindernisse in Sicht – bis auf eines: Lindas Standhaftigkeit. Er muß das Eis brechen. Wenn er anruft, nimmt sie nicht ab. Zweimal war er an der Haustür, aber es wurde nicht geöffnet, obwohl oben Licht brannte. Er war schon soweit, zu überlegen, ob sie überhaupt die Richtige sei. Aber dann schüttelte er diesen Gedanken ab. Jetzt geht es um die Ehre. Er ist ein ganzer Mann, und er will sich als solcher noch im Spiegel betrachten können. Also muß die Bastion Linda fallen, egal um welchen Preis.

Am Montag geht Regine kurz entschlossen auf die Bank und hebt vom gemeinsamen Konto 3000 Mark ab. Es zieht sich alles zu sehr in die Länge; wenn die Drehers nicht bald Geld zu sehen bekommen, könnten sie es sich nochmals anders überlegen. Sie bringt es direkt Annemarie, die beim Arbeitsamt arbeitet und vor lauter Freude fast aus dem Häuschen gerät.

»Mein Gott, tun Sie mir gut! Haben Sie die lange Warteschlange gesehen? Nur Frust! Den ganzen Tag nur Frust!«

»Sind Sie eigentlich nicht verheiratet?« fragt Regine und schaut auf den Schreibtisch, als müßte dort das obligatorische Foto mit Ehemann und zwei Kindern vor dem Einfamilienhaus stehen.

»Nein, keine Lust«, wehrt Annemarie schroff ab, lächelt dann aber doch. »Mir sind die Vorteile einer Ehe noch nicht so ganz klar ...«

»Nun«, grinst Regine frech, »beispielsweise habe ich eben 3000 Mark abgehoben. Das wäre mit meinem eigenen Konto nicht gegangen. Eigentlich nie, wenn ich es mir genau überlege.«

»Ja gut«, Annemarie wiegt den Umschlag in den Händen, »aber ist das Grund genug für eine Ehe? Ich habe immer gehofft, daß ich selbst mal soweit kommen könnte …«

»Gibt es in einem Arbeitsamt denn Aufstiegschancen für eine Frau? Ich meine, könnten Sie es theoretisch bis zur Präsidentin der Bundesanstalt für Arbeit bringen?«

Annemarie lacht herzhaft. »Das ist ein politisches Amt, da könnte ich auf diesem Weg hier nie hinkommen!«

»Dann sollten Sie kündigen und es auf einem anderen Weg versuchen!«

»Ja, möglicherweise haben Sie recht. Aber ich befürchte, daß ich irgendwo auf halber Strecke hängenbleiben würde. Damit wäre niemandem gedient. Am wenigsten mir selbst!«

»Okay«, Regine wendet sich zum Gehen, »ich kann ja auch gut reden, ich darf das Geld ja nur ausgeben und muß nichts verdienen. Apropos, sobald wir unsere Aktionen durchgeführt haben, zahle ich es wieder zurück. Ich habe es unserem Konto leihweise entnommen, denn ich will, daß der Vertrag endlich geschlossen werden kann.«

In dem Bauernhof am Rande der Stadt, dessen morbide Stattlichkeit von besseren Zeiten erzählt, deckt Bertha Dreher den Tisch. Sie ist zufrieden, obwohl sie insgeheim überlegt, ob nicht doch mehr Geld herauszuholen gewesen wäre. Aber es war ihr Mann, der den Preis festgesetzt hat.

»Was soll's, Bertha«, hat er gesagt, »die sind doch auch nicht reich. Und 10 000 Mark sind eine Menge Geld für so einen nutzlosen Boden!«

Sie hat es auf sich beruhen lassen, aber die hätten auch 12 000 gezahlt, das weiß sie genau. Aber als Annemarie Roser und Regine Raak eine halbe Stunde später 10 000 Mark auf den Tisch blättern, ist sie dann doch zufrieden.

Max Dreher hat eigenen Most und dickbauchige Gläser bereitgestellt, dann liest er in Ruhe den Vertrag durch, den der Notar, ein alter Jugendfreund von Annemarie Roser, der sich für seine alte Liebe kurzfristig Zeit nehmen konnte, vorbereitet hat, und setzt sorgfältig seinen Namen darunter. »So, meine Damen«, nickt er anschließend, »und Sie, Herr Notar, jetzt können wir auf das Geschäft anstoßen. Bertha, schenk ein!«

Peter Lang, der Notar, verabschiedet sich gleich danach, er hat es eilig, weil der nächste Termin bereits wartet.

Regine und Annemarie fahren zwanzig Minuten später fröhlich in die Stadt zurück. »So, darauf müssen wir jetzt aber einen trinken!« Annemarie ist so glücklich, als hätte sie sich eben ihr Traumhaus gekauft.

»Darauf und aufs Du«, schlägt Regine vor, die am Steuer sitzt. »Ich glaube, es wird Zeit!«

»Sehr gute Idee! Beides! Aber wo?« Annemarie schaut sie fragend an.

Regine blickt kurz auf die Uhr und zwinkert ihr zu. »Kurz nach sechs, das ist ideal. Vor acht Uhr kommt Klaus heute nicht nach Hause! Also, wir holen uns aus unserem Keller eine kalte Flasche Sekt und zwei Gläser und taufen unsere neue Halle und die Freundschaft! Ist doch klar!«

Linda läuft soeben aus der Parfümerie zur Post. Sie hat zwei Pakete für Kundinnen vorbereitet und möchte sie heute noch loswerden. Auf dem Rückweg kommt ihr Günther entgegen. Es sind viele Menschen unterwegs, und Linda überlegt, ob sie nicht noch schnell die Gehwegseite wechseln soll. Vielleicht hat er sie ja noch nicht gesehen. Aber da winkt er schon, geht auf sie zu und bleibt vor ihr stehen.

»Das ist aber eine willkommene Überraschung!«

Wenn Linda nicht unhöflich wirken will, muß sie auch stehenbleiben. Sie zögert, und am liebsten hätte sie sich in Luft aufgelöst.

»Ich finde es sehr schade, daß wir uns so lange nicht gesehen haben«, sagt er und runzelt die Stirn.

»Es sind erst einige Tage!« Linda verschränkt unwillig die Arme.

»Sie sehen umwerfend aus!«

Linda fühlt sich überhaupt nicht umwerfend. Die Situation ist ihr auf den Magen geschlagen; daß Dirk sich nicht meldet, kann sie schwer verdauen. Aber ihr Gesicht ist sonnengebräunt, einige Sommersprossen geben der kleinen Nase ein lustiges Aussehen, die hellen Augen bilden einen interessanten Kontrast zu den schwarzen Haaren. Ihre seelische Beklemmung ist ihr nicht anzusehen.

Sie ist es, denkt Günther, sie ist es einfach! Ich muß mir was einfallen lassen!

»Darf ich Sie heute abend zum Essen einladen? In ein tolles Restaurant Ihrer Wahl?«

Linda überlegt. Warum eigentlich nicht? Ein bißchen Ablenkung kann nicht schaden, sonst grübelt sie heute abend schon wieder über Dirks Verhalten nach. Und in einem Restaurant kann schließlich nichts passieren.

»Ich kenne keines!«

»Ich werde eines aussuchen, sagen wir, ich hole Sie um halb acht Uhr ab?«

»Das ist zu knapp. Um acht, bitte!«

»Ich freue mich sehr, Linda!« Er freut sich wirklich. Irgendwie muß er das nur noch Marion beibringen, sie hat für heute abend Theaterkarten besorgt. Ein Stück nach Texten von Karl Valentin. *Ein Mitternachtsständchen* heißt es, wenn er sich recht erinnert. Das wird er heute nacht auch ohne Karl Valentin haben. Vielleicht sogar ein Mitternachtsständerchen. Er lächelt sie an.

Linda nickt, geht an ihm vorbei, dreht sich aber noch mal nach ihm um. »Und, Herr Schmidt, daß Sie mich recht verstehen: Ich bin im Preis nicht enthalten, klar? Ich sehe mich weder als Zabaione noch als Milchschnitte, und ich tauge auch sonst nicht für ein Abenteuer!«

Günther erstarrt. Hoffentlich hat das niemand gehört. Er geht dicht an sie ran: »Ich suche kein Abenteuer, das kann ich Ihnen versichern. Keine Sorge! Ich hole Sie ab, bringe Sie zurück und tue Ihnen nichts. Ist das ein Wort?«

Sie nickt und geht wortlos weiter. Günther hatte eigentlich vor, morgen abend mit zwanzig Baccararosen einen neuen Angriff vor ihrer Haustür im »Getto« zu starten, aber nachdem ihm das Schicksal so wunderbar geholfen hat, kann er jetzt umdisponieren. Er kauft einen bunten Rosenstrauß für Marion. »Drachenfutter«, murmelt er spöttisch, als er ihn auf den Beifahrersitz legt.

Regine und Annemarie haben den Wagen auf dem Parkplatz vor dem Tierheim abgestellt und die Flasche Sekt in einer Kühltasche zu der Halle getragen. Bobby springt aufgeregt um sie herum, läuft als erster in die kühle Halle und stöbert herum. Jede Menge Abfall liegt da, rostige Maschinenteile, alte Reifen, verfaultes Heu.

»Au, Mann«, stöhnt Regine, »alles Sondermüll. Das gibt noch was! Wir hätten die Halle nur unter der Bedingung kaufen sollen, daß sie vorher von den Drehers geräumt wird!«

»Da hättest du lange warten können, die packen das doch nicht mehr. Die sind doch schon mit ihrem eigenen Hof überlastet!« Annemarie breitet die Arme aus und dreht sich mehrmals um ihre eigene Achse. »Egal, jetzt haben wir sie schon mal, und alles weitere kommt nach, da mache ich mir keine Sorgen!«

»Du hast recht!« Regine schwenkt die Tasche. »Komm, laß uns darauf trinken!«

Sie setzen sich in dem schattigen Eingang direkt auf den staubigen Betonboden, Regine lehnt sich mit dem Rücken an den einen Torrahmen, Annemarie an die andere Seite, Bobby legt sich längs zwischen sie.

»So, dann laß es knallen«, sagt Annemarie und lacht glücklich.

Sie trinken ein Glas auf die Halle und taufen sie *Anngine*. Regine schenkt nach. »Sag das bloß keinem, die halten uns sonst für alberne Gören!«

Annemarie kichert und hat in ihrer Jeans und der karierten kurzärmeligen Bluse jede Ähnlichkeit mit der Beamtin vom Vormittag verloren.

Plötzlich knurrt Bobby und springt auf. Regine greift sofort nach seinem Halsband. »Was hast du denn, Bobby?«

Annemarie schaut neugierig um die Ecke nach draußen, zieht aber sofort den Kopf zurück. »Da kommt ein Mann auf uns zu!«

Regine kann es nicht sehen. »Wer?«

»Keine Ahnung, ich kenne ihn nicht. Was der wohl will?«

Regine geht mit Bobby zu Annemarie hinüber, und während die langsam aufsteht, späht Regine um die Ecke.

»Das ist Manfred Büschelmeyer«, sagt sie leise. »Ein Freund von Günther Schmidt, Chef im Baumarkt, Gemeinderat und so. Immer auf der sicheren Seite...«

»Vielleicht will er was spenden?«

»Spenden? Der? Genausowenig wie die Schmidts, wenn du mich fragst. Die 600 Mark wundern mich ja bis heute!«

»Vielleicht hatten sie ja einen sozialen Tag?«

»Eher einen tierischen...«, Regine linst nochmals um die Ecke. »Er kommt näher!«

»Was sollen wir tun?«

»Schauen, was er vorhat!« Regine zieht sich mit Bobby bereits in die Dunkelheit der Halle zurück. »Pssst, Bobby, schön leise, nicht bellen!«

Annemarie folgt ihr mit der Tasche, der Flasche und den Gläsern. »Das ist ja spannend«, flüstert sie und stellt sich neben Regine und Bobby hinter einen ausrangierten alten Anhänger.

Manfred schaut sich das Gelände genau an. Die Halle interessiert ihn nicht, höchstens, was der Abbruch kostet. Aber das geht in der großen Summe des möglichen Gewinns sowieso unter. Eigentlich ist die Sache klar. Die Abzweigung von der Bundesstraße ist schon da, muß nur verbreitert und geteert werden, das Gelände liegt im Einzugsbereich der Nachbargemeinden und zwar genau entgegengesetzt zu dem östlichen Gewerbegebiet, das wegen des angrenzenden Landschaftsschutzgebiets nicht erweitert werden kann. Hier droht keine Gefahr durch Beschränkungen und Auflagen. Es gibt nur einfache Wiesen und Äcker. Keiner von irgendeinem grünen Verein käme auf die Idee, hier einen Riegel vorzuschieben. Eigentlich erstaunlich, daß die Stadt zuerst den Osten erschlossen hat.

Manfred macht sich eifrig Notizen und schreitet das Gelände in jeder Richtung ab, einen Meterzähler auf einem Einrad vor sich herschiebend.

Regine und Annemarie haben sich mit Bobby an der Halle entlanggeschlichen und schauen ihm zu. »Spinnt der?« fragt Annemarie und tippt sich an die Stirn. »Was macht er denn da mit dem komischen Rad? Sieht aus wie ein Eisbär, der seinen Auftritt übt!«

»Ich weiß nicht, ich weiß nicht!« Regine zieht die Stirn kraus. »Irgendwas stimmt da nicht. Er vermißt das Gelände – mir ist bloß nicht klar, warum?«

Als Klaus um acht Uhr nach Hause kommt, gesteht ihm Regine ihren spontanen Überfall auf das gemeinsame Konto.

Klaus wälzt derzeit aber so große Summen in seinem Kopf, daß er darüber nur lachen kann. »Ich finde es gut, wenn du dich für so etwas einsetzt!« sagt er und hebt sie zur Begrüßung in die Luft.

»He, was ist denn los?« lacht Regine.

»Ich liebe dich eben«, er wirbelt sie durch die Luft, küßt sie und stellt sie mit Schwung wieder auf ihre Füße. Bobby tanzt bellend um die beiden herum.

»Dann bist du nicht entsetzt? Ich dachte, du bekommst bestimmt einen Erstickungsanfall!«

»Hältst du mich etwa für so einen alten Spießer?«

Regine tänzelt ihm voraus in den Garten, wo sie auf einem blau-weiß gedeckten Tisch das Abendessen gerichtet hat. »Nein«, sie lacht, »ich habe nur den Kontostand gesehen, und ich war, ehrlich gesagt, etwas erschrocken!«

Klaus setzt sich und öffnet genüßlich eine kalte Flasche Bier, während er sie mit einem versteckten Lächeln anschaut. »Mach dir keine Gedanken. Manche Dinge ändern sich ganz schnell. Ich habe einen großartigen neuen Kunden! Mit viel Glück können wir sogar in Urlaub fliegen, Karibik, Sri Lanka, Malediven, egal was! Das heißt«, er deutet auf Bobby, der sich neben dem Tisch längs ausgestreckt hat, »mit ihm kommen wir natürlich nur bis zum Bregenzer Wald!«

»Ich war schon immer ganz scharf auf den Bregenzer Wald!«

Um die gleiche Zeit ist Günther auf dem Weg zu Linda. Hinter ihm schließt sich gerade das Garagentor, und vor ihm liegen alle Möglichkeiten einer Nacht. Er hat Marion von einem fürchterlich wichtigen Geschäftstermin erzählt, der in absehbarer Zeit viel Geld brächte, und das Blaue vom Himmel heruntergelogen, bis er den Eindruck hatte, daß Marion die Wichtigkeit dieses Treffens einleuchte. Marion ließ ihn um halb acht Uhr gehen, aber sie sah nur, daß heute ein wichtiger Abschluß bevorstand, Manfred mit seinen Recherchen aber noch keinen Zentimeter weitergekommen war.

Wütend ruft sie ihn, kaum daß Günther weg ist, im Büro an, aber es nimmt niemand mehr ab. Dann versucht sie es, entgegen allen Abmachungen, zu Hause. Ein Anrufbeantworter meldet sich, was sie noch mehr ärgert. Kein Wunder, daß ihn bisher noch keine geheiratet hat und er noch immer als Angestellter in diesem dämlichen Baumarkt sitzt – er bekommt augenscheinlich nichts auf die Reihe! Dabei hatte er wahrlich genug Zeit, in der Sache zu recherchieren.

Während sie noch wütend durch das Zimmer läuft, kommt ihr ein weiterer, vernichtender Gedanke. Möglicherweise war Manfred ja in alles eingeweiht und sitzt jetzt bei den Verhandlungen um das Grundstück dabei, denn daß es bei diesem geheimnisvollen Termin heute nacht um dieses Projekt gehen muß, ist klar. Alles, was Günther zu ihr gesagt hat, wies deutlich darauf hin. Hat Manfred sie deshalb nie angerufen, weil er bereits dick mit drinsitzt und sich heimlich über sie kranklacht?

Sie muß Günther hinterherfahren, sie muß herausbekommen, wo dieses konspirative Treffen stattfindet und wer alles daran teilnimmt. Das ist sie ihrer Ehre schuldig! Kurz entschlossen nimmt sie ihren Autoschlüssel und geht in die Garage. Mit etwas Glück kann sie ihren Mann noch einholen.

Die Straße vom Römersfelder Villenviertel in die Stadt ist lang und schnurgerade. Marion braust los und erkennt ganz in der Ferne aufleuchtende Bremslichter. Sie überlegt, ob sie von Günthers Mercedes stammen könnten, aber es ist zu weit entfernt, um sicher sein zu können. Marion fährt schneller als sonst, der Tacho zeigt achtzig Stundenkilometer. Der Wagen vor ihr biegt ab. Marion beschleunigt. Noch nie ist sie mit satten hundert Stundenkilometern durch Römersfeld gebrettert. Aber noch nie zuvor hatte sie auch einen so triftigen Grund dazu. Der grelle Blitz blendet sie, und erschrocken tritt sie voll auf die Bremse. Mit flatterndem Puls hält sie am Randstein an. Auf ihrer Straße eine Radarfalle! Das hat es ja noch nie gegeben!

Sie dreht sich nach der Anlage um. Ein fest montierter Starenkasten, gut getarnt zwischen einigen Bäumen, kein mobiles Kästchen mit roter Kelle. Wenn die Polizei das Filmmaterial auswertet, ist sie ihren Führerschein los. Das kann sie sich nicht leisten – zudem ein gefundenes Fressen für die Presse: Marion Schmidt als unverantwortliche Raserin! Mit hundert Sachen durch die Stadt! Ausgerechnet sie! Wie soll sie das Günther erklären?!

Marion schaut die Straße rauf und runter, im Moment ist zwar nicht viel los, aber es ist in jedem Fall zu früh und viel zu hell, um sich an staatlichem Eigentum zu vergreifen. Zudem sieht das Ding viel zu stabil aus, um es mit bloßen Händen zu vernichten. Marion überlegt. Die Situation ist neu für sie, jetzt gilt es, einen kühlen Kopf zu bewahren. Langsam fährt sie in Richtung Stadtmitte. Günther hat sie jetzt aus den Augen verloren, aber das ist das kleinere Übel. Sie schaut auf die Uhr. Kurz vor acht. Sie braucht noch eine Eisensäge, klein, handlich, für dicke Eisenstangen tauglich und akkubetrieben. Die nächste sichere Quelle für so etwas ist Manfreds blöder Baumarkt. Sie gibt Gas und schafft es gerade noch vor Ladenschluß. Auf gut Glück spricht sie den nächstbesten Verkäufer an. »Ist Herr Büschelmeyer denn noch im Haus?«

Sie erntet einen unwilligen Blick. »Der Chef ist schon gegangen.« Dann nach einer Pause, wohl einem inneren Stoßseufzer, sagt der Verkäufer ohne große Begeisterung: »Kann ich Ihnen vielleicht weiterhelfen?«

Das wollte sie ja nur, und außerdem weiß sie jetzt mit Bestimmtheit, daß Manfred sie für dumm verkauft. Na warte, sie wird der Sache schon noch auf den Grund kommen. »Ich brauche für meinen Mann eine Eisensäge, klein, handlich, leicht, mit Akkubetrieb. Und zudem eine kleine Alu-Trittleiter. Stabil und trotzdem leicht zu transportieren, verstehen Sie?«

Er schaut sie an, als hätte sie ihn eben um eine gemeinsame Nacht gebeten. »Um Ihnen alle Produkte zu erklären, ist es tatsächlich schon etwas spät, wir haben eine große Auswahl, verstehen Sie?« Er holt tief Luft. »Können Sie nicht morgen noch mal kommen?«

»Keineswegs«, winkt Marion ab. »Bringen Sie mir einfach das Beste! Ich gehe schon mal zur Kasse!«

Viertel nach acht fährt sie mit einer Eisensäge und einer Trittleiter im Kofferraum los. Ganz gut, daß Manfred nicht da war. Garantiert wäre diese Neuigkeit ebenfalls schnellstens an Günthers Ohr gelangt. Alter Tratschverein, diese Männerwirtschaft!

Zunächst mal ist Marion zufrieden. Bis jetzt ist es perfekt gelaufen. Nun wird sie auskundschaften, wo dieser Altherrenverein tagt, und anschließend wird sie Günther mit den Tatsachen konfrontieren. Vielleicht erkennt er dann endlich, daß es ein Fehler ist, sie wie ein dummes junges Ding von allem Geschäftlichen auszuschließen.

Günther hat im *Seerestaurant* einen Tisch für zwei reserviert. Der »See« ist ein kleiner Baggersee, und der Fisch wird eingeflogen, aber trotzdem ist es Römersfelds beste Adresse, und Günther ist dort Stammgast, weil er oft mit Geschäftsfreunden kommt und einmal im Jahr mit seiner Frau. Der Tisch ist feierlich gedeckt, ein Gesteck mit roten Rosen steht auf dem Tisch, und die Chefin, Katrin Christiansen, kommt höchstpersönlich, um die Gäste zu begrüßen und zwei Kerzen im silbernen Leuchter anzuzünden.

Linda läßt es sich nicht anmerken, aber beeindruckt ist sie schon. Das *Seerestaurant* gilt in ihren Kreisen als »Bonzenkneipe«, und keiner von ihren Freunden hat bisher auch nur die Speisekarte dieses Nobelschuppens gelesen. Und jetzt sitzt sie mittendrin – und kann es keinem erzählen.

Günther gibt sich weltmännisch. Er spürt, daß er Linda imponieren kann, und so bestellt er zunächst einmal zwei Gläser Champagner, um sich anschließend vom Chefkoch die Tagesspezialitäten aufzählen zu lassen. Schließlich wählt Günther eine Kaninchensülze mit Tomatencoulis zu Blattsalaten als Vorspeise, dann ein geeistes Melonensüppchem mit Estragon als

Zwischengang, anschließend als Hauptgang das Zwergwelsfilet in Thymiankruste mit Petersilienkartoffeln und zum Dessert ein Grand-Marnier-Flan mit Zitronellenbutter.

Schließlich hat er vier Gänge zusammengestellt, jeweils den passenden Wein ausgesucht und strahlt Linda an.

»Woher kennen Sie sich so gut aus?« fragt sie und nimmt den Aperitif in Empfang, der eben serviert wird.

»Das nennt man einfach Lebensart«, sagt Günther geschmeichelt und hebt das Glas zum Anstoßen. »Manche haben sie, andere nicht!« Er kann ihr ja schlecht erzählen, daß Marion ihn von Kurs zu Kurs gejagt hat, um seine Lebensart aufzumöbeln. Und daß er darauf überhaupt nur unter dem Druck seines Schwiegervaters, dieses alten Militaristen, eingegangen ist.

Doch siehe da, er schickt Linda ein gewinnendes Lächeln über den Tisch, jetzt macht es sich bezahlt. Wie Klavierstunden in der Kindheit. Man erinnert sich erst wieder an sie, wenn man sie schon fast vergessen hat.

Linda hat beschlossen, die Dinge auf sich zukommen zu lassen. Was hat es für einen Sinn, hinter Dirk herzuheulen, wenn der es noch nicht einmal für nötig hält, bei ihr anzurufen? Und warum soll sie Günther eine Abfuhr erteilen, wo er doch momentan der einzige Mensch ist, der sich um sie kümmert? Sie hat sich ein enges Sommerkleid aus dunkelroter Rohseide angezogen und schwarze Riemchenstilettos. Alles für besondere Anlässe im letzten Sommerschlußverkauf ergattert und in der hintersten Ecke ihres Schrankes gebunkert.

Und siehe da, ihre Weitsicht macht sich bezahlt. Wie die fast vergessenen Benimmregeln ihrer Mutter: Denk daran, bei feinen Menüs liegt das Besteck stets den einzelnen Gängen entsprechend von außen nach innen. Du fängst beim ersten Gang mit dem äußersten Besteck an, und vergiß nicht, dir den Mund mit der Serviette abzutupfen, bevor du trinkst, Kind! Sie fand ihre Mutter damals hoffnungslos überholt. Wenn sie sie jetzt sehen könnte ...

»So läßt es sich doch leben«, sagt Günther schließlich, als das Amusegueule serviert wird. »Ziegenfrischkäse mit Radieschensprossen«, erklärt der Ober, »mit Empfehlung der Küche.«

Haben wir das überhaupt bestellt, denkt Linda, und schüttelt über sich selbst den Kopf. Was heißt da »wir«? Er bestellt, und er bezahlt. Das hat nichts mit »wir« zu tun!

Aber sie muß ihm recht geben. So läßt es sich tatsächlich leben! Es ist, als ob sie Geburtstag hätte.

Schon wieder!

Marion fährt die Stadt ab. Zunächst ist sie zum Tierheim gefahren, denn ein Treffen direkt am fraglichen Grundstück erscheint ihr am wahrscheinlichsten. Aber sie kann kein ihr bekanntes Auto entdecken, und so fährt sie weiter. Das Vereinsheim am Fußballplatz, wo die Männer ihre Gemeinderatsversammlungen regelmäßig bis in den frühen Morgen hinein verlängern, ist ihr nächstes Ziel. Der ganze Parkplatz ist vollgestopft, dicht an dicht stehen unzählige Autos da, selbst Campingbusse. Irgendeine Veranstaltung wird stattfinden, mutmaßt Marion und grummelt: Unterliga Römersfeld gegen Unterliga Kennichnicht. Es könnte natürlich auch sein, daß Günther sie angeschwindelt hat, weil er unbedingt zu diesem Proletenereignis wollte. Marion hatte noch nie etwas dafür übrig und geriet sich früher deswegen mit Günther immer in die Haare. Erst jetzt fällt ihr auf, daß dies seit Jahren nicht mehr der Fall war. Das soll nicht heißen, daß er nicht mehr hingegangen ist. Das soll heißen, daß er ihr nichts mehr davon erzählt hat. Grimmig fährt sie die Reihen der parkenden Autos ab. Das wird der Abend der Offenbarung. Irgendwo wird sie ihn schon entdecken!

Günther und Linda sind beim geeisten Melonensüppchen angekommen. Sie sind glänzender Laune, lachen über alles mögliche, selbst wenn es überhaupt nicht zum Lachen ist. Katrin

Christiansen öffnet bereits die zweite Flasche Wein und fragt, ob alles zu ihrer Zufriedenheit sei. Darüber muß Linda schon wieder lachen, denn es kommt ihr irre vor, daß so eine Frage überhaupt gestellt wird. Sollte mal Giovanni fragen, wenn er eine seiner teigigen Pizzen serviert. Die nächste Teiginsel wird sie ihm hinterherwerfen. Der Gedanke reizt sie noch mehr zum Lachen. Sie wirft ihre schwarzen Haare zurück, die Wangen glühen, ihre Augen blitzen, und Günther sieht sein Ziel ganz nah vor Augen. Er hebt das Glas: »Du bist wunderschön, Linda. Ich würde dich so gern verwöhnen, gib mir eine Chance.«

Linda hält einen Moment inne. Er hat sie geduzt, einfach so, ohne Vorwarnung. Günther spürt die leichte Veränderung. Vorsicht, du alter Hengst, sagt er sich. Langsam mit den jungen Stuten.

»Darf ich das Du anbieten?« Er hält das Glas noch immer hoch. »Ich glaube zumindest, ich bin der Ältere...« Er lacht über seinen Witz, aber Linda zögert noch. Sie hält zwar ebenfalls das Glas hoch, aber es fällt ihr schwer, ihn einfach zu duzen. Schließlich ist er dreiunddreißig Jahre älter. Außer ihrem eigenen Vater und einigen Verwandten hat sie bisher noch nie einen Mann in diesem Alter geduzt.

»Was heißt verwöhnen?« sagt sie und stößt mit ihm an.

»Nun«, Günther will geheimnisvoll lächeln, es gerät aber eher vieldeutig, »so, daß du Freude am Leben hast. Dinge, die Spaß machen. Leben eben!«

»Freude am Leben habe ich so auch«, sie stellt das Glas neben den leeren Suppenteller, der sofort abgeräumt wird. »Ich freue mich jeden Tag übers Leben«, fährt sie fort, »ich bin jung und gesund, ich habe eine gute Arbeit, einen liebevollen Freund, es geht mir gut – was brauche ich noch?« Was redest du bloß für einen Schwachsinn, denkt sie gleichzeitig, ich jobbe nebenher, um zusätzlich mühsam Kohle zu verdienen, ich habe einen idiotischen Freund, dem ich schlichtweg egal bin – dabei hätte ich jetzt wirklich eine Chance, ich könnte meine Jugend einsetzen, ein eigenes Geschäft haben, eine Eigentumswohnung besitzen und einen Alfa Spider fahren.

Und in der Badewanne enden wie die Nitribitt.

»Linda?«

»Wie?«

»Träumst du?«

Sie schreckt auf. Günther tätschelt ihre Hand. Sie zieht sie automatisch zurück und greift erneut nach dem Glas.

»Trinken wir auf das Leben!«

»Das gefällt mir!« Günther stößt mit ihr an. »Warst du eigentlich jemals in Paris?«

»Paris?«

»Ja, das macht Spaß. Einkaufen in Paris, Sommermode, Wintermode, was gerade ansteht. Auf den Eiffelturm, ins Centre Pompidou, zur Sacré Cœur – hast du das schon einmal gemacht?«

Günther Schmidt und Shopping, sie glaubt's ja nicht.

»Nein, eigentlich nicht!«

Er lacht siegessicher, da fällt sein Blick durchs gegenüberliegende Fenster auf den Parkplatz, und er sieht, trotz der zunehmenden Dunkelheit, einen BMW vorfahren, ein Cabrio, das er kennt. Seine Frau!

Vor Schreck verschluckt er sich, dann überlegt er fieberhaft. Warum ist sie überhaupt hier? Hat sie einen anderen? Oder spioniert sie ihm nach?

Eine Konfrontation kann er sich nicht leisten.

Er beugt sich über den Tisch. »Reg dich nicht auf«, sagt er leise zu Linda, »meine Frau ist eben vorgefahren, sie weiß nicht, daß wir zusammen hier sind. Es ist wohl besser, wir verschwinden mal eben kurz auf die Toilette!«

Auf die Toilette?

Genauso hat sie sich ein Liebesabenteuer vorgestellt. Eben noch in Paris und jetzt auf der Toilette.

»Es ist doch überhaupt nichts vorgefallen«, versucht sie ihn zu beruhigen, aber es kommt ihr selbst dämlich vor. Natürlich ist etwas. Sie sitzen hier im besten Restaurant der Stadt, sie essen und trinken bei Kerzenlicht, was soll eine Ehefrau da denken, wenn nicht *das*?

Marion hätte nie gedacht, daß sie ihn im *Seerestaurant* finden könnte. Und eigentlich wollte sie auch schon zu ihrem Starenkasten zurück, denn jetzt wurde es endlich dunkel. Aber die silberne Limousine war schon von der Straße aus zu sehen, Günther hat seinen Wagen, wie eh und je, mitten vor den Eingang gestellt, als gäbe es keine Parkbuchten.

Dieser Mann ist dumm, denkt Marion, als sie auf den Parkplatz fährt. Oder er hat nichts zu verstecken. Sie schaut sich um. Kein anderer Wagen, der ihr bekannt vorkommt. Mit wem ist er bloß hier?

Sie parkt ordnungsgemäß, fährt sich kurz durch die Haare, legt frisch hellroten Lippenstift auf, nimmt ihre Handtasche und geht zum Eingang.

Katrin Christiansen kommt ihr bereits entgegen. »Das tut mir aber leid, daß sie ihren Mann so knapp verpaßt haben«, sagt sie leise und hebt bedauernd beide Hände.

»Wieso?« fragt Marion und läßt ihre Augen schweifen. Das Restaurant ist schwach besetzt, sie zählt fünf volle Tische und einen kleinen Tisch, der offensichtlich eben verlassen wurde.

»Wo ist er denn hin?« fragt sie und mustert den kleinen Tisch aus der Ferne.

»Er hat ein Taxi gerufen, ist vor zehn Minuten mit den anderen Herren gegangen«, Katrin Christiansen deutet auf einen sauberen, aufgeräumten Tisch.

Günther ist schon mit zehn Promille heimgekommen, aber noch nie mit dem Taxi. »Sind Sie sicher, daß *das* mein Mann war?« fragt Marion nach.

»Kann ich Ihnen etwas anbieten? Zur Erfrischung vielleicht?« Die Wirtin macht eine einladende Geste.

»Und wem gehört der kleine, unbesetzte Tisch?« Marion geht nicht darauf ein.

»Der? Ich bitte Sie, einem jungen Paar, die hatten es plötzlich eilig, verstehen Sie?«

»Nein, verstehe ich nicht«, Marion schaut nochmals genau hin. Aber es liegt nichts dort, was auf Günther schließen ließe. Und überhaupt, warum sollte es auch? Ihr eigenes Mißtrauen ist ihr rätselhaft. »Entschuldigen Sie«, sagt sie zu Katrin Christiansen und: »Gute Nacht!«

Zwei Minuten später fährt ihr BMW vom Hof, und drei Minuten später steht Günther in der Küche. Katrin Christiansen hat sich eben einen Schnaps genehmigt und geht mit dem leeren Glas auf ihn zu. »Wissen Sie, Herr Schmidt, Sie sind ein sehr guter Kunde. Aber so etwas übersteigt meine Kräfte. Ich möchte keinen Skandal!«

»Gab's da nicht mal die unliebsame Sache mit den Parkplätzen?«

Katrin Christiansen stellt ihr Glas hart ab. »Wir haben Parkplätze!«

»Ja, nur gemessen an der Anzahl ihrer Stühle zuwenig. Es gibt da nämlich eine Landesbauordnung mit gewissen Richtsätzen, die ...«

»Wir wissen das, Herr Schmidt, und wir wissen auch Ihre Hilfe von damals zu schätzen. Aber ich denke auch, daß wir uns über all die Jahre bei Ihren Diners für Ihren Beistand erkenntlich gezeigt haben. Trotzdem möchte ich deswegen nicht zur Lügnerin werden!«

Günther dreht sich zur Tür um und zuckt die Schultern. »Ich denke, Frau Christiansen, jetzt wäre uns der Hauptgang genehm!«

Marion fährt langsam durch die Stadt nach Hause. Sie wird jetzt in der Garage die Gebrauchsanweisung zu dieser Eisensäge lesen und sie dann ausprobieren. Wenn es sein muß, an Günther. Denn falls er sie betrügen sollte, wird er das nicht überleben. Das ist sie nicht nur ihrer Familienehre schuldig, sondern vor allem sich selbst.

Das Haus ist dunkel. Sie hat es sich gedacht. Günther Schmidt ist nicht mit dem Taxi nach Hause gefahren. Frau Christiansen hat die Unwahrheit gesagt. Aber warum? Oder ist er mit dem Taxi irgendwohin gefahren, wo sein Wagen nicht gesehen werden dürfte? Was könnte das sein? Eine Nachtbar? In den Puff?

Fast muß sie lachen. Günther hat, solange er Stadtrat war, wie besessen gegen das unscheinbare kleine Haus am Stadtrand gekämpft. Die Moral der Bürger stehe auf dem Spiel, hat er gewettert, Jugendliche würden durch diese Sittenlosigkeit verführt und ehrbare Familienväter gefährdet. Sollte er jetzt etwa selbst gefährdet sein?

Marion öffnet die Garage mit der Fernbedienung, fährt hinein und packt ihre Beute aus. Ein feines Maschinchen. Sie schwingt sie einige Male durch die Luft und klettert damit auf die Trittleiter. Kein Problem, sie hat Kraft genug. Marion schaut auf die Uhr. Halb elf, noch zu früh für ihren Anschlag. Aber sie könnte sich vielleicht etwas Praktischeres anziehen. Sie entscheidet sich für einen schwarzen Hosenanzug, Leinenschuhe mit Gummisohle und eine schwarze Wollmütze. Dann fährt sie los. Zwischenzeitlich ist es elf Uhr geworden, und in Römersfeld ist der Friede eingekehrt. Um diese Zeit sind die meisten schon im Bett.

Sie fährt auf der Parallelstraße auf einen kleinen Parkplatz, der an das mit Bäumen bestandene Grundstück grenzt. Wenn sie es richtig berechnet hat, müßte sie, wenn sie es einfach durchquert, genau an der Radaranlage herauskommen. Die nächsten Häuser stehen erst jeweils hundert Meter entfernt.

Wenn sie schnell ist, hat sie den Kasten abgesägt, bevor jemand durch den Lärm aufgewacht ist.

Aber ganz so einfach ist es nun doch nicht, mit Trittleiter und Eisensäge nachts durch das Wäldchen zu gehen. Ständig stößt sie irgendwo an, und sie kommt schnell ins Schwitzen. Als sie endlich vor dem Starenkasten steht, überlegt sie sich, wie sie Starenkasten, Eisensäge und Trittleiter überhaupt zurücktragen kann. Alles auf einmal geht unmöglich.

Aber wie auch immer, das Ding muß weg.

Sie stellt die Leiter auf, steigt hinauf, bringt die Eisensäge in Position. Gerade will sie den Motor starten, da nähern sich Autolichter. Sie klettert schnell herunter und verbirgt sich mit Leiter und Säge im Gebüsch. Das passiert dreimal, und sie überlegt gerade in ihrem Versteck, ob sie die Aktion nicht noch um zwei Stunden verschieben soll, da kommt ein Wagen angerast. Marion sieht ihn kommen, einen silbernen Mercedes mit überhöhter Geschwindigkeit. Offensichtlich war Günther in der Zwischenzeit zu Hause und ist jetzt auf der Suche nach ihr. Marion schließt die Augen, als der Blitz losgeht. Wie sie einige Stunden zuvor, tritt auch Günther voll auf die Bremse und rast dann im Rückwärtsgang zurück. Keine drei Meter von ihr entfernt steigt er aus und taxiert die Anlage. Marion beobachtet ihn. Was er jetzt wohl unternimmt, der Herr Geheimnisträger? Im Moment wirkt er vor allem ratlos. Schließlich steigt er in seinen Wagen, knallt die Tür zu und fährt weiter.

Als gute Ehefrau wäre es jetzt doppelt angebracht, den Starenkasten abzusägen und verschwinden zu lassen. Aber will sie ihm den Gefallen überhaupt tun? Er hatte mindestens so viel drauf wie sie. Günther ohne Führerschein wäre wie ein flügellahmer Habicht. Sie hätte ihn voll unter Kontrolle. Und die Schlagzeile gilt durch seine Nachbesserung nun auch nicht mehr ihr, sondern ihm. Er hätte sich besser nicht mit ihr angelegt!

Sie schleift Eisensäge und Trittleiter zurück durch das Wäldchen in ihr Auto und fährt nach Hause. Eineinhalb Stunden später, sie liegt bereits im Bett, hört sie das elektrische Garagentor. Ob er sie fragen wird, wo sie war? Dann will sie aber auch wissen, wie sein Wagen vom *Seerestaurant* nach Hause gelangen konnte, wenn er doch angeblich mit dem Taxi gefahren ist.

Lindas gute Stimmung war mit dem Aufkreuzen von Marion dahin. Welche Schmach, auf der Toilette zu sitzen, während draußen die eifersüchtige Gattin das Lokal inspiziert. Dabei hätte sie ihr locker die Hand schütteln können, denn außer einer Duzbrüderschaft war zwischen Günther und ihr ja nichts vorgefallen. Günther tat anschließend so, als hätte er alles unter Kontrolle, aber daß er immer wieder wachsam auf den Parkplatz blickte, entging ihr nicht. »Hast du eigentlich Angst vor deiner Frau?« fragte sie zum Dessert.

Günther wollte sich vor Lachen ausschütteln. »Ich bitte dich! Das ist ja zu komisch! Welcher Mann hat schon Angst vor einer Frau!«

»Vor der eigenen möglicherweise schon.«

»Über so etwas solltest du dir dein hübsches Köpfchen wahrlich nicht zerbrechen.«

»Du kannst ganz nett sein, Günther Schmidt, aber manchmal neigst du zur Großspurigkeit, findest du nicht?«

Günther fiel nichts dazu ein. Er bestellte die Digestifkarte und orderte zwei Mirabellenschnäpse. Das hat ihm noch niemand gesagt. Er ist nicht großspurig, sondern ganz einfach groß. Das ist ein gewaltiger Unterschied. Aber das wird sie schon noch merken.

Als er sie vor ihrer Haustür in den Arm nahm, um sie zu küssen, drehte sie schnell den Kopf so, daß Wangenküsse daraus wurden. »Es war ein wunderbares Abendessen, Günther, vielen Dank, aber wir haben ja ausgemacht, daß ich im Preis nicht inbegriffen bin!«

»Jetzt bin ich aber gleich beleidigt«, er trat einen Schritt zurück. »Bin ich denn so widerlich, daß ich noch nicht einmal einen Gute-Nacht-Kuß bekomme?«

»Doch, den bekommst du schon«, sie küßte ihn leicht auf den Mund und schlüpfte schnell durch die Haustür.

Na warte, dachte Günther. Du kannst dich zieren, wie du willst, ich bekomme dich schon noch!

Kurz nachdem er aus dem Innenhof herausgefahren war, gingen an einem anderen Wagen die Lichter an. Dirk hatte genug gesehen. Das Warten hat sich gelohnt. Kein Wunder, daß sie sich nicht mehr bei ihm gemeldet hat – Günther Schmidt, dieser ekelhafte Fettbolzen, hat jetzt die Finger drauf. Das werden die beiden mir büßen, schwor er sich, während er in einem Taumel von Schmerz, Hilflosigkeit und Rachegedanken in die Innenstadt zurückfuhr.

Der nächste Morgen bringt den ersten Regen seit Wochen. Dem Garten tut's gut, denkt Marion, als sie sich im Badezimmer die Zähne putzt. Sie ist noch müde und hätte gern weitergeschlafen, aber sie ist es gewohnt, sich keine Blöße zu geben. Günther wird auch gleich aufstehen. Ob er sie nach der gestrigen Nacht fragen wird? Als er ins Bett kam, hat er nicht einmal mehr das Licht eingeschaltet. Sie tat ihm den Gefallen und stellte sich schlafend. Aber jetzt wird er es doch wohl wissen wollen. Und sie auch. Schluß mit dem Rätselraten um das Gelände am Tierheim, Schluß mit merkwürdigen Zusammenkünften, sie ist seine Frau, sie hat ein Recht auf Offenheit.

Marion deckt gerade den Frühstückstisch im Wohnzimmer, als sie ihn die Treppe herunterkommen hört. »Für mich nicht«, ruft er ihr zu, während er bereits nach seinem Trenchcoat greift, »ich habe einen eiligen Termin!«

Wäre sie jetzt in der Küche, könnte sie ihn stellen. »Günther!« versucht sie ihn zurückzuhalten, aber sie hört bereits das Garagentor. »So nicht!« Ärgerlich läuft sie ihm in die Garage nach, doch er sitzt bereits im Wagen und fährt hinaus, als ob er sie nicht sehen würde. Das Tor schließt sich langsam wieder. Sie steht in der Dunkelheit, und die Wut kocht in ihr hoch. Er hat sie genau gesehen. Er wollte sie nicht sehen. Warum nur? Was brütet er aus?

Sie will sich eben zur Küchentür umdrehen, da stutzt sie. Aus den Augenwinkeln heraus hat sie einen merkwürdigen Kasten gesehen, der gestern noch nicht in dieser Ecke lehnte. Marion greift zum Lichtschalter. Fast muß sie lachen, es ist einfach zu blöd. Da lehnt die Radaranlage abgesägt in der Ecke und glotzt sie mit ihrem Kameraauge böse an.

Nun gut, hat er ihr einen Gefallen getan, ohne davon zu wissen. Aber sich selbst natürlich den größeren. Deshalb kam er so spät.

Was sie bereits im Kofferraum hatte, mußte er ja erst noch organisieren. Und er hat sie viel zu weit unten abgesägt. Der halbe Stiel hängt ja noch dran. Völlig unfachmännisch, das Ganze!

Trotzdem, staatliche Diebesbeute macht sich nicht so gut im Haus eines seriösen Bauunternehmers. Sie geht ins Wohnzimmer und ruft seine Sekretärin im Büro an. »Wenn mein Mann kommt, so sagen Sie ihm doch bitte, er hätte den Starenkasten zu spät und am falschen Platz aufgestellt. Die Brutzeit sei schon vorüber!«

Manfred Büschelmeyer sitzt mit roten Ohren am Telefon. Eben mußte er erfahren, daß ihm der Tierschutzverein zuvorgekommen ist. Diese dumme Tussi, die außer Friskas und Leckerlis nichts im Kopf hat, hat ihn ausgebootet. Max Dreher hat ihm sachlich erklärt, daß das Geschäft für ihn erledigt sei. Er habe sein Geld, und damit gut! Und mehr Gelände stünde zur Zeit nicht zur Disposition!

Noch nicht einmal den Quadratmeterpreis wollte er ihm sagen.

Zum Verrücktwerden. Es besteht nur noch die Chance, daß diese Roser von ihrem Glück nichts weiß. Für diesen Fall muß er sofort zuschlagen, denn wenn sich Günther erst dahinterklemmt, ist es für ihn und seinen Geldbeutel zu spät.

Das Telefon läutet, und er erkennt auf dem Display, daß es eine interne Nummer ist. Es ist der junge Verkäufer, der ihm berichten will, daß eine Frau Schmidt gestern kurz vor Geschäftsschluß nach ihm gefragt habe.

Manfred bricht der Schweiß aus. Sicherlich wollte sie ihm das gestern abend persönlich mitteilen. Vielleicht steckt sie aber sogar selbst hinter dieser Roser und will mit dieser Aktion den Preis in die Höhe treiben? Das sähe ihr ähnlich. Schmidt bleibt Schmidt, egal ob männlich oder weiblich.

»Ich muß mal dringend weg«, sagt er seiner Sekretärin. »In zwei Stunden bin ich wieder da. Ich bin auch nicht über Handy zu erreichen – überhaupt nicht!«

Damit ist er weg.

Bei der Bank will er sich über sein mögliches Kreditvolumen erkundigen, aber er findet trotz mehrmaligen Kreisens in der Nähe keinen Parkplatz und fährt dann ohne die Sicherheit seiner Bank zum Tierheim. Annemarie Roser sei allerdings erst ab 16.30 Uhr da, erklärt ihm eine junge Tierpflegerin. Und da hätte sie auch schon gleich einige Termine. Er könnte also frühestens um 17.30 Uhr mit ihr sprechen.

Aha, das sagt ihm alles. Er muß den anderen zuvorkommen.

»Arbeitet Frau Roser nicht an der Tankstelle?«

»Tankstelle? Nein, im Arbeitsamt!«

Zwanzig Minuten später steht er mit seinem Wagen vor dem Arbeitsamt. Da kann er ihr gleich mal sagen, daß sie ihm immer nur Pfeifen schickt. Er braucht Leute, die auch was tun fürs Geld. Keine, die sich ständig in den Ecken herumdrücken und auf die Pausen warten. Aber vielleicht ist es auch besser, er sagt gar nichts.

Die lange Schlange vor der Tür Nr. 25 ignoriert er. Er klopft einmal laut und tritt ein, ohne eine Reaktion abzuwarten.

Ein mißbilligender Blick trifft ihn.

»Bitte warten Sie draußen! Wie die anderen auch!«

»Dazu habe ich aber keine Zeit. Ich bin Arbeitgeber und muß mit Ihnen etwas besprechen!«

»Ich bin beschäftigt, wie Sie sehen. Ich werde Sie rufen!«

Wie er diese kurzgeschorenen Flintenweiber haßt, diese Emanzen, die seit Alice Schwarzer wie eine Plage übers Land rollen. Er stellt sich auf den Flur vor die Tür und versucht, die spöttischen Blicke der anderen zu übersehen. Gut, er ist rausgeflogen, na und? Am Schluß wird er lachen.

Manfred wartet zwanzig Minuten. Wenn es nicht um so viel Geld gehen würde, wäre er schon weg. Zwei Männer hat sie vor ihm drangenommen und jetzt auch noch eine Frau. Es wird immer besser!

Beim nächsten »Ja, bitte?« meint sie offensichtlich ihn.

Er geht hinein und bemüht sich, freundlich zu wirken. Sie hat alle Trümpfe in der Hand, also muß er seine Gefühle unterdrücken. Er bringt ein gequältes Lächeln zustande, während er ihr die Hand gibt.

»So, Sie sind also *Arbeitgeber*«, sagt sie, und in seinen Ohren hört sich das an, als handle es sich um eine besondere Abart menschlicher Existenz.

»Ja, aber deswegen bin ich nicht da«, versucht er das Thema abzukürzen.

»Ach, nein? Suchen Sie etwa einen Job?«

»Auf den Arm nehmen kann ich mich selbst!«

»Entschuldigen Sie, aber worum geht es dann?«

Sie deutet mit der Hand auf den alten braunen Stuhl, der vor ihrem Schreibtisch steht. Er wird einen Teufel tun, sich auf so ein Sünderbrett zu setzen.

Manfred winkt ab und bleibt stehen. »Es geht um das

Gelände, das Sie von Max Dreher gekauft haben. Ich würde Ihnen gern ein Angebot machen.«

»Ein Angebot?« Ihr Gesicht ist ein einziges Staunen. »Wieso denn das?«

Blöde Frage, denkt Manfred. »Weil ich's haben möchte«, sagt er freundlich.

»Wozu?«

Ja, wozu? Was soll er sagen? So halt?

»Meiner Mutter ihren letzten Wunsch erfüllen, ihr ein Haus bauen.«

»Neben dem Tierheim? Haben Sie eine Ahnung, was das bedeutet? Die Hunde? Der Krach? Das können Sie einer alten Frau doch nicht zumuten!«

Verdammt, aufs falsche Pferd gesetzt. Er hätte sich das vorher besser überlegen sollen.

»Sie will's trotzdem!«

Annemarie Roser läßt sich mit der Antwort Zeit. Sie sitzt in ihrem Schreibtischsessel und dreht ihren Bleistift.

»Interessant«, sagt sie schließlich, denn jetzt hat sie ihn erkannt. Es ist der Mann, der das Gelände abgemessen hat, während Regine Raak und sie in der Halle saßen. Was kann er nur wollen? Das mit der Mutter war gelogen, das spürt sie.

»Das Grundstück ist leider unverkäuflich«, sagt sie und lächelt ihn an.

»Auch wenn ich Ihnen ein gutes Angebot mache?« Manfred holt tief Luft. Es ist seine einzige Chance. Irgendwie muß er sie packen.

»Wie gut?«

Das hört sich schon mal besser an.

»Zehn Mark pro Quadratmeter?«

Annemarie Roser muß sich beherrschen, daß sie nicht die Farbe wechselt. Sprudelt dort eine Ölquelle? Oder eine Mineralquelle? Oder sonst irgendwas, wovon sie keine Ahnung hat? Haben sie einen Schatz gekauft? Sie muß gleich Regine anrufen.

»Zehn Mark?« wiederholt sie gedehnt.

»Fünfzehn«, sagt Manfred, und jetzt schießt ihm die Röte ins Gesicht. »Aber dann müßten Sie mit mir sofort zum Notar.«

»Haben Sie den etwa schon benachrichtigt?«

Manfred greift nach der Stuhllehne. Er spürt seinen Herzschlag. Wenn sie jetzt ja sagt, hat er zwar mehr bezahlt, als er wollte, aber immer noch einen satten Gewinn. Und wenn die Roser zu dem Preis verkauft, steckt keiner der Profis hinter ihr! Das ist das Schönste dabei: Er hat die Schmidts ausgeschmiert!

»Nein, aber das lassen Sie mal ruhig meine Sorge sein!«

»Draußen warten noch Leute, die haben auch ein Recht ...«

»Es geht ganz schnell!« Er sieht sich bereits suchend nach dem Telefon um. »Haben Sie Angst, daß ich bis morgen sterben könnte?« Annemarie rechnet im Kopf nach. 15 Mark pro Quadratmeter bedeuten bei einem Hektar 150 000 Mark. Sie würden einen Gewinn von 140 000 Mark in nur einem Tag einstreichen. Aber warum? Was steckt dahinter?

Annemarie steht auf. »Ich überleg's mir.«

Nervös wischt sich Manfred die rechte Hand an seiner Hose ab und streckt sie ihr zum Gruß hin. »Wann darf ich Sie anrufen?«

»Morgen früh!«

»Meine Mutter hat morgen Geburtstag, ihren siebzigsten, ich möchte sie damit schon in aller Frühe überraschen, Sie wissen, alte Menschen sind Frühaufsteher, geht's nicht nachher?«

Annemarie schüttelt seine Hand ausgiebig.

»Ich bin auch eine Frühaufsteherin. Sie können mich morgen früh um sechs Uhr anrufen. Ich stehe im Telefonbuch!«

Als Manfred wieder in seinem Auto sitzt, legt er in der Aufregung den Rückwärts- statt den Vorwärtsgang ein. Das ist ihm in seinem ganzen Leben noch nicht passiert, aber er war ja auch noch nie so kurz davor, den großen Günther Schmidt auszutricksen. Ob Marion ihn jemals wieder zu einer Gartenparty einladen wird? Feixend fährt er durch Römersfeld in seinen Baumarkt.

Monika Raak schaut zufällig aus dem Fenster ihres Büros, als ein kleiner, zerbeulter Wagen auf den großen Hof ihres Lackierbetriebs fährt. Sie beobachtet ihn gedankenverloren, denn eigentlich hätte das Wägelchen einen neuen Lack nötig, andererseits wird der Besitzer eine solche Verschönerung wohl kaum bezahlen können, sonst sähe das Vehikel nicht so bemitleidenswert aus. Trotzdem zeigt der Fahrer ein gesundes Selbstbewußtsein. Er parkt direkt auf dem Chefparkplatz und steigt dann aus. Jetzt erkennt sie ihn, es ist Richis Freund, Dirk Wetterstein. Soweit sie sich erinnern kann, war er noch nie hier, die beiden treffen sich meist privat, und seitdem Dirk an seinem Examen herumbastelt, kaum noch.

Sie ist gerade vom Fenster zurückgetreten, als es auch schon klopft. Dirk steht in der Tür, blaß, naß und völlig übernächtigt.

»Dirk, das ist aber eine Überraschung«, sie begrüßt ihn mit festem Händedruck.

»Ja.« Er schaut sich um. »Ist Richi nicht da?«

»Richi hat ein eigenes Büro, hier schräg gegenüber. Aber er ist unterwegs, kommt wohl in einer halben Stunde wieder. Kann ich dir helfen?«

»Glaub' ich nicht!« Er schaut sie mit einem Blick an, der sie an Schneewittchen im Wald erinnert.

»Komm, setz dich erst mal!« Sie führt ihn zu der Couch in der Ecke. »Kaffee? Was zu essen? Croissant vielleicht? Sind frisch vom Bäcker!«

»Nein, danke, mir ist schon schlecht.«

Was kann denn das zu bedeuten haben? Das Telefon klingelt. »Entschuldigst du mich bitte?« Monika nimmt ab. Es ist Irena, die ihr den neuesten Schwank aus der Modeszene erzählen will.

»Irena, sei nicht bös, aber ich habe Besuch. Dirk ist da!«

»Dirk? Den kannst du gleich mal fragen, wo Linda eigentlich immer steckt. Ich versuche ständig, sie anzurufen, und erreiche sie nie. Hat er sie eingeschlossen?«

»Frag ihn selbst!«

Monika reicht Dirk den Hörer.

»Schöne Freundin hast du«, sagt Dirk zur Begrüßung.

Ach, daher weht der Wind, denkt Monika und bittet über das Haustelefon um Kaffee und Croissants.

»Das interessiert mich alles nicht«, hört sie Dirk sagen. »Das ist für mich passé – aus und vorbei, verstehst du? Schnee von gestern, völlig uninteressant, sie existiert für mich überhaupt nicht mehr, hat sich erledigt, völlig erledigt, die Frau ist tot, mausetot, verstehst du? Ich habe selten so 'ne tote Frau gesehen, alles klar? Nein? Na, dann eben nicht!« Er reicht Monika den Hörer wieder. »Ich habe momentan keinen Nerv für begriffsstutzige Frauen. Wenn Richi nicht kommt, gehe ich wieder.«

»Aber dein Kaffee wird doch eben frisch gemacht. Der wird dir guttun!«

»Was soll das heißen, guttun? Geht's mir etwa schlecht? Sehe ich vielleicht so aus? Mir geht's glänzend, super, nie besser gegangen. Wenn Richi nicht bald kommt, gehe ich wieder!«

Monika überlegt. In seinem Zustand ist nichts Vernünftiges aus ihm herauszubekommen. Es scheint nur klar zu sein, daß Linda ihm den Laufpaß gegeben hat. Das ist zwar schade, aber es wundert Monika nicht. Es war nur eine Frage der Zeit, bis sich mal der richtige Typ in die Parfümerie verirren würde. Dirk ist einfach noch nicht erwachsen genug für eine Frau wie Linda.

Die Tür geht auf, ein junger Mann serviert Kaffee und Croissants auf einem Tablett. »Habt ihr keine anständige Sekretärin?« fragt Dirk ketzerisch.

»Wieso, gefalle ich Ihnen nicht?« fragt der Junge zurück.

»Marc ist unser Quotenmann im Sekretariat«, lacht Monika. »Ich hätte nicht gedacht, daß du so altmodisch bist, Dirk!«

»Ich …«, Dirk setzt sich kerzengerade hin, bricht dann aber ab und sackt in sich zusammen, »ach, vergessen wir's. Ist doch sowieso egal. Wir werden doch sowieso schon überall von den Frauen regiert. Im Beruf, in der Liebe, und jetzt genehmigen sie sich auch schon Quotenmänner. Sieh dich doch selbst an, Monika, bist du eine Frau oder nicht?«

»Das will ich meinen«, Monika schenkt ihm Kaffee ein.

»Und gehört dir der Schuppen oder nicht?«

»Das kann man so sehen!«

»Na also. Ich geh' jetzt!«

Als Richi zehn Minuten später kommt, ist Dirk schon wieder weggefahren. Monika fängt ihn auf dem Hof ab, um ihm von dem kurzen Besuch seines Freundes zu erzählen, begleitet ihn zu seinem Wagen zurück und hält ihm die Autotür auf. »Also geh, du mußt ihn suchen. Er kam mir vor wie betrunken, völlig neben sich. So wirr, als hätte er Drogen genommen!«

Günther sitzt zur selben Zeit in seinem Büro. Er hat schlechte Laune und Mühe, sich auf die Dinge zu konzentrieren, die sich vor ihm auf dem Schreibtisch türmen. Verdammt, der Abend hat gestern so gut angefangen, und dann funkt ihm seine eigene Frau dazwischen. Verpfuscht ihm die Liebesnacht, auf die er so erfolgreich hingearbeitet hat. Und dann noch die Sache mit dieser Radaranlage. Diese idiotische Aktion, dieses Ding heute nacht noch vom Sockel holen zu müssen. Nur gut, daß er die Werkstattschlüssel dabeihatte. Und das alles nur, weil seine Alte kurz vor Mitternacht noch in der Stadt herumschwirrte und er befürchtete, sie würde an Lindas Haustür Sturm klingeln. Hätte ja sein können, daß sie auf dem Parkplatz hinter einem Busch hockte und sie beobachtete. Einer Offizierstochter wie ihr ist alles zuzutrauen. Nur gut, daß die Kohle weg ist, wenn die eigentliche Schlammschlacht losgeht. Da wird sie ihre Munition schnell verschossen haben. Kriege kosten nun mal Geld.

Er starrt in den Regen. Er war seinem Ziel so nah! Es ist zum Verrücktwerden. Und auch die Message seiner Alten mit dem Starenkasten. Er wollte ihn heute nachmittag verschwinden lassen, aber er kann ja schlecht mit einer herausragenden abgesägten Eisenstange im Kofferraum durch die Stadt fahren. Zumal die Tat morgen groß in der Zeitung stehen dürfte. Aber typisch für Marion, daß sie ihre Nase direkt draufhalten mußte. Wer wie sie stets mit vierzig Stundenkilometern durch die Stadt schiebt, kann durchgehende männliche Energien eben nicht nachvollziehen.

Günther sortiert die Anfragen, Notizen und Briefe. Das interessiert ihn im Moment herzlich wenig. Den Druck im Kopf kriegt er erst wieder los, wenn er mit Linda im Bett war. Er greift nach dem Telefonhörer, läßt sich mit dem besten Blumengeschäft in Römersfeld verbinden und Linda dreißig rote Rosen schicken. Langstielig, sagt er dazu, wie ich.

Regine hat eben die Gartenmöbel regensicher untergebracht, als das Telefon klingelt. Sie läuft schnell aus dem Garten ins Haus, Bobby freudig hinterher. »O nein«, sagt sie, als sie das Telefon abnimmt.

»O nein?« fragt Annemarie Roser am anderen Ende, »bin ich damit gemeint?«

»O nein, Bobby! Er schleppt mir den ganzen Dreck aus dem Garten herein. Bobby, Platz! Und ich hatte vorhin erst naß aufgewischt, ich glaube, ich werde nie fertig mit diesem doofen Haus!«

»Sitzt du schon?«

»Jetzt schon!«

»Was hältst du von einem Gewinn in Höhe von 140 000 Mark in nur einem Tag?«

»Hat die russische Mafia im Arbeitsamt Jobs angeboten?«

»Kein Witz, Regine!« Und Annemarie erzählt ausführlich von ihrem morgendlichen Besuch.

»Manfred Büschelmeyer, sieh an. Nicht zu fassen!«

Regine überlegt. »Soll ich meinen Mann fragen, was davon zu halten ist? Er ist schließlich Vermögensberater, der wird wohl eine Ahnung haben, was dahinterstecken könnte.«

Annemarie zögert. Sie kennt den Klüngel in der Stadt, zu viele »Wenn-du-mir-dann-ich-dir«-Abkommen, und sie fürchtet den Sumpf dieser schulterklopfenden Männerfreundschaften. Und sie ist sich nicht sicher, ob Klaus Raak da auszuschließen ist. Ihrer Einschätzung nach eher nicht.

Regine hat ohne Worte verstanden. Sie haben die Dinge zu zweit ins Rollen gebracht, und sie werden das Spiel nicht aus der Hand geben.

»Wollen wir uns treffen? Hier?« fragt sie.

»Gern«, stimmt Annemarie zu. »Ich komme gern!«

»So, Bobby«, sagt Regine, nachdem sie aufgelegt hat, zu ihrem Hirtenhund, der mit seinem nassen Fell auf dem Boden liegt und mit der Rute eifrig die Fliesen klopft, »dann hol schon mal Eimer und Schrubber. Ich stelle derweil eine Flasche Sekt kalt, denn ich ahne jetzt, warum Marion beim Tierheim war. Irgendwie scheint da ein dickes Ding vergraben zu sein. Und Annemarie und ich sitzen mitten drin, ohne es zu ahnen. Jetzt müssen wir nur noch herausfinden, wie weit wir pokern können, dann stellen wir Römersfeld auf den Kopf!«

Richi fährt direkt zu Dirks Wohnung. Wie immer fndet er keinen Parkplatz und läßt den Wagen nach der dritten Umrundung des Viertels entnervt im Halteverbot stehen. Die fünf Minuten wird's schon gutgehen. Außerdem glaubt er nicht, daß Dirk überhaupt zu Hause ist. Seinen Wagen hat er jedenfalls nicht gesehen. Er klingelt Sturm, und wie vermutet, rührt sich nichts.

Dafür notiert sich gerade eine Politesse sein Nummernschild, als Richi gleich darauf wieder um die Straßenecke biegt. »Der Wagen fällt mir häufiger auf«, sagt sie und wirft ihm einen vorwurfsvollen Blick unter ihrer nassen Mütze hervor zu.

»Cabrios gibt's viele in Römersfeld!«

»Aber nicht mit dieser Nummer!«

»Lassen Sie sich doch erklären …«

Sie schreibt unverdrossen weiter, steckt den Schein sorgfältig in eine regensichere Plastikhülle und klemmt ihn hinter den Scheibenwischer. »Wenn Sie unbedingt erklären wollen, können Sie das auch schriftlich tun.« Ein kurzes Lächeln, und sie ist einen Wagen weiter.

Zähneknirschend zieht Richi das Ticket hervor und steigt ein.

Dreißig Mark sind schon mal weg, tolle Rettungsaktion!

Richi fährt noch zwanzig Minuten kreuz und quer durch die Stadt, sieht aber nirgends Dirks Wagen. Vor der Parfümerie überlegt er kurz, ob er Linda fragen soll, aber das erscheint ihm nach kurzem Überlegen unangebracht. Was geht ihn Lindas Liebesleben an. Und außerdem schüttet es gerade wie aus Kübeln. Schließlich fährt er wieder zurück ins Büro.

Inzwischen ist Annemarie Roser bei Regine angekommen. Sie stellt ihren nassen Regenschirm vor der Haustür ab und zieht die Schuhe aus.

»Aber ich bitte dich«, wehrt Regine ab, doch Annemarie lacht nur. »Ein Bobby im Haushalt genügt!«

Die beiden Frauen setzen sich in den Wintergarten und rätseln, was es mit dem Grundstück auf sich haben könnte.

»Also 140 000 Mark kann sich der Tierschutzverein nicht entgehen lassen, Grundstück hin oder her. Eine Wiese für unsere Tiere finden wir auch woanders. Und mit dem Geld können wir top Stallgebäude bauen. Und manches noch dazu. Wir werden ein Vorzeigetierheim werden!« Annemarie Roser schüttelt den Kopf. Sie kann es immer noch nicht fassen.

»Der Haken ist nur, daß Manfred Büschelmeyer keine 140 000 Mark investiert, wenn da nicht noch sehr viel mehr zu holen wäre. Er ist im Gemeinderat, er hört das Gras wachsen!«

Regine öffnet die Flasche mit einem Ruck und schenkt mit Schwung ein. »Wow, jetzt geht mir ein Licht auf«, sagt sie und übersieht, daß der Sekt über das Glas hinausschießt. »Klar! Das Gebiet soll erschlossen werden! Da liegt das Gold vergraben!« Sie stellt die Flasche mit einem Knall ab. »Und Marion weiß es auch. Deshalb taucht sie bei euch im Tierheim auf. Das Ganze ist ein Wettstreit zwischen Schmidt und Büschelmeyer!« Sie setzt sich langsam. »Das ist ja ein Ding!«

Die beiden schauen sich an.

»Und wir sitzen mittendrin!«

Annemarie lacht schallend los. »Wir haben ihnen das Gelände weggeschnappt! Wetten, daß die bei Drehers angerufen haben? Bloß wir waren früher da!«

»Nichtsahnend!«

»Unglaublich! Darauf stoßen wir an!«

Sie heben die Gläser. »Und auf uns!«

Beide nehmen einen tiefen Schluck.

»Ooh, das tut gut!« seufzt Annemarie.

»Stimmt!« bestätigt Regine. »Aber was machen wir jetzt?«

»Gute Frage!«

Der Regen prasselt monoton auf das Dach des Wintergartens und übertönt damit die ratlose Stille.

Regine schaut zu, wie sich ganze Ströme von Regentropfen ihren Weg an den gläsernen Seitenwänden nach unten bahnen. »Irgendwo müssen wir den Hebel ansetzen!« sagt sie schließlich.

»Aber wo?«

»Wieviel kann man mit so einem Grundstück überhaupt verdienen?« Regine greift nach der Flasche und schenkt gedankenverloren die erst halbleeren Gläser wieder voll.

Annemarie zuckt die Schultern, nimmt einen Schluck und überlegt. »Keine Ahnung«, sagt sie schließlich, »aber es muß viel sein, sonst würden die sich nicht so ins Zeug legen!«

»Und wenn wir sie gegeneinander ausspielen?«

»Auch gut, aber dazu brauchen wir zumindest ein solides Grundwissen!«

Eine Weile ist es still.

»Der Mutter zum siebzigsten Geburtstag, t-t-t!« sagt Annemarie und schüttelt den Kopf. »So eine Verarschung!«

Regine schaut auf. »Du bringst mich da auf was! Ich rufe meine Mutter an! Die hat früher bei der Gemeinde gearbeitet, die muß schließlich Ahnung davon haben!«

Dirk ist nach Stuttgart gefahren. Er hat beschlossen, seinen Ärger bei einer Prostituierten abzuladen. Dann weiß Linda auch gleich, welchen Stellenwert sie für ihn hat. Selbst wenn sie es nicht erfährt. Als er in der City ankommt, ist es früher Nachmittag, und er ist sich nicht sicher, wo das berüchtigte Rotlichtviertel ist. Und außerdem fragt er sich, ob es um diese Zeit überhaupt jemanden gibt, der in diesem Metier arbeitet. Dirk fährt eine Weile kreuz und quer durch das Zentrum, dann stellt er seinen Wagen in einem Parkhaus nahe der Königstraße ab und beschließt, sein Glück zu Fuß zu versuchen. Aber schon der Blick auf den Parktarif verdirbt ihm die ungetrübte Freude an der Rache. Das wird ein teures Vergnügen werden. Er zieht den Kopf ein und stapft durch den Regen. Für alle Fälle zieht er an einem Geldautomaten auf der Königstraße noch vierhundert Mark. Damit dürfte sich sein Konto endgültig von ihm verabschiedet haben. Dirk schaut sich um und geht einige Treppen hinunter in eine andere Straße. Irgendeine Willige wird er schon finden. Linda wird schon noch merken, daß er sich so etwas nicht gefallen läßt. Schmidt – wer ist schon Schmidt! Außer Kohle hat der doch nichts im Sack!

Regine hat ihre Mutter unterdessen erreicht und kennt nun die marktüblichen Grundstückspreise. Grinsend legt sie auf und zieht die Stirn kraus. »Eigentlich bräuchten wir nur abzuwarten, bis die Stadt auf uns zukommt. Wenn die an dem

Gelände Interesse hat, liegt der Quadratmeterpreis für unerschlossenes Gelände bei 35 Mark. Das wären eben mal 350 000 Scheine ...«

»Und wenn sie nicht kommt?« Annemarie faßt sich ans Herz. »Das ist ja grausam aufregend. Wenn die Stadt nicht kommt, haben wir nichts. Hoch gepokert und alles verloren. Wenn wir es dagegen morgen verkaufen, haben wir das Geld in der Tasche, und der Rest kann uns egal sein.«

»Und wenn dein Tierheim dadurch weichen muß?«

Annemarie lehnt sich im Stuhl zurück. »Dann lassen wir uns das bezahlen und bauen woanders!«

Sie holt tief Luft, kramt in ihrer Tasche nach der Visitenkarte von Manfred Büschelmeyer und bittet Regine um das Telefon. Regine reicht es ihr mit fragendem Blick.

»Ich kürze das jetzt ab, denn der Spatz ist mir ... und so weiter!« Sie wählt bereits.

»Ja, prima, Herr Büschelmeyer, daß ich Sie so schnell erreiche, hier spricht Annemarie Roser, und ich habe ein kleines Problem. Es gibt da nämlich noch eine Dame, die ganz unvermittelt Interesse an diesem Grundstück zeigt. Sie möchte dort einen Pferdestall bauen, was unseren Wünschen natürlich näher käme als ein Einfamilienhaus für Ihre Frau Mutter, ich denke, Sie haben Verständnis, wenn wir Ihnen hiermit leider absagen müssen!«

Regine schlägt sich die Hand vor den Mund und lacht.

»Ja, da weiß ich nicht, ob die Dame noch mithalten möchte«, sagt in diesem Moment Annemarie ernsthaft. »Aber ich werde sie natürlich fragen und Ihnen das Ergebnis umgehend mitteilen.«

Sie zwinkert Regine zu.

»Nein, das kann ich Ihnen nicht sagen. Eine Dame der Gesellschaft, aber Namen nenne ich nicht. Ihren gebe ich ja auch nicht preis, Herr Büschelmeyer.. Ich rufe Sie an, bis später!«

Damit legt sie auf.

»17 Mark hat er geboten. Ich denke, ich schlage ein!«

»Er glaubt, Marion bietet mit.« Regine hebt das Glas. »Das war meisterlich! Aber ich schätze, er würde vor lauter Gier auch 20 Mark bezahlen!«

Dirk hat die erste Kneipe gefunden, die anrüchig wirkt. Zögernd geht er hinein. Schmuddelkneipen sind normalerweise nicht sein Fall, aber da muß er jetzt durch. Er geht langsam zum Tresen. Viel erkennen kann er nicht um sich herum, seine Augen müssen sich erst an das Halbdunkel gewöhnen. Zwei Männer stehen an der einen Seite der Theke. Nicht gerade vertrauenerweckend, aber sicherlich vom Fach.

Er setzt sich auf einen der Barhocker und wartet ab. Einer der beiden dreht sich schließlich nach ihm um. »Was soll's denn sein?«

»Ein Bier und 'ne Braut«, antwortet Dirk kühn.

Ein wieherndes Lachen antwortet ihm. »Ne Braut, Mann, denkst du, das hier ist 'n Puff?«

Dirk ist überfragt und läßt mit der Antwort auf sich warten.

»Also was jetzt?«

»Ein Bier!«

Hier hätte er sowieso kein Mädchen angefaßt. Da kann man sich ja alles holen. Er wird sein Bier schnell trinken und sich danach nach etwas Besserem umsehen. »Hast du mal ein Telefonbuch da?« fragt er den Kellner, der mit Boxergesicht und stoppeligem Kurzhaarschnitt eben sein Pils zapft.

»Willste bei der Telekom 'n Mädchen bestellen? Ich geb dir 'ne Adresse, Mann, wenn's so nötig ist!«

Dirk hätte sowieso nicht genau gewußt, worunter er hätte nachschlagen sollen. Unter »Bar«? Unter »Etablissement«?

»Ja, gut«, sagt er deshalb und streckt die Hand aus.

»Wie? Gratis?« Er blökt zu dem anderen Typen am Tresen hinüber. »Kost 'n Fuffi, Mann! Die Puppe ist erste Sahne. Solche Möpse und dafür so 'ne Muschi!« Er unterstreicht gestenreich. »Wirst deinen Spaß haben!«

Den Spaß hat Dirk eigentlich jetzt schon nicht mehr. Fünfzig Mark für die Auskunft?

»Was soll die ... ähm ... Maus denn so kosten?«

»Kommt drauf an, was du willst!«

Jetzt ist er auch nicht schlauer. Das Ganze beginnt ihn zu nerven. Was will er überhaupt mit so einer Frau, von der er nicht weiß, wie sie aussieht und was sie kostet! Dirk schaut sich sein Gegenüber genau an. Er scheint beim Boxen nicht immer der Sieger gewesen zu sein. Aber das zerschlagene Nasenbein zeigt auch, daß er bei einigen Schlägereien real dabei war. Und nicht nur darüber gelesen und es anschließend gesellschaftspolitisch analysiert hat. Pech für ihn. Dirk weiß nicht, wie er aus der Geschichte heil herauskommen soll.

»Was is'?« Der Kerl steht breit vor ihm, sein Kumpan starrt herüber.

»Ich ... ich überleg's mir noch!«

Er verzieht sein Gesicht zu einer Grimasse. »Komm mir doch nicht mit so 'ner Scheiße!«

Dirk ist froh, daß Linda ihn nicht sieht. Vielleicht war dieser Feldzug ja doch keine so gute Idee.

Er hält gespannt den Atem an. Dann bekommt er einen Schlag auf die Schultern, den er als Signal zur Gegenwehr deutet, aber erstens ist er kein Kämpfer und zweitens Pazifist.

»Laß es einfach!« sagt der Mike Tyson von Stuttgart gönnerhaft und grinst ihn an.

Dirk atmet aus. Das hört sich ja direkt gut an.

»Noch 'n Bier?«

Er hat seines noch nicht einmal bis zur Hälfte getrunken.

»Nein, zahlen bitte!«

»Fünfzehn Mark!«

Dirk glaubt es nicht und fühlt sich auf den Arm genommen, auf der anderen Seite ist er froh, sich mit fünfzehn Mark aus der

Affäre ziehen zu können. Er wird zwanzig hinlegen und dann nichts wie weg. Er greift nach seiner Gesäßtasche. Er fühlt nichts. Der Geldbeutel ist nicht da. Mit der Hand greift er den dunklen Tresen ab. Hat er ihn vielleicht schon daraufgelegt? Die dunkle Ahnung treibt ihm den Schweiß in den Nacken. Er tastet auch sein linkes Hinterteil ab. Nichts.

Die beiden Männer beobachten ihn dabei mißtrauisch.

»Was ist denn das für 'ne Nummer?« sagt schließlich der Boxer und fletscht im Halbdunkel die Zähne.

»Ich kann nicht zahlen«, Dirk hebt kleinlaut die offenen Hände nach oben, »mir wurde offensichtlich mein Geldbeutel geklaut!«

Günther Schmidt hält es im Büro nicht mehr aus. Egal wie, er muß jetzt diese Radaranlage entsorgen. Er nimmt sich einen der kleinen Lieferwagen und fährt ins Villenviertel. Er wird den Film rausnehmen, das Gerät einpacken und später in den Fluß werfen. Bei dem Wetter wird dort niemand unterwegs sein, und es wird anschließend auch keiner nachvollziehen können, denn Handschuhe hatte er getragen, und gar so akribisch werden die Römersfelder Polizisten wegen einer abgesägten Blitze nicht vorgehen. Und im Notfall kennt er auch ein paar maßgebliche Leute oder zumindest deren Neigungen. Bisher konnte er sich in allen Fällen gut auf sich selbst verlassen.

Und heute abend wird er schauen, wie seine langstieligen Rosen angekommen sind. Und ein bißchen von Paris schwärmen, von den Boutiquen mit dieser Mode, die mehr sehen als ahnen läßt, von den Kabaretts wie dem Moulin Rouge oder dem Lido, von den First-class-Hotels mit den King-Size-Betten, eingeschäumt mit Champagner und Alain Delon im Nebenzimmer.

Die Gedanken gefallen ihm, und es geht ihm schon wieder besser, zumal er jetzt auch sieht, daß Marion offensichtlich nicht zu Hause ist. Er fährt rückwärts auf die Garage zu, öffnet sie automatisch und stellt den Lieferwagen dicht davor. Langsam beginnt ihm das Husarenstück Spaß zu machen. Wenn die abgesägte Radaranlage morgen groß in der Zeitung steht, kann er Linda zeigen, was er für ein toller Kerl ist. Für kein Abenteuer zu alt – oder gar zu müde.

»Junge, jetzt schieb die Kohle rüber. Erst den großen Maxe spielen und uns dann verscheißern wollen – das kann ganz schön ins Auge gehen!« Der Boxer streckt Dirk die geballte Faust unter die Nase. Dirk schluckt. Er denkt an seine Zähne. Sie sind der Schmuck seines Gesichts. Gerade und ebenmäßig gewachsen und strahlend weiß. Fernsehbilder drängen sich ihm auf, er sieht im Geiste eine zu Brei geschlagene Masse vor sich.

»Mein Geldbeutel ist mir geklaut worden, dafür kann ich schließlich nichts«, versucht er den Kerl vor sich zu beruhigen. »Ich will ja bezahlen, ich weiß im Moment bloß nicht, wie!«

Er spürt einen festen Griff an seinem Handgelenk. »Was ist denn jetzt los?« Bevor er sich recht versieht, liegt seine Armbanduhr auf dem Tresen.

»So, die bleibt da, bis du die Mücken rausgerückt hast. Kannst aber auch eine gebrettert haben, wenn dir das lieber ist. Eine für fünfzehn Mark eben. 'ne Art Zwergewerfen.«

Dirk steigt die Röte ins Gesicht. »Das ist eine Uhr für fünfhundert Mark, Mensch! Hier geht es um fünfzehn. So etwas nennt man räuberische Erpressung oder zumindest die Anwendung unverhältnismäßiger Mittel«, er sieht das Gesicht seines Gegenübers und fügt automatisch, aber leise hinzu, »Paragraphen 253, 255 StGB.«

»Ach, einen kleinen Juristenscheißer haben wir vor uns? So was wie du will uns ficken?« Dirk kann bereits seinen Atem riechen, denn die Plattnase rückt seiner eigenen bedrohlich näher.

»Ist gut, ist gut, ihr behaltet die Uhr bis morgen, und ich löse sie morgen wieder aus. Könnt ihr mir dann wenigstens noch fünfzig Mark draufgeben? Ich habe nämlich keinen Sprit mehr, um nach Hause zu fahren!«

Aber er fühlt nur noch eine Faust an seinem Kragen und als nächstes die unsanfte Landung auf der Straße. Die Tür knallt hinter seinem Rücken zu. Zwei Passanten weichen ihm aus, als sei er eine Schnapsleiche. Benommen rappelt er sich wieder auf. »Und unterschreiben müßt ihr das auch noch«, murmelt er und versucht, sich den nassen Straßenschmutz abzuklopfen. Schließlich war die Uhr von Linda. Ein Geschenk ihrer Liebe, wie sie damals gesagt hat. Was heißt damals, das ist keine zwei Monate her. Er spürt, wie ihm die Tränen kommen, und am liebsten hätte er sich in den Rinnstein gehockt und einfach geheult.

Richi will gerade aus seinem Büro in den Feierabend gehen, als der Anruf von Dirk kommt. Dirk hat sich zur Polizei geflüchtet, aber die haben keine Zeit für Sentimentalitäten, nur für Fakten. Die Brieftasche ist weg, klar, Trickdiebstahl, passiert täglich dutzendfach. Der Beamte schlägt ein Buch auf, da kann Dirk selbst sehen, wie viele Leute heute schon auf diesem Stuhl saßen. Das Geschäft mit Brieftaschen muß glänzend florieren. Sein Fehler war, daß er das Geld öffentlich gezogen hat. Er muß beobachtet worden sein und dann... er kann darüber nachdenken, solange er will, ihm ist nichts aufgefallen. Aber zumindest ist das Resultat klar. Sein Konto ist überzogen, die Kohle weg, die Uhr vermutlich auch und Linda ebenfalls. Fehlt nur noch, daß er durchs Examen fliegt, die Wohnung gekündigt und sein Wagen geklaut wird. Nein, wenigstens das wird nicht passieren. Sein Auto klaut niemand freiwillig, der Wagen ist seine Trutzburg gegen die Welt. Und wenn er aus Geldmangel schon nicht mehr damit fahren kann, kann er im Notfall immer noch darin schlafen.

Aber zunächst muß er irgendwie nach Hause kommen, und da fällt ihm nur Richi ein. Der Beamte schreibt sich die Nummer auf, läßt sich über die Zentrale mit Richi verbinden und meldet sich, als Richi abnimmt, mit »Polizeirevier Innenstadt, Buchholz«.

Richi fällt vor Schreck fast der Hörer aus der Hand. Warum ruft ihn die Polizei aus Stuttgart an? Er überdenkt blitzschnell alle möglichen Straftaten, die er begangen haben könnte, da fährt ihm der Schreck noch mehr in die Glieder, als der Beamte sagt, es ginge um Dirk Wetterstein.

Er hat sich umgebracht, ist sein erster Gedanke.

Aber dann hört er bereits Dirk am anderen Ende der Leitung, mit seltsam dünner Stimme.

Selbstmordversuch, ist Richis nächster Gedanke.

»Richi, entschuldige, aber könntest du mich vielleicht abholen? Ich bin ausgeraubt worden!«

Ein Raubüberfall! Richi fährt von seinem Stuhl hoch, er sieht die schlimmsten Szenen von Gewaltverbrechen vor sich.

»Das ist ja fürchterlich!« ereifert er sich, »klar hol' ich dich ab. Bist du okay? Kannst du gehen? Alles noch dran?«

»Halb so schlimm, Richi, nur das Geld ist weg, und ich hab' kein Benzin mehr und kann nicht tanken!«

»Ach so!« Richi läßt sich auf die Kante des Schreibtischs sinken. »Hast du mir einen Schrecken eingejagt. Kein Problem, ich fahr' gleich los, wenn du mir genau sagen kannst, wo ich dich finde!«

Dirk erklärt es ihm und sagt dann leise: »Und bring noch ein bißchen mehr mit, ich muß meine Uhr auslösen.«

»Im Pfandhaus?«

»Quatsch. In so 'ner Kneipe, bei so einem Schläger, einem ehemaligen Boxer oder sowas!«

»Oder sowas«, brummelt Richi, während er beunruhigt auflegt.

Günther hat die Radaranlage im Fluß entsorgt, die Wagen getauscht und fährt gutgelaunt ins Neubauviertel. Es ist kurz vor acht, der Regen hat aufgehört, und die Anlage wirkt durch das strahlend harte Licht, das durch die Wolken fällt, wie frisch gewaschen. Günther ist bester Laune, er hat das Radio laut aufgedreht, singt einen Schlager mit und freut sich auf Linda.

Linda sitzt auf ihrem Balkon und lackiert sich die Fußnägel, als sie den Wagen um die Ecke biegen sieht. Ihr erster Impuls ist, sich so klein wie möglich zu machen und einfach nicht zu reagieren. Sehen kann er sie von dort unten nicht. Dann denkt sie an den riesigen Rosenstrauß, der auf dem kleinen Frühstückstisch steht und ihr schier die Sinne geraubt hat. Dreißig Baccararosen zusammen hat sie höchstens einmal in einem Blumengeschäft gesehen, aber noch niemals irgendwo privat. Einfach so, ohne Anlaß.

Sie zögert und schaut vorsichtig über die Balkonverkleidung. Zumindest danke könnte sie sagen, sich mit einem Glas Champagner erkenntlich zeigen. Was heißt da erkenntlich zeigen, sagt sie sich im selben Augenblick, der Schampus ist ja auch von ihm.

Das Telefon klingelt. Klar, das ist er, das alte Spielchen. Ich sitze im Wagen, und Rapunzel, laß bitte den Zopf herunter.

Und wenn ich jetzt einfach keine Lust habe, fragt sie sich, ertappt sich aber schon beim Aufstehen. Sie grüßt kurz über die Brüstung, die Lichthupe des Mercedes antwortet. Dann verschwindet der Wagen in der Tiefgarage, das Klingeln erstirbt, bevor Linda am Telefon ist. Donnerwetter, das ist das erstemal, daß er sein Auto versteckt. Linda schaut sich, auf den Fersen laufend, um die frische Farbe an den Nägeln nicht zu verschmieren, noch schnell in ihrer Wohnung um, sorgt im Schrank-auf-und-alles-rein-Verfahren schnell für Ordnung und drückt dann den Türöffner, weil es bereits klingelt.

Kurz darauf springt Günther mit jugendlichem Elan aus dem Lift, läuft auf sie zu, küßt ihre Hand und fragt sie lachend: »Ist das nicht ein herrlicher Tag heute?«

»Herrlicher Tag?« fragt sie, während sie die Tür hinter ihm schließt. »Es hat fast den ganzen Tag über geregnet!«

»Das ist mir überhaupt nicht aufgefallen, so habe ich mich auf den Abend gefreut!«

»Woher wußten Sie denn«, es fällt ihr ein, daß sie sich ja duzen und korrigiert sich schnell, »woher wußtest du denn, daß ich da sein würde?«

Er bleibt vor dem voluminösen Rosenstrauß stehen. »Meine innere Stimme hat es mir eingeflüstert!«

»Vielen Dank für die herrlichen Rosen!« Linda haucht ihm einen Kuß auf die Wange. »Ich habe in meinem Leben noch nie einen solchen Strauß gesehen! Er ist phantastisch!«

»Es war mir eine Freude, und ich freue mich, daß er dir gefällt – allerdings ist der Eimer vielleicht nicht ganz stilgemäß«, grinst er.

Linda schaut auf den blauen Putzeimer, in den sie die Rosen gestellt hat.

»Es war die einzige Möglichkeit, die ich hatte, weil ich nämlich ...«

»Ich bringe dir morgen einen Champagnerkübel mit«, schneidet Günther ihr das Wort ab, »der paßt für alle Gelegenheiten. Vom Sektkühler über Blumenvase bis zum Nachttopf.« Er lacht schallend über seinen Witz.

Linda räuspert sich. »Magst du was trinken?«

»Rotwein aus dem Kühlschrank?«

»Es könnte auch Champagner sein ...«

»Gibt's denn was zu feiern?« fragt Günther und wirft ihr den Blick zu, von dem seine Frau vor Jahren mal sagte, damit könne er Eisberge zum Schmelzen bringen.

Linda zögert. Sie weiß, worauf es hinausläuft, wenn sie jetzt ja sagt. Sie schaut ihn an. Leonardo DiCaprio ist er nicht gerade. Aber dafür ist er über den Egoismus der Flegeljahre hinausgewachsen. Die Beweise dafür werden ihr täglich geliefert.

»Vielleicht«, sagt sie mit einem leichten Lächeln. »Wer weiß schon, wie das Leben spielt.«

Blödsinn, denkt sie dabei, es ist doch offensichtlich, wie's spielt.

Es wird so spielen, wie ich es will, denkt Günther und nickt ihr zu. »Lassen wir uns einfach überraschen!«

Er öffnet eine Flasche und füllt zwei Gläser, während Linda einen zweiten Stuhl auf den Balkon stellt. Halböffentlich wird er mir nicht gleich an die Wäsche gehen, sagt sie sich und lächelt Günther entgegen, der mit den beiden Gläsern nachkommt. »Sehr romantisch«, neckt er.

»Gestern war's auch romantisch – bis zu dem kleinen, unwesentlichen Schnitt«, kontert sie und nimmt ihm ihr Glas ab.

»Ehefrauen haben eben im allgemeinen wenig Sinn für Romantik«, er prostet ihr zu.

»Für Romantik mit anderen Frauen, willst du doch wohl sagen.« Linda nippt an ihrem Getränk und setzt sich dann.

»Na, so streng heute?« Günther setzt sich ihr gegenüber hin. Sein Gesicht ist gebräunt, sein blaues Polohemd mit den weißen Streifen auf dem geöffneten Kragen gibt ihm etwas Frisches, er sieht nach Freizeit und Sonne aus und verströmt den Wohlgeruch guten Lebens.

Linda denkt an Dirk, an ihr Verlangen nach ihm, das ständige Ziehen im Bauch – aber darüber hinaus? Sie sollte für alles sorgen, möglichst alles finanzieren, sie sollte verfügbar sein, wenn der Herr Zeit hatte, aber hatte er jemals Zeit für sie? Das, was ihr am Herzen lag, interessierte ihn nicht, aber das, was ihn interessierte, hatte sie automatisch mit zu interessieren.

Eigentlich war sie nur doof.

Befriedigt, aber doof.

»Ich denke nach«, sagt sie und schaut Günther ins Gesicht. »Ich denke darüber nach, was daraus wird.«

Günther hält die Luft an. Es geht schneller, als er dachte. Er lehnt sich etwas zu ihr über den Tisch und legt seine Hand auf ihre. »Das ist deine Entscheidung«, sagt er leise. »Ich habe mich vom ersten Augenblick an, als ich dich auf meiner Geburtstagsfeier gesehen habe, in dich verliebt. Du läßt mich nicht mehr schlafen, nicht mehr essen, nicht mehr denken. Aber es ist deine Entscheidung!«

Linda weiß nicht, was sie sagen soll, und greift nach ihrem Glas. Sie ist kein bißchen in ihn verliebt. Aber kann sie ihm das sagen? Ist das nicht verletzend, vor allem jetzt, da er seine Gefühle so preisgibt?

»Ich«, sagt sie, bricht ab und nimmt einen Schluck. Sie betrachtet ihn über den Glasrand hinweg und fühlt sich wie eine von der Schlange belauerte Maus. »Ich weiß es einfach nicht!« Sie stellt ihr Glas ab. »Es geht mir zu schnell. Du bist verheiratet, ich bin liiert, ich bin für klare Sachen.«

»Für mich ist klar, daß du die Frau bist, die ich mir immer erträumt habe!«

»Aber was bedeutet das? Ich meine, für mich?« Linda zieht die Beine hoch und schlingt die Arme darum. Sie ist aufgeregt und friert. Was macht sie da gerade? Etwa um ihr Leben schachern?

»Daß ich dich auf Händen tragen werde, wenn du mich läßt!«

Wenn du mich läßt? Klar, das wird die Voraussetzung dafür sein.

»Ich muß darüber nachdenken, ganz ehrlich, Günther, so etwas kann ich nicht von jetzt auf nachher entscheiden. Ich meine, da gehören ja auch Gefühle dazu ...«

»Die habe ich«, unterbricht er sie, »tiefe, ehrliche Gefühle.«

Linda zieht ihre Hand zurück.

»Was ich sagen will, ist, daß es auch um meine Gefühle geht!«

Günther verschränkt die Hände. »Laß dir Zeit. Ich sag' dir ja, daß die Entscheidung bei dir liegt.«

Sie betrachten sich eine Weile schweigend, bis Linda den Blick über die Balkonbrüstung schweifen läßt. Sie schaut in Richtung Stadt, dort, unter einem der Dächer, wohnt Dirk. Was er wohl macht? Warum er sich nicht mehr gemeldet hat?

»Liebst du ihn noch?« fragt Günther unvermittelt und hält dabei unwillkürlich den Atem an. Wenn sie jetzt »ja« sagt, kann er einpacken. Dagegen kämen seine stärksten Geschütze nicht an.

Aber Linda zögert.

Liebe, denkt sie, keine Ahnung. Ich weiß wirklich nicht mehr, welche Gefühle ich ihm gegenüber hege. Ärger? Nein, eigentlich fühlt sie sich nur verletzt. Sehnsucht? Vor allem möchte sie gern wissen, was in ihm vorgeht, wie er sich einfach so von heute auf morgen ohne ein Wort verabschieden konnte. Als wäre nie etwas zwischen ihnen gewesen.

Nein, Liebe ist es nicht. Oder nicht mehr.

Aber deswegen kann sie diesen Begriff ja nicht gleich auf Günther umprogrammieren.

Sie läßt die Frage unbeantwortet, und Günther hakt nicht nach. »Hast du morgen abend Zeit?« fragt er sie statt dessen. Morgen fährt Klaus mit seiner Million nach Liechtenstein, damit ist der Grundstein gelegt. »Es gibt etwas zu feiern, und ich würde dich gern groß ausführen.« Er lächelt, und ein vergnügter Ausdruck tritt in seine Augen. »Gewissermaßen als kleine Einstimmung auf Paris.«

Linda sagt nichts darauf. Sie nimmt einen kleinen Schluck aus ihrem Glas, dann nickt sie bedächtig. »Das könnte sicherlich schön werden!«

»Es wird vielleicht noch schöner, wenn du dir für morgen abend ein tolles Kleid kaufst.« Mit Zeige- und Mittelfinger zieht er aus seiner Brusttasche einen Fünfhundertmarkschein und legt ihn neben ihr Sektglas.

»Das ist …«, wehrt Linda ab, aber Günther steht schon auf.

»Ich habe noch einen Termin und kann leider nicht diskutieren. Nimm's, wie's ist, und denk dabei, daß es für uns beide ist.« Er geht um den Tisch herum zu ihr, bückt sich und küßt sie auf die Stirn.

Linda steht langsam auf. Er schließt sie in die Arme, Linda schmiegt ihren Kopf an seinen, riecht ihn, atmet seinen Duft nach herbem Gras ein und denkt, es wäre nicht schwer, weich zu werden.

Sie löst sich von ihm und küßt ihn auf beide Wangen.

»Vielen Dank. Bis morgen!«

Minuten später schaut sie ihm vom Balkon aus nach, wie er aus der Tiefgarage fährt.

Marion sitzt schon am Frühstückstisch, als Günther am nächsten Tag um sieben Uhr herunterkommt. Wortlos legt sie ihm die Lokalseite hin. »Radaranlage abgesägt«, prangt da in fetten Lettern als Aufmacher. »Offensichtlich waren Rowdies am Werk«, zitiert Marion genüßlich und lächelt ihm entgegen. »Günther Schmidt als Rowdy, das macht sich gut!« Mit einem Hieb köpft sie ihr Ei.

»Was willst du?« Günther zieht sich seinen Stuhl zurecht. Marion hat einen eisblauen Hosenanzug an und ist bereits um diese Uhrzeit perfekt frisiert und geschminkt. Genauso, wie sich Günther das über die Jahre hinweg stets erbeten hat.

»Nichts will ich«, sagt sie und reicht ihm den Korb mit den frisch aufgebackenen Brötchen. »Ich amüsiere mich nur. Es gibt Züge an dir, die ich nicht für möglich gehalten hätte. Und dabei sind wir nun doch schon lang genug verheiratet!«

»Du sagst es«, murmelt er, während er sich ein Brötchen aussucht. Dann blickt er schnell auf. »Was meinst du damit?« will er wissen. Ist sie mir schon wieder nachgefahren, fragt er sich und überlegt gleichzeitig, was er wohl übersehen haben könnte.

»Nun, daß du Starenkästen absägst, zum Beispiel!«

»Ach so, das!« Beruhigt schneidet er sein Brötchen auf.

»Was hast du denn gedacht?« Marion wirft einen nachdenklichen Blick auf ihn und spürt, wie etwas in ihr wächst. Das Gefühl kennt sie schon: Mißtrauen.

»Ich dachte, du meinst meinen jüngsten Deal!« versucht Günther abzulenken und überlegt, was für einen Deal er ihr nun auftischen könnte, falls sie nachfragen sollte.

Aber Marion hat verstanden. Er spricht von diesem Gelände. Anscheinend ist da bereits schon wieder mehr gelaufen, als Manfred mitbekommen hat. Oder ihr mitteilen will. Sie wird heute im Grundbuchamt nachfragen, wem das Gelände gehört, und die Sache selbst angehen. Schließlich gehört ein Teil des Geldes auf dem Konto ihr. Sie hat es mit in die Ehe gebracht, und sie braucht sich deshalb von ihm nie sagen zu lassen, daß sie völlig mittellos sei. Geld, mit dem sie machen kann, was sie will. Und selbst wenn sie damit ihren eigenen Mann austricksen wollte!

Klaus sitzt um diese Uhrzeit bereits in seinem Wagen, denn er will früh in Liechtenstein ankommen. Im Kofferraum liegt der abschließbare Aktenkoffer, den Günther ihm in seinem Büro feierlich überreicht hat. Gemeinsam haben sie die Scheine durchgezählt, sie bündelweise sortiert, in den Aktenkoffer gestapelt und eine Geheimnummer eingestellt. Irgendwie kamen sie sich vor wie nach einem besonders geglückten Coup. Wie die englischen Posträuber von 1963 oder wie Huckleberry Finn und Tom Sawyer nach der Flucht vor Indianer-Joe. Es macht sie stark, ein Geheimnis zu haben. Kameraden eben, Männer unter sich.

Eine Weile schwang das heroische Gefühl noch nach, doch jetzt legt Klaus eine Klassik-CD ein und genießt ganz einfach das Gefühl, eine Million in bar im Rücken zu haben. Was er jetzt alles tun könnte. Sich in das nächste Flugzeug setzen, nach Südamerika abhauen, mit einer milchkaffeebraunen Schönheit den Rest seiner Tage genießen. Bloß, ob das Geld für den Rest seiner Tage hält? Und ob ihm Günther den Rest seiner Tage nicht vermiesen würde?

Er fährt über die A 8 nach Ulm und von dort aus auf die Autobahn in Richtung Bregenz. Am Bodensee war er schon lange nicht mehr, und er nimmt sich vor, auf dem Rückweg nach Lindau hineinzufahren und sich ein gutes Restaurant zu suchen. Dann hat er ja auch allen Grund, sich etwas Gutes zu gönnen. Im österreichischen Pfändertunnel staut sich der Verkehr, und Klaus steht eingekeilt zwischen anderen Autos und stellt sich vor, daß dies ein inszenierter Stau sei. Was würde er tun, wenn ihn jetzt bewaffnete Männer umzingeln würden? Flucht undenkbar, Angriff auch, er ist nicht Pierce Brosnan. Klaus lockert seine Krawatte, stellt die Klimaanlage kühler und beobachtet angestrengt seine Umgebung. Aber vor ihm steht ein grüner Kadett undefinierbaren Alters und hinter ihm ein Familienvan. Wenig furchteinflößend. Oder doch? Hätten in einem Van nicht mindestens sechs Personen Platz? Er versucht im Rückspiegel das Gesicht des Fahrers durch die Windschutzscheibe zu erkennen. Eine Frau, wie schön, Klaus entspannt sich. Doch halt, sind nicht gerade in der Terrorszene die Frauen die brutalsten und grausamsten und mitunter auch die Anführerinnen? Da sieht er, wie die Beifahrertür aufgeht und ein Mann aussteigt. Sein Puls beginnt zu hämmern, der Typ geht an seinem Kofferraumdeckel vorbei und ganz offensichtlich entschlossen auf Klaus zu. Vorsichtshalber drückt Klaus den Zentralverriegelungsschalter. Das sanfte »Plop« um ihn herum beruhigt ihn zuerst, aber dann fällt ihm ein, daß die Fenster nicht aus Panzerglas sind. Jeder Trottel kann hindurchschießen. Hat der Kerl was in den Händen? Er sieht jetzt geradewegs in das bärtige Gesicht, das sich an sein Seitenfenster preßt.

»Weg!« schreit er und fuchtelt mit den Händen. Gleich wird es knallen. Abgesägte Schrotflinten sollen fürchterliche Löcher machen. Ein Gesicht einfach auslöschen! Er wollte das Geld doch nicht klauen. Er hatte doch nichts Schlechtes vor. Nur leben, noch ein paar schöne Jahre mit Regine, um Himmels willen, der Kerl schreit was, jetzt geht es zu Ende!

»Machen Sie endlich den Motor aus, Sie Stinker!«

Völlig erstarrt bleibt Klaus sitzen.

Der Mann schlägt mit der Faust gegen sein Fenster.

»Motor aus, Mann, das ist ein Stau, Sie Schnapsnase!«

Motor aus? Langsam dämmert Klaus, daß er nicht das Opfer eines Raubüberfalls wird. Die anderen sehen sich als Opfer seiner Autoabgase.

»O ja, selbstverständlich, sofort, natürlich, entschuldigen Sie vielmals«, sein Herz schlägt immer noch bis zum Hals, der Typ hat ihm den Mittelfinger gezeigt und ist wieder zurückgegangen, aber so schnell läßt sich das Transpirieren nicht einstellen. »Es war keine Absicht«, sagt Klaus noch mal mehr zu sich selbst. »Wirklich nicht!« Dann sieht er, wie sich der Wagen vor ihm in Bewegung setzt. Zittrig dreht er den Schlüssel und vermeidet, während er anfährt, den Blick in den Rückspiegel.

Manfred Büschelmeyer sitzt in seinem Büro und spitzt Bleistifte. Diese Arbeitsamtskuh hat noch immer nicht angerufen. Will sie ihn mürbe machen, oder was? Mehr als 17 Mark kann er nicht bieten. Da schneidet er sich sonst ins eigene Fleisch. Alles über 17 Mark wäre Risiko.

Das Telefon klingelt.

Jetzt! Endlich! Schnell nimmt er ab.

»Schmidt, grüß dich, Manfred!«

Au Mann, wenn er das geahnt hätte, hätte er sich glatt verleugnen lassen.

»Was gibt es denn Neues an der Front?«

Als ob sie gedient hätte, die untaugliche Offizierstochter. Und als ob sie das nicht selbst genau wüßte. Macht ihm Konkurrenz und stellt sich unwissend, um ihn auszuhorchen.

Er versucht, möglichst gleichgültig zu antworten: »Es scheint doch kein so heißes Objekt zu sein. Zumindest kümmert sich im Gemeinderat keiner darum!«

Oha, denkt Marion. Jetzt versucht er dich einzuwickeln. Sie schaut in den Garten hinaus, der Tag verspricht schön zu werden, und eben sieht sie, wie der Gärtner durch das Tor kommt.

Der Gärtner ist immer der Mörder, fällt ihr ein. »Also heiße Luft?« fragt sie nach.

»Völlig heiße Luft«, antwortet Manfred und knickt die Bleistiftspitzen wieder ab, die er eben angespitzt hat. »Das kannst du wirklich vergessen, Marion, tut mir leid!« Ob sie den Zuschlag schon hat? Ob sie tatsächlich über 17 Mark geboten hat? Ob sie weiß, daß er der Gegenbieter ist? Ob sie sich an seiner Niederlage nur weidet, ihn vorführt, sich an seinem Ausweichmanöver ergötzt?

»Schade«, sagt Marion langsam. »Vielleicht das nächstemal, Manfred. Satz und Sieg, du weißt ja.«

Ich weiß überhaupt nichts, denkt er, während er wütend auflegt, ich weiß nur, daß diese Arbeitsamtsschlampe nicht anruft. Und sie wird deshalb nicht anrufen, weil sich die Sache schon erledigt hat. Satz und Sieg für Marion! So viel Geld einfach in den Wind geschossen. Es hätte sich so leicht verdienen lassen. Endlich mal ein As für ihn! Man sollte sie ausrotten, die Schmidts!

Annemarie Roser ruht entspannt in ihrem Schreibtischsessel im Arbeitsamt und träumt vor sich hin. So verdient man also Geld. 160 000 Mark mal eben so an einem Nachmittag. 160 000 Mark, dafür müßte sie bei ihrem Gehalt drei Jahre und acht Monate arbeiten und dürfte nie etwas davon ausgeben. 160 000 Mark bedeuteten aber auch ein neues Wohnzimmer, eine neue Küche und ein neues Auto. Oder gleich eine völlig andere Wohnung. Möglicherweise sogar ein kleines Häuschen im Grünen. Oder aber jedes Jahr eine Weltreise und im Winter Skifahren.

Eigentlich gefällt ihr diese Version am besten. Sie schließt die Augen, legt die Füße auf den Tisch und hängt ihren Sehnsüchten nach, bis ein heftiges Klopfen sie weckt. Ach richtig, die Leute sitzen ja da draußen, weil sie Arbeit suchen. Am liebsten hätte sie direkt ihren Arbeitsplatz angeboten und wäre in ein neues Leben entschwebt.

Klaus nähert sich der Grenze. Im österreichischen Feldkirch klopft sein Herz schon wieder bis zum Hals. Warum, kann er auch nicht genau definieren, denn eigentlich kann ihm nichts passieren, wenn er jetzt nach Liechtenstein einreist, Bargeld ist nicht anmeldepflichtig. Erst wenn es im Ausland angelegt wird, ist das für die Zahlungsbilanzstatistik anzumelden, genauso wie die Erträge daraus. Klaus weiß auch, daß dieses Meldewesen ausschließlich die außenwirtschaftlichen Aktivitäten beziehungsweise den internationalen Leistungsaustausch erfaßt. Und er weiß, daß es eine Regelung für diese Statistik im Datenschutzbereich gibt. Meldungen dürfen demnach für einen anderen Zweck, sei es für das Finanzamt, sei es für andere Behörden, nicht zur Verfügung gestellt werden.

Doch obwohl er sich mit seinem Wissen zu beruhigen versucht, flattern ihm die Nerven, denn die große Unbekannte in seiner Rechnung ist der Zollbeamte. Er weiß nicht, wie ein Zöllner reagieren wird, wenn er in seinem Aktenkoffer eine Million Mark in gebündelten Scheinen vorfindet. Ihm selbst wird zwar nichts passieren, weil er anhand der Bankbelege den legalen Besitz der Scheine nachweisen kann. Aber trotzdem könnte es unangenehm werden, denn sicherlich würde der Beamte überprüfen, ob nicht doch Erpressung, Entführung, Raub oder Rauschgift dahintersteckt. Und selbst ohne Ergebnis wäre es denkbar, daß anschließend irgendwelche Vermerke irgendwelche verschlungenen Wege nehmen. Aber ein solch offizieller Fährtenplan liegt, obwohl die Million in seinem Kofferraum bereits versteuert ist, eben gerade nicht in seiner Absicht.

Klaus bricht bei dem Gedanken der Schweiß aus, und er beschließt, sich erst etwas abzureagieren. Er ist sich sicher, daß ein Dollarzeichen in seinen Pupillen steht. Jeder halbwegs geschulte Grenzbeamte wird ihm ansehen, daß er eine Million im Kofferraum spazierenfährt. Er stellt seinen Wagen auf einen Parkplatz und läuft auf und ab, um seine Nerven in den Griff zu kriegen. Weit weg kann er nicht, sonst wird ihm womöglich das Fahrzeug geklaut. BMWs sind beliebt – sogar ohne eine Million als Dreingabe.

Ich muß nur an etwas völlig Nebensächliches denken, versucht er es mit autogenem Training. Aber es fällt ihm nur die Scheidung von seiner ersten Frau ein, Regines Wunsch, in Urlaub zu fliegen, sein mieses Konto, und schon ist er wieder bei der Million. Nach der dritten Runde fühlt er, daß ihm das nichts bringt. Sein Hemd klebt bereits am Rücken, es ist einfach zu heiß, um lange ums Auto zu kreiseln.

Er setzt sich wieder in den Wagen, lauscht den *Haydn-Variationen* von Johannes Brahms und spürt, wie er langsam zur Ruhe kommt. Nach achtzehn Minuten ist das Stück zu Ende, und Klaus hört es sich erneut an. Zu Beginn der dritten Runde startet er den Wagen und fährt zur Grenze. Mit Brahms im Rücken passiert er locker den österreichischen Zoll und grüßt dann überschwenglich wie Alice im Wunderland die Schweizer Zollbeamten. »Nichts zum Verzollen dabei«, sagt er und darf einreisen. Während er die Straße nach Vaduz entlangrollt, legt sich ein breites Grinsen auf sein Gesicht. Es ist geschafft, das Geld ist unterwegs ins Nichts.

Als Linda in ihrer Parfümerie ans Telefon gerufen wird, befürchtet sie schon, es könnte Günther sein. Das würde ihr gerade noch fehlen, daß er weiß, wo und wie sie ihr Geld verdient.

Aber es ist Greta Kremer, die sie an die Dessousparty bei ihr zu Hause in Kirchweiler erinnert.

»Ich hätte Sie auch so nicht vergessen!« Linda lacht befreit.

»Ich wollte nur sichergehen, denn wir haben eine ansehnliche Runde zusammengekriegt, sicherlich wird es wahnsinnig lustig, und ich denke, Sie machen einen guten Umsatz!«

»Danke, den kann ich gut gebrauchen!«

»Na, denk' ich doch!«

Linda legt langsam auf. Günther blättert ihr mit zwei Fingern das auf den Tisch, wofür sie eine halbe Nacht lang rackert, sich den Mund fusselig redet, über dusselige Witze lacht und sich begaffen läßt.

Du denkst auf Nuttenniveau, rügt sie sich gleich darauf, paß auf, Linda, daß du beim Aufstieg nicht abrutscht!

Dirk hat eine schlaflose Nacht hinter sich. Richi hat sich gestern als echter Freund erwiesen, holte ihn vom Polizeirevier ab und marschierte gemeinsam mit ihm in einer Art Formation geballter jugendlicher Manneskraft zur Kneipe. Dirk fand sie auf Anhieb wieder und ging schwungvoll hinein. Wieder sah er zunächst einmal nichts, aber als sich seine Augen an die Dämmerung gewöhnt hatten, raunte er über seine Schulter Richi zu, der auf alles gefaßt hinter ihm stand: »Das ist sie!«

»Na, prima, dann los!«

»Hier sind Ihre fünfzehn Mark«, sagte Dirk daraufhin zu dem Barkeeper, der mit dem Rücken zu ihm hinter dem Tresen stand. Der drehte sich um, musterte ihn kurz aus tiefliegenden Augen und streckte die Hand hin. »Danke!«

Dirk zögerte. Sein Gegenüber schnippte kurz mit den Fingern, öffnete und schloß die Hand dann schnell und auffordernd. »Na, laß sie schon rübertanzen, die Mücken. Ich weiß zwar nicht wofür, aber wenn du Geld loswerden willst, Kleiner, bei mir immer!«

Sollte das ein schlechter Witz sein?

»Ich habe eben bei Ihrem Kollegen meine teure Uhr als Pfand gelassen, weil mir der Geldbeutel geklaut wurde und ich die Zeche nicht zahlen konnte.« Dirk versuchte klar und deutlich zu reden, um damit seine Aufregung zu verbergen. »Die Zeche machte fünfzehn Mark. Hier sind sie. Und jetzt möchte ich meine Uhr wiederhaben!«

»Meinem Kollegen? Was soll die Scheiße! Ich habe keinen Kollegen, Mann, das ist eine Ein-Mann-Baustelle!«

»Das ist doch nicht wahr!« ereiferte sich Dirk. »Vor einer guten Stunde war hier so eine Boxernase, der hat mich bedient. Und die Uhr eingesackt. Und die will ich wiederhaben!«

Der Kerl ihm gegenüber musterte ihn kalt, gleich darauf verengten sich seine Augen zu kleinen Schlitzen, und er lachte schallend. »Wenn ich ihm das sage, hast du auch bald eine Boxernase, du Wicht! Das war Eddy, Kleiner, und wenn du mit dem 'ne Rechnung offen hast, dann kannst du die auch mit dem begleichen. Der ist hier Gast, wie du auch!«

»Eddy wer?« mischte sich Richi ein.

»Eddy heißt Eddy. Mal kommt er, mal kommt er nicht. Wenn er jetzt eine teure Uhr hat, wird er wohl die nächste Zeit nicht kommen. Aber ihr könnt ja warten. Mir ist egal, wer hier die Zeche macht.«

»Ich gehe zur Polizei!« Dirk machte auf dem Absatz kehrt.

»Dann laß aber die Kohle da, Kleiner, oder willst du als Zechpreller zu den Bullen marschieren?«

Dirk ist nicht zur Polizei gegangen, weil er sich dabei zu blöd vorkam, und liegt jetzt noch immer im Bett, fühlt sich dabei aber jämmerlich und wie gerädert. Ein angehender Jurist, der einmal harte Fälle bearbeiten will und schon an einem einfachen Brieftaschendiebstahl scheitert. Akten gegen Leben, welche Ironie. Die gestrigen Szenen wollen ihm nicht aus dem Kopf: der Typ mit seinen verschlagenen Augen und das deutliche Gefühl, daß dieser Eddy während ihres Gesprächs im Nebenzimmer saß und die beiden sich anschließend über ihn totgelacht haben. Dirk, die Lachnummer. Er hat wahrlich schon bessere Zeiten gehabt. Aber an allem ist nur Linda schuld.

Sie hat sich nicht mehr gemeldet.

Einfach so getan, als ob er nicht existierte!

Er wälzt sich eine Weile hin und her, zieht die Decke über sich, schiebt sie wieder runter, legt sich auf den Bauch, dreht sich auf den Rücken; es bohrt und zuckt in ihm.

Und dann setzt er sich plötzlich kerzengerade auf.

Er hätte ihre Einladung zum Abendessen nicht so einfach übergehen dürfen. Möglicherweise hat sie das ja wirklich gekränkt. Mehr als er ahnte.

Er fährt sich mit allen zehn Fingern durch die Haare.

Soll er sie anrufen?

Ein Blick auf die Uhr zeigt ihm, daß sie gleich Mittagspause hat. Vielleicht ... mit einem Satz ist er aus dem Bett, springt unter die Dusche, trocknet sich in Windeseile ab und schlüpft feucht und unrasiert in Jeans und T-Shirt. Kurz danach reißt er sich die Kleider wieder herunter, die schwarze Jeans und das schwarze Poloshirt mag sie lieber.

Und unrasiert ist auch nicht ihr Fall.

Vor Aufregung schneidet er sich zweimal, dann läuft er, drei Stufen auf einmal nehmend, die Treppen des Altbaus hinunter. Wer weiß, warum Schmidt bei ihr war. Sicherlich hatte das einen völlig harmlosen Grund. Er wird diesen Psychoschmöker über Frauen wegwerfen. Woher soll so ein Buch wissen, wie es in seiner Linda aussieht. Er biegt gerade in die Straße ein, die zur Parfümerie führt, da sieht er sie auf der anderen Seite. Für einen Moment stockt sein Atem. Sie ist atemberaubend schön. Wie sie sich bewegt, ihr selbstbewußtes Auftreten, ihre wundervollen schwarzen Haare, alles an ihr gehorcht einem geheimnisvollen Rhythmus, fließt, schwingt. Und dieses Gesamtkunstwerk gehört mir, denkt Dirk stolz und winkt ihr freudig zu, aber Linda verschwindet in einem Ladeneingang. Sie hat ihn nicht gesehen. Und anscheinend hat sie auch nicht gespürt, daß er in der Nähe ist. Sagt man Liebenden für so etwas nicht einen siebten Sinn nach?

Dirk geht weiter und bleibt auf der gegenüberliegenden Straßenseite stehen. Er mustert ungläubig das Ladenschild. *Indra's* – ausgerechnet in Römersfelds teuerste Inboutique ist sie gegangen. Was will sie denn dort? Sucht sie einen neuen Arbeitsplatz? Hat sie etwa ihren Job verloren, und er weiß von nichts?

Von der anderen Straßenseite aus kann Dirk nicht erkennen, was sie in dem Geschäft treibt. Also geht er unauffällig weiter, überquert die Straße, geht schnell wieder zurück und nähert sich dem großen Schaufenster der Boutique.

Die letzten Schritte macht er verhalten und vorsichtig, aber gerade als er davorsteht und hineinschauen kann, dreht sich Linda, einen Traum aus schwarzer Spitze vor sich hinhaltend, vor dem großen Spiegel einmal um ihre Achse. Dabei schauen sie sich für den Bruchteil einer Sekunde in die Augen, Linda drinnen, Dirk draußen. Linda verharrt kurz mit dem Rücken zu ihm, dann wendet sie zunächst den Kopf und schließlich den ganzen Körper zum Schaufenster und zu Dirk hin, das Kleid wie ein Schutzschild vor sich haltend. Dirk steht wie angewachsen und starrt sie unbeweglich an. Linda wartet auf eine Reaktion. Aber in seinem Gesicht kann sie keine Regung ablesen. So dreht sie sich langsam wieder um, geht zu den an einer langen Stange hängenden Kleidern und schaut sich eines nach dem anderen an.

Dirk ist völlig gelähmt. Er fühlt sich wie ein geschlagener Hund, weiß aber nicht, warum. Weshalb ist Linda nicht freudig herausgestürzt? Was liegt zwischen ihnen, außer dieser dicken Schaufensterscheibe? Ich könnte ja hineingehen und fragen, überlegt er, aber wäre das der richtige Weg? Sie kümmert sich ja ganz offensichtlich lieber um neue Kleider als um ihn.

Linda sieht ihn aus den Augenwinkeln heraus weggehen. So endet also eine große Liebe. Er hält es noch nicht einmal für nötig hereinzukommen, um mit ihr darüber zu sprechen. Es interessiert ihn keinen Dreck, wie es ihr geht. Oder was sie denkt oder fühlt. Er starrt sie einfach an und läuft davon. Einfach so.

Die Lust auf ein Kleid ist ihr vergangen. Sie geht hinaus, sieht Dirk aber nicht mehr. Der Schmerz sitzt, sie spürt ihn zwischen Herz und Magen. Er hat sich nie wirklich auf sie eingelassen, die Erkenntnis tut weh. Wahrscheinlich hat er bereits eine andere in seiner schäbigen Bude hocken, und die glaubt jetzt ebenfalls, mit ihm das große Los gezogen zu haben. Idiot!

Linda geht zur Parfümerie zurück. Arbeit hilft gegen Liebeskummer am besten, und wenn es nur auspacken und einsortieren ist.

Klaus hat mittlerweile in einer Vaduzer Bank ein Konto eröffnet und die Million einbezahlt. Das war die kleinere Übung, diese Summe hat den liechtensteinischen Banker noch nicht einmal zu einem Lidzucken veranlaßt. Das Treffen mit einem Kollegen, einem liechtensteinischen Vermögensberater, wird da schon schwieriger. Der soll, um die Anonymität zu wahren, den Vorstand der AG übernehmen. Die Spur wäre andernfalls zu einfach zu verfolgen. Und das will Klaus gerade verhindern. Egal, wie sich die Dinge entwickeln, die Aktien sollen zwar auf seinen Namen laufen, aber der Überbau soll ihn decken.

Schlag vier greift Annemarie Roser nach dem Telefon. Feierabend, endlich! Dafür braucht sie noch nicht einmal auf ihre Uhr zu schauen, nach all den Jahren hat sie das im Gefühl. Langsam wählt sie die Nummer von Manfred Büschelmeyer. Schon nach dem ersten Klingeln wird abgenommen. Annemarie lächelt still in sich hinein. Er hat also auf ihren Anruf gewartet.

»Herr Büschelmeyer? Ja, im Prinzip steht unserem Handel nichts im Weg.«

Sie hört ihn zögern.

»Aber?« fragt er schließlich.

»Sie haben, wie gesagt, eine Mitbieterin.« Annemarie fixiert gespannt einen Punkt an der gegenüberliegenden weißen Wand.

Kurz ist es still, dann fragt er atemlos: »Und was heißt das?«

»Gegen eine kleine Prämie könnte ich mich für Sie entscheiden!«

»Wie klein?«

Annemarie kommt ihre Forderung selbst ungeheuerlich vor, aber das muß sie jetzt durchstehen. Nur wer pokert, gewinnt.

»10 000 Mark.«

»Verdienen Sie an dem Deal nicht schon genug?«

»Ich bin nur die Vermittlerin zwischen Ihnen und dem Tierschutzverein. Oder auch zwischen ...«

Manfred Büschelmeyer weiß, was sie sagen will. Zwischen Marion Schmidt und dem Tierschutzverein. Aber ob Marion Schmidt eine Vermittlungsgebühr in dieser Höhe zahlen würde? Er kann sie nicht fragen. Und es auszuschließen wäre gefährlich.

»Augenblick bitte«, sagt er, während er den Rechner herzieht. Bei einem mittleren Verkaufspreis von 37 Mark pro Quadratmeter für das unerschlossene Gelände hätte er, bei einem Hektar und einem Kaufpreis von 17 Mark pro Quadratmeter plus 10 000 Mark Vermittlungsgebühr, noch immer satte 190 000 Mark Gewinn.

Trotzdem sagt er: »Ziemlich hoch, Ihre Vermittlungsgebühr.«

»Makler nehmen mehr!«

Das stimmt allerdings.

»Nun gut...«, er grinst dabei, »es fragt sich zwar, ob's das überhaupt wert ist – aber Sie wissen ja, meine Mutter... und Mütter gehen Söhnen eben über alles!«

»Ja, sogar über die Hutschnur!«

»Bitte?«

»Ich hoffe, sie wird in ihrem Häuschen neben dem Tierschutzverein glücklich werden!«

»Da ist auch mein innigster Wunsch!« Er räuspert sich. »Wann und wo wollen wir den Vertrag aufsetzen?«

»Peter Lang, mein Notar, wird den Vertrag aufsetzen, und wenn Sie einverstanden sind, ist das Geschäft, je nach Absprache mit Herrn Lang, morgen abend bereits perfekt. Und ehe ich's vergesse, bar natürlich, Herr Büschelmeyer!«

»Die Vermittlungsgebühr bar – oder was?«

»Die Vermittlungsgebühr bar, und wenn Sie mir über den Rest einen Scheck geben wollen, werde ich diesen natürlich erst prüfen lassen, bevor ich den Vertrag unterzeichne. Dann kann es einen Tag länger dauern, ich nehme an, Sie haben Verständnis!«

Bar? Wo krieg' ich jetzt so schnell so viel Kohle her? Manfred Büschelmeyer zeichnet eine Ziffer nach der anderen auf ein Blatt Papier: 180 000.

»Natürlich«, sagt er und malt drei dicke Ausrufezeichen dahinter.

Dr. Jürgen Berger ist ein absoluter Profi, das sieht Klaus auf den ersten Blick. Sie haben sich in seinem Büro in Vaduz verabredet, und Klaus verspätet sich fast, weil er es nicht gleich findet. Es ist in einem modernen Gebäude untergebracht, ein Namensschild unter vielen weist Berger aus. Als er endlich auf dem großen Flur vor der richtigen Tür steht, macht ihm sein liechtensteinischer Kollege nach dem Klingeln selbst auf und führt ihn durch einen engen Gang direkt rechts in die nächste Tür. Die angrenzenden Räume bekommt er nicht zu sehen, er hört nur, daß ziemlich viel los sein muß, denn unablässig klingeln Telefone. Dr. Berger, ganz Geschäftsmann im grauen Anzug mit dezent gestreifter Krawatte, wirkt seriös auf Klaus – bis auf den Siegelring am linken kleinen Finger. Schmuck an Männern, das stimmt Klaus sofort skeptisch. Aber der hier ließe sich möglicherweise auf ein Familienwappen zurückführen, so kann Klaus es gerade noch tolerieren. Ansonsten scheint er tadellos zu sein. Volles, streng gescheiteltes Haar, hohe Stirn, ein energisches Kinn und kein zu weiblicher Mund. Volle Lippen an Männern sind auch so ein Punkt, den Klaus nicht mag. Das sind seiner Einschätzung nach unausgegorene Jünglinge, sentimental und unzuverlässig, Weicheier eben. Berger scheint ihm, zumindest vom ersten Eindruck her, genau richtig für sein Unternehmen zu sein.

Berger kommt gleich zur Sache. Er bietet Klaus auf einem lederbezogenen Stuhl Platz an und setzt sich selbst hinter einen Schreibtisch. Dann läßt er sich von Klaus nochmals kurz schildern, was er am Telefon schon von ihm gehört hat, und macht sich einige Notizen. Schließlich blickt er auf: »Ich sehe kein Problem, Ihre AG zu reaktivieren«, sagt er. »Sie, Herr Raak, sind alleiniger Gesellschafter und stellen außerdem zusammen mit zwei Liechtensteinern, die ich heute noch benennen werde, den Aufsichtsrat. Ich bin der Vorstand und damit der Vertretungsberechtigte der AG, ich werde die Ankäufe und Verkäufe tätigen.«

Berger blättert kurz in seinem Notizblock. »Das Grundkapital beträgt derzeit 100 000 Franken, ist das so richtig?«

»Exakt!«

»In Ordnung«, Jürgen Berger greift zu seinem Kugelschreiber. »Der nächste Schritt wird jetzt also sein, daß die AG bei einer Liechtensteiner Bank ein Darlehen aufnimmt, um die Firmen und die Immobilie zu finanzieren, die wir Günther Schmidt abkaufen werden.«

Klaus nickt.

»Über welche Summe sprechen wir?« Jürgen Berger schaut auf.

»Etwa 500 000 Franken!«

Er macht sich einen Vermerk, klappt seinen Notizblock zu und wirft Klaus einen schnellen Blick zu. »Mein Gehalt als Vorstand der AG beträgt 1000 Franken im Monat, die beiden Herren im Aufsichtsrat bekommen je 3000 Franken Aufwandsentschädigung. Dies einmalig pro Jahr.«

»Wenn wir schon dabei sind«, ergänzt Klaus, »sollten Sie auch wissen, daß ich als Aufsichtsratsvorsitzender mit 10000 Franken im Jahr dabei bin!«

Berger quittiert die Information mit einem Nicken. »Gut, da wir in allem einig zu sein scheinen, werde ich meinen Namen als Vorstand der AG beim Registergericht eintragen lassen.«

»Wie lange wird das dauern?« Klaus wirft einen Blick auf seine Uhr, wobei ihm das im gleichen Moment selbst unsinnig erscheint.

Jürgen Berger winkt ungeduldig ab. »Das ist hier in Liechtenstein keine langwierige Angelegenheit. Für Deutschland organisieren Sie«, er schaut schnell auf seinen Notizblock, »in Römersfeld so rasch wie möglich einen Notartermin für mich und Günther Schmidt. Herr Schmidt muß allerdings zunächst einmal die Grundlagen zum Verkauf schaffen, sprich, mit den Banken regeln, ob die überhaupt einem Verkauf zustimmen. Ich weiß ja nicht, wie hoch seine Immobilie und seine Grundstücke belastet sind. Sobald das geklärt ist, kauft die AG Herrn Schmidt die Firmen und die Immobilie zum vereinbarten Preis ab. Wenn alles einigermaßen schnell über die Bühne geht, ist die Liechtenstein AG bereits in einer Woche steinreich!« Er lacht und entblößt große, unregelmäßige Zähne.

Klaus lacht mit. Die Vorstellung gefällt ihm gut, und noch besser findet er den Gedanken, was danach kommen könnte. Sollte sich Günther bei Linda nämlich übernehmen und einen Herzinfarkt bekommen oder sonstwie aus dem Leben scheiden, könnte er seinen Vorstand Dr. Jürgen Berger ganz einfach und problemlos wieder entlassen.

Gegen fünf Uhr erfaßt Günther eine unbestimmte Unruhe. Er denkt voll Vorfreude an heute nacht. Er hat im *Palace* gebucht, einem First-class-Hotel mit einem Drei-Sterne-Restaurant, das weit genug von Römersfeld weg ist, um Bekannten aus dem Weg zu gehen, aber auf der anderen Seite nah genug dran, um auf dem Rückweg nicht die Lust zu verlieren. Oder sollte er besser gleich für die Nacht dort buchen? Linda erschien ihm gestern verdammt zugänglich, um nicht zu sagen, außerordentlich offen für seine Wünsche. Er versucht, die Situation in Gedanken durchzuspielen, aber er bleibt jedesmal an Marion hängen. Wenn er nachts nicht nach Hause kommt, wird sie die nächsten Tage wie eine Furie hinter ihm her sein. Er braucht ein Alibi. Wo könnte er so plötzlich über Nacht hin müssen? Und wer könnte ihm den Hintergrund dazu liefern? Und weshalb könnte er unter seiner Alibi-Nachtadresse für Marion nicht erreichbar sein?

Günther sitzt in seinem Wagen, auf dem Weg von einer seiner Baustellen zum Büro, und kommt zu keinem Ergebnis. Welchen Freund könnte er einweihen? Manfred Büschelmeyer fällt ihm ein, der alte Kämpe. Aber ist er überhaupt ein Freund? Hat sie nicht nur der Gemeinderat und das Spiel um die geschicktere Informationsauswertung zusammengeschweißt?

Das er im übrigen immer gewonnen hat.

Kurz vor Römersfeld stockt der Verkehr. Ganz vorn kann Günther einen Traktor erkennen, aber die Fahrer direkt dahinter trauen sich offensichtlich nicht zu überholen, und an zwanzigster Position ist jeder Versuch aussichtslos. Günther schleicht hinterher und flucht laut vor sich hin, schließlich schaltet er das Radio ein, um sich abzulenken. Nachrichten und anschließend die üblichen Staus in den Verkehrsnachrichten. Er hört nur halb hin, bis es ihm plötzlich siedend heiß wird.

»A 81 Stuttgart Richtung Singen, vor Sindelfingen zwei Kilometer stockender Verkehr.«

Stockender Verkehr, welche Schmach, wenn ihm das heute nacht passieren würde.

Er versucht sich krampfhaft zu erinnern, wie es das letztemal bei Marion war. An seinem Geburtstag ging's noch. Aber ist das von Bedeutung bei einem solch eigenwilligen Organ?

Was, wenn *er* nicht will?

Die Schande würde er nicht überleben, das wäre einfach zu peinlich.

Aber wäre es zu befürchten?

Er versucht, sich Linda nackt vorzustellen. Oder in Strapsen, mit rundem Po und oben ohne. Mensch, kürzlich ging's doch noch auf Abruf. Allein der Gedanke an ihre feuchte Erwartung auf dem Balkon hat einen granatenmäßigen Ausschlag verursacht. Obwohl überhaupt nichts in Erwartung war. Weder feucht noch sonstwie.

Und jetzt?

Günther schaut mißtrauisch an sich hinunter.

Es tut sich nichts, außer daß der Traktor vor ihnen in einen Feldweg einbiegt. Los, der Verkehr fließt wieder, sagt er laut zu seinem Hosenladen.

Dann tröstet er sich. Ich bin halt noch nicht in Stimmung. Den ganzen Tag auf der Baustelle, verschwitzt, müde, wie soll man da einen Ständer kriegen. Heute nacht wird das anders sein!

Er passiert das Ortsschild von Römersfeld.

Und wenn nicht? fragt sein zweites Ich. Soll er sich die Blöße geben?

Günther greift nach dem Telefon und ruft seine Apotheke an. Frau Mattuscheck ist dran, der kann er seinen Wunsch nicht auf die Nase binden.

»Ist Ihr Mann vielleicht zu sprechen, Frau Mattuscheck?«

»Worum geht's denn?«

Verdammt!

»Oh, entschuldigen Sie, ich fahre gerade in ein Funkloch, gleich wird die Leitung unterbrochen sein, ich rufe später noch mal an!« Er reibt den Hörer ein bißchen auf der Hose hin und her und unterbricht dann das Gespräch. Frau Apothekerin wird sicherlich keine hochspezialisierte Handybenutzerin sein und ein echtes von einem falschen Funkloch schwerlich unterscheiden können. Wenn sie sich unter einem Funkloch überhaupt etwas vorstellen kann.

Nachdem er aufgelegt hatte, vollführte Manfred einen kleinen Freudentanz rund um seinen Schreibtisch. Das war's, und jetzt konnte er wieder beruhigt seinem Tagesgeschäft nachgehen. Zunächst machte er einen Rundgang durch den Baumarkt, um sich physisch abzureagieren, dann bat er im Sekretariat um einen Kaffee und ließ sich den neuesten Baumarktklatsch erzählen – seine spezielle »Big-brother-is-watching-you«-Methode –, und jetzt, eine Stunde später, ist Manfred wieder in seinem Büro. Er wirft einen Blick auf die Arbeitsplatte, auf der sich neben der unbearbeiteten Unterschriftenmappe Briefe, Faxe und Statistiken stapeln, und bleibt davor stehen. Die einzige Frage, die jetzt noch offen ist, ist die nach seiner Kreditwürdigkeit bei seiner Bank. Es geht ja um ein schnelles Geschäft, das muß er dem Sachbearbeiter klarmachen. Nur weiß er nicht, wie die Banken momentan über schnelle Geschäfte denken. Blöderweise kam Annemarie Rosers Anruf so spät, daß sich das heute auch nicht mehr nachprüfen läßt. Nach vier Uhr kann er an einem Mittwoch höchstens noch seine Kontoauszüge ausdrucken lassen, und die bringen ihn auch nicht weiter.

Mit einem Seufzer setzt er sich, greift nach den Faxen und überfliegt das erste. Eine Bewerbung. Per Fax. Nicht zu fassen. Aber in einem hat er recht, der junge Mann, nämlich mit seiner ehrerbietenden Anrede. Sehr geehrter Herr Geschäftsführer, steht da, und damit hat er, verdammt noch mal, recht. Er ist der Geschäftsführer des größten Baumarkts in Römersfeld. Welche Bank sollte ihm da einen kleinen Kredit verwehren?

Günther fährt zum fünftenmal um die Altstadt herum. Er braucht einen Parkplatz in der Nähe der Apotheke, und zwar bald, denn die Zeit läuft ihm davon. Und er muß irgendwie an Herrn Mattuscheck herankommen, ohne daß seine Frau danebensteht oder über zwei Regale hinweg die Ohren spitzt. Ein Anruf wird doch am unverfänglichsten sein. Notfalls kann er dann behaupten, er sei es gar nicht gewesen. Ein Scherz. Von einem, der seine Stimme nachgemacht hat. Wahrscheinlich von einem Sozi. Noch besser von einem Grünen, der aus seiner Apotheke einen Müsliladen machen will. Dritte Welt und so. Typische rote Socke mit grünen Streifen. Antrag liegt dem Ausschuß schon vor.

Die Wahlwiederholung arbeitet bereits, Günther hat Glück, Arno Mattuscheck ist selbst am Apparat. Während der Apotheker seinen Begrüßungsspruch aufsagt, hat Günther blitzartig eine Idee, wie er sich selbst aus der Schußlinie bringen kann.

»Herr Mattuscheck, Sie wissen doch, daß unser OB bald Geburtstag hat!«

»Hat er das? So?«

»Ja, sicher, das hat er. Wir haben uns eine besondere, na, sagen wir mal, Variante der Stärkung für ihn ausgedacht!«

»So? Ja, da hätte ich was, warten Sie mal – mehr in Richtung Vitamine oder …«

»Sex, Herr Mattuscheck, mehr in Richtung Sex!«

Auf der anderen Seite ist es still. Ist er jetzt etwa doch in ein Funkloch gefahren? Günther schaut hektisch auf die Anzeige, nein, volle Leistung. »Herr Mattuscheck, haben Sie mich verstanden?«

»Ist das nicht …« Herrn Mattuscheck fällt offensichtlich nichts dazu ein, vielleicht steht auch seine Frau neben ihm. Günther fährt an den Straßenrand und schaltet die Warnblinkanlage an, denn jetzt hat er Angst, daß die Leitung tatsächlich schlechter werden könnte.

»Sie wissen, daß Sie dazu ein Rezept benötigen!«

»Aber doch nicht als Überraschung für den Oberbürgermeister, Herr Mattuscheck, ich bitte Sie. Wir sind alle seriöse Spender, wir legen zusammen für so eine Packung. Was soll sie denn kosten?«

»1100 Mark für 30 Stück!«

»Na, sehen Sie«, im Rückspiegel sieht Günther einen Polizeiwagen herannahen, der bereits auf seine Spur wechselt, »das ist uns unser Oberbürgermeister doch wert! Kann ich's gleich abholen?« Er fährt an, bevor die Beamten hinter ihm anhalten können, und winkt ihnen entschuldigend zu, als sie aufholen und neben ihm herfahren. Offensichtlich beraten sie, ob und wie sie reagieren sollen. Günther schaut nochmals rüber. Den einen kennt er. Soll sich nicht so anstellen, in der Not müssen Männer zusammenhalten.

»Ich krieg' da wirklich Probleme«, hört er Mattuscheck durchs Telefon.

»Ich auch, und zwar in doppelter Hinsicht!« Der wird ihm doch jetzt nicht die rote Kelle zeigen wollen? Das wäre ja noch schöner!

»Wie meinen Sie das?«

»Na, der OB wünscht sich die Viagra zum Geburtstag, und wir scheitern an einem Rezept. Seine Frau wird stinksauer sein. Wie peinlich für Sie!«

»Ach, seine Frau ...?«

»Sie denken aber trotzdem ans Berufsgeheimnis, Herr Mattuscheck, ja? Schweigepflicht?« Der Polizeiwagen überholt ihn langsam, Günther atmet auf.

Mattuschecks Stimme klingt gedämpft und rauh: »Geburtstagsnacht und so?«

»Und so! Ganz recht!«

»Hätte ich nicht von ihr gedacht!«

Günther grinst und stellt sich Ilse Wettersteins nächsten Besuch in der Apotheke vor. »Wir auch nicht, aber wir gönnen ihr die kleine Freude.«

»Aber am Hintereingang, Herr Schmidt, in zehn Minuten, wenn das paßt, und bitte bar!«

Manfred hat die Post durchgesehen und sich einen Arbeitsplan für morgen zurechtgelegt. Heute ist er einfach zu unkonzentriert, ständig schleichen sich Gedanken ein, die ihn ablenken. Er wird noch ein paar Unterschriften verteilen und dann gehen. Ein Teil der Dokumente, die ihm seine Sekretärin zur Prüfung und zur Unterschrift vorgelegt hat, sind Briefe, ein anderer Teil Angebote und schließlich einige Überweisungen. Die Angebote wird er sich heute nicht mehr antun, dafür hat er morgen früh einen klareren Kopf. Die Briefe sind in Ordnung, er krakelt sein MB darunter, dann schaut er sich die Überweisungen an. Es geht vor allem um den Umbau, den erweiterten Gartenbereich, von dem sie sich einen enormen Umsatz versprechen. In Römersfeld wird gern gegartelt, jeder mißt seinen Vorgarten an dem des Nachbarn, und wenn jetzt einige Herrschaften, bedingt durch die schlechte Wirtschaftslage, mehr Zeit haben, werden sie Frust, Wut und überschüssige Energie sicherlich im Garten abarbeiten. Darauf hat Manfred bei seinen Überlegungen gesetzt, und er ist sich sicher, daß er recht behält. Schwungvoll setzt er seinen Namen unter die ersten Schecks, dann hält er inne.

Einige Sekunden sitzt er regungslos, dann blättert er die Schecks kurz durch und überschlägt die Summe im Kopf. Rund 240 000 Mark.

Er legt die Überweisungen zurück und starrt ein Loch in die Luft, bis er sich gestattet, das zur Kenntnis zu nehmen, was sich in seinen hintersten Gehirnwindungen zusammenbraut.

Er schaut nach den Daten der Rechnungen. Die Buchhaltung hat früh reagiert, weil sie sich überall das Skonto sichern will. Bei den Summen gerechtfertigt. Doch – welche Firma bezahlt schon in der Kürze dieser Zeit? Sechs Wochen ist die Norm, also hätten die Zahlungen noch gut drei bis vier Wochen Spielraum.

In drei bis vier Wochen aber hätte er seinen Deal mit der Gemeinde sicherlich durch.

Aufgeregt greift Manfred nach dem Rechner.

Ein Darlehen von derzeit sechs Prozent kostet auf die Summe von 180 000 Mark etwa 900 DM Zinsen im Monat. Das ist zwar nicht die Welt, aber es ließe sich vermeiden, wenn er Schecks mit der Gesamtsumme von 180 000 Mark auf sein Konto umleiten würde. Als Zeichnungsberechtigter wäre das keine Schwierigkeit für ihn. Sobald die Gemeinde dann bezahlt hat, gleicht er die Konten wieder aus.

Manfred kritzelt seinen Schreibblock mit Phantasiefiguren voll.

Er muß in Ruhe darüber nachdenken. Machbar wäre eine solche Transaktion. Bloß nicht über sein Konto und besser ausgeklügelt als das, was er jetzt so im Vorbeigehen entworfen hat.

Er legt die Überweisungen zurück, klappt die Mappe zu und lehnt sich in seinem Drehsessel zurück.

Aber würde sich das Risiko rentieren, fragt er sich und gibt sich auch gleich darauf die Antwort: Nur wenn die Bank ihm einen Kredit verweigern würde.

Als Günther Linda sieht, wie sie in ihrem schulterfreien schwarzen Kleid über den Innenhof auf seinen Wagen zukommt, muß er über sich und seine Ängste fast lachen. Sie wirkt so erotisch, wie sie geht, wie sich das lange Kleid bei jedem Schritt an ihre Beine schmiegt, wie sich die Brüste unter dem feinen Stoff abzeichnen, daß Günther sich wundert, wie er jemals an seiner Potenz zweifeln konnte. Schließlich denkt er, seitdem er sie bei seiner Gartenparty gesehen hat, an nichts anderes. Er steigt aus und geht ihr entgegen.

»Du siehst atemberaubend aus«, sagt er zur Begrüßung und küßt ihre Hand.

»Danke«, sie lächelt ihm zu. »Du machst dich auch gut!«

Das ist zwar nicht gerade eine feurige Liebeserklärung, denkt er, während er sie um den Wagen herum zu der Beifahrertür führt, aber ausbaufähig.

»Entschuldige, daß ich mich etwas verspätet habe«, er öffnet die Tür und läßt sie einsteigen, »aber ich kam heute einfach nicht aus dem Büro raus.«

Marion wird das Büro gewesen sein, denkt Linda, sagt aber nichts. Sie läßt das jetzt einfach auf sich zukommen. Nein sagen kann sie immer noch.

Günther setzt sich hinters Steuer und betrachtet Linda nochmals kurz und genießerisch von oben bis unten, bevor er startet. »Du hast einen guten Geschmack«, sagt er anerkennend. »Wo findet man in Römersfeld ein so aufregendes Kleid?«

»Bei *Indra's*!« Daß sie dafür zwei Anläufe benötigt hat, verrät sie nicht. Wozu auch. Dirk hätte seine Chance nutzen können. So war's nun eben seine letzte.

Sie fahren langsam aus dem Viertel hinaus. Linda registriert, daß er sofort nach links abbiegt, um möglichst schnell aus dem gefährlichen Bereich der Stadt herauszukommen, ärgert sich aber nicht darüber. Sie genießt es, so komfortabel durch die Landschaft zu rollen, die Außenwelt schwebt vorbei, die Geräusche sind gedämpft, der Motor ist kaum zu hören, alles um sie herum bekommt eine andere Dimension.

Es ist schon schön, Geld zu haben, denkt Linda, und lehnt sich behaglich zurück.

Die kleine Raubkatze wird sanft, Günther beobachtet sie aus den Augenwinkeln, hoffentlich wird sie nicht zu sanft. Ein bißchen animalisch wäre schon schön.

Klaus ist von der Autobahn abgefahren und fährt nun, schon ziemlich müde, den kürzesten Weg über die Landstraße nach Römersfeld. In Gedanken läßt er den heutigen Tag nochmals Revue passieren. Den silberfarbenen Mercedes registriert er erst, als er schon fast an ihm vorbei ist. Im Rückspiegel wirft er einen schnellen Blick auf die Nummer. GS 1. Schmidt. Wohin der wohl um diese Zeit unterwegs ist? Und mit wem? Ob er mit der Kleinen schon so weit ist? Zuzutrauen wär's ihm ja. Klaus konzentriert sich wieder auf die Straße und erschrickt: Ein roter Kleinwagen kommt ihm aus der unübersichtlichen Kurve, in die er eben hineinfährt, auf der Mittellinie entgegengeschossen. Im letzten Moment reißt Klaus das Steuer herum, weicht nach rechts aus, kommt dem Graben zu nah, lenkt dagegen, gerät ins Schleudern und kann den Wagen nur noch mit Mühe abfangen.

Mit abgewürgtem Motor und flatternden Nerven bleibt er in entgegengesetzter Fahrtrichtung stehen. Ein Glück, daß die Straße nach diesem Chaoten über die ganze Breite frei war. Jetzt ist von dem Kerl nichts mehr zu sehen. Er muß mit Vollgas davongerast sein. Am liebsten wäre Klaus ihm nachgefahren, um ihn zur Rede zu stellen, aber sein Adrenalinspiegel ist noch so hoch, daß er es kaum schafft, den Wagen zu starten.

Marion sitzt zu Hause vor dem Fernseher und ärgert sich. Sie war heute in der Stadtverwaltung auf dem Grundbuchamt gewesen, um sich nach dem Grundstück am Tierheim zu erkundigen, hat aber nur erfahren, daß der zuständige Mann erst morgen wieder da sei. Kein anderer konnte angeblich Auskunft geben, was Marion noch mehr in ihrem Verdacht bestärkte, das Ganze sei ein abgekartetes Spiel. Morgen früh um acht Uhr wird sie diesem Herrn auf den Schlips treten und nicht eher gehen, bevor sie weiß, was da vor sich geht. Andernfalls muß sie ihren Anwalt beauftragen, ihr Hab und Gut in Sicherheit zu bringen, denn falls Günther gerade wieder so einen teuflischen Plan ausheckt wie vor Jahren und ihr gemeinsames Konto plündert, möchte sie nicht die mittellose Verliererin sein, wenn er das Geld mit einem unsinnigen Projekt in den Sand setzt.

Außerdem gehen ihr seine ständigen Meetings auf den Nerv. Mag ja sein, daß heute einem Uralt-Kegelmitglied in einer Feierstunde die begehrte Auszeichnung des Ober-Ehrenkeglers verliehen wird, aber warum Günther da unbedingt die Laudatio halten muß und dann auch noch bei dem idiotischen Festgelage dabei sein soll, ist ihr unbegreiflich. Männer sind eben so, hat ihr Günther vorhin noch gesagt, die brauchen so was zwischendurch.

Weshalb er ständig von anderen spricht, wenn er selbst es offensichtlich genauso braucht, versteht sie schon gar nicht. Wenn er es nicht brauchen würde, würde er schließlich nicht hingehen.

Und weshalb braucht ein Mann eine solche Kinderei, hat sie ihn gefragt, während er sich seinen türkisfarbenen Schlips zum dunkelblauen Anzug festzog. »Weil wir eben gern spielen«, gab er achselzuckend zur Antwort. Noch ein Punkt, den sie nie verstehen wird. Mädchen legen spätestens mit achtzehn ihren Spieltrieb ab, Männer dagegen entwickeln ihn offenbar ab achtzehn erst so richtig und steigern ihn bis ins Greisenalter. Der Endpunkt dürfte erreicht sein, wenn sie Petrus nach seinem Einsatz fragen.

Marion schaltet den Fernseher ein, um sich von ihren Gedanken abzulenken. Es ist zwanzig nach acht, und sie zappt sich durch, bis sie bei einem Spielfilm hängenbleibt. Ein Film mit Günter Strack, das läßt sich aushalten. Sie drückt die *tv-aktuell*-Taste auf ihrer Fernbedienung und liest den Titel *Der Betrogene*. Ich werde dafür sorgen, daß es nicht »Die Betrogene« werden wird, denkt Marion, holt sich ein Glas Wein und richtet sich auf einen einsamen Abend ein.

Günther hat seinen Wagen zwischen all den anderen Limousinen vor dem festlich geschmückten schloßähnlichen *Palace* geparkt, ist mit Linda erwartungsvoll die Freitreppen zur zweiflügeligen Eingangstür hinaufgeschritten und wartete dann mit ihr im breiten, rot ausgelegten Flur ab, bis der Maître de salle kam, um sie an ihren Platz zu geleiten. Jetzt geht Günther langsam hinter Linda durch die beiden gut besetzten antik eingerichteten Räume zu ihrem Tisch und ergötzt sich an der Aufmerksamkeit, die Linda erregt. Er möchte nicht wissen, wie viele Männer jetzt gern mit ihm tauschen würden. Oder besser, eigentlich würde er es gern wissen, das wäre ihm eine Saalrunde wert. Sicherlich überlegen die Glotzaugen auch, warum gerade *er* eine solche heiße Maus hat. Weil er eben ein superpotenter Kerl ist, that's life!

Dirk hat aus seiner Kiste herausgefahren, was er herausfahren konnte, immer den silberfarbenen Mercedes mit Schmidt, diesem Schwein, und Linda, der Verräterin, vor Augen. Aber in dieser idiotischen Stadt, in der er sich nicht auskennt, hat er sie plötzlich verloren. Eine Kreuzung, bei der sich ein paar Autos zwischen ihn und den Benz schoben, und schon waren sie weg. Seit einer halben Stunde fährt er jetzt schon ziellos die Straßen ab. Was, wenn sie längst ganz woanders sind?

Nach weiteren fünf Minuten hält er an. Dirk, sagt er sich, du mußt planvoll vorgehen. Es muß ein Ziel für die beiden geben. Fürs Theater ist es zu spät, also Kino oder Restaurant. Kino ist zu profan, also Restaurant, und wenn Restaurant, dann irgendein besonderes Restaurant, und das können ihm die Leute hier sagen.

Sollte es ein Hotel sein, bringe ich die beiden um.

Günther hat zum Aperitif zwei Gläser Champagner bestellt und prostet Linda mit vor Freude geröteten Wangen zu. Linda registriert es und stößt lächelnd mit ihm an. Günther hat nicht nur einen Tisch am Fenster bestellt, sondern auch gleich zwanzig langstielige Rosen geordert, die der Kellner nun, um Platz zu schaffen, von der Tischmitte auf einen kleinen Beistelltisch umarrangiert.

»Es ist wunderschön hier, Günther, vielen Dank!«

Dann schaut Linda hinaus, und Günther folgt ihrem Blick. Auf der Terrasse mit der Balustrade aus Sandstein sitzen an weiß gedeckten Tischen noch einige Gäste, aber Günther hatte sich bei seiner Reservierung für drinnen entschieden, denn er wollte unbedingt verhindern, daß Linda ihren Körper in einer Jacke versteckt.

»Ist der Park nicht herrlich?« Linda würde am liebsten barfuß hinauslaufen, denn das satte Grün des kurzgeschnittenen Rasens verlockt sie unendlich. »Die Mischung zwischen edel und wild ist genial!« Sie mustert die Anlage mit ihren knorrigen alten Bäumen, stufig geschnittenen Hecken und ungezähmt wuchernden Sträuchern und Blumen.

»Da kann ich dir nur recht geben, diese Mischung ist wahrlich genial!« Günther hebt sein Glas. Vielleicht sollte ich heute versuchsweise doch mal so eine Pille einwerfen, denkt er dabei, wer weiß, ob ich dieser Mischung standhalte. Und dann noch mit Alkohol …

»Die Zimmer müssen sündhaft teuer sein!«

Was, jetzt schon? Kann sie Gedanken lesen?

Linda hebt ebenfalls das Glas.

Diese Verheißung, ihm wird fast schwindelig.

Sie lacht ihn vergnügt an. »Aber die Preise brauchen uns ja nicht zu interessieren. Wir haben ja Gott sei Dank jeder ein eigenes Dach über dem Kopf!«

So Gott-sei-Dank findet Günther das nicht. Er hat sich sehr wohl für die Preise interessiert, und nicht nur das, er hat bereits eine Option laufen.

Der Kellner unterbricht ihn in seinen Gedanken, er legt die Speisekarten und die Weinkarte vor und zählt die Tagesempfehlungen auf.

»Gibt es bei Ihnen kein Liebesmenü Surprise?« will Günther am Ende wissen und freut sich diebisch über sein gutes Gedächtnis. Das hat Marion mal bei einem Dinner zu einer ihrer

Hochzeitstage gefragt, und er fand es damals sehr beeindrukkend, wenn er es auch nicht zugegeben hat.

»Die Küche wird Ihnen sicherlich mit Freude etwas Passendes zusammenstellen«, nickt der Ober und sammelt die Speisekarten wieder ein.

»Ist dir das recht?« fragt Günther.

Das weiche Abendlicht fällt durch die großen Fensterscheiben und läßt Lindas Teint bronzen schimmern. Linda streicht ihr schwarzes Haar zurück und schaut ihn schräg an. »Das klingt wunderbar!«

Lieber hätte sie gefragt, was da auf sie zukommt, aber die Blöße, kein Französisch zu verstehen, will sie sich nicht geben. Dagegen scheint Günther tatsächlich nicht der ignorante Bauer zu sein, für den sie ihn stets gehalten hat. Trotzdem, sie weiß, was er will, aber sie weiß noch immer nicht, was *sie* will. Vielleicht bringt der Abend sie ja weiter.

Dirk hat das *Palace* gefunden. Mit einsetzender Dunkelheit schleicht er zum Parkplatz und pinkelt als erstes gegen das Kennzeichen der silbernen Mercedeslimousine. GS 1. Der kann sich sein GS 1 gleich sonstwohin stecken, denkt er wütend und springt über die hüfthohe Hecke in den Park. Dabei kratzt er sich die entblößten Unterarme auf, aber der Schmerz macht ihm nichts aus, er unterstützt eher sein selbstquälerisches Gefühl zutiefster Verletztheit.

Schritt für Schritt schleicht sich Dirk an das Hauptgebäude heran. Die Terrassen des Prunkbaus sind leer, die Fenster hell erleuchtet, die Menschen von außen leicht zu sehen, und durch die geöffnete Terrassentür stinkt es nach Geld und Gier, Eitelkeit und Machtstreben. Dirk steht regungslos. Es schüttelt ihn: Keine zwanzig Meter von ihm entfernt sitzen Günther Schmidt und Linda an einem Tisch, lachen, reden, prosten sich zu.

Es ist also wahr.

Dirk läßt sich ins Gras sinken, während hinter der Glasscheibe eben der Hauptgang aufgetragen wird.

Der Kellner serviert Günther und Linda Ente mit Ingwer, und dazu hat sich Günther einen passenden Rotwein empfehlen lassen. Nun genießen sie und ergehen sich in Nichtigkeiten, um nicht über Ernsthaftes wie Marion und Dirk oder die Jobs sprechen zu müssen. Günther hängt an ihren Lippen, egal, was Linda erzählt, er fragt nach, gibt sich verständnisvoll und versucht ganz nebenbei immer wieder die Stimmung zu testen. Ist es soweit? Wird sie mit ihm nach oben gehen? Dann darf das Dessert nicht mehr allzulange auf sich warten lassen, denn sonst wird es zu spät. Marion könnte sonst auf die Idee kommen, seinen Kegelverein suchen zu gehen.

»Wie fühlst du dich?« fragt er Linda, nachdem sie das Besteck weggelegt hat, und greift über den Tisch nach ihrer Hand.

»Wie im Märchen«, antwortet sie spontan, und es ist ehrlich gemeint. Das Essen ist phantastisch, war in Kreation und Qualität bis heute außerhalb ihrer Vorstellungskraft, der Wein bringt sie in eine gelöste, zufriedene Stimmung, das Ambiente mit der Pracht der alten Möbel, den üppigen Blumenarrangements und den silbernen Kerzenleuchtern begeistert sie. Es ist tatsächlich alles etwas unwirklich, wie das Märchen vom Aschenputtel, das sich für eine Nacht goldene Schuhe übergestreift hat und weiß, daß es am nächsten Morgen wieder Böden fegen muß.

»Gäbe es denn noch eine Steigerung, was meinst du?« Günther drückt ihre Hand. Überrascht schaut Linda auf: »Paris könnte ich mir auch toll vorstellen!«

»Ja, sicherlich, Paris werden wir zusammen erleben, ganz sicher – aber ich meine *jetzt*. Heute. Hier!« Er schaut sie flehend an. Linda wendet den Blick ab und schaut hinaus. Was liegt denn dort im Gras? Schlecht zu erkennen, das Fensterglas spiegelt so, sie sieht sich selbst, Günthers Doppelkinn und den gesamten Raum, der sich langsam leert. Trotzdem, vorhin war der dunkle Fleck noch nicht dort. Ein großer Hund?

»Linda!« setzt Günther nochmals nach. »Du bist so wunderschön, es ist kaum auszuhalten für mich!«

Für mich schon, denkt Linda und wird allmählich wieder nüchtern. Jetzt will der Herr also seinen Obolus.

Sie drückt seine Hand, die noch immer auf ihrer liegt, und entzieht sie ihm gleich darauf. Günther ist ratlos. Hat sie damit ihr Einverständnis erklärt? So kommt er nicht weiter.

»Hast du nicht auch Lust?« startet er den Frontalangriff.

Linda schaut sich im Raum um, diesem Raum mit dem königlichen Mobiliar, und unterdrückt einen Seufzer. Sie verliert den goldenen Schuh schneller als gedacht. »Weißt du«, beginnt sie ihre besänftigende Abwehrrede, »du bist ein wahnsinnig interessanter Mann und für dein Alter noch unglaublich gut drauf«, Günther fühlt den Einbruch in der Hose, »aber mir geht das alles viel zu schnell!«

Jetzt bloß nicht aufgeben, denkt Günther, das Ziel ist einfach zu nah.

»Nur ein bißchen kuscheln, den schönen Abend schön beschließen, ein klein wenig Zärtlichkeit, nichts Großes, nur einfach Gernhaben, in den Armen liegen …«, erwartungsvoll schaut er sie an.

»Vielleicht hast du recht«, Linda lächelt ihm zu. »Nach dem Dessert das Dessert, ich verstehe schon. Wir werden sehen. Aber jetzt muß ich mal kurz«, sie läßt den Satz unbeendet und steht auf. Während Günther ihr nachschaut, wie sie auf ihren High heels durch den Raum geht, sich das rückenfreie schwarze Kleid an ihre Figur schmiegt und der Po bei jedem Schritt aufreizend schwingt, greift er in seine Brusttasche und nimmt sich eine blaue Pille heraus. In einer Stunde wird sie wirken, mit etwas Glück hat er genau das richtige Timing. Linda wird einen Tiger, einen reißenden Wolf im Bett erleben. Spätestens dann kann sie ihrem traurigen Helden, diesem Don Quichotte der Rechtsverdreherei, den Todesstoß geben.

Dirk wartet ab, bis Linda wieder zurückkommt. Als sie sich gerade hinsetzen will, springt er auf und wirft mit voller Kraft. Der Stein knallt gegen das Fenster, das Glas zerspringt in tausend Splitter, platzt aber nicht. Entsetzt ist Linda weggesprungen, und auch Günther hat sich in Sicherheit gebracht. Völlig ratlos schauen sie auf das Fenster, dessen Splitter ihnen in die Haut hätten fahren können, wenn es kein Sicherheitsglas gewesen wäre.

Andere Gäste sind aufgestanden, das Personal läuft zusammen. »Das kam von außen!« stellt der Maître de salle aufgeregt fest, »einer muß nachschauen, was das war!«

Aber es traut sich niemand. »Von der Geschäftsleitung ist keiner mehr da«, sagt eine junge Frau im Kostüm. Sie tritt auf Linda und Günther zu, die sich dicht nebeneinandergestellt haben. »Wir müssen uns sehr bei Ihnen entschuldigen, das ist in unserem Haus noch nie vorgekommen. Aber ich werde umgehend unseren Geschäftsführer anrufen, der sofort alles weitere veranlassen wird. Sie bekommen selbstverständlich einen anderen Tisch und sind für heute abend Gäste unseres Hauses!« Sie verabschiedet sich mit einem kleinen Kopfnicken.

Linda zittert am ganzen Körper. Wäre diese riesige Scheibe geborsten, läge sie jetzt mit unzähligen Glassplittern in Gesicht und Dekolleté da. Sie wäre für ihr Leben entstellt. Die Lust auf ein Dessert ist ihr vergangen, sie bestellt einen Schnaps. Günther schließt sich ihr an. Er rätselt, ob dieser Anschlag Zufall oder bewußt gegen ihn, Günther Schmidt, gerichtet war. Wenn es so wäre, würde das bedeuten, daß Marion dahintersteckte.

Unwillkürlich schaut er zum Fenster, aber außer der zerborstenen Scheibe ist nichts zu sehen, kein Gesicht dahinter, das ihm eine Fratze schneidet, und auch kein Gewehrlauf, der auf ihn zielt.

Der Schnaps wird serviert, und Linda und Günther trinken ihn im Stehen.

»Ich weiß nicht«, Linda schaut Günther bedauernd an, »mir ist die Lust irgendwie vergangen! Ich glaube, am liebsten möchte ich nach Hause!«

Günther denkt an *seine* Lust. In einer Stunde geht's los, was heißt hier eine Stunde, in fünfundvierzig Minuten hat er voraussichtlich einen Ständer, und wo soll er dann hin damit?

Dirk befindet sich bereits wieder auf der Heimfahrt. Halb triumphierend, halb deprimiert, denn er ist sich selbst nicht so ganz im klaren darüber, was er eben gemacht hat. Aufgeschreckt hat er sie, gesprungen sind sie wie die Kaninchen, das ist klar. Aber was wäre, wenn sie blutüberströmt auf dem Boden gelegen hätten? Er als eingeschworener Pazifist möchte darüber lieber nicht nachdenken. Ging nicht eine der Fragen, als es darum ging, ob er als Kriegsdienstverweigerer anerkannt werden würde, in diese Richtung? »Was würden Sie tun, wenn Ihre Freundin im Wald überfallen und vor Ihren Augen vergewaltigt werden würde? Zuschauen? Reden? Handeln?«

Es ist schließlich nichts passiert, beruhigt er sich. Aber eigentlich wollte ich ja, daß etwas passiert, denkt er kurz darauf, ich will es mir nur nicht eingestehen. Und dieser Gedanke beunruhigt ihn dann doch.

Günther und Linda sind zwanzig Minuten später ebenfalls auf dem Nachhauseweg. Linda ist schweigsam, der Zwischenfall hat ihr nicht nur die gute Laune verdorben, sondern sie auch ins Grübeln gebracht. Was tut sie hier eigentlich? Ist es das, was sie will? Ein Verhältnis mit einem verheirateten Mann, den sie nicht liebt, der ihr aber Dinge bieten kann, die sie bisher nicht kannte?

Günther sieht seine Felle davonschwimmen. Er versucht alles, um Linda aufzuheitern.

»Das war der Postbote, ich schwör's dir – ich habe heute morgen ein Liebestelegramm an dich aufgegeben, und er hat versucht, es möglichst direkt zuzustellen …«

Er wirft ihr einen Blick zu, aber sie schaut geradeaus, als läge des Rätsels Lösung im Scheinwerferlicht des Wagens vor ihr auf der Landstraße.

»Das war ein Zufall, Linda, was nimmst du daran so schwer? Die Polizei ist verständigt, alles weitere geht uns nichts an!«

»Aber es hätte uns für den Rest unseres Lebens zeichnen können. Es wäre sogar klar gewesen, daß es uns beiden gleichzeitig passiert ist!« Ihr Tonfall ist aggressiv, aggressiver, als von ihr beabsichtigt.

Günther legt eine Hand beschwichtigend auf ihren Oberschenkel. »Ich habe sowieso vor, unser Verhältnis offiziell zu machen!«

»Welches Verhältnis!!??« Es kommt wie aus der Pistole geschossen.

Stimmt, da waren seine Gedanken der Realität einen Schritt voraus gewesen. Das war wohl nicht so glücklich. Er fährt am Ortsschild vorbei auf die Landstraße. »Wenn es zu einem Verhältnis käme«, präzisiert er schließlich, »wäre das für mich ein Grund, mein Leben zu ändern!«

»Das kann viel bedeuten«, antwortet Linda stumpf. Sie starrt vor sich hin, irgendwie fühlt sie sich gelähmt, wie abgeschaltet, völlig energielos.

Da hat sie allerdings recht, denkt Günther und beschleunigt. Die Straße vor ihm ist leer, er schaltet das Fernlicht ein, das weit voraus leuchtet und die Bäume rechts und links der Straße anstrahlt.

»Es soll nur bedeuten, daß ich keine Kompromisse eingehen würde«, sagt er schließlich.

Linda schaut aus ihrem Seitenfenster auf die vorbeisausende dunkle Landschaft.

»Du würdest dich scheiden lassen?« Sie meint es provokativ und sagt es einfach nur, um ihn damit aus seiner Reserve zu locken.

»Wenn du mich liebst, ja!«

Auf diese Antwort war Linda nicht gefaßt. Sie wirft ihm einen erstaunten Blick zu.

Günther lächelt ihr bestätigend zu, so als sei dieser spontane Satz eine Entscheidung, zu der er ab jetzt – ein Mann, ein Wort – stehen würde. Aber er lächelt noch über etwas anderes, denn ihm war die Doppeldeutigkeit dieses Satzes bewußt geworden, und während er noch darüber nachdenkt, fällt ihm seine Potenzpille ein, die eigentlich gleich wirken müßte.

Eine halbe Stunde später steigt Linda mit gemischten Gefühlen vor ihrer Wohnung aus.

»Darf ich noch mit? Nur auf einen Kaffee?« Günther ist um den Wagen herumgegangen und legt beide Hände auf Lindas Schultern.

Linda schaut ihn an. »Ich kapier's nicht! Du würdest dich wirklich scheiden lassen? Warum bloß – doch nicht wirklich wegen mir?!«

»Einen anderen Grund könnte es in meinem Leben nicht geben!« Er schaut ihr direkt in die Augen.

»Sei mir nicht böse, aber es ist mir im Moment alles etwas zuviel!« Linda drückt ihm rechts und links einen Wangenkuß auf. »Vielen Dank für alles, auch für diesen Abend und für das«, sie macht eine vage Handbewegung zu ihrem Kleid hin, »aber ich brauche jetzt einfach etwas Luft!«

»Luft?« Günther schaut sie fragend an.

»Zum Atmen, meine ich. Freiraum. Zeit zum Nachdenken, nenn es, wie du willst!«

»Schade! Ich hätte gern mit dir darüber gesprochen!«

»Ein anderes Mal! Sei nicht böse, im Augenblick passiert mir einfach zuviel!«

Günther faßt sie um die Schulter und begleitet sie bis zu ihrem Hauseingang. »Du kannst es dir ja noch überlegen, wenn du oben bist, meine Mobilnummer hast du ja! Ich komme sofort zurück, das garantiere ich dir!«

Linda ist sich überhaupt nicht sicher, ob sie das garantiert haben will, schließt auf und geht hinein.

Marion hat schon geschlafen, als sie im Unterbewußtsein das Garagentor hört, es zunächst in ihren Traum einbaut, dann aber doch davon wach wird. Sie schaut nach der Uhr. Mitternacht vorbei, aber noch nicht zu spät. Das spricht für ihn und auch dafür, daß er ihr mit dieser Kegelveranstaltung keinen Bären aufgebunden hat. Immerhin schon mal beruhigend. Sie beschließt, sich schlafend zu stellen, um nicht den Anschein zu erwecken, sie warte wie eine eifersüchtige Hyäne auf ihn.

Günther ist froh, als er seinen Wagen endlich in der Garage stehen hat. Seine Wahrnehmung scheint ihm einen Streich zu spielen, alles ist mit einem blauen Schleier überzogen, und sein Herz schlägt wie verrückt. *Mors in coitu*, fällt ihm ein, während er aussteigt. Der Begriff ist ihm, als Nichtlateiner, deswegen hängengeblieben, weil es den plötzlichen Tod beim Beischlaf beschreibt. Etwas, worüber er bisher immer gelacht hat: Wer beim Bumsen stirbt, ist selber schuld. Aber mit dieser blauen Pille im Blut? Möglicherweise stirbt er schon vorher? Gab es durch Viagra nicht schon einige Todesfälle? Wenn er nun der nächste wäre, ohne daß er sein Ziel, Lindas junges Fleisch, überhaupt erreicht ... Günther versucht die Gedanken abzuschütteln, während er durchs Haus nach oben geht.

Und wenn die Pille nun überhaupt nicht wirkt? Bisher spürt er nichts, außer einer getrübten Wahrnehmung. Das wäre bei Linda eine schöne Pleite geworden. Vielleicht hätte sich das bei ihrem Anblick aber auch geändert. Heißt es nicht, daß die

Schwellkörper erst dann reagieren, wenn man erregt ist? Im Bad testet er seine Phantasie, streichelt sich ein bißchen, obwohl ihm das eigentlich peinlich ist, und beobachtet dann voll Stolz, wie sein edelstes Teil sich reckt und dehnt und ungeahnt hart wird. Oh, Linda, denkt er, jetzt hätte ich etwas für dich. Er stellt sich seitlich vor den Spiegel, dreht sich nach links, dann etwas nach rechts, schaut von vorn und bewundert sich ausgiebig. Aber Linda ist nicht da, wie ärgerlich. So ganz ungesehen und ungenutzt möchte er seine Supererektion aber nicht abebben lassen, und fotografisch kann er sie der Nachwelt ja nun auch schlecht hinterlassen. Ob vielleicht Marion?

Linda hat sich, kaum war Günther um die Ecke gebogen, ihren Wagen aus der Tiefgarage geholt und ist in die Innenstadt gefahren. Eine unbestimmte Sehnsucht drängt sie, Dirk nah zu sein, und sei es nur seiner Wohnung. Zunächst sucht sie sein Auto und fährt eine Straße nach der anderen ab, ohne seine zerbeulte Mühle zu finden. Schließlich parkt sie im Halteverbot vor seiner Tür, greift nach seinem Schlüssel, den sie immer noch hat, und schließt die Eingangstür auf. Ihr Herz schlägt gewaltig, während sie Stufe für Stufe höhergeht, ihm ein Stockwerk nach dem anderen näherkommt. Was, wenn er über sie lacht, nichts mehr wissen will, eine andere in seinem Bett liegt? Sie hätte sich vielleicht auch besser umziehen sollen, denn das Kleid wird ihm einen Schock versetzen. Aber während sie noch überlegt, schließt sie bereits seine Tür auf und geht leise hinein. Er wird denken, ich bin ein Einbrecher! »Dirk!« ruft sie leise und tastet nach dem Lichtschalter, »Dirk, nicht erschrecken, ich bin's, Linda. Ich muß mit dir reden!« Linda geht auf Dirks ungemachtes Bett zu und tastet die Decke ab. Liegt er irgendwo darunter? Enttäuscht setzt sie sich schließlich drauf und starrt ins Leere. Wo könnte er um diese Zeit nur sein? Nach einer Weile steht sie auf, geht zum Kühlschrank und schaut hinein. Eine Untertasse mit Aufschnitt, dessen Ränder sich schon nach oben biegen, ein halbes Paket Butter, einige Joghurtbecher, eine Flasche Weißwein und eine Flasche Rotwein. Sie überlegt sich, ob sie sich ein Glas Weißwein einschenken soll, läßt es dann aber und geht statt dessen ins Bad. Dort wird ihr so richtig bewußt, wie wenig sie in ihrem teuren Kleid in diese Umgebung paßt. Dirk würde ihr befremdet gegenüberstehen, und damit wäre jedes Gespräch von vornherein unmöglich. Aber sie kann sich trotzdem nicht darüber klar werden, ob sie nun gehen oder bleiben soll. Schließlich legt sie sich angezogen aufs Bett und denkt nach. Über sich, über das Leben, über Dirk, über die Zukunft und über das, was sie ursprünglich mal wollte. Darüber schläft sie ein.

Marion versteht die Welt nicht mehr. Seit Tagen behandelt Günther sie, als hätte sie Ausschlag oder, schlimmer noch, die Pest, und jetzt das! Soll sie es als Liebesbezeugung nehmen? Als Wiedergutmachung? Als Bitte um Vergebung? Oder will er sich einfach abreagieren? Seitdem er zu ihr ins Bett gekrochen ist, versucht er sie zu überreden. Zuerst hat er ihren Busen einfühlsam gestreichelt, dann glitt seine Hand tiefer und wurde fordernd. Schließlich grunzte er: »Komm doch, Marion, komm doch – du bist doch meine Frau!« Marion weiß nicht, wie sie reagieren soll. Eigentlich hätte sie nicht übel Lust, ihn einfach aus dem Bett zu werfen. Aber was wird dann werden? Der Gedanke an die nächsten Tage hindert sie daran. Während er versucht, sie zu stimulieren, mehr schmerzhaft als angenehm, denkt sie plötzlich, daß ihr Mißtrauen ihm gegenüber möglicherweise doch unbegründet ist und sie ihm mit ihrer Abweisung Unrecht zufügt. Und kurz darauf sagt sie sich, während sie sich zu ihm umdreht, daß sie es lange nicht gehabt und außerdem ein Recht darauf hat.

Dirk war viel zu aufgewühlt, um direkt nach Hause zu fahren. Er fuhr zu seiner Stammkneipe und hatte Glück, denn ein paar späte Gäste machten noch Kasse und hielten den Wirt bei Laune. Er bekam noch ein Pils und noch eins, und beim dritten gelang es ihm langsam, das Vorgefallene zu verdrängen. Erst stand er allein am Tresen, aber nach und nach gesellten sich ein paar Leute zu ihm, die nicht mehr sitzen wollten, und so kam er mit einer Dunkelhaarigen ins Gespräch, die ihn irgendwie an Linda erinnerte, wenn sie auch längst nicht so hübsch war. Sie stellte sich mit Petra vor, und da sie auch studierte, erzählten sie sich bald gegenseitig Geschichten über Kommilitonen, Professoren und überfüllte Hörsäle.

Jetzt, um vier Uhr morgens, wirft der Wirt sie endgültig hinaus. »Ich könnte dir noch einen Kaffee anbieten«, lädt sie Dirk auf der Straße völlig harmlos ein, weil er genau das denkt, was er sagt. »Ich wohne nicht weit von hier!«

Petra dreht sich zu ihren Bekannten um und verabschiedet sich. Die Jungs grinsen, da wird Dirk erst klar, was alle denken. Was soll's, sagt er sich, als toller Hecht dazustehen ist ja auch nicht schlecht.

Als Linda wach wird, hat sie zunächst Schwierigkeiten, sich zurechtzufinden. Bei Dirk? Dann dämmert ihr, daß sie ohne sein Wissen in seine Wohnung eingedrungen ist. Es muß am Alkohol gelegen haben oder an sonst was – mit einem Satz ist sie aus dem Bett, streicht ihr Kleid glatt und sucht ihre Schuhe. Nichts wie weg. Wie konnte sie auf die Idee kommen, damit etwas zu ändern. Oder zu retten. Oder – sie weiß selbst nicht. Hoffte sie auf eine Art Vergebung? Vergebung für was? Neuanfang? Mußte das unbedingt von ihr kommen?

Sie geht zur Tür und will beim Hinausgehen eben den Lichtschalter für den Flur drücken, als das Licht von selbst angeht. Linda zuckt zurück. Dann hört sie Stimmen von unten. Eine tiefe und eine hohe, äußerst angeregt, beide lachend und scherzend. Linda bleibt wie angewurzelt stehen und lauscht. Sie ist sich nicht sicher und versucht, durch das Treppenhaus etwas zu erspähen, aber der Schacht ist zu eng. Verdammt! Sie beugt sich weit über das Geländer vor, aber es nützt nichts. Die Figuren bleiben außerhalb ihrer Sichtweite, nur die Stimmen kommen näher. Aber kurz bevor sie um die letzte Ecke biegen, ist es endgültig klar: Es ist Dirk. Mit einer Frau. Linda holt tief Luft und überlegt. Soll sie ihnen entgegengehen und ihm eine knallen? Soll sie cool zwischen ihnen durchgehen, als sei gar nichts? Solche Szenen liegen ihr nicht, und außerdem will sie wissen, was da läuft. Linda geht leise ein Stockwerk höher. Dort kauert sie sich hin und schaut durch das Geländer nach unten. Und während sie wartet und die Wortfetzen, die zu ihr nach oben dringen, zu entschlüsseln versucht, wird ihr heiß und kalt bei dem Gedanken, sie würde noch friedlich schlummernd in Dirks Bett liegen. Naiv, wie sie war, hatte sie gedacht, mit einem Gespräch alles klären und regeln zu können, aber sie hätte sich nur lächerlich gemacht.

Dirk fühlt sich seit langem wieder einmal so richtig wohl. Er kann aus tiefster Seele lachen, und selbst wenn es dem Alkohol zuzuschreiben ist, so tut es ihm doch gut. Und er hat eine Frau an seiner Seite, die zwar nicht gerade Linda ist, aber doch sehr amüsant und wenig kompliziert zu sein scheint. Während er mit ihr die Stockwerke zu seiner Studentenbude erklimmt und ein Witz den anderen jagt, denkt er darüber nach, was wäre, wenn die Jungs von vorhin recht hätten. Was, wenn Petra scharf auf ihn ist? Hat er überhaupt noch ein paar Präser im Haus? Vor seiner Haustür, als er gerade den Schlüssel aus seiner Jeans fischt, passiert es dann: Er riecht Linda. Irritiert bleibt er kurz stehen, denn er traut seinen Sinnen nicht. Eben hat es intensiv nach Linda gerochen. Er schaut sich um, während Petra ihm den Zeigefinger in die Brust bohrt: »Stimmt was nicht, Robin Hood? Ist ein Sheriff in Sicht?« Sie lacht schallend über ihren Witz, Linda duckt sich noch tiefer, und Dirk schließt die Tür auf. »Nein, alles klar, die Nacht gehört uns«, sagt er, mehr zu sich selbst und im Tonfall einer Verschwörungsformel, um den bösen Zauber zu besiegen.

Linda bleibt noch einige Minuten still auf ihrem Treppenabsatz sitzen, bis das automatische Licht von selbst ausgeht. Sie kann nicht glauben, was sie eben gesehen hat, denn daß Dirk eine andere hat, ist nun endgültig klar, und daß diese andere weit unter ihrer Klasse liegt, ebenfalls. Was kann er an der nur finden, fragt sie sich und beginnt tastend die Treppen hinunterzusteigen. Mit Grausen stellt sie sich vor, was sich nun hinter dieser Tür abspielt, an der sie gerade vorbeigeht. Ob er seine graue Allerweltsunterhose anhat? Oder sich für diesen hocherotischen Anlaß eine neue zugelegt hat? Ob er ihr Rotwein aus dem Kühlschrank anbietet oder sie gleich an sich selbst schlürfen läßt? Mit bösen Gedanken und Verwünschungen geht Linda noch ein Stockwerk tiefer, bevor sie das Flurlicht einschaltet. Dann fährt ihr ein weiterer Adrenalinstoß durch die Adern. Wo hat sie denn ihren Schlüssel gelassen? Und was, wenn sie ihn in Dirks Wohnung vergessen hat und die Eingangstür unten abgeschlossen ist? Dann kommt sie vor morgen früh um sechs Uhr hier nicht mehr raus. Aber er findet sich in ihrer Tasche, und sie hätte sich auch getrost auf Dirks Nachlässigkeit, auf sein Anti-Spießer-Behaviour, kurz ASB, wie er es selbst immer nennt, verlassen können: Die Tür ist offen, ihrer Flucht aus Dirks Leben steht nichts im Wege.

Ein Donnerschlag läßt Marion am Donnerstag morgen hochfahren. Was war das? Einbrecher? Dann hört sie das tiefe Grummeln eines Gewitters und kurz darauf wieder einen ohrenbetäubenden Krach. Das Zentrum muß direkt über Römersfeld sein. Sie steht auf und öffnet den dichten Vorhang einen Spaltbreit. Dunkle, schwere Wolken hängen tief über dem Garten, und jetzt beginnt es zu hageln. Was für ein Ärger, denkt Marion und schaut den prasselnden Eiskörnern zu, das schlägt mir jetzt die ganzen Blumenbeete kaputt. Seufzend läßt sie den Vorhang zufallen und sieht nach der Uhr. In zwanzig Minuten klingelt der Wecker. Vom Nachttisch gleitet ihr Blick zu Günther, doch der Platz an ihrer Seite ist schon leer. Wie ungewöhnlich, er ist vor ihr aufgestanden. Marion greift nach ihrem Morgenmantel und geht ins Bad. Er rasiert sich gerade und wirft ihr durch den Spiegel einen nicht gerade freundlichen Blick zu.

»Guten Morgen.« Marion zwingt sich zu einem heiteren Tonfall und geht zu dem Waschtisch neben ihm.

Seine Antwort ist kaum zu verstehen.

»Du grummelst wie das Gewitter draußen, stimmt etwas nicht?«

Er steht in Unterhose und Unterhemd breitbeinig vor dem Spiegel und verzieht sein Gesicht in jede Richtung. »Du siehst doch, daß ich mich rasiere«, meint er schließlich.

»Ist etwas Besonderes los, daß du so früh aufstehst?« fragt Marion, während sie nach der Zahnbürste greift.

Er klatscht sich Rasierwasser ins Gesicht, Marion nimmt ihm die Flasche aus der Hand. »Aha, *Cool Water*, das Rasierwasser für den Mann mit dem gestählten *body*!« Sie wirft ihm einen spöttischen Blick zu, denn in der Unterwäsche kann er seinen Bauch auch durch Einziehen nicht mehr verstecken. Er wölbt sich merklich über den breiten Bund seines Slips.

»Ich sage dir ja ständig, du sollst nicht so fettes Zeugs kochen. Das hast du jetzt davon!« schnaubt er und greift nach dem Kamm. Er macht ihn naß, um seine wenigen Haare nach hinten zu kämmen.

Marion schaut ihm aufmerksam zu.

»Ist etwas?« herrscht er sie jetzt zunehmend wütend an.

»Ich werde mir doch meinen Mann mal anschauen dürfen, ich habe ihn ja schließlich geheiratet«, sagt Marion und staunt im selben Moment über ihre lockere Zunge. Günther fällt nichts darauf ein, er geht an ihr vorbei ins Schlafzimmer, um sich anzuziehen. Marion folgt ihm. »In fünf Tagen habe ich Geburtstag, Günther, was wollen wir unternehmen? Ein verlängertes Wochenende für zwei? Gäste? Oder einfach abends essen gehen?«

Günther dreht sich nach ihr um. Sie steht mit verschränkten Armen an den Türrahmen gelehnt. Was ist denn mit der los, denkt Günther, und während er noch sprachlos zum Schrank geht und ein weißes Hemd herausnimmt, fällt ihm eine mögliche Erklärung für ihre plötzliche forsche Art ein. *Sie* war das tatsächlich mit dem Stein, ganz so, wie er es gleich vermutet hat. Sie hat ihn mit Linda gesehen und denkt nun, sie wüßte alles und hätte ihn somit in der Hand. Da hat sie sich aber geschnitten.

»Denkst du vielleicht ans *Palace*?« fragt er bittersüß und faltet das Hemd auseinander.

»Gute Idee«, Marion lächelt ihm entspannt zu. »Da waren wir tatsächlich schon lange nicht mehr. Ich werde gleich für nächsten Dienstag reservieren.«

Günther sagt nichts mehr, denn er weiß nicht mehr, was er denken soll. Spielt sie ihm etwas vor? Oder glaubt er nur, daß sie ihm etwas vorspielt?

Um acht steht Manfred bereits vor seiner Bank und ist der erste Kunde, kaum daß die Gitterstäbe nach oben gefahren sind. Um Geld zu betteln, ist ihm zuwider, aber da er sich keine 180 000 Mark aus dem Ärmel schütteln kann, bleibt ihm nichts anderes übrig als der kümmerliche Weg in die Kreditabteilung. Er ist pünktlicher als der zuständige Mann, auf den er trotz Dienstbeginn zehn Minuten warten muß. Herr Biber, im dunkelgrauen Anzug mit gelber Krawatte und einem mit Gel unterstützten Bürstenhaarschnitt, entschuldigt sich für seine Verspätung mit einer unvorhergesehenen kurzen Besprechung, was Manfred so interpretiert, daß er mit *Auto-Motor-Sport* auf der Toilette war. Dann wird es ernst, Herr Biber vertieft sich in den

Computer, holt alles, was das System über Manfred Büschelmeyer weiß.

»Welche Sicherheiten könnten Sie uns für 180 000 Mark denn bieten?« fragt er schließlich, und an der Art, wie er das sagt, erkennt Manfred genau, was kommen wird.

»Nichts, was 180 000 Mark wert wäre«, sagt er deshalb langsam, »sonst bräuchte ich Sie ja nicht. Ich benötige das Geld aber nur für einen kurzen Zeitraum, höchstens acht Wochen. Ich investiere damit in ein absolut sicheres Geschäft!«

Der Blick, der ihn trifft, sagt alles. »Nehmen Sie es nicht persönlich, Herr Büschelmeyer, aber absolut sichere Geschäfte sind heutzutage, nun, sagen wir einmal, selten bis nicht existent.«

Für einen Moment herrscht Stille, Manfred rutscht auf seinem kleinen Sessel nach vorn und mustert den Kalender hinter Bibers Rücken.

»Aber ich könnte Ihnen aufgrund Ihres Einkommens einen Vorschlag machen!«

»Wie sieht so etwas aus?« fragt Manfred skeptisch.

»Sie sagen mir, was Sie verdienen und welche laufenden monatlichen Ausgaben Sie haben, inklusive Auto, Wohnung und Versicherungen, und wir berechnen Ihre Möglichkeiten und bieten Ihnen ein entsprechendes Darlehen an.«

»Das hört sich toll an«, meint Manfred sarkastisch.

»Nun, ja, in Ihrem Fall, ich schätze mal, kämen wir etwa auf, na, sagen wir mal, 25 000 bis 30 000 Mark.«

Manfred steht auf. »Sehr großzügig. Ich werde darüber nachdenken!«

Als Manfred die Bank verläßt, weiß er, daß er alles ganz anders machen wird.

Günther war voller Unruhe zu Hause aufgebrochen. Irgendwie hat er den Eindruck, als hinge er in der Luft, zudem hat er mörderische Kopfschmerzen. Die halbe Nacht hat er nicht geschlafen, dann Marions merkwürdige Andeutungen und jetzt auch noch dieser Schädel, der zu platzen droht. Er wird diesen idiotischen Apotheker verklagen. In Amerika hätte er sicherlich die Chance, Millionen an Schadensersatz dafür zu bekommen, daß er die Pille an der falschen Frau testen mußte.

Er ist früher in seiner Firma als sonst. Es ist noch angenehm ruhig, keine Hektik weit und breit, und er fragt sich, warum er nicht öfter früher kommt. Der Teppichboden auf dem Weg in sein Büro dämpft seine Schritte, die Zwischentür vom Sekretariat zu seinem Zimmer steht offen. Er tritt ein, ein lautes »guten Morgen« auf den Lippen, doch es bleibt ihm im Hals stecken. Auf seinem Schreibtisch, mit dem Rücken zu ihm, sitzt, wenn auch attraktiv anzusehen, so doch völlig unpassend, seine Sekretärin und parliert englisch. Günther bleibt stehen und hört zu. Ganz offensichtlich telefoniert sie über seinen Apparat nach Amerika. Zu blöd, daß er die Sprache nicht beherrscht, denn es hätte ihn schon interessiert, was sie zu erzählen hat. Dem Anschein nach jedoch höchst Vergnügliches, denn sie gestikuliert und lacht und plaudert und lacht und gestikuliert, und nach zwei Minuten legt sie erschrocken auf, denn Günther hat ihr leicht auf die Schulter geklopft.

»Machen Sie das täglich?« fragt er, während sie mit hochrotem Kopf vom Schreibtisch rutscht und sich hastig ihr rotes Kostüm glattstreicht.

»Es«, stottert sie, »war ein Anruf für Sie, und wir sind etwas ins Plaudern gekommen!«

»Ich kann diesen Anruf überprüfen lassen. Wohin, wie lange und wieviel er gekostet hat. Aber wollen wir das so genau wissen?«

Die rote Gesichtsfarbe ist einer blassen gewichen, sie schaut betreten auf den Boden.

»Es ist«, sie hebt den Blick, »es tut mir leid. Ich bezahle Ihnen das.«

»Mit wem haben Sie denn telefoniert?«

»Mein Freund ... er ist bei der Army.«

»Schon lange?«

»Wir haben uns vor drei Jahren in New York kennengelernt.«

Günther schnaubt durch die Nase, während er um den Schreibtisch herumgeht. »Und seit dieser Zeit telefonieren Sie täglich von meinem Apparat aus? Glauben Sie, Ihr Gehalt reicht, um den Schaden wiedergutzumachen?«

Seine Sekretärin fährt sich durch ihr kurzes weißblondes Haar.

Günther läßt sich in seinen Sessel fallen. »Darüber muß ich nachdenken. Bringen Sie mir mal einen Kaffee!«

Auch Marion brüht sich gerade einen Kaffee auf, mit schaumiger Milch, ihren Guten-Morgen-Kaffee, mit dem sie immer ihren Tag beginnt, sobald Günther das Haus verlassen hat. Sie blättert den Lokalteil der Tageszeitung durch: keine weitere Notiz über diese idiotische Blitzanlage. Aber auch die Ehrung eines Kegelbruders war den Redakteuren offensichtlich keine Meldung wert. Marion blättert zum Wirtschaftsteil vor und beschließt, diesen Tag gemütlich anzugehen, zumal es nach dem Gewitter immer noch leicht regnet.

Kurz nach acht fällt ihr der zuständige Herr vom Grundbuchamt ein, der müßte heute ja eigentlich wieder im Dienst sein. Sie greift nach dem Telefon und ruft die Stadtverwaltung an. Tatsächlich, sie hat Glück und wird verbunden.

Kurzatmig erklärt ihr der Herr am anderen Ende, daß für die Auskunft über den Eigentümer eines Grundstücks ein berechtigtes Interesse vorliegen müsse.

»Das Interesse ist sehr berechtigt«, erklärt ihm Marion, »ich möchte das Grundstück kaufen.« Den Einwand, daß man dies normalerweise nicht telefonisch abhandle, überhört sie.

Schließlich erklärt der Beamte, daß er dazu im Grundbuch nachsehen müsse. Marion wertet das als Erfolg. »Ich kann warten«, sagt sie und rührt in ihrer Kaffeetasse.

Nach einer Weile wird der Hörer wieder aufgenommen.
»Frau Schmidt?«

»Ja, ich bin noch dran.«

»Frau Marion Schmidt?«

»Dieselbige.«

»Gut, nach meinen Unterlagen gehört dieses Grundstück Lagebuchnummer 4377/3 Max und Bertha Dreher! Ist allerdings noch nicht der heutige Stand, das möchte ich nur vorsichtshalber hinzufügen. Ich war gestern nicht im Büro.«

Was soll das schon ausmachen, denkt Marion, bedankt sich freudig und legt auf. Max Dreher, murmelt sie und wälzt das Telefonbuch. Aha, der angrenzende Hof. Da hätte sie eigentlich von selbst draufkommen können. Soll sie anrufen? Nein, besser ist es bei solchen Leuten sicherlich, persönlich zu erscheinen. Schnell steht sie auf, um sich für diese Aufgabe zu richten.

So etwas ist Günther noch nie passiert, zumindest nicht so offen. Wer weiß, wer ihn in seiner Firma sonst noch betrügt, wer weiß, welche Gelder wohin fließen, wenn in der Buchhaltung ebenfalls ein Subjekt wie seine Sekretärin sitzt. Er spielt mit dem Gedanken, ihr zu kündigen, aber er weiß nicht, ob das als Grund ausreicht. Außerdem: bis eine Neue angelernt ist, hat er mehr Schweiß, Nerven und Geld verbraucht, als ihre kleinen Telefonate wahrscheinlich wert sind. Trotzdem wurmt es ihn, hintergangen worden zu sein. Einen Günther Schmidt hintergeht man nicht, das müßten in der Zwischenzeit eigentlich alle wissen.

Sein Telefon klingelt. Günther will in seinen Gedanken nicht gestört werden und nimmt unwillig ab.

»Ein Anruf für Sie, darf ich durchstellen?«

»Wer ist es denn?« Jetzt soll sie bloß nicht auch noch sagen, daß sie den Namen nicht richtig verstanden hat. Für heute reicht's an Unzulänglichkeiten.

»Eine Frau ...«, sie zögert, na, na, denkt Günther, »Hagen.«
Es klingt erleichtert.

»Hagen?«

»Ja, mit Frau Hagen hat sie sich gemeldet.«

Günthers Herzschlag gerät aus dem Rhythmus, er greift sich automatisch an den Hemdkragen. »Stellen Sie durch!«

»Tag, Günther!«

»Guten Morgen, Linda. Es freut mich, daß du mich anrufst ...« Günther sitzt angespannt auf seinem weichen Sessel. Kommt jetzt, nach dem Fiasko von gestern abend, die Kündigung?

»Ich wollte nur fragen, wann wir nach Paris fliegen?«

»Nach Paris?«

Sein Rückgrat spannt sich noch mehr.

»Ja, nach Paris ...«

Ihr Tonfall ist anders als sonst, weicher, entspannter. Vielversprechender!!!

»Ja, natürlich, wann du willst!« Er spürt, wie ihm heiß wird. Ist er am Ziel? »Wo bist du?«

»Zu Hause!«

Sein Blick geht zur Uhr.

»Um die Uhrzeit? Wieso denn? Bist du krank?«

»Ich dachte, du magst vielleicht zu einem späten Frühstück kommen ...«

Spätes Frühstück? Günther sitzt noch immer kerzengerade und angespannt auf der Kante seines Ledersessels. Kann es sein? Soll es heißen? Warum so plötzlich?

Er räuspert sich. »Was soll ich mitbringen?«

»Nichts. Es ist alles hier. A-l-l-e-s!«

Das *alles* hat sie so betont, daß Günther aus seiner unbequemen Haltung heraus aufsteht und erst einmal völlig regungslos stehenbleibt. Er räuspert sich, denn darauf war er nicht gefaßt. »Ich bin gleich da!«

Manfred ist in seinem Baumarkt angekommen und verschafft sich eben ein zinsloses Darlehen. Drei der von ihm unterschriebenen Schecks in der Gesamthöhe von 182 350 Mark wird er vorerst zurückhalten und auf seinen Namen umschreiben. Sobald das Geld von der Gemeinde geflossen ist, wird er die Schulden per Bareinzahlung ausgleichen. Das wird nur auffallen, wenn sich einer wirklich tief in die Bücher hängt. Und dafür wird es keinen Anlaß geben. Gutgelaunt ruft er Annemarie Roser an und teilt ihr mit, daß sie ihr Geld heute abend in Empfang nehmen kann und der Handel somit perfekt ist.

»Aber Sie haben den Vertragsentwurf noch nicht gelesen«, wendet sie ein.

»Ich werde ihn heute abend lesen, und das ist Zeit genug!« Manfred knetet vergnügt seine Hände. Endlich ist dieser Baumarkt mal zu etwas nutze. Geschäftsführer im Angestelltenverhältnis – das ist im Kreis von Unternehmern doch stets etwas wie der Hund an der Leine. Gehalten von einem, der schlauer ist. Aber jetzt wird er allen zeigen, daß er nicht der Hund, sondern der Herr ist.

Jetzt muß er nur noch ein Konto bei einer Bank eröffnen, die ihn nicht kennt, die drei Schecks und ein bißchen Eigenkapital einreichen, dann kann er das Geld abheben und ist die Nummer 1 in Römersfeld.

Linda hat beschlossen, alles über Bord zu werfen, was ihr hoch und heilig war.

Als der Wecker klingelte, schlug sie mit der flachen Hand drauf und beschloß, noch eine Stunde zu schlafen. Dann rief sie in ihrer Parfümerie an und erklärte, daß sie krank sei. Ziemlich heftige Bauchschmerzen – Grippe oder so, hoffentlich kein Blinddarm. Da sie sonst eine eher zähe Natur ist, schöpfte keiner Verdacht, sondern ihre Kolleginnen erklärten ihr mitleidsvoll die kuriosesten Heilmethoden.

Danach legte Linda eine Flasche Champagner ins Kühlfach, duschte sich, wusch die Haare und rief Günther an. Daß er sofort kommen würde, war ihr klar. Und was er sich erhoffen konnte, auch. Sie ist in der Laune, ihn zum Herzinfarkt zu treiben, ihm zu geben, was Dirk nun nie mehr bekommen würde, und nicht nur das, sondern darüber hinaus alles, was Dirk nie bekommen hat. Sie wird ihn richtig fertigmachen, bis er auf den Knien vor ihr winselt und Geldscheine kotzt, denn alle Männer sind Schweine.

Die Nacht mit Petra war Dirk gerade recht gekommen. Sie nahm sich den Kaffee und dann ihn, und es wirkte wie Balsam auf Dirks Seele. Endlich mal wieder jemand, dem er augenscheinlich genügte. Aber dann, bei Licht besehen, war Petra eben doch nicht Linda, und der Schmerz kam wieder, als Petra zur Uni fuhr. Dirk setzte sich an den Schreibtisch, um zu arbeiten, aber seine Gedanken schweiften immer wieder ab, und schließlich ertappte er sich dabei, wie er Notizen machte. »Racheplan« hatte er breit über das Blatt geschrieben, und darunter listete er auf, womit er Günther empfindlich würde treffen können. Mit »Marion informieren« fing es an, und mit »abknallen« hörte es auf.

Jetzt aber fällt Dirk auf, daß er sich im Kreis dreht, und er denkt an seine gestrige Aktion und daran, was alles hätte passieren können, und beschließt, das Thema ein für allemal abzuhaken. Er zerknüllt das Papier und wirft es mit voller Wucht in Richtung Papierkorb. Es hat wirklich keinen Sinn, sich von Günther das Leben schwermachen zu lassen! Er greift nach seinem Hausschlüssel und steht auf. Einige Schritte werden ihm guttun, er braucht frische Luft. Und außerdem muß er sich überlegen, was er sagen soll, wenn Petra wieder anruft. Tut mir leid, es war schön, aber das war's? Oder soll er sie für den Fall hinhalten, daß ihm nochmals danach zumute ist? Er öffnet die Tür und tritt hinaus auf den Hausflur. Das wäre unfair, denkt er, und das ist nicht meine Art. Oder doch? Die Tür knallt hinter ihm zu, und er läuft schnell die Treppen hinunter.

Marion sitzt in ihrem Wagen und brütet vor sich hin. Bertha Dreher hat sie in verdreckten Gummistiefeln, speckigem Rock, fleckigem Pullover und strähnig zum Knoten aufgesteckten Haaren auf dem Hof ihres Hauses gleich unwillig abgewehrt. Das Gelände sei verkauft, und mit Dieben aus der Stadt wolle man nichts zu tun haben. Zu weiteren Sätzen war sie nicht zu bewegen, Marion war sich nicht sicher, ob die Bäuerin um diese frühe Stunde nicht vielleicht bereits alkoholisiert war. Sie blieb noch eine Weile mit ihrem Wagen stehen, denn sie hoffte auf jemanden, der ihr hätte Auskunft geben können, aber Max Dreher ließ sich nicht sehen, und Bertha warf ihr einen bösen Blick zu, bevor sie im Stall verschwand. So war sie allein, und stand, zwischen den baufälligen Scheunen, den Ställen und dem verwitterten Haupthaus mit ihrem schicken BMW-Cabrio und ihrem roséfarbenen Kleid mit den Goldknöpfen so deplaziert da, als sei sie eben von einem weit entfernten Stern auf den mit Rissen und Löchern übersäten betonierten Vorplatz gefallen.

Nun versucht sie, in ihrem Wagen einen klaren Gedanken zu fassen. Nicht möglich. Hat ihr dieser Tolpatsch vom Amt nicht eben noch erzählt, daß das Grundstück den Alten da gehöre? Ist die Frau zu dämlich und kennt ihr Eigentum nicht, oder war ihr da tatsächlich jemand um ein paar lausige Stunden zuvorgekommen?

Schließlich startet Marion ihr Auto, denn nun will sie es genau wissen. Sie wird direkt zu diesem uninformierten Menschen vom Grundbuchamt fahren und nachfragen, was da eigentlich los ist.

Günther hat einen Blick auf seinen heutigen Terminplan geworfen und geht nun zu seiner Sekretärin, die ihrem Gesichtsausdruck nach mit allem rechnet. »Ich bin die nächsten zwei oder sagen wir einmal drei Stunden nicht zu erreichen«, sagt er kurz, »verschieben Sie meine Termine!« Damit geht er zur Tür, dreht sich noch mal um und fügt generös hinzu, »naja, die Sache mit Ihrem Freund vergessen wir mal«, öffnet die Tür, geht hinaus, kehrt aber noch mal zurück: »Dafür habe ich was bei Ihnen gut! In welcher Form auch immer!« An ihrem Gesichtsausdruck sieht er, was sie denkt, aber es ist ihm egal. Von sexueller Nötigung war nicht die Rede, nur von Wiedergutmachung.

Günther rast sofort zum nächsten Blumengeschäft und kauft eine ganze Blumenvase voller Blumen, »nicht lange binden, einfach so einpacken, wie sie da steht«, und fährt gleich darauf, den Wagen mühsam bei sechzig Stundenkilometern haltend, voll brennender Ungeduld weiter in Lindas »Getto«.

Klaus kann es nicht glauben. Da regelt er gestern *die* Transaktion seines Lebens, und Günther läßt einfach den Termin absagen. Er versucht es über die Handynummer, aber da reagiert nur die Mailbox. Er sagt nur, »ruf mich dringend mal zurück«, denn er vertraut dem deutschen Telefonnetz generell keine geheimen Nachrichten an.

»Was ist? Du schaust so unwirsch?«

Regine ist hinter ihn getreten, nimmt ihm den Telefonhörer ab und massiert seinen Nacken. »War wohl ziemlich hart gestern, deine Tour?«

»Hart, aber erfolgreich!« Klaus nimmt ihre Hand und küßt sie.

Sie sind noch beim Frühstück im Wintergarten, später als sonst, deshalb hat Regine auch aufwendiger als sonst gedeckt: buntes Blümchengeschirr mit der passenden Tischdecke, einen Brotkorb voller frischer Hörnchen und verschiedenen Brötchen, selbstgemachte Marmelade, eine Käse-Wurst-Platte, frisch gepreßten Karottensaft und zur Feier des gemeinsamen geruhsamen Frühstücks zwei Omelettes mit Schinken und Pilzen. Und jetzt fallen auch die ersten Sonnenstrahlen durch das Glasdach und tauchen alles in ein warmes, fröhliches Licht. Das Gewitter hat sich endgültig verzogen, der beängstigende Hagel hat aufgehört, und auch der Regen ist vorbei. Klaus zieht Regine zu sich auf den Schoß. »Ich mache dir einen Vorschlag: Ich hole uns eine Flasche Champagner aus dem Kühlschrank, und du überlegst in der Zwischenzeit, wohin du mit mir fliegen möchtest. Ich denke an so eine hübsche kleine Städtereise, nach Mailand, Paris, Rom, Venedig oder Amsterdam, such dir was aus!«

»Ist das dein Ernst?« Sie fällt ihm um den Hals, Bobby beäugt sie, lang hingestreckt auf dem Boden, aufmerksam und stößt ein kurzes, heiseres Bellen aus.

»Ja, du, du eifersüchtiger Kerl! Schau nur her!« Klaus drückt Regine einen herzhaften Kuß auf den Mund, was Bobby mit weiterem Bellen quittiert. »Ich muß aufpassen, daß er nicht eines Tages den Ehering klaut«, lacht Klaus, befreit sich von Regine, tätschelt Bobby kurz den Kopf und geht in die Küche.

»Wow, Bobby, hast du das gehört? Eine Städtereise. Da legt er ja richtig los!«

Sie schwärmt ihrem Hund, der ihr aufmerksam lauscht, von Italien vor, den Kanälen in Venedig, der Mode in Mailand und der Kultur in Rom, bis ihr einfällt, daß Bobby nicht mitfliegen kann. »Wir könnten nach Paris«, tröstet sie ihn, »da können wir mit dem Wagen hin. Platz genug für alle!«

»Ich denke, du vertraust diesen Staubwedel hier deiner Bekannten Annemarie Roser an, das dürfte ja kein Problem sein.« Klaus ist hinter ihr hereingekommen, stellt die Flasche und zwei Gläser auf den Tisch.

»Ins Tierheim?« fragt Regine bestürzt.

»Back to the roots«, flachst Klaus, sieht aber an Regines Miene, daß das nicht gut ankommt. »Wir werden ihm ein Au-pair-Mädchen beschaffen«, sagt er beschwichtigend und zu Bobby, der den Kopf gehoben hat, »ein hübsches ...«

Manfred hat sich die drei Schecks und außerdem einige Blankoschecks in seine Aktentasche gesteckt und die Unterschriftenmappe mit den übrigen Schecks mit dem Hinweis ins Sekretariat gegeben, dies müsse heute noch zur Bank. Und im übrigen sei er erst heute nachmittag wieder zu sprechen. Er müsse sich unbedingt einen Konkurrenzbetrieb in Stuttgart ansehen, von dem so viel erzählt würde. Zuviel für seinen Geschmack, meint er leutselig, da müsse er jetzt einfach mal schauen, was dahinterstecke. Alle zeigen Verständnis für seine wichtige Dienstreise oder tun zumindest so, und Manfred fährt gutgelaunt los. Auf dem Weg nach Stuttgart geht er seinen Plan noch mal Schritt für Schritt durch. Eine Barentnahme ist für ihn ungefährlicher, denn sich eine Überweisung auf den eigenen Namen auszustellen wäre zu riskant. So bleibt nur zu hoffen, daß die Buchhaltung ausschließlich auf die Summen achtet und vergleicht, wieviel abgebucht wurde. Das würde bedeuten, daß er sinnvollerweise die drei Schecks auch als drei Schecks laufen läßt und nicht als Gesamtsumme abbuchen läßt. Manfred nestelt sich einen Kaugummi aus dem Papier. Anders wäre es sowieso nicht möglich, sagt er sich dabei, denn die Alte will ihre Kohle ja schon heute sehen, und eine Überweisung würde viel zu lange dauern.

Günthers weißes Hemd klebt am Rücken, obwohl er die Klimaanlage in seiner Limousine bis zum Gefrierpunkt heruntergefahren hat. Ihm spuken tausend Gedanken durch den Kopf, während er den Wagen vorsorglich in die Tiefgarage fährt. Was, wenn er Linda völlig mißverstanden hat? Bisher schien sie ja nun nicht direkt auf der Lauer gelegen zu haben, um mit ihm ins Bett zu springen. Oder liegt es am morgendlichen Gewitter, hat der Blitz bei ihr eingeschlagen, reagiert sie auf elektrische

Spannung, auf Magnetfelder, ist sie wetterfühlig, wetterwendisch, unberechenbar?

Du wirst kindisch, mein Guter, sagt sich Günther, während er mit dem riesigen Blumenstrauß zum Lift geht. Im Grunde genommen kann sie sein, was sie will, du willst sie bumsen, und du willst sie vorzeigen. Noch Hengst genug für junges Blut! Soll und kann jeder sehen. Auch wenn das im Zeitalter von Viagra kein Kriterium mehr ist. Verdammt, die hat er jetzt vergessen. Wo hat er die Packung bloß hingelegt? Aber will er sich das noch mal antun? Und was, wenn er sich jetzt wieder eine Pille einwirft und sie ganz andere Absichten hat? Soll er etwa mit einem Ständer ins Büro fahren und seinen Bonus einfordern?

Er grinst, denn die Idee des allmächtigen Chefs gefällt ihm, und eigentlich findet er es schade, daß Frauen einen eigenen Willen haben. Die Welt ist aus den Fugen geraten, seitdem es keine richtigen Führer mehr gibt. Eigentlich wäre genau er der Typ, den die Deutschen brauchen: autoritär, mit festem Willen, unbeugsam, sauber.

Aber da hält der Lift, und Günther steigt ein. Gleich ist es soweit, tätschelt er mit seiner freien linken Hand leicht seinen Hosenladen. Mein lieber Freund, meine Spürnase sagt mir, daß wir endlich am Ziel sind.

Marion ärgert sich zu Tode. Nun ist dieser Kerl, dieser freudlose Beamte, schon wieder weg. Eine Kollegin, mit der er das Zimmer teilt, zeigt auf seinen übervollen Schreibtisch und meint bedauernd, daß unter den neuen Schriftstücken schon noch etwas liegen könnte, was in Marions Fall von Bedeutung sei, aber das sei nun mal eben leider nicht ihr Ressort. Der Kollege befinde sich in einer wichtigen Besprechung und sei erst am Nachmittag wieder zu sprechen. Und mit einem kleinen Seitenhieb fügt sie noch hinzu, daß Besucher sich normalerweise telefonisch anzumelden hätten.

»Bei einem, der nicht da ist, kann ich mich auch nicht anmelden«, schnaubt Marion, bevor sie die Tür hinter sich zuzieht. Am liebsten würde sie die Post dieses Langschläfers selbst durchsehen, sie ist sich sicher, daß sie innerhalb von fünf Minuten auf dem neuesten Stand wäre. Zögernd bleibt sie mitten auf dem langen Gang der Stadtverwaltung stehen. Und wenn sie abwartet, bis dieses Weib mal raus muß? Zur Toilette oder so? Und dann schnell hineinhuscht? Wenn sie jetzt ein Handy dabei hätte, könnte sie sie anrufen und zum Eingang bestellen. Die Zeit müßte ausreichen. Aber was würde passieren, wenn sie beim Stöbern erwischt werden würde? Worunter würde das fallen? Unbefugtes Sortieren von Amtsbriefen? Oder verbotenes Sichten geheimer Unterlagen? Hausfriedensbruch? Einbruch? Spionage? Sie verwirft diese Gedanken und geht langsam auf die breite Steintreppe und den Ausgang zu. Sie weiß zwar nicht, wer das Grundstück für wieviel Geld gekauft hat, aber wenn es Günther gewesen wäre, dann hätte er spätestens heute morgen einen Siegesschrei losgelassen. Vielleicht kann sie ja noch mitpokern, möglicherweise hält jemand ein As in den Händen, ohne es zu erkennen. Allerdings sollte sie sich für diesen Fall rüsten, denn bevor sie mitspielt, sollte sie zumindest genau wissen, wie hoch sie gehen kann. Sie sieht auf ihre Armbanduhr, noch Zeit genug, um in Ruhe bei ihrer Bank vorbeizuschauen.

Durch den Spion sieht Linda Günther kommen. Noch kannst du es dir ja überlegen, sagt sie sich. Du brauchst nicht aufzumachen, wenn du keine Lust dazu hast! Aber eigentlich hat sie schon Lust auf einen Mann, der so hartnäckig wirbt wie Günther und nicht müde wird, ihr die Welt zu Füßen zu legen. Es ist ihr Spiel, und sie hat den ersten Zug. Entschlossen öffnet sie die Tür, noch bevor er geklingelt hat. »Willkommen, Günther, schön, daß du so schnell kommen konntest«, sagt sie und tritt hinaus auf den Flur.

»Heiliges Kanonenrohr!« Günther klappt der Unterkiefer herunter, und er sieht so überrascht aus, daß Linda fast lachen muß. Aber dann legt sich der Ausdruck reiner Bewunderung auf seine Züge, und er schnalzt mit der Zunge. »Du siehst aus wie die Göttin Aphrodite, exquisit gemischt mit der Göttin Diana!« Er legt ihr seinen gewaltigen Blumenstrauß in die Arme. »Eine kleine Aufmerksamkeit aus dem Hause Schmidt!«

»Doch nicht etwa aus der Blumenvase deiner Frau?« kann sie sich nicht verkneifen zu sagen.

Aber er lacht nur und küßt sie rechts und links auf die Wange. »Meine Frau wirst bald du sein«, flüstert er dabei, aber so leise, daß sie sich nicht sicher ist, richtig gehört zu haben. Linda dreht sich um und geht ihm voraus in ihre Wohnung. Ihr kurzer schwarzer Rock wippt um ihre langen Beine, darüber trägt sie lose ein engmaschiges schwarzes Netzhemd, das nur bis zum Bauchnabel reicht. Es ist ihr klar, daß sie die Herausforderung pur ist, aber sie will es auch sein. Heute nacht hat sie sich dafür entschieden, und jetzt will sie es wissen.

Günther grinst zufrieden, während er ihr nachgeht. Das läßt sich ja geradezu überirdisch gut an, denkt er und starrt auf ihren Rock, der beim Gehen fast bis zum Slip schwingt. Ob sie überhaupt einen anhat?

Linda geht in die Küche, nimmt einen Putzeimer, schwenkt ihn mit Wasser aus und stellt die Blumen hinein. Günther nimmt ihr das Arrangement ab und zieht die Stirn kraus. »Das habe ich vergessen, siehst du, einen Sektkühler wollte ich bringen, das heißt eigentlich zwei, denn für den Champagner brauchen wir ja auch noch einen.«

»Wie wär's mit einem Champagnerkübel und einer Blumenvase?« fragt Linda, die bereits vor dem Kühlschrank kniet und nach der Flasche angelt.

Aha, denkt Günther, das ist die erste Forderung, die sie stellt, seitdem wir uns kennen. Bisher nahm sie nur dankend an – und dies stets mit offen zur Schau getragenen Vorbehalten.

Jetzt wird der erste Wunsch laut, das heißt, das Spiel ist eröffnet.

»Kristall? Murano? Blaues Rauchglas? Oder orange? Wie hätte es die Dame gern?«

»Möglichst groß!«

Günther spürt, wie sich in seiner Hose etwas regt. Möglichst groß? Das kann sie haben!

»Ich habe da schon meine Ansprüche«, setzt sie hinzu und reicht ihm die Flasche. Leise Zweifel schleichen sich bei Günther ein. Was, wenn dieser Dirk, dieser Studentenschlaffi, stärker gebaut ist als er? Größer, dicker, härter? Er hätte diese Pille doch nehmen sollen, verdammter Idiot, der er ist. Gestern hatte er doch Atomausmaße. Aber was nützt gestern. Marion hat's wahrscheinlich nicht einmal gemerkt!

»Komm«, sagt Linda und greift nach den Gläsern, »laß uns ins Wohnzimmer gehen. Die Couch ist zwar auch nicht mehr die neueste, aber ziemlich bequem!«

Aha, die Couch, denkt Günther und geht ihr hinterher. Als nächstes wird das Auto angesprochen werden, der Handel wird klar.

Linda setzt sich hin und schaut ihn von unten herauf an. Nicht zu fassen, wie deutlich ihm seine Gedanken ins Gesicht geschrieben sind, denkt sie dabei und lächelt ihm zu. »Komm, setz dich«, sagt sie und tätschelt leicht den Sofastoff neben sich. »Machst du die Flasche auf? Wir wollen auf unseren Kurztrip nach Paris trinken. Ich freue mich jetzt schon riesig!«

Vielleicht will sie ja gar keine neue Couch, sondern steht tatsächlich auf mich, denkt Günther und setzt sich dicht neben sie. Verstehen könnte er es ja.

Marion ist sprachlos stehengeblieben. Sie glaubt, ihr Herzschlag muß aussetzen, das Blut schießt ihr bis in die Haarwurzeln, und schließlich beginnt sie zu frieren. Mit ihren neuesten Kontoauszügen in der Hand steht sie vor dem Schalter und stützt sich am Tresen ab. Nimm dich zusammen, sagt sie sich jetzt, das kann nur ein Fehler sein. Der Computer spinnt, notfalls sogar die ganze Bank. Aber eine Million verschwindet nicht so einfach. Eine Million, die sich so einfach auflöst, das gibt es ja überhaupt nicht. Sie dreht sich um, um sofort den Sachbearbeiter zu fragen oder, besser noch, direkt zum Direktor zu gehen.

Hinter ihr steht ein alter Mann, der sie offensichtlich genau beobachtet hat. »Brauchen Sie Hilfe?« fragt er. »Wissen Sie, mir geht es hier auch immer so. Die Rente ist einfach zu …«

»Kümmern Sie sich um Ihre eigenen Angelegenheiten«, herrscht Marion ihn an und steuert mit raschen Schritten auf die große gläserne Bürotür des Direktors zu. Eine Million weg! Für diesen Fehler kann sie die Bank verklagen. Was das allein an Zinsen kostet! Wenn sie das Günther erzählt, der wird wie eine Rakete losgehen!

Günther hat sich bereits nachgeschenkt und trinkt sein zweites Glas, während Linda noch an ihrem ersten nippt. Er erzählt ihr von heute morgen, aber Linda kann nichts dabei finden. »Andere Firmen müssen ihren Sekretärinnen teure Englischaufbaukurse bezahlen – siehst du, deine bildet sich von allein weiter. Sie wird für ihre guten Sprachkenntnisse eine Gehaltserhöhung verlangen!« Sie schaut ihn an und lacht dann schallend los. »Du solltest deinen Gesichtsausdruck sehen«, sagt sie schließlich.

»Na, du bist gut!« Er schüttelt den Kopf. »Das sind ja revolutionäre Ansätze! Das kann ich in meinem Büro gerade noch gebrauchen!« Linda lacht wieder, und Günther legt ihr, wie zufällig, seine Hand auf den linken Oberschenkel.

»Ich könnte eine Schulung bei dir abhalten«, Lindas Ton hat sich verändert, Günther horcht auf.

»Worin denn?« fragt er, und der Druck seiner Hand wird stärker.

»Darin!« Linda legt ihre Hand auf seine und schiebt sie ein kleines Stück höher.

Günthers Herzschlag verdoppelt sich sofort. Er hat das Zucken in ihrem Bein gespürt, für ihn ist die Aufforderung deutlich genug. Langsam tastet er sich vor. Er spürt, wie ihm heiß wird. Hoffentlich bricht ihm der Schweiß nicht aus, Schweißperlen auf der Stirn wirken wenig anregend. Lindas Hand spürt er noch immer fest auf seiner, jetzt nimmt sie sie weg und legt ihm ihr nacktes Bein quer über den Schoß. Günther schluckt trocken, er hört sein Blut rauschen. Sie trägt ein Nichts von einem Slip, das erregt ihn noch mehr, als würde sie keinen tragen. Mit fiebrigen Fingern erkundet er einen String, dahinter liegt sein Ziel, endlich ist er da, wo er von Anfang an hin wollte, er schiebt den Stoff zur Seite und tastet sich mit den Fingerspitzen durch die weiche, warme Haut hindurch. Ein leiser Seufzer zeigt ihm, daß er an der richtigen Stelle ist, er rutscht vom Sofa herunter und stimuliert Linda mit der Zunge. Er spürt ihre langen Fingernägel an seinem Kopf, hinter seinen Ohren, in seinem Nacken, ihr Becken bewegt sich immer schneller, er muß aufspringen, bevor der Zug ohne ihn abgefahren ist. Heiser sagt er: »Zieh den Slip aus«, während er an seiner Hose nestelt, die Schuhe abstreift, die Hose mitsamt seiner Unterhose ganz gegen seine Gewohnheit auf den Boden wirft, sich auf sie legt und mit seinem edelsten Teil, Gott sei Dank hart genug, ins Glück eintaucht, während sein Mund den ihren sucht. Sein Verstand ist neben ihn getreten, er fühlt nur noch, wie alles in ihm pulsiert, wie sich alles spannt, er hört das Krachen des Glases, das er im Affekt vom Tisch gerudert haben muß, dann explodiert er – und eine Sekunde später denkt er: scheiße, zu früh!

Er fühlt sich erschlafft und schwer auf Linda liegend, rappelt sich entschuldigend auf. »War's gut für dich?« stellt er mit einem leichten Lächeln auf den Lippen die Frage, die Männer seit 1968 stellen müssen.

»Ja, es war wunderbar«, lügt Linda, wie Generationen von Frauen vor ihr schon gelogen haben.

Günther steht auf, geht in die Küche und kommt mit einer Küchenrolle zurück. »Du bist eine sagenhafte Frau«, sagt er, während er ihr das Papier hinhält. »Aber das nächste Mal machen wir das anders – ich möchte dich dabei nackt sehen und mehr Zeit haben.« Er zieht leicht an ihrem Netzhemd. »Willst du zuerst ins Bad?« Linda nickt und steht auf. Er schaut ihr nach, wie sie, bis auf ihr Hemd nackt, zur Badezimmertür geht. Sie hat genau die richtigen Wölbungen an der Hinterfront, nicht zu knabenhaft, aber auch nicht zu ausladend, fest und jung wie ein trainiertes Rennpferd. Günther gestattet sich ein stolzes Grinsen, während er sich nach den Scherben des Glases bückt. Vorsichtig sammelt er sie auf. Sinnbildlich für die zerschlagene Jungfräulichkeit, denkt er vergnügt, und streichelt kurz über seinen welk gewordenen Penis. »Gut gemacht«, lobt er ihn und fühlt sich dabei um mindestens zwanzig Jahre jünger. Ab heute beginnt sein zweites Leben. Soll sich ihm bloß keiner in den Weg stellen!

Der Direktor bestätigt Marion, was sie einfach nicht glauben will. Günther höchstpersönlich hat das Geld abgehoben. Sie sieht Datum und Unterschrift, und es besteht kein Zweifel: Er hat das Konto abgeräumt! Inklusive ihres Geldes. »Was ist mit meinen Aktien«, will sie zitternd wissen. Die Aktien wurden verkauft, das Festgeld abgehoben, mehr kann auch der Fachberater, der eilends herbeigeholt wurde, dazu nicht sagen.

Der Direktor scheint selbst überrascht. »Kann es sein, daß Ihr Mann die Bank gewechselt hat? Gab es Anlaß zu Unzufriedenheit?« Es klingt eher wie eine Drohung seinem Angestellten gegenüber und nicht wie eine Frage.

»Ich weiß es nicht«, antwortet Marion, einem Herzinfarkt nahe. Ihr schwirrt der Kopf, das holzgetäfelte Besprechungszimmer tanzt um den runden Tisch herum. Sie ringt um ihre Fassung und sagt schließlich mit einer Selbstbeherrschung, die sie sich selbst nicht zugetraut hätte: »Ich muß dazu meinen

Mann befragen.« Ihre Stimme klingt eisig, und die beiden Männer stehen gleichzeitig auf, um sie zu verabschieden. Wie auf Schienen verläßt Marion das Zimmer, geht durch die Schalterhalle zum Ausgang. Sie hatte also recht. Günther setzt wegen irgendeines Geschäfts alles aufs Spiel. Ohne sie zu fragen, räumt er alles ab. Das geht zu weit; selbst wenn der Gewinn alles rechtfertigen könnte, kann er so nicht mit ihr umgehen. Nicht mit ihrem Geld! Es ist so ungeheuerlich, daß sie auch im Wagen noch immer keinen klaren Gedanken fassen kann. Ihr Puls rast, aber sonst ist sie zu keinen Emotionen fähig. Sie fühlt weder Trauer noch Wut. Was, wenn Günther aufs falsche Pferd setzt und alles verspielt? Kann von jetzt auf nachher eine ganze Welt zusammenbrechen? Sie kann, sagt sie sich und beißt die Zähne zusammen. Wenn das ihr Vater wüßte, er würde sich im Grabe umdrehen!

Linda steht unter der Dusche und überlegt. Willst du dir das wirklich antun, fragt sie sich, während sie sich wäscht. Er ist um so viele Jahre älter als du, er könnte locker dein Vater sein! Bei dem Gedanken schüttelt sie sich. Sie hat vermieden, ihn unter seinem Hemd anzufassen, weil sie weiches Fleisch abtörnend findet. Was soll das Ganze dann überhaupt? Sie ist sich selbst noch nicht auf die Spur gekommen. Warum tut sie das? Rachegedanken gegen Dirk? Die Aussicht auf »easy living«? Sie kann selbst keine Antwort darauf finden, der Weg in ihr Seelenleben scheint völlig blockiert zu sein, und ihr Unterbewußtsein verweigert die Auskunft.

Linda trocknet sich ab und will mit dem Badetuch um die Hüften hinaus. Günther kommt ihr mit einem frisch gefüllten Champagnerglas entgegen.

»Auf eine wunderschöne Zukunft, meine Schöne«, sagt er und reicht ihr das Glas. »Ab morgen wird sich alles ändern!«

Sie bleibt stehen und nimmt einen Schluck.

»Was wird sich ändern?« fragt sie mißtrauisch.

Günther macht eine allumfassende Geste. »Du wirst schon sehen!«

Lindas Augen folgen seiner Handbewegung. Meint er das Wohnzimmer? Will er sie neu einrichten? »Gefällt dir was nicht?« fragt sie, auf der Hut.

»Mir gefällt alles wunderbar, aber es wird noch viel, viel besser!« Er senkt die Stimme. »Und wir werden auch viel, viel besser werden, wenn wir erst einmal eine ganze Nacht für uns haben!«

Was heißt denn da »wir«, denkt Linda, sagt aber nichts.

Marion hat sich so weit gefaßt, daß sie den Wagen starten kann. Sie wird Günther erst gar nicht anrufen, sie wird direkt zu ihm ins Büro fahren. Da kann er ihr gleich Rede und Antwort stehen. Sie ist lange nicht mehr dort gewesen, denn sie hat dort nichts verloren, wie Günther sie gelegentlich erinnert. Jetzt ärgert es sie, daß sie in ihrer Vertrauensseligkeit nicht wenigstens ihre Finanzsituation geklärt hat. Er konnte stets davon ausgehen, daß sie sich an ihrem gemeinsamen Konto nie vergreifen würde. Er aber nahm das offensichtlich nicht so genau. Sobald das Geld wieder da war, würde sie alles ändern!

Sie fährt schneller als sonst durch Römersfeld hindurch. Die abgesägte Radaranlage fällt ihr dabei wieder ein. Seit Günthers Geburtstag ist ihr Leben irgendwie aus dem Gleis geraten. Und dann diese Attacke heute nacht. Ohne Zärtlichkeit, fast lieblos, egoistisch. Nichts ist mehr, wie es früher war. Fast wie die Einzelteile eines Puzzles ohne Vorlage. Sie kann sie hierhin und dahin schieben, und sie ergeben trotzdem kein Bild.

Im Industriegebiet fährt Marion auf den großen Vorhof der Firma ihres Mannes. Das Gebäude ist ohne großen Aufwand gebaut worden, funktionell, ohne schmückende Details. Die Außenwände aus Waschbetonplatten, die vorhanglosen Fensterrahmen aus dunkelbraunem Kunststoff, das Grundstück davor, Parkplatz, Auffahrt und Eingangsbereich, einfach zugeteert. Keine Blumen, kein Baum, keine Wiese, nichts. Marion dämmert, daß dieses Gebäude das Spiegelbild ihres Mannes ist. Seelenlos, schmucklos, ohne Geschmack. Wenn Günther Wärme zeigt, ist das Berechnung. Wenn er sich weltmännisch gibt, ist das oberflächlich. Hinter seiner Großmannssucht steckt eine Halbintelligenz ohne Tiefgang. Der ganze Mensch ist von niederen Instinken beherrscht – Besitz, Macht und Gier. Noch nie ist ihr das so klar geworden.

Von ihren eigenen Erkenntnissen erschüttert, braucht Marion einen Moment, bis ihr bewußt wird, daß Günthers Parkplatz leer ist. Er ist überhaupt nicht da! Wozu ist er dann heute morgen so früh aufgestanden? Findet heute dieser ominöse Termin statt? Schiebt er etwa genau in diesem Moment ihr Geld über den Tisch?

Marion steigt schnell aus und geht zur Tür. In der gläsernen Eingangstür sieht sie ihr Spiegelbild, und es kommt ihr lächerlich vor. Ein roséfarbenes Kleid mit Goldknöpfen. Ganz die ausgehaltene Ehefrau, Zeit für teure Einkäufe und Kosmetik. Sie hätte sich einen einfachen schwarzen Hosenanzug anziehen sollen, das würde auch besser zu ihrer Laune passen. Sie stürmt den langen Flur entlang und reißt, ohne anzuklopfen, die Tür zum Sekretariat ihres Mannes auf. Der Bürostuhl ist leer, die Tür zum Chefbüro geschlossen. Er wird doch wohl nicht mit dieser blonden Schlampe …, denkt sie, gleichzeitig fällt ihr aber ein, daß er ja gar nicht da ist. Um sich zu vergewissern, reißt sie auch Günthers Tür auf. Der Raum ist leer. Immerhin.

Sie bleibt kurz unentschlossen stehen, dann beschließt sie, bei seinen Mitarbeitern nachzufragen. Selbst auf die Gefahr hin, sich bloßzustellen. Sie muß jetzt einfach wissen, wo er steckt. Sie schließt seine Bürotür hinter sich und will gerade die Tür zum Flur öffnen, als sie auffliegt.

Günthers Sekretärin steht vor ihr, einen großen Becher in der Hand, aus dem jetzt ein Schwung heißer Kaffee auf den grauen

Industrieteppichboden schwappt. »Hab' ich mich erschrokken«, sagt sie, überprüft ihr kurzes, rotes Kostüm auf Flecken und wirft Marion einen vorwurfsvollen Blick zu.

Marion ignoriert ihn. »Mein Mann ist nicht da? Wo ist er?«

Die junge Frau schüttelt ihre Hand, über die offensichtlich heißer Kaffee gelaufen ist, wie ein junger Hund seine Pfote und zuckt dann, wie Marion findet, herausfordernd die Achseln. »Es kam ein Anruf, und er hatte es plötzlich sehr eilig.«

Ungehalten herrscht Marion sie an: »Sie als seine Sekretärin müssen doch wissen, wo er hin ist! Schauen Sie in seinem Terminkalender nach. Es ist dringend!«

»Da steht dieser Termin nicht drin, das kann ich Ihnen jetzt schon sagen!«

Ihr trotziger Blick macht Marion mißtrauisch. »Was soll das heißen?«

»Daß er nichts weiter gesagt hat. Nach dem Anruf ist er weggefahren. Das ist alles!«

Warum, weiß sie nicht, aber Marion hört an diesem Tag bereits zum zweitenmal alle Alarmsirenen in ihrem Kopf schrillen. »Von wem kam der Anruf?«

»Von einer Frau!« Sie hält einen Kaffeetropfen, der am unteren Becherrand hängt, mit der Fingerspitze auf.

Marion birst fast vor Ungeduld. Am liebsten hätte sie ihr den ganzen Becher über den Kopf gegossen. »Mein Gott, jetzt reden Sie doch schon! Wie lautet der Name dieser Frau?«

»Ich habe mir das nicht notiert. Tut mir leid!«

Marion überlegt. Konnte es die Sekretärin seines ominösen Geschäftspartners sein? Oder – ihr Atem stockt – hat er etwa eine Geliebte? Wozu bräuchte er dann so viel Geld? Die These, daß es jetzt gerade, in dieser Sekunde, ums große Geschäft geht, ist wahrscheinlicher. Das würde er dieser roten Ziege natürlich nicht auf die Nase binden.

Marion verabschiedet sich knapp, Stil muß sein, und beschließt, zu Manfred zu fahren. Und wenn das nichts nützt, wird sie Wetterstein persönlich fragen. Er muß schließlich wissen, was in seiner Gemeinde gespielt wird.

Und möglicherweise, denkt sie, während sie in ihren Wagen steigt, findet sie ja dort das ganze verräterische Nest.

Manfred ist erstaunt, wie leicht das geht. Er hat in einer der großen Banken im Zentrum von Stuttgart mit 500 Mark Eigenkapital ein Konto eröffnet, die Schecks über 182 350 Mark eingereicht und sich von der Gesamtsumme genau einhundertachtzig Tausendmarkscheine in seine Aktentasche blättern lassen. Jetzt schlendert er mit dem Gefühl, jeder müsse ihm seinen Triumph auf den ersten Blick ansehen, die Königstraße entlang. Zu blöd, daß er es nicht feiern kann. Manfred lechzt danach, irgend jemandem erzählen zu können, was für ein Held er ist. Schließlich hat er, dank seiner Cleverneß, eben den Baustein zum großen Geld gelegt und damit die ganze Römersfeldmöchtegern-Brigade degradiert. Und das muß er für sich behalten! Wie schade. Aber er beherrscht sich. Sobald ihm die Stadt das Grundstück abgekauft und er mit dieser Summe die Konten der drei Firmen ausgeglichen hat, wird er genug Gelegenheiten haben, sich ausgiebig auf die Schultern klopfen zu lassen. Und das werden viele sein. Genaugenommen alle, die Günther Schmidts aufgeblasene Wichtigtuerei nicht leiden können. Hämisch grinsend versinkt er in Tagträume und kostet die Vorfreude in allen Variationen aus; dann kauft er sich eine Flasche Champagner, um den Tag wenigstens zu Hause kräftig begießen zu können.

Im Auto – Aktentasche und Flasche legt er auf den Beifahrersitz – sieht er auf dem Display seines Handys, daß sein Büro angerufen hat. Bevor er startet, ruft er zurück. Marion Schmidt habe ihn besucht, wollte ihn dringend sprechen und bittet um Rückruf. Instinktiv legt Manfred seine Hand auf die Aktentasche. Was hat sie vor? War sie etwa trotz allem schneller? Er spürt, wie sein Puls zu rasen beginnt. Hektisch läßt er sich über die Vermittlungsnummer der Telekom mit dem Arbeitsamt verbinden. Erst als Annemarie Roser ihm bestätigt, daß alles beim alten bliebe, normalisiert sich sein Puls wieder, und er sinkt erleichtert in den Autositz zurück. »Können Sie den Vorgang etwas beschleunigen?« fragt er. »Ich würde das gern so schnell wie möglich durchziehen!« Er spürt Marion im Nacken sitzen und traut ihr nicht. »Der Vertrag liegt bereits bei mir. Wenn Sie mich kurz vorher anrufen, kommt der Notar schnell her, er hat seine Kanzlei hier um die Ecke.«

»Und der macht dabei keine Zicken?« Ein Notar, der zur schnellen Verfügung stehen soll, ist ihm im Leben noch nicht begegnet.

»Es ist ein Schulfreund von mir, und es ist so verabredet! Sie können also kommen, wann immer es Ihnen paßt!« So schnell wie möglich, denkt Manfred, holt tief Luft und startet den Wagen.

Linda hat sich mit Günther wieder auf die Couch gesetzt. Günther erzählt, wie er seinen Betrieb aufgebaut hat. »Von Null auf Hundert in drei Sekunden, ganz Formel 1«, grinst er und will dann wissen, was Linda beruflich so treibt.

Linda überlegt sich, was sie sagen soll. Da er sie zuerst ja für ein Model hielt, erscheint ihr ihr tatsächlicher Beruf im Vergleich dazu armselig. »Noch nicht ganz auf Hundert«, wehrt sie ab. »Aber ich komme noch dahin.« Sie nimmt einen Schluck, um nicht weiterreden zu müssen.

»Warum hast du heute morgen denn nicht gearbeitet?« Er wirft einen demonstrativen Blick auf seine goldene Rolex.

»Ich wollte dir eine Freude machen«, erklärt sie und registriert verwundert, daß sie dabei noch nicht einmal rot wird.

»Was dir gelungen ist«, Günther grinst und tätschelt ihr Knie. »Das macht tatsächlich viel Spaß!«

Irgend etwas in seinem Blick zeigt ihr, daß er den Spaß gern fortsetzen möchte. Sie steht schnell auf. »Aber ich muß noch was tun, du hast völlig recht, sonst ist der Tag für mich gelaufen!«

Günther fährt sich mit beiden Händen über den kurzgeschorenen Schädel. »Ein paar kleine Aufgaben habe ich heute schon auch noch«, sagt er und erhebt sich schwerfällig. »Aber ich bin ja jetzt gut motiviert«, er streckt sich und dehnt sein Kreuz. »Für dich habe ich eine Kleinigkeit ins Bad gelegt. Zum Dessert, sozusagen. Oder als Aperitif fürs nächste Mal. Wie du willst!« Er küßt sie auf die Stirn. »Ich hoffe, das nächste Mal ist bald. Überleg doch mal, was du morgen vorhast ...« Er nickt ihr zu. »Und ob der Champagner noch reicht. Sonst bringe ich welchen mit. Und was anderes vielleicht auch.«

»Was anderes?« Linda legt den Kopf schief.

»Wird nicht verraten, aber wird dir Spaß machen.« Er tippt ihr gegen den Rock.

Nachdem Marion im Baumarkt hören mußte, daß Manfred frühestens am Nachmittag von einer Geschäftsreise zurück sein würde, ist ihr Zorn auf dem Siedepunkt. Er hat sie hereingelegt, er kungelt mit den anderen. Sie ärgert sich über sich selbst. Was hat sie denn auch anderes erwartet? Network nennt man wohl neudeutsch, was ihr Vater noch mit Sumpf bezeichnete. Es dürften wohl schon alle, die für dieses Geschäft wichtig sind, informiert und geschmiert sein. Sie schießt mit ihrem Wagen aus dem Baumarkt hinaus, nimmt in der Eile einen hohen Randstein mit, aber das ist ihr egal, selbst wenn die Felge jetzt Macken haben sollte. Sie ist dabei, ihre sämtlichen Prinzipien über Bord zu werfen. Sie wird auch nicht höflich klopfen und sich auch von keiner Sekretärin zurückhalten lassen. Sie wird diese elende Versammlung sprengen, selbst wenn sich Günther ihr in den Weg stellen sollte. Sie hat sich jahrelang mit Schönfärberei bei Laune gehalten, aber Selbstbetrug ist die eine Sache, Vertrauensbruch die andere. Diebstahl in der Ehe, gibt es das überhaupt?

Wütend rast sie durch Römersfeld hindurch, bei Rot über die Ampel. Die Straße ist leer, sie sieht keinen Grund zum Anhalten. Wenn sie kein Geld mehr hat, kann sie sich auch keinen Wagen leisten. Was interessiert sie da noch ein Führerschein?

Linda schaut noch vom Balkon aus zu, wie Günther aus der Tiefgarage hinausfährt, dann geht sie direkt ins Badezimmer. Einen kleinen »Aperitif« hat er ihr hingelegt, sie ist gespannt, was es ist, aber eigentlich weiß sie es schon: Geld. Sie schaut sich um, sieht aber nichts. Dann betrachtet sie die Dinge näher. Wie beim Eiersuchen zu Ostern, denkt sie; da fällt ihr eine kleine Papierecke auf, die unter ihrem Zahnputzbecher hervorlugt. Das wird es sein. Linda bleibt mit verschränkten Armen davor stehen. Was wird sie ihm als Hauptmenü wert sein? 200? 500? Sie greift nach dem Becher und zieht einen ordentlich zusammengefalteten Schein hervor. Langsam glättet sie ihn. 1000 Mark hat er ihr hingelegt. Linda läßt sich auf den Toilettendeckel sinken. Das ist doch völlig irre, denkt sie, kein Mensch bezahlt für so eine Blitznummer 1000 Mark. Was kann er bloß von ihr wollen? Ob er irgendwelche perversen Neigungen hat und sie einstimmen will? Was war das, er bringt das nächste Mal »was anderes« mit? Ja, genauso hat er es gesagt. Sie steht auf. Es wird kein nächstes Mal geben. Soll er sich die 1000 Mark hinstecken, wo er sie sich hinstecken mag.

Marion hat ihren Wagen direkt im Halteverbot abgestellt und läuft nun über den gepflasterten Vorplatz zum Rathaus, das vor zehn Jahren mit viel Pomp im Renaissancestil gebaut wurde. Heute würde kein Mensch mehr eine solche Geldverschwendung befürworten, denkt Marion, während sie mit voller Kraft die große, massive Holztür aufdrückt. Hinter dem Glaskasten mit dem großen Hinweis »Empfang« sitzt niemand. Auch recht, dann muß sie keine Auskunft darüber geben, daß sie jetzt drei Männer umzubringen gedenkt. Den Oberbürgermeister himself, Manfred, den Verräter, und ihren Mann, den Betrüger. So schnell die Schrittweite ihres Kleides es zuläßt, läuft sie die Treppen hinauf. Sie braucht keinen Wegweiser, sie weiß genau, wo sie die Dreierbande findet. Das Klack-klack ihrer Absätze hallt durch den langen Flur, ihre Wut wächst mit jedem Schritt. Rechts und links befinden sich die Amtsstuben, am Ende des Ganges liegt links das Büro des Bürgermeisters, rechts das Sitzungszimmer. Kein Mensch begegnet ihr, alles ist wie ausgestorben. Das bringt sie noch mehr in Rage, denn es ist noch längst nicht Feierabend. Und dafür bezahle ich Steuern, ärgert sie sich und will die Tür des Sitzungszimmers aufreißen. Aber die Tür gibt nicht nach. Sie drückt den goldenen Griff noch einmal tiefer nach unten und stemmt sich mit ihrer Schulter dagegen, aber das Ergebnis bleibt das gleiche. Es tut sich nichts. Doch da – sie hört Stimmen aus dem Raum. Gedämpft zwar, aber da ist etwas. Sie verschanzen sich! »Aufmachen!« ruft Marion und klopft zunächst mit dem Fingerknöchel, dann mit der flachen Hand und schließlich mit der Faust gegen die Tür. Bevor es so richtig laut werden kann, hört sie, wie innen der Schlüssel langsam herumgedreht wird. Sie stößt die Tür mit einem Ruck auf. Joachim Wetterstein schaut sie erschrocken an. Also doch! »Wo ist mein Mann?« herrscht sie ihn an, ohne sich um Höflichkeitsformeln zu bemühen.

»Ihr Mann?« fragt Wetterstein verwirrt, bemüht, die Tür etwas zuzuhalten. »Ich habe nichts mit Ihrem Mann!«

»Sagen Sie mir sofort, wo er ist!« Marion drückt gegen die Tür, stößt jedoch auf Widerstand.

Offensichtlich hat der Bürgermeister seinen Fuß davorgestellt. Klar, daß sie dort drin sitzen, wozu sollte er sich sonst so wehren.

»Glauben Sie mir ...«, beginnt Wetterstein beschwichtigend, aber da hat sich Marion schon gegen die Tür geworfen und Wettersteins Fuß zur Seite gefegt. Die Tür schlägt mit Schwung gegen die Innenwand, Wetterstein macht erschrokken einen Schritt zur Seite, stellt sich aber sofort wieder in den Türrahmen, als Marion jetzt an ihm vorbei in den Raum will.

»Was stellen Sie sich denn so an, wenn er nicht hier ist?« schreit sie ihn an.

»Pssst, es ist nicht nötig, daß Sie so laut werden«, besänftigend hält er sich seinen Zeigefinger an den Mund, »es gibt überhaupt kein Problem. Ich kann Ihnen versichern, daß Ihr Mann nicht da ist!«

»Warum verhalten Sie sich dann so merkwürdig?« fragt Marion und versucht, an ihm vorbei in den Sitzungsraum zu schauen.

»Ich … bin in einer Sitzung. Eine Besprechung. Aber nicht mit Ihrem …« Weiter kommt er nicht, da hat ihn Marion zur Seite geschoben und steht im Raum.

Monika Raak steht an einen der Tische gelehnt und lächelt ihr mit verschränkten Armen entgegen. »Na, zufrieden?« fragt sie ironisch.

»Wie …?« Jetzt ist es Marion, die völlig verdattert dasteht.

»Er dachte, Sie seien seine Frau!« Monika zeigt mit einer Handbewegung zu Joachim, der nun leise die Tür etwas zuzieht.

»Sind Sie jetzt beruhigt?« fragt er Marion, »wollen Sie jetzt bitte wieder gehen?«

Marion hat sich von ihrer Überraschung erholt. »Nein. Entschuldigen Sie, ich wollte natürlich nicht stören, aber gehen will ich nicht. Ich will jetzt nämlich etwas wissen!«

»Benötigen Sie mich dazu?« Monika hat sich vom Tisch gelöst. »Sonst würde ich mich gern verabschieden!«

Marion überlegt. Garantiert war Monika Raak nie so blöd gewesen, ihr Geld ihrem Mann anzuvertrauen. Auf der anderen Seite kann sie ihr den Anruf von damals nicht verzeihen. Eine Niederlage genügt.

Sie nickt. Ohne ihr die Hand zu reichen, geht Monika an ihr vorbei hinaus. Joachim Wetterstein begleitet sie, ist aber gleich darauf wieder zurück.

»Es ist nicht so, wie Sie denken!« beginnt er und schließt die Tür hinter sich.

»Bisher habe ich überhaupt nichts gedacht, aber jetzt beginne ich zu denken...«, antwortet sie mit einem Hauch von Abscheu in der Stimme.

Joachim Wetterstein schaut sie kurz und prüfend an, dann zwingt er sich offensichtlich zu einem Lächeln. »Was kann ich denn für Sie tun? Sie sagten, Sie suchten Ihren Mann?«

Marion ist sich nicht mehr sicher, ob sie hier an der richtigen Adresse ist. Möglicherweise durchkreuzt sie sogar Günthers Pläne, wenn sie Wetterstein jetzt informiert. Aber da Günther es bisher nicht für nötig gehalten hat, sie über die wesentlichen Dinge in ihrem gemeinsamen Leben zu informieren, kann sie es auch nicht wissen. Das Risiko liegt also ganz allein auf seiner Seite.

»Sie können mich über ein gewisses Grundstück aufklären«, beginnt sie, unterbricht sich aber gleich selbst. »Wollen wir dazu nicht vielleicht in Ihr Büro?«

Er stehend an der Tür, sie mitten im Raum, das erscheint ihr für ein längeres Gespräch doch zu statisch.

»Bitte«, Joachim Wetterstein öffnet die Tür. »Ist Günther wieder an einem dicken Geschäft dran?« fragt er, neugierig geworden, während Marion an ihm vorbei hinausgeht.

»Das will ich ja eben von Ihnen wissen!«

Günther hat mit Verwunderung vernommen, daß seine Frau in seinem Büro war. »Was haben Sie ihr gesagt?« fragt er seine Sekretärin.

»Nur, daß Sie schnell wieder wegfahren mußten.«

Er steht vor ihrem Schreibtisch und schaut wütend auf sie hinunter. »Und wohin? Haben Sie ihr das auch gesagt?«

Sie zuckt mit keiner Wimper. »Wie denn? Ich wußte es doch selbst nicht!«

»Stellen Sie mir eine Verbindung her. Nach Hause! Sofort!« Er wirft die Tür hinter sich zu und bleibt vor seinem Schreibtisch stehen. Da hört sich doch alles auf. Seine Frau spioniert ihm schon wieder nach! Er läuft zur Tür zurück. »Stopp!« herrscht er seine Sekretärin an. »Zuerst brauche ich Klaus Raak! Aber schnell!« Damit zieht er sich wieder zurück. Kurz darauf klingelt sein Telefon.

»Na endlich«, sagt Klaus, bevor er selbst etwas sagen kann. »Hast du meine Nachricht gehört? Ich habe schon heute morgen versucht, dich zu erreichen!«

Günther kommt gleich zur Sache. »Ist die Kohle sicher verstaut? Laufen die Geschäfte? Was machen die Verkäufe? Sag schon!«

Klaus schweigt kurz. »Brennt's irgendwo?« will er dann wissen.

»Marion war hier, und ich möchte fast wetten, sie war auf der Bank. Ich muß wissen, ob ich sie heute raussetzen kann oder ob es zu früh ist!«

»Bis sie auch nur ansatzweise kapiert hat, was da läuft, kommt sie an nichts mehr ran. Die Dinge sind im Fluß und nicht mehr aufzuhalten!«

»Das ist doch beruhigend. Immerhin eine gute Nachricht. Danke, Klaus.« Günther atmet auf und setzt sich auf die Kante seines Schreibtisches. »Wie geht's weiter? Sehen wir uns? Ich möchte gern die Details wissen!«

»Gern. Wann du willst!«

»Ich komme sofort!«

Manfred ist kurz vor Römersfeld. Er hat ordentlich Gas gegeben. Zum erstenmal in seiner Karriere als Autofahrer fällt ihm auf, wie viele auf der Autobahn im Schleichtempo links fahren und ihn dadurch aufhalten. Normalerweise gehört er eigentlich selbst zur Gruppe der gemütlich Reisenden, aber heute, da er es wirklich eilig hat, sieht er alles mit anderen Augen. Bis er die Autobahnausfahrt nach Römersfeld endlich erreicht hat, hat er gereizt drei Typen von Autofahrern ausgemacht: die einen, die ihm mit Oberlehrerverhalten signalisieren, daß hundertzwanzig Stundenkilometer schnell genug sei, und deswegen auch links fahren, wenn die rechte Spur über Kilometer frei ist, die anderen, meist ältere Herrschaften oder auch vereinzelt Frauen, die ängstlich an der linken Leitplanke kleben und sich schlichtweg nicht trauen, nach rechts auszuweichen, weil sie befürchten, in ihrem Leben nie mehr auf die linke Spur zu kommen, und schließlich die Direktorentypen, die ganz einfach darauf bestehen, daß sie das bessere, schnellere und teurere Auto fahren, bei dessen Erwerb sie selbstverständlich die linke Spur mitgekauft haben. Genervt kommt Manfred endlich in Römersfeld an.

Im Büro des Bürgermeisters ist Stille eingekehrt. Marion hat ihre Vermutungen geschildert, und jetzt sehen sich beide ungläubig an. Marion kann nicht glauben, daß an den Grundstücksspekulationen rund um das Tierheim nichts dran sein soll, und Joachim rätselt, welchen Nutzen man aus einem solchen Gerücht ziehen könnte.

»Sind Sie sicher, daß es sich um dieses Gebiet handelt? Wie kann man auf die Idee kommen, im Westen der Stadt ein Gewerbegebiet erschließen zu wollen, wenn es im Osten bereits eines gibt?« Er reibt sich nachdenklich die Stirn, und Marions Augen folgen dieser Handbewegung. Sein tiefer Haaransatz läßt der Stirn wenig Platz, die große Nase hat eine römische Krümmung, und die Lippen sind zu schmal. Schön ist er nicht, aber irgendwie wirkt er interessant. Vielleicht liegt das an seinen klaren grauen Augen, die sich jetzt auf die Tür heften, weil es dort eben geklopft hat. »Ja, bitte?«

Der Kaffee, um den er zu Anfang des Gesprächs gebeten hat, wird gebracht. Während sie ihn trinken, stellen sie abwechselnd

Theorien auf, bis Marion darüber ins Grübeln kommt, was es für sie bedeuten könnte, wenn es nicht um das Tierheimgelände gehen würde. Ist es vielleicht überhaupt nie darum gegangen? Hat sie aus irgendwelchen Informationen falsche Schlüsse gezogen? Marion versucht, sich zu erinnern. Angefangen hat es mit diesem ominösen Scheck. Günther hat dem Tierschutzverein 600 Mark gespendet und diese Großtat auf eine gegen Klaus verlorene Wette geschoben. Und am nächsten Tag hat sie Regine beim Tierheim getroffen. Immerhin die Frau des Vermögensberaters ihres Mannes. Marion kommt nicht weiter. Es ergibt, wie üblich, kein Bild.

Auch Joachim Wetterstein grübelt. Wenn Schmidt so viel Geld abgehoben hat, wie Marion sagt, ist irgendwas zu erwarten. Möglicherweise etwas, worüber er als Oberbürgermeister Bescheid wissen sollte. Er geht die Firmen durch, die momentan an der Grenze zum Konkurs sind. Will er etwas aufkaufen? Sich vergrößern? Umsatteln? Fusionieren? Das Ganze macht einfach keinen Sinn. Möglicherweise handelt es sich aber auch gar nicht um Römersfeld, sondern um seine Geschäfte im Osten. Vielleicht muß er das Geld nachschießen, weil doch nicht alles so grandios läuft, wie er immer behauptet.

»Ich kann Ihnen wirklich nicht weiterhelfen«, sagt er schließlich und lehnt sich in seinen Sessel zurück, »ich habe keine Ahnung, was dahinterstecken könnte!«

»Tja«, Marion versteht die Geste als Aufforderung zum Gehen, »jedenfalls danke ich, daß Sie sich Zeit genommen haben!«

Joachim Wetterstein steht auf und begleitet sie zur Tür. »Ich habe zu danken!«

Wieder allein, stellt er sich ans Fenster und denkt nach. Was könnte im Spiel sein, wenn es nicht ums große Geschäft geht? Der seltsame Anruf fällt ihm ein, als Günther einen Tag nach seiner Geburtstagsparty wegen Lindas Schminktäschchen angerufen hat. Es ist nicht seine Art, sich um so etwas zu kümmern. Aber weiter bringt ihn das auch nicht.

Er bleibt noch eine Weile stehen, und seine Gedanken verlieren sich; dann greift er nach dem Telefon. »Gut, daß ich dich erreiche«, sagt er, als auf der anderen Seite abgenommen wird. »Eine mehr als seltsame Geschichte, die mir Marion da eben erzählt hat«, und er skizziert in kurzen Abrissen das Gespräch.

»Lindas Schminktäschchen, sagst du?« Monika räumt mit der einen Hand ihre Einkäufe ein, während sie telefoniert, aber jetzt richtet sie sich auf und bleibt regungslos stehen. »Günther ruft bei dir wegen Lindas Schminktäschchen an? Hat er so etwas schon jemals getan?«

Joachim schüttelt den Kopf, sagt aber nichts dazu.

»Hast du dir in letzter Zeit mal deinen Sohn angesehen?« fragt Monika langsam.

»Was hat er damit zu tun?«

»Hast du?«

Joachim überlegt. »Ich habe ihn seit Tagen nicht gesehen!«

»Er sieht aus wie das Kätzchen am Bauch. Richi mußte ihn aus Stuttgart abholen, weil er in einer heruntergekommenen Kneipe seine Zeche nicht bezahlen konnte und seine Uhr versetzt hat!«

Joachim ist sprachlos. »Meine Frau hat mir nichts davon gesagt!«

»Auch Mütter erfahren nicht immer alles!«

Manfred ist direkt zum Arbeitsamt gefahren. Sein Gefühl sagt ihm, daß es bei diesem Geschäft um Minuten geht. Während er rückwärts einparkt, klingelt sein Handy. »Jetzt nicht«, brummt er, fährt nochmals ein Stückchen vor, um besser in die Parklücke zu kommen, und steht schließlich zu seiner Zufriedenheit exakt mittig. Es klingelt noch immer. Er nimmt es in die Hand und betrachtet das Display. Die Nummer kennt er: Marion Schmidt! Das würde der so passen! Soll sie ruhig auf die

Mailbox sprechen. Sobald er den Vertrag in der Tasche hat, wird er sie mit einem Glas Champagner in der Hand zurückrufen. »Prost, Marion, wie lebt sich's als Verliererin?« wird er sagen. Der Satz ist gut, denkt Manfred, während er aussteigt, den muß er sich merken.

Marion hat Manfred bereits im Büro die Nachricht hinterlassen, daß das »Tierheim gestorben« sei, und spricht ihm den gleichen Vers jetzt auch noch auf seinen Anrufbeantworter. Hat der Mensch ein Handy und hat es nicht dabei! Schließlich heißt das Ding ja »Handy« und nicht »Liegy«, ärgert sie sich und hinterläßt kurz ihre Nachricht: »Schade, daß ich dich nirgends erreichen kann, Manfred. Ich wollte dir nur kurz sagen, daß du deine Nachforschungen bezüglich des Tierheims einstellen kannst. Das Ganze war eine Fehleinschätzung, das Gelände ist wertloses Ackerland und bleibt es auch. Die Stadt hat kein Interesse an einem westlichen Gewerbegebiet – also alles wieder auf Anfang. Dies mit Gruß vom Oberbürgermeister, Marion.«

Diese Geschichte hat sich also erledigt, jetzt muß sie nur noch ihren Mann aufspüren und zur Rede stellen.

Manfred blättert Annemarie Roser, nachdem er in Windeseile den notariellen Kaufvertrag unterzeichnet hat und Peter Lang gleich darauf gegangen ist, mit siegessicherem Lächeln 180 000 Mark in Tausendmarkscheinen auf den Schreibtisch. Annemarie macht kleine Häufchen à zehn Scheinen, um den Überblick zu behalten. »Und die letzten zehntausend wie besprochen«, schmunzelt Manfred. »Ihre kleine Vermittlungsgebühr. Darauf sollten wir eigentlich etwas trinken!«

Annemarie schaut kurz auf, während sie die Scheine zählt: »Es ist noch nicht Dienstschluß!«

»Sagen Sie bloß, Sie haben keinen Champagner und keine Gläser da. Gibt's in einem Arbeitsamt denn nie was zu feiern?«

»Arbeitslose haben gewöhnlich weder Geld noch Grund zum Feiern!«

Manfred, sprühend vor guter Laune, grinst. »Na, na«, sagt er und versucht seine Stimme erotisch tief klingen zu lassen, »sind wir beide etwa arbeitslos? Sehen wir so aus? Sie haben eben einen guten Schnitt gemacht, und ich habe ein wertloses Grundstück gekauft«, er will sich ausschütten über seinen Witz.

Annemarie legt das Geld in einen großen Umschlag und verschließt diesen in ihrer Schreibtischschublade; dann steht sie auf. »Trotzdem, es stehen noch Menschen draußen, die warten. Darüber, daß Sie sich vorgedrängelt haben, möchte ich heute kein Wort verlieren, aber andere Leute haben auch Rechte!«

»Seien Sie doch nicht so streng«, piepst er und erhebt sich ebenfalls. »Wir werden schon noch ein Glas zusammen trinken!« Mit dieser Prophezeiung drückt er ihre Hand und geht.

Kaum ist die Tür zugefallen, wirft Annemarie die Arme hoch und dreht sich mehrere Male laut lachend im Kreise. »Wow!« jubiliert sie und verdreht dabei die Augen, »kaum zu glauben! Es ist wahr geworden!« Sie greift zum Telefon und ruft Regine an. »Die Kohle ist da«, lacht sie in den Hörer hinein. »170 000 Mark! Darauf gebe ich heute abend einen aus. Hast du Lust? Und Zeit?«

Manfred setzt sich in seinen Wagen, küßt den Vertrag und legt ihn neben sich. So, jetzt kann er in aller Seelenruhe ins Büro, und heute abend wird er richtig einen draufmachen. Sein größter Triumph wäre es, mit Günther in eine Kneipe zu gehen, eine Flasche auszugeben und erst im nachhinein zu erklären, was der Anlaß dafür war. Er grinst vor sich hin und greift nach dem Telefon. Mal schauen, ob er irgendwo zu erreichen ist. Günthers Sekretärin erklärt ihm, daß er bei seinem Vermögensberater sei. Das bringt Manfred fast zum Lachen. Die tüfteln wahrscheinlich noch an ihrem großen Coup herum, dabei hat er ihn bereits in der Tasche. In bester Laune läßt er sich über die Vermittlung mit Raaks Büro verbinden.

Günther scheint erstaunt über den Anruf, aber Manfred erklärt, daß man anders ja überhaupt nicht mehr an ihn herankomme, und er wolle doch so gern mal wieder was mit ihm trinken gehen. Wie früher. Alte Kumpels unter sich, am besten gleich heute abend. Auf seine Rechnung. Bei einem Schwaben zieht so etwas immer.

Aber Günther ist zurückhaltend. »Ich habe einfach zuviel um die Ohren, und heute abend habe ich eine größere Transaktion vor!«

Manfred feixt. Diese größere Transaktion hat er ihm eben versaut. »Schade, dann ein andermal«, sagt er und legt auf. Dann wird er eben Marion die gute Laune verderben. Das braucht er noch, bevor er losfährt. Die Mailbox fällt ihm ein, er wird sich jetzt mal kurz anhören, was sie ihm zu sagen hat und dann zum Gegenschlag ausholen. Grinsend wählt er die 33 11.

Manfred hört sich ihre Nachricht dreimal an. Sein Lächeln ist erstarrt. Aber er glaubt nicht, was er da hört. Er wählt die Mailbox nochmals an. Und dann noch mal. Es hört sich so echt an. War sie tatsächlich bei Wetterstein? Oder belügt sie ihn nur?

Mit zittrigen Fingern wählt er erneut die Vermittlung. Er vertippt sich, muß noch mal von vorn anfangen. Kurz danach hat er Günther erneut an der Strippe. »Günther«, fällt er gleich mit der Tür ins Haus, »hast du übrigens schon gehört, daß das Gelände am Tierheim zu Gewerbegebiet werden soll?« Er hält den Atem an. Jetzt muß er reagieren.

»Gewerbegebiet?« Günthers Stimme klingt unwillig. »Das ist doch nicht dein Ernst. So ein Quatsch. Wer soll denn da bauen?!«

Manfred schluckt trocken.

»Wo hast du das denn her?« will Günther wissen.

»Von jemandem, der's eigentlich wissen sollte«, sagt er mit schwankender Stimme.

»Ein ausgemachter Blödsinn ist das. Kein Mensch würde dort investieren.«

Jetzt ist es Manfred klar. Er hat seinen Kopf verspielt. Ihm muß schnellstens etwas einfallen.

»Und wenn es um ein Großprojekt ginge?« fragt er, um eine Lunte zu legen.

Günther zögert. »Was soll denn das für ein Großprojekt sein – niemand hat mehr Geld für so etwas!«

»Keine Ahnung«, Manfred überlegt krampfhaft. »Ein Flugplatz vielleicht?«

»Mach dich nicht lächerlich!«

»Krankenhaus, Altenwohnanlage, Industriepark, was weiß ich!«

Er hört Günther tief Luft holen. »Vielleicht ein Kloster?« Es hört sich an, als sei er kurz davor, den Hörer auf die Gabel zu knallen. »Was sagt denn unser Freund Wetterstein dazu?«

Manfred senkt die Stimme. »Er weiß noch von nichts!«

»Er weiß von nichts?« Günther lacht polternd los. »Der Gemeindefürst weiß von nichts, wenn sein eigener Verein ins Grüne bauen will? Komm, vergiß es!«

Günther legt auf und wirft Klaus einen skeptischen Blick zu.

»Kannst du dir vorstellen, daß das Gelände am Tierheim erschlossen werden soll?«

Klaus runzelt die Stirn. »Was soll denn dort hin?«

Günther schüttelt den Kopf. »Manfred meint, vielleicht ein Flugplatz ...«

»Flugplatz?« Klaus schaut ihn mit hochgezogenen Brauen an. »Hast *du* vielleicht einen Pilotenschein?«

»Nein!«

»Na also, ich auch nicht. Dann braucht Römersfeld auch keinen Flugplatz!«

Günther grinst. »Jetzt mal ernsthaft bitte!«

»Wie kommt er darauf?«

»Manfred will davon gehört haben, aber Wetterstein weiß angeblich noch von nichts!«

Klaus winkt ab. »Macht wenig Sinn. Höchstens«, er überlegt, »wenn Wetterstein davon nur deshalb nichts wissen will, weil es noch zu früh ist, um etwas wissen zu dürfen, dann könnte es ein Schnäppchen sein ...«

Günther steht auf, geht zum Wandschrank und klappt Klaus' kleine Bar herunter. »Du auch?« fragt er Klaus und greift nach der Cognacflasche.

Im Schrankspiegel sieht er Klaus zustimmend nicken. Mit zwei gut gefüllten Gläsern kehrt er an den Schreibtisch zurück und hält eines davon Klaus hin. »Und wie könnte man das herausfinden?« will er dabei wissen.

»Indem man das Grundstück kauft und abwartet!« antwortet Klaus und verzieht das Gesicht.

Manfred sitzt noch immer am selben Fleck in seinem Wagen. Er hat es noch nicht geschafft, das Auto zu starten, weil er Angst hat, vor lauter zuckender Nervenstränge an den nächsten Baum zu rasen. Alles an ihm spielt verrückt, sein Körper revoltiert und pendelt zwischen heftigen Schweißausbrüchen und Schüttelfrostanfällen hin und her. Seine einzige Hoffnung ist, daß Günther die Pille geschluckt hat. Dann würde er ihm das Gelände über einen Mittelsmann verkaufen. Im Notfall zum halben Preis.

Er packt das Lederlenkrad mit beiden Händen und schlägt mehrmals seine Stirn dagegen. Wie konnte er so blöd sein. Wie konnte das passieren. Was ist schiefgelaufen?

Dann kommt ihm ein anderer Gedanke. Er könnte sich das Geld wiederholen. Er weiß, wo es liegt. In einem Umschlag in ihrer Schreibtischschublade. Die wäre leicht aufzubrechen. Oder er könnte ihr nachgehen, sobald sie das Arbeitsamt verläßt. Heute kann sie die Scheine nicht mehr zur Bank bringen. Sie wird den Umschlag bei sich tragen, ihn mit nach Hause nehmen. Irgendwie muß er an das Geld herankommen. Und morgen ist der ganze Spuk glücklich vorbei. Er bezahlt die drei offenen Rechnungen in bar, und alles ist so, wie es war.

Langsam setzt in Römersfeld der Feierabendverkehr ein. Marion hat ihren Mann noch immer nicht aufgetrieben, Linda tigert seit Stunden in ihrer Wohnung auf und ab, und Annemarie Roser wirft einen prüfenden Blick aus dem Fenster ihres Büros. Zu ihren Füßen liegt der große Parkplatz des Arbeitsamtes, von dem jetzt mehr und mehr Autos wegfahren, gegenüber sieht sie über einige flache Häuser hinweg zum Kirchturm von Römersfeld. Dahinter tauchen die sanften Konturen der Weinberge auf, leicht verschwommen im Dunst. Sie schaut zum Himmel. Es ist zwar nicht strahlend schön, aber warm, und es sieht zumindest nicht nach Regen aus. Sie wird sich nachher mit Regine zu einem Abendspaziergang treffen und danach in irgendeinem urigen Gasthof auf die 170 000 Mark anstoßen. Die 10 000 werden ihr Geheimnis bleiben, dafür wird sie heute abend auch die Zeche bezahlen. Sie schließt ihre Schreibtischschublade auf, nimmt den Umschlag heraus, drückt ihn kurz an den Mund und steckt ihn in ihre Umhängetasche. Feierabend, jetzt geht das Leben los.

Manfred sieht sie kommen. Er sitzt noch immer in seinem Wagen, allerdings hat er ihn in eine hintere Parkplatzreihe gefahren. Einige Büsche und Bäume bieten Sichtschutz, er beobachtet Annemarie, wie sie in einen gepflegten Kleinwagen steigt. Sie hat eine gute Figur, denkt er, aber die kurzgeschnittenen Haare deuten auf zuviel Testosteron. Und auf ein Weib mit männlichen Hormonen kann er verzichten, die hat er selber. Manfred läßt den Wagen an. Einen genauen Plan hat er noch nicht, er vertraut auf seinen Einfallsreichtum in Krisensituationen. Ihm wird zur gegebenen Zeit schon das Richtige einfallen. Annemarie Roser fährt los, ohne sich groß umzuschauen. Manfred reiht sich einen Wagen hinter ihr in den Feierabendverkehr ein und klappt die Sonnenblende hinunter. Man kann ja nie wissen.

Linda hat einen Entschluß gefaßt. Sie hat sich, nachdem sie ihre ruhelose Wanderung aufgegeben hat, mit einem weißen Blatt Papier an den Tisch gesetzt und Zahlenreihen aufgeschrieben. Eigentlich hätte sie schneller damit fertig sein können, aber sie möchte es genau vor sich sehen:

1000 DM
1000 DM
1000 DM
1000 DM
1000 DM
1000 DM

Nachdem sie eine ganze Seite dicht beschrieben hat, hört sie auf. Das wären genau 100 000 Mark. Damit könnte sie in eine andere Stadt ziehen und ein eigenes Geschäft aufmachen. Ein Sonnenstudio vielleicht oder einen Copyshop mit Schreibbüro oder irgendwas, mit dem sie unabhängig sein könnte. Sie lehnt sich in ihrem Stuhl zurück und legt die Füße auf den Tisch. Das würde aber bedeuten, daß sie Günther zumindest hundertmal ertragen müßte. Einhundertmal, das ist auch für ein Startkapital in die Selbständigkeit ziemlich heftig. Wer weiß, auf welche Ideen er noch kommt. Womöglich bringt er einen Freund mit oder so was, zuzutrauen wäre es ihm.

Sie zerknüllt das Blatt und wirft es in den Papierkorb. Blöd, daß sie mit niemandem darüber reden kann. Irena fällt ihr ein, von ihr hat sie lange nichts mehr gehört, und es wäre schön, einen ganzen Abend lang mal wieder so richtig zu quatschen. Aber Irena ist die Schwester von Richi, und Richi ist Dirks bester Freund, kaum denkbar, daß da nichts durchsickert. Und eigentlich geht es ja auch keinen was an, was sie in ihrer Freizeit treibt.

»Treibt« ist das richtige Wort, denkt sie und geht an den Kühlschrank. Vielleicht bringt sie ein Käsebrot auf andere Gedanken.

Annemarie schlängelt sich durch den Verkehr und summt vor sich hin. Sie ist glücklich. Wie schnell ihr Leben doch eine Wende genommen hat. Die 10 000 Mark wird sie anlegen und sich, wenn sie genug Urlaubstage zusammen hat, eine Weltreise leisten. Sie braucht kein neues Sofa und auch keinen größeren Wagen, sie möchte fremde Länder sehen, fremde Kulturen kennenlernen, mit fremden Menschen sprechen, sie möchte sehen, was die Erde zu bieten hat. Darauf freut sie sich jetzt schon. Sie biegt in ihr Viertel ein. Es sind Mehrfamilienhäuser, alle parallel zueinander gebaut, baulich etwas langweilig, zumal man sich auch ständig gegenseitig in die Fenster oder auf die Balkone schaut, aber gepflegt und mit einer Grünanlage, die vor fünf Jahren einen Städtepreis bekommen hat. Sie stellt ihren Wagen auf dem dazugehörenden Parkplatz ab, auf die Stellnummer 78. Das ist das einzige, worauf hier wirklich penibel geachtet wird, das heißt, auch die Mülltrennung ist ein stetiges Thema. Anfangs hatten die meisten ihren Biomüll zwar in die Biotonne geworfen, aber in Plastiktüten. Und die Konservendosen lagen ungewaschen und stinkend in den gelben Säcken, ein Schandfleck für die Anlage.

Annemarie klemmt ihre Tasche unter den Arm, schließt ihren Wagen sorgfältig ab und geht den von Büschen umgrenzten schmalen Weg entlang zu den Abfallcontainern, die seitlich an der Straße hinter einem hohen Bretterzaun versteckt sind. Das tut sie allabendlich, seitdem sie vor einem halben Jahr aus purem Zufall in der Restmülltonne vier neugeborene Kätzchen entdeckt hat.

Manfred hat seinen Wagen zwischen zwei Autos geparkt und sieht seine Chance kommen. Er schnappt die Champagnerflasche vom Beifahrersitz und geht los. Annemarie Roser läuft vor ihm, und wenn er aufpaßt, wird sie ihn nicht kommen hören. Ein dezenter Schlag auf den Hinterkopf, der schnelle Griff zur Tasche, und ab ins Auto. Es wird wie ein ganz normaler Raubüberfall aussehen, und garantiert wohnen hier ein paar Ausländer in der Nähe, da wird sofort jeder aufrichtige Deutsche Bescheid wissen, aus welcher Ecke so eine Attacke gegen eine hilflose Frau gekommen sein muß.

Manfred beobachtet Annemarie genau, während er seinen Schritt beschleunigt. Sie scheint völlig in Gedanken zu sein, und jetzt kann er auch hören, daß sie vor sich hinträllert. Gleich ist sie an der ersten Tonne. Was will sie denn da, sie hat doch überhaupt keinen Abfall in der Hand. Will sie etwa ihr Geld dort verstecken? Oder plündert sie gar fremder Leute Müll?

Noch drei Schritte, dann hat sich das Thema für ihn erledigt. Er packt die Flasche wie eine Schlagwaffe am Hals und nimmt sie eben hoch, um genügend Schwung für den Schlag zu haben, da wird er von hinten auf die Seite gestoßen und landet krachend am Bretterzaun. Ein monsterartiges Tier ist an ihm vorbeigeschossen und springt Annemarie an, die seltsamerweise überhaupt nicht erschrickt und sich auch nicht wehrt, sondern sich lachend nach ihm umdreht. Die Schnauze der Bestie ist in Annemaries Kopfhöhe. »Bobby, alter Kerl, bist du schon da? Wo ist dein Frauchen?«

Dann fällt ihr Manfred auf, der belämmert am Zaun steht, die Flasche in der Hand. »Nanu, was machen Sie denn hier?« fragt sie und lacht ihn an. »Wohnen Sie etwa auch in diesem Viertel? Na, das ist ja ein Zufall!« Sie herzt den Hund und beginnt anschließend, ohne sich weiter um Manfred zu kümmern, eine Tonne nach der anderen zu öffnen.

Manfred schaut ihr zu und überlegt. Sie hat ihn gesehen. Wenn er ihr jetzt das Geld wegnimmt, weiß sie natürlich, wer es war. Da müßte er sie schon umbringen. Aber lohnt sich das? Und was würde dann dieses Ekelpaket von Hund machen?

»Ach, da bist du!« Eine Frauenstimme hinter ihm. Jetzt ist sowieso alles zu spät. »Wir standen schon an der Tür und haben auf dich gewartet!« Er dreht den Kopf. Regine Raak, die hat ihm gerade noch gefehlt. Was macht die denn hier?

»Oh, Manfred. Das ist ja eine Überraschung!« Sie reicht ihm die Hand, verlegen drückt er sie. »Seid ihr zusammen gekommen?« Ihr Blick geht von Manfred zu Annemarie und wieder zurück.

»Nicht daß ich wüßte«, lacht Annemarie. »Er wohnt hier!«

Die Raaks wissen, wo ich wohne, denkt Manfred. Jetzt muß dir was einfallen! »Hier??« Regine wirft ihm einen ungläubigen Blick zu.

»Nein«, er hebt langsam die Champagnerflasche, »um die Wahrheit zu sagen, ich wollte heute nachmittag mit Frau Roser auf unser Geschäft anstoßen, aber sie hatte leider keine Zeit, und jetzt bin ich hier, weil ich es nachholen wollte …«

»So?« Annemarie mustert ihn erstaunt.

»Ja…«, Manfred zuckt verlegen mit den Schultern, was ihm in dieser Situation nicht schwerfällt. »Wenn Sie es genau wissen wollen, Sie gefallen mir eben.« Er wird auch nicht rot dabei, aber Annemarie Roser wechselt die Farbe. Das ist ihr noch nie passiert. Ein Verehrer vor den Müllcontainern.

»Ich habe Sie gar nicht kommen hören«, sagt sie offen.

»Ich war mir, ehrlich gesagt, auch überhaupt nicht sicher, ob Sie mich nicht gleich wieder wegschicken. Einerseits wollte ich Sie überraschen und andererseits dann doch nicht – ich drücke mich jetzt etwas unverständlich aus«, er schaut sie zerknirscht an, »aber können Sie das verstehen?«

»Wolltest du ihr das Geld wieder abnehmen?« Regine und Bobby mustern ihn beide mit schräg gestelltem Kopf.

»Bist du verrückt?« fährt Manfred sie an. Es ist kurz still. »Warum sollte ich so etwas tun? Und zudem«, fährt er schließlich mit einem kurzen Lachen fort, »hätte ich in diesem Fall doch wohl eine Waffe und keine Champagnerflasche dabei!«

»Ist sie wenigstens kalt?« fragt Regine und fixiert seinen Blick.

»Jetzt nicht mehr!«

Annemarie räuspert sich. »Na, dann ...«, sagt sie unentschlossen.

Bobby hat sich an Regine gedrückt, läßt Manfred dabei aber keine Sekunde aus den Augen. Regine krault ihm den mächtigen Schädel. »Ändert das jetzt etwas an unserem Programm?« will sie von Annemarie wissen.

»Wir wollten nämlich spazierengehen«, erläutert Annemarie, worauf Manfred einen Schritt zurücktritt.

»Ich wollte mich in keiner Weise aufdrängen«, sagt er dabei, überlegt kurz, nimmt die Flasche und hält sie mit einer entschlossenen Geste Annemarie hin. »Vielleicht ein andermal. Sie können sie ja schon mal kaltstellen. Oder Sie beide können sie ja auch zusammen trinken, ganz nach Belieben.«

Annemarie bedankt sich und nickt ihm zu. »Ja, dann ...« Manfred hält beide Hände zum Gruß nach oben und geht langsam den Weg zurück zum Auto.

»Was hältst du denn *davon*?« fragt Regine und beobachtet, wie er in seinen Wagen einsteigt.

Annemarie liest das Etikett der Flasche. »Eine richtig teure Marke. Ich blick's, ehrlich gesagt, überhaupt nicht.«

Manfred startet wutschnaubend seinen Wagen. Muß diese Schlampe dazwischenkommen, dieses Flittchen von einer Ehebrecherin, die in ihrem Leben noch nichts Anständiges geleistet hat. Als ob es ein Verdienst wäre, anderen Frauen den Mann auszuspannen! Er fährt los. Am liebsten hätte er ihr und ihrem Drecksköter eine zweite Flasche über den Schädel gedonnert, da hätte es zumindest nichts geschadet. Und was ist statt dessen? Er muß davonlaufen! Er! Manfred Büschelmeyer, einsachtundsiebzig groß, achtundachtzig Kilogramm schwer, Geschäftsführer eines Baumarktes, erfolgreich, potent, muß sich angesichts zweier dahergelaufener Weiber geschlagen geben. Den nächsten, den er trifft, tritt er in den Hintern. Es kracht ohrenbetäubend, mit einem Ruck wird er nach vorn geschleudert, der Sicherheitsgurt strafft sich, wirft ihn im Sitz zurück, sein Hinterkopf schlägt hart gegen die Nackenstütze. Ohne zu wissen, was ihm geschehen ist, bleibt er mit geschlossenen Augen kurz sitzen, dann schaut er auf. Er ist einem haltenden Wagen in den Kofferraum gefahren. Das Auto hat er glatt übersehen, die Ampel auch. Wieso muß es hier in diesem elenden Viertel auch eine Fußgängerampel geben? Kein Mensch braucht hier eine Fußgängerampel! Wütend steigt er aus und geht zu dem Wagen vor ihm. Da hat er es wieder! Frau am Steuer! Zu blöd, weiterzufahren. Er schreit sie gleich durch das offene Autofenster an, aber sie reagiert gar nicht auf ihn. Sie nimmt ihr Handy und wählt, sagt kurz etwas und steigt dann aus. Sie dürfte etwa in seinem Alter sein, kurze schwarze Haare, Jeans und Jackett.

»Die Polizei kommt gleich«, meint sie, während sie sich kühl den Schaden betrachtet. Scherben liegen auf der Straße, die Vorderfront von Manfreds Wagen ist völlig demoliert, und auch der Kofferraum ihres Wagens ist stark verkürzt. »Ist wohl heute nicht Ihr Tag?« sagt sie schließlich mit spöttischer Miene zu Manfred, was ihm den Rest gibt.

Marion sitzt bereits seit einer Weile untätig zu Hause. Sie hat keine Ahnung, wo Günther sein könnte, und ihre Stimmung schwankt heftig zwischen Zorn und Angst. Sie spürt, daß sich etwas Dunkles über ihr zusammenbraut, aber sie kann es nicht einordnen. Und sie kann nicht damit umgehen. Bisher waren ihre Aufgaben klar definiert, sie hatte an Günthers Seite zu repräsentieren, ihm den Rücken zu stärken, für ihn da zu sein, ihm alle Arbeiten abzunehmen, die ihn belasten könnten, dafür zu sorgen, daß er stets tadellos angezogen aus dem Haus ging, den Friseurtermin nicht verpaßte, stets gut zu essen bekam, eine gepflegte Umgebung und einen tadellos geführten Haushalt vorfand. Für sich selbst hat sie die Rolle der disziplinierten Frau festgelegt, die mit Prinzipien durchs Leben geht und dem Mann somit eine starke Partnerin ist. Das weibliche Glück findet im Erfolg des Ehemanns statt, so wurde ihr das in ihrem Elternhaus beigebracht, und genauso hat sie es gesehen. Und sie hat die elterliche Order befolgt: Ihr Ehemann hat Erfolg, genießt allseits Ansehen und sieht zudem auch noch gut aus; somit ist ihr Glück als Frau vollkommen. Was kann sie sich mehr erhoffen?

Genauso hat sie es an Günthers sechzigstem Geburtstag noch empfunden, aus vollem Herzen sogar. Das ist erst vierzehn Tage her, doch seit kurzem scheint alles in ihrem Leben irgendwie auseinanderzulaufen, obwohl sie keinen Anhaltspunkt hat, warum und wohin.

Sie sitzt angespannt in dem großen Sessel und läßt den Blick durch das große Wohnzimmer schweifen. Lebe ich überhaupt, fragt sie sich plötzlich, aber bevor sie diesen Gedanken vertiefen kann, steht sie abrupt auf. Sie ist streng katholisch erzogen worden, und es kommt ihr wie eine Sünde vor, über sich selbst nachzudenken. Sie hat nicht im Vordergrund zu stehen, also sind Gedanken über sich selbst wie sich nackt im Spiegel zu betrachten. Der Beichtspiegel ihrer Kindheit fällt ihr ein: Ich war unschamhaft mit mir allein oder mit anderen. Marion öffnet den großen Eichenschrank, in dem sie die teuren Gläser und auch die besseren Spirituosen verstaut hat, und schenkt sich einen Cognac ein. Das hat sie um diese Uhrzeit auch noch nie getan.

Günther hat sich vergewissert, daß das Fundament für sein neues Leben stabil ist, jetzt kann er darauf aufbauen. Wenn nächste Woche dieser Mensch aus Liechtenstein zum Notartermin kommt, kann Marion froh sein, wenn er ihr nach der Scheidung freiwillig noch etwas gibt. Er verabschiedet sich bei

Klaus mit einem kräftigen Händedruck unter Männern und ruft aus dem Auto sofort Linda an. »Ab morgen beginnt ein neues Leben«, sagt er, kaum daß sie den Hörer abgenommen hat.

»Wie meinst du das?« fragt sie.

»Ab morgen gehört uns beiden die Welt!«

»Ich verstehe immer noch nicht!«

Er lacht laut und amüsiert in den Hörer. »Du wirst schon sehen. Heute abend mache ich Nägel mit Köpfen! Stell schon mal den Schampus kalt!« Er schmatzt einen Kuß und legt auf.

Linda nimmt ihre Wanderung durch die Wohnung wieder auf. Seitdem Günther in ihr Leben eingebrochen ist, kennt sie sich selbst nicht mehr. Hat sie zwei Seiten? Oder ist sie gerade dabei, ihre Persönlichkeit zu verändern?

Klaus verläßt, ebenfalls hochzufrieden, sein Büro. Für heute ist Schluß, jetzt kann er sich etwas gönnen. Morgen wird er Günther die erste Rechnung schreiben und das Geld, sobald es eingegangen ist, bis auf den letzten Pfennig in Regines Wunschstadt ausgeben. Es soll die kleine Vorhut der Summen sein, die er für sich selbst einspielen kann, wenn er es nur geschickt genug anpackt. Und daß er die Chance tatsächlich hat, ist ihm bei dem Gespräch mit Günther eben mehr als klar geworden. Günther, der ungekrönte König von Römersfeld, tut zwar ständig so, als wisse er in allen Bereichen des Lebens bestens Bescheid, aber auf dem finanziellen Parkett ist er noch längst nicht Meister. Bei den Winkelzügen, die Klaus vorhat, dürfte Günther bald den Überblick verloren haben. Und wer kann schon ahnen, wie Marion reagiert, wenn Günther ihr heute abend kalt lächelnd seine neue Lebensplanung auseinandersetzen wird. Immerhin kommt sie aus einer Offiziersfamilie – möglicherweise bringt sie ihn ja auf der Stelle um. Dann wäre es zwar schade um einen Freund, aber er könnte ja eine entsprechende Trauerrede halten und ansonsten dafür sorgen, daß Günthers

Vermögen umgehend neuen Verwendungszwecken zugeführt wird.

Marion steht am Fenster, als Günther durch die Küche das Wohnzimmer betritt. Er kann ihr Gesicht nicht erkennen, weil sie mit dem Rücken zum Licht steht. Aber irgendwie wirkt ihre Silhouette verändert auf ihn, und Günther ahnt, daß sie ihm nicht gerade zulächeln wird. Er entschließt sich zum Angriff. »Seit wann spionierst du mir denn nach? Ich verbitte mir das!«

Sie regt sich nicht, verschränkt nur die Arme. »Wo ist die Million von unserem gemeinsamen Konto hingekommen?« fragt sie tonlos.

»Weg«, antwortet er kaltschnäuzig.

»Ich habe ein Recht, das zu erfahren. Es ist auch mein Geld!«

Er grinst. »Das ist doch lächerlich! Nichts davon gehört dir. Ich habe das erarbeitet, ich allein!«

Sie ist kurz still, dann sagt sie, mit einer für Günther erstaunlich festen Stimme: »Du weißt, daß das nicht wahr ist. Das Startkapital für deine Geschäfte habe ich mit in die Ehe gebracht!«

Er lacht abfällig. »Das war deine Mitgift, Marion. Überall auf der Welt bekommen junge Männer Geld dafür, wenn sie einem alten Vater die Tochter abnehmen. Mit deinem Eintritt in die Ehe ist das in meinen Besitz übergegangen. Ich weiß nicht, was du willst.«

Jetzt löst sie sich vom Fenster und kommt langsam auf ihn zu. Günther erkennt, daß sie, ungewöhnlich für ihren Stil, einen schmucklosen schwarzen Hosenanzug trägt und ihre Haare streng nach hinten gekämmt hat.

Zwei Schritte von ihm entfernt bleibt sie stehen. »Was ist los?«

»Ich werde mich von dir trennen, Marion. Das hat noch nicht einmal etwas mit dir zu tun, sondern eigentlich nur mit mir. Ein Lebensabschnitt ist vorbei, ich bin noch nicht alt, ich will noch leben, ich fange noch mal von vorn an!«

Sie schaut ihn an, und zum erstenmal fällt Günther auf, daß sie die Augen ihres Vaters hat. Genauso hart und kalt. Blauer Stahl.

»Wenn du dich von mir trennen willst«, sagt sie langsam, Wort für Wort betonend, »dann hat das sehr wohl auch etwas mit mir zu tun!«

»Das sehe ich nicht!«

»Dann sag mir, warum? Warum so plötzlich?« Verlier jetzt bloß nicht die Fassung, sagt Marion sich und spannt die Bauchmuskeln an. Er wartet nur darauf, dich weinen zu sehen.

»Ich habe es dir bereits gesagt. Ich fange ein neues Leben an!«

»Und mich möchtest du wie einen alten Handschuh einfach ablegen!«

»Wenn du das so sehen willst ...«

Ihre Gefühle haben sie also nicht getrogen. Ihr Bauch ahnte, was der Kopf noch nicht wissen konnte. »Empfindest du diese Form einer Trennung nicht als stillos?« fragt sie in das Schweigen hinein.

»Ich hätte es dir ja auch faxen oder es dir über den Anwalt mitteilen oder es dir überhaupt nicht sagen können, so wie andere Männer das machen«, sagt er mit leichtem Schulterzucken. »Aber ich stehe hier und rede mit dir und sage dir, daß unsere Zeit abgelaufen ist. Das ist doch fair. Alles geht einmal vorbei!«

Wenn Marion eine Pistole in der Jackentasche hätte, würde sie seine Worte postwendend bestätigen. Aber sie hat keine Pistole, und er ist es auch nicht wert. Sie wendet sich von ihm ab. »Wie heißt sie?«

»Das tut nichts zur Sache!«

»Wie alt ist sie?«

»Jung genug, um Spaß zu machen!«

»Wie soll es weitergehen?«

»Du ziehst aus.«

»Wann?«

»So schnell wie möglich. Den Wagen schenke ich dir!«

»Bitte nicht zu großzügig!«

»Das ist meine Art!«

Marion stellt sich wieder vors Fenster, während Günther ohne ein weiteres Wort nach oben geht. Bisher hat sie geglaubt, in einer solchen Situation müßte einem der Boden unter den Füßen weggezogen werden, müßte man in einen Abgrund fallen, klaftertief, grundlos. Aber sie steht noch, und die Blumen bewegen sich noch leicht im Wind, und die Wolken ziehen weiter. Eigentlich ist nichts Erschütterndes passiert. Die Welt ist nicht aus den Fugen geraten. Marion steht und schaut und staunt. Sie weint nicht einmal. Sie denkt daran, was ihr Vater dazu gesagt hätte. Aber auch das kann kein Kriterium sein, denn es ist *ihr* Leben.

Erst bei diesem Gedanken krampft sich plötzlich ihr Magen zusammen. Ihr Leben. Was hat sie daraus gemacht? Wie soll es weitergehen? Sie hat nur eines! Sie nimmt ihr Schlüsselbund und geht in die Garage. Sie wird zum Anwalt fahren, sie weiß, wo er privat wohnt, falls die Kanzlei schon geschlossen sein sollte. Dann fällt ihr ein, während sich das Tor automatisch öffnet, daß es nicht ihr, sondern Günthers Anwalt ist. Sie braucht einen neuen.

Am besten eine Anwältin.

Aber woher nehmen? Sie kennt keine einzige Anwältin.

Günther ist ins Badezimmer gegangen und grinst in sich hinein, als er das Garagentor hört. Das ging ja besser als gedacht. Jetzt wird sie zu unserem Anwalt hasten, und der wird sie schon richtig beraten. Danach ist sie dann völlig geliefert und wird froh sein, wenn sie ohne Schulden aus der Sache herauskommt. Denn seine Miesen, die er bald vorzuweisen hat, wird sie ja wohl nicht übernehmen wollen. Günther, du bist ein alter Fuchs, sagt er sich und dreht die Dusche auf.

Marion sitzt unentschlossen im Auto. Um jetzt auf die Suche nach einer Anwältin zu gehen, ist es zu spät. Blöderweise stehen sie ja auch nicht wie die Ärzte aufgelistet im Telefonbuch. Sie muß also zunächst einmal einen Namen haben, bevor sie Telefonnummer und Adresse herausfinden kann.

Sie geht die Reihe ihrer Bekannten durch. Monika fällt ihr ein, die hat auch schon eine Scheidung hinter sich. Aber will sie sich vor dieser Frau entlarven? Besonders sympathisch waren sie sich noch nie. Vielleicht nur deswegen, weil sie sich nie richtig kennengelernt haben? Monika spielte immer die große Geschäftsfrau, und Marion fand das widerwärtig. Der Platz der Frau war für sie, allen Emanzipationsbewegungen zum Trotz, an der Seite des Mannes.

Das hat sie jetzt davon!

Sie fährt aus der Garage hinaus in Richtung Stadt. An der Stelle der abgesägten Radaranlage steht jetzt eine neue. Wie symptomatisch für mich, denkt sie. Kaum sägt Günther die eine ab, ist bereits eine neue da. Dabei hätte ich mich fast noch selbst abgesägt. Ihre Eisensäge fällt ihr ein. Und gleich dazu ein Dutzend teuflischer Filmszenen. Oder waren es überhaupt keine Filmszenen, sondern ihre Phantasie, die sich diese Schauermärchen zurechtreimt? Die Eisensäge steht jedenfalls noch in der Garage. Gebrauchstüchtig.

Ein schönes Instrument für hintergangene Ehefrauen.

Monika hat sich eben die Tagesschau angesehen und sich anschließend durch sämtliche Fernsehprogramme geschaltet, um irgendwo bei einem gemütlichen Film landen zu können, als es klingelt. Nanu, sie schaut auf die Uhr. Kann höchstens eines ihrer Kinder sein. Schlüssel vergessen, typisch! Sie drückt auf den Türöffner und öffnet die Haustür einen Spaltbreit, dann geht sie direkt in die Küche. Gleich mal überprüfen, was sie ihrer Brut anbieten kann. Da hört sie ein zaghaftes Klopfen und ein »Haloooo?«. Verblüfft geht Monika zurück. Sie muß zweimal hinschauen, bevor sie es glaubt. Marion Schmidt steht in ihrer Tür, irgendwie ein bißchen verändert, nicht so streng damenhaft wie sonst, aber unverwechselbar Marion Schmidt.

»Entschuldigen Sie, Frau Raak, wenn ich einfach so hereinplatze«, sagt sie, während sie unbeweglich im Türrahmen steht, »ich habe versucht, Sie von unterwegs anzurufen, Ihre Telefonnummer aber leider nicht finden können.«

»Ich habe eine Geheimnummer, Frau Schmidt.«

»Ach ja, natürlich!«

Monika bittet ihren ungewöhnlichen Gast herein, bietet Marion am Tisch Platz an und schaltet das Fernsehgerät aus. »Was würden Sie denn gern trinken?« fragt sie anschließend, »Wein oder Bier? Mineralwasser oder Saft?«

»Wenn ich ehrlich bin«, es ist Marion anzusehen, wie schwer es ihr fällt, »hätte ich nur gern einen Rat von Ihnen. Und ich konnte nicht bis morgen warten, weil ich«, sie sucht offensichtlich nach den richtigen Worten, »zu ungeduldig bin, zu rastlos. Ich mußte handeln!«

»Aha«, sagt Monika, noch immer unentschlossen zwischen Wohnzimmer und Küche stehend. »Warum denn?« Damit setzt sie sich, ohne Getränke geholt zu haben, Marion gegenüber auf einen Stuhl.

Marion schluckt, dann hebt sie den Blick und schaut Monika direkt in die Augen. »Ich brauche eine gute Anwältin und kenne keine. Mein Mann hat mir eben erklärt, daß er sich scheiden lassen will!«

Ein Moment lang ist es still.

»Einfach so?« fragt Monika schließlich.

»Ja, einfach so!«

In Monika schrillen sämtliche Alarmglocken. Er wird doch nicht tatsächlich wegen Linda?? Sie steht auf. »Da brauche ich einen Schnaps! Sie auch?«

Marion zögert keine Sekunde. »Ja!«

Günther ist frisch geduscht und jugendlich leger gekleidet mit einer eisgekühlten Flasche Champagner aus Marions Beständen losgefahren. Das wird heute schon gefeiert, warum sollte er bis morgen warten! Diese Nacht gehört ihm! Auf dem Weg zu Linda läßt er ständig das Telefon bei ihr läuten, aber sie geht nicht ran. Sie wird in der Badewanne sitzen und sich für ihn vorbereiten, denn ihr weiblicher Instinkt wird ihr sicherlich sagen, daß er heute noch kommt! Er macht sein Radio an und gerät mitten in ein Lied mit dem Refrain »Männer sind Schweine«. Da hört sich doch alles auf, denkt er erbost, lauscht kurz und ungläubig einigen weiteren Liedzeilen und schaltet gleich darauf den Suchlauf ein. »Solche elenden Nestbeschmutzer«, schimpft er laut, aber in dem Moment erkennt er einige Takte von »Stranger in the Night«, stoppt den Suchlauf und singt lauthals mit. Mit Frankie-Boy kann er sich identifizieren, der war, in jeder Hinsicht, ebenfalls kein Kostverächter.

Linda ahnte, daß es Günther ist, dem sie das ständig klingelnde Telefon zu verdanken hat. Er hat gesagt, er käme morgen. Damit kann sie sich arrangieren, aber nicht mit heute nacht. Diese Nacht gehört ihr, und wenn er heulend vor der Tür säße, würde das auch nichts daran ändern. Sie braucht ihre Ruhe vor dem Sturm, denn sie ist sich in der letzten Stunde darüber klar geworden, wie sie den neuen Geliebtenstatus handhaben wird. Wenn er sie so unbedingt will, wird sie ihm recht bald klarmachen können, was *sie* unbedingt will, nämlich eine Boutique in Stuttgart. Und zwar nicht auf der Secondhand-Meile, sondern im Zentrum. Joop, Gucci, Jil Sander, Thierry Mugler, von allem etwas oder eine Marke exklusiv. Er hat doch angeblich überall Verbindungen, dann kann er sie zur Abwechslung ja mal für sie spielen lassen. Auf dieser Basis läßt sich sein Altherrenkörper mit den weichen Glocken am Seil ertragen.

Linda steht am Vorhang. Lange braucht sie nicht zu warten, da sieht sie seinen Wagen in die Einfahrt einbiegen. Soll er glauben, er sei der große Held, wenn er das braucht. Aber erst ab morgen. Sie läßt sich Wasser in die Badewanne laufen und ignoriert das lange Klingeln an der Tür.

Günther überlegt. Die Blöße, zu Hause zu übernachten, kann er sich vor Marion nicht geben. Sie muß glauben, sein neues Liebesleben laufe auf Hochtouren. Er wird nach Hause fahren, schnell einen kleinen Koffer packen und dann für diese Nacht in einem Stuttgarter Hotel verschwinden. Zum Teufel, Mädchen, wo steckst du, ärgert er sich, als er den Wagen wieder startet. Wenn sie erst mal seine Frau ist, wird er ihr solche Mätzchen schon abgewöhnen. In dieser Hinsicht könnte sie von Marion ruhig was lernen.

Marion hat ihrer Seele Luft gemacht. Zuerst zögernd, dann voller Wut läßt sie heraus, was sie Günther gern an den Kopf geschleudert hätte. Ihre ständige Zurückhaltung ihm gegenüber, ihre Dienstwilligkeit, die Unterdrückung ihrer eigenen Bedürfnisse, der Druck, nie aus der Rolle fallen zu dürfen. »Und jetzt serviert er mich einfach ab. So, als wäre nie etwas gewesen, als gäbe es diese Jahre nicht! Fünfunddreißig Jahre Ehe, einfach weg!« Ihre Augen heften sich auf Monika, und plötzlich bricht der Damm. Die Tränen schießen, und sie schluchzt hemmungslos. »Wie kann ein Mensch so sein?« heult sie, und Monika reicht ihr eine Packung Papiertaschentücher.

»Weinen Sie nur, das tut gut! Das braucht die Seele, sie muß reingewaschen werden. Ich mache uns einen Tee!«

Irgendwann kommt nur noch ein trockenes Schluchzen, und schließlich hört es ganz auf. »Warum heule ich eigentlich?«

fragt sie sich nach einer Weile, während Monika ihr eine Tasse mit schwarzem Tee eingießt und braunen Zucker bereitstellt. »Heule ich seinetwegen? Oder meinetwegen? Wegen der zerplatzten Illusion? Wegen des Hauses? Aus Angst vor der Zukunft? Aus Angst vor der Umwelt, den Leuten?«

»Das wäre der einzige Grund, bei dem die Angst berechtigt ist«, fällt Monika ein und rührt in ihrer Tasse.

»Die Leute?« fragt Marion und hebt fragend ihr verschwollenes Gesicht.

»Erinnern Sie sich an Günthers sechzigsten Geburtstag?«

»Wie könnte ich den vergessen«, antwortet Marion und seufzt.

»Ich vergesse ihn auch nicht!« Monika legt den Teelöffel neben ihre Tasse und schaut sie an.

»Sie? Warum? Sie waren doch gar nicht dabei!«

»Eben!« Sie läßt das Wort kurz in der Luft hängen, bevor sie es ergänzt: »Ich bin nicht eingeladen worden!«

Eine Weile ist es still. Marion betrachtet ihre Hände, die neben ihrer Tasse auf dem Tisch liegen. Dann nickt sie. »Ja, ich verstehe.« Sie schaut auf. »Ich verstehe, was Sie sagen wollen. Es war ein Fehler!«

»Es ist ein Fehler der Gesellschaft!«

»Es war mein Fehler. Wir sind die Gesellschaft!«

Es vergehen wieder einige schweigsame Minuten. »Ich möchte mich bedanken«, sagt Marion schließlich, »das Gespräch hat mir gutgetan, auch wenn sich das jetzt sehr egoistisch anhört!«

»Es war egoistisch, und es ist gut so!« Monika lächelt. »Es gibt Frauen, die müssen erst lernen, daß sie überhaupt existieren. Wir sind nicht auf der Welt, um anderen zu dienen. Dienstleistungen gehören in die Geschäftswelt, dort werden sie bezahlt!«

»Sie sind erfrischend anders!« Marion erhebt sich langsam. »Ich bin Ihnen sehr zu Dank verpflichtet! Auch für die Adresse von Frau Kell.«

»Ich werde Frau Kell morgen früh anrufen und auf Sie vorbereiten.«

»Danke!«

Monika steht ebenfalls auf, schüttelt aber den Kopf. »Wollen Sie mit dem verheulten Gesicht nach Hause?« will sie wissen. »Gönnen Sie Ihrem Mann diesen Triumph?«

Marion fährt sich mit den Fingern tastend über das Gesicht. »Sehe ich so fürchterlich aus?«

Monika runzelt die Stirn und muß gleich darauf lachen. »Wenn Sie mich fragen, bleiben Sie besser hier. Aus rein taktischen Gründen sollten Sie Ihrem Mann in dieser Verfassung nicht unter die Augen kommen. Ich habe ein Gästezimmer und eine kleine Extradusche, die kann ich Ihnen gern anbieten. Was Sie sonst noch brauchen, werden wir gemeinsam sicherlich auftreiben!«

Anna Kell hat sich angehört, was Monika Raak ihr zu erzählen hat. Sie kennt die Schmidts, wie jeder in Römersfeld das Ehepaar Schmidt kennt. Geldgeil, karrieresüchtig, bieder. Und dazu noch einflußreich. Alles reine Fassade, symptomatisch auch ihre schneeweiße Südstaatenvilla, hinter der Intrigen, Vetternwirtschaft und Korruption stehen. Man kann sich mit Günther Schmidt anlegen und gewinnen, man kann sich mit ihm aber auch anlegen und alles verlieren. Wer weiß, was da sonst noch dranhängt. Möglicherweise eine Frage der Existenz.

Anna Kell dreht ihren Schreibtischstuhl und schaut aus dem Fenster auf das Treiben auf der Hauptstraße. Freitag, Endspurt. Ganz Römersfeld geht einkaufen, als stünde die Geldentwertung bevor. Für Anna, die lange in Berlin gelebt hat, ein faszinierendes Bild. In dieser Stadt geschieht alles mit der Regelmäßigkeit eines Uhrwerks. Jeder Tag hat seine Rituale, und am Samstag wird die kollektive Anbetung des goldenen Kalbs gepflegt. Solche Warteschlangen wie vor den beiden Autowaschanlagen von Römersfeld hat Anna noch nicht einmal beim italienischen Grenzbeamtenstreik erlebt – und da stand sie immerhin zwei Stunden. Noch bemerkenswerter findet sie allerdings, daß das frisch gewaschene Auto erst dann abgestellt werden darf, wenn die Straße am hauseigenen Rinnstein oder der numerierte Stellplatz stubenrein gefegt wurde, in einem Aufwasch mit dem Hauseingang, dem Flur und dem Balkon. Ohne Kehrwoche würde in Römersfeld sicherlich Panik ausbrechen, der sittliche und moralische Halt wäre dahin, und der Oberbürgermeister würde abgesetzt. Anna grinst und zündet sich eine Zigarette an. Sie nimmt einen tiefen Zug und lehnt sich zurück. Aber gerade weil die Römersfelder so sind, wie sie sind, könnte sie mit diesem Mandat Kopf und Kragen verlieren. Gerade jetzt, wo sie dieses Haus gekauft hat, einen Altbau mit Jugendstil-Anklängen, das sie etwas ausgefallen renovieren will. Wenn ihre Bauanträge nicht durchgehen, hat sie ihr Geld zum Fenster hinausgeworfen, und wenn die Banken den Hahn zudrehen, kann sie ihren Rucksack schnüren. Es gilt also, genau zu bedenken, ob sie sich mit Schmidt & Co. anlegen will oder nicht. Wie hat sie Monika Raak bei ihrer Scheidung von diesem Wichser, ihrem Vermögensberater, so souverän geraten? Horchen Sie auf Ihre egoistische Seite, hat sie ihr gesagt, am Schluß geht es nur um Sie. Nicht um die Gründe, nicht um die Hindernisse, die ganzen Wenn und Aber, sondern ausschließlich um Ihre Person. Haben Sie den Mut, zu sich und zu Ihrem Egoismus zu stehen. Gehen Sie aufs Ganze! Sie werden es sich danken.

Klasse, Anna, denkt sie, und was sagt dir dein ureigener gesunder Egoismus jetzt?

Laß es bleiben!

Marion ist nach Hause gefahren und hat festgestellt, daß beide Seiten ihres Bettes unberührt sind. Er hat es also tatsächlich fertiggebracht, sie bereits in der ersten Nacht zu verlassen. Ihr Herz rutscht augenblicklich in die Kniekehlen, doch Marion faßt sich schnell wieder. Nur schade, daß er so nicht merken konnte, daß sie auch nicht hier war. Möglicherweise hätte die Vision eines Liebhabers im Hintergrund sein Mütchen etwas abgekühlt. Marion setzt sich aus alter Gewohnheit ihren Guten-Morgen-Kaffee auf und sucht gleich darauf ihre Bankauszüge heraus. Sie holt einen Koffer und legt alles hinein, bevor sie in Günthers Arbeitszimmer geht und die entsprechenden Akten herausfischen will. Einige Lücken im Schrank zeigen ihr, daß er schneller war und daß es tatsächlich ernst wird. Er hat nicht die Absicht, fair zu spielen. Er will sie loswerden, mit einem BMW-Cabrio für fünfunddreißig Jahre Ehe und einem Freifahrtschein unter die Brücke. »Das werden wir ja sehen«, zischt sie durch die Zähne und ruft die Nummer an, die Monika Raak ihr gestern gegeben hat. Zwischenzeitlich dürfte die Anwältin von Monika ja informiert worden sein.

Günther hat für eine unbefriedigende Nacht im Hotel 280 Mark bezahlt, hat sich dafür am Frühstücksbuffet mit einer unmäßigen Völlerei gerächt und ärgert sich, während er sich in der morgendlichen Rushhour im Stop-and-go-Tempo langsam durch die Stuttgarter Innenstadt quält, nun über seinen dicken Bauch. An allem sind nur die Frauen schuld, schimpft er in Gedanken, Marion sitzt dick wie eine Matrone in seinem Haus, und Linda ist nicht zu Hause, wenn er sie braucht. Auch jetzt nicht. Er läßt das Telefon mehrmals durchläuten, doch es nimmt niemand ab. Ob sie zur Arbeit ist? Das kann sie sich in Zukunft schenken, denn wenn sie erst bei ihm wohnt, hat sie mit der Organisation von Haus und Garten genug zu tun. Und die restliche Zeit kann sie dann darauf verwenden, sich für ihn hübsch zu machen. Der Gedanke hebt seine Laune schlagartig, er freut sich auf heute abend, denn heute sind sie verabredet, und ihr schöner Körper wird ihm gehören. Während er darüber nachdenkt, fallen ihm ein paar Spielchen ein, die er gern mit ihr

234

ausprobieren würde. An der nächsten Ampel dreht er um und fährt wieder zurück. Wo Beate Uhse ihr Geschäft hat, weiß er noch aus früheren Zeiten.

Seitdem sich Monika am frühen Morgen von Marion verabschiedet hat, überlegt sie, was sie in der Sache tun soll. Sie trinkt mit Richi einen Kaffee im Büro, während sie mit ihm einige geschäftliche Dinge bespricht. Als er in sein eigenes Büro hinübergeht, fragt sie sich, warum sie ihn nun nicht nach Dirk gefragt hat. Es gibt keinen wirklichen Grund dafür, eher die unbestimmte Befürchtung, daß sie mit ihrer Vermutung recht haben könnte. Linda ist keinem Eros Ramazzotti verfallen, der in ihrer Parfümerie ein After-shave gekauft hat, sondern Günther Schmidt ist *ihr* verfallen. Welch idiotische Geschichte, muß sich denn alles im Leben wiederholen? Oder hat Klaus seinem Freund mit seiner Tat so imponiert, daß er noch eins draufsetzen mußte? Zutrauen würde sie es ihm. Klotzen gehört zu Günthers Mentalität, und wenn er für sein Image eine Zulu-Häuptlingstocher bräuchte, würde er wahrscheinlich auch das probieren. Warum ihm noch nie jemand gesagt hat, wie aufgesetzt das wirkt? Und wie fürchterlich lächerlich? Oder wirkt es auf andere möglicherweise überhaupt nicht lächerlich und auch nicht aufgesetzt, sondern einfach nur männlich? Stark? Beneidenswert? Sie weiß es auch nicht. Anscheinend durchschaut ihn einfach keiner. Vielleicht wollen sie ihn aber auch nicht durchschauen, weil sie keinen Leithammel verlieren wollen. Aber Linda? Es schüttelt Monika, und sie geht rüber zu Richi. Er schaut vom Computer auf. »Haben wir was vergessen?« fragt er.

»Mir fiel eben dein Freund Dirk ein. Wie geht es ihm eigentlich?«

»Das wüßte ich auch gern. Ich kann ihn nur leider nirgends erreichen. Er scheint sich in Luft aufgelöst zu haben!«

»Eine neue Liebe?«

Richi lacht kurz auf. »Ich glaube eher, er knabbert noch an der alten!«

»Und was macht Linda?« fragt Monika gespannt.

»Da solltest du eher Irena fragen. Mir erzählt sie ihre Geheimnisse nicht.« Er grinst und fügt nach kurzer Pause ein anzügliches »leider« hinzu.

»Männer!« Monika schüttelt mit einem spöttischen Blick auf ihren Sohn den Kopf und verläßt sein Zimmer.

Als das Gespräch durchgestellt wird, holt Anna Kell tief Luft. Es fällt ihr nicht leicht, einer Frau wie Marion Schmidt abzusagen. Nicht weil sie Marion Schmidt ist, sondern weil sie ahnt, daß ihr Mann alles tun wird, um sie schachmatt zu setzen. Wenn sie keine persönlichen Nachteile befürchten müßte, würde ihr ein solches Duell sogar Spaß machen. Gegen einen wie Günther Schmidt anzutreten verlangt nicht nur ein fundiertes Wissen, sondern auch genug Schläue, um seine Winkelzüge zu durchschauen.

»Kell«, meldet sie sich, »guten Tag, Frau Schmidt.«

Marion erzählt ihr kurz, was sie ohnehin schon weiß, dann wartet sie gespannt auf Antwort.

»Die Akten fehlen, die Konten sind leergeräumt«, überlegt Anna laut. »Tja, das ist klassisch. Sicherlich hat er auch für seine Firmen schon etwas eingefädelt?«

Auf der anderen Seite bleibt es still.

»Frau Schmidt?«

»Ich weiß es nicht«, ihre Stimme klingt verzagt.

»Sie wissen, was es bedeutet, wenn ...«

»Dann hat er die Trennung von langer Hand geplant!«

Darauf wollte Anna überhaupt nicht hinaus, sondern auf das finanzielle Desaster. Aber Marion ist diese Tatsache schlagartig klar geworden, und dieser Betrug schmerzt sie mehr als alles andere. Sie ist kurz davor, die Fassung zu verlieren, und hat Mühe, nicht in Tränen auszubrechen.

Anna Kell denkt darüber nach. »Wie hat er seine Trennungsabsicht denn formuliert?«

Jedes Wort hat sich in Marion eingeprägt, und sie wiederholt den Dialog fast buchstabengetreu. »Sei nicht so großzügig, habe ich zu seinem Angebot gesagt«, endet sie, »was ich natürlich sarkastisch meinte.«

»Und er?«

»Ich hab' es noch genau im Ohr, er sagte: Das ist meine Art!«

Es ist tatsächlich deine Art, du korrupter Oberspießer, denkt Anna, sagt aber: »Ob wir gegen ihn gewinnen, kann ich nicht versprechen. Er ist sehr mächtig in Römersfeld und hat viele Beziehungen!«

»Das weiß ich«, sagt Marion langsam. Seltsam, daß alles, worauf sie bisher immer stolz gewesen war, sich plötzlich gegen sie selbst richtet. Dabei gab es da doch einmal den hehren Satz vom Beschützer: Er wolle sie bis zu ihrem Lebensende beschützen, hat er ihr in der Hochzeitsnacht gesagt. Und jetzt könnte er sie höchstens vor ihm selbst beschützen. Wie verrückt das Leben doch spielen kann. »Das Risiko gehe ich ein«, fügt sie hinzu. Ich habe auch keine andere Wahl, denkt sie dabei.

Anna zögert, dann nickt sie entschlossen in den Hörer. »Okay, ich auch! Ich gehe das Risiko auch ein. Sollte er gewinnen, sind wir beide Sozialfälle, ich hoffe, Sie wissen das! Eine Chance haben wir nur, wenn Sie tatkräftig mitarbeiten!«

»O ja, das werde ich tun!« Marions Stimme gewinnt ihre Kraft zurück. »Darauf können Sie sich verlassen, Frau Kell – und danke …«

Manfred hat sich, kaum daß er aufgewacht war, wieder umgedreht und weitergeschlafen. Dann rief er irgendwann im Büro an, erklärte, daß er gestern einen Autounfall gehabt habe und infolgedessen von einem üblen Schleudertrauma geplagt werde,

und legte sich gleich wieder hin. Wenn er sich das noch ein bißchen länger einredet, kann er vielleicht auch daran sterben, das
wäre ihm in der momentanen Situation sowieso das Allerliebs-
te. Auto weg, Geld weg, realer Betrug und versuchter Mord in
Gedanken. Er wälzt sich hin und her. Fast hätte er die Falsche
umgebracht. Was kann die kleine Roser schon dafür. In Wahrheit ist Marion Schmidt an allem schuld. Sie hat ihm diese
Schuldenberge beschert. Und jetzt sitzt sie auf ihrer Kohle und
lacht sich über ihn kaputt. Und er kann sehen, wie er seine Haut
rettet! Er steht auf und holt sich zwei Schlaftabletten. Wenn in
Römersfeld irgendeiner erfährt, daß er wertloses Gelände für
180 000 Mark gekauft hat, wird er zum Gespött der Stadt. Und
wenn das einer weiterverfolgt ... er darf gar nicht daran denken.
Er spült die Tabletten mit einem großen Schluck Whisky direkt
aus der Flasche hinunter. Bevor er genau darüber nachdenkt,
möchte er alles nochmals vergessen. Vielleicht beschert ihm der
Traum aber auch die Lösung.

Annemarie Roser ist so aufgekratzt wie schon lange nicht mehr.
Heute nachmittag kommt ein Reporter des *Kurier* zum Tierheim und außerdem die Redakteurin des Römersfelder Anzei-
genblatts, denn Regine hat Annemaries Erfolge für den Tierschutzverein direkt an die Presse weitergegeben. Richtig glauben konnte die Geschichte dort zwar keiner, aber eine Sensation
witterten sie allemal. Und Tiergeschichten machen sich immer
gut, besonders für die Wochenendausgabe des *Kurier*.

Joachim Wetterstein geht die Geschichte von Marion Schmidt
nicht aus dem Kopf. Bei Günther dreht sich das ganze Leben
ums Geschäft, er kann sich bei ihm einfach keinen privaten Hintergrund vorstellen, und das Ganze mit seinem Sohn in Verbindung zu bringen erscheint ihm geradezu verwegen. Bevor er
Dirk danach fragt, möchte er sich ein eigenes Bild von der Sache
gemacht haben. Er ruft seinen Baudezernenten an und bittet ihn

238

um den Lageplan rund um das Tierheim. Wenn er weiß, wem die Grundstücke dort gehören, ist er vielleicht schlauer.

Eine Stunde später bittet er sein Sekretariat, sich mit Max Dreher verbinden zu lassen, und erfährt, daß das Grundstück an den Tierschutzverein verkauft worden sei.

»Was ist denn bloß plötzlich los?« will Max Dreher wissen. »Gestern stand eine Schmidt auf dem Hof, die schon das gleiche gefragt hat! Was ist denn an dem Grundstück so Besonderes?«

»Eigentlich nichts«, antwortet der Bürgermeister und denkt, das ist es ja gerade. Was die mit dem Grundstück wohl wollen, fragt er sich und läßt im Bauamt nachfragen, ob für diese Fläche bereits eine Nutzungsänderung beantragt worden sei. Die Antwort lautet negativ, bisher nichts bekannt. Joachim überlegt. Annemarie Roser hat für den Tierschutzverein also ein Gelände auf Verdacht gekauft. Ob sie es überhaupt für den Tierschutzverein gekauft hat? Er vertieft sich in die Besitzverhältnisse der angrenzenden Flächen. Ein Acker, zwischen dem Grundstück und dem Bauernhof liegend, gehört noch den Drehers, aber der Rest ... er stockt und greift zum Telefon. Diesmal läßt er sich keine Verbindung herstellen, er wählt selbst.

Er erreicht Monika an ihrem Schreibtisch in der Firma.

»Heißt dein Vater mit Vornamen Berthold? Berthold Herzog?«

»Ja, warum?«

»Ich dachte es mir. Herzog war klar, ist ja auch dein Mädchenname, aber ich war mir nicht mehr sicher, ob dein Vater mit Vornamen Berthold heißt. Wußtest du, daß ihr am Tierheim einige Hektar Land besitzt?«

»Klar, das hat meine Mutter mit in die Ehe gebracht. Ziemlich wertloses Gelände, wenn mich nicht alles täuscht.«

»Wie kommt deine Mutter dazu?«

»Mein Großvater war damals so eine Art Großbauer hier. Mein Onkel, der eine Bruder meiner Mutter, hat den Hof übernommen, aber ziemlich heruntergewirtschaftet. Er ist schon recht alt!«

»Wie lautet der Mädchenname deiner Mutter?«

»Wieso fragst du?«

»Sag ich dir gleich!«

»Dreher.«

»Die Schwester von Max Dreher?«

»So ist es. Aber jetzt ...«

»Müssen wir uns treffen! Dringend!«

»So schlimm?« fragt sie süffisant.

»Noch schlimmer!«

Linda packt in ihrer Parfümerie Ware aus und überlegt, was sie mit ihrem vielen Geld machen soll. Zu ihrer Bank bringen will sie es nicht, sie kennt die Angestellten dort und ist sich sicher, daß die sich über die ständigen Bareinzahlungen wundern würden. Sie wird sich bei einer anderen Bank, eventuell sogar in Stuttgart, ein Sparkonto einrichten und alles, was Günther ihr so zusteckt, einbezahlen. Darauf freut sie sich schon jetzt. Bleibt zu hoffen, daß Günther mit seinen sexuellen Wünschen nicht ausflippt, sondern schön auf dem Teppich bleibt und die Kost bevorzugt, die er wahrscheinlich immer bekommen hat. Hausmannskost eben.

Monika hat sich gleich auf den Weg gemacht. Es ist unverfänglicher, sich in der Stadtverwaltung zu treffen als in irgendeinem Restaurant, am Waldesrand oder gar bei ihr. Was der Oberbürgermeister macht, wird in einer Kleinstadt wie Römersfeld sehr genau beobachtet. Ein Verhältnis könnte seinen Kopf kosten, und das wollen sie beide nicht. Sie kennen sich bereits seit ihrer Schulzeit, waren in derselben Clique, mochten sich damals sehr, knutschten heimlich miteinander, machten gemeinsam Abitur und heirateten schließlich. Jeder einen anderen. Joachim hatte sich in die junge Ilse verliebt, eine Schönheit aus dem Nachbarort mit pfirsichfarbenem Teint, und Monika fand Klaus, den aufstrebenden Vermögensberater, unwiderstehlich. Mit den Jahren stellten Joachim und Monika fest, daß sie sich noch immer mochten, wogegen die Liebe zu den Partnern längst abgeflaut war. Und manchmal reden sie darüber, wie wohl alles gekommen wäre, wenn sie ihre jugendliche Zuneigung ernst genommen hätten.

Sie treffen sich im Sitzungszimmer, und Joachim schließt hinter ihnen ab.

»Es wird heute hoffentlich keine Überraschung wie gestern geben«, sagt er dazu und grinst.

»Dazu kann ich dir etwas erzählen«, deutet Monika an und schildert Joachim in Kürze den nächtlichen Überraschungsbesuch.

»Interessant«, meint Joachim. »Also läuft diese Geschichte tatsächlich auf der privaten Schiene. Hätte ich nicht gedacht! Aber trotzdem«, er senkt die Stimme, »vielleicht hat unser Freund Schmidt uns unabsichtlich auf etwas gebracht!«

»Wie meinst du das?« fragt Monika. Joachim winkt ab, um ihr anzudeuten, daß diese Sache nur sie beide etwas angehe, und rückt zwei Stühle so zurecht, daß sie sich direkt gegenüberstehen. Monika lächelt und setzt sich auf den einen. »Geht es um eine Geheimakte X?« flüstert sie im Verschwörerton.

»Es geht möglicherweise um viel Geld«, antwortet Joachim leise, und seine Mundwinkel zucken herausfordernd.

Zwei Stunden später erwacht Manfred. Tief unter seiner Daunendecke versteckt hat er komatös geschlafen und wacht jetzt mit gewaltigen Kopfschmerzen auf, ohne jedoch im Schlaf eine Lösung für seine Probleme gefunden zu haben. Ich muß mich der Sache stellen, sagt er sich schließlich und geht ins Bad, um sich zu rasieren und kalt zu duschen. Fast hätte er das Telefon überhört, aber seine laute Ansage auf dem Anrufbeantworter macht ihn aufmerksam. Manfred geht schnell in sein Wohnzimmer, um das Gespräch anzunehmen. Er hat mit dem Büro gerechnet, aber damit nicht: Es ist Monika Raak.

»Sie fühlen sich nicht wohl, wurde mir im Büro gesagt, ich nehme an, der Grund liegt in dem Grundstück am Tierheim. Sie haben für viel Geld eine wertlose Wiese und eine alte Halle gekauft. Ich kann Ihnen Ihre Kopfschmerzen nachfühlen.«

Manfred hat sich auf einen Stuhl sinken lassen. »Woher wissen Sie das?« fragt er schwach und legt sich die flache Hand auf die Stirn.

»Ich nehme an, morgen wissen es alle, denn es sind schon Journalisten am Tierheim, die eine Story aus dem sensationellen Verkauf machen wollen!«

»O nein, das ist mein Untergang!«

»Sie sagen es!«

Eine Weile bleibt es still. Dann hat sich Manfred gefaßt. »Was wollen Sie?«

»Ihnen das Gelände zu einem vernünftigen Preis abkaufen!«

»Warum?«

»Weil es meiner Familie gehörte. Max hätte es ohne familiäre Absprache gar nicht verkaufen dürfen. Weder an Frau Roser noch an sonstwen!«

»Verstehe ich nicht.«

»Max Dreher ist mein Onkel, sein Bauernhof ist das Elternhaus meiner Mutter!«

»Aha!« Und da wird es Manfred schlagartig klar. Er kann seinen Kopf aus der Schlinge ziehen. Er hat einen Doofen gefunden! »Wieviel?« will er wissen.

»Ich biete Ihnen 90 000 Mark.«

»Das ist die Hälfte!« fährt er entrüstet hoch.

»Die Hälfte oder überhaupt nicht«, Monikas Stimme klingt entschlossen.

»Das geht doch nicht«, protestiert Manfred, »ich habe 180 000 Mark dafür bezahlt!«

»Was soll ich da sagen«, Monika lacht leise. »Selbst schuld, Herr Büschelmeyer. Aber für mich ist es noch ärgerlicher, denn ich muß jetzt ein Gelände, das nur 10 000 Mark wert ist, für 90 000 Mark zurückkaufen. Das habe ich Ihrer, entschuldigen Sie, Dummheit zu verdanken. Seien Sie mir also besser dankbar, daß ich Ihnen dieses Angebot überhaupt mache! Ich kann Sie auch darauf sitzenlassen und familiäre Regungen vergessen!«

Manfred sinkt in sich zusammen.

»Ich habe da ein Problem«, gesteht er nach einer Schweige-minute, »ich brauche die restlichen 90 000, sonst bin ich er-ledigt!«

Als Monika fünf Minuten später den Hörer auflegt, ist sie zu-frieden mit sich und der Welt. Sie hätte nicht erwartet, daß Manfred so kampflos das Feld räumt. Er muß tatsächlich existenzielle Ängste ausgestanden haben. Wie verabredet, ruft Joachim kurz danach bei ihr an.

»Ich habe das Gelände«, informiert sie ihn gleich, »zum ver-abredeten Preis. Ich habe den Notar schon informiert, wir wickeln das heute noch ab. Du kannst den Punkt also am Dienstag auf die Tagesordnung setzen!«

Über eine Stunde lang trieb sich Günther im Geschäft von Beate Uhse herum. Jetzt, da er schon einmal da ist, möchte er auch alles sehen. Als er geht, hat er zwei Pornos gekauft, die er sich mit Linda anschauen will, um es dann genauso nachzumachen, und einen batteriebetriebenen Vibrator in einer Größe, die er auch mit drei Sexpillen nicht erreichen würde. Vielleicht mag sie das ja, so ein bißchen 69er mit Handbetrieb, denkt er lüstern, wäh-rend er mit seiner Plastiktüte zum Wagen läuft.

Marion hat alles Wichtige, was sie finden konnte, zu Anna Kell in die Kanzlei getragen. Dummerweise sind die Akten über seine Firmen, Immobilien und Grundstücke entweder im Büro oder bei seinem Vermögensberater. Ob Klaus mit ihm unter einer Decke steckt? Eigentlich kann sie es sich nicht vorstellen. Ärgerlich genug, daß es bereits Freitag ist und sie übers Wochenende nichts erreichen wird. Soll sie am Wochenende im Haus bleiben? Noch mal das Gespräch mit Günther suchen? Ob er überhaupt kommen wird? Es bleibt ihr nichts anderes übrig, als abzuwarten.

Um die Zeit nicht so nutzlos verstreichen zu lassen, setzt sie sich an einen Tisch auf die Terrasse und schreibt schon mal alles auf, was ihr zu Günthers geschäftlichen Tätigkeiten einfällt. Mittendrin schweifen ihre Gedanken zu ihrem Geburtstag am Dienstag ab. Wie konnte es bloß möglich sein? Eben schlug ihr Günther zur Feier des Fünfundfünfzigsten noch das *Palace* vor, und heute will er sie bereits aus dem Haus werfen. Sie spürt, wie die Mutlosigkeit heranschleicht, und hätte sich am liebsten wie ein Kind in die Ecke gesetzt. Alles wird schon irgendwie gutgehen, sich wieder einrenken. Am liebsten würde sie die Hände vors Gesicht schlagen und sagen: Ich bin überhaupt nicht da.

Aber nach wenigen Minuten rafft sie sich auf. Sie wird ihren Geburtstag feiern, und wenn nicht mit Günther, dann eben mit ihren Bridgedamen. Sie wird eine Party schmeißen, wie sie es für sich selbst noch nie getan hat. Schmidtgerecht eben. Bloß diesmal Marion-Schmidt-Gerecht! Marion holt sich sofort das Telefon und ruft Ulrike Goedhart an.

Ihre beste Bekannte ist erstaunt, sie hat nicht mit einer Einladung zu Marions Geburtstag gerechnet. »Du feierst das doch nie?!« sagt sie.

»Aber diesmal schon!« erklärt ihr Marion. »Ein rauschendes Fest soll es werden, mit Musik und – wenn nötig – mit einem Männerstrip!«

»Männerstrip?? Du??«

»Ja, ich. Was ist daran so außergewöhnlich?«

»Na, ich weiß nicht ...«

Ulrike Goedhart, Architektin und in Anbetracht der Männerwelt von Römersfeld sogar recht erfolgreich, muß lachen. »Ich gestehe dir jetzt was, Marion, und wenn du Lust hast, kannst du ja mitkommen. An deinem Geburtstag ist die ganze Clique leider schon bei einem anderen Fest.«

Die Nachricht enttäuscht Marion zunächst, aber dann beschließt sie, komme was da wolle, das Angebot anzunehmen. »Und da könnte ich mit?«

»Klar. Wir würden uns freuen – es gibt nämlich eine Riesengaudi!«

»Erklärst du mir mal ...«

Marion hört zunächst nur fröhliches Gelächter. »Warst du jemals auf einer Dessousparty?« fragt Ulrike schließlich.

»Noch nie gehört. Was soll das sein?«

»Wir lassen uns auch überraschen. Greta Kremer hat eingeladen, und es kommen außer uns noch einige andere Frauen aus Römersfeld und Kirchweiler. Wer, weiß ich auch nicht. Aber sicherlich wird es schreiend komisch.«

Dessousparty. Marion hat keine Ahnung, was sich dahinter verbergen könnte. »Feiern wir in Dessous, oder wie muß ich mir das vorstellen?«

Ulrike lacht schallend. »Es ist eine Verkaufsparty. Wie Tupperware, schätze ich mal. Aber frag mich nicht, ich war auch noch nie dabei. Du nimmst Bargeld mit, falls du etwas kaufen willst, und der Abend gehört dir!«

Linda sieht die silberne Limousine vom Balkon aus in die Einfahrt zu ihrer Wohnsiedlung einbiegen. Sie steht auf und geht kurz ins Bad, um ihr Aussehen zu überprüfen. Auf dem Rückweg bleibt sie neben dem Telefon stehen und läßt ihren Blick über ihr kleines Wohnzimmer streifen. Blumen, wo sie hinsieht. In der Mittagspause war sie ins beste Römersfelder Porzellangeschäft gegangen und hat sich drei wunderschöne große Vasen ausgesucht. Für ihre Verhältnisse waren sie unerschwinglich, aber da sich ihre Verhältnisse derzeit von Tag zu Tag ändern, kaufte sie sie doch. Mit einem gewissen Stolz betrachtet sie nun das Miteinander der Farben und freut sich, wie die traumhaften Sträuße durch die Vasen noch besser zur Geltung kommen, und wartet dabei auf das Läuten des Telefons.

Kurz vorm Einfahren in die Tiefgarage ruft Günther an. »Was hast du an?« will er wissen.

Sie schaut an sich hinunter. »Es wird dir gefallen«, sagt sie mit ihrer erotischsten Stimme.

»Beschreib es!«

»Oben trage ich ein weit ausgeschnittenes Oberteil über meinen vollen Brüsten, keinen BH und unter meinem kurzen Rock ...«, die Betonwände der Tiefgarage schneiden den Funkverkehr ab. Erleichtert legt Linda auf. Soll er sich doch einfach anschauen, was sie anhat.

Kurz danach klingelt es bereits, Günther muß den Wagen direkt vor dem Lift abgestellt haben. Sie öffnet, und er holt tief Luft. »Du siehst hinreißend aus«, stellt er zufrieden fest, küßt sie und wedelt, während er an ihr vorbei in die Wohnung geht, mit zwei Tickets in der Luft. »Einmal Hamburg zum Schnuppern, hin und zurück, was hältst du davon?«

Viel. Sie war noch nie in Hamburg.

Günther stellt seinen Pilotenkoffer ab und legt die Tickets auf den Tisch.

Linda fällt ihm um den Hals. »Das ist klasse! Eine wirklich klasse Idee!«

»Ein bißchen Shopping, ein bißchen Sightseeing, ein bißchen Reeperbahn, ein bißchen Einstimmung auf Paris. Morgen früh Hinflug, Sonntag abend Rückflug. Nicht lange, aber lang genug ...«, er grinst und zwickt ihr durch das Oberteil leicht in die Brustwarze.

»Riesig! Das haut mich einfach um!« Linda lacht. »Was nehme ich da mit?«

Günther faßt unter ihren Rock und drückt ihre Pobacke herzhaft. »Das Wesentliche hast du dabei. Alles andere kann man besorgen. Hast du noch was Trinkbares im Kühlschrank, bevor ich dich vernasche?«

Marion würde wahrscheinlich nicht glauben, daß das ihr Mann ist, denkt Linda, während sie zum Kühlschrank geht. »Nachschub habe ich im Auto«, hört sie ihn sagen. »Eine Kiste Champagner, eine Kiste Rotwein und eine Kiste Weißwein. Meinst du, das reicht für die nächste Woche?« Er lacht laut und stellt, als sie mit der Flasche zurückkommt, zwei Champagner-gläser auf den Tisch.

»Wo hast du die denn her?« fragt sie erstaunt.

Er deutet auf seinen Pilotenkoffer und sagt geheimnisvoll: »Das ist der Giftschrank des Alchimisten.«

»Was?«

»Du wirst schon sehen!«

Im Tierheim ist allmählich wieder Ruhe eingekehrt. Daß Annemarie Roser mit dem Verkauf des Grundstücks ein so gutes Ergebnis erzielt hat, hat sich schnell herumgesprochen. Mit den Journalisten kamen auch allerhand Tierfreunde, die das Tierheim regelmäßig unterstützen oder Tiere vermitteln oder für den Tierschutz arbeiten. Plötzlich waren über zwanzig Leute zusammen, und Regine fuhr los, um Getränke und Wurst-wecken zu besorgen. Am Schluß saßen viele einfach im Hof zu-sammen, manche auf umgekippten Kisten, andere auf alten Stühlen, die Stimmung war ausgelassen, jeder hatte einen ande-ren Vorschlag für das viele Geld.

»Zuerst kriegst du zurück, was du von eurem gemeinsamen Konto gemopst hast, und außerdem deine Spende«, hatte Rose-marie gleich zu Beginn zu Regine gesagt, und Regine prote-stierte: »Die Spende nur, wenn du dir deine eigene auch aus-bezahlst!« Da kam sich Annemarie schäbig vor, und sie beich-tete Regine ihre Vermittlungsprovision.

»Na und?« sagte die, »das steht dir doch zu! Aus reiner Freundschaft wird Manfred das Extra nicht bezahlt haben, da kannst du sicher sein!«

Günther hat die gefüllten Gläser ins Schlafzimmer gestellt und ist ins Bad verschwunden. Linda steht unentschlossen an der Tür zum Schlafraum. Geduscht hat sie eben erst, und was kommt, ist klar. Bloß die Details sind etwas rätselhaft. Was trägt er bloß in seinem Pilotenkoffer spazieren?

Günther kommt strahlend zurück, ein Badetuch um seinen Bauch, kleine Wassertropfen auf der Haut. »Wo steht dein Videogerät?« fragt er und schaut sich um.

»Ich habe keines!«

»Nein? Nicht möglich!« Er wirft einen Blick zum Fernseher im Wohnzimmer. »Weshalb denn nicht?«

Linda überlegt. »Ich hab' noch nie eines gebraucht«, sagt sie lahm.

»Wenn ich das gewußt hätte! Du brauchst so ein Kombigerät für das Schlafzimmer. So einen kleinen Würfel mit integriertem Videorecorder. Na, das nächste Mal«, überlegt er laut und sagt zu sich selbst: »Wenn es sich dann überhaupt noch lohnt!«

Linda ist hellhörig geworden. »Wie meinst du das?« will sie wissen.

»Nun«, er greift nach den beiden Gläsern und reicht ihr eines davon, »manches könnte sich schnell ändern. Vielleicht ziehst du bald um, dann hast du einen großen Breitwandfernseher und mehrere Videogeräte im Haus.«

»Warum sollte so etwas passieren?« Linda stößt mit ihm an.

»Wart's ab!«

Zur gleichen Zeit hat Manfred Monikas Büro mit zwiespältigen Gefühlen verlassen. Einerseits beruhigen ihn die 90 000 Mark in der Tasche, andererseits wird er den Gedanken nicht los, sie könne ihn über den Tisch gezogen haben. Er weiß nicht, ob er die Geschichte einfach so glauben soll. Mag schon sein, daß man das Familienerbe zusammenhält, aber zu so einem verrückten Preis? Wie sagte sie am Telefon selbst so schön, 80 000 Mark über Wert? Über den Rest wird er einen Kredit von ihrer Bank bekommen, das hat sie ebenfalls bereits veranlaßt. Er braucht am Montag nur noch dorthin zu gehen, und alles ist geritzt. Es erscheint ihm zu schön, um wahr zu sein. Trotzdem kann er sich mit seiner Rolle in diesem Spiel nicht so ganz anfreunden. Eine Frau, die für ihn die Fäden spinnt, das paßt ihm bei allen Vorteilen für ihn selbst doch nicht so recht.

Linda hat sich inzwischen auf die Spielchen mit Günther eingelassen. Wenn er meint, daß er Verstärkung braucht, soll er die kriegen. Sie hat nichts gegen einen Dildo, auch wenn sie bei Dirk nie auf diese Idee gekommen wäre. Solange an diesem Ersatzteil kein anderer Mann hängt, ist ihr alles recht. Mit einem wie Günther wird sie leicht fertig. Und vor allem schnell. Günther, völlig erhitzt vom atemberaubenden Liebesspiel, setzt sich auf und betrachtet Linda, die sich nun auf die Seite dreht und die Hand nach dem Glas ausstreckt. »Du hast eine göttliche Figur«, sagt er und fährt mit den Fingerkuppen ihre Taille entlang. »Wenn ich dich betrachte, könnte ich gleich wieder.«

Sie lacht und nimmt einen Schluck. »Das traue ich dir sogar zu«, sagt sie und richtet sich auf. »Aber morgen wollen wir unseren Spaß doch auch noch haben, oder nicht?«

»Worauf du dich verlassen kannst!«

Er legt sich lang aufs Bett und schaut sie von unten herauf an. »Hättest du gedacht, daß wir sexuell so gut zusammenpassen?«

»Du bist eben ein Könner!«

»Ja, danke, ich weiß. Aber du bist auch nicht schlecht!«

Wochenende in Römersfeld. Günther und Linda sind nach Stuttgart zum Flughafen gestartet, nachdem Günther frühmorgens nach Hause gekommen war, um sich einen Koffer zu packen. Marion tat, als interessiere sie das nicht, aber anschließend bearbeitete sie den Garten, um sich abzureagieren. Klaus lädt Regine zu einem Stadtbummel nach Stuttgart ein, und Monika hat sich in den Zug nach München gesetzt, um am Abend mit einer Freundin in die Oper zu gehen. Richi läßt nicht nach, Dirk zu einem Biergartenbesuch überreden zu wollen, aber der schützt sein Examen vor und vergräbt sich hinter seinen Büchern. Und Irena ist nach wie vor unterwegs.

Für Linda war es der erste Flug in ihrem Leben. Sie hat es genossen, auch wenn sie sich an Günthers Seite etwas seltsam vorkam. Sie meinte förmlich zu spüren, wie manche hinter ihren Rücken rätselten, ob sie die Tochter oder die Geliebte sei. Ein ziemlich unehrenhafter Zustand, findet sie zunächst, aber mit der Zeit wird es ihr egal. Hier kennt sie ja keiner, also spielt es auch keine Rolle.

Hamburg begeistert sie. Schon die Fahrt mit dem Taxi zum Hotel findet sie spannend. Die völlig andere Bauweise der Häuser gefällt ihr, die alten Villen mit den hohen Stuckdecken, die man durch die Fenster sehen kann, die Binnenalster mit der Fontäne in der Mitte und dem Jungfernstieg. »Hier könnte ich auch leben«, sagt sie überschwenglich und drückt spontan Günthers Hand.

»Jetzt haben wir auch Glück, das Wetter spielt mit«, schwächt er ab und bezahlt das Taxi. Sie stehen vor dem Hotel *Vier Jahreszeiten*, und bevor Linda etwas sagen kann, wird schon ihr Schlag aufgerissen. Ein Herr in Livree heißt sie willkommen. Sie schreitet neben Günther so selbstverständlich wie möglich die rot ausgelegte Treppe hinauf, doch die Pracht der Empfangshalle mit den edlen Hölzern, den wertvollen Teppichen und den Antiquitäten raubt ihr dann doch den Atem. Nie hätte sie zu träumen gewagt, daß sie jemals einen Fuß in ein solches Luxushotel setzen würde. Günther erledigt die Formalitäten und geht mit ihr zum Lift, der prompt von einem Liftboy aufgehalten wird. Linda kann es kaum glauben, es erinnert sie an den Film *Drei Männer im Schnee*, den sie genau wegen solcher Dinge so herrlich verkitscht fand. Und jetzt stellt sie fest, daß Kitsch Realität sein kann.

»Na?« fragt Günther, als sie oben den Flur entlanggehen, »zuviel versprochen?«

»Ein Traum«, bestätigt Linda, und sie meint es auch so. Vor Zimmer 516 bleibt er stehen und schließt auf. Linda geht voraus in ein helles Doppelzimmer mit einem großen Bett und Blick auf die Binnenalster. Hinter ihnen klopft es, das Gepäck ist bereits da, Günther fischt in seiner Brusttasche nach Trinkgeld. Gleich darauf sind sie allein, und Günther dreht sich mit einem vieldeutigen Lächeln zu ihr um. »Wollen wir uns erst ein bißchen entspannen, bevor wir in der Stadt bummeln?«

Am Sonntag abend, Günther und Linda sind gerade auf dem Rückflug, klingelt bei Richi das Telefon. Zu seiner Überraschung ist es Dirk, der mit ihm reden will. »Halt mich nicht für bescheuert, aber ich muß ihm eins auswischen, sonst komm' ich nicht mehr ins Gleichgewicht!«

»Wem denn? Von wem sprichst du?«

Dirk bleibt die Antwort schuldig. »Hättest du Lust auf ein Bier?« fragt er statt dessen.

»Okay, ich hole dich ab!«

Eine halbe Stunde später sitzen sie in Römersfelds einzigem Biergarten unter Dirks Lieblingskastanienbaum. Der Platz ist eben freigeworden, und Dirk hat einen regelrechten Sprint hingelegt, um vor den anderen suchenden Gästen da zu sein. »Versprichst du mir, daß du es keinem verrätst?« will er als erstes wissen.

»Du machst es aber geheimnisvoll«, knurrt Richi und bestellt per Fingerzeig zwei Pils.

Dirk schaut sich um. Die Gartenwirtschaft ist gut besetzt, das schöne Wetter hat viele hinausgelockt, aber er sieht in unmittelbarer Nähe keine Bekannten. Das ist schon mal gut. Er lehnt sich zu Richi über den Biertisch und sagt leise, aber scharf: »Ich habe eine Wahnsinnswut, und ich muß Günther Schmidt eine reinwürgen, sonst bringe ich ihn noch um!«

»Sorry, wenn ich dir begriffsstutzig erscheine, aber wieso Günther Schmidt?« Richi legt die Vesperkarte beiseite, nach der er eben erst gegriffen hat.

Dirk spricht noch leiser, es ist fast nur noch ein Zischen: »Er hat mir Linda ausgespannt!« Man sieht ihm an, wie schwer es ihm fällt, und Richi muß sich beherrschen, sonst hätte er laut herausgelacht.

»Du machst Witze«, sagt er ungläubig.

»Zum Teufel, nein!«

Augenblicklich fallen Richi die seltsamen Anspielungen seiner Mutter ein. Wieso konnte sie das schon wissen? Oder haben Frauen tatsächlich einen Instinkt für so etwas?

»Sei mir nicht böse, ich kann's einfach nicht glauben! Was will eine Frau wie Linda mit so einem widerwärtigen Klotz wie Günther?«

»Wenn ich das wüßte, ginge es mir besser. Ehrlich, Richi, ich hab' gedacht, ich sei drüber weg, aber es war ein Trugschluß, es macht mich verrückt!«

Die beiden frisch gezapften Pils werden gebracht, und die beiden stoßen an und trinken die Gläser fast in einem Zug leer.

»Uff, das tut gut!« Beide stellen das Glas mit einem Knall hart auf den Holztisch und wischen sich den Mund mit dem Handrücken ab. Richi rülpst in seinen Oberarm hinein. »Tschuldigung«, sagt er, »das mußte jetzt sein!«

»Ich hab' Verständnis«, nickt Dirk und hält die Hand hoch für zwei weitere Pils.

Richi senkt die Stimme. »Und? Wie kam's?« will er wissen.

»Tja, wenn ich das wüßte. Zwischenzeitlich werfe ich alles durcheinander. Aber angefangen hat es mit so einem Abendessen. Sie wollte unbedingt, daß ich zu ihr komme, und hat auch gekocht und so was alles. Aber ehrlich gesagt, Richi, ich hatte keine Lust. Ich war zu faul, mich aus meiner Bude herauszubewegen, und ich habe mich eigentlich nur gefragt, warum sie das Süppchen nicht genausogut bei mir kochen kann!«

»Au, Mann«, stöhnt Richi, »ein Kardinalfehler. Sie hat sich etwas ausgedacht, sie hat etwas vorbereitet, sie hatte vielleicht weiß sonst noch was in der Planung. Sie brauchte ein Erfolgserlebnis, Mann! Was hast du ihr denn gesagt?«

»Daß ich meinen Wagen nicht finden könnte …«, murmelt Dirk kleinlaut.

»Bist du noch zu retten? Da schwingt sich ein junger Lover auf sein Fahrrad, stellt einen neuen Marathonrekord auf, mietet ein Taxi, aber doch nicht so was. Was hat sie denn gesagt?«

»Das gleiche!«

»Das gleiche?«

»Na ja, wie du eben!«

»Und da wunderst du dich?«

»Ich wollte sie heiraten, ehrlich, Richi, lach jetzt nicht. Ich habe mir schon alles genau vorgestellt. Den Heiratsantrag am Fluß, den Champagner, die Liebesnacht …«

»Und über die bist du nicht hinausgekommen!«

»Wie?«

»Die Liebesnacht, Mensch! Von nichts kommt nichts!«

»Bisher kam es aber immer von allein, ehrlich, und in meinem Ratgeber für Frauen steht, daß Frauen Freiräume brauchen und trotzdem gern an etwas Bekanntem festhalten, hauptsächlich aus Verlustangst. Also – was sollte da passieren?«

Das Pils wird serviert, und Richi bestellt eine Schlachtplatte dazu. »Was passieren kann, hast du jetzt gesehen, mein Lieber.

Die Regeln mit den Freiräumen hat Linda verstanden, aber die mit der Verlustangst hat sie bedauerlicherweise wohl nicht gelesen!«

»Willst du mich auf den Arm nehmen?« Es kommt so laut herausgeschossen, daß sich einige an den Nebentischen nach den beiden umschauen.

»Tut mir leid, aber du hast dir dein eigenes Grab geschaufelt! Daß ausgerechnet Günther der Totengräber ist, ist bitter, das gebe ich zu!« Er schlägt sich vor die Stirn. »Der und Linda, da dreht sich sogar mir der Magen um!«

»Ich würde ihm gern so richtig eine verpassen!«

»Er ist stärker als du!«

»Ich dachte, du wärst mein Freund!«

Richi zieht die Stirn kraus. »Wir können ja mal drüber nachdenken! Vielleicht fällt uns ja etwas ein! Aber zuerst muß ich was essen!«

Die neue Woche beginnt in Römersfeld mit einem strahlend blauen Himmel und hektischen Aktivitäten. Günther hat die Nacht in seinem Haus verbracht, weil dort seine Anzüge hängen, die gebügelten Hemden liegen und die geputzten Schuhe stehen. Und das alles braucht er für den Tag, denn er will möglichst schnell zu seinen Banken, um den Verkauf seiner Immobilie an die Liechtenstein AG vorzubereiten. Er hat im Gästezimmer übernachtet, um Marion die Grenzen aufzuzeigen, aber als er in seinem Kleiderschrank nach dem blau-weiß gestreiften Hemd mit dem Button-down-Kragen sucht, das zu dem Anzug, den er sich bereits herausgelegt hat, perfekt paßt, wird er ungehalten.

»Marion! Wo sind meine Hemden?«

»Wo sollen sie sein?« sagt sie und kommt im Morgenrock herein. Das hat es noch nie gegeben. Nicht um diese Uhrzeit.

»Na, hier sind sie nicht!« fährt er sie an.

»Warum auch?« fragt sie in gelangweiltem Ton und fährt sich mit allen zehn Fingern durch ihre ungekämmten Haare. »Oder glaubst du, Hemden können fliegen?«

»Was soll denn das heißen?«

»Nun, aus dem Wäschekorb hierher, beispielsweise. Mit Umweg über Waschmaschine und Bügeleisen. Ich gehe wieder ins Bett. Du weißt ja, wo der Kaffee steht!« Und weg ist sie.

Wutentbrannt zieht Günther ein anderes Hemd an und schwört sich, daß sie das noch schwer bedauern wird. Gleich wird er den Grundstein dafür legen.

Kaum ist er unten, entfaltet auch Marion fieberhafte Aktivität. Sie duscht in Windeseile, verzichtet auf das zeitaufwendige Zurechtfönen ihrer Dauerwellen, sondern sprüht die Haare kurzerhand nach hinten, klemmt sie hinter die Ohren, zieht sich ein bequemes Kleid an, dazu halbhohe Schuhe, und ist mit allem, was sie gesammelt und aufgeschrieben hat, auch schon zu Anna Kell unterwegs. Bei einer Bäckerei am Straßenrand hält sie an und kauft einige Croissants. Sie geht davon aus, daß bei ihrer neuen Rechtsanwältin eine Kaffeemaschine steht; so muß sie wenigstens nicht auf ihr Frühstück verzichten.

Monika sitzt zur selben Zeit bei ihrem Sohn im Büro, um die Aufträge, Termine und Strategien dieser Woche zu besprechen. »Und was ist mit dir?« will sie plötzlich, für Richi völlig unmotiviert, wissen.

»Mit mir? Wieso?« fragt er und schafft es kaum noch, sie mit seinen blauen Augen offen anzuschauen.

»Na komm!« sagt sie nur.

»Mutti, laß! Das hat nichts mit dir oder dem Geschäft zu tun! Das ist ehrlich privat!«

»Nun, gut! Ich habe dir auch etwas zu erzählen!« Sie klappt ihren Planer zu.

»Was heißt da *auch*?«

»So, wie ich es sage. *Auch!*« Sie lächelt ihm zu.

»Gut! Und was?« Mütter sind manchmal wirklich unerträglich, denkt er dabei.

»Wir werden bauen!«

»Aha!« Er schaut sie dabei an, als müsse er ernsthaft an ihrem Verstand zweifeln.

»Ein Karosseriewerk. Wir erschließen das Gewerbegebiet West. Und wir beginnen als vorderste Firma zur Zubringerstraße. Beste Lage, mein Lieber! Und ein Karosseriewerk bringt uns das Geld, das wir bisher anderen überlassen haben!« Sie rekelt sich zufrieden in ihrem Sessel.

Richi tippt sich langsam an die Stirn. »Bist du blöd? Wieso sollte dort plötzlich ein Gewerbegebiet entstehen? Das Gelände gehört doch zum Tierheim!«

Monika lacht. »Morgen ist das Gebiet als Bauerwartungsland auf der Tagesordnung der Gemeinderatssitzung. Ich habe schon Interesse geäußert und konkrete Vorschläge dazu gemacht. Wenn wir tatsächlich dort bauen können, kassiert die Stadt Gewerbesteuern. Und wir schaffen Arbeitsplätze. Es ist also auch im Interesse der Stadt!«

Richi beugt sich vor. »Im Interesse deines Bürgermeisters, meinst du!«

»Was soll denn das heißen?« Sie wirft ihm einen strafenden Blick zu.

»Hat er kein Interesse daran, wenn das Gelände zu Gewerbegebiet wird?« fragt er unschuldig.

Doch, fünfzig Prozent der Verkaufssummen fließen ihm zu, denkt Marion. Aber das ist nur gerecht, denn ohne ihn blieben sämtliche Äcker und Wiesen ihrer Familie landwirtschaftliche Nutzflächen und somit wertlos. Wenn sie jetzt gemeinsam etwas auf die Beine stellen, ist es völlig richtig, wenn sie auch beide daran verdienen.

»Klar hat er ein Interesse, er vertritt schließlich die Stadt. Und wo es für die von Nutzen ist, ist es für ihn natürlich auch«, weicht sie aus. »Er will die nächste Wahl ja schließlich wieder gewinnen!«

Richi lehnt sich zurück. »Also, wir bauen jetzt ein Karosseriewerk. Na ja, warum nicht. Dann sollten wir vielleicht mal schleunigst mit der Planung beginnen. Morgen ist Gemeinderatssitzung, und wie ich dich kenne, fängst du übermorgen zu bauen an!«

Monika lacht herzhaft. »Irgendwie bist du tatsächlich mein Sohn«, und sie zieht einige Notizen und kleine Skizzen aus ihrem Planer und legt sie auf den Tisch. »Gewisse Gedanken habe ich mir übers Wochenende wahrhaftig gemacht...«

»Ich dachte, du warst in München in der Oper?«

»Wo kann man ungestörter über Geschäfte nachdenken als in der Oper?«

Dirk sitzt an seinem Schreibtisch und entwirft Texte. Richi hatte gestern nach der Leberwurst, der Seite Speck und den Bauernbratwürsten die zündende Idee. Und da sich Dirk, im Gegensatz zu Richi, mit Immobilien- und Grundstücksgeschäften nicht so auskennt, blättert er in verschiedenen Sachbüchern nach, schreibt auf, verwirft und formuliert neu. Schließlich ruft er Richi an. »Ich glaub', ich hab's jetzt!«

Richi schaut seiner Mutter nach, die eben sein Büro verläßt, und fordert ihn zum Vorlesen auf.

»Okay, paß auf: Guten Tag, Herr Schmidt, mein Name ist Rainer Hoyer, und ich kaufe im Interesse der Bundesregierung geeignete Grundstücke in Berlin auf. Durch das Grundbuchamt habe ich erfahren, daß Sie der Besitzer eines der Grundstücke sind, die für unsere Zwecke in Frage kämen. Wir haben uns bereits nach dem Verkehrswert erkundigt und möchten Ihnen hiermit das Kaufangebot von 800 000 Mark machen.« Er räuspert sich kurz. »Was hältst du davon?«

»Ja«, sagt Richi gedehnt. »Und du bist sicher, daß das so stimmt?«

»Das habe ich dir doch gestern schon gesagt. Ich stand daneben, als er meinem Vater gegenüber mit diesem Grundstück geprahlt hat.«

»Nun gut! Dann versuch also dein Glück. Mach den Treffpunkt aus, und denk an deine Stimme!«

»Ja, ja, ich übe ja schon die ganze Zeit!«

Minuten später klingelt das Telefon erneut bei Richi. Richi hat eben begonnen, ein Angebot zu erstellen, und nimmt ungeduldig ab.

»Er hat mich kaum ausreden lassen, weil er in Eile war, meinte aber, das käme ihm sehr gelegen, und wir sollten uns treffen. Er wollte meine Telefonnummer in Berlin, ich habe ihm aber gesagt, daß ich unterwegs sei und wieder auf ihn zukäme!«

»Gut so! Und er hat dich nicht erkannt?«

»Da hätte er sicherlich nicht so reagiert!«

»Na, bestens! Dann läuft's ja an!«

In der Parfümerie bedient Linda gerade eine Kundin, die sich bereits die vierte Pflegeserie ausführlichst erklären läßt. Linda fühlt Ungeduld in sich aufsteigen, und sie ertappt sich dabei, wie sie darüber nachdenkt, ob sich die Frau das überhaupt leisten kann oder ob es nur eine Art Zeitvertreib ist.

»Machen Sie mir doch einen Vorschlag«, sagt ihre Kundin gerade, »denn Sie sehen ja selbst, wie meine Haut beschaffen ist.«

Linda betrachtet ihr Gesicht. »Sie haben eine Mischhaut«, stellt sie fest.

»Nein, eine Mischhaut *hatte* ich. In der Zwischenzeit ist sie eher trocken«, widerspricht die Kundin.

»Entschuldigen Sie, aber hier im Nasen- und Stirnbereich wirkt die Haut doch eher fettig. Das weist auf eine Mischhaut …«, versucht Linda mit ihrer Analyse durchzukommen.

»Ich sage Ihnen doch, sie ist eher trocken!«

»Nun gut«, Linda dreht sich zum Regal um, »wenn es um trockene Haut geht, gibt es hier eine frische, aber reichhaltige Creme von …«

»Da steht aber ›für die reife Haut‹ drauf. Also reif ist meine Haut doch noch nicht – mit dreißig!«

Linda hätte sie eher auf Vierzig geschätzt, aber vielleicht liegt es auch an ihren braunen Schnittlauchhaaren, die ohne jeden Schnitt auf die Schulter herunterhängen, und an ihrem schlechten Make-up, denn eigentlich hat sie ein hübsches Gesicht.

»Was verwenden Sie denn zur Zeit?«

»Nun, so eine blaue Serie – die Schrift ist eher weiß, wissen Sie, ich komme gerade nicht drauf …«

Hinter Lindas Rücken füllt sich das Geschäft, und sie kann ihren Kolleginnen nicht helfen, weil sie bei dieser unentschlossenen Ziege hängenbleibt, die noch nicht einmal ihre eigenen Pflegeprodukte kennt.

Schließlich kommt, was Linda schon in den ersten Minuten vorausgeahnt hat. »Ich werd's mir noch überlegen«, sagt die Frau und schaut sie bedeutungsvoll an. »Sind Sie heute nachmittag auch hier?«

»Ja!« Linda nickt ergeben.

»Gut, dann komme ich heute nachmittag vorbei!«

Noch einmal mache ich das nicht mit, denkt Linda und beginnt die vielen Tiegel, Töpfe und Flaschen wieder an ihren Platz zurückzuräumen. Aber eigentlich glaubt sie auch nicht, daß sie die Frau je wiedersehen wird.

»Das war ja ein klasse Geschäft!« spöttelt Renate, als die Kundin hinausgegangen ist.

»Das kann man wohl sagen!« ärgert sich Linda. »Außer Reden nichts gewesen!«

»Wir bräuchten eben mal wieder so einen Kunden wie den Herrn von letzter Woche. Erinnerst du dich? Der mit der großen Tüte abgezogen ist!«

»Das ist schon zwei Wochen her«, sagt Linda in Gedanken.

»Tatsächlich? Hast du aber ein gutes Gedächtnis!«

Linda denkt an Günther. Ja, der bewegt schon einiges, und das Leben an seiner Seite ist spielerisch leicht. Aber es hat auch seine Nachteile. Anscheinend hat er sich völlig in den Gedanken verrannt, mit ihr ein neues Leben anzufangen. Bis heute hat er sie aber nicht gefragt, ob sie das überhaupt will. Sie fragt sich, wie er sich selbst so sicher sein kann. Oder hat er bisher immer alles bekommen, was er sich in den Kopf gesetzt hat, und er kennt es einfach nicht anders? Frei nach dem Motto: Ein Gedanke, ein Gewinn?

Günther stößt bei seinen Banken auf keine Hindernisse. Alle kennen seinen Geschäftssinn, und alle vermuten, daß Günther mit den Verkäufen auf ein viel größeres Geschäft spekuliert und dementsprechend ein viel dickeres Ding an Land ziehen wird. Günther ruft sofort Klaus an: »Wir haben freie Fahrt«, sagt er, »du kannst diesem Dr. Berger Bescheid geben!«

Und auch Manfred Büschelmeyer bekommt an diesem Vormittag seine Geschäfte schnell geregelt. Das Darlehen ist, nach Monika Raaks Fürsprache, kein Problem, nur die Konditionen halten Manfred etwas vom Jubeln ab. Die nächste Zeit wird er sich einschränken müssen, aber besser 90 000 Mark Verlust als 180 000, sagt er sich, um sich wenigstens ein bißchen aufzumuntern. Das Geld hat er bar auf die Konten der Firmen eingezahlt, und somit dürfte da auch keine Nachfrage mehr kommen. Er fährt in seinen Baumarkt und setzt sich aufatmend an seinen Schreibtisch. Dieses Abenteuer hat er hinter sich, und die Aufregung reicht ihm fürs erste.

Marion sitzt schon seit einer Stunde bei Anna Kell und geht die Sachverhalte mit ihr durch. »Wie kann es sein, daß Sie das Vermögen Ihres Mannes nicht kennen?« will die Rechtsanwältin schließlich von ihr wissen.

»Er wollte es einfach nicht haben, daß ich bei geschäftlichen Dingen dabei bin. Er sagte immer, das regele er schon für uns ...«

»Ja, das tut er jetzt wahrscheinlich auch gerade«, meint Anna Kell trocken.

»Wie meinen Sie das?«

»Nun, ich befürchte, daß er Ihnen in der Regelung seiner finanziellen Angelegenheiten um einen Schritt voraus ist. Bis zur Einleitung des Scheidungsverfahrens kann er noch allerhand zu Ihren Ungunsten manipulieren. Wenn er Ihnen freiwillig keine Auskunft über seine Vermögenslage geben will, müssen wir eine Auskunftsklage erheben und Ihre Ansprüche im Rahmen einer Stufenklage geltend machen.«

»O je«, Marion holt tief Luft. »Das hört sich kompliziert und vor allem langwierig an.«

»Wenn Sie anders an die Informationen herankämen, wäre es natürlich besser, da gebe ich Ihnen recht!«

»Und wenn nicht?«

»Dann wird Ihr Mann ein Vermögensverzeichnis abliefern und die Richtigkeit seiner Aufstellung eidesstattlich versichern müssen.«

»Und wie wird ermittelt, was mir nach der Scheidung von unserem Hab und Gut zusteht?«

»Ihr Vermögensstatus und sein Vermögensstatus am Anfang Ihrer Ehe werden getrennt voneinander aufgeschrieben und verglichen mit Ihrem und mit seinem Vermögen am Ende der Ehe. Die Differenz ergibt den jeweiligen Zugewinn. Derjenige von Ihnen beiden, der mehr hinzugewonnen hat – und das ist ja wohl eindeutig er –, muß dem anderen die Hälfte seines Mehrvermögens ausbezahlen. Wenn Sie also, mal theoretisch gesprochen, mit 500 000 Mark in die Ehe gekommen sind und Ihr Mann auch, und Sie haben jetzt noch 500 000 Mark, er aber drei Millionen, dann hat er 2,5 Millionen Zugewinn, und Sie haben einen Ausgleichsanspruch von 1,25 Millionen. Bei unterschiedlichen Ausgangspositionen wird das natürlich entsprechend anders gerechnet.«

»Oh, ist das kompliziert! Ich wünschte, ich hätte nie geheiratet!«

»Da sind Sie nicht die einzige!«

Marion schließt für einen Moment deprimiert die Augen. Dann gibt sie sich einen Ruck. »Ich werde ihn fragen, wie er sich das vorstellt. Dann werden wir ja sehen!«

»Aber bitte bald. Jede Sekunde zählt. Bei einem Mann vom Kaliber eines Günther Schmidt weiß man nie! Je eher wir ihm die Pläne durchkreuzen um so besser. Und sicherer!«

Als sich Marion gerade erheben will, klingelt das Telefon. Marion fragt durch Zeichensprache, ob sie raus soll, aber ihre Anwältin bedeutet ihr, sich nochmals zu setzen. Als sie auflegt, schaut sie Marion an und verzieht kurz das Gesicht.

»Ist etwas?« fragt Marion mit einer dunklen Vorahnung.

»Ja. Für die Sache ist es gut, für Sie leider schlecht!«

Marion umklammert unbewußt die Armlehnen ihres Stuhls. »Was meinen Sie damit?« fragt sie unsicher.

»Ich weiß jetzt, wer in der Mitte dieses Veitstanzes steht, den Ihr Mann momentan aufführt ...«

»Sie meinen ... seine Geliebte?« Es ist noch immer so neu und ungeheuerlich für sie, daß sie es kaum aussprechen kann.

»Ja! Eine gewisse Linda Hagen. Sagt Ihnen der Name etwas?«

»O Gott!« Marion schlägt sich die Hand vor den Mund. »Das ist eine junge Frau, die ich zu Günthers sechzigstem Geburtstag eingeladen hatte. Zusammen mit ihrem Freund, dem Sohn des Oberbürgermeisters. Und ich habe die beiden noch bewundert, wie sie so glücklich und selbstverständlich miteinander umgegangen sind.« Marion schüttelt den Kopf. »Ich kann's nicht glauben! Sie ist doch viel zu jung!« Und nach einer Weile fragt sie: »Woher wissen Sie das?«

»Ein junger Büroangestellter von Monika Raak hat die beiden zufällig am Lufthansa-Schalter in Stuttgart gesehen, als er seinen Bruder zum Flughafen gebracht hat. Und vorhin hat er Frau Raak davon erzählt, weil er es so merkwürdig fand. Tja, so kommt das!«

»Das ist ein harter Schlag! Und irgendwie kann ich es einfach nicht glauben. Was will er denn mit so einem Mädchen!« Sie steht langsam auf und versucht ihre Haltung wiederzufinden. »Ist es nicht deprimierend, durch so ein junges Ding in die Ecke gestellt zu werden?« fragt sie dabei. »Nach so vielen Jahren? Immer war ich für ihn da. Und jetzt soll das alles plötzlich nicht mehr zählen? All die Jahre wie weggewischt? Es ist einfach ungerecht, und das ist es, was weh tut, Frau Kell, die Ungerechtigkeit. Ich habe das nicht verdient! So nicht!«

»Ich kann es Ihnen nachfühlen!«

»Wieso? Sind Sie auch geschieden?«

»Nein. Verwitwet. Mein Mann ist bei einem Autounfall ums Leben gekommen!«

Marion ist an der Tür stehengeblieben und schaut zu ihr zurück. »Da fragt man sich, was besser ist!«

Am Nachmittag ruft Marion Monika im Büro an, denn sie muß es einfach noch einmal von ihr selber hören. »Ich kann Ihnen auch meinen Jungen hier geben, der es gesehen hat«, schlägt Monika vor.

»O nein, das ist mir dann doch zu … intim«, wehrt Marion ab und kommt sich selbst blöd dabei vor. »Trotzdem, Frau Raak, Sie sollten eine Tageszeitung gründen. Irgendwie wissen Sie immer über alles Bescheid!«

Monika lacht belustigt. »Ich fasse es als Kompliment auf!«

Marion sitzt in ihrem großen Wohnzimmer, in dem sie sich plötzlich nicht mehr wohl fühlt. Alles ist zu groß und zu unpersönlich. Sie fühlt sich verloren und einsam. »Hatten Sie denn jemanden, der Ihnen über Ihre Scheidung hinweggeholfen hat?« fragt sie und entschuldigt sich gleich darauf für diese persönliche Frage.

»Da brauchen Sie sich nicht zu entschuldigen. Die Frage ist schließlich berechtigt. Ja, meine Kinder waren da! Sie haben mir sehr geholfen.«

»Tja, das habe ich eben nicht!«

»Es halten ja auch nicht alle Kinder zu ihren Müttern. Wenn sie erwachsen sind, haben sie oft andere Interessen.«

»Sie meinen . . .«

»Auslandsstudien und so, ja. Auto, Urlaub, was weiß ich. Im Normalfall ist die Frau finanziell nicht in der Lage . . .«

»Dreht sich denn alles nur ums Geld?«

»Das müssen Sie doch am besten wissen!«

Es ist kurz still, Marion schaut zum Fenster hinaus und holt tief Atem. »Ja, da haben Sie wohl recht! Geld und Macht. Das scheinen die Hauptantriebsfedern zu sein.«

»Und Sex!«

»Bitte?«

»Sie vergessen den Sex! Geld, Macht und Sex! Da stimme ich Ihnen zu!«

»Und wo bleibt die Liebe?« sinniert Marion durchs Telefon.

»Das dürfen Sie mich nicht fragen. Das gehört nicht zu meinem Ressort!« Monika lacht schon wieder. »Aber wenn Sie möchten, können Sie gern heute abend zum Abendessen zu mir kommen. So gegen acht Uhr.«

»Vielen Dank, Frau Raak, ich weiß Ihr Angebot sehr zu schätzen, aber ich habe morgen Geburtstag, und ich möchte heute einmal Bilanz ziehen, über mein Leben nachdenken. Ich brauche das, glaube ich.«

»Dafür habe ich Verständnis. Trotzdem – das Angebot steht!«

Linda hat im Feinkostgeschäft verschiedene Salate eingekauft und richtet sie in ihrer Küche auf kleinen, bunten Schüsseln fürs Abendessen an. Den Tisch auf dem Balkon hat sie mit einer neuen weißen Tischdecke verschönert, und als Günther pünktlich um acht Uhr vorfährt, trägt sie alles hinaus und legt noch ein frisches Baguette dazu. Günther trägt mit einem erwartungsvollen Grinsen einen Fernsehapparat an ihr vorbei in die Wohnung und stellt ihn mitten im Raum ab. »Das neueste Modell«, sagt er. »Hundert Hertz, flimmerfrei und mit integriertem Videorecorder. Alles andere dauert mir zu lang!«

»Was dauert dir zu lange? Verstehe ich nicht!« sagt Linda und begrüßt ihn mit einem Kuß.

»Nun«, er schaut ihr direkt in die Augen, »Marion wird demnächst ihre Sachen packen, dann ziehen wir in mein Haus!«

»Warum sollte sie das tun?«

»Weil ich mich scheiden lasse, mein Herz! Was gibt es zum Essen?«

Der Biergarten bietet im Gegensatz zu gestern jede Menge Platz, und als Richi und Dirk sich gegen halb neun dort treffen, ziehen dunkle Wolken auf. »Schon klar! Wenn man hier schon mal ungehindert einen freien Tisch findet, kommt garantiert ein Wolkenbruch!«

»Na, was soll's!« Sie sitzen wieder unter der großen Kastanie, und Richi mustert seinen Freund. »Heute siehst du jedenfalls schon viel besser aus!«

»Es geht mir auch besser, seitdem ich weiß, daß ich diesem Schwein in die Eier treten darf!«

»Na, na, tut man so was unter Männern?«

»Er hat auf meine ja auch keine Rücksicht genommen!«

Richi lacht und bestellt zwei Bier und einmal Kässpätzle. »Hast du keinen Hunger?« fragt er Dirk, und als der keine Antwort gibt, ordert er gleich noch eine zweite Portion. »Ich lade dich ein! Keine Diskussion!«

Dirk grinst schief und schaut sich um. Einige Tische hinter ihm glaubt er Petra zu entdecken. Das müßte er Richi erst erklären, fährt ihm durchs Hirn, aber da verändert sie ihre Haltung, und Dirk erkennt, daß er sich getäuscht hat. Unwillkürlich atmet er auf, bis ihm einfällt, daß sich Petra überhaupt nicht mehr bei ihm gemeldet hat. Und das gibt ihm zu denken. Hat er jegliche Wirkung auf Frauen verloren? War er etwa so schlecht?

Er denkt darüber nach, bis Richi ihn anstößt. »He! Träumst du?«

»Ja, tatsächlich!« Dirk schüttelt den Kopf über sich selbst. »Mit Tagträumen fängt es an, dann kommen Selbstgespräche, und irgendwann weiß man nicht mehr, wie man heißt!«

»Hast du das vor?«

Dirk lacht. »Nein, natürlich nicht!« Das Pils kommt, und sie stoßen an. Nach einem tiefen Schluck kommt ihm ein anderer Gedanke: »Apropos, Richi, was ist eigentlich mit Karin? Ihr wart doch immer so unzertrennlich?«

»Stimmt. Das war wohl so. Aber Karin war mir auf die Dauer zu stressig, die hatte ständig tausend Pläne im Kopf, warf noch schneller alles um und plante neu. Da kommt kein Steinbock mit. Irgendwann habe ich kapituliert!«

»Ach nee! Du??«

»Ja, warum ich nicht?«

»Weil Männer nie kapitulieren!«

»Hast du das aus deinem sagenhaften Psychobuch?«

Dirk sagt nichts mehr und trinkt sein Glas in einem weiteren Zug aus.

»Jetzt hat sie jedenfalls einen neuen. Der ist auch Steinbock und sieht schon ganz blaß aus!«

Dirk lacht schallend. »Du verarschst mich!«

»Nein, wenn ich es dir doch sage!«

Die Kässpätzle werden serviert, und Richi bestellt dazu noch zwei Bier. Dirk will sich eine Gabel voll Teigwaren in den Mund schieben, aber der Käse zieht Fäden bis zurück in den Teller. »Das sieht bescheuert aus!« Richi will sich darüber totlachen.

»Mach's besser, du Held!« Dirk legt die Gabel auffordernd beiseite.

Richi versucht die Spätzle mitsamt den Käsefäden wie Spaghetti zu wickeln, aber das nützt auch nichts. »Okay, ich geb's zu, das können eben nur geborene Schwaben!« sagt er und zieht sich die Fäden mit den Fingern weg.

Dirk ißt grinsend weiter. Mittendrin schaut er plötzlich auf. »Wollen wir danach unseren Plan nochmals durchspielen? Ich würde das gern noch diese Woche hinter mich bringen!«

»Was heißt da du? Könntest du mal im Team denken?«

»Nur ausnahmsweise!«

»Du bist ein Volltrottel!«

Marion hatte gehofft, daß Günther wenigstens diese Nacht nach Hause kommen würde. Aber sie stellt schnell fest, daß sein kleiner Koffer verschwunden ist und auch sein Necessaire fehlt. Sie kann sich also die kleine innere Hoffnung, alles sei ein Scherz gewesen und renke sich wieder ein, aus dem Kopf schlagen. Er wird heute, in der Nacht auf ihren Geburtstag, nicht kommen und morgen voraussichtlich auch nicht. Sie wird die Dinge nüchtern angehen müssen, wenn sie das emotional packen will. »Du bist eine Offizierstochter«, sagt sie sich, geht in den Garten und setzt sich auf die warmen Steinstufen. Morgen früh wird sie sich eine generalstabsmäßige Strategie zurechtlegen, beschließt Marion und versucht daraufhin, alle Gedanken aus ihrem Kopf zu verbannen. Sie schaut in den Himmel. Es wird langsam dunkel, drohende Gewitterwolken hängen über der Stadt und nehmen auch das restliche Licht weg. Ein leichter Wind kommt auf, der Vorbote des Sturms, aber noch ist es warm und angenehm. Marion zieht die Schuhe aus und stellt ihre Füße nebeneinander auf die Steine. Die Wärme tut ihr gut. Sie betrachtet ihre Füße, und der katholische Beichtspiegel fällt ihr wieder ein. Sie hat sich ihr Leben lang viel zuwenig mit sich selbst beschäftigt. Sie hat sich auch nie selbst beobachtet, die Veränderungen der Zeit nicht mitbekommen. Jetzt ist sie fünfundfünfzig und könnte, wenn es keine Fotos gäbe, nicht sagen, wie sie mit fünfunddreißig ausgesehen oder sich gefühlt hat. Erstaunt sitzt sie da und betrachtet ihre Zehen. Nun tragen ihre Füße sie schon so lange durchs Leben, und sie hat sie sich noch niemals richtig angeschaut.

Die ersten dicken Regentropfen fallen. Es ist ein warmer Regen, und Marion hält ihm ihr Gesicht entgegen. Schließlich lehnt sie sich gegen die Steintreppen, und bleibt so, halb liegend, sitzen. Um sie herum fährt der Wind durch die Bäume, es tost und kracht, und der Himmel entlädt sich. Blitze zucken wild über den Horizont, und der Donner kommt immer näher. Sie weiß, daß sie vom Blitz erschlagen werden könnte, aber es schreckt sie nicht. Im Gegenteil. Die dichte atmosphärische Spannung, das Getöse um sie herum, der peitschende Wind und der Regen – Marion hat den Eindruck, daß sie gerade frisch geboren wird, zum erstenmal in ihrem Leben überhaupt richtig lebt. Sie wird auf *ihre* Weise in ihr fünfundfünfzigstes Lebensjahr gehen. Vielleicht gibt es Dinge, die wichtiger sind, als eine perfekte Ehefrau zu spielen. Sie lacht laut auf und wirft die Arme hoch.

Sie hat nur ein Leben. Und das gehört ihr allein.

Es klingelt gegen neun Uhr an Marions Haustür. Sie öffnet und sieht direkt in einen großen Blumenstrauß. »Das soll ich hier bei Schmidt abgeben«, sagt eine junge Frau dahinter und drückt ihr die Blumen in die Hand.

»Danke, das ist nett«, sagt Marion und vergißt vor lauter Überraschung, ihr ein Trinkgeld zu geben. Während sie hineingeht, dämmert ihr, was sie da hineinträgt. Nelken! Günther hat ihr fünfundfünfzig Nelken geschickt. Sie reißt das Kärtchen auf und überfliegt den Text. Tatsächlich, er gratuliert ihr über Fleurop zum Geburtstag und läßt ihr fünfundfünfzig Friedhofsblumen zustellen. Das ist das Letzte! Am liebsten hätte sie die Blumen direkt auf den Kompost geworfen, aber seit ihrer heutigen Nacht bringt sie es nicht übers Herz. Die Blumen können schließlich nichts für ihre Zweckentfremdung. Sie arrangiert sie in einer Vase und stellt sie ins Wohnzimmer. Vielleicht sollte sie sie trocknen. Es wäre ja denkbar, daß sie das Sträußchen eines Tages auf einen Erdhügel über ihn legen könnte.

Am Abend rüsten sich zwei kleine Grüppchen in Römersfeld. Die einen ziehen in den Gemeinderat, die anderen fahren nach Kirchweiler. Ulrike Goedhart holt Marion ab. »Na so was!« staunt Marion nach der Begrüßung, als sie Ulrikes neues Auto sieht. »Daß du von einem Zweisitzer auf einen Kombi umsteigst, hätte ich mir auch nie träumen lassen!«

»Nur, damit wir mehr Platz für die Einkäufe haben ...« Ulrike öffnet Marion die Beifahrertür.

»Ich komme mir richtig blöd vor, daß ich so etwas noch nie gemacht habe!« entschuldigt sich Marion. »Irgendwie habe ich wohl von nix eine Ahnung!«

»Ha, es ist eine Gaudi, mehr nicht. Und daß du es gleich weißt, die Bridgedamen schenken dir ein Outfit zum Geburtstag. Du kannst dir also was Raffiniertes aussuchen!«

»Gibt's das überhaupt in meiner Größe?«

»Na, was glaubst du denn?« Ulrike steigt ein. »Gerade mit Busen sehen Dessous erst gut aus!«

Marion muß lachen. »Charmant, charmant. Wir werden ja sehen!«

Manfred Büschelmeyer hat sich in aufgekratzter Laune mit seinen Fraktionsfreunden unterhalten und verabredet, in welchem Lokal sie anschließend noch ein Bier trinken wollen. Schließlich setzen sich alle, und Manfred greift nach der Tagesordnung. Mal schauen, welche Hütte wo einen Erker kriegen soll. Er liest sorgfältig alle Punkte durch. Zunächst allgemeine Informationen, dann die Bekanntgabe der in der letzten nichtöffentlichen Sitzung gefaßten Beschlüsse, es folgt als Punkt drei die Errichtung eines Klubheims und als Punkt vier der Ankauf eines gebrauchten Feuerwehrfahrzeugs mit Drehleiter. Manfred gähnt verhalten und schaut zum Oberbürgermeister. Joachim Wetterstein scheint bester Laune zu sein, er flachst mit seinem schärfsten Kritiker, Hanns Benz; das tut er sonst nie.

Manfred liest weiter: Punkt fünf Einbau eines behindertengerechten WCs in das Vereinsheim Kirchweiler Straße 147, Punkt sechs Anpassung der Kindergartenbeiträge. Dann die Fragestunde für Bürger. Na, das wird heute aber dauern, denkt er und linst nochmals zu Wetterstein, der bereits fünf Minuten im Verzug ist. Schnell überfliegt er auch noch die Bauanträge und Bauanfragen, da stockt ihm der Atem. Er glaubt es nicht und liest es noch einmal: Antrag auf Ausweisung des Gewerbegebiets Römersfeld-West. Das kann doch schlichtweg nicht möglich sein. Gestern hieß es doch noch, das Gelände am Tierheim würde nie in irgendeiner Form entwickelt werden, völlig wertloses Gebiet, kein Gedanke daran, purer Unsinn. Hat Marion nicht noch erzählt, der OB wisse überhaupt nichts davon? Und jetzt bringt er den Antrag selbst ein? Das muß ein gewaltiger Irrtum sein! Manfred kann mit seinen Fragen nicht herausplatzen, aber er stirbt fast vor Ungeduld. Und wenn es kein Irrtum ist? Wenn das durchgeht und die Gemeinderäte die Entwicklung eines Gewerbegebiets am Tierheim gutheißen? Dann bringt er sich um. Nein, er wird besser diese Hexe Raak erschlagen, denn daß die dahintersteckt, ist ihm jetzt klar. Und diesmal kommt er nicht mit einer Champagnerflasche!

So mißmutig ist Linda noch nie zu einer Veranstaltung gefahren. Irgendwie hat sie diesmal überhaupt keine Lust, obwohl doch selbstverdientes Zusatzgeld lockt. Greta Kremer hat noch mal am Nachmittag bei ihr im Geschäft angerufen und geschwärmt, wie toll diese Runde sei. Alles Frauen mit Geld, gut drauf und gewillt, einen klasse Abend zu verleben. Besser kann die Botschaft ja eigentlich nicht sein. Linda war nach Geschäftsschluß zu der Wäscheboutique gefahren, hatte die neuesten Teile anprobiert und sie schließlich in allen Größen mitgenommen. Zusammen mit dem, was sie noch zu Hause liegen hat, ergibt das ein ansehnliches Angebot. Sie packt, wie sonst auch, ihren tragbaren CD-Recorder ins Auto, sucht die Musiknummern zusammen, die gut zu ihren Auftritten passen, und fährt schließlich los. Günther hat sie etwas von einem Freundinnentreff erzählt, und er erklärte ihr daraufhin, das käme ihm gerade gelegen, er hätte noch vieles im Büro aufzuarbeiten.

Linda kommt rechtzeitig vor den anderen in Kirchweiler an. Greta hat den großen Eßtisch zur Präsentation der Teile mit einer hellen Tischdecke hergerichtet und den kleinen Couchtisch mit Gläsern und Kanapees bestückt. Sie freut sich auf den Abend und drückt Linda als erstes ein Glas Sekt in die Hand. »Danke, aber vor der Arbeit eigentlich nicht«, lehnt Linda ab, kommt damit aber nicht durch.

»Ich bitte Sie«, lacht Greta und füllt sich selbst schnell eines, »das lockert das Ganze doch auf. Und so genau nehmen wir das hier nicht. Es soll Spaß machen, das ist das Wichtigste!«

Das Wichtigste ist, daß es Kohle bringt, denkt Linda und stößt mit ihr an.

»Ich stelle mir auch vor, daß wir den Abend mit einem Paukenschlag beginnen!«

»Wie meinen Sie das?« fragt Linda und schaut sich nebenher heimlich um. Die gesamte Wohnzimmereinrichtung kann nicht älter als zwei Jahre sein. Der gut drei Meter lange Eßtisch mit den schmalen Edelholzstühlen, die Greta, um Platz zu schaffen, alle auf eine Seite gestellt hat, das schlanke Sofa mit den entsprechenden Cocktailsesseln, alle in Leder und in verschiedenen Farben, der exklusive Schrank, der sicherlich aus einer italienischen Nobelwerkstatt kommt, und die vielen großen Bilder in leuchtenden Farben an den gewischten Wänden.

Über den Eßtisch spannt sich eine Lampe von gigantischen Ausmaßen, und auch sonst scheint ein Lichtdesigner am Werk gewesen zu sein. An manchen Tagen könnte man wirklich glauben, die Deutschen hätten massig Geld, denkt Linda. Und an anderen beschleicht einen das Gefühl, Deutschland bestünde nur noch aus Menschen knapp über der Armutsgrenze.

Dann hört sie wieder zu, aber Greta ist über den wesentlichen Punkt schon hinweggebraust. »Entschuldigen Sie, wie war das mit dem Auftakt noch, der Paukenschlag?« unterbricht sie den Redefluß ihrer Gastgeberin.

Anscheinend war das nicht Gretas erstes Glas heute, denn sie lacht, gestikuliert wild und verschüttet dabei, ohne es überhaupt zu bemerken, einen ganzen Schwall Sekt.

»Sobald alle da sind und auf ihren Plätzen sitzen, lege ich den Stones-Titel *I can't get no satisfaction* ein!«

»Aha!« Linda nickt.

»Gleichzeitig lösche ich das Licht.«

»Es ist doch noch gar nicht dunkel!«

»Ich lasse vorher natürlich die Jalousien herunter!« Greta schüttelt unwillig den Kopf. »Also, ich lösche das Licht – und bei dem ersten Refrain geht das Licht an, und Sie treten auf!«

»So.«

»Ja!« Sie zeigt auf einen großen Türbogen mit einem provisorisch befestigten knallroten Stoff. »Hinter diesem Vorhang kommen Sie hervor und tragen Ihr heißestes Dessous!«

»Normalerweise trage ich die Dessous nur, wenn es von den Damen ausdrücklich gewünscht wird.«

»Es wird ausdrücklich gewünscht!«

»Hmmm!«

»Und Sie wollen doch gut verdienen, heute abend, oder nicht?«

Am liebsten hätte sie ihr den Rest ihres Sektes ins Gesicht geschüttet, aber Linda beherrscht sich. Der Lieblingsspruch ihres Vaters fällt ihr ein: »Geld macht unsympathisch«, hat er immer gesagt, wenn sich Linda über Dinge beklagte, die ihre Schulkameraden ihr voraus hatten. Damals fand sie das idiotisch, aber langsam kommt sie dahinter.

»Gut, ich komme also hinter dem Vorhang hervor.«

»Na, also«, Greta lacht wieder und mustert dabei unverhohlen ihren Körper. »Sie können sich das doch auch leisten!«

»Darum geht es gar nicht. Es gibt eben Frauen, denen ist so etwas peinlich. Die wollen keine ausgezogene Frau sehen, sondern Dessous!«

Wir sind ja schließlich nicht auf der Reeperbahn, fügt sie im stillen hinzu. Klar, was dort geboten wird, bringt sie auch. Nur diese Pärchen-Live-Show, das war ihr dann doch zu blöd, obwohl ihr Günther sofort ganz angeregt zwischen die Schenkel faßte.

Greta atmet schwer aus, so als sei Linda nicht nur begriffsstutzig, sondern bereits in einem fortgeschrittenen Stadium geistiger Umnachtung. »Meine Bekannten sind nicht so, die haben durchaus Sinn für Humor!« sagt sie mit einem leicht überheblichen Zug um den Mund.

»Ich wollte es nur zu bedenken geben ... aber gut, an mir soll's nicht liegen. Aber jetzt sollte ich die Ware auspacken, sonst wird es zu spät!«

Marion und Ulrike reden auf der Fahrt nach Kirchweiler über alles mögliche, bloß nicht über Günther. Solange Marion dazu nichts sagt, hält sich auch Ulrike heraus. Wenn Marion in all den Jahren, die sie sich nun schon kennen, ihren Geburtstag zum erstenmal nicht allein mit Günther feiert, sondern ausgeht, hat das seinen Grund. Und daß dieser Grund etwas mit ihrem Mann zu tun hat, ist für Ulrike naheliegend. Aber wenn es an der Zeit ist und Marion sich öffnen will, wird sie das schon tun. Auch so haben sie genügend Themen. Der Artikel über das Tierheim beispielsweise. Marion hat die Wochenendausgabe des *Kurier* noch ungelesen zu Hause liegen. Ihr sind die eigenen Probleme brennender erschienen als alles, was in der Zeitung hätte stehen können, aber jetzt ärgert sie sich doch. Läßt sie ein einziges Mal die Lektüre ausfallen, passiert prompt so etwas! Ulrike erzählt ihr, daß die Stadt rätselt, wer so viel Geld für dieses wertlose Grundstück hingelegt haben könnte.

»Ein Tierfreund vielleicht?« schlägt Marion vor und ruft sich die Aussage des Oberbürgermeisters ins Gedächtnis zurück. Dort bestünde garantiert kein Interesse, denn wie könne man auf die Idee kommen, im Westen von Römersfeld ein Gewerbegebiet erschließen zu wollen, wenn es im Osten bereits eines gibt?

»Ein Tierfreund?« wiederholt Ulrike ungläubig und schüttelt entschieden den Kopf. »Der hätte dem Tierschutzverein das Gelände nicht abgekauft, sondern das Geld gespendet! Wäre doch viel sinnvoller!«

»Tja, da hast du recht«, gibt Marion zu. Ärgerlich, daß sie das nicht früher gewußt hat, der Sache wäre sie sofort nachgegangen. »Kennst du übrigens einen guten Friseur?« will sie übergangslos wissen.

»Einen guten Friseur?« wiederholt Ulrike erstaunt und deutet auf das Ortsschild, an dem sie eben vorbeigefahren sind. »Wieso denn das? Du hast doch einen?«

»Ich brauche einen neuen Haarschnitt, irgendwas Frisches, Modernes. Ich muß mich verändern!«

»Wie! Hast du einen Freund?« Es kommt so herausgeschossen, daß Marion lachen muß.

»Noch nicht«, sagt sie schließlich. »Aber du kannst mir trotzdem helfen, einen Secondhandladen suche ich übrigens auch!«

Ulrike wirft ihr einen entgeisterten Blick zu. »Zum Einkaufen??«

»Nein!« Marion lacht schon wieder. »Zum *Ver*kaufen. Ich will modisch umschwenken. Schlichter, neuer, anders! Ich muß mein altes Ich ablegen!«

»Sag mal, so kenn' ich dich ja gar nicht!«
»Eben!«

Günther sitzt zur selben Zeit in seiner Firma und macht sich
Notizen. Es ist ihm ganz recht, daß er mal völlig ungestört arbeiten und denken kann, denn er möchte alles im Griff behalten und keine Sekunde lang den Überblick verlieren. Am
Donnerstag kommt dieser Mensch aus Berlin, Rainer Hoyer,
der ihm dieses Grundstück abkaufen will. Was die Bundesregierung mit einem Grundstück in der Lage will, ist ihm zwar
schleierhaft, aber es muß ja auch nicht seine Sorge sein.
    Am darauffolgenden Tag wird bereits Dr. Berger aus Liech-
tenstein anreisen. Sie mußten den Termin um eine Stunde vor-
verlegen, weil der Notar nicht anders kann. Das wird zwar ziemlich hektisch, aber so geht es wenigstens Schlag auf Schlag. Am
Wochenende wird er in seinem Büro aufräumen und alle wesentlichen Unterlagen verschwinden lassen, und am Montag
kann er dann bereits seine Scheidung einreichen. Linda soll
bloß nicht glauben, er klopfe nur Sprüche: ein Schmidt, ein
Wort. Er steht auf und jagt sein Notizblatt durch den Akten-
vernichter. Was er sich einmal aufgeschrieben hat, hat er im
Kopf. Darauf kann er sich verlasssen.

Bei Kremers sind inzwischen alle Frauen eingetroffen. Marion
ist überrascht, denn mit so vielen bekannten Gesichtern hätte
sie nicht gerechnet und schon gar nicht mit Regine Raak. Sie
schütteln sich die Hände, und aus der unbefangenen Art, wie
Regine lacht und redet, schließt Marion, daß sie nichts weiß.
Günther scheint seinen Vermögensberater noch nicht über
seine Trennung informiert zu haben oder der nicht seine Frau.
Wie auch immer. Sie interpretieren das elektrische Surren der
heruntergehenden Jalousien als baldiges Startzeichen und setzen sich nebeneinander auf die Couch. Regine füllt sich einen
kleinen Teller mit Lachskanapees und als Marion sie beiläufig

fragt, wie es denn sonst so ginge, erzählt ihr Regine lachend, daß sie an dem Tierheimcoup beteiligt gewesen sei. Da könne es ihr ja nur glänzend gehen. Marion braucht einen Moment, um die Tragweite ihrer Aussage zu begreifen. Da sitzt doch tatsächlich die Information in Person neben ihr. Aber ehe sie ihre Fragen stellen kann, geht plötzlich das Licht aus, alle verstummen, und ein rockiges Intro fetzt durch den Raum. Die Boxen dröhnen, und ein Lichtkegel richtet sich auf den roten Vorhang. *I can't get no satisfaction* kreischt Mick Jagger, und der Vorhang geht auf, und heraus tritt Linda. Marion schreit auf, fährt hoch und schlägt dabei versehentlich Regine den Teller aus der Hand. Die Lachsschnitten fliegen durch die Luft, der Teller kracht gegen einige Gläser, die vom Tisch auf den Boden stürzen und auf dem Parkett zerspringen. Sekt spritzt über Schuhe, und überall sind Glassplitter. Entsetzt hastet Greta zum Lichtschalter und steht jetzt schockiert vor der Bescherung, während sich Linda und Marion sprachlos anstarren. Linda in einem Nichts von einem Dessous, gebräunt, sexy und sinnlich, und Marion mit einem Gesichtsausdruck und einer Körperhaltung, als sei sie eben dabei, die Inquisition einzuberufen. Während im Hintergrund die Stones in höchster Lautstärke toben, sind alle wie gelähmt, denn alle spüren, daß etwas Schwerwiegendes im Gange ist, aber keiner weiß, was. Linda ist instinktiv einen Schritt zurückgetreten, als wolle sie hinter dem Vorhang Schutz suchen, und Marion steht unbeweglich da, als überlege sie, ob sie Linda vernichten oder wortlos übergehen soll. Schließlich geht sie am Couchtisch entlang nach vorn in Richtung Flur, Linda keines weiteren Blickes würdigend.

Greta stürzt hinterher. »Was ist denn los?« will sie wissen.

»Nichts!« Marions Gesichtsmuskeln sind angespannt, ihr Blick ist hart. »Bitte rufen Sie mir ein Taxi, und feiern Sie weiter. Es lag nicht in meiner Absicht, die Veranstaltung zu stören!«

»Aber was ist, was ist mit dem Mädchen?«

Ulrike kommt herbeigelaufen. »Marion, ist dir nicht gut? Du siehst schrecklich aus!«

»Danke! Das baut mich doch immerhin auf!« Sie hat schon die Türklinke in der Hand.

»Wo wollen Sie denn hin?« fragt Greta.

»Hinaus. Ich warte draußen!« Sie spürt, wie alles an ihr zu zittern beginnt, sie ist kurz davor, die Nerven zu verlieren.

»Warte doch«, Ulrike hält sie am Arm fest, »ich fahre dich, wenn du gehen willst!«

»Laßt mich einfach alle in Ruhe. Und fragt nicht, warum. Feiert einfach weiter!« Damit ist sie zur Tür hinaus und steht auf der Straße. Zum erstenmal, seitdem sie versucht, mit ihrer neuen Rolle fertig zu werden und die alte Haut abzustreifen, laufen ihr die Tränen herunter. Sie merkt, daß sie ihre Tasche liegengelassen hat und weder Haustürschlüssel noch Geld für das Taxi hat, aber selbst das kann sie nicht mehr dazu bewegen, in das Haus zurückzugehen. Und wenn sie dem Taxifahrer ihren brillantenbesetzten Ehering gibt und die Verandatür einschlagen muß, es ist ihr alles egal. Mit so einer Schmach, einer solchen Verletzung hat sie nicht gerechnet. Marion läuft die Straße hinunter, dem Taxi entgegen.

Schon an der ersten Kreuzung hält ein Wagen hinter ihr, und eine Wagentür knallt. »Ich bringe Sie heim!« Marion dreht sich um. Regine Raak steht hinter ihr. »Ich habe dem Taxi abgesagt, ich finde, Sie sollten jetzt nicht allein sein!«

»Sie??« Ausgerechnet *die* Frau, die ebenfalls einer anderen den Mann ausgespannt hat, gewissermaßen das Pendant zu Linda, sagt so etwas. »Haben Sie zu Monika damals das gleiche gesagt?« fragt sie, um sie zu verletzen, um irgend jemanden für ihre Schmerzen büßen zu lassen.

»Kommen Sie«, Regine hält ihr die Wagentür auf. »Monika und Klaus hatten sich zum Zeitpunkt der Trennung völlig auseinandergelebt. Es zählte nur noch der gesellschaftliche Status! Das war anders als bei Ihnen!«

»Phh!« Marion schnaubt verächtlich. »Haben Sie jemals mit Monika darüber gesprochen? Und woher wollen Sie eigentlich wissen, wie es bei mir ist?«

»Ich habe, ehrlich gesagt, keine Ahnung. Ich will Sie eigentlich nur nach Hause fahren!«

Marion steigt langsam ein. »Meine Tasche mit meinen Schlüsseln liegt dummerweise noch auf dem Sofa, würde es Ihnen etwas ausmachen …?«

»Nein, natürlich nicht!«

Linda steht zitternd hinter dem Vorhang. Eine alptraumhafte Situation, findet sie und weiß überhaupt nicht, wie sie reagieren soll. Draußen rumort es, die Musik wurde ausgeschaltet, alle Lichter sind an, Linda sieht sich nach einem Mantel oder wenigstens einer Decke um. Sie war ja gleich dagegen gewesen, so aufzutreten. Und das dann noch vor Marion! Sie kann es nicht fassen! Für diese Situation hat Günther sicherlich auch kein Patentrezept parat. Sie sieht sich wieder im *Seerestaurant* vor Marion auf die Toilette flüchten und denkt, daß das damals schon ein Zeichen war. Linda auf der Flucht, Marion im Angriff. Aber eigentlich hält sie, Linda, alle Trümpfe in der Hand. Günther will sie und nicht Marion. Warum versteckt sie sich eigentlich? Warum geht sie nicht hinaus und grinst?

Weil sie das nicht kann. Weil Marion um so vieles älter und für sie immer noch *die* Frau Schmidt ist und weil man vor älteren Leuten Respekt hat. So ist sie erzogen worden.

Greta Kremer kommt zu ihr hinter den Vorhang. »Sagen Sie mal, was haben Sie denn gemacht?« schnauzt sie sie an. »Frau Schmidt ist schließlich eine angesehene Frau der Gesellschaft!«

»Wieso? Habe ich ihr vielleicht unter den Rock geguckt?«

»Jetzt werden Sie bloß nicht auch noch frech! Von allein gerät eine Frau wie Marion Schmidt doch nicht so aus der Fassung!«

»In dem Ton brauchen Sie mir nicht zu kommen, Frau Kremer. Sie mögen zwar älter sein als ich, aber in Ihrem Fall ist das nicht unbedingt von Vorteil!« Linda dreht sich um und geht betont aufreizend in ihrer Spitzenunterwäsche zum Badezimmer. Sie weiß, daß ihr Körper auch von hinten wie gemeißelt wirkt, und sie kann sich denken, daß ihr Greta Kremer wütend hinterherstarrt.

Marion sitzt gefaßt neben Regine. Regine fährt aus Kirchweiler hinaus auf die Landstraße. »Ich find's nett, daß Sie mich nach Hause fahren«, sagt sie schließlich. »Das hätte ich eigentlich nicht von Ihnen erwartet!«

»Ja, Ulrike Goedhart wollte Sie fahren, aber sie fand in der Aufregung ihren Autoschlüssel nicht. Es ist für mich keine Frage!«

Marion schweigt eine Weile und schaut geradeaus auf die Landstraße. »Nun, ein paar Fragen werden Sie doch wohl schon haben …«

»Ich nehme an, es hängt mit Linda zusammen!«

»Und mit meinem Mann, ja!«

Regine überlegt, ob weitere Fragen nicht zu intim sind. Und sie ist sich ihrer merkwürdigen Rolle als Vorgängerin bewußt. Marion wird in ihr nichts anderes sehen.

»Es tut mir leid«, sagt sie schließlich.

Marion stößt ein kurzes, abgehacktes Lachen aus. »Gestern nacht habe ich mich noch dazu beglückwünscht. Aber da wußte ich auch nicht, daß ich *sie* heute treffen würde!« Und leise fügt sie hinzu: »Und das an meinem Geburtstag!«

»Das ist wirklich bitter!« bescheinigt Regine ihr und meint es auch so. »Vielleicht sollten Sie mal mit ihr reden«, schlägt sie kurz vor dem Ortsschild von Römersfeld vor.

»Haben Sie jemals mit Ihrer Vorgängerin geredet?« kontert Marion.

»Natürlich nicht!«

»Na, sehen Sie! Warum sollte ich es dann tun?«

Sie fahren langsam durch die City von Römersfeld und halten vor einer Ampel.

»Ich weiß es, ehrlich gesagt, auch nicht! In meinem Fall, meine ich. In Ihrem fände ich es besser, rein gefühlsmäßig, warum, kann ich Ihnen auch nicht sagen!«

Die Ampel schaltet auf Grün, Regine gibt Gas und konzentriert sich auf den Verkehr.

Eigentlich ist sie ja ganz nett, denkt Marion, obwohl sie gestern Monika noch ganz in Ordnung fand. Müßte sie emotional für Monika Partei ergreifen, weil sie bei ihr übernachtet und ihren Rat gesucht hat? Auf der anderen Seite hat sie sich bei ihrer Einladung zu Günthers Geburtstag ohne Skrupel für Regine entschieden und Monika übergangen.

»Ich werde darüber nachdenken. Vielleicht sind wir ja alle fehlgesteuert!«

Regine ist erstaunt. »Wie meinen Sie das?« will sie wissen.

»Nun, mit all den Expartnern und aktuellen Partnern und Status und Form. Wenn man es genau sieht, zählt doch eigentlich nur der Mensch. Oder?«

»Sie meinen, eigentlich finden Sie Linda ganz nett?«

»So habe ich das nicht gesagt«, wehrt Marion ab und ist froh, daß sie kurz vor ihrer Haustür sind, denn analysieren könnte sie ihre Aussage nicht. Vor drei Wochen hat sie Linda noch nett gefunden, das stimmt. Aber schließlich kann man ja auch eine Kobra nett finden, solange sie hinter Glas ist.

Linda ist angezogen aus dem Badezimmer zurückgekommen und möchte ihre Auslage auf dem Tisch zusammenpacken, doch die Mehrheit der Frauen ist dafür, sich den Abend durch diesen Zwischenfall nicht verderben zu lassen. Ulrike war zunächst noch im Zweifel, ob sie Marion hinterherfahren soll, aber dann dachte sie, daß Marion kein kleines Kind sei und *eine* Begleitperson vollauf genüge. Vielleicht möchte sie auch schlicht und einfach allein sein. Gemeinsam überreden sie Linda, einfach noch mal anzufangen. Der Auftakt sei schon mal grandios gewesen, und der Abend würde trotz allem ein Erfolg werden.

Zur erneuten Einstimmung trinken sie mit Linda ein Glas Sekt, löschen kichernd das Licht und warten auf ihren Auftritt. Was soll's, denkt Linda, während sie sich wieder auszieht, abzuhauen hieße, den Schwanz einzuziehen. Sie weiß natürlich, daß alle darauf brennen, den Grund für diesen Eklat zu erfahren, aber sie wird einen Teufel tun, etwas zu verraten. So viel läßt sich gar nicht verkaufen, als daß es sich lohnen könnte, die sensationslüsternen Ladys mit Schlagzeilen zu füttern.

Regine überlegt, ob sie jetzt wieder nach Kirchweiler zurückfahren oder besser nach Hause gehen soll. Sie weiß nicht, ob die Show bei Greta überhaupt weitergeht oder ob der ganze Abend nach ihrem überhasteten Aufbruch in sich zusammengefallen ist. Und zudem ist ihr, wenn sie in sich hineinhorcht, eigentlich die Lust auf Dessous vergangen. Sie wird ihren beiden Männern daheim die Freude machen, unerwartet früh aufzutauchen. Mal schauen, was sich mit der heutigen Nacht noch so alles anstellen läßt.

Monika erfährt es noch vor dem Frühstück. Edith Jürgens hat es genau bis um sieben Uhr ausgehalten, dann hat sie zum Telefon gegriffen.

»Du glaubst es nicht«, beginnt sie, kaum daß Monika abgenommen hat«, es gibt einen neuen Skandal in der Stadt! Über dich wird bald niemand mehr reden!«

»Das freut mich aber! Guten Morgen, Edith. Was gibt's denn so Aufregendes?«

Edith erzählt ihr in groben Zügen, was gestern in Kirchweiler passiert ist.

Du lieber Himmel, denkt Monika. »Hast du denn auch etwas gekauft?« will sie wissen.

»Ist das das einzige, was dich an der Sache interessiert?« fragt Edith enttäuscht.

»Nein. Warum hat denn ausgerechnet meine Nachfolgerin Frau Schmidt nach Hause gefahren?«

Edith überlegt kurz. »Warte mal, gekommen ist sie mit Ulrike – ich hab's. Ulrike hat ihren Autoschlüssel nicht gefunden, und Regine ist eingesprungen. So war's!«

»Aha!«

»Ja, und? Was glaubst du, was da abläuft?«

Monika grinst vor sich hin und bemüht sich gleichzeitig um einen gelangweilten Tonfall. »Was soll schon sein, Edith. Lindas Figur wird sie provoziert haben, wenn sie so aufgetreten ist, wie du es mir eben geschildert hast.«

»Wie??«

»Hat sie Zellulitis?«

»Nein. Natürlich nicht!«

»Na, da siehst du's!«

»Was?!?«

»Ist doch provokant für Frauen in unserem Alter. Das hätte mich auch geärgert!«

Edith zögert, und es ist zu spüren, daß sie nicht weiß, ob sie auf den Arm genommen wird oder nicht. »Na, ich dachte jedenfalls, du hättest dazu mehr zu sagen!«

»Ich bin ehrlich froh, daß ich weiter nichts verpaßt habe. Gehst du die Tage zum Golfen? Ja? Rufst du mich an?«

Kaum hat Monika aufgelegt, wählt sie neu, legt aber gleich darauf den Finger auf die Gabel. Quatsch, es ist noch zu früh, Joachim kann noch gar nicht im Büro sein. Sie setzt sich einen Kaffee auf und geht ins Badezimmer, um sich zu richten. Vor dem Spiegel, während sie die Wimpern tuscht, verzieht sich ihr Gesicht plötzlich zu einem breiten Grinsen. Sie schaut sich in die Augen und sagt ihrem Spiegelbild: »Ja, freu dich nur! Du darfst dich ruhig auch einmal freuen!« Die Stadträte haben gestern abend dem Antrag zugestimmt. Das Gewerbegebiet

West wird in Angriff genommen. Wie Joachim das geschafft hat, weiß sie auch nicht. Aber sie hat alle Trümpfe in der Hand.

Manfred hat sich wieder krankgemeldet. Diesmal geht es ihm wirklich schlecht. Er liegt mit rasenden Magenschmerzen im Bett und schmiedet Mordpläne. Er muß 90 000 Mark abstottern, auf alles verzichten, weil Monika Raak ihn über den Leisten gezogen hat. Er hätte nur in aller Ruhe abwarten müssen, nur vier Tage lang, dann hätte *er* den Reibach gemacht. 190 000 Mark Gewinn einfach mal so in den Wind geschossen. Er trommelt mit den Fäusten gegen das hölzerne Rückenteil seines Bettes. Sie haben ihn alle gelinkt, alle!

Marion schwirren tausend Gedanken durch den Kopf. Sie ist früh aufgewacht und hat Mühe, sich auf eine Sache zu konzentrieren. Es kommt ihr alles so hoffnungslos vor, und ihre Aufbruchsstimmung von gestern ist völlig verflogen. Seitdem sie Linda gesehen hat, ist ihr bildhaft vor Augen geführt worden, was zählt: Jugend, Schönheit, ein sexy Körper. Sie hat nichts von dem, und das tut weh. Was soll sie also noch auf dieser Welt? Keiner will sie, keiner mag sie, keiner interessiert sich für sie. Und gebraucht wird sie auch nicht. Sie hat nicht eine einzige echte Aufgabe, seitdem Günther weg ist. Wem würde es schon auffallen, wenn sie plötzlich nicht mehr da wäre? Höchstens ihrem Gärtner, der grüßt sie manchmal von weitem.

Sie hat überhaupt keinen Appetit, und zu ihrer Zeremonie mit dem schaumigen Kaffee fehlt ihr die Lust. Selbst den Artikel über den Tierschutzverein in der Wochenendausgabe liest sie nicht. Die Zeitung liegt zusammengefaltet auf dem Tisch und interessiert sie nicht im geringsten. Irgendwie kann sie plötzlich nachfühlen, wie man aus den Gleisen geraten und ständig tiefer sinken kann. Ohne Energie, ohne Antrieb, ohne Sinn fehlt auch ihr die Kraft zum Kämpfen. Und die Kraft zum

Leben. Es wäre so leicht, denkt sie. Einfach einschlafen, nicht mehr aufwachen. Alles hinter sich lassen. Und bitte keine Reinkarnation! Das könnte sie nicht ertragen!

Das Telefon rüttelt sie aus ihrer gedankenverlorenen Verfassung. Sie rafft sich auf, um hinzugehen, und meldet sich mit matter Stimme: »Ja?«

»Frau Schmidt? Hier ist Monika Raak! Die Spatzen pfeifen es von den Dächern! Haben Sie sich überlegt, was Sie in der Sache tun wollen?«

»In der Sache?«

»Ich bin im Büro!«

»Ach so. Nein, ich weiß nicht … nichts. Was soll ich schon tun.« Sie holt tief Luft, dann dämmert ihr, was Monika eben gesagt hat. »Was war das? Die Spatzen? Wieso wissen es schon alle?«

»Ich denke mal, es waren gestern abend genug dabei …«

»O Gott! Ich kann mich nirgends mehr sehen lassen!«

»Das habe ich damals auch gedacht. Und wissen Sie was? Heute geht es mir prächtig! Ich treffe meine eigenen Entscheidungen!«

»Das haben Sie früher doch auch schon getan!«

»Stimmt!«

Monika lacht herzlich durchs Telefon, und Marion muß unwillkürlich mitlachen.

»Wissen Sie was? Ich komme zu Ihnen, und dann entwickeln wir eine Strategie! Ich kenne mich da aus!«

»Das würden Sie tun?«

»Aber nur, wenn's bei Ihnen einen anständigen Kaffee gibt.«

»Mit geschäumter Milch?«

»Das ist ein Wort! In zwanzig Minuten bin ich da!«

Linda hat Günther kein Wort von dem Vorfall erzählt. Sie hat glänzend verkauft, mehr als erhofft, und verhandelt in Abwesenheit von Renate gerade mit einem Vertreter, als die Glastür zur Parfümerie aufgeht und eine ihrer gestrigen Kundinnen hereinkommt.

»Ach?« tut sie erstaunt, »*hier* arbeiten Sie?« Dabei betont sie das *hier* so geringschätzig, daß sich Linda wie ertappt vorkommt.

»Entschuldigen Sie kurz«, läßt sie den Vertreter stehen. »Kann ich Ihnen helfen, Frau ... entschuldigen Sie, ich habe Ihren Namen vergessen.«

»Ach ja? Edith Jürgens. Macht nichts, Linda. Mein Mann ist entzückt über die Dessous. Aber Sie hier ... das ist ja eine Überraschung!«

»Wieso? Was arbeiten Sie denn?«

»Ich? Na, ich bitte Sie!« Sie lacht kurz und geht an Linda vorbei zu den Parfums.

Gestern kam sie ihr noch gar nicht so zickig vor, denkt Linda und läuft hinter ihr her. Ob die jetzt alle antanzen? Einmal »Schmidt-Geliebte« gucken gehen?

Monika ist bei Marion eingetroffen, sie haben sich auf die Couch gesetzt, trinken Kaffee und essen die Apfeltaschen, die Marion noch schnell aufgebacken hat. Zwischen den Bissen schildert Marion ihr in kurzen Sätzen, was sich bei Greta Kremer ereignet hat. »Und woher wissen *Sie* es eigentlich?« will sie zum Schluß wissen.

»Römersfelds wandelndes Tagblatt heißt Edith Jürgens. Sie hat nichts anderes zu tun, ihr Mann leitet die Stadtwerke, denen kann im Leben nichts mehr passieren, und ihr ist es, wahrscheinlich aus diesem Grund, fürchterlich langweilig. Sie ist überall dabei, tanzt auf jeder Party!«

»Frau Jürgens?« Marion blickt auf. »Kenne ich. Aber bei mir war sie nie. Ich habe sie nie eingeladen!«

»Na, das wird sich jetzt bitter rächen. Ich bin sicher, daß die schon auf dem Kriegspfad ist!«

»Anscheinend habe ich wirklich alles falsch gemacht!«

»Wer nichts tut, macht keine Fehler, da gebe ich Ihnen recht. Aber das kann's ja schließlich auch nicht sein – oder?«

»Noch Kaffee?« fragt Marion und steht auf, um zur Espressomaschine zu gehen.

»Gern! Er schmeckt wirklich ausgezeichnet! Und dann würde mich interessieren, wie Sie mit Regine Raak auskommen!«

Jetzt ist es also soweit, verdammt, denkt Marion, während sie in die Küche geht. Was soll sie jetzt sagen? Daß sie sie eigentlich ganz nett findet?

Monika ist ebenfalls aufgestanden und kommt ihr hinterher. »Was hat sie denn gestern im Auto gesagt?«

»Daß sie auch nicht versteht, warum Sie nie miteinander darüber gesprochen haben«, rutscht es ihr heraus. »Den Rat hat sie mir nämlich für Linda gegeben!«

»So? Hat sie?« staunt Monika ganz offensichtlich.

Marion muß fast lachen. Da stehen sie, beide etwa gleichaltrig, Monika Raak schlank und mittelgroß, mit den ersten grauen Strähnen in ihrem kurzgeschnittenen dunklen Haar, und sie, größer und schwerer, auf dem Scheitelpunkt ihres Lebens, und philosophieren über die Geliebten ihrer Männer. Es ist einfach zu absurd!

»Das müssen Sie mir erzählen«, fordert Monika. Und während der Kaffee frisch gemahlen in die Tassen läuft, versucht Marion jedes ihrer Worte wiederzugeben.

»Darauf hätte sie auch mal früher kommen können«, meint Monika schließlich und nimmt ihre Tasse in Empfang. »Dann hätte ich ihr gleich ein paar Eigenheiten meines Mannes mit auf den Weg geben können. Er schnarcht, hat Schweißfüße und Haarausfall!«

»Das hat meiner schon lange!« Sie schauen sich an und lachen prustend los.

»Aber im Ernst«, sagt Monika schließlich und tritt mit ihrer Tasse in der Hand ans Fenster. »Regine ist der Schlüssel zum Erfolg, das müssen Sie einfach sehen. Und ich schlage Ihnen vor, Sie anzurufen und hierherzubitten.«

»Und warum?«

»Weil sie vermutlich weiß, was ihr Mann gerade treibt, und damit eventuell auch, was Ihr Günther vorhat! Ich nehme doch stark an, daß er noch für ihn arbeitet. Und wenn sich daraus auch nur vage Rückschlüsse ziehen lassen, so ist das doch immerhin schon mal besser als nichts!«

»Und Sie?«

»Ich bleibe hier und spreche mit ihr. Das hätten wir längst tun sollen, darin hat sie wahrlich recht!«

Manfred hat sich aufgerafft, sich an den Wohnzimmertisch gesetzt und ein leeres Blatt Papier vor sich hingelegt. Wenn er nur lange genug darauf schaut, wird ihm schon etwas einfallen, sagt er sich, das war schon in der Schule so. Er schaut abwechselnd zur Wand, dann zum Fenster, schließlich wieder auf das Blatt. Nichts. Bewegung wird ihm guttun, überlegt er sich, geht zum Kühlschrank und holt sich ein Bier. Dabei fällt sein Blick auf den Stapel Tageszeitungen in der Altpapierecke, und eine zündende Idee treibt ihn sofort zurück an den Tisch. »Wetterstein ist bestechlich« titelt er die Überschrift, ändert sie aber gleich in »Wetterstein spielt falsch« ab. Es gefällt ihm noch immer nicht, aber er ist schließlich kein Journalist. Er wird die Redaktion anrufen, und die sollen sich selbst ihren Reim darauf machen. Er wird auf jeden Fall einen solchen Skandal auslösen, daß der Oberbürgermeister zurücktreten und diese elende Lackiererei sofort schließen muß.

Hastig blättert Manfred im Telefonbuch, ruft die Zentrale an und läßt sich mit der Lokalredaktion verbinden. Es ist eine Redakteurin dran, die er kennt, Andrea Hertzig, ein kleines graues Mäuschen mit dem Schick von vorgestern. Manfred verlangt nach dem Lokalchef. Am Nachmittag nicht da, lautet die Auskunft, erst am Abend wieder. Aber wenn es etwas fürs Blatt sei, könne auch sie weiterhelfen. Manfred bezweifelt das zwar, denn er kennt die Artikel der ehemaligen Landredakteurin, die selten den Kern einer Sache erfassen, aber da sie ihr mangelndes Begriffsvermögen stets aufs neue durch ausufernde Polemik zu überdecken weiß, könnte sie ihm sogar von Nutzen sein. Er erzählt ihr in groben Zügen, was sich in den letzten Tagen rund um das Gelände am Tierheim abgespielt hat, und grinst dann über ihre Reaktion: Genau wie er es vorausberechnet hat, ist ihr am Schluß zwar manches nicht so ganz klar, aber sie wittert die große Sensation.

Regine fährt mit gemischten Gefühlen zu Marion Schmidt. Sie hat Klaus vorsichtshalber nichts von dem Treffen mit seiner Exfrau gesagt, denn sie weiß nicht, wie er darauf reagieren würde. Wahrscheinlich völlig verständnislos. Und Bobby hat sie zu Hause gelassen, weil sie stillschweigend voraussetzt, daß es Marion so lieber ist. Sie hat ihm zum Ausgleich einen langen Abendspaziergang versprochen.

Als sie Monikas Auto in der Garagenauffahrt stehen sieht und daneben parkt, schlägt ihr Herz bis zum Hals. Warum mußt du dich auch auf so etwas einlassen, ärgert sie sich, aber ihr Finger drückt schon entschlossen auf den Klingelknopf. Sie wartet auf das Surren des Türöffners, aber Marion öffnet ihr selbst. »Ich finde es bewundernswert, daß Sie gekommen sind«, sagt sie zur Begrüßung und drückt ihre Hand.

»Ich finde es bewundernswert, daß Sie mich eingeladen haben«, entgegnet Regine mit einem leichten Lächeln, das ihre Unsicherheit übertönen soll. Sie folgt Marion, die ihr zügig vorausgeht, und sieht im Wohnzimmer Monika stehen. Mitten im Raum, mit locker herunterhängenden Armen steht sie da, als warte sie auf den Zug und nicht auf die Frau, die ihr den Mann ausgespannt hat.

Jetzt geht sie auf Regine zu und reicht ihr die Hand. »Ich finde es sehr mutig von Ihnen, daß Sie gekommen sind. Und ich finde es gut, was Sie Frau Schmidt gestern im Auto gesagt haben. Sie haben nämlich recht, wir hätten irgendwann mal miteinander reden sollen!«

Regine bleibt nicht mehr viel zu sagen, sie nickt nur und erwidert den Händedruck.

»Wo wollen wir uns hinsetzen, und was wollen Sie trinken?« Marion, ganz in der ihr vertrauten Rolle als Gastgeberin, deutet zur Couch, aber Monika schüttelt den Kopf. »Wie wäre es denn mit dem Tisch draußen? Das Wetter spielt mit, und an einem Tisch kann man schwergewichtige Themen besser erörtern!«

»Ganz die Geschäftsfrau«, stichelt Regine.

Aber Monika lächelt ihr zu. »Möglicherweise, ja. Und Sie werden auch gleich erfahren, warum!«

Linda fährt an diesem Tag ziemlich genervt nach Hause. Sie fühlt sich wie zwischen zwei Welten und hat den Eindruck, daß sie der einen gerade entwachsen, in der anderen aber noch nicht angekommen ist. Sie fühlt sich zunehmend unwohl in ihrer Haut und möchte sich gern eine Auszeit gönnen. Zwei Tage nur für sich allein, irgendwo, von ihr aus in irgendeinem Landgasthof in der Umgebung, mit Liegewiese und Fahrrädern, mit Abendessen aufs Zimmer und ungestörtem Ausschlafen. Als sie in die Tiefgarage fährt, sieht sie Günthers Mercedes auf dem Gästeparkplatz stehen. So früh? Damit hat sie nicht gerechnet, und es paßt ihr auch nicht. Sie hätte seinem Wunsch nach einem eigenen Schlüssel nicht so schnell entsprechen sollen.

Linda erwägt, ob sie sich gleich aufs Fahrrad setzen und eine Runde drehen soll, aber ihre Kleidung ist dafür zu unpraktisch. Aber wenn sie erst nach oben geht, um sich umzuziehen, wird sie so schnell nicht mehr loskommen. Sie überlegt kurz und fährt schließlich mit dem Lift hinauf und schließt ihre Wohnungstür auf.

Günther kommt ihr, nur mit einem Badetuch um die Taille, aus dem Badezimmer entgegen. »Schön, daß du auch so früh kommst«, strahlt er zur Begrüßung, »ich habe schon auf dich gewartet!«

»Kriegst du denn nie genug?« fragt Linda, ihren Unwillen mühsam verbergend.

»Das machst alles nur du! Sei doch stolz darauf! Bei dir kann ich eben wie ein junger Hengst!« Er lacht und zeigt triumphierend auf die Schwellung unter dem Badetuch. »Alles für dich! Und ich war auch einkaufen!«

»Warst du wieder in Stuttgart?« will sie lustlos wissen.

»Und wie!« Er nimmt sie in seine feuchten Arme und küßt ihren Hals. »Du wirst staunen! Extra für dich!«

»Was ist es denn diesmal?«

»Handschellen und ein schwarzer, geiler Gummi, mit vielen dicken Noppen dran! Da freust du dich, was?« Er beißt ihr leicht in ihr Ohrläppchen. »Damit kann ich es dir gleich so richtig heiß besorgen!«

Als Regine Stunden später nach Hause fährt, tut sie das mit völlig gemischten Gefühlen. Mit Monika hat sie sich auf Anhieb verstanden, sie entdeckten auch gleich zahlreiche Gemeinsamkeiten, über die sie sich lachend ausließen. Das Vorurteil, daß man im Leben immer wieder auf den gleichen Typ abfährt, fanden die beiden bestätigt. Bei Licht besehen hätte Klaus auch gleich bei Monika bleiben können. Dann gingen sie in die Details, und Regine warf Monika vor, sie habe ihr einen völlig verkorksten Mann hinterlassen, der ihr überhaupt keine Freiräume mehr zugestehen wolle aus lauter Furcht, es könne ausarten wie bei Monika. Monika hörte amüsiert zu und schilderte ihrerseits, wie mühsam es war, nach der Scheidung einen eigenen Weg zu finden. Überall stieß sie auf Barrieren durch ihr gemeinsames Vorleben, dessen lückenlose Fortführung Klaus nun für sich und Regine in Anspruch nahm. Marion hörte gespannt zu, denn ihr war klar, daß sie aus Monikas Erzählungen nur lernen konnte.

Nachdem sie sich einigermaßen ausgesprochen hatten, kam, mit einigen belegten Broten und einer Flasche Wein, das eigentliche Thema auf den Tisch.

Nun denkt Regine, während sie fast automatisch durch Römersfeld fährt, darüber nach. Wenn es stimmt, daß Günther gerade dabei ist, sein ganzes Vermögen vor Marion verschwinden zu lassen, ist das gelinde gesagt eine Schweinerei. Marion hatte in ihrem Beisein und mit auf »laut« gestelltem Lautsprecher zuerst Günther und anschließend Klaus angerufen. Sie bat Günther in ausgesucht freundlichem Tonfall, recht bald eine Vermögensliste aufzustellen, damit eine gerechte Lösung möglich sei. Aber Günther lachte nur und erklärte ihr, zu dem Thema habe er ihr bereits alles gesagt. Den Wagen könne sie behalten, und ansonsten sei sie doch noch jung genug, um zu arbeiten. Andere täten das in ihrem Alter schließlich auch.

Klaus versuchte sich offensichtlich irgendwie aus der Affäre zu ziehen. Beide, sowohl Regine als auch Monika, hörten sofort heraus, wie unangenehm ihm Marions Fragen nach Günthers Vermögen waren. Zunächst versuchte er es mit der Schweigepflicht; nachdem Marion aber nicht locker ließ, räumte er ein, daß Günther in letzter Zeit einige herbe Verluste hätte hinnehmen müssen. Als Marion ihm rundheraus sagte, daß sie ihm kein Wort davon glaube, verabschiedete er sich rasch mit dem Hinweis, eben sei ein verspäteter Klient eingetroffen.

Fair ist das nicht, sagt Regine sich und kurze Zeit später zu Bobby, den sie zu seiner Abendrunde abholen will. Während Bobby hoch erfreut durchs Haus tollt, schaut Regine schnell in Klaus' Arbeitszimmer nach seinem Notebook. Aber es liegt nicht da, und es wäre mehr als ein glücklicher Zufall, wenn er die Daten auf seinen Computer übertragen hätte. Um sicherzugehen, schaltet sie ihn aber doch ein, kämmt die Dateinamen auf einen Hinweis auf Günther durch und holt sich auch noch seine

Disketten. Nebenher behält sie durch das Fenster die Einfahrt im Auge. Trotzdem Fehlanzeige. Es wäre zu schön gewesen, um wahr zu sein. Sie öffnet der Reihe nach die von ihm zuletzt bearbeiteten Dateien, so daß ihm beim Einschalten keine Änderung auffallen kann, und schaltet den Computer aus. Sie muß einen anderen Weg finden. »Los, Bobby, wir gehen!« ruft sie ihrem Hund zu, steckt sich eine formatierte Diskette und die Zweitschlüssel zu Klaus' Kanzlei ein. Sie will jetzt selbst wissen, was da gespielt wird. Irgendwann könnte es ihr schließlich auch so gehen …

Monika ist noch in ihre Firma gefahren, denn sie will sich wenigstens in groben Zügen darüber informieren, was während ihrer Abwesenheit gelaufen ist. Der Parkplatz ist leer, alle Eingangstüren ordnungsgemäß verschlossen. Sie läuft schnell in ihr Büro und blättert gerade die Notizen durch, die auf ihrem Schreibtisch der Wichtigkeit nach sortiert liegen, als das Telefon klingelt. Das muß um diese Uhrzeit jemand sein, der die Durchwahl kennt, denkt sie und schaut auf das Display. Keine Angabe, sie nimmt ab.

»Das glaubst du nicht! Das muß ich dir erzählen!« Joachims Stimme klingt fassungslos.

»Keine Aufregung bitte, ich hatte bereits einen reichlich aufregenden Nachmittag!«

»Trotzdem. Hör dir das an …«

»Wo bist du denn?«

»In einer Telefonzelle am Waldparkplatz. Beim Fitneßpfad.«

»Joggst du etwa?«

»Fast …«

Monika muß lachen. »Also, dann laß hören.«

Joachim erzählt ihr von seinem Telefonat am Nachmittag mit dem *Kurier* und mit welchen Phrasen ihn die Reporterin angegriffen habe.

»Und du?«

»Ich habe versucht, ihr sachlich die Aspekte aufzuzeigen, aber ich bin mir nicht sicher, ob sie es begriffen hat.«

»Wenn sie nichts begriffen hat, kann sie auch nichts schreiben, das ist schon mal nicht schlecht!«

»Das kann man nicht wissen. Es gibt Menschen, die schreiben gerade dann!«

»Hast du ihren Chef angerufen?«

»Ich wollte nicht noch mehr Wirbel machen...«

»Das solltest du aber. Er ist doch auch sonst immer dein Ansprechpartner und kennt sich aus im politischen Miteinander.«

Joachim zögert. »Vielleicht hast du recht«, räumt er ein.

Regine hat ihren kleinen Wagen um die Ecke der Kanzlei abgestellt und spaziert mit Bobby an der Leine zunächst wie zufällig vorbei. Die fünf Stellplätze vor der Kanzlei sind leer. Das hat sie um diese Uhrzeit erwartet. Sie geht noch eine Straßenecke weiter und kehrt dann um. Wo könnte Klaus sein? Noch bei einem Klienten? Und wenn er das Notebook mit sich herumträgt? Sie schließt schnell die Haustür zu dem Altbau auf und huscht die wenigen Steintreppen hinauf bis zur Eingangstür. Es sind außer der Kanzlei und einer Arztpraxis noch drei Wohnungen in dem Gebäude untergebracht, und sie möchte möglichst ungesehen hinein- und auch wieder herauskommen.

Kurze Zeit später steht sie in Klaus' Büro, weist Bobby den Platz an der Tür zu: »Schön aufpassen, aber nicht bellen, hörst du, Bobby? Nicht bellen!« und schaut sich um. Sie ist fürchterlich aufgeregt und kommt sich wie eine Einbrecherin vor. Dann entdeckt sie es. Das Notebook steht, angeschlossen an den Drucker, neben dem Computer. Anscheinend hat er grade noch daran gearbeitet. Das könnte aber auch bedeuten, daß er jeden Augenblick zurückkommt. Sie schluckt trocken, klappt das Notebook auf und schaltet es ein. »Mach schon, mach schon«, flüstert sie dem Gerät ungeduldig zu, während es surrend startet und das Programm lädt. Endlich ist es soweit, durch ein Glockenzeichen, das in Regines Ohren wie eine Alarmanlage schrillt, gibt es zu erkennen, daß sie beginnen kann. Sie öffnet die Datei und stößt im Listenfeld sofort an erster Stelle auf HOFMEISTER.WPS. Daran hat er zuletzt gearbeitet. Hofmeister? Ein Klient? Da fällt es ihr ein, es ist der Mädchenname von Marion. Sie öffnet die Datei.

Im selben Moment läßt Bobby ein dunkles Knurren vernehmen. Wie elektrisiert schaltet Regine kurzerhand ohne weitere Schritte das Notebook aus und läuft leise zu Bobby. Ganz deutlich sind Schritte zu hören, die auf die Eingangstür der Kanzlei zusteuern. An der Tür klappert es, Bobby fährt empört aus seiner Liegestellung hoch, und Regine kann sich in letzter Sekunde auf ihn werfen und ihm die Schnauze zudrücken. Sie ist kurz vor einem Herzinfarkt. Wenn jetzt Klaus reinkommt, muß sie ganz cool die Nummer mit dem Überraschungsbesuch abziehen. Und bei jedem anderen empört nach Klaus fragen. »Sei still«, flüstert sie in Bobbys Ohr, da hört sie etwas dumpf aufschlagen. Wieder Schritte, dann ist es still.

Regine bleibt noch kurz bei Bobby knien, bevor sie an die Tür schleicht. Ein großes längliches Kuvert wurde durch den Türschlitz geworfen, das ist alles.

Sie atmet tief durch, um sich wieder zu beruhigen, und läuft schnell zurück an den Schreibtisch. Deckel hoch, das Notebook erneut starten. Sie schiebt ihre Diskette ein und kopiert die ganze Datei Hofmeister. So, das hat sie schon mal. Erst jetzt schaut sie es sich genauer an. Über achtzig Seiten mit Listen und Tabellen, dazu Daten und eine Art Fahrplan. Aber sie liest vermehrt Liechtenstein und Namen, die sie nicht kennt, und auf der letzten Seite den Entwurf zu einem Vertrag, auf dem klar Günther Schmidt steht. Was ist da bloß im Gange? Sie schließt das Programm, das Notebook verabschiedet sich mit Glockenton, und Regine nimmt erleichtert die Diskette an sich. Jetzt nichts wie weg!

Minuten später steht sie schon in der nächsten Telefonzelle und versucht, Monika zu erreichen. Zu Hause scheint sie noch nicht zu sein, und in der Firma meldet sich nur der Anrufbeantworter. Kurz entschlossen fährt sie los. »Tut mir leid, Bobby, deinen Spaziergang müssen wir etwas verschieben. Aber versprochen ist versprochen! Wir gehen später!«

Dirk und Richi sitzen zur selben Zeit in Dirks Bude und legen ihren Schlachtplan zurecht. Dirk holt einen in eine Plastiktüte gewickelten Schlagstock aus seinem Schrank. »So was haben sonst nur die Bullen«, vermeldet er stolz und hält ihn hoch.

Richi will mit leichtem Widerwillen in der Stimme wissen: »Kann man so was etwa kaufen?«

»Quatsch!« Dirk läßt den Stock wie einen Golfschläger durch die Luft sausen. »Das gibt's nur mit Beziehungen!«

»Aha! Und wie sehen solche Beziehungen aus?«

»Bei uns in der Uni gibt es jede Menge Autonome. Da ist das kein Problem!«

»Das läßt mich ja hoffen«, spöttelt Richi, steht auf und geht an ihm vorbei in die kleine Küche. »Hast du Bier im Kühlschrank?«

»Klar. Jede Menge. Bring mir auch eins mit!«

Bis Richi mit den beiden Flaschen und einem Öffner zurückkommt, hat Dirk zwei abgeschnittene und an einer Seite verknotete Damenstrümpfe auf den Tisch gelegt.

»Vergiß nicht, es soll nur ein Denkzettel sein«, warnt ihn Richi. »Du sollst ihn nicht gleich umbringen!«

Dirk nimmt ihm die eine Flasche ab und öffnet sie. »Ich möchte ihn nur am Boden liegen sehen, den feinen Herrn Schmidt. In die Hose soll er sich scheißen vor Angst!«

»Ganz schön herb für einen Pazifisten!«

Dirk nimmt einen tiefen Schluck und schaut Richi danach mit hochgezogenen Augenbrauen an. »Auch ein Pfarrer darf mal seine Soutane lüften!«

»Ja, tatsächlich!« Richi nickt. »Der Vergleich überzeugt mich!«

Regine ist vor Monikas Lackiererei angekommen. Ihr Wagen steht dort, ganz wie sie es sich dachte. Jetzt muß sie nur irgendwie auf sich aufmerksam machen. Sie stellt ihren Wagen mitten in den Hof, von hier aus ist sie von allen Bürofenstern aus zu sehen, und drückt auf die Hupe. Bobby springt zu dem Krach wie besessen um den Wagen herum und bellt das Auto an, als könne er es dadurch zum Schweigen bringen. Endlich rührt sich etwas, ein Fenster wird aufgerissen, Regine erkennt Monika und winkt ihr zu. Die nickt und gibt ihr ein Zeichen, daß sie an den Haupteingang kommen soll.

Minuten später sitzen sie an Monikas Computer. »Hoffentlich arbeitet er mit Word und nicht mit so einem Exotenprogramm«, meint Monika, während sie die Diskette einschiebt.

»Da kann ich Sie beruhigen!« Regine hat sich einen Stuhl herangezogen, und sie sitzen dicht nebeneinander und blättern die Aufzeichnungen Seite für Seite durch.

»Sie sind einfach klasse!« Bei der letzten Seite angekommen, haut ihr Monika kräftig auf den Schenkel. »Vorgestern konnte ich Sie nicht ausstehen, und heute weiß ich, was ich dadurch verpaßt habe!«

Regine lacht. »Danke, mir geht's genauso!«

Monika greift zum Telefonhörer. »Die Diskette ist Gold wert. Das kann Marion überhaupt nicht aufwiegen!«

»Aber wenn Günther sie auch *so* hereinlegen will!« empört sich Regine.

»Und unser beziehungsweise Ihr Mann auch noch dabei hilft!«

Die beiden schauen sich an.

»Das ist schon übel«, sagt Regine nachdenklich.

»Kleiner Drecksack. Ich hab's schon immer gewußt!« Monika nickt grimmig und beginnt zu wählen.

»Ach, so schlimm ist's auch nicht«, beschwichtigt Regine, muß aber lachen, als sie Monikas Blick sieht. »Ich kann ihm ja noch nicht einmal sagen, was ich von ihm halte! Heute abend werde ich platzen, wenn er nach Hause kommt!«

Inzwischen hat Monika Verbindung. »Anna? Stell dir vor, Regine Raak, ja, ja, meine Nachfolgerin, hat Aktengeheimnisse geklaut. Ja, das Beweismittel liegt mir vor! Vergehen nach Paragraph 314 StGB? Dachte ich mir! Können wir sie jetzt verhaften lassen?«

Regine klappt der Unterkiefer herunter.

Monika lacht prustend los. »Kleiner Scherz, sorry, bot sich an. Ja, Anna, kannst du gleich in die Firma kommen? Jetzt kriegen wir den Schmidt dran! Ja, ja, Marion Schmidt rufe ich auch gleich an!«

Dirk hat sich ein Blatt Papier genommen und schreibt den Ablauf auf.

»Also, ich wiederhole. Rainer Hoyer wird mit Einbruch der Dunkelheit eintreffen, weil er vorher noch andere wichtige Termine hat und am nächsten Tag, nach dem Notartermin, gleich weiter muß. Time is money, dafür wird Günther Verständnis haben, denn das ist seine Sprache. Ihm geht es ja auch nur um Kohle!«

»Fast nur …«, unterbricht Richi vieldeutig.

Idiot! Also der Weg vom Parkplatz zum Hotel *Sternen* geht durch diese hohen Hecken hindurch. Da müßte es um diese Uhrzeit schon ein arger Zufall sein, wenn jemand dazwischenkommt!«

»Aber ausschließen kannst du es nicht!«

»Gut, dann platzt die Story eben. Dann konnte Rainer Hoyer aus irgendeinem Grund nicht kommen und ruft am Freitag wieder an. No problem. So oder so, wir kriegen ihn!«

»Bloß, du weißt: Schmerzen und vor allem Angst. Keine bleibenden Schäden!«

»Hältst du mich für einen Totschläger?«

»Nein, natürlich nicht! Und du rufst ihn morgen an und teilst ihm den Treffpunkt und die Uhrzeit mit?«

»Klar! Wie gehabt!«

»Sei vorsichtig!«

»Was soll's!« Dirk streckt und dehnt sein Kreuz. »Beim letzten Mal hat er mich ja auch nicht erkannt! Und ich werde ihm sagen, daß wir, wenn wir uns handelseinig geworden sind, gleich am nächsten Morgen zu seinem Notar können.«

»Und red nicht zuviel, sonst erkennt er deine Stimme noch!«

Marion ist völlig aus dem Häuschen. Sie taumelt zwischen Glück und Entsetzen. Sie ist fassungslos darüber, was Günther mit ihr vorhatte, und sie weiß auf der anderen Seite nicht, wie sie es Regine danken kann, die das vereitelt, sie vor der Armut gerettet hat. Monika hat die Seiten viermal ausdrucken lassen, in Schnellhefter gelegt und Anna Kell und Marion Schmidt bei ihrem Eintreffen in die Hände gedrückt. Jetzt sitzen sie bereits seit zwei Stunden bei Kaffee und Keksen in Monikas Besprechungszimmer, lesen die Seiten gemeinsam durch und hören sich dazu Anna Kells Analyse an. »Kommt jetzt darauf an, was Sie wollen, Frau Schmidt«, sagt sie zum Schluß. »Je nachdem, ob sie die weiche oder die harte Tour fahren wollen, gibt es damit natürlich verschiedene Möglichkeiten!« Sie klopft mit der flachen Hand auf das Dokument und schaut die Frauen eine nach der anderen an. Dann lacht sie unvermittelt los. »Es ist schon ein einmaliger Fall! Solange ich Rechtsanwältin bin, ist mir noch nie eine solche Verschwörung untergekommen!« Alle stimmen in ihr Gelächter ein.

»Stimmt!« Monika steht auf. »Darauf müßten wir eigentlich anstoßen! Denn sie bringt nicht nur Marion Schmidt ihre Rechte zurück, sondern sie hat uns alle auch zusammengebracht! Wer weiß, was daraus noch alles entsteht!«

Während Monika zum Schrank geht und Gläser holt, drückt Marion Regines Hand. »Ich werde Ihnen das nie vergessen! Sie müssen mir sagen, womit ich das wiedergutmachen kann!«

»Die Schlacht ist noch nicht geschlagen«, wehrt Regine ab, »ich befürchte, da kommt noch einiges auf uns zu!«

Noch nie hat Manfred so gespannt auf das Lokalblatt gewartet wie an diesem frühen Donnerstag morgen. Heute wird er seine Genugtuung erhalten. Das kann zwar trotzdem keine 90 000 Mark wert sein, aber ist zumindest Balsam für sein verletztes Ego. Er hat im Stehen, stets mit Blick auf die Straße, die dritte Tasse Kaffee getrunken, als er den Zeitungsboten endlich kommen sieht. Manfred stürzt ihm entgegen, nimmt ihm sein Exemplar ungeduldig ab und verschwindet wieder in seiner Wohnung. Auf dem Wohnzimmertisch zieht er hastig den Lokalteil aus dem Blatt und breitet ihn aus. Aufmacher schon mal nicht, schade. Hätte sich angeboten. Aber auch sonst nicht auf der ersten Seite, wie ärgerlich! Er blättert weiter, und als er beim Lokalsport und den Vereinsnachrichten angelangt ist, kann er es nicht glauben und blättert langsam, Seite für Seite, wieder zurück. Vielleicht im Hauptteil? Seite drei? Unter einem Titel wie: In Deutschland blüht die Korruption! Hastig hebt Manfred den Hauptteil auf, der in der Eile auf den Boden gefallen ist, und geht ihn Artikel für Artikel durch. Unwichtiges aus Indonesien, aus dem Kosovo und Afghanistan, dafür keine einzige Zeile aus Römersfeld. Ungläubig läßt er sich auf den Stuhl sinken. Sie hat ihn verarscht! Diese Kuh hat überhaupt nichts geschrieben!

Die ganze Stadt scheint sich plötzlich gegen ihn verschworen zu haben. Früher hätte man da noch seine Möglichkeiten gehabt. Einmal den Brunnen vergiftet, und die Angelegenheit hätte sich von selbst erledigt. Auf irgendeine Art muß er es ihnen heimzahlen.

Am späten Vormittag fährt Marion zu Anna Kell in die Kanzlei. Ihr Büro hat Anna in mediterranen Farben gestaltet, Gelb, Blau und gedämpfte Rottöne herrschen vor. Als Marion eintritt, knallt die Sonne durch das geöffnete Fenster so heiß ins Büro, daß Anna nach der Begrüßung hellgelbe Vorhänge vorzieht, die das grelle Licht sanft und weich werden lassen und sich bei jedem Windhauch bauschen. »Hier läßt es sich wirklich arbeiten«, findet Marion, und Anna erwidert, während sie hinter ihren Schreibtisch zurücktritt: »Hier läßt es sich *leben*, Frau Schmidt. Zu Hause bin ich nicht so oft! Und ich möchte mich dort wohl fühlen, wo ich mich am häufigsten aufhalte!«

»Da haben Sie allerdings recht!« Marion setzt sich hin. »Mir gefällt es in unserem Haus auch nicht mehr. Wenn alles vorbei ist, möchte ich ein kleines Haus mit etwas Garten, keinen Park mehr! Einen schönen, zugewachsenen Bauerngarten mit vielen unterschiedlichen Blumen. Ich werde alles ganz anders machen!«

»Solange man Träume hat, hat man eine Zukunft«, lächelt Anna und schlägt die Akte auf.

»Solange man eine Zukunft hat, lebt man«, ergänzt Marion und beugt sich erwartungsvoll vor.

Die Rechtsanwältin hat sich bereits eine Strategie zurechtgelegt und bespricht jede Einzelheit ausführlich mit Marion.

Schließlich lehnt sie sich zurück und zwinkert Marion zu. »Gut, daß Herr Raak ein so ordentlicher Mensch ist und uns auch seine Termine so präzise überläßt«, macht sie sich über ihn lustig. »Morgen nachmittag kommt also dieser Herr Dr. Berger. Ich denke, am wirkungsvollsten ist es wohl, wenn wir gemeinsam mit ihm eintreffen. Vierzehn Uhr in der Firma Ihres Mannes, das müßte doch zu machen sein! Und machen Sie von der Situation mit Herrn Dr. Berger, dem Notar, Ihrem Mann und den Akten doch gleich mal einen Schnappschuß. Fürs Familienalbum, versteht sich!« Sie grinst.

»Ich verstehe!« Marion nickt langsam. »Ich werde mir eine entsprechende Kamera kaufen!«

»Sie muß gut sein, klein, automatisch und mit Tele und Weitwinkel. Lassen Sie sich beraten, und üben Sie gleich schon mal.«

»Und Sie?«

»Ich erledige den Rest!«

Manfred ist sich darüber klar geworden, daß er einen starken Partner braucht. Allein scheint er dieses Problem tatsächlich nicht in den Griff zu bekommen. Nach dem Mittagessen ist er soweit: Er ruft Günther an. Er hat Glück, Günther ist im Büro, tut aber sehr geschäftig und eilig. Manfred versucht einen Weg zu finden, Günther auf seine Seite zu bringen, ohne zuviel ausplaudern zu müssen.

»Ich ärgere mich momentan gewaltig über so ein Weib, das mir ständig auf dem Schlips herumtrampelt«, versucht er Günthers Instinkt für Männersolidarität zu wecken.

»So? Wer ist es denn?« fragt Günther, hellhörig geworden.

»Monika Raak! Die glaubt, sie sei der Gottkönig von Römersfeld!«

»So! Tut sie das?«

Manfred spürt, daß er den richtigen Ton getroffen hat. Der Status des Gottkönigs war bisher immer Günther vorbehalten gewesen.

»Wächst sie über sich hinaus?« will Günther wissen.

»Sie mischt überall mit und ist gerade dabei, so richtig abzusahnen. Hast du gehört, daß ein Gewerbegebiet West ausgewiesen werden soll ...?«

»Den Blödsinnn hast du mir doch schon einmal erzählt ...«

»Hättest du mal besser auf mich gehört, dann hättest du einen Riesenreibach machen können. Jetzt ist es nämlich durch. Und die Alte sahnt ab!«

Er spürt richtig, wie Günther Luft holt. Er hat seinen empfindlichsten Nerv getroffen. Eine Frau droht ihn in seiner Römersfelder Position als unumschränkter Herrscher und cleverster Fuchs der Stadt zu überflügeln.

»Ich konnte sie noch nie leiden, diese alte Fregatte!« sagt er, und seine Stimme klingt leise und gefährlich.

»Was könnten wir gegen sie unternehmen?« fragt Manfred händereibend.

Günther senkt seine Stimme. »Ich hätte da einiges in der Hand, Manfred. Müßte man aber vorsichtig anpacken. Wenn es von meiner Seite kommt, ist es zu offensichtlich. Wenn du das angehst und sie damit unschädlich machen kannst, ist das eine andere Sache!«

»Riskant?«

»Quatsch. Nicht für dich! Es sind ein paar geheime Informationen über sie und Herrn Wetterstein, außerdem so manches, das dank dieser Freundschaft schneller ging. Wenn das herauskommt und zum Skandal wird, kann sie einpakken!«

So viel hätte Manfred gar nicht erwartet. Haßerfüllt schließt er die Augen. Er wird sie auf dem Scheiterhaufen brennen sehen, diese Hexe. Oder er wird sie erpressen. Gegen 180 000 Mark bar auf den Tisch könnte er vielleicht mit sich reden lassen. Oder am besten gleich runde 200 000 Mark, 20 000 Mark Schmerzensgeld müßten schon drin sein.

»Ich weiß nicht«, sagt er zurückhaltend zu Günther. »Und wenn Wetterstein wegen der Sache auch auffliegt ... hast du nicht ebenfalls ...?«

»Deswegen mußt ja auch du ran! Ich halte mich da raus, dir kann er in der Beziehung schließlich nichts anhaben!«

»Du meinst wirklich?!?«

»Wir Männer müssen doch zusammenhalten, wo kommen wir denn sonst hin!« So wie er es sagt, klingt es wie das Losungswort eines Geheimbundes.

Manfred zögert noch immer und bewirkt das, was er vorhergesehen hat.

»Komm jetzt, Manfred, steh deinen Mann! Gib dir einen Stoß, du tust uns allen etwas Gutes! Mach sie fertig im Auftrag des Königreichs!« Günther lacht hämisch. »Frauen haben bei uns nichts zu suchen. Es sei denn im Bett!« Er lacht wieder, und Manfred gibt sich geschlagen.

»Du sagst es, auf die Matratze mit ihnen«, prolet er, und ihre Einigkeit bei diesem Thema läßt ihrer beider Herzen höher schlagen.

»Wie sollen wir es anpacken?« fragt Manfred, als sich die Rührung einigermaßen gelegt hat.

»Du kommst morgen früh, nein, halt, das ist schlecht, da habe ich schon einen Termin, nein, wir gehen zusammen zum Abendessen ins *Seerestaurant*. So um sechs, nicht zu spät, weil ich noch was vorhabe. Ich bringe dir die entsprechenden Unterlagen mit, und wir sprechen noch mal über alles. Ich muß die Sachen erst noch zusammentragen, das schaffe ich frühestens morgen nachmittag. Ich hoffe, die Zeit reicht dazu.« Er überlegt. »Bist du heute noch zu erreichen?«

Manfred nickt in den Hörer. »Ich bin mindestens bis zweiundzwanzig Uhr hier. Ich habe einiges nachzuholen, mir ist während der letzten Tage viel liegengeblieben.«

»Okay, nur für alle Fälle!« Seine Stimme senkt sich. »Und, Manfred, ganz unter uns, ich freue mich schon jetzt darauf, die kleine Schlampe am Boden zu sehen!«

Und ich erst, denkt Manfred und legt auf. Er wird ihr die Kohle abzocken und sie anschließend trotzdem fertigmachen. Wenn das Material, das Günther gegen sie hat, tatsächlich so stark ist, wird sie sich nicht mehr wehren können. Der Gedanke befriedigt ihn so, daß er sich kurz an die Hose fassen muß.

Kaum hat Günther aufgelegt, klingelt das Telefon schon wieder. Er schaut kurz auf die Uhr, bevor er abnimmt. Eigentlich müßte er schon weg sein, seine Termine verschieben sich ins Unendliche. Diesmal ist es Rainer Hoyer, der ihm die 800 000 für sein Berliner Grundstück bringen will. Die Zeit nimmt er sich gern.

»Wir werden nochmals in Ruhe drüber reden müssen«, erweitert Günther den Spielraum.

»Gut!« antwortet der Mann aus Berlin zu seiner Überraschung. »Das dachte ich mir schon. Aber die Bundesregierung hat genug Geld, daran soll es nicht scheitern!«

So etwas hört Günther gern. Trotzdem kann er es nicht glauben. »Geld?« sagt er. »Der Bund? Seit wann denn das?«

»Nun, mit solchen Steuerzahlern wie Ihnen!«

Günther verzieht das Gesicht schmerzlich. Nicht mehr lang, denkt er. »Da haben Sie recht«, bestätigt er seinen Anrufer. »Also gut, es ist zwar verdammt spät, aber wenn es nicht anders geht … ich bin um zweiundzwanzig Uhr im *Sternen* und frage an der Rezeption nach Ihnen!«

Dirk legt auf und stößt Richi siegesgewiß an. »Na? Wie habe ich das gemacht! Easy going, was? Der latscht uns voll in die harte Rechte!«

Regine ist vor ihren quälenden Gedanken ins Tierheim geflüchtet. Dort kann sie Annemarie und den Pflegerinnen helfen, sich gleichzeitig körperlich abreagieren und ist beim Nachdenken nicht so allein. Mit Klaus am Frühstückstisch zu sitzen und ihn nicht auf seine fragwürdige Rolle ansprechen zu können hat ihr am Morgen schier den Verstand geraubt. Oft könnte sie das nicht wiederholen, und sie ist froh, daß es bald vorbei sein wird. Wenn Anna Kell und Marion Schmidt morgen früh bei den Vertragsverhandlungen erst mal plötzlich im Raum stehen, wird er sich dazu äußern müssen. So oder so.

Regine steht in einem der Hundezwinger und spritzt mit einem Gartenschlauch den Boden ab. Akribisch genau und mit hohem Druck. Ob die Begegnung morgen das Ende ihrer Ehe bedeuten wird, fragt sie sich dabei. Schließlich wird es keine Zweifel darüber geben, wo die Informationen herkamen. Sie dreht das Wasser ab, um in den nächsten Zwinger zu gehen. »Nehmt bitte die Hunde raus«, ruft sie Sonja zu. »Der hier ist fertig!« Es täte ihr leid, wenn eine Trennung die Konsequenz wäre, denn eigentlich liebt sie Klaus noch immer. Auch wenn er so offensichtlich krumme Dinger dreht. Sie rollt den Schlauch zusammen. Und irgendwie paßt das doch gar nicht zu ihm, denkt sie dabei, er ist doch kein schlechter Mensch!

Linda hat sich das neue Kleid und die neuen Schuhe angezogen, die ihr Günther in Hamburg gekauft hat, und sich so motiviert, heute etwas Besonderes zu unternehmen. Kurzerhand ruft sie die Hotline-Nummer für das Musical *Die Schöne und das Biest* in Stuttgart an und bestellt zwei Karten für den heutigen Abend. Es muß ja auf der Welt auch noch etwas anderes geben, als nur zu bumsen.

Dann versucht sie Günther zu erreichen. Im Büro ist er schon weg, sie versucht es über das Autotelefon. Er ist hocherfreut, sie zu hören, wird aber sofort nachdenklich, als sie ihm von ihrer Initiative berichtet.

»Was ist, hast du keine Lust?« fragt sie enttäuscht.

»Ein Schmidt hat immer Lust«, sagt er schneller, als er denken kann. Gleich darauf merkt er, daß er mit diesem Satz in der Falle sitzt. Wie kommt er da wieder raus?

»Ja, fein! Ich habe mich schon umgezogen, und wenn du gleich kommst, können wir ganz gemütlich zur Musical-Hall fahren und sogar noch einen Aperitif nehmen.«

»Einen Aperitif?« wiederholt er dümmlich, während er krampfhaft nach einer Möglichkeit sucht, unbeschadet aus dieser Nummer herauszukommen.

»Ja, da gibt es im selben Gebäude ein Hotel mit so einer Art Marktplatz, und dort ...«

»Ich kenne das *Copthorne*«, schneidet er ihr den Satz ab.

»Ja, prima, um so besser. Dann bis gleich, ich freu' mich ja so!« Und legt auf.

Günther starrt auf den Hörer, dann hängt er langsam auf. Er kann jetzt nicht, verdammt. Warum hat er ihr das nicht klipp und klar gesagt? Nachher geht es um 800 000 Mark, da kann er doch nicht einfach schwänzen!

Er greift nach dem Telefon. Er wird es ihr einfach sagen. Sie soll sich wieder umziehen und auf ihn warten. Es könnte spät werden. Günther tippt die ersten Ziffern schnell ein, dann zögert er und drückt wieder auf die Trenntaste. Das kann er nicht machen. Sie würde nicht auf ihn warten, sondern womöglich mit einem anderen gehen. Dirks Konterfei taucht vor seinem geistigen Auge auf. Er wäre der größte Esel auf Gottes weiter Erde, wenn er sie durch so eine kleine Geschichte in die Arme eines anderen triebe. Wer weiß, was der alles mit ihr anstellen würde? Sind doch alles nur geile Böcke!

Er dreht bei der nächsten Gelegenheit um und fährt schnell zurück, in Richtung »Getto«. Bei der Einfahrt zur Wohnsiedlung kommt ihm der rettende Gedanke: Manfred muß das für ihn erledigen! Günther hofft, daß er, wie angekündigt, noch im Büro ist, und ruft ihn an.

Tatsächlich, er hat Glück, Manfred nimmt ab.

»Alter Kumpel, du mußt mir einen Gefallen tun.«

»Immer zu …«

»Ich sollte mich heute abend eigentlich mit einem Mann im Hotel *Sternen* treffen, kann jetzt aber doch nicht. Natürlich könnte ich dort auch eine Nachricht hinterlassen, aber das fände ich stillos. Wenn du dort hingehst …«

»Würde ich gern, aber mein Wagen ist in Reparatur. Mir ist doch so eine Tussi hinten draufgefahren«, unterbricht er ihn.

Günther überlegt schnell, es geht um 800 000 Mark, er wird ihm ein Zuckerstückchen in den Rachen schmeißen. »Du kannst meinen haben, doch, wirklich, ohne Probleme!«

»Ich könnte doch auch ein Taxi nehmen ...«

»Quatsch, ich komme schnell bei dir vorbei, ruf du mir ein Taxi, damit ich gleich wieder wegkomme!«

»Meinst du wirklich?«

Günther hört an seiner Stimme, wie er sich freut, und dreht um, kurz bevor er die Tiefgarage erreicht hat. Also wieder zurück zur Stadt!

»Du weißt ja, ich wohne direkt um die Ecke vom Baumarkt, deshalb habe ich keinen Leihwagen, brauche ich ja eigentlich ...«

»Ist doch überhaupt keine Frage, Manfred, ich bin gleich da. Wenn du nur pünktlich um zweiundzwanzig Uhr am *Sternen* bist, ist alles geritzt. Du erklärst dem Mann, Hoyer heißt er, merk dir das, Rainer Hoyer, daß wir das morgen früh ohne große Umstände erledigen werden! Ich melde mich bei ihm! Und dem Wirt sagst du, daß sein Abendessen, egal was er ißt und trinkt, auf meine Rechnung geht!«

Kaum aufgelegt, wählt Günther nochmals. »Linda«, sagt er, »mach deinen Wagen startklar. Wir fahren heute mit dem Stoppelhopser! Ich setze mich auch brav daneben und sage kein Wort!«

Klaus hat sich zu Hause in seinem Arbeitszimmer vergraben, was Regine sehr recht ist, so kommen sie sich nicht in die Quere. Wahrscheinlich brütet er über seinem morgigen Termin, denkt sie und überlegt, ob sie nachher, wenn er schläft, in seinem Notebook nachschauen soll, ob es wichtige Änderungen oder Neuerungen gibt. Um sich die Zeit zu vertreiben, schaltet sie sich durchs Fernsehprogramm und stößt auf *Kommissar Rex.* Da Bobby auch sofort höchst interessiert zuschaut, beschließt sie dabeizubleiben. Sie holt für sich Kartoffelchips und für Bobby Leckerliknochen, und so starten sie gemeinsam in einen gemütlichen Donnerstagabend.

Günther sitzt frisch geduscht und umgezogen neben Linda und fährt jetzt mit ihr durch Römersfeld in Richtung Autobahn.

Linda ist bester Laune, sie freut sich auf das Musical, aber fast noch mehr auf alles, was zu so einem Abend dazugehört, die erwartungsvolle Atmosphäre, die Einstimmung durch einen Aperitif und die vielen festlich gekleideten Menschen, die sie gern anschaut. Überhaupt findet sie es rasend spannend, andere Menschen zu beobachten. Das gefällt ihr schon an der Ampel, wenn der Gegenverkehr kommt, noch mehr aber im Straßencafé.

»Wir sollten bei Cyril eine Kleinigkeit essen«, sagt sie fröhlich zu Günther.

»Wem?« fragt er, der sich in dem kleinen Wagen etwas sonderbar vorkommt und als Beifahrer sowieso.

»Cyril! Der hat dort am Marktplatz eines der kleinen Bistros, weiß du? Karin geht dort immer hin!«

»Wer ist denn jetzt schon wieder Karin!?«

»Die Exfreundin von Richi!« lacht Linda. »Eine sehr Hübsche! Typ Jackie Kennedy!«

»So hübsch?« Günther wirft ihr nur kurz einen Blick zu, schaut aber sofort lieber wieder nach vorn auf die Straße. »Kenne ich die?«

»Ich glaube nicht«, vermutet Linda, »sie ist nicht deine Altersklasse!«

»So? Nicht? Wie alt ist sie denn?«

»Na, so um die Dreißig.«

Sie fahren eben zur Stadt hinaus, und Günther will noch etwas darauf erwidern, da fängt der Wagen plötzlich an zu stottern. Der Motor zuckt und würgt, als würde er jeden Moment ausgehen.

»Was ist denn jetzt los?« fragt Linda erschrocken.

»Hast du genug Benzin?«

Linda schaut schnell auf die Tankuhr. »Ja, halbvoll!«

»Dann ist etwas kaputt! Du mußt umdrehen, sonst bleiben wir auf der Autobahn stehen!«

Voller Angst, der Motor könne auf der Rückfahrt irgendwo ausgehen, fährt sie ruckelnd zum »Getto« zurück. Günther steigt aus. »Fahr gleich weiter zur Werkstatt, stell ihn dort ab, wirf die Schlüssel ein. Ich rufe dir ein Taxi!«

Linda ist den Tränen nah. Sie hat sich so gefreut!

Auf dem Weg nach oben in die Wohnung überlegt Günther, daß er den Termin mit Rainer Hoyer jetzt locker wahrnehmen könnte. Für ihn kommt der ratternde Zwischenfall ganz gelegen. Er versucht zunächst Manfred im Büro zu erreichen, dann zu Hause. Fehlanzeige. Wahrscheinlich macht er gerade eine Spritztour mit seinem Wagen, überlegt Günther. Einmal Römersfeld–Paris und zurück. Über sein eigenes Autotelefon kommt er nicht an ihn heran, das hat Günther vorsichtshalber ausgeschaltet, also versucht er es noch über Manfreds Handy, erreicht aber nur die Mailbox. »Ruf mich wegen unseren Zwei-undzwanzig-Uhr-Termins doch nochmals unter meiner Han-dynummer zurück, danke, Günther.«

Mist! Er könnte sich natürlich auch im Taxi hinfahren lassen, aber wie sieht es aus, wenn sie zu zweit dort auftauchen. Wie zwei Provinzheinis, die sich nicht abstimmen können. Nein, Günther läßt sich auf das Sofa sinken. Dann machen wir uns eben einen schönen Abend. Linda wäre auch sicherlich zu enttäuscht, wenn er so spät einfach verschwinden würde. Und sein kleiner Freund auch. Günther grinst und ruft die Taxizentrale an.

Richi und Dirk haben sich rechtzeitig vor zweiundzwanzig Uhr in Position gebracht. Den Wagen haben sie abseits geparkt, ihre Ausrüstung trägt Dirk in einer kleinen Sporttasche bei sich. Der Parkplatz ist fast leer, das Hotel scheint nicht gerade gut besucht zu sein, das ist ideal für ihr Vorhaben. Sie schreiten den Hotelweg ab, er scheint geradezu für Überfälle jeglicher Art gemacht worden zu sein. »Ein weitsichtiger Architekt«, murmelt Richi dankbar. Vom Hotel aus ist der Pfad dank der hohen Büsche nicht einzusehen, und selbst vom Parkplatz aus sieht man nur den Anfang des Weges, der sich unübersichtlich durch den Park zieht, bis er endlich in den großen Vorhof des Hotels mündet.

»Hoffentlich fährt er nicht direkt bis zum Hoteleingang vor«, befürchtet Dirk.

»Kann er nicht, die Schranke ist unten. Das kann er nur als Hotelgast zum Ausladen!«

»Gut!« Sie suchen sich die Stelle aus, an der es passieren soll. Eine kurze Wegstrecke zwischen zwei Biegungen. Dirk wird ihm von hinten einen Schlag verpassen und, wenn er fällt, einen in den Magen, möglichst auf den Solarplexus, damit er zusammenklappt. Und dann wird er sagen: »Das ist für Linda, du Schwein! Ich könnte dir jetzt auch die Eier abschlagen, aber vielleicht wird das Linda irgendwann selbst tun. Ich warte auf den Tag!« Er wird ihn anspucken und gehen. Richi paßt auf, falls etwas schiefgeht.

»Und du bist dir sicher, daß sie das wert ist?« fragt Richi, bevor er sich die Strumpfmaske überzieht.

Dirk sieht ihn nur an.

»Ist ja schon gut! Mach dich fertig, es wird dunkel!«

Dirk wirft einen Blick auf seine Uhr, bevor er sich die Maske überstreift. »Zehn vor zehn. Du hast recht, es könnte bald losgehen.«

Sie hören einen Wagen kommen. Dirk schleicht zum Anfang des Weges und kommt gleich darauf zurück.

»Sein Wagen! Er ist es!«

»Sicher?«

»Wie viele silberne Mercedeslimousinen mit GS 1 gibt's in Römersfeld?«

»Na denn – los!«

Manfred hat keine Ahnung, worum es bei diesem Treffen überhaupt geht. Aber er würde sich sehr in Günther täuschen, wenn der Hintergrund nicht finanzieller Art wäre. Und wenn es um diese Uhrzeit so wichtig ist, daß der Unbekannte persönlich empfangen wird, dann muß es um viel gehen! Er hieße nicht Manfred Büschelmeyer, wenn er nicht versuchen würde, da mitzumischen. Er hat ja jetzt wunderbar Zeit, den Knaben auszuhorchen. Ein gemeinsames Abendessen, einige Pils und zur Verdauung noch ein paar Schnäpschen – Manfred hat schon ganz andere weichgekocht, und solche Großstadtwichser sind im allgemeinen nicht besonders sattelfest. Er stellt Günthers Limousine ab und steigt aus. Schöner Wagen! Das wird das erste sein, was er tun wird, sobald die Raak die Mäuse rausgerückt hat: sich den gleichen eine Nummer stärker kaufen. Und vielleicht verhilft das jetzige Treffen ja auch zu ein paar Extras! Manfred spürt, wie sein Glücksbarometer wieder steil nach oben geht.

Dirk hört mehr, daß er kommt, als daß er seinen Gegner sieht. Die Zweige der Hecke, hinter der er kauert, versperren ihm die Sicht. Als der Schatten knapp an ihm vorbei ist, springt Dirk heraus, donnert ihm den Schlagstock auf den Hinterkopf und springt sofort schlagbereit in die nächste Position, denn jetzt wird sich Günther zur Gegenwehr umdrehen, was er mit einer Breitseite in den Magen abfangen muß. Und sobald Günther zusammengeklappt am Boden liegt, wird er seinen Spruch aufsagen. Günther wird kotzen und jedesmal, wenn er Linda besteigen will, daran zurückdenken.

Aber Günther dreht sich nicht um, sondern sinkt in der Dunkelheit wortlos in sich zusammen. Ein seltsames Klatschen, als sein Gesicht auf dem Boden aufschlägt. Dirk bleibt stehen, den Schlagstock bereit, darauf gefaßt, daß Günther plötzlich nach seinen Füßen greift, aber es passiert nichts. Völlige Stille, nur die Geräusche der Nacht sind zu hören.

Da kommt Richi aus seinem Versteck hervor. »Was ist denn los?« flüstert er.

Dirk läßt langsam seinen Schlagstock sinken. »Keine Ahnung!«

»Der bewegt sich ja überhaupt nicht mehr!« Richi geht vorsichtig näher an Günther heran. »Du!« sagt er plötzlich aufgeregt, »das ist ja überhaupt nicht Günther!« Er geht in die Hocke. »Wir haben einen Falschen erwischt!«

»Du spinnst!« Dirk geht schnell nach vorn, zum Kopf. »Es ist so verdammt dunkel zwischen den Hecken! Da kann man ja nichts erkennen!«

Richi zieht ein Feuerzeug aus der Hosentasche und macht es an. »Du gütiger Gott! Das ist Manfred Büschelmeyer!«

Dirk kniet sich neben ihm hin.

»Du, der hat die Augen offen!« Richi läßt das Feuerzeug wieder zuschnappen und schaut Dirk entgeistert an. »Dirk, der ist tot!«

»Quatsch! Das gibt es doch gar nicht!«

»Mann, wie hast du denn zugeschlagen?«

»Du hast es doch gesehen... war überhaupt nicht wild!« Dirk schweigt. »Wieso denn der?« fragt er ratlos. »Was tut der in Günthers Wagen?«

»Und wenn Günther jetzt auch gleich kommt?«

Sie schauen sich an.

»Bist du sicher, daß er tot ist?« fragt Dirk beim Aufstehen.

»Schau dir doch bloß mal seine Augen an!«

»Nein! Das ist ... einfach zu paradox! Das glaub' ich nicht!«

»Ob du's glaubst oder nicht, wir müssen hier weg! Und zwar schnell! Und rufen von der nächsten Telefonzelle anonym den Notdienst an. Das ist das wenigste!«

In aller Frühe klingelt es bei Marion an der Haustür. Sie ist gerade im Badezimmer, denn der Termin am Nachmittag mit Günther und diesem Liechtensteiner Menschen hat sie die

Nacht über sowieso nicht schlafen lassen. Sie ist viel zu aufgeregt. Marion wirft einen Blick auf die Uhr. Halb acht. Eine Expreßzustellung? Sie kann es sich nicht erklären, schlüpft in ihren Morgenmantel und geht zum Haustelefon.

»Ja, bitte?«

»Polizei. Könnten Sie uns bitte öffnen?«

Polizei? Die haben die abgesägte Blitze gefunden! Also doch! Während Marion auf den Türöffner drückt und zum Eingang geht, überlegt sie, was sie dazu sagen könnte.

Zwei Männer stehen vor der Tür, aber da sie keine Uniform tragen, ist Marion irritiert. Ein Überfall? fragt sie sich und bleibt so hinter der Tür stehen, daß die Männer sie nicht packen können.

»Wir sind von der Kriminalpolizei, Frau Schmidt, könnten wir bitte Ihren Mann sprechen?«

»Meinen Mann? Könnten Sie sich bitte ausweisen?«

Die beiden zücken ihre Dienstmarken, und Marion öffnet die Tür. »Bitte«, sagt sie und geht ihnen voraus ins Wohnzimmer. Die Kripo wegen einer abgesägten Radaranlage, denkt sie dabei, ist das nicht ein bißchen übertrieben? Hat der Staat so viel Geld? Oder so wenig zu tun? Mitten im Raum bleibt sie stehen. »Meinen Mann?« wiederholt sie noch einmal. »Warum denn?«

»Ist er da?«

»Könnten Sie mir denn bitte mal sagen, worum es geht?«

»Kennen Sie einen Manfred Büschelmeyer?«

»Natürlich, das ist ein Bekannter meines Mannes. Geschäftsführer im Baumarkt, warum?«

»Er ist heute nacht mit schweren Kopfverletzungen aufgefunden worden. Manfred Büschelmeyer wurde niedergeschlagen.«

»Niedergeschlagen?« Augenblicklich jagen Marion hundert Gedanken gleichzeitig durch das Hirn. »Aber warum denn? Aus welchem Grund?«

»Das wissen wir eben noch nicht, Herr Büschelmeyer ist noch nicht wieder bei Bewußtsein. Deshalb sind wir ja hier!«

»Hier? Deshalb?« Sie reißt die Augen auf. »Was haben wir denn damit zu tun?«

Das »wir« kommt so automatisch, daß es ihr erst auffällt, als sie es ausgesprochen hat.

»Der Wagen Ihres Mannes ist am Tatort gefunden worden. Wir wüßten gern, wie er dorthin gekommen ist!«

»Wo soll dieser Tatort überhaupt sein?« stellt Marion die Gegenfrage.

»Vor dem Hotel *Sternen*. Genau gesagt zwischen dem Parkplatz und dem Hoteleingang, auf dem Hotelweg. Wenn Sie jetzt bitte Ihren Mann holen würden?«

»Meinen Mann? Er ist nicht da!«

»Er ist nicht da?« Die beiden Männer werfen sich einen Blick zu, als sei damit bereits alles gesagt.

»Wo ist er denn …«

»… um diese Uhrzeit?«

»Vermutlich bei seiner Freundin!« Sie sagt es so gelassen, daß sich die beiden Männer erneut einen Blick zuwerfen.

»Das hätten Sie uns auch früher sagen können«, sagt der eine.

»Wo wohnt diese Freundin, und wie heißt sie?« fragt der andere und hat bereits einen Notizblock aus seiner Jackettasche gezogen.

»Sie heißt Linda Hagen. Wo sie wohnt, weiß ich nicht! Aber sie arbeitet in der Parfümerie in der Innenstadt – als Verkäuferin!«

Günther sitzt bereits seit einer Stunde mit Klaus Raak, Jürgen Berger und seinem Notar Walter Kalthoff in seiner Firma, und nach einigem detailreichen Hin und Her liegen jetzt drei Urkunden vor ihnen auf dem Besprechungstisch. Eine über den Verkauf der Firma Schmidt Hoch-Tief an die Liechtenstein AG, die zweite über den Verkauf der Immobilie von Günther Schmidt an die Liechtenstein AG und außerdem ein notarielles Kaufangebot für die Aktien der Liechtenstein AG. Günther hat gerade die ersten beiden Verträge unterschrieben, als hektisch geklopft und gleich darauf die Tür aufgerissen wird und seine Sekretärin mit großen Augen die Kriminalpolizei ankündigt.

»Na, hat Manfred Büschelmeyer meinen Wagen zerschmissen?« fragt Günther zur Begrüßung, denn einen anderen Grund kann er sich nicht vorstellen. Hoffentlich hat er keine Massenkarambolage ausgelöst.

»Manfred Büschelmeyer liegt schwerverletzt im Krankenhaus«, sagt der eine der Beamten und schaut sich um.

»Wie – verletzt? Wie soll ich das denn verstehen? Verkehrsunfall? Das ist ja scheußlich!« Günther steht langsam auf. »Und mein Wagen?«

»Es war kein Verkehrsunfall, er wurde niedergeschlagen. Wir haben diesbezüglich einige Fragen an Sie und möchten Sie bitten, mit aufs Polizeipräsidium zu kommen!« sagt der zweite Beamte und fixiert Günther, als könne er sich jederzeit in Luft auflösen.

»Ich finde es zwar schrecklich, daß Manfred schwer verletzt ist, aber daß ich jetzt deswegen aufs Präsidium soll, kommt mir wirklich sehr ungelegen«, sagt Günther und weist auf die anderen drei Männer. »Kann ich nicht heute nachmittag kommen? Die Herren sind extra angereist!«

»*Herr Schmidt.* Hier geht es um schwere Körperverletzung und nicht um Geschäfte. Tut mir leid! Zudem wurden in Ihrem Wagen einige Dinge gefunden, die uns weitere Fragen aufgeben.«

Alle Augen richten sich auf Günther.

»Ist eine Luxusausstattung jetzt auch schon verboten?« fragt der angriffslustig.

»Die Filmkassette, die wir gefunden haben, gehört eigentlich in das Gehäuse einer Radaranlage und nicht in ein Handschuhfach. Und die Pillen, die daneben lagen, sind verschreibungspflichtig. Zumindest in Deutschland. Dafür können Sie uns sicherlich den Nachweis erbringen. Und möglicherweise auch dafür, wo Sie gestern nacht waren!« Er lächelt ihn übertrieben freundlich an. »Sie sehen, Herr Schmidt, wir müssen drauf bestehen, daß Sie mitkommen!«

Günther hat die Farbe gewechselt. »Soll das heißen, daß ich verhaftet bin?« fragt er und versucht es wie einen lächerlichen Scherz klingen zu lassen.

»Das werden wir sehen.«

Sie sind kaum zur Tür hinaus, als diese schon wieder aufgerissen wird. Diesmal steht Marion im Türrahmen.

»Marion!« sagt Klaus verdutzt. »Was machst du denn hier?«

»Ich habe eben meinen Mann am Polizeiauto verabschiedet. Das gehört zu den Aufgaben einer guten Ehefrau. Und was machen Sie da?«

Klaus schiebt sofort die Papiere vor sich zusammen, während Jürgen Berger und Walter Kalthoff zur Begrüßung aufstehen.

»Darf ich Ihnen auch meine beiden Begleiterinnen, Anna Kell und Regine Raak, vorstellen?«

Die beiden Frauen kommen herein und werden von den beiden Herren zuvorkommend begrüßt. Klaus rührt sich nicht vom Fleck. Er starrt Regine an, als sähe er sie soeben zum erstenmal.

»Schön, dich zu sehen, Klaus«, Marion nickt ihm freundlich zu. »Wir sind etwas später als geplant, aber es lag wohl an einer kurzfristigen Terminverschiebung.«

»Wurde Ihnen das nicht mitgeteilt?« fragt der Notar eilfertig.

»Leider nein, aber Sie können uns ja jetzt über den Stand der

Dinge unterrichten.« Marion setzt sich auf den Platz ihres Mannes, Regine auf einen Stuhl schräg gegenüber von Klaus, und Anna setzt sich neben sie.

Walter Kalthoff resümiert den Ablauf der vorangegangenen Besprechung und zeigt sich äußerst bemüht darin, den Frauen alles schlüssig zu erklären. Anna Kell liest inzwischen die Verträge, und Klaus sinkt immer mehr in sich zusammen. Das einzige, was ihn noch einigermaßen aufrecht erhält, ist die Tatsache, daß die Frauen zu spät gekommen sind. Günther hat unterschrieben, und die beiden Verträge machen ihn, Klaus, zu einem reichen Mann. Aber Regine? Welche Rolle spielt sie bei dieser Aktion? Er vermeidet, sie anzuschauen, und er weiß nicht, wie er nachher mit ihr umgehen soll. Wie sieht sie ihn? Im Recht? Im Unrecht? Und wie sieht sie sich selbst?

Am liebsten hätte er sich mit seinen beiden Verträgen in Luft aufgelöst.

Jürgen Berger wirft etwas ein und bringt Klaus damit von seiner Grübelei weg. Er hört wieder zu.

Walter Kalthoff streicht sich gerade mit einer Hand seine vollen Haare aus der Stirn. Ratlos schaut er Berger an. »Und was ist jetzt mit dem notariellen Kaufangebot?«

Hastig antwortet Klaus: »Das halten wir zurück, bis sich die Sache mit Günther geklärt hat.«

»Och, das ist nicht nötig«, Marion lächelt ihn an. »Das machen wir.«

»Wäre mir ganz recht, dann ist die Sache geklärt«, stimmt Berger zu und schaut auf seine Uhr.

»Aber halt ...« Klaus versucht zu retten, was nicht mehr zu retten ist. Keiner beachtet ihn, Marion tippt auf das Papier. »Da muß dann allerdings *mein* Name rein!«

»Nein!« ruft Klaus aufgebracht. »Das geht doch überhaupt nicht!«

»Natürlich geht das«, unterbricht ihn Anna Kell. »Sie sind doch der alleinige Gesellschafter der Liechtenstein AG. Die

Aktien laufen auf Ihren Namen und damit«, sie hält die beiden Verträge hoch, »auch der gesamte Schmidtsche Besitz. Natürlich können Sie an Marion Schmidt verkaufen. Sie können es aber auch Jürgen Berger tun lassen, wenn sie es selbst nicht ausführen wollen. Er ist als Vertretungsberechtigter schließlich sowohl für Ankäufe als auch für Verkäufe zuständig!«

Jürgen Berger nickt zustimmend. »Ohne Frage!«

»Na also!« Marion lächelt Klaus zu.

Der schüttelt vehement den Kopf. »Nein, mache ich nicht!« sagt er bestimmt. »Kommt nicht in Frage! Ich verkaufe nicht!«

Regine wirft ihm einen schiefen Blick zu.

Klaus sieht es. Und zögert.

»Na ja, vielleicht doch«, sagt er schließlich leise.

Marion schaut ihn mit einer hochgezogenen Augenbraue an und zieht das Kaufangebot zu sich herüber. »Für wieviel eigentlich?« Sie überfliegt den Text. »Ach? Für einen Schweizer Franken? Den habe ich gerade noch!«

Alle sind kurz still, dann deutet Berger Marion gegenüber eine kleine Verbeugung an. »Ja gut, wenn das so ist, dann darf ich Sie wohl zu dieser vermögenden Gesellschaft beglückwünschen! Und zu diesem vortrefflichen Kaufpreis!« Er reicht ihr die Hand. »Damit sind Sie die alleinige Aktionärin unserer AG. Darf ich Sie gleich zu unserer nächsten Aufsichtsratssitzung einladen?«

Linda war schon morgens früh bei ihrem Wagen in der Werkstatt, als die Polizei bei ihr klingelte, und erst bei ihrem Eintreffen in der Parfümerie erfährt sie, daß die Beamten auch dort nach ihr gefragt haben. Auf Renates Frage, was die Kriminalpolizei denn von ihr wollen könne, reagiert sie zunächst noch ganz gelassen. »Keine Ahnung, aber ich geh' mal eben hin. Ist ja nicht allzuweit.« Renate ist einverstanden, und Linda läuft los.

Vor Dirks Haus sieht sie Richis Cabrio im Halteverbot stehen. Das wird nicht lange gutgehen, denkt sie und geht in die nächste Telefonzelle.

Dirk nimmt sofort ab. »Sag deinem Freund, daß die Polizei an dieser Stelle keinen Spaß versteht!« Damit will sie auflegen.

»Polizei? Ist sie schon bei dir?« Dirks Stimme überschlägt sich fast.

Linda zögert. Sie hat den Hörer schon vom Ohr weggenommen, um aufzuhängen, überlegt es sich aber anders. »Warum? Was ist denn heute bloß los?«

Plötzlich ist Richi am Apparat. »Die Polizei war bei dir? Was hast du gesagt?«

»Richi! Stimmt was nicht? Was sollen denn die Fragen?«

»Von wo aus rufst du an?«

»Hier unten, von der Straße. Ich wollte dich warnen, weil dein Wagen im Halteverbot steht!«

»Ist noch kein Ticket dran?«

»Nein, bisher nicht. Du hast Glück gehabt!«

»Mist!«

Linda schweigt verständnislos.

»Komm am besten mal hoch!« hört sie Richi wieder.

»Ich??«

»Ja! Warum nicht?«

»Ich bin unterwegs zur Kripo und muß gleich wieder arbeiten!«

Es ist kurz still am anderen Ende, dann räuspert sich Richi. »Bitte komm hoch, Linda«, sagt er mit beschwörender Stimme. »Es ist wichtig!«

Kurz darauf sitzt Linda auf Dirks ungemachtem Bett und traut ihren Ohren kaum. Was Richi und Dirk ihr da erzählen, ist mehr als abenteuerlich.

»Wieso erzählt ihr mir das?« will sie schließlich wissen, »was ist, wenn ich damit zur Polizei gehe?«

»Das ist mir eigentlich egal. Schlechter kann's mir sowieso nicht mehr gehen«, sagt Dirk, der übernächtigt und mit Bartstoppeln im Gesicht auf einem Stuhl hängt.

Linda betrachtet ihn und seufzt. Dann holt sie tief Luft. »Ich bin ehrlich gesagt fassungslos. Ich hätte euch so etwas nie zugetraut! Seid ihr wirklich sicher, daß er tot ist?«

Dirk legt seine Hände vors Gesicht. »Wir haben es beide gesehen! Ich kann mit so was nicht leben! Mir ist ganz schlecht von dem Ganzen! Und außerdem habe ich fürchterlich Angst!«

Richi und Linda werfen sich einen ratlosen Blick zu.

»Was wollt ihr denn jetzt tun?« fragt Linda nach einer Weile leise.

»Wir müssen uns gegenseitig ein Alibi verschaffen.« Richi dreht seinen Stuhl so um, daß die Rückenlehne vorn ist und er seine Arme aufstützen kann.

»Ihr beide gegenseitig?« Linda schüttelt den Kopf. »Das stimmt sogar! Am Tatort!!«

»So witzig ist das nicht!« Richi zieht seine Augenbrauen finster zusammen.

Und Dirk brummelt hinter seinen Händen hervor: »Da muß ein Mann sterben, nur weil du fremdgehst!«

Linda schlägt sich leicht an die Stirn. »Spinnst du? Habe *ich* ihn vielleicht umgebracht? Telepathie oder so was?« Sie ist laut geworden. »Ich kann auch wieder gehen!«

»Schrei noch lauter, damit die Nachbarn ebenfalls gleich Bescheid wissen«, geht Richi dazwischen.

»Er hat recht!« sagt Linda zu Dirk. »Also was ist jetzt. Habt ihr die Tatwaffe weggebracht? Schuhe weggeworfen, euch ein gescheites Alibi überlegt?«

»Ich habe gehofft, heute nacht einen Strafzettel da unten zu kriegen, dann hätte ich den Beweis, daß ich zur Tatzeit hier war. Aber diese blöde Politesse scheint ihr Interesse an mir verloren zu haben!«

Es klingelt. Alle drei schauen sich an. »Es kann nichts Besonderes sein«, meint Dirk langsam. »Vielleicht die Post!« Er stemmt sich von seinem Stuhl hoch. »So schnell kommen die nicht, das kann nicht sein!«

Dirk öffnet.

Zwei Polizisten in Uniform stehen vor ihm, Dirk erschrickt bis ins Mark. »Ist was passiert?« fragt er. »Mit meinem Vater? Meiner Mutter?«

»Es ist etwas passiert, aber nicht mit Ihren Eltern. Dürfen wir eintreten?«

Dirk geht voraus und verzieht das Gesicht, als sie ins Zimmer kommen.

»Dürften wir Ihre Personalien erfahren?« fragt der eine Beamte und schaut zuerst Richi, dann Linda an.

»Richard Raak«, sagt Richi einfach.

Der eine Beamte wirft dem anderen einen Blick zu, der schüttelt den Kopf.

»Herr Raak, wenn es Ihnen nichts ausmacht, könnten Sie uns bitte mit Herrn Wetterstein allein lassen? Sie stehen nicht auf unserer Liste!«

»Auf Ihrer Liste? Dürfte ich denn erfahren, worum es geht?« fragt Dirk forsch. »Das hört sich ja wie ein Verhör an.«

»Nur eine Befragung, Herr Wetterstein. Und wer sind Sie, bitte?« wendet er sich an Linda.

»Linda Hagen!« Die beiden schauen sich an, der eine nickt. »Das trifft sich ja sehr gut! Sie können bleiben!«

Richi steht langsam auf. »Darf ich nicht wissen, was los ist?« fragt er.

»Sie sind nicht betroffen, Herr Raak. Es geht hierbei nur um einen engeren Kreis von Personen. Sie gehören nicht dazu!«

»Ja denn«, Richi wirft Dirk einen hilflosen Blick zu und verabschiedet sich.

»Herr Wetterstein, der Name Manfred Büschelmeyer ist Ihnen ein Begriff?«

Dirk nickt und fällt in sich zusammen.

»Manfred Büschelmeyer ist gestern nacht in der Nähe des Hotel *Sternen* überfallen und schwer verletzt worden!«

Dirk blickt überrascht auf. »Verletzt?« fragt er.

»Ja, durch einen Schlag auf seinen Hinterkopf!«

Dirk hört kaum noch zu, was die Beamten ihm weiter erzählen. Er ist kein Mörder, das ist die beste Nachricht seines Lebens.

»Und deshalb sind Sie hier?« schaltet sich Linda verwundert ein.

»Ja«, erklärt der eine Beamte und schaut sie an. »Deshalb ist es auch ganz gut, daß Sie gleich dabei sind, Frau Hagen. Günther Schmidt behauptet nämlich, daß es sich um eine Verwechslung gehandelt haben müsse. Manfred Büschelmeyer sollte Günther Schmidt bei einem Termin um zweiundzwanzig Uhr im Hotel *Sternen* vertreten. Für diese Theorie spricht, daß dieser Herr Hoyer, den Günther Schmidt zu diesem Zeitpunkt im Hotel *Sternen* hätte treffen sollen, dort nicht bekannt ist. Ob es einen solchen Herrn überhaupt gibt, wird derzeit recherchiert. Herr Schmidt vermutet, daß es ein Racheakt gegen ihn selbst hätte werden sollen und es aus Versehen den Falschen getroffen hat. Der Hauptverdächtige sind seiner Meinung nach Sie, Herr Wetterstein, weil er Ihnen, ich wiederhole Schmidts Worte, die Freundin ausgespannt hat. Ich möchte Sie, bevor Sie etwas sagen, darauf aufmerksam machen, daß Sie keine Aussage machen müssen!«

»Irgendwann muß ich sie ja doch machen! Und außerdem ist es ein völliger Unsinn. Ich schlage doch keinen nieder, nur weil er auf meine Freundin scharf ist!«

»Wo waren Sie gestern nacht?«

»Hier«, sagt Dirk und verschränkt die Arme.

»Gibt es dafür Zeugen?«

Dirk zuckt unsicher die Achseln. »Ja ...«, beginnt er, und Linda fährt fort: »Mich!« Sie stellt sich neben Dirk.

»Sie?« Der eine Beamte schiebt seine Mütze in den Nacken und schaut sie offensichtlich erstaunt an. »Das verwundert mich doch sehr, denn Günther Schmidt hat sie als seine Entlastungszeugin angegeben. Deswegen haben wir Sie auch gesucht. Denn wenn Sie das bestätigt hätten, wäre der Verdacht gegen Günther Schmidt hinfällig!«

»Und warum wird Günther Schmidt überhaupt verdächtigt?« fragt Dirk dazwischen.

»Nun, sein Wagen am Tatort und ein Anruf von Schmidt auf Büschelmeyers Handy, daß sie sich um zweiundzwanzig Uhr am Tatort treffen wollten.« Er wirft Linda einen ungläubigen Blick zu. »Aber, daß Sie …«

»Was hat er denn gesagt?« Linda wirft ihre Haare zurück.

»Er behauptet, Sie seien die Nacht über zusammengewesen!«

»Die letzte nicht! Da war ich hier! Wir haben uns wieder versöhnt!«

Der Beamte schiebt die Mütze nach vorn. »Tja, da sieht die Sache wieder anders aus!«

»Sie wissen, daß Sie sich mit einer Falschaussage strafbar machen?« fragt sein Kollege.

»Es ist keine Falschaussage!«

»Dann bitte ich Sie beide, heute noch fürs Protokoll aufs Revier zu kommen!«

Marion, Regine und Anna stehen auf dem Parkplatz vor der Firma Schmidt Hoch-Tief und zwingen sich dazu, nicht in Freudenschreie auszubrechen. »Wartet, bis Kalthoff und Berger weg sind«, flüstert Marion, übers ganze Gesicht grinsend.

Sie winken den beiden zu, wie sie in ihre Autos einsteigen. Dann erscheint Klaus unter der Eingangstür.

Er bleibt stehen und schaut zu Regine.

»Na, ich denke, wir beide haben jetzt einiges zu besprechen«, sagt Regine zu den beiden Frauen.

»Kommen Sie nachher?« fragt Marion.

»Zu Monika?«

»Ja, das denke ich. Und heute abend lade ich Sie alle ins *See-restaurant* ein. Zur Siegesfeier!«

Regine lacht. »Das war wahrlich ein Sieg, Frau Schmidt!«

»Nun, ohne Sie ...«

Regine winkt ab und geht auf ihren Mann zu. »Wir sehen uns später«, ruft sie.

»Nun gut. Da bin ich ja gespannt!« Anna wiegt den Kopf bedenklich.

»Spekulieren Sie auf einen neuen Fall?« nimmt Marion sie auf den Arm.

»Nun ...«, Anna zuckt die Schultern.

»Sollte es so sein, dürfte eines klar sein, Frau Kell ...«

»Ja? Was denn?«

»Regine Raaks Rechnungen gehen alle an mich!«

»In Ordnung.« Anna schmunzelt und beobachtet gemeinsam mit Marion, wie Regine Klaus leicht am Ärmel faßt und mit ihm zum Auto geht.

»Lassen wir uns überraschen!« Marion steigt in ihren Wagen. »Sehen wir uns nachher auch bei Monika Raak?«

»Klar!«

»Gut, ich geh' nur noch rasch eine Kleinigkeit dafür einkaufen!« Marion schlägt die Tür zu. Jetzt ist sie allein mit sich und ihren Gefühlen. Aber glauben kann sie es immer noch nicht. Günther ist draußen aus dem Spiel. Kann das möglich sein? Der große, starke Günther? Besitzlos, von der Polizei abgeführt?

Hüte dich vor Mitleid, sagt sie sich. Diese weibliche Tugend kannst du dir gleich abschminken! Marion startet den Motor und lacht laut heraus. Ich werde ihm sagen, daß er seinen Wagen behalten darf. Weil Großzügigkeit einfach in meiner Natur liegt.

Linda hat die beiden Polizisten zur Tür begleitet. Als sie zurückkommt, lehnt Dirk am Türrahmen.

»Sag mal …«, beginnt er, doch sie legt ihm den Zeigefinger auf den Mund.

»Es ist eben so. Letztendlich sehe ich lieber Günther im Knast als dich! Auch wenn du ein widerlicher Kerl bist!«

Dirk nimmt sie in die Arme und lehnt seinen Kopf an ihren. Dann sinkt er mit ihr auf den Fußboden. »Ich bin völlig fertig, ich war krank vor Eifersucht, und ich freue mich überirdisch, daß dieser Kerl nicht tot ist und daß du zu mir hältst, obwohl ich es überhaupt nicht verstehen kann!«

Linda lehnt ihren Kopf an seine Schulter. »Günther findet einen Weg, um aus der Sache wieder herauszukommen. Bloß du – dein ganzes Leben wäre kaputt! Damit wäre niemandem gedient, auch Manfred Büschelmeyer nicht!«

Dirk streichelt ihr Haar. »Trotzdem. Ich könnte mich umbringen, weil ich mich aus idiotischen Emotionen heraus, aus purer Rache an einem Menschen vergriffen habe, wo ich doch eigentlich ein eingeschworener Pazifist bin. Ich kapier' überhaupt nicht, was in mich gefahren ist! Ich sollte mich stellen, dann ginge es mir besser!«

Linda fegt unwillig seine Hand weg.

»Red doch nicht so einen Blödsinn. Ich denke, es geht dir glänzend. Du hast doch eine neue Freundin, was soll also das Gefasel mit dem Racheakt? Das ist doch völlig schizophren!«

Dirk schaut sie groß an. »Wie kommst du denn auf so was?«

»Jetzt streit's bloß nicht ab! Kürzlich hat ein Mädchen bei dir übernachtet! Eine Dunkelhaarige, noch nicht einmal besonders hübsch!«

Dirk setzt sich auf, so daß er ihr in die Augen schauen kann. »Und woher weißt du das so genau, wenn ich fragen darf?«

»Ich saß auf der Treppe!«

»Also doch!« Er schlägt sich auf den Oberschenkel.

»Was soll das heißen: also doch?«

»Ich habe dich gerochen! Ich schwör's, plötzlich habe ich dich gerochen und an eine übersinnliche Wahrnehmung geglaubt!«

»Die übersinnliche Wahrnehmung hätte dir am liebsten etwas über den Schädel gezogen!«

Beide schweigen erschrocken, dann seufzt Dirk und streicht sich über seine Bartstoppeln. »Und was soll nun aus uns werden?«

Linda dreht sich zu ihm um und stößt dabei mit dem Fuß gegen den übervollen Papierkorb. Der fällt um und verstreut einen Teil seines Inhalts über den Boden. Linda wischt die nächstliegenden Papierknäuel schnell mit der Hand zurück, hält kurz inne und holt eines davon wieder zurück. Mit einem Ruck richtet sie sich auf. »Ihr müßt total bescheuert sein«, sagt sie kopfschüttelnd und streicht ein schlecht zusammengeknülltes Blatt glatt. »Ablauf«, liest sie vor. »Rainer Hoyer trifft um zweiundzwanzig Uhr ein …« Sie schaut Dirk an. »Das wirfst du einfach so in den Papierkorb? Ich wette, dieses Mordinstrument liegt auch noch im Schrank!«

Dirk rappelt sich auf und setzt sich neben sie. Er verzieht das Gesicht.

Linda schüttelt den Kopf. »Mann, wenn du dich so blöd anstellst, kann ich dir bald auch nicht mehr helfen! Laß die Sachen bloß verschwinden, bevor die mit einem Hausdurchsuchungsbefehl hier anrücken. Und die Schuhe auch, hörst du, die von dir *und* Richi!« Sie steht auf und streicht ihren Rock glatt. »Dirk, du mußt dich jetzt wirklich gewaltig zusammenreißen, wenn du nicht drankommen willst. Und ich wegen Falschaussage noch dazu! Kümmere dich um deinen Kram und komm in die Parfümerie, wenn du alles im Griff hast!«

Sie schaut auf ihn hinunter. »Und was uns beide betrifft, ist das eine Frage des *Willens*. Ich, beispielsweise, *will* leben. Und zwar so, wie ich als Frau Schmidt gelebt hätte. Und du solltest mir das bieten *wollen*. Also solltest du möglichst bald irgendwie auf die Füße kommen, mein Lieber. Von nichts kommt nichts!« Sie lacht über seinen verdutzten Gesichtsausdruck und hält beide Hände hoch. »Du kannst dir ja überlegen, ob du das willst.« Langsam geht sie rückwärts zur Tür, behält Dirk dabei fest im Auge. »Ich werde heute abend um acht Uhr dreimal kurz hintereinander bei dir klingeln. Wenn du *willst*, machst du auf. Wirklich willst, versteht sich. Wenn nicht, dann nicht. Ich zwinge dich zu nichts …« Linda wirft ihm eine Kußhand zu, huscht zur Tür hinaus und geht schnell die Treppen hinunter. Mal abwarten, was draus wird, denkt sie, süß ist er ja schon. Auf dem Trottoir wirft sie einen Blick auf die Uhr. Verdammt, es ist später geworden als beabsichtigt. Hoffentlich war im Geschäft nicht zuviel los, und hoffentlich meckert Renate nicht.

Sie läuft schnell über die Straße, da quietschen Bremsen. Erschrocken dreht sie sich um. Ein dunkelblaues BMW-Cabrio. Eine Frau am Steuer. Sie will sich gerade mit einem Handzeichen für ihre Unachtsamkeit entschuldigen, da erkennt sie Marion. Kurz entschlossen reißt sie die Beifahrertür auf. »Darf ich kurz mit Ihnen reden, Frau Schmidt?«

Marion trägt einen schlichten grauen Hosenanzug und wirkt wenig geschockt. »Bitte«, sagt sie und zeigt auf den Sitz. Während Linda rasch einsteigt, erklärt ihr Marion mit einem leichten Lächeln: »Günther ist verhaftet worden. Wissen Sie das schon? Was machen Sie jetzt ohne ihn?«

»Das fragen Sie mich?!?« Linda ist völlig fassungslos.

Marion fährt an den Straßenrand, macht den Motor aus und schaut Linda freundlich an. »Ja, wen denn sonst? Sie sind doch jetzt mit ihm zusammen …«

»Aber, ehrlich, Frau Schmidt, mir tut ja alles so leid … auch diese Sache da in Kirchweiler. Es war mir fürchterlich unangenehm. Ich bin wirklich froh, daß ich Sie hier treffe, ich hätte Sie sonst angerufen! Ich möchte Ihnen Ihren Mann wieder zurückgeben!«

»Was?« Marion schaut sie an, als sei sie von allen guten Geistern verlassen.

»Ehrlich! Ich habe ein falsches Spiel getrieben, ich geb's zu! Ich habe mich einfach blenden lassen, von allem – den Geschenken, den Reisen, dem Leben, dem Champagner, einfach von allem. Und Sie haben gelitten! Es tut mir wahnsinnig leid!«

»Ich möchte ihn überhaupt nicht zurück!«

»Sie möchten ... was??«

»Nein, danke, Linda. Sie haben mir die Augen geöffnet, und wenn es nicht Sie gewesen wären, wäre es eine andere gewesen. Er hat mich nie geliebt, er hat mich für seine Zwecke gebraucht. Jetzt hat er Sie gebraucht, so ist eben das Schicksal!«

»Das sehen Sie *so*??«

»Ja, wirklich, das sehe ich so! Das können Sie mir glauben! Ich habe all die vielen Jahre nichts hinterfragt, nichts gefordert, nichts begriffen! Ich saß jahrelang in einem Gefängnis aus Rollen und Pflichten und konnte nicht ausbrechen. Jetzt ist er dran!«

»Mit dem Gefängnis?«

Marion lacht kurz und trocken. »Warum nicht? Keine Sorge, der fällt wieder auf die Füße.«

Monika telefoniert gerade mit dem Städtischen Krankenhaus, als Anna Kell angemeldet wird. »Soll reinkommen«, sagt sie, ohne das Telefonat zu unterbrechen. Sie nickt Anna zu und stellt das Telefon auf »laut«.

» ... hat er alles in allem Glück gehabt. Er hat ein Hirnödem, was bedeutet, daß das Hirn geschwollen ist. Er ist kurz aus seiner Bewußtlosigkeit aufgewacht, hat Dinge gesagt, die man nicht ernst nehmen kann, und wurde von uns gleich in ein künstliches Koma versetzt ...«

»Künstliches Koma?« unterbricht Monika und fordert Anna mit einer Handbewegung auf, sich hinzusetzen.

»Ja, das Gehirn muß abschwellen, und das tut es am besten in vollständiger Ruhe. Deshalb!«

»Aha. Also nicht lebensbedrohend das Ganze?«

»So wie es jetzt aussieht, würde ich sagen, nein!«

Anna gibt ihr ein Zeichen, Monika versteht. »Was hat Manfred denn gesagt?«

Ein dunkles Lachen kommt aus dem Lautsprecher. »Er will dir Geld geben, Moni. Ausgerechnet! Völlig unverständlicher Quatsch. Also warte, wörtlich war das etwa so: Und geben Sie Frau Raak die 90 000 Mark, die ich ihr noch schulde! Blödsinn. Oder kannst du was damit anfangen? Schuldet er dir 90 000 Mark?«

Monika verkneift sich ein Lachen. »Vielleicht der anderen Frau Raak?«

»Meinst du?«

»Nun, vielleicht hat er ja jetzt eine Meise und will pausenlos Geld verschenken? Das wäre mal ein neuer Zug an Manfred Büschelmeyer ...«

»Wenn er so viel hat, warum nicht – aber Moni, ich muß los. Bin spät dran!«

»Moni«? fragt Anna und lächelt leise, nachdem Monika aufgelegt hat.

»Mein Bruder ...«, sie zuckt entschuldigend die Achseln.

Anna Kell lacht. »Es geht doch nichts über eine gute Familie!«

Es klopft schon wieder, nacheinander kommen Regine und Marion herein. Marion balanciert ein in Folie eingeschlagenes Silbertablett, Regine trägt eine Kühlbox.

»Was gibt das?« fragt Monika.

»Die Siegesfeier! Das heißt, die Vorsiegesfeier, denn richtig feiern werden wir heute abend im *Seerestaurant*. Hat es Ihnen Anna Kell schon gesagt?«

»Wir sind noch nicht dazu gekommen«, entschuldigt sich Anna und erzählt, während sie gemeinsam die Platte richten, eine Flasche auspacken und gleich öffnen und Teller und Gläser holen, von dem Gespräch mit Monikas Bruder.

»Stimmt«, nickt Marion, während sie die Gläser füllt. »Er ist Chefarzt der Chirurgie. Ich kenne ihn. Ein guter Typ. Warum ist der eigentlich nicht verheiratet?«

»Es kann sich nicht entscheiden«, Monika macht eine wegwerfende Handbewegung. »Und zudem bildet er sich ständig weiter, ist noch öfter unterwegs und hat an meinem Beispiel gesehen, daß man auf eine Ehe auch gut verzichten kann!«

»Aha!« sagt Marion.

»Vielleicht ist er ja auch ganz einfach schwul?« fragt Regine, und alle lachen.

»Oder der richtige Mann für Linda«, fällt Marion ein und schildert kurz ihre Begegnung von vorhin.

»Der arme Günther«, bedauert Regine und wischt sich theatralisch über ein Auge. »Von allen guten Geistern verlassen!!«

»Und Klaus?« will Monika neugierig wissen.

»Hat Angst, daß ich mich scheiden lasse ...«

»Und?« kommt es von allen dreien wie aus der Pistole geschossen.

Regine muß lachen. »Tendenz: Gespräch ja, Scheidung nein!« Als sie die Blicke der anderen sieht, sagt sie mit einem Seitenblick zu Anna grinsend: »Kostet ja auch schließlich Geld, so was!«

»Womit wir beim Thema wären«, Marion hebt die Hand. »Aber erst, wenn wir auf unseren Triumph angestoßen und sich jeder eine Schnitte genommen hat!« Alle kommen der Aufforderung mit lauten Trinksprüchen nach, nehmen sich eine Schnitte vom Tablett und schauen sie dann erwartungsvoll an. Marion faltet die Hände. »Ich werfe das jetzt einfach mal so in den Raum«, beginnt sie. »Wir können was draus machen oder auch nicht.«

»Schießen Sie los«, sagt Monika gespannt und beißt in ihre Krabbenschnitte.

»Ich denke, wir schwingen uns zu *den* Unternehmerinnen von Römersfeld auf«, sagt Marion, jedes einzelne Wort betonend, zu Monika. »Wir bauen zusammen ein Werk, das zu diesem hier paßt!«

»Da hätte ich schon was«, nickt Monika. »Ich werde im zukünftigen Gewerbegebiet West ein Karosseriewerk bauen. Wußten Sie das nicht?«

»Nein, ich bin derzeit nicht so auf dem laufenden, aber das würde wunderbar passen! Wenn Sie mich lassen, steige ich mit meinem Geld in Ihre Projekte ein, vielleicht kommen ja noch welche dazu, und wir mischen das neue Gewerbegebiet auf! Ihr Know-how und mein Kapital und umgekehrt!«

»Hört sich toll an«, sagt Regine begeistert.

»Ja, das finde ich so auf den ersten Gedanken eigentlich auch«, Monika legt den Kopf schief, nickt dann leicht und hebt das Glas. Die anderen tun es ihr nach.

»*M-o-m-e-n-t*«, Marion schaut Regine an. »Ohne Sie hätte ich nichts mehr. Denn jeder unserer Schritte wäre zu spät gekommen, und wahrscheinlich wären wir Günther auch nie auf die Schliche gekommen. So möchte ich Ihnen ein Privatkonto von 500 000 Mark einrichten, das Sie aber am besten vor jedem Mann geheimhalten sollten. Und wenn Sie darüber hinaus was tun wollen, haben wir sicherlich einen First-class-Job für Sie!«

»Was?!« Regine verschluckt sich an ihrer Schnitte und hustet sich die Seele aus dem Leib. Anna schlägt ihr leicht auf den Rücken. »Aber ...«, beginnt sie, sobald sie wieder Luft hat.

Doch Marion schneidet ihr das Wort ab. »Es ist mir ein Herzenswunsch, daß Sie es annehmen. Und gemessen an dem, was Sie für mich getan haben, ist es noch viel zuwenig!«

Regine läßt sich fassungslos in den nächsten Sessel plumpsen und schnellt gleich darauf wieder hoch. »Ich werde mich fürs Tierheim einsetzen! Mit Annemarie Roser zusammen

macht mir das Spaß, und wir können sicherlich was bewegen!«
Damit wirbelt sie durch den Raum zu Marion, drückt ihr einen
Kuß auf die Wange und wirbelt ausgelassen weiter.

»Und Anna wird unsere Haus-und-Hof-Anwältin«, schlägt
Monika ungerührt vor.

Marion hält sich lachend die Wange und nickt. »Da dürften
Sie bis in alle Ewigkeit ausgesorgt haben!«

»Ein wunderbares Angebot! Vielen Dank!« Anna Kell hebt
ihr Glas hoch und hält es in die Runde. »Dann wollen wir jetzt
doch mal einen Toast auf das neue Römersfeld aussprechen ...«

»Was heißt hier Römersfeld«, unterbricht sie Monika, »wir
benennen es um in Römerinnenfeld!«

Die Meute der Erben

I

Sie hätte es wissen müssen, war Inas erster Gedanke, als Caroline heulend vor ihr stand. Sie kniete sich hin und nahm ihre kleine Tochter in die Arme. »Sie haben mich weggeschickt«, schluchzte Caroline, und die Tränen stürzten über ihre Wangen. »Einfach weggeschickt!« Die Enttäuschung schüttelte den kleinen Körper, und Ina spürte ein Gefühl aufsteigen, das ihr den Brustkorb zusammenschnürte und einen dumpfen Ton im Kopf erzeugte.

»Sei nicht traurig«, beherrschte sie sich tröstend zu sagen. »Sie haben vielleicht nicht richtig verstanden, was du wolltest!«

»Sie haben genau richtig verstanden, was ich wollte«, wehrte Caroline ab und stemmte sich leicht aus der Umarmung, um ihrer Mutter ins Gesicht sehen zu können. »Sie sind einfach nur böse. Richtig böse!«

Dabei schien es vor einer Stunde noch ein richtig schöner Tag zu werden. Ganz gegen ihre Gewohnheit, am Sonntag gemütlich auszuschlafen, war Caroline früh aus dem Bett geschlüpft, hatte sich ihr schönstes Sommerkleid angezogen, die langen Haare selbst gebürstet, die Zähne geschrubbt und sich anschließend in bester Festtagslaune ihrer Mutter präsentiert. Ina rekelte sich schläfrig im Bett, warf den ersten Blick auf ihre Tochter und den zweiten auf die Uhr. »Was ist denn jetzt los?«

»Mutti, ich helfe Nancy beim Servieren. Herr Adelmann hat doch heute Geburtstag, das schafft sie nicht alleine mit all den Gästen. Gibst du mir dein größtes und schönstes Tablett mit?«

Gemeinsam hatten sie ein passendes Tablett ausgesucht, dann begleitete Ina ihre sechsjährige Tochter zur Haustür, wünschte ihr viel Spaß und entschied sich, da sie nun schon mal auf war, den strahlenden Morgen mit einem Frühstück im Garten zu begrüßen.

Sie setzte schnell Kaffee auf, legte Croissants zum Aufbacken in den Backofen und fischte die Wochenendzeitung aus der Ablage. Noch immer in dem halblangen T-Shirt, in dem sie auch geschlafen hatte, ging sie barfüßig in ihren Garten, um den kleinen Gartentisch abzuwischen, zu decken und sich schließlich aufatmend hinzusetzen. Ina schloß für einen Moment die Augen, genoß die Sonnenstrahlen auf ihrer Haut und beglückwünschte sich zu der herrlichen Ruhe. Sie konnte es wahrlich gebrauchen, mal an nichts außer an sich selbst zu denken. Dann goß sie sich einen Kaffee ein und liebkoste ihren Garten mit ihren Blicken. Er war nicht übermäßig groß, aber durch die vielen Büsche für die Nachbarn ziemlich uneinsehbar und dazu eher verwildert: Es blühte, was blühen mochte, selbst wenn es Unkraut war.

Ina schaute an dem dichten Nußbaum hoch, der in der Ecke zum Nachbargrundstück stand und aus dem plötzlich ein wildes Gezwitscher anhob, konnte aber durch das grüne Laub keinen einzigen Vogel entdecken. Wahrscheinlich war Chou-Chou, Nachbars getigertes Raubtier, auf Beutezug.

Mit sich und der Welt zufrieden, schlug Ina die Zeitung auf und stieß gleich auf eine halbseitige Anzeige. Schau an, dachte sie, während sie die Glückwünsche zum Geburtstag des ehemaligen Großindustriellen Anno Adelmann las, die Töchter haben sich selbst ein Denkmal gesetzt. Die Dr. Dr. der Ehemänner waren fetter gedruckt als der Name der Hauptperson, des Geburtstagskindes. Nancy wird darüber lachen, dachte Ina, während sie herzhaft in ihr Croissant biß, und der alte Herr vermutlich auch.

In Anno Adelmanns alter Villa am See war zu diesem Zeitpunkt bereits der Streit der Töchter darüber entfacht, wer die aufwendige Glückwunschanzeige zum 85. Geburtstag ihres Vaters in der Regionalzeitung zu bezahlen habe. »Keiner hat etwas von einer halben Seite gesagt«, beschwerte sich Thekla, die älteste der vier

Schwestern, am Frühstückstisch. »Ihr seid ja nicht bei Trost. Was wollt ihr erst an seinem 90. schalten?«

Das allgemeine Schweigen zeigte ihr, daß keine an einen 90. Geburtstag dachte.

Renate, selbst mit vier Kindern gesegnet, schenkte sich aus der alten Porzellankanne Kaffee nach. »Vater hat genug Geld! Soll er es bezahlen! Wozu braucht er die ganze Kohle!«

Wieder schwiegen alle, denn so recht war natürlich keine dafür, daß er ausgeben sollte, was ihnen später zustand.

»Trotzdem«, wandte Bernadette, mit ihren 45 Jahren die Jüngste, nach einer Weile ein, »das können wir nicht machen. Wir können ihm nicht zum Geburtstag eine Anzeige in die Zeitung setzen und ihn das selbst bezahlen lassen. Das geht wirklich nicht. Wir könnten uns die Rechnung teilen. Das werden wir doch noch hinkriegen!«

Ein unwilliger Blick ihrer Schwester Lydia ließ sie die Achseln zucken. »Mein Gott«, fügte sie leise hinzu, »das wird er uns doch noch wert sein!«

»Von *wert sein* spricht ja auch kein Mensch! Nur davon, daß so ein Aufwand nicht nötig gewesen wäre. Hier in der Stadt weiß sowieso jeder, daß er 85 wird! Steht schließlich im Anzeiger – und zwar kostenlos!« Thekla drehte sich unwillig nach der Tür um, die zu seinem Schlafzimmer führte. »Wo bleibt er überhaupt? Sicher kommen bald die ersten Gäste, und er steckt noch im Schlafanzug!«

»Was erwartest du?« Renate zog die Augenbrauen hoch, und alle drei wußten, was sie sagen wollte: Mit dieser Schlampe von Pflegerin, die ihn seit dem Tod der Mutter vor zehn Jahren betreute, konnte ja nichts funktionieren. Und nicht nur das. Diese Frau war schlicht unter ihrem Niveau und verschlang, bei Licht besehen, auch noch ungerechtfertigterweise einen Batzen Geld.

Anno Adelmann ließ sich Zeit. Seit seinem zweiten Schlaganfall wußte er, daß Gott es gut mit ihm meinte. Noch war er hier, noch konnte er jeden Tag genießen, die Lähmungen waren so weit zurückgegangen, daß er sein linkes Bein, dank der täglichen Gymnastik mit Schwester Nancy, nur noch unmerklich nachzog und auch den linken Arm wieder, wenn auch nicht hundertprozentig, so doch ausreichend, einsetzen konnte. Er stand am Fenster, während er sich langsam anzog, und schaute über sein Grundstück zum See, der wie ein Spiegel vor ihm lag. »Es wird ein herrlicher Tag«, sagte er und drehte sich zu Nancy um, die ihm seine Kleidungsstücke reichte und dabei allerlei Grimassen schnitt. Er mußte lachen, denn es war klar, daß sie die Familie nachäffte, die nun sicherlich bereits ungehalten am Frühstückstisch saß.

»Schwester Nancy, die Eier sind kalt«, zischelte Nancy und tanzte dabei mit hoch erhobenem Zeigefinger so temperamentvoll um ihre eigene Achse, daß ihre 130 Kilo in wallenden Aufruhr gerieten.

Caroline hatte sich vor einem Jahr mit Nancy angefreundet. Nancy war so, wie sich Kinder eine Spielgefährtin vorstellen: eine Mischung aus Clown und Südstaaten-Nana, immer etwas nach Marzipan riechend, chaotisch und dabei kreativ, voll komischer Impulse und einem gewaltigen Lachen, das alle ernsten Erwachsenen niederstreckte, sobald sie in ihre Nähe kamen. Sie lebte mit ihren Pfunden ohne Rücksicht auf Kalorien, fand, ganz wie die Kinder, daß Schokoladenkuchen weitaus besser schmecke als Salat, und sammelte Abfall, denn sie fühlte sich zur Abfallkünstlerin berufen und produzierte und bastelte mit Kindern und Anno unzählige absonderliche Kunstwerke. Nebenbei bezeichnete sie sich als *Königin Nancy I. der Vereinigten Künstlerrepubliken des Planeten Erde* und versuchte unablässig, die Welt zu verbessern, kurz, sie wirkte auf ihre Umgebung entweder entwaffnend oder verrückt. Für Anno Adelmann hatte sie darüber hinaus eine besondere Bedeutung: Sie hatte ihm nach dem Tod seiner geliebten Frau das Lachen zurückgegeben, er entdeckte durch ihre unkonventionelle Art längst verschüttet geglaubte Seiten an sich und begann seinerseits, im Lauf der Jahre die Welt der Ehrgeizigen und vermeintlich Großen weniger ernst zu nehmen.

Als es an der Haustür stürmisch klingelte, warteten die Frauen am Tisch zunächst, daß Nancy die Tür aufmachte. Doch die ließ sich nicht blicken. So erhob sich schließlich Thekla. »Könnte jemand von der Familie sein!«

Sie glaubte es selbst nicht, und auch von ihren Schwestern glaubte es keine. Die Ehemänner hatten es vorgezogen, wenn überhaupt, dann frühestens gegen Mittag anzureisen, denn für sie gab es schließlich anderes zu tun, als bei einem alten Mann herumzusitzen. Die erwachsenen Enkel zeigten auch kein rechtes Interesse mehr, zumal einige von ihnen bereits selbst Kinder hatten, und für alle zusammen wäre das Haus dann doch zu klein gewesen, schließlich zählte die Familie inzwischen 28 Köpfe oder, wie es Anno gern plastisch ausdrückte: 28 Esser.

Thekla ging unwillig zur Haustür, riß sie auf und war versucht, sie ohne weiteren Kommentar auch gleich wieder zuzuschlagen. Da stand doch allen Ernstes dieser kleine Bankert von der zwielichtigen Person, die ihr Vater so toll fand, weil sie ganz ohne Mann auskam. Das hätte mal eine von ihnen vorleben sollen. Als sich Bernadette wegen der unkontrollierbaren Gewaltausbrüche ihres Mannes hatte scheiden lassen, fand er das völlig übertrieben. Meinungsverschiedenheiten gäbe es nun eben mal in einer Ehe, kein Grund für eine ehrenrührige Trennung. Zumal Bernadettes Mann Professor war und somit gesellschaftliches Ansehen genoß und, was noch bedeutend schwerer wog, Anno seinerzeit die katholische Trauung ausgerichtet hatte. Viel Schnickschnack für nichts, schade ums Geld.

Und nun stand dieses Balg hier und erzählte etwas von einer Verabredung mit Nancy, weil es doch beim Bewirten der Gäste helfen sollte.

»Das hier ist kein Kindergarten«, fuhr sie Caroline an. »Kinder brauchen wir hier nicht, das fehlt gerade noch! Geh gefälligst wieder nach Hause!«

Sie schloß die Tür und ging kopfschüttelnd zurück an ihren Platz. »Nicht zu fassen, was uns Nancy hier alles anschleppt! Wir müssen Papa endlich mal klarmachen, daß diese Frau noch mal sein Untergang sein wird!«

Ina hatte Caroline zu sich auf den Stuhl gezogen, drückte sie an sich und versuchte sie aufzuheitern. »Laß uns heute etwas ganz Tolles unternehmen. Irgend etwas, was du schon immer machen wolltest und wozu ich nie Zeit hatte!«

Während Caroline alles mögliche aufzählte, überlegte Ina, wie sie reagieren sollte. Der Klumpen im Magen war noch da. Sie hatte beim Bäcker eine Geburtstagstorte mit einer Widmung bestellt und zudem einen großen Stock Margeriten besorgt, seine Lieblingsblumen. Sollte sie sich das antun, überhaupt noch dort hinzugehen? Oder wäre es gerade falsch, sich nicht sehen zu lassen? Was konnte schließlich Anno Adelmann dafür. Auf der anderen Seite hatte sie nicht die geringste Lust, mit dieser Familie zusammenzustoßen. Vielleicht sollte sie ihnen aber ganz einfach ihre Meinung sagen, denn kein normaler Mensch bringt ein kleines Mädchen, das freudestrahlend zum Helfen kommt, auf diese Art zum Weinen. Leider konnte Caroline nicht sagen, welche der Töchter die Frau gewesen war. Groß und grauhaarig. Das waren sie für eine Sechsjährige wahrscheinlich alle.

Ina wurde sich nicht schlüssig, sicher war aber, daß sie die Torte trotz allem bis spätestens um zwei abholen mußte. Sie konnte die Entscheidung vertagen und mit ihrer Tochter zunächst einmal die Badetaschen packen und zum Strandbad gehen.

Zu dieser Zeit saß Julia schon stundenlang in ihrem alten Peugeot. Sie fuhr auf der A 5 von einem Stau in den nächsten und ärgerte sich, nicht doch den Zug genommen zu haben. Das schöne Wetter lockte einfach zu viele Leute hinaus, weiß der Himmel, wann sie in Lindau ankommen würde. Außerdem ahnte sie, daß ihre Tanten nicht begeistert sein würden, wenn sie bei der Geburtstagsfeier auftauchte, aber es war ihr einfach wichtig, an Opis großem Geburtstag dabeizusein. Früher, als sie noch als Schülerin bei ihren Eltern in Stuttgart lebte, war sie oft bei ihren Großeltern in

Lindau. Damals war sie jeden Freitag heilfroh gewesen, von zu Hause abhauen zu können, den Vater mit seinen sprunghaften Launen zu vergessen und auch die Mutter mit dem ewig anklagenden Gesicht. Sie hatte sich entspannt, sobald der Bodensee in Sicht kam, machte ihre Hausaufgaben im Zug und freute sich auf ein harmonisches Wochenende. Am Sonntag fuhr sie dann, seelisch gerüstet, wieder zurück. Wenn sie sich recht erinnerte, hatte sie, nachdem sie zehn Jahre alt geworden war und allein reisen durfte, kaum ein Wochenende mit ihren Eltern verlebt. Das änderte sich erst, als ihre Mutter sich scheiden ließ. Damals war Omi allerdings schon tot, und das Leben in der alten Villa schien sie mit ins Grab genommen zu haben.

Die früher so fröhliche Atmosphäre war verschwunden, ihr Großvater wirkte verloren in dem großen Haus, er alterte schnell und sichtbar. Julia, mittlerweile fünfzehn geworden, erfand immer häufiger Ausreden, um nicht in den Zug steigen zu müssen. Anno glaubte, sie zöge nun die Großstadt mit den Diskos und vor allem den Jungs vor, und sie bestätigte seine Vermutung, um ihn nicht zu verletzen. In Wahrheit entfloh sie aber nur der Traurigkeit.

Annos erster Schlaganfall schreckte dann alle auf.

Entsetzt über die drohende Veränderung stellte jede der Töchter fest, daß sie ihrer Familie keinen Pflegefall zumuten konnte, jedenfalls nicht im eigenen Haus. Noch während sie umständlich nach Lösungen suchten und das Problem von der einen zur anderen schoben, traf Anno der zweite Schlaganfall. Nach einem langen Krankenhausaufenthalt schlug sein behandelnder Arzt während der sich anschließenden Rehabilitation eine professionelle Hilfe sowohl im Haushalt als auch in der Pflege vor, was alle erleichtert vernahmen, denn somit mußte nichts verlagert werden, Anno konnte bleiben, wo er war. Die Ehemänner prüften gemeinsam alle Möglichkeiten, die finanzielle Belastung möglichst auf den Staat abzuwälzen, und nachdem ihnen das zumindest teilweise gelungen war, nahmen sie gern die Empfehlung des Arztes an.

Doch als Nancy kam, wuchs das Mißtrauen. Heimlich zählten sie das Tafelsilber und bestanden darauf, daß Anno, obwohl er im Keller einen eigenen Tresor besaß, den Schmuck seiner verstorbenen Frau außer Haus in einen Banktresor gab.

Nancy stieß sich nicht daran, sie hatte in ihrer letzten Stellung eine verschrobene alte Gräfin gepflegt und konnte sich schwerlich eine Steigerung vorstellen. Sie bezeichnete die Geisteshaltung seiner Familie schlichtweg als kleinbürgerlich, was Anno zunächst mißfiel, woran er sich im Lauf der Wochen jedoch gewöhnte und worin er ihr später sogar zustimmte. In der Zeit ließ er sich auch von ihren verrückten Launen immer öfter anstecken, konnte lauthals über sie lachen und blühte trotz der Folgen seiner Schlaganfälle sichtbar auf. Nicht, daß die beiden etwas miteinander gehabt hätten. Julia glaubte nicht daran, obwohl das die größte Sorge ihrer Tanten war, schließlich ging es ums Erbe, und da war jede Heiratskandidatin von vornherein abzulehnen. Aber Julia sah, daß Nancy Opis konservative Schale aufbrach. Es gelang ihr tatsächlich, die Maximen seines damals 75jährigen Patriarchenlebens aufzuweichen und in liberale, unkonventionelle Bahnen zu lenken. Julia fand das, im Gegensatz zu ihren gleichaltrigen Verwandten, spannend, und so begann sie wieder an den Bodensee zu fahren. Nicht mehr so häufig wie früher, aber häufiger als die anderen Enkel.

Gerhard hatte die wunderbare Gelegenheit, seine Frau Thekla weit weg in Lindau zu wissen, zu einem nächtlichen Besuch bei Sabine genutzt. Dank der Rufumleitung seines Telefons konnte er sicher sein, daß Thekla nicht den Hauch einer Ahnung haben würde. Das war auch nötig, denn Sabine war beträchtlich jünger als die 28jährige Barbara, seine jüngste Tochter, und nach dem Skandal, den Barbaras spätes Geständnis, er sei ihr im Teenageralter mehrmals an die Wäsche gegangen, in der Familie ausgelöst hatte, konnte er sich auch keinen weiteren Ärger leisten. Sabine war nicht nur blutjung und dazu üppig ausgestattet, sondern auch professionell. Sie nahm Geld, das garantierte Anonymität und war für ihn eine saubere, folgenlose Sache. Als er sich in seinen Wagen setzte, rechnete er sich aus, spätestens gegen eins in Lindau zu sein.

Unterdessen begannen die ersten Gratulanten im Hause Adelmann anzurufen. Anno hatte sich, wie früher, an die Stirnseite des Tisches gesetzt, ließ sich von Nancy Toast und Tee servieren und nahm die Glückwünsche mit dem Handy entgegen. So mußte er nicht jedesmal aufstehen.

»Erstaunlich, daß du dieses kleine Telefon bei dem Durcheinander in diesem Haushalt überhaupt noch findest«, bemerkte Renate, mehr zu Nancy als zu ihrem Vater, dem Nancy eben einige Tabletten abgezählt neben den Tellerrand legte.

»Och«, Nancy zuckte unbekümmert mit den Achseln, »wir haben so unser System. Vom Festapparat aus läßt sich das Handy jederzeit durch ein Klingelzeichen finden. Es könnte nicht einmal im Garten verlorengehen.«

»Dort besteht wahrscheinlich auch weniger die Gefahr«, lächelte Renate süßlich und war sich der Zustimmung ihrer Schwestern gewiß.

»Apropos Klingeln«, Anno richtete seine leicht verschleierten wasserblauen Augen auf Renate. »Hat es vorhin an der Haustür geklingelt, oder habe ich mich da getäuscht?«

»Es war nicht wichtig«, beeilte sich Thekla zu sagen. »Noch keiner der Gäste, wenn du das meinst. Vor Mittag kommt bestimmt niemand, und wer Anstand hat, kommt sowieso erst nach drei!«

»Wir haben aber ab zehn Uhr geladen«, Anno drehte leicht den Kopf und spähte durch den Raum. »Ich kann keine Vorbereitungen sehen. Keine Gläser, keine Knabbereien. Seid ihr nicht deshalb so früh angereist?«

»Wir wollten das Geburtstagsfrühstück mit dir genießen, Vater, deshalb sind wir da!« Lydia nickte ihm bedeutungsvoll zu.

»Das ist sehr nett von euch. Und da ihr ja schon fertig gefrühstückt habt, wie ich sehe, könnt ihr euch jetzt vielleicht an die Vorbereitungen machen. Wo die Gläser stehen, wißt ihr ja noch, und den Rest werdet ihr schon finden. Nancy, setzen Sie sich doch zu mir. Eine meiner Töchter wird Ihnen sicherlich gern einen frischen Kaffee aufbrühen. Dieser hier ist ja schon gänzlich kalt.«

Kurt, Lydias Mann, saß in einem vollen Abteil des Zuges Augsburg–Lindau und versuchte sich mit dem Gedanken abzufinden, daß dieser Tag nur schrecklich werden könne. Er hatte sich einige Fachzeitschriften mitgenommen, konnte sich aber nicht darauf konzentrieren. Es war zu stickig im Abteil, der Kerl ihm gegenüber schmatzte rhythmisch und mit offenem Mund auf seinem Kaugummi herum, eine junge Frau hatte den Walkman so laut aufgedreht, daß Kurt wohl oder übel mithören mußte, etwas, wofür er seiner eigenen Tochter längst einen Vortrag über die Beschaffenheit des Ohres im allgemeinen und im besonderen gehalten hätte, und außerdem knallte ein Gestampfe und Gehämmere aus dem Kopfhörer, das mit Musik nichts, aber auch gar nichts zu tun hatte. Kurz, es war unerträglich. Alles. Der überfüllte Zug, die Leute, die Fahrt, das Ziel, sein Schwiegervater und dieses Brechmittel von Pflegerin. Von seinen Schwägerinnen ganz zu schweigen. Eine Familie zum Abwinken. Der ewig geile Gerhard, hoffentlich blieb ihm wenigstens der erspart, das stetige Gerangel um den besten Platz neben des Erbvaters Seite, die Seitenhiebe und Eifersüchteleien, über Jahrzehnte geschürt, wahrscheinlich schon in die Wiege gelegt. Er seufzte und fing einen Blick seiner Nachbarin auf. Sie nickte verständnisvoll, und ein Lächeln huschte über ihr unscheinbares Gesicht. Ohne Dauerwellen wärst du auch hübscher, dachte Kurt und versuchte an ihr vorbei aus dem Fenster zu schauen. Es gelang ihm nicht, denn unweigerlich blieb sein Blick an dem schmatzenden Jüngling hängen. Schließlich hielt Kurt es nicht mehr aus. Er nahm seine Aktentasche und ging ins Zugrestaurant.

Auch Renates Mann war auf der Anreise. Nicht, weil er wollte, sondern weil er per Renates Dekret mußte. Sie befürchtete, daß er keinen guten Eindruck hinterließ, wenn er schon wieder fehlen würde. Schließlich kamen die anderen Ehemänner auch. Aber es hatte Hans-Jürgen einige Überwindung gekostet. Er scheute nicht die Fahrt an den Bodensee – von Mannheim aus war es noch erträglich, und zudem hoffte er, eines Tages ganz nach Lindau ziehen zu können –, nein, das Pech war, daß seine Freunde just für dieses Wochenende ihren jährlichen Männerausflug angesetzt hatten. Und ausgerechnet nach Paris, der Stadt der Sünde. Er hatte das fiebrige Nachtleben schon vor sich gesehen, aber er konnte sich winden, wie er wollte, Renate ließ ihn aus der Nummer nicht heraus. Hans-Jürgen hatte ihr erklärt, daß er durch so etwas sein Gesicht in der Männerrunde verlöre, aber sie winkte nur ab. Auch ihr wunder Punkt, das Geld, zog nicht. Es koste eine horrende Strafe, ohne tatsächlichen Grund wie etwa Milzbrand oder Tod zu fehlen. Mindestens 500 Mark in die Männerkasse.

»Willst du vielleicht, daß Gerhard eines Tages am See sitzt und dich gönnerhaft zum Tee einlädt?« fragte Renate spitz und nahm ihm damit alle weiteren Argumente.

Er gönnte es weder Gerhard noch Kurt, weitaus stärkere Bedenken hatte er jedoch bei Bernadette, die über Jahre hinweg ihre Tochter so geschickt lanciert hatte. Julia hier und Julia dort. Wenn der Alte im Testament nicht nur auf die Kleine abfuhr. »Das wollen wir doch mal sehen!« entfuhr es ihm grimmig, und er erntete dafür ein verstohlenes Lächeln seiner Frau. Im selben Moment war ihm klar, daß sie sich insgeheim diebisch über diese Terminüberschneidung freute.

Kurz vor 14 Uhr stand Ina mit Caroline an der Hand beim Bäcker. Die Chefin persönlich präsentierte ihr stolz die garnierte Schokoladentorte. »85« stand da in weißer Sahneschrift in der Mitte, darüber, etwas kleiner: »Anno Adelmann« und darunter: »Herzlichen Glückwunsch«. Etwas gedrängt, aber es war alles drauf, was wichtig war.

»Klasse, Mami, sieht klasse aus. Die bringen wir jetzt aber nicht hin, oder? Die essen wir selbst auf!«

Ina erntete ein verständnisvolles Lachen der wartenden Kunden und beschloß, das erst draußen mit ihrer Tochter zu besprechen.

»Ich gehe da nie mehr hin«, erklärte Caroline fest, nachdem Ina die Ladentür hinter sich geschlossen hatte. »Nicht, wenn diese böse Frau da ist!«

Ina überlegte. Wie konnte sie Nancy über die Lage befragen, ohne daß es die Familie mitkriegen würde?

Sie verwarf den Gedanken. Sie mußte es, wenn überhaupt, direkt angehen. Und während sie Caroline in den Wagen steigen ließ und abwartete, bis sie sich angegurtet hatte, wußte sie es plötzlich. Sie würde diese Familie mit ihren eigenen Waffen schlagen. Sie würde ihnen eine Überraschung mitten auf der Geburtstagstorte servieren, ein Wespennest, das diesen trügerischen Familienfrieden empfindlich stören würde.

Der Anruf kam, als der erste Ansturm von Bürgermeister, Pfarrer und der Abordnung aus Bankdirektor, Steuerberater und den neuen Eignern und einigen Fossilien aus Annos alter Firma vorbei war. Überall standen benutzte Gläser herum, manche davon nur halb ausgetrunken. Die Chips und Erdnüsse waren nicht angetastet worden, jeder hatte bei dem herrlichen Wetter noch etwas anderes vor. Die Schwiegersöhne waren in der Zwischenzeit alle eingetroffen und versuchten, auf möglichst kraftschonende Art, die Zeit totzuschlagen.

Anno war müde, er mußte sich setzen, und nachdem Renate das Telefon abgenommen hatte, fragte er eher abwehrend, wer es denn nun noch sei.

Renate hielt die Muschel des schmalen Handys zu, was ihr mit ihren fleischigen Händen nicht schwerfiel. »Nur dieses Weib da – vom Berg. Du weißt schon, die mit der ungezogenen Tochter!«

»Ich verstehe nicht, wen du meinst.« Es war Anno anzusehen, daß ihm das Mitdenken schwerfiel.

»Ich lege am besten wieder auf«, schlug Renate vor und suchte auf dem kleinen Tastaturfeld über ihre Brille hinweg nach der entsprechenden Taste.

»Sie meint Ina Schwarz«, erklärte Nancy schnell.

»Ina Schwarz«, wiederholte Anno gedankenlos, dann blickte er auf. »Gib her«, sagte er unwirsch zu seiner Tochter. »Adelmann«, meldete er sich mit klarer, energischer Stimme. Und nach einer Weile nickte er. »Ich freue mich, klingeln Sie einfach. Ich komme hinaus!«

Renate warf Thekla einen fragenden Blick zu, diese schaute zu ihrem Mann. »Nun, er bekommt noch Besuch«, gab Gerhard zum besten und zuckte die Achseln. »Ist was dabei?«

Ina hatte gewartet, bis sie sicher sein konnte, daß der männliche Teil der Familie ebenfalls in der Villa versammelt war. Laut Nancys Informationen vom Vortag war das spätestens gegen 16 Uhr der Fall. Nachdem sie von Anno vor allen Ohren telefonisch eingeladen worden war, ging sie an ihren Kleiderschrank, zog das kürzeste schwarze Stretchkleid mit dem tiefsten Ausschnitt heraus und wählte dazu die höchsten Stilettos, derer sie habhaft werden konnte. Jetzt würde sie mal vorführen, was 30 Jahre und 52 Kilo gegen bösartige Trümmerbräute ausrichten konnten. Sie bürstete ihr halblanges schwarzes Haar, bis es knisterte und in weichen Wellen fiel, und stieg anschließend mit Caroline und der Tortenschachtel in ihren Wagen. Wer den Spruch mit dem Weib vom Berg gebracht hatte, wußte sie nicht. Aber allein die Tatsache, daß man nicht nur ihre Tochter, sondern auch sie so höllisch von oben herab behandelte, ließ ihr Blut sieden. Sie war nicht umsonst als Tochter eines Metzgers auf die Welt gekommen, sie kannte sich aus mit Zuckerbrot und Peitsche, mit dem Mut der Verzweiflung und dem Fügen ins Unvermeidliche. Sie kannte den Geruch vom Sterben, und sie kannte das Gesurre der Schmeißfliegen, die nur darauf warteten, und sie war sich ihr Leben lang sicher gewesen, daß ihr diese Erfahrungen eines Tages nützen würden.

Anno Adelmann hatte sich zur Haustür begeben. Das Tor zur Einfahrt war zurückgeglitten und gab den Blick frei auf Ina, die in Begleitung ihrer Tochter heranschritt. Anno Adelmann mußte kurz blinzeln, denn er kannte Ina nur in Jeans oder einfachen Sommerkleidern. Er war sich nicht sicher, ob sie das auch tatsächlich war. Er würde demnächst endlich seine Augen operieren lassen, das war nun immerhin klar. Aber neben ihr lief ganz eindeutig die kleine Caroline, die ganz gegen ihre Gewohnheit in einiger Entfernung einfach stehenblieb, und auch die Stimme gehörte völlig ohne Zweifel zu Ina Schwarz.

»Meinen allerherzlichsten Glückwunsch um 85. Geburtstag«, sagte sie lächelnd, während sie die Freitreppe zu ihm hinaufging. Auf der einen Hand balancierte sie eine große geöffnete Tortenschachtel, die andere reichte sie ihm zum Gruß.

»Das ist aber sehr nett von Ihnen, kommen Sie doch herein!«

Es war fast nicht mehr nötig, denn das halbe Haus hatte sich bereits im Türrahmen versammelt. »Das ist ja eine grandiose Torte«, Gerhard schaute an der Torte vorbei direkt in ihren Ausschnitt. Auch Kurt empfand den Besuch und vor allem das Kleid als ersten erfreulichen Moment an diesem Tag. Hans-Jürgen konnte nicht so genau hinsehen, weil sich Renate rigoros zwischen ihn und die anderen zwängte.

»Geht doch rein, was wollt ihr alle hier?« versuchte Anno seine Schwiegersöhne zurückzuscheuchen, was ihm nicht einmal ansatzweise gelang.

»Vielen Dank für die Einladung«, Ina lächelte Anno freundlich an und ging, die Torte hoch vor sich hertragend, auf den Eingang zu. Stumm wurde ihr Platz gemacht, und alle folgten ihr ins Wohnzimmer. Dort stellte sie die Torte mit Nachdruck und hochrutschendem Rock mitten auf den Eßtisch ab, begrüßte Nancy überschwenglich, ignorierte Lydia und Thekla, strich sich das Kleid lasziv über die Hüften, wünschte Anno nochmals alles Gute, Gesundheit und vor allem ein langes Leben. »Mögen Sie gesunde Hundert werden«, lächelte sie, drückte ihre Wange an seine und warf dabei der Familie, die regungslos hinter Anno stand, einen eiskalten Blick zu.

Als Julia eine halbe Stunde später eintraf, nahm kaum jemand von ihr Notiz. Alle redeten durcheinander, nur ihr Großvater schien einigermaßen gelassen. »Ist was passiert?« fragte sie ihn, nachdem sie ihm gratuliert hatte.

»Wie man's nimmt«, sagte er und setzte sein Grandseigneur-lächeln auf.

»Was heißt das?« Julia versuchte mehr zu erfahren, aber er grinste verschmitzt und zuckte die Schultern. Ungeduldig schaute sich Julia nach ihrer Mutter um, sie stand mit Gerhard und Thekla am Tisch und diskutierte aufgeregt. »Mutti!«

Doch Bernadette hob nur abwehrend die Hand. »Gleich, Julia, gleich!«

Julia fühlte sich in ihre Kinderzeit zurückversetzt, nahm sich ärgerlich ein Glas Sekt und machte sich auf die Suche nach Nancy. Sie fand sie in der altmodischen Küche, die für das viele Geschirr viel zu klein war.

»Oh, du bist schon da? Ich habe dich gar nicht kommen hören!« Nancy umarmte sie ungeachtet ihrer nassen Gummi-handschuhe herzlich.

»Das hat anscheinend niemand. Was ist denn bloß los?«

»Och, Ina Schwarz war da. Sie trug ein etwas zu kurzes, ein etwas zu enges und etwas zu tief ausgeschnittenes Kleid und hat deinem Großvater eine etwas zu teure Geburtstagstorte gebracht. In zu hohen Schuhen übrigens. Das hat deiner Familie nicht gefallen!«

Julia löste sich langsam aus der Umarmung, sorgfältig darauf bedacht, ihr Sektglas nicht zu verschütten. »Nein? Opi wird's schon gefallen haben. Die kann so etwas doch tragen, die Frau!«

»Genau! Das ist es ja eben!« Nancys Gesicht verzog sich zu einem breiten Grinsen.

Julia schaute sie noch immer verständnislos an. »Also, irgendwie scheine ich ja auf der Leitung zu stehen. Oder ich war zu lange in meinem Brutofen unterwegs!« Sie schüttelte den Kopf. »Jetzt sag endlich, was los ist!«

Thekla hatte sich fürchterlich über Inas Auftritt aufgeregt. Und nicht nur über den, sondern auch gleich noch über das Verhalten ihres Mannes. »Hättest ihr ja direkt in den Ausschnitt kriechen können«, hatte sie ihn angezischt, kaum daß Ina zur Tür hinaus war.

»Welch netter Gedanke«, rutschte es Gerhard unvorsichtigerweise heraus, was die Situation nicht gerade verbesserte.

Thekla erklärte der versammelten Mannschaft aufgebracht, daß diese Schwarz eine alte Schlampe sei, die sich augenscheinlich an Anno heranmachen wolle. »Da sei aber Lucifer vor«, schloß sie scharf und verschränkte kämpferisch die Arme.

»Thekla reicht's«, sagte Kurt zu Hans-Jürgen, was ihm einen Knuff von Lydia und einen bösen Blick von Thekla eintrug. Aber über eines waren sie sich einig, wenn auch aus verschiedenen Motiven: Auf jeden Fall sei ein weiterer Kontakt zwischen Ina Schwarz und dem Vater zu unterbinden.

An Anno Adelmann war die allgemeine Aufregung vorbeigegangen. Er hatte sich, kaum daß Ina gegangen war, in seinen fleckigen alten Lehnstuhl mit den Sessellohren gesetzt, der vor dem großen Fenster stand, und die Fußbank herangezogen. Von dort aus schaute er auf den See und ließ seine Gedanken schweifen. Es war die Zeit seines täglichen Mittagsschläfchens, aber heute war ein besonderer Tag, er hatte ein Alter erreicht, das seine Frau stets als »Eintrittsalter in den Himmel« bezeichnet hatte. Sie war dabei natürlich immer von sich selbst ausgegangen, denn daß sie vor ihm sterben würde, war in all den Jahren mehr als unvorstellbar. Er, der große Fabrikant im ständigen Kampf ums Geld, und sie, die niedliche Ehefrau, die große Haushalte zwar zu leiten, aber nicht selbst zu Putzeimer und Lappen zu greifen hatte. Es war klar, daß sie das Eintrittsalter locker erreichen würde.

Anno schloß die Augen und versuchte, sich in die Zeit ihrer Hochzeit zurückzuversetzen. Es war gar nicht so leicht, denn die späteren Jahre schoben sich darüber und verwischten das Bild. Schließlich merkte er, daß er sich in seiner Erinnerung von Fotografie zu Fotografie hangelte. Er sah seine Frau als Braut vor sich, aber es war exakt das Bild, das auf der Kommode stand. Er versuchte, sich den ersten Tag danach vorzustellen, und wußte zwar noch, wo sie hingefahren, und auch noch in etwa, wie das Hotel ausgesehen hatte, aber das Gesicht seiner Frau war schon wieder mit einer Fotografie identisch. Es beunruhigte Anno, daß sein Gedächtnis so offensichtlich nachgelassen hatte. Eine Weile bemühte er sich, an nichts zu denken, dann konzentrierte er sich auf die Geburt seiner Kinder. Er hatte aber keine Erinnerung daran, wie seine Töchter als Säuglinge und Kleinkinder ausgesehen hatten. Er konnte sich an bestimmte Ereignisse erinnern. Wie Thekla blutüberströmt auf der letzten Stufe der steinernen Treppe lag, weil Renate sie in einem Anfall puren Jähzorns hinuntergestoßen hatte. Er wußte noch, daß sie zunächst geglaubt hatten, Thekla sei tot, und er erinnerte sich exakt, wie lange es gedauert hatte, bis der Arzt kam, und welche Strafe Renate erhalten hatte. Und er sah auch das Weihnachtsfest vor sich, als sich die kleine Bernadette im Tischtuch verhedderte und im Stürzen das gesamte Geschirr herunterfegte, während die Gäste bereits im Foyer die Mäntel abgaben. Er sah jedes Detail dieser Zwischenfälle genau vor sich, nur die Gesichter nicht. Auch nicht das seiner Frau, die die Situation jedesmal geschickt rettete. Diese Erinnerung war völlig ausgelöscht. Anno gab es auf und rief sich die ersten Bilanzen seiner Firma ins Gedächtnis. Damit hatte er kein Problem. Er sah auch noch seinen allerersten Buchhalter genau vor sich, weil der ihn durch seine übertriebene Akkuratesse von Anfang an belustigt hatte. Bevor Anno in seinem Sessel einschlief, hielt er die Zeit für gekommen, sich 60 Jahre nach seiner Hochzeit einzugestehen, daß er eigentlich kein Familienmensch war.

Ina hatte sich umgezogen und war mit ihrer Tochter in das nächste Straßencafé an der Uferpromenade gefahren. Caroline war von diesem Trostpflästerchen hingerissen, saß nun neben ihr und erzählte völlig begeistert von den Meerschweinchen ihrer Freundin Jella, während sie der als Clown dekorierten riesigen Eiskugel die bunten Smarties-Augen ausstach. Ina ertappte sich dabei, wie sie, trotz guter Vorsätze, kaum zuhörte. Sie stellte zwar die eine oder andere Frage, aber alles mehr auf gut Glück. Sie überlegte nämlich gerade, ob ihre Aktion zu heftig oder – im Gegenteil – zu profan gewesen war. Sie sog am Röhrchen ihres Eiskaffees, bis das Vanilleeis den schmalen Plastikkanal verstopfte, und schaute sich dabei um. Nichts in Sicht, wofür sich ein zweites Hinschauen gelohnt hätte. Lindau steckte zu dieser Jahreszeit voller Touristen, und die wenigsten schienen Wert darauf zu legen, nicht auf den ersten Blick als solche erkannt zu werden. Ina sah einigen Männern in kurzen Hosen und langen Socken nach, griff nach dem Löffel und kam, während sie ihr Röhrchen vom Eis befreite, zu dem Schluß, daß sie abwarten mußte, bis die Familie wieder abgereist und sie Nancy in aller Ruhe über alles befragen konnte.

Thekla hatte sich während der ganzen Heimfahrt nach Essen kaum beruhigt. Sie spürte genau, daß etwas vorging, und sie ließ sich darin von Gerhard auch nicht beirren.

»Das ist weibliche Intuition«, belehrte sie ihn, als er wissen wollte, worauf sich ihre Ahnungen gründeten.

»Sie hat ihm eine Geburtstagstorte gebracht, Thekla«, schüttelte er den Kopf. »Das ist legitim!«

»Nicht in diesem Aufzug. Und nicht von diesem Weib! Fahr nicht so dicht auf!«

»Du siehst Gespenster!«

»Diesmal nicht!« Sie warf ihm von der Seite einen scharfen Blick zu, und er wußte, wovon die Rede war. Es stimmte ja, daß er einen Hang zu jungen Dingern hatte. Und daß er die Therapie abgelehnt hatte, zu der ihn nach den Offenbarungen seiner Tochter alle überreden wollten. Er hatte den Spieß damals umgedreht und war selbst zum Angriff übergegangen. Sie seien mißtrauische Hyänen, die ihn nur fertigmachen wollten, hatte er damals seine Familie beschimpft und gleichzeitig erklärt, sie reagierten völlig überdreht, er liebe seine Tochter, wie ein Vater seine Tochter eben liebe, und damit basta. Später ließ er dann seinen Schwager, den Rechtsanwalt, im Vertrauen wissen, daß er sich in dieser Beziehung gut im Griff habe und es für die gesamte Familie besser sei, man ließe es auf sich beruhen.

Thekla brütete vor sich hin. Sie war die älteste der Schwestern, und als Erstgeborene hätten ihr eigentlich gewisse Rechte zustehen müssen. So wie der älteste Sohn automatisch die Nachfolge des Vaters antritt, hätte sie es eigentlich auch für sich selbst erwartet. Sie war sich sicher, daß sie die Aufgabe bei entsprechender Ausbildung gemeistert hätte. Aber nachdem klar war, daß kein echter Kronprinz mehr nachkommen würde, wurde von ihr nur erwartet, daß sie den passenden Mann für die Weiterführung der Firma liefern würde. Mit neunzehn hatte sie versucht, ihren Vater mit Hilfe ihres glänzendes Abschlußzeugnisses zu überreden, sie zu seiner Nachfolgerin zu machen. Sie war die Beste ihres Jahrgangs, besser als alle männlichen Mitschüler, sie würde im Studium gut sein und sich das entsprechende Rüstzeug aneignen können. Besser eine schlaue Tochter als einen blöden Sohn, unterstrich sie ihre Argumentation, doch es nützte nichts. Die Leitung seiner Fabriken in die Hände einer Frau zu legen, noch dazu in die seiner eigenen Tochter, kam Anno Adelmann absurd vor. Mit ein bißchen gutem Willen könne sie ihm den passenden Mann liefern, erklärte er ihr, damit bliebe alles in der Familie und somit auch geregelt. Thekla versuchte ihre Mutter auf ihre Seite zu ziehen, aber es war nutz- und fruchtlos. Ihre Mutter versank in Ehrfurcht vor ihrem Mann und kam keine Sekunde auf die Idee, sich gegen ihn aufzulehnen.

Thekla tat das auf ihre Art. Anstatt das von ihren Eltern für sie vorgesehene Studium der Geisteswissenschaften anzutreten, schrieb sie sich für Chemie und Physik ein, denn sie hatte sich Marie Curie zu ihrem Vorbild gewählt, die den Nobelpreis für Physik und später auch noch für Chemie erhalten hatte. Sie wollte heraustreten aus der Masse, etwas leisten, stolz auf sich sein. Ein Jahr später war sie schwanger; sie hatte sich ins Leben gestürzt und Gerhard getroffen. Das Ergebnis dieses ersten näheren Kennenlernens bezeichnete ihre Familie völlig entgeistert als einen fürchterlichen Unfall, doch Gerhard stellte sich als der größere Unfall in ihrem

Leben heraus. Es mußte geheiratet werden, dem konnte sich selbst Thekla nicht entziehen. Doch ihr Vater machte ihr den Vorwurf, daß es zu allem auch noch der falsche Mann war. Was sollte er mit einem angehenden Doktor der Geschichtswissenschaften in einer Fabrik für Maschinenbauteile anfangen?

Sie bogen in ihr Grundstück ein. Das Haus lag etwas zurückversetzt, ein kastenförmig gebautes Einfamilienhaus in der Nachbarschaft anderer schmuckloser Gebäude. Die Hauptkriterien dieser Bauweise waren vor 30 Jahren, genügend Platz zu möglichst günstigen Bedingungen zu bekommen.

»Endlich«, seufzte Thekla und griff nach ihrer Handtasche, um den Haustürschlüssel herauszufischen.

»Du mußt dich beschweren! Wer ist denn gefahren?!« Gerhard warf ihr einen mürrischen Blick zu, und Thekla fiel plötzlich auf, daß seine Stirnglatze größer geworden war. Sie würde es ihm nicht sagen. Oder doch? Je nachdem.

Sie streckte sich, soweit es der Fußraum und ihre Korpulenz zuließen. »Die Hinfahrt mit dem Zug war angenehmer!«

Er parkte und stellte den Motor ab. »Dann wärst du eben auch wieder mit dem Zug zurückgefahren. Hat dich jemand daran gehindert?«

»Habe ich dir schon gesagt, daß Apfelessig gut gegen Haarausfall ist?«

Er schwieg kurz, dann grinste er sie an. »Habe ich dir schon gesagt, daß Apfelessig scharf macht?«

Thekla stieg aus und knallte die Tür hinter sich zu. Irgendwann würde auch er noch an seine Grenzen stoßen, dessen war sie sich sicher.

Renate hatte mit Hans-Jürgen währenddessen ebenfalls die Rückreise angetreten. Sie saßen nebeneinander im Wagen und sprachen kein Wort. Er war sauer, weil er wegen eines Familienaufstands auf seinen Parisausflug hatte verzichten müssen, und Renate ärgerte sich, weil sie mal wieder den Eindruck hatte, von ihren Schwestern an den Rand gedrängt worden zu sein. Thekla war wie angeboren in die Rolle der Wortführerin geschlüpft. Es tat Renate bis heute nicht leid, daß sie sie damals als Kind die Treppe hinuntergestoßen hatte. Sie hätte das viel öfter tun müssen, dann wäre zumindest aufgefallen, daß sie auch noch da war. So war sie irgendwie existent, aber nicht wirklich, eher zufällig, mehr oder weniger bedeutungslos. Thekla war von jeher herrschsüchtig und starrsinnig, Eigenschaften, denen Renate im Laufe der Jahre einen ungezügelten Jähzorn entgegenzusetzen lernte. Ein Ausbruch verlieh ihr nicht nur jähe Aufmerksamkeit, sondern für den Augenblick auch Macht, selbst wenn es meist mit einer empfindlichen Strafe ausging.

Gegen Bernadette dagegen hatte sie keine Chance. Die Sanfte, die es faustdick hinter den Ohren hatte und die, solange Renate zurückdenken konnte, ihre Nesthäkchenrolle ausnutzte, wo immer sie konnte. Meist tat sie es bei Vater, denn da brachte es am meisten. Hübsch war sie, schlank und zierlich, das krasse Gegenteil ihrer älteren Schwester. Dazu noch blond. Sie hatte schon als Kleinkind ihren Charakter ihren äußerlichen Vorzügen angepaßt, und Renate traute ihr weder damals noch heute über den Weg. Hans-Jürgen hatte schon recht, Bernadettes Waffen waren die schärfsten.

Dafür war Lydia die Farbloseste unter ihnen. Klosterschülerin, nicht weil sie es tatsächlich auf einen körperlosen Bräutigam abgesehen hätte, sondern weil es sich, zumal bei einer Familie mit vier Töchtern, gesellschaftlich schickte.

Renate haderte noch eine Weile mit ihrem Schicksal und vor allem damit, daß Hans-Jürgen über die Jahre so unsensibel und zynisch geworden war, und entschloß sich dann, das Schweigen zu brechen.

»Glaubst du, Papa könnte an dieser Schwarz etwas finden?«

Eine Weile antwortete Hans-Jürgen überhaupt nicht, dann gähnte er ausgiebig und sagte schließlich deutlich gelangweilt: »Noch hat er ja wohl Augen im Kopf!«

Renate fühlte sich sofort herausgefordert. »Wie meinst du das?«

»So, wie ich es gesagt habe!«

Renate zog sich wieder in ihr Schweigen zurück. Waren das noch Zeiten, als sie lachend und scherzend nebeneinander im Wagen gesessen und mit dem alten Käfer auch mal unversehens auf einem Waldweg gelandet waren. Kaum zu fassen, daß sie dieselben Menschen wie damals waren.

»Hans-Jürgen«, begann sie zögernd, »liebst du mich überhaupt noch?«

Er warf ihr einen überraschten, schnellen Blick zu. »Blöde Frage. Habe ich jemals das Gegenteil behauptet?«

»Nein, das nicht – aber …«

»Siehst du, was soll das also«, schnitt er ihr das Wort ab und setzte zum Überholen an.

»Du bist ein richtiger Rechtsanwalt geworden«, sagte sie und nickte wie zur Bestätigung vor sich hin.

»Das sollte ich doch wohl immer, oder nicht? Habe ich das von dir verordnete Klassenziel etwa nicht erreicht?«

Bernadette war die einzige, die in Lindau geblieben war. Lydia hatte sich als letzte ihrer Schwestern verabschiedet und mit Kurt in den Zug nach Augsburg gesetzt, aber Bernadette hatte keine Eile. Sie genoß es, im Elternhaus am See zu sein, und dies auch noch mit ihrer eigenen Tochter. Es kamen so viele Erinnerungen in ihr hoch, sie steckten in den Wänden und Mauern, in den Ecken und Nischen, in den geheimnisvollen Laubengängen im Garten und den vom Seewind krumm gefegten alten Bäumen. Sie liebte das Rauschen der Blätter, das Knarren der Äste und den rhythmischen Schlag der Wellen. Sie fühlte sich mit allem eins, und sie wußte, daß ihre Tochter auch so fühlte. Das hier war ihre wahre Heimat, hier lebte ihre Seele, hier konnte sie atmen. Keiner konnte ihr das nehmen. Schon gar nicht so widerwärtige Klötze wie ihr Schwager Gerhard, der geile Sack – sie würde es Thekla nie verzeihen können, daß sie ihn nach dem Eklat nicht vor die Tür gesetzt hatte. Und Hans-Jürgen, der Rechtsverdreher, der außer Gebührenordnungen und Männerparaden nichts im Kopf hatte, und Kurt, der im Weißkittel den seriösen Arzt gab und dabei im stillen Kämmerchen ein überaus erfolgreich unter der Hand gehandeltes Computerprogramm entwickelt hatte, das Tricks und Möglichkeiten aufzeigte, um Kassenklauseln und Gebührenverordnungen gewinnträchtig zu umgehen. Dazu ihre Schwestern, Thekla, zu blöd, um ihr eigenes Leben zu leben, Renate, das ewig unbefriedigte Mauerblümchen, und Lydia, die Kirchenheilige, die bis heute an den Eid des Hippokrates glaubte.

Nancy war froh, daß das Haus wieder leer war oder zumindest *fast* leer. Mit Bernadette verstand sie sich zwar auch nicht gerade prächtig, aber sie war von den vieren noch am erträglichsten, und sie hatte einen riesigen Bonus: Julia. Julia war ein Goldkind, und Nancy hatte sie in ihr Herz geschlossen, wie sie fast alle Kinder mochte. Wenn sie die finanziellen Möglichkeiten gehabt hätte, hätte sie längst ein Kinderhaus eröffnet, ein Haus für ungeliebte, geprügelte und gedemütigte Kinder, Kinder mit und ohne Eltern. Es war ihr großer Traum, denn sie hatte ihre Kindheit im Heim verbracht und wußte, wovon sie redete, wenn sie Anno von ihrer Idee überzeugen wollte. Aber er hörte natürlich nur heraus, daß es um Geld ging und um Dinge nach seinem Tod, die er nicht hören wollte, weil er auch von seinem Tod nichts hören wollte. Schließlich lebe ich ja noch, gab er bei solchen Gelegenheiten von sich und ließ sie wissen, daß es für solche Überlegungen noch viel zu früh sei.

Es war Montag morgen, und Nancy war zum Markt gefahren. Sie mußte dringend ihre Bestände auffüllen, übers Wochenende waren der Kühlschrank und die Speisekammer ziemlich leer geworden. Es war bereits nach elf, als sie endlich alles zusammen hatte, in ihrem Wagen verstaut und starten konnte. Die Einkäufe hatten mehr Zeit gekostet, als sie dafür veranschlagt hatte, aber sie mußte auch viel länger Schlange stehen als sonst. Nancy fühlte sich ziemlich erschlagen, aber trotzdem entschied sie sich für einen kleinen Umweg, sie mußte Ina unbedingt erzählen, welchen Wirbel ihr Erscheinen ausgelöst hatte.

Ina saß zu der Zeit in ihrem kleinen Büro, das sie sich ebenerdig kleinen Haus eingerichtet hatte, und übersetzte einige Briefe ins Englische, die ihr eben über E-Mail geschickt worden waren. Sie arbeitete frei für einige Firmen, bot ihre Schreibdienste gleichzeitig aber auch über eine ständige Anzeige in der Regionalzeitung an. Sie formulierte Bewerbungen, Trauerschreiben, selbst Liebesbriefe, wenn einem Gigolo nichts Passendes einfiel. Sie schrieb alles, was angefragt wurde, darunter auch Doktorarbeiten und Vorträge, ins reine und übersetzte jede Menge Korrespondenz ins Englische, Französische und Italienische. Ihr Lebensziel war es eigentlich gewesen, als Dolmetscherin international für so große Organisationen wie die UNO zu arbeiten, aber mit Carolines Geburt war alles ganz anders gekommen.

Als der Arzt ihr vor rund sieben Jahren die Schwangerschaft bestätigte, lief sie zunächst ratlos in der Stadt herum, denn so richtig glauben konnte sie es nicht. In ihrem Bauch sollte sich ein heranwachsendes Kind befinden? Unvorstellbar. Sie versuchte sich vorzustellen, was sich nun gerade in ihrem Inneren abspielte, es gelang ihr aber nicht. Der Gedanke an einen dicken Bauch, Windeln und Kinderwagen schreckte sie, sie hatte plötzlich lauter schwangere Frauen mit Kuhblick und breitem Gang vor Augen.

Ina rang stundenlang mit sich. Sollte sie in ihrer Situation tatsächlich ein Kind aufziehen? Sie hatte zwar seit kurzem ihr Diplom als Fremdsprachenkorrespondentin in der Tasche, aber noch keine Stellung, sie bewarb sich im Moment überall und jobbte in einem Bistro. Wie sollte das alles mit einem Kind gehen? Sie würde zum Sozialfall werden, bevor ihr Leben richtig angefangen hatte. Stundenlang lief sie wie aufgezogen am Seeufer entlang, ohne etwas wahrzunehmen, sie mußte sich durch Bewegung abreagieren, trotzdem bekam sie keine Klarheit in ihre Gedanken. Alles überstürzte sich, sie schwankte zwischen Fassungslosigkeit, Ablehnung und der Frage, wie das bloß hatte passieren können, und ausgerechnet auch noch mit Jan, dem schiefgelaufenen Tröstversuch, der sie eigentlich nur über die leere Zeit nach der Trennung von Matthias retten sollte.

Irgendwann fand sie sich am frühen Abend in einer Kneipe wieder, bestellte sich ein Pils, trank es hastig zur Hälfte aus und ließ den Rest stehen, weil ihr plötzlich einfiel, daß Alkohol dem Embryo schadet. Ihre eigene instinktive Handlung verwirrte sie vollends, denn wie könnte sie etwas beschützen wollen, das sie doch gar nicht haben wollte. Trotzdem bestellte sie sich einen Orangensaft, der Vitamine wegen, und kam sich ziemlich schizophren vor. Schließlich fuhr sie nach Hause, klemmte sich ans Telefon und rief ihre beste Freundin an. Die fiel ebenso aus allen Wolken, versprach aber, sofort zu kommen, und war auch tatsächlich eine Stunde später da. Sie redeten die ganze Nacht, und am anderen Morgen war Ina so schlau wie vorher. Sie wußte es einfach nicht. Es mußte aus ihr selbst herauskommen, es mußte eine Bauchentscheidung sein, keine Kopfentscheidung, sonst würde sie es später bereuen, das wußte sie. Dritte Woche, hatte der Arzt gesagt, sie hatte also noch etwas Zeit. An demselben Morgen rief sie Jan an und teilte ihm seine Vaterschaft ohne große Umschweife mit.

»Das wirst du doch wohl wegmachen lassen?« lautete seine erste, erschrockene Reaktion, und Ina war einigermaßen erstaunt über sich selbst, als sie spontan und mit entschlossener Stimme »natürlich nicht!« zur Antwort gab. Und damit waren die Würfel für sie gefallen. Sie dachte später nicht mehr darüber nach, ob es möglicherweise nur eine Trotzreaktion war – sie hatte entschieden, und die Sache war klar.

Sie überlegte damals gemeinsam mit ihrer Freundin Doris, welche Möglichkeiten sie hatte. Mit einem Baby für einen großen Konzern, in der Industrie oder auch nur in der Großstadt zu arbeiten erschien ihr unmöglich. Sie wollte das Kleine nicht gleich wieder abgeben müssen, kaum daß es geboren war. Wenn es nun schon kam, sollte es zumindest im ersten Jahr ganz bei ihr sein. Also kam nur die Selbständigkeit in Frage. Während sie in den ersten Monaten ihrer Schwangerschaft Tag und Nacht in einem Bistro arbeitete, um genug Geld für die Zeit nach der Geburt zusammenzubekommen, baute sie sich nebenher dieses kleine Büro in ihrer

Wohnung auf. Von Jan hörte sie nichts mehr, außer daß er schließlich noch Student sei und somit gänzlich mittellos. Außerdem sei es ihre eigene Schuld gewesen, denn schließlich könne man doch wohl davon ausgehen, daß eine Frau heutzutage ihre Verhütung im Griff habe.

Nancy war vor Inas Häuschen angekommen, sie stellte ihren Wagen längs des Gartenzauns am Straßenrand ab, öffnete das kleine Tor und ging quer durch den Garten auf Inas Terrassentür zu. Sie mochte dieses kleine Fleckchen Erde, das für sie in seiner wilden Ursprünglichkeit etwas Heimeliges, Tröstliches hatte – zumal nach dem ganzen Hickhack des vergangenen Wochenendes. Im Näherkommen sah sie Inas Gestalt schemenhaft durch das spiegelnde Fensterglas und winkte ihr zu. Ina wurde aufmerksam und kam zur Tür. Sie hatte ihr Haar locker hochgesteckt und trug ein einfaches kurzes Baumwollkleid.

»Wenn ich dich störe, kannst du mich gleich wieder wegschicken«, sagte Nancy anstelle einer Begrüßung und grinste über das ganze Gesicht.

»Einen Teufel werde ich tun.« Ina drückte ihr einen leichten Kuß auf die Wange und zeigte zu ihrem Gartentisch. »Ich bin froh, daß ich endlich einen Grund für eine Kaffeepause habe!«

Nancy nickte ihr bestätigend zu, ließ sich, während Ina in die Küche entschwand, dankbar in einen der Korbsessel sinken und schloß die Augen. Als Ina zurückkam, war sie fest eingeschlafen, ihr Kopf hing schwer auf der Schulter, und dann und wann schnarchte sie leise. Ina betrachtete sie amüsiert, deckte leise den Tisch, stellte Gebäck hin und weckte Nancy erst, nachdem sie den Kaffee bereits eingegossen hatte.

Nancy konnte kaum glauben, daß sie tatsächlich eingeschlafen war. »Oh, Mann, die machen mich fertig«, klagte sie und massierte sich dabei mit der rechten Hand den steif gewordenen Nacken. »Am liebsten hätten sie dich gefressen«, sagte sie dazu und lachte laut los. »Das hättest du erleben sollen! Wie die Kampfhunde! Kläff, kläff, kläff! Jeder wollte das größere Stück reißen! Und weißt du was?« sie lehnte sich über den Tisch, wobei ihr schwerer Busen die Kaffeetasse in Gefahr brachte, »sie befürchten doch tatsächlich, du könntest es auf Anno abgesehen haben!« Sie wollte sich ausschütten vor Lachen. »Sie haben Angst wegen der Kohle! Ist denn das zu fassen?!?«

Ina zog ihr schnell die Kaffeetasse weg und schüttelte den Kopf. »Das ehrt mich zwar, aber es ist doch nicht dein Ernst! Die können doch nicht tatsächlich denken, daß ich … er ist doch schließlich 85 Jahre alt geworden! Sehe ich aus, als ob ich einen 85jährigen Liebhaber bräuchte?«

»Nicht wirklich«, sagte Nancy und prustete wieder los. Dann wurde sie plötzlich still, und die beiden schauten sich direkt in die Augen.

»Verdient hätten sie es ja«, sagte Nancy und verzog das Gesicht zu einem schadenfrohen Grinsen.

»Aber …«, begann Ina zaghaft.

»Anno würde es sicherlich gefallen!«

»Quatsch!«

»Irgendwie glaube ich, er kann seine Brut auch nicht leiden!«

»Es sind immerhin seine Kinder.«

»Es sind gierige Piranhas. Geldgeile Monster! Die würden sonstwas tun, um ans Erbe zu kommen! Schwesternmord nicht ausgeschlossen!« Nancy rührte wild entschlossen mit dem kleinen Löffel im erkalteten Kaffee herum.

Ina schenkte sich langsam eine Tasse nach. »Trotzdem! Der Gedanke ist irre! Und irgendwie auch … widerlich! Ich meine, ich kann mir das nicht einmal vorstellen!« Sie schüttelte sich. »Nur um diese Weiber zu ärgern soll ich … nein, da wäre mir der Preis dann doch zu hoch! Sonst bin ich ja zu allen Späßen bereit, aber das …«

Nancy stürzte aufgeregt ihren Kaffee herunter. »Ich finde die Idee bombastisch! Und es geht hier doch nicht um Sex.«

»Nein?« unterbrach Ina betont ironisch.

»Aber nein! Anno kann doch überhaupt nicht mehr.«

»Woher willst denn *du* das wissen?«

»Rein medizinisch unmöglich!«

»Wer sagt das?!?«

»Sein Arzt!«

»Weiblich?«

»Männlich!«

»Na ja!«

Ina lehnte sich zurück und griff nach einem Keks. Sie knabberte daran und schaute in den Himmel. Die Kondensstreifen zweier Flugzeuge kreuzten sich dort oben und zerflossen langsam wie Sahnestreifen im Kaffee. Sie sah zu, bis ihr auffiel, daß Nancy nichts mehr sagte.

»Du mußt zugeben, daß es eine blöde Idee ist«, Ina holte tief Luft. »Bevor ich mich auf ein solches Abenteuer einlasse, gehe ich lieber wieder an meinen Schreibtisch und arbeite. Da weiß ich, wo mein Geld herkommt, und habe außerdem meine Ruhe. Vor Greisen, so nett sie auch sein mögen, und geifernder Verwandtschaft!«

Nancy stemmte sich aus ihrem Sessel und warf Ina einen nachdenklichen Blick zu. »Ich werde mit ihm darüber reden!«

»Nichts dergleichen wirst du tun!« Ina runzelte die Stirn. »Komm bloß nicht auf dumme Gedanken!« Sie stand ebenfalls auf. »Solche Spielchen könnte ich schon wegen Caroline nicht spielen!«

»Gerade wegen Caroline solltest du es spielen! Ihr Leben wäre abgesichert!«

»Und ich wäre mir meines Lebens nicht mehr sicher!« Sie ging um den kleinen Tisch auf Nancy zu. »Ich weiß schon, daß du es gut meinst! Aber laß es! Oder nimm ihn selbst! Das wäre doch die allerbeste Idee!«

Nancy schüttelte grinsend den Kopf. »Ich bin testamentarisch abgesichert. Und das würde er auch nicht tun, weil es für ihn schließlich kein Highlight wäre. Er ist ja nicht beschränkt! Aber du wärst natürlich eine Show!«

»Ja, super! Vergiß es!«

Nancy ließ sich von Ina zum Gartentor hinaus zu ihrem Auto begleiten und winkte ihr beim Wegfahren noch kurz zu. Ina blieb stehen, denn sie sah aus der anderen Richtung Caroline von der Schule die Straße heraufkommen. Schon wieder Mittagszeit, sie war mit ihrer Arbeit noch nicht fertig, und gekocht hatte sie auch noch nichts.

Bernadette hatte sich in Richtung Küche aufgemacht. Nicht, weil sie Nancy unbedingt Arbeit abnehmen wollte, sondern weil sie schlichtweg Hunger hatte und befürchtete, Nancys Einkäufe könnten noch länger dauern. Zudem erschien es ihr als kluge Geste ihrem Vater gegenüber. Sie überlegte auf dem Weg durchs Haus, was sie wohl kochen könnte, als sie unvermittelt stehenblieb. Durch die offene Küchentür sah sie Anno mit einer Schürze um den Bauch am Herd hantieren. Es hätte nicht viel gefehlt, und ihr wäre die Kinnlade heruntergeklappt. Ihr Vater am Herd, einfach unvorstellbar. Zudem noch mit einer Frauenschürze. Bernadette war fast geneigt, es für eine Fata Morgana zu halten, aber da hatte sich Anno bereits nach ihr umgedreht.

»Na, auch Appetit?« fragte er sie, und ein feines Lächeln umspielte seine Mundwinkel. »Es war nicht mehr viel da, die Bande hat alles verschlungen. Aber für Käseomeletts reicht es noch.«

Bernadette versuchte zu verarbeiten, was er eben gesagt hatte. »Du kochst?« entfuhr es ihr mehr als Feststellung denn als Frage. »Wie kommt denn das? Ich denke, du hast eine Haushälterin?«

»Das eine schließt das andere doch nicht aus, oder? Was ist jetzt? Omelett, ja oder nein?«

Er warf ihr noch einen Blick zu, dann nahm er drei Eier, schlug sie zu den anderen in eine Schüssel und griff zum Schneebesen.

»Kann ich dir helfen?« wollte Bernadette wissen.

»Deinen besorgten Unterton kannst du dir sparen, oder sieht das hier so unprofessionell aus?«

Sie beeilte sich, das zu verneinen, und sah ihm zu, wie er die Eier leicht schaumig schlug, mit Salz und frisch gemahlenem Pfeffer würzte, geriebenen Käse dazugab und die Hälfte der Masse anschließend zu der erhitzten Butter in die Pfanne schüttete.

»Ich wundere mich nur«, sagte sie, und während er die Eiermasse vorsichtig mit der Gabel durchrührte, kam sie sich irgendwie überflüssig vor. »Soll ich schon mal den Tisch decken?«

»Was hältst du denn von Ina Schwarz?«

»Was?«

»Nun, Ina Schwarz!«

Anno zog die schwere Eisenpfanne vom Feuer und betrachtete aufmerksam sein Werk, bevor er sich nach Bernadette umdrehte. Bernadettes Gedanken überstürzten sich. Was war bloß mit ihrem Vater los? Sie erkannte ihn nicht wieder.

»Und?« fragte er nach.

Zumindest das war ihm geblieben, der herrische Unterton in seinen Fragen. Vorsicht, Tretmine, dachte sich Bernadette und beschloß, am besten neutral zu reagieren.

»Es war ein interessanter Auftritt«, sagte sie vorsichtig. Gleichzeitig keimte ihre Neugierde auf. Was konnte diese Frage zu bedeuten haben?

Anno stürzte das Omelett auf einen Teller und legte einen zweiten darüber, um das Omelett warm zu halten. Gleich darauf füllte er die Pfanne zum zweitenmal.

»Jetzt bin ich 85 Jahre alt geworden, um dir sagen zu müssen, daß diese Frau nicht nur interessant, sondern ganz einfach ein Superlativ ist. Ist dir das etwa entgangen?«

Bernadette war sich nicht sicher, ob ihr Vater nur eine diebische Freude daran hatte, sie mit diesem Weibsstück aufzuziehen, oder ob er es tatsächlich ernst meinte. In diesem Fall könnten die Auswirkungen fatal sein.

»Etwas jung ist sie«, versuchte sie seine Euphorie zu zügeln.

»Das ist ja gerade das Reizvolle«, sagte Anno ungerührt und bearbeitete sein Omelett.

Als Bernadette anrief, hatte sich Thekla gerade ein großes Stück selbstgebackenen Kuchen aufgetaut. Eigentlich hatte sie sich zwar vor zwei Wochen auf Diät gesetzt, aber das Wochenende war so stressig gewesen, daß sie ein Trostpflaster gebrauchen konnte. Und weil sich eine Diät erst richtig lohnt, wenn man vorher noch mal ordentlich gesündigt hat, gab sie Sahne in ihren Mixer, um Kuchen und Kaffee zu veredeln. Außerdem war Gerhard an diesem Nachmittag nicht da und konnte ihr somit wegen ihrer Disziplinlosigkeit keine Vorhaltungen machen. Es war auch dieses kleine Geheimnis, das ihre Lust zur Völlerei noch steigerte.

Kurz bevor der Anrufbeantworter ansprang, nahm sie ab. Egal, wer dran war, sie würde jeden schnell abwürgen und anschließend in Ruhe genießen. Daß es Bernadette war, machte die Sache nicht besser. Hatte sie den Alten jetzt gewinnnbringend umgarnt? Zuzutrauen wäre es ihr ja, dem kleinen blonden Aas. Aber dann vergaß sie doch, daß der Kaffee bereits durchgelaufen war und die Zeitschaltuhr des Backofens im Dauerton piepste. Was Bernadette da erzählte, verlangte Solidarität. Und zwar geschlossen, zwischen allen Schwestern. Wenn sich Anno tatsächlich in diese Schwarz vergafft hatte, mußten sie sich eine Gegenwehr einfallen lassen. So kurz vor dem Ziel war ihr jedes Mittel recht.

Als Nancy am späten Nachmittag in Annos Schlafzimmer schaute, lag er ganz gegen seine Gewohnheit noch im Bett. Zunächst erschrak sie, dann sah sie aber, daß er still vor sich hinlächelte.

»Gibt es etwas Besonderes?« fragte sie, während sie sich einen Stuhl heranzog. Er strich mit der einen Hand über seine Bettdecke, und Nancys Blick blieb an den feinen Linien dieser Hand hängen. Sie betrachtete die durchscheinend wirkende Haut mit den blauen Adern und den Altersflecken, und unwillkürlich fühlte sie die Trauer des Vergänglichen.

»Man scheint mir noch allerhand zuzutrauen«, sagte Anno vergnügt und blinzelte Nancy zu, während er sich im Bett aufrichtete.

»Keine Frage«, bestätigte Nancy und beugte sich etwas zu ihm vor. »Was denn?«

Anno lachte herzhaft, es war ein Lachen aus tiefster Seele, und er hörte erst damit auf, als er einen Hustenanfall bekam. Es dauerte eine Weile, bis er sich wieder beruhigt hatte. Schließlich sagte er in einem ironischen Tonfall, der das Ganze relativieren sollte:

»Ich habe den Eindruck, meine Familie befürchtet, ich könnte es auf Ina Schwarz abgesehen haben!«

»Keine schlechte Idee«, sagte sie sofort und beobachtete, wie die Angespanntheit aus seinen Gesichtszügen wich und einem Ausdruck tiefer Zufriedenheit Platz machte. Es war ihm wichtig, dachte sie und stellte für sich fest, daß männliche Eitelkeit anscheinend wirklich nichts mit dem Alter zu tun hat.

»Meinen Sie wirklich?« sagte er, aber dann winkte er ab. »Ein totaler Blödsinn. Eine attraktive junge Frau wie sie und ich als uralter, knittriger Mann. Tolle Kombination, das!« Er seufzte. »So ist es halt, Nancy, das Alter macht vor keinem halt. Es sei denn, man stirbt vorher!«

»Ich finde die Idee trotzdem nicht schlecht«, widersprach ihm Nancy und versuchte dabei ihren knallroten Pullover über ihrem sich wölbenden Bauch straff zu ziehen. Es gelang ihr nicht, und sie prustete unvermittelt laut los. »Ehrlich, das wäre eine Gaudi, ach was, Gaudi, es wäre ein Hochgenuß, wenn die Familie das nächste Mal antanzt und Ina die Tür öffnen würde. Ich lache mich jetzt schon tot!«

Anno schlug die Bettdecke zurück und ließ die Beine aus dem Bett gleiten. Jetzt saßen sie sich in Augenhöhe gegenüber, dabei wirkte Anno in seinem dunkelblauen Schlafanzug seriös wie bei einer Vorstandssitzung. Nancy lachte noch immer so, daß ihr gewaltiger Busen auf und ab schwang.

»Die Familie würde mich entmündigen lassen und in die nächste psychiatrische Klinik abschieben.« Er fuhr sich mit der Hand durch sein weißes Haar. »Und wahrscheinlich sogar zu Recht!«

»Die hätten nur Angst ums Erbe«, rutschte es Nancy heraus. Erschrocken hielt sie inne, aber sie sah an seinem Blick, daß ihm der Gedanke nicht fern war.

Thekla hatte nach Bernadettes Anruf überlegt, mit wem sie die ganze Sache am besten besprechen sollte. Zunächst mit Gerhard, dachte sie, während sie hastig ihren Kuchen aß. Er würde wissen, wie die Sache zu verhindern sei, schließlich war er ein Mann. Dann aber kamen ihr Zweifel. Gerade deshalb würde er vielleicht nicht wissen, wie die Sache zu bremsen sei. Schließlich hatte er damit in seinen eigenen Belangen ebenfalls Unfähigkeit bewiesen.

Sie überlegte weiter und lud sich dabei noch ein zweites Stück Kuchen auf den Teller. Eigentlich war sowieso eher ein Rechtsanwalt gefragt als ein Geschichtsprofessor. Das bedeutete, daß sie als nächstes Renate informieren mußte. Sie klatschte sich einige Löffel Schlagsahne auf den Kuchen und griff zum Telefon. Wie sie geahnt hatte, fühlte sich Renate sofort herausgefordert.

»Ich habe es Hans-Jürgen auf der Fahrt noch gesagt! Wortwörtlich habe ich gesagt: ›Glaubst du, Papa könnte an dieser Schwarz etwas finden?‹ Ich hab's kommen sehen! Welche Niedertracht!«

»Was hat denn Hans-Jürgen darauf geantwortet?« wollte Thekla wissen.

»Irgendeine anzügliche Männerweisheit. Kannst du dir ja denken!«

Thekla konnte es sich nicht denken, wollte aber auch nicht nachfragen.

»Du mußt auf jeden Fall deinen Mann fragen, ob es da rechtliche Mittel gibt. Diese Schnepfe will sich ins gemachte Nest setzen, das ist doch sonnenklar!«

»Sieht so aus, ja!«

»Dein Göttergatte soll sich etwas dagegen überlegen. Das betrifft uns schließlich alle! Es ist unser Geld! Also letztlich auch seines!« Der letzte Satz entsprach zwar nicht ihrer Überzeugung, aber es war immerhin noch besser, als im Falle des Falles ganz außen vor zu stehen.

»Ich werde es ihm sagen, sobald er zurück ist. Weiß es Lydia schon?«

»Nein. Aber das kannst ja du erledigen. Und ruf mich bitte an, sobald sich Hans-Jürgen eine Strategie zurechtgelegt hat.«

Ina war froh, daß sich Caroline am Nachmittag mit einer Freundin verabredet hatte. So konnte sie die Arbeit in aller Ruhe nachholen, die sie am Morgen durch Nancys Besuch nicht erledigt hatte. Es war zwar schade, denn der Tag war zu schön und der Sommer zu kurz, als daß sie vor dem Computer sitzen wollte, aber gleichzeitig brauchte sie dringend Geld. Ihr Wagen hatte einige Probleme gehabt, durch den TÜV zu kommen, und die Rechnung der Werkstatt war ihr gestern ins Haus geflattert und lag ihr seitdem im Magen. Manchmal machte es sie schier verrückt, daß sie keine echte Perspektive sah, um aus diesem ständigen und furchteinflößenden »Von-der-Hand-in-den-Mund«-Leben herauszukommen.

Sie arbeitete schnell und präzise und konnte die Übersetzungen noch vor Büroschluß der auftraggebenden Firma fertigstellen und per E-Mail abschicken. Jetzt würde sie sich erst mal einen Kaffee machen. Da hörte sie das Fax. Ihr erster Impuls war, heute bloß an keine Arbeit mehr zu denken, und der zweite, sei dankbar, wenn überhaupt ein Auftrag kommt. Sie ging zum Gerät, zog sich den angekommenen Brief heraus und nahm ihn mit in die Küche. Dort las sie ihn, während sie mit Kaffeefilter und -pulver hantierte. Es war keine eilige Sache, Gott sei Dank. Eher unterhaltsam. Ein offensichtlich unpoetischer Mensch wollte von ihr einen Brief aufgesetzt bekommen, mit dem er seine neue Flamme beeindrucken konnte.

Obwohl Ina insgeheim bezweifelte, daß eine Frau einen Männerbrief schreiben konnte, dachte sie darüber nach. Er bot 100 Mark für ein gelungenes Schreiben, das konnte unter Umständen leicht verdientes Brot sein.

Zehn Minuten später saß Ina auf ihrem Lieblingsplatz im Garten, einem großen, unbehauenen Stein, und dachte nach. Sie hatte schon lange keinen Liebesbrief mehr erhalten. Und auch keinen geschrieben. Unwillig spürte sie, wie sich ihre Laune veränderte, je länger sie darüber nachdachte, und sie diagnostizierte Selbstmitleid, kam aber nicht dagegen an. Sie war schon so lange nicht mehr verliebt gewesen, daß sie sich kaum daran erinnern konnte. Dabei gab es nichts Schöneres, Kopfloseres und Kompromißloseres als dieses Gefühl. Ob mir das noch jemals passieren wird, fragte sie sich und dachte an ihre erste große Liebe zurück. Die Bedingungslosigkeit der Emotionen, die Unwichtigkeit aller anderen Dinge, keine Fragen an die Zukunft – sie war Abiturientin, lebte zu Hause und konnte sich in ihre Gefühle hineinfallen lassen, ohne sich weiter Gedanken machen zu müssen. Im nachhinein war dies wahrscheinlich ihre sorgloseste Zeit, obwohl Bernd, ebenfalls im nachhinein betrachtet, ein Schweinehund gewesen war, wenn auch ein charmanter. Ina lehnte sich auf ihrem Stein zurück, schloß die Augen und versuchte sich in die damalige Zeit zurückzuversetzen. Was hatte sie gefühlt, was hatte sie gedacht, was hätte sie ihm damals geschrieben? Aber sie konnte die spätere Erkenntnis nicht verdrängen, sah alles zu sehr aus dem Jetzt, und die Briefe an ihre alte Liebe wären nicht allzu einfühlend ausgefallen. Sie mußte einen anderen Weg finden. Ina stand auf und ging an den Computer zurück. Für klare Gedanken brauchte sie ganz offensichtlich ein nüchternes Arbeitsgerät. Im Garten klappte das jedenfalls nicht.

Lydia war von Renates Anruf völlig überrascht. Sie wußte zunächst überhaupt nicht, wie sie reagieren sollte. War es nicht völlig hirnverbrannt, was Renate ihr da aufgeregt erzählte?

»Sie hatte ihren Auftritt, na gut«, sagte sie, »aber es kann doch nicht euer Ernst sein, daß da was sein könnte! Die Frau ist doch höchstens 30 Jahre alt!«

»Ja und?« fragte Renate gereizt. Wie konnte Lydia nur so lahmarschig sein? »Die hat noch 50 Jahre vor sich, da machen sich ein paar Millionen gut, meinst du nicht?«

»Gehören da nicht zwei dazu?« fragte Lydia vorsichtig.

»Du glaubst, daß Papa ...?« Renate brach in höhnisches Lachen aus. »Das wäre der erste alte Mann, dem die Aufmerksamkeit einer jungen Hübschen nicht schmeicheln würde. Jetzt hör aber auf!«

»Ja, vielleicht schmeicheln. Aber deswegen gleich –«

»Wehret den Anfängen!«

»Was willst denn *du* mit einem Bibelzitat!«

Klar, Lydia, die Klosterschülerin, dachte Renate, was soll die schon von der Welt verstehen. »Nun, jetzt weißt du jedenfalls Bescheid«, schloß sie das Gespräch und legte auf.

Julia hatte den ganzen Nachmittag bei ihren alten Freunden in Lindau verbracht. Sie fand es klasse, mal wieder am See zu sein, und sie genoß den Anblick des steinernen Löwen und des Leuchtturms an der Hafeneinfahrt, während sie mit zwei Freundinnen auf der Promenade in der vordersten Reihe eines Straßencafés saß. »Ist es eigentlich wahr, daß man den Löwen drehen mußte, weil sich die Schweizer darüber beschwerten, daß ihnen der Löwe seinen Hintern entgegenreckte?«

»Nein, er saß von Anfang an in dieser Richtung. Bloß, jetzt sind sich die Eidgenossen nicht sicher, ob er ihnen die Zunge herausstreckt«, witzelte Susan und stieß gleich darauf Julia in die Seite. »Schau dir mal den an, der ist doch nicht schlecht, oder?«

Drei Jungs schlenderten an ihnen vorbei, einer davon mit einem Skateboard unter dem Arm.

»Zumindest hat er 'ne geile Hose an«, Nicolette zwinkerte ihren Freundinnen zu.

»Der Schwarzhaarige?« Julia lehnte sich leicht vor.

»Quatsch, der grüne!«

»Jetzt hör aber auf«, Julia lachte los, »der ist doch völlig abgedreht! Das kann doch nicht dein Ernst sein!«

»So oder so, es ist sowieso schon zu spät. Die sind weg!« Nicolette griff nach ihrem Glas.

»Sei froh, dann haben wir auch keinen Streß!« Susan prostete ihr zu. Julia betrachtete ihr leeres Glas und drehte sich nach der Bedienung um. »Trinken wir noch so einen Saft?«

»Wenn du uns dabei ein bißchen was von den Typen in Heidelberg erzählst?«

Julia zuckte grinsend die Schulter. »Wenn mir so richtig was zum Erzählen über den Weg gelaufen wäre, wüßtet ihr das längst. Es sind ein paar ganz Nette dabei, aber kein einziger richtiger Knaller!«

»Wenn du auch nicht auf Grün stehst!?« Nicolette zog die Augenbrauen hoch. »Dabei sah das doch ausgesprochen frech aus!«

»Ja«, Julia zog das Wort absichtlich in die Länge, »aber grüne Haare sind auch nicht mehr das Allerneueste.«

»Wahrscheinlich waren sie auch noch ziemlich jung!« Susan versuchte nun ebenfalls, die Bedienung auf sich aufmerksam zu machen. Aber das Café war hoffnungslos überfüllt, es herrschte ein Kommen und Gehen, und immer schob sich irgendein neuer oder aufbrechender Gast dazwischen. Susan konnte winken, wie sie wollte, sie wurde vom Kellner einfach nicht wahrgenommen.

»Garantiert würden sie es noch nicht einmal merken, wenn wir einfach gehen würden«, meinte Julia und ließ ihren Blick die Promenade entlangschweifen. Sie saßen ziemlich am Anfang dieser an das Hafenbecken grenzenden breiten Fußgängerzone, und die Menschen fluteten an ihnen vorbei. Weiter vorn versuchte ein Pflastermaler sein Glück, aber allzuviel Beachtung schenkten die Leute seiner Kunst nicht. Kaum einer blieb stehen, noch weniger warfen eine Münze, es sah eher so aus, als wichen manche nur widerwillig der bunten Kreidemalerei auf dem Boden aus.

»Irgendwann latschen sie der Madonna noch mitten durchs Gesicht«, sagte Julia mehr zu sich selbst, da fiel ihr auf, daß die drei Jungs anscheinend am Ende der Promenade umgekehrt waren und nun von der anderen Seite her wieder auf sie zukamen.

»Die drei Typen von eben kommen wieder«, machte sie Nicolette und Susan aufmerksam.

»Jetzt laß doch noch mal sehen.« Nicolette ließ von der Bedienung ab, die sowieso nie in ihre Richtung schaute, und konzentrierte sich auf die drei Jungs. Sie unterhielten sich offensichtlich angeregt, wichen dann und wann entgegenkommenden Leuten aus, aber als sie auf ihrer Höhe waren, schauten sie doch, wenn auch wie zufällig, zu den drei Frauen am runden Tisch. Nicolette, Susan und Julia schauten ebenfalls. Die drei gingen weiter, aber langsamer, und gleich darauf diskutierten sie.

»Jetzt bin ich mal gespannt, wie sie *das* anfangen.« Susan lehnte sich in ihrem roten Plastikstuhl zurück und spielte mit ihrem leeren Glas.

Nicolette drehte sich wieder suchend nach der Bedienung um, und Julia winkte ab. »Das Ganze kann doch nur peinlich werden!«

»Wieso denn?!?« Susan zuckte die Schulter. »Jetzt wart's doch mal ab. Jetzt müssen sie sich erst mal was einfallen lassen. Sie können uns ja schlecht zum Tanz auffordern!«

Julia verdrehte die Augen, aber immerhin hatte die Bedienung endlich ein Einsehen und nahm die Bestellung von drei weiteren Tomatensäften auf.

»Wenn sie jetzt gleich zum drittenmal hier vorbeilaufen und herglotzen, krieg ich einen Krampf!«

»Jetzt hab dich doch nicht so!« Nicolette sah Julia spöttisch an. »Susan hat doch recht, laß uns doch mal anschauen, was ihnen zu dem Thema einfällt! Könnte doch auch lustig werden!«

Julia seufzte. Sie hatte eigentlich keine Lust, mit Wildfremden Konversation zu betreiben. Lieber hätte sie noch ein bißchen mit ihren Freundinnen über Dinge gequatscht, die Kerle nichts angehen.

»Na, wer sagt's denn.« Susan verzog den Mund zu einem schiefen Grinsen. »Da kommen unsere Helden!«

Die drei hatten tatsächlich wieder umgedreht und steuerten jetzt direkt auf den Tisch zu.

Bernadette hatte auf ihren Vater gewartet. Sie wollte vor ihrer morgigen Abreise noch mal in aller Ruhe mit ihm reden, um ihm dabei schonend sein Alter und – wenn möglich – auch die Situation der Familie klarzumachen. Rastlos war sie während seines Mittagsschlafs vom Garten in das Haus und zurück gewandert und hatte dabei stets den geschlossenen Vorhang seines Schlafzimmers im Auge gehabt. Über zwei Stunden hatte sie Zeit, sich alles genau zurechtzulegen, und darüber nachzudenken, wie sie es anfangen wollte und wie sie es möglichst diplomatisch verpacken könnte. Aber je länger sie nachdachte, um so stärker wurden ihre Zweifel, ob sie ihn überhaupt allein lassen und somit den Fängen dieser Schwarz ausliefern sollte. Als der Vorhang endlich zurückgezogen wurde, begann ihr Puls zu rasen. Ihr Vater war für sie noch immer die höchste denkbare Autorität, und es war ihr noch nie leichtgefallen, ein Gespräch unter vier Augen mit ihm zu führen. Zudem waren die Einladungen dazu in der Vergangenheit stets von ihm ausgegangen, und es waren durchweg unerfreuliche Anlässe gewesen.

Bernadette eilte schnell zum nächsten Spiegel, zupfte sich die auf Kinnhöhe geschnittenen blonden Locken zurecht und zwang sich eine heitere Miene aufs Gesicht. Dann stellte sie sich in den Türrahmen zur Küche, so daß sie, sobald die Schlafzimmertür aufgehen würde, wie zufällig ins Zimmer kommen könnte. Sie wartete eine Weile, und die Ungeduld nagte an ihr. Endlich hörte sie etwas. Sie eilte vor, doch mit Nancy als Vorhut hatte sie nicht gerechnet. Nancy tänzelte wie eine Primadonna aus der Tür hinaus, so daß die ganze Masse ihres Körpers in Aufruhr geriet, alles an ihr schwang und wippte, bebte und zitterte. Bernadette blieb stehen. Ihr Vater folgte Nancy auf dem Fuß und lachte lauthals. Dieser Mann war hochgradig infantil. Wie konnte sie jemals Respekt oder gar Angst vor ihm gehabt haben?

»Vater, ich muß mit dir sprechen!«

Er hob die Arme, tänzelte wie ein verhinderter Torero um Nancy herum und beachtete Bernadette mit keinem Blick. Nancy schnalzte mit den Fingern über dem Kopf, drehte sich ständig schwungvoll um ihre eigene Achse, warf dabei den Kopf zurück, und erst als sie lauthals »olé« rief, blieben beide völlig außer Atem, aber immer noch lachend, stehen.

»Jetzt haben wir uns eine Sangria verdient«, rief Nancy.

Anno nickte und schaute dann unvermittelt Bernadette an. »Gibt's einen Grund, daß du so ein Gesicht ziehst? Gefällt dir das Wetter nicht? Die gute Stimmung? Oder magst du keine Sangria?«

»Ich möchte mit dir reden, Vater«, entgegnete Bernadette ungerührt.

»Nun gut.« Anno betrachtete sie aufmerksam. »Geht's um dich? Um mich? Ums Erbe?«

»Vater!«

»Dachte ich mir! Also, bitte nimm Platz!« Er wies zum Eßtisch.

»Ich dachte eher an dein Arbeitszimmer!«

»Nun, aus dem Alter sind wir doch raus! Vor wem sollten wir Geheimnisse haben? Deinen Mann hast du abserviert, dein Töchterchen schaut sich die Lindauer Burschenwelt an, und Nancy weiß sowieso alles!« Er setzte sich auf seinen angestammten Platz und drehte sich nach Nancy um. »Nancy, könnten Sie uns etwas Süßes auftischen? Mir wäre nach einem Stück Kuchen oder so etwas!«

»Tut dir das denn gut?« fragte Bernadette, während sie sich ihm gegenüber hinsetzte.

»In meinem Alter tut man, wenn der Verstand noch klar ist, überhaupt nichts anderes mehr als das, was einem guttut!«

Das ist ein idealer Auftakt, dachte Bernadette und beschloß, die Dinge frontal anzugehen.

»Wir machen uns etwas Sorgen um dich, Vater!«

»Was für Sorgen, und wer ist wir?«

Nancy deckte den Tisch, und Bernadette beschloß, mit den wichtigen Details zu warten, bis sie außer Hörweite war.

»*Wir* sind deine Töchter, deine Schwiegersöhne und deine Enkel. Deine Familie eben!«

»Ach! Interessant! Und die Sorgen?«

Bernadette spähte nach Nancy. Die zeigte wenig Ambitionen, ihr Arbeitstempo zu beschleunigen.

Bernadette seufzte. »Wir machen uns über deine Zukunft Sorgen, Vater!«

»Donnerwetter! Da macht ihr euch Sorgen? Es ist doch so ziemlich klar, wo meine Zukunft hinführt ...« Er streckte den Daumen nach unten, in Richtung Boden.

Nancy grinste.

Bernadette überlegte, wie sie darauf reagieren sollte.

»Ich möchte ernsthaft mit dir reden!« Sie stockte. »Von der Würde des Alters.« An seinem Gesichtsausdruck sah sie, daß dies der falsche Weg war. »Ich meine, an Mutters Seite wärst du in Würde alt geworden!«

Er sah sie mit undurchdringlicher Miene an. »Diese Chance ist ein für allemal vertan!«

Bernadette schwieg, Nancy rauschte in Richtung Küche ab. Anno lehnte sich in seinem Stuhl zurück, verschränkte die Arme und betrachtete sie. Bernadette fühlte sich zunehmend unbehaglich.

»Ich dachte, du wolltest mir etwas Wichtiges mitteilen«, hob er schließlich wieder an.

Bernadette suchte nach ihren so sorgfältig vorbereiteten Argumenten und diplomatischen Redewendungen. Keine einzige wollte ihr jetzt noch einfallen. Nancy kam mit einer gut gefüllten Kuchenplatte zurück und stellte sie unsanft mitten auf dem Tisch ab.

»Zwetschgenkuchen, Bienenstich und Obsttorte«, sagte sie und wies mit der Tortenschaufel auf die einzelnen Stücke. »Ausnahmsweise einmal nicht selbstgebacken!« Dazu lachte sie so vieldeutig, daß Bernadette unwillkürlich darüber nachdachte, ob Nancy überhaupt fähig war, einen Kuchen selbst zu backen.

Anno wies auf die Obsttorte, und während Nancy das Stück auf seinen Teller lud, nickte er Bernadette zu. »Na gut, damit ist die Audienz beendet, nehme ich mal an. Wie macht sich deine Tochter denn in der Schule?«

»Vater! Sie studiert!«

»Um so besser! Ich bin über jeden in der Familie froh, der sich selbst am Leben erhalten kann!«

»Ihr sitzt wohl auf dem trockenen! Können wir uns dazusetzen?«

Es war weder der mit dem Skateboard noch der mit den giftgrünen Haaren. Der dritte, gegen die beiden anderen eher unscheinbar, war also der Wortführer. Da weder Nicolette noch Susan darauf reagierten, fühlte sich Julia angesprochen.

»Bitte, wenn ihr Platz findet«, sie wies mit einer vagen Handbewegung über den kleinen Tisch, an dem sie selbst schon recht gedrängt saßen.

»Locker!« Er sah ihr grinsend in die Augen. »Laß mal sehen!« Damit drehte er sich suchend um und rempelte dabei fast die Bedienung an, die eben mit den drei bestellten Tomatensäften an den Tisch kam.

»Stellen Sie das doch schon mal an einem freien Sechsertisch ab«, wies er sie ohne Zögern an.

»Sie machen wohl Scherze!« Auf ihrer Stirn standen kleine Schweißperlen, und sie sah nicht aus, als ob sie zum Scherzen aufgelegt wäre.

»Aber Sie müssen doch wissen, ob gleich irgendwo etwas frei wird. Wenn nicht Sie, wer dann?« Sein Tonfall wurde zunehmend schmeichlerisch.

Die Bedienung stand unentschlossen mit ihrem Tablett da. »Die Leute dort drüben wollen eben bezahlen.« Sie nickte mit dem Kopf zu einem größeren Tisch.

»Ist doch wunderbar!« Er schenkte ihr ein gewinnendes Lächeln. »Darf ich Ihnen das eben abnehmen?« Ohne weiter zu warten, nahm er ihr das Tablett ab und drängte sich an vielen Gästen vorbei zu dem Tisch.

»So geht das aber nicht«, fauchte die Bedienung, rieb sich die Hände an ihrer ohnehin bereits angeschmutzten, ehemals weißen Schürze ab und folgte ihm auf dem Fuß.

Julia sah, wie an dem Tisch verhandelt wurde, dann wurden die drei Gläser mit dem Tomatensaft abgestellt; eine erhobene Hand bedeutete ihnen, daß sie nachkommen sollten.

»Der ist ja von der ganz schnellen Truppe«, sagte Nicolette, und ein Hauch von Bewunderung schwang in ihrer Stimme mit.

»Glück gehabt«, schwächte Susan ab.

»Der ist immer so!« Der Junge mit den grünen Haaren zuckte die Schultern. »Unser Feldmarschall eben! Genannt Nap!«

»Nap?« Julia stand auf. »Was soll denn das für ein Name sein?«

»Kommt von Napoleon, ist doch klar! In Wirklichkeit heißt er Niklas!«

»Auch nicht besser!« Julia griff nach ihrem Geldbeutel und schlängelte sich mit den anderen zwischen den vollbesetzten Stühlen hindurch zu dem großen Tisch, an dem eben die Gäste bezahlten und Niklas wartete. Er zwinkerte Julia zu. Sie stellte sich neben ihn und wartete, bis ihr Stuhl frei wurde. Irgend etwas war an ihm. Er sah nicht besonders attraktiv aus, das nicht. Er hatte auch nicht die Figur, die einen dahinschmelzen ließ. Er war nicht besonders groß, kaum größer als Julia selbst. Und er war auch weit von der sonnenverwöhnten Ausstrahlung eines kalifornischen Beachboys entfernt, auf die Julia eigentlich stand. Aber er hatte ausdrucksvolle blaugraue Augen und ein Grübchen in der Wange, wenn er lächelte. Und, im Vergleich zu seinen Freunden, sehr männliche Gesichtszüge. Und er hatte irgend etwas Undefinierbares an sich, das sie zu interessieren begann.

Ina verzweifelte an ihrem Liebesbrief. Es wollte ihr einfach nichts aus der Feder laufen. Alles, was sie bisher geschrieben hatte, fand sie gezwungen, witzlos, geistlos, mühsam.

»Reim dich, oder ich schlag dich!« Sie stapelte die Seiten, aber gleichzeitig wußte sie, daß es das nicht war. Schließlich schaltete sie den Computer aus und ging wieder in den Garten.

Wo könnte sie sich eine Anregung holen? Es gäbe die Klassiker, aber möglicherweise auch etwas im Internet. Es käme auf einen Versuch an. Dazu müßte sie jedoch wieder ins Haus zurück, und sie hatte sich eben erst auf ihre Liege gelegt. Es war einfach ein zu schöner Tag, um ihn mit einem Computer zu verbringen.

Das Telefon schreckte sie auf. Dummerweise hatte sie das Handy drinnen liegen lassen. Sollte sie nun oder nicht? Ina blieb liegen und wartete ab. Eigentlich müßte ja jetzt der Anrufbeantworter anspringen, damit blieb ihr immer noch genügend Zeit, im Fall der Fälle an den Apparat zu springen. Aber nach ihrer eigenen Durchsage wurde aufgelegt. Auch gut, dachte Ina, und rekelte sich in der Sonne. Kann nicht wichtig gewesen sein. Kurz darauf klingelte es wieder. Anscheinend wollte da jemand partout nicht aufs Band sprechen. Ina rang kurz mit sich, stand schließlich aber doch auf, ging hinein und meldete sich mit »Schreibbüro Schwarz«.

»Kann ich den Auftrag, den ich Ihnen eben durchgefaxt habe, noch stornieren?«

»Wie bitte?« fragte Ina irritiert.

»Ja, hier ist Thomas Bauer, und ich habe Sie eben um einen Liebesbrief gebeten. Zwischenzeitlich ist mir selbst einer eingefallen!«

»Ja?« Ina wanderte mit dem Handy langsam zu ihrem Liegestuhl zurück. »Mir nicht! Lassen Sie doch mal hören!«

»Wie?«

»Ja, mir ist absolut nichts Brauchbares eingefallen, und ich habe schon angefangen, an mir zu zweifeln. Aber wenn Ihnen jetzt etwas eingefallen ist, würde mich das interessieren.«

»Sie meinen ...?« Seine Stimme klang tief und angenehm, und Ina legte sich auf ihre Liege.

»Ja, warum nicht?«

»Ist es ...« Er räusperte sich. »Meinen Sie nicht, daß so ein Liebesbrief etwas sehr Persönliches ist?«

»Er wäre ja schließlich auch persönlich gewesen, wenn ich ihn geschrieben hätte. Oder etwa nicht?«

»Nein. Natürlich nicht!« Er schwieg kurz. »Ich wollte damit ja auch nur sagen ... nun ja, eigentlich haben Sie recht. Da ich Ihren Liebesbrief ja auf jeden Fall gelesen hätte, können Sie meinen genausogut hören!«

»Das finde ich auch!« Ina lächelte vor sich hin und schloß die Augen. Die Sonne wärmte angenehm, die Blätter ihres Lieblingsbaums rauschten leise, sie glaubte die Bienen summen zu hören. Der richtige Tag, um eine Liebeserklärung zu bekommen, und sei sie auch nur fiktiv.

»Wenn die Sonne aufgeht, denke ich an dich, denn du bist der erste Gedanke meines Tages. Und wenn die Nacht beginnt, denke ich an dich, denn du bist das erste Gesicht meines Traumes. Und wenn ich zwischen Wachen und Träumen schwebe, denke ich an dich, denn du bist die Luft, die ich atme.«

Ina hatte den Atem angehalten, und sie spürte trotz der Wärme eine Gänsehaut.

»Faxen Sie mir das durch?« fragte sie leise, während sie sich die Oberarme rieb.

»Aber nicht weiterverwenden!« sagte er, und seine Stimme klang, als würde er lächeln. »Gefällt es Ihnen denn?«

»Das haut jede Frau um!«

»Sie auch?« Es klang gespannt.

»Ich liege schon!«

Jetzt lachte er wirklich.

»Na, gut. Das läßt mich ja hoffen!«

Nachdem sie sich verabschiedet und Ina aufgelegt hatte, überlegte sie, was er mit diesem Satz wohl gemeint haben könnte. Sicherlich war er tierisch verliebt und hoffte nun, daß seine Angebetete dahinschmolz. Oder aber er erhoffte überhaupt nichts und wollte nur ausdrücken, was er fühlte. Sie spürte, wie sich Leere in ihr ausbreitete. Manchmal wäre es schon schön, jemanden zu haben, der einen verstand und mit dem man alles teilen konnte. Doch wo sollte sie einen geeigneten Partner finden? Durch ihre Gartentür würde er nicht hereinspazieren, und für Reisen oder Restaurants hatte sie kein Geld. Und Vereine lagen ihr nicht. Und nicht jeder, dem sie gefiel, gefiel auch ihr. Es war müßig, darüber nachzudenken.

Renate hatte nach Theklas Anruf sofort in der Kanzlei angerufen, aber Hans-Jürgen erklärte ihr knapp, daß er gerade in einer wichtigen Besprechung mit einem Mandanten sei und alles Private doch sicherlich bis zum Abend warten könne. Renate haßte es, von ihrem Mann auf diese Weise abgefertigt zu werden, zumal vor Zeugen. Aber sie hatte auch keine treffenden Argumente gegen seine Abfuhr, denn Anno würde seine Entscheidung sicherlich nicht in dieser Sekunde treffen. Andererseits war sie viel zu ungeduldig, um lange warten zu können. Sie schaute auf die Uhr, er würde in frühestens drei Stunden zu Hause sein. Sie lief zehn Minuten durchs Haus, dann rief sie erneut an. Er klang jetzt deutlich verärgert.

»Du wirst dir ja wohl mal zehn Minuten für deine Frau nehmen können!« herrschte sie ihn an. Sie spürte ihren altbekannten Jähzorn aufglimmen und beschloß, jetzt nicht mehr locker zu lassen. Sie hatte ihn nicht geheiratet, um auf der Wartebank zu sitzen.

»Ich habe einen Mandanten da, Renate. Ich sagte dir das doch schon!«

»Er wird auch wieder gehen. Und dann rufst du mich zurück!« Sie legte den Hörer auf und nahm ihre Wanderung wieder auf.

Tatsächlich klingelte wenig später das Telefon. Es war Hans-Jürgen, der sie rüde zurechtwies. Renate hörte sich seine Vorwürfe kurz an, dann unterbrach sie ihn. »Es ist höchst lächerlich, sich so aufzuführen! Es geht um eine Familienangelegenheit, also wirst du wohl Zeit haben!« Und sie schilderte ihm kurz, was Thekla ihr berichtet hatte.

»Ihr habt sie ja nicht mehr alle!« war sein Kommentar, aber dann entschied er sich doch, Renate über die verschiedenen Möglichkeiten aufzuklären.

»Schlimmstenfalls heiratet er sie, dann gehört nach seinem Tod die Hälfte seines Vermögens ihr. Die Steigerung dessen wäre, wenn er sie heiraten und gleichzeitig als Alleinerbin einsetzen würde, dann dürfen wir uns alle zusammen ein Viertel des Erbes teilen, während sie drei Viertel in die Tasche steckt. Oder, eine nette Variante, er heiratet sie nicht, setzt sie aber als Alleinerbin ein, dann bekommen wir ebenfalls nur den Pflichtteil, sprich die Hälfte des gesamten Vermögens. Bloß, Renate, warum sollte er das tun?«

»Weil er ein Mann ist!« entgegnete sie wie aus der Pistole geschossen.

»Ach so!« Sein Ton klang spöttisch. »Äußerst aussagekräftig und einleuchtend!«

»Dann erklär doch du mir mal, warum du so unbedingt nach Paris wolltest!«

»Weil ich ein Mann bin!«

»Na, toll!« Es herrschte kurz frostiges Schweigen, bevor Renate leise hinzufügte: »Und weil ich das Gefühl nicht loswerde, daß er uns eigentlich nicht leiden kann. Nicht wirklich!«

»Du meinst den angeheirateten Teil der Familie? Also uns Männer?«

»Ich meine uns alle. Auch uns Töchter.« Sie überlegte. »Ich bin mir wirklich nicht sicher, wie er in Wahrheit zu uns steht. Liebe war in unserer Familie nie ein Thema.«

Es war wieder kurz still, dann sagte Hans-Jürgen langsam: »Das merkt man noch heute!«

Julia hatte sich die ganze Zeit über angeregt mit Niklas unterhalten, fast hätte sie vergessen, daß sie zu sechst am Tisch saßen. Inzwischen hatte der Ansturm auf das Straßencafé nachgelassen, die Tische links und rechts leerten sich, und auch die Szene wandelte sich, die Freizeitshorts und breiten Ledersandalen verschwanden aus dem Straßenbild, die ersten waren, abendlich gekleidet, offensichtlich bereits auf dem Weg in die Restaurants. Ein kühler Wind war aufgekommen, und die ersten dunklen Wolken zeigten sich über dem See.

Niklas hatte eine Frage nach der anderen gestellt, und Julia hatte ihm in der kurzen Zeit ihr halbes Leben erzählt. Vor allem interessierte ihn ihr Großvater, und sie schilderte ausführlich ihre Kindheit in der Villa am See, erzählte aber auch haarklein den zurückliegenden Geburtstag. Niklas hatte zugehört und zwischendurch lauthals losgelacht. Schließlich unterbrach er sie: »Ich glaube, ich muß dich mal mit zu meiner Familie nehmen. Da wirst du sehen, daß deine dagegen noch völlig harmlos ist!«

»Na?« Zweifelnd zog Julia die Stirn kraus.

Er schwieg und schaute ihr lächelnd in die Augen.

Der Blick ging ihr durch und durch. Mist, dachte Julia, ich fange an, mich zu verlieben. Dabei weiß ich überhaupt nichts über ihn. Außer, daß seine Familie noch verrückter ist als meine. Das sind ja schöne Voraussetzungen.

»Ich könnte dir den Beweis noch heute abend liefern!«

Julia antwortete nicht darauf. Sie überlegte. Eine weitere überspannte Familie war nicht unbedingt das, was sie sich für einen Abend mit Niklas wünschen würde.

»Keine Lust?« fragte er nach.

»Lust schon«, erwiderte sie spontan und griff verlegen nach ihrem Glas. Es war leer. Schon wieder. Aber einen weiteren Tomatensaft wollte sie sich nicht bestellen.

»He, Jungs, was ist? Wollen wir hier festkleben?«

Julia schaute auf und stellte dabei fest, daß sie noch immer nicht wußte, wie die beiden anderen am Tisch hießen. Es war der mit dem Skateboard, der nun zum Aufbruch drängte. Julia warf Niklas einen Blick zu, der zuckte die Schulter.

»Und?« fragte er. Julia nickte. »Na, gut!« Er winkte der Bedienung und sagte gleichzeitig zu seinen Freunden: »Wir beide klinken uns aus!«

»Ach?« Susan stupste Julia leicht mit dem Ellenbogen an. »Sag bloß!«

»Er will mir seine Familie vorstellen«, flüsterte Julia und zwinkerte ihr zu.

»Ach!« Susan zog die Augenbrauen hoch. »Das sind ja tolle Neuigkeiten!«

Zwanzig Minuten später saßen sie in Julias Wagen. Niklas war mit dem Mountainbike in die Stadt gekommen, das er später abholen wollte.

Sie fuhren von der Insel weg in Richtung Hoyerberg, einer Anhöhe mit Blick auf Lindau und über den See. Niklas dirigierte sie in eine kleine Seitenstraße hinein.

»Bist du hier aufgewachsen?« wollte Julia wissen.

»Meine Mutter ist hier aufgewachsen. Wir fahren eben zum Haus meiner Großmutter. Du wirst schon sehen!«

»Liegt ein Wolf im Bett?«

»Noch nicht!« Er betrachtete sie mit amüsiertem Gesichtsausdruck von der Seite. »Mach langsam, hier ist es!«

Julia parkte an der Straße und betrachtete vom Wagen aus die für die bürgerliche Umgebung eher seltsame große Villa aus hellgrauem Holz, halb verdeckt durch hohe Bäume und verwilderte Büsche.

»Ist deine Großmutter ein Fan von Astrid Lindgren? Oder ist sie es vielleicht gar selbst?«

Niklas freute sich offensichtlich über ihr Erstaunen. »Das ist erst der Anfang. Jetzt komm mal mit!«

Sie betraten durch ein quietschendes Eisentor den völlig verwilderten Garten. Einzelne große Steinplatten führten zum Haus. Manche waren ausgetreten, andere waren so locker, daß sie sich bewegten, sobald man darauftrat. »Du mußt immer die Mitte erwischen, dann geht's ganz leicht!« Niklas ging voraus.

»Hat einen gewissen Charme«, grinste Julia und war gespannt, was da auf sie zukam.

Ein idealer Ort für Entführungen. Sie überlegte schnell, ob es sich in ihrem Fall lohnen würde. Und ob Anno Lösegeld für sie bezahlen würde.

»Meine Großmutter könnte in manchem vielleicht ganz gut zu deinem Großvater passen!«

»Ach, ja? Wie alt ist sie denn?«

»84!«

Julia überlegte. Sie sah Großvaters gepflegtes Anwesen vor sich und war sich nicht so sicher, ob die Rechnung aufgehen würde.

»Es hätte nur einen Haken«, fuhr Niklas fort.

»Ja? Klar, vom Alter her wäre es ideal, aber die Lebensauffassungen? Und ob sie sich leiden könnten?«

»Vor allem aber«, Niklas bog für Julia einen Zweig zur Seite, »wäre dein Großvater meiner Großmutter entschieden zu alt!«

»Zu alt? Er ist 85! Nur ein einziges Jahr älter als deine Großmutter!«

»Wer sich als alte Frau keinen jungen Mann leisten kann, hat im Leben was falsch gemacht«, dozierte Niklas und drehte sich im Gehen nach Julia um.

»Was???«

»Sagt sie! Paß auf, diese Platte hier wackelt gefährlich!«

Sie waren an der großen hölzernen Tür angelangt, und bevor Julia nachfragen konnte, drückte Niklas bereits auf den Klingelknopf. Zweimal kurz und einmal lang. Julia fiel die Musik auf, die sie bislang eher unbewußt wahrgenommen hatte. Französische Chansons würde sie sagen, war sich aber nicht sicher. In diesem Moment wurde die Tür aufgerissen, und ein gutaussehender Mann um die Dreißig, groß und kräftig gebaut, stand im Türrahmen.

»He, Niklas, alter Junge! Was hast du uns denn da mitgebracht?«

Julia kam sich vor wie eine Sahnetorte, sagte aber nichts. Niklas stellte sie gegenseitig kurz vor und ging dann hinein. »Ist Chansonabend angesagt?« fragte er, während er an Claudio vorbeiging. Julia wußte nicht so richtig, wie sie sich verhalten sollte. Ihm einfach folgen? Abwarten?

»Komm nur. Sie beißt nicht!« Claudio grinste sie an. Für einen Mann hatte er erstaunlich volle Lippen, und seine Augen waren nicht nur ausdrucksvoll, sondern, wenn Julia nicht alles täuschte, auch geschminkt. Trotzdem: was hieß da, sie beißt nicht?

Julia ging etwas zögerlich hinter ihm her. Die Musik wurde lauter, und sie hörte eine erotische, rauchige Stimme: »… faß mich an – liebe mich – wenn du da bist – freu ich mich –«

Sie schaute sich um. Die Eingangshalle war mit indischen Tüchern geschmückt, überall hingen große Spiegel in verspielten goldenen Rahmen, die durch ihre geschickte Anordnung unendliche Weiträumigkeit vortäuschten, und es hing ein Duft nach Räucherstäbchen in der Luft. Niklas war bereits durch eine offene Tür verschwunden, und Julia hörte laute Begrüßungsrufe.

Gleich darauf erschien eine Frau, in ein buntes Chiffonkleid gehüllt, im Türrahmen. »Wie niedlich, du hast eine Freundin mitgebracht«, sagte sie und rauschte auf Julia zu, die eine Hand zur Begrüßung ausgestreckt, in der anderen eine silberne Zigarettenspitze. »Claudio, Darling, stell Gläser auf den Tisch und hol den Champagner, es gibt etwas zu feiern!« Wie sie so energiegeladen, schmal und mit silberner Löwenmähne, auf sie zukam, war Julia überzeugt, daß es sich hier um Niklas' Mutter, aber sicherlich nicht um seine Großmutter handelte. »Das freut mich aber, mein Kind«, sie reichte Julia die Hand, die sich zwar klein und kühl, aber sehr fest anfühlte. Erst jetzt, so ganz aus der Nähe, war zu sehen, daß das Gesicht vor ihr tatsächlich das einer alten Frau war. Eine Puder-schicht, dunkel geschminkte Augen und rot geschminkte Lippen hatten sie, unterstützt durch das diffuse Licht, auf die Entfernung mindestens zwanzig Jahre jünger erscheinen lassen.

»Es freut mich auch«, erwiderte Julia, wobei sie überlegte, ob sie klarstellen sollte, daß sie mitnichten Niklas' Freundin sei. Aber irgendwie hatte sie das Gefühl, daß sie es überhaupt nicht so ernst meinte. Und während sie noch überlegte, hörte sie dem Lied zu, das in unverminderter Lautstärke durchs Haus hallte. »... die Nacht hat alle Schatten verwischt – hab keine Angst vor der Dun-kelheit – sie gibt uns ihr Schweigen und macht mich bereit – « Julia hatte diesen Titel noch nie gehört, und es machte alles noch unwirklicher, als es ihr ohnehin schon schien.

»Bitte, komm doch herein!« Niklas' Großmutter hatte ihre Hand noch nicht losgelassen, sondern zog sie jetzt sanft, aber bestimmt zu dem Raum, in dem Niklas schon verschwunden war. Claudio lächelte ihr zu und ging an ihr vorbei in die andere Rich-tung. Julia sah sich in einem der zahlreichen Spiegel, wie sie an der Hand dieses traumgleichen Wesens dahinzuschweben schien, und fühlte sich außerhalb jeglicher Realität. Was machte sie hier? Was war das alles?

Der Raum, in den sie geführt wurde, war überraschend groß. Die Fenster reichten, wie Kirchenfenster, schmal und fünf neben-einander, von der Decke bis fast zum Boden. Das Licht fiel, gedämpft durch die Bäume und Büsche vor den Fenstern, auf eine riesige Wohnlandschaft aus hellem Leinen und brach sich auf der anderen Seite in einer Galerie aus alten Spiegeln, die zwischen und über erlesenen alten Möbelstücken aufgehängt waren. Mit den dicken Persern, die den ganzen Boden bedeckten, und den vielen ultramodernen Gemälden, die an der Stirnseite des Raumes hin-gen, wirkte alles fremdartig wie aus einer anderen Kultur. Dazu die Musik, der Geruch nach Sandelholz und die alte Dame, die sie jetzt losgelassen hatte und sich mit erhobenen Armen mehrmals um ihre eigene Achse drehend auf Niklas zutanzte, so daß ihr Kleid weit um sie herumschwang und sich in mehrere Farben aufblätterte. Niklas saß breitbeinig in einem der Sessel und lächelte ihr entgegen. Julia blieb stehen und betrachtete die Szenerie. Eines stand fest: Niklas hatte recht. Das hier übertraf die Verhältnisse bei ihrem Opi bei weitem. Ob Claudio schwul war? Er sah zumindest so aus. Ob er auch zur Verwandtschaft gehörte? Ein Enkel? Vielleicht ein Cousin von Niklas?

In diesem Moment kam er an ihr vorbei, stellte einen Eiskübel mit einer Flasche Champagner auf dem Tisch ab, öffnete ein reichhaltig geschnitztes Büfett und förderte vier Champagnergläser zutage. Julia warf Niklas einen Blick zu, der erwiderte ihn mit einem Augenzwinkern und klopfte neben sich auf den Sitz. Was er damit sagen wollte, war Julia klar. Sie ging auf ihn zu, wich seiner Großmutter aus und ließ sich auf das Sofa neben Niklas' Sessel sinken. Gleichzeitig fiel ihr ein, was Niklas gesagt hatte: Seine Großmutter bevorzuge junge Männer. Sie betrachtete Claudio verstohlen. Aber gleich so jung? Der war doch gut und gerne fünfzig Jahre jünger. Eher mehr. Sei nicht so spießig, sagte sie sich gleich darauf, bei Männern akzeptiert man so etwas doch auch. Trotzdem konnte sie es nicht recht glauben.

»So, jetzt laß die Korken knallen, mein Freund!« Die alte Dame gab Claudio einen leichten Klaps auf den Hintern. Julia betrachtete ihn und fand, daß sein Männerpo in der engen Jeans tatsächlich äußerst verlockend war. Nicht nur für eine Achtzigjährige.

Inzwischen war ein anderes Lied angelaufen, doch noch immer von derselben Sängerin. Julia sah zu, wie Claudio die Flasche entkorkte und die Gläser füllte und hörte gleichzeitig dem Text zu: »... sie nennen mich die Verruchte – weil mir egal ist, was du bist – ob du schwarz bist oder Pelikan – ich schaue mir nicht deine Hautfarbe an – ich liebe dich nur so, wie du bist –« Es traf zu, fand Julia, und so betrachtet, hatte Niklas' Großmutter recht. Sicherlich galt sie in ihrer Umgebung als exzentrisch, aber was hatte es schon zu bedeuten, wenn andere sich als normal empfanden, bloß weil sie, wie Schafe in der Herde, einheitliches Verhalten demonstrierten und vor Langeweile starben?

Julia entspannte sich zusehends.

Niklas' Großmutter hob das Glas und prostete allen zu. »Du darfst mich Romy nennen«, sagte sie dabei zu Julia.

»Gern«, nickte ihr Julia zu. »Romy von Romy Schneider? Oder der wirkliche Name?«

Romy lachte laut. »Sicherlich nicht. Ich war nie eine so unglückliche Gestalt, und ich will auch nicht so unglücklich sterben. Nein, Romy von Romy Haag, dem Sänger, den du da eben hörst!«

»Aha«, sagte Julia, weil ihr dazu nichts einfiel. »Ich dachte, es sei eine Frauenstimme«, fügte sie nach einer Denkpause an.

»Ein Transvestit!« klärte sie Romy auf und wies auf Claudio. »Claudio schminkt sich im Normalfall auch nicht. Er tut es nur mir zuliebe, wenn es gerade paßt. Ein Spiel eben!«

Claudio und Niklas lachten, und Julia nahm einen Schluck aus ihrem Glas. Das enthob sie einer Reaktion oder gar einer Antwort. Vielleicht war ein bißchen normal eben doch ganz schön.

»Jetzt erzählt doch mal von euch«, begann Romy, während sie sich zu Niklas in den Sessel setzte.

Er legte den Arm um sie und pustete in ihre silbernen Locken. »Sei nicht so entsetzlich neugierig. Und außerdem gibt es da nicht halb soviel zu erzählen wie von euch«, sagte er mit einem schrägen Grinsen. Julia war nicht entgangen, daß er ihr dabei einen Blick zugeworfen hatte. Vielleicht wollte er sie ja auch einfach nur herausfordern.

»Hast du deiner kleinen Freundin von uns erzählt?« Romy lächelte Julia mit schiefgelegtem Kopf an.

»Noch nicht!«

»Das solltest du aber!«

Caroline hatte die Ereignisse vom Sonntag morgen noch längst nicht verdaut. Das wurde Ina klar, als sie ihre Tochter an diesem Abend zu Bett brachte. Nach ihrem obligatorischen gemeinsamen Kakao und der Gutenachtgeschichte – Ina hatte eine Mäusefamilie erfunden, von der Caroline nun allabendlich ein neues Abenteuer hören wollte –, gab ihr Ina einen Kuß und wollte das Licht ausmachen und gehen. Doch unvermittelt fing Caroline an zu weinen. Erschrocken blieb Ina bei ihr sitzen und nahm ihre Hand. »Was ist denn los? Ist heute was passiert?«

»Laß mich nicht alleine, Mama, ich habe gestern so einen bösen Traum gehabt!«

»Einen bösen Traum? Was hast du denn geträumt?«

»Von dieser Frau bei Anno, die mich weggejagt hat. Sie hat mich die ganze Nacht wie eine böse alte Hexe verfolgt. Und sie kommt heute nacht bestimmt wieder!«

Das fehlte ihr noch, daß diese idiotische Familie ihrer Tochter die Nachtruhe raubte, dachte Ina und legte sich neben Caroline. »Komm, ich bleibe bei dir liegen, bis du eingeschlafen bist. Dann kann sie nicht kommen!«

»Und wenn sie doch kommt?«

»Sie hat Angst vor mir, sie wird nicht kommen!«

Ich sollte die alle das Fürchten lehren, diese geldgeile Mischpoke, dachte sie dabei. Irgendeinen Streich sollte ich ihnen spielen, etwas, das sie aufschreckt und das sie nie vergessen werden. Während Caroline in ihrem Arm einschlief, musterte sie das Kinderzimmer. Der Schrank mußte dringend durch einen neuen ersetzt werden. Die Türen klemmten, und er war einfach alt und häßlich. Sie hatte ihn nach Carolines Geburt vom Sperrmüll geholt und mit Märchenfiguren bunt bemalt, aber das täuschte auf Dauer nicht über seinen miserablen Zustand hinweg. Und auch der kleine Kindertisch war kein Ersatz für einen richtigen Kinderschreibtisch. Die aber waren, wenn sie stabil sein und auch noch mitwachsen sollten, unglaublich teuer. Genau wie die dazu passenden kindgerechten Drehstühle. Sie ließ ihren Blick zur Wand gleiten. Auf der zartgelben Rauhfasertapete hing ein Poster neben dem anderen. Pferde waren Carolines große Leidenschaft, aber ob sie ihr jemals richtigen Reitunterricht würde bezahlen können, war fraglich. Zunächst bräuchte Caroline mal ein größeres Fahrrad, das alte war wirklich schon viel zu klein. Und neue Schuhe standen an.

Ina holte tief Luft, sie fühlte, wie sich etwas in ihrem Bauch zusammenkrampfte. Es war wirklich schwer, alles alleine zu schaffen. Und dann kommen solche Idioten daher und vergiften auch noch

Carolines Träume. Als ob sie durch die finanzielle Situation ihrer Mutter nicht schon genug benachteiligt wäre. Aber aus der Höhere-Fabrikantentochter-Sicht konnte man ja ungestraft in so einer kleinen Kinderseele herumbohren. Sie hätten wahrlich einen Denkzettel verdient. Einmal so richtig um etwas bangen müssen, das würde ihnen in ihrer unsäglichen Arroganz sicherlich guttun. Sie dachte über das nach, was Nancy ihr erzählt hatte, und schlief darüber ein.

Ein strahlender Tag war angebrochen, als Nancy am Dienstag morgen den Frühstückstisch auf der Terrasse deckte. Julia half ihr und erzählte unentwegt von ihrem Erlebnis mit Niklas. Nancy fand die Geschichte einmalig und bat sie, das Ganze während des Frühstücks nochmals Anno zu erzählen. Möglicherweise könne man die beiden ja mal einladen, das gäbe sicherlich einen riesigen Spaß.

Als sie schließlich zu viert am Tisch saßen und Julia von Romy und Claudio erzählte, hatte Bernadette allerdings eine völlig andere Auffassung. Allein die Idee, eine 84jährige mit ihrem 30jährigen Liebhaber in der Villa als Gäste zu haben, nahm ihr jeglichen Appetit. »Das ist doch eine völlig verdrehte Alte«, sagte sie zu ihrem Vater, der sich gerade genüßlich ein Marmeladebrot strich.

»Och, ein bißchen Abwechslung tut uns sicherlich gut. Ich für meinen Teil finde, daß dies eine interessante Kombination ist! Ich würde mir wirklich gern anschauen, wie das funktioniert!«

»Vater!« Bernadette war entsetzt. Auch, weil sie heute abreisen mußte und die Dinge in ihrer Entwicklung nicht mehr kontrollieren konnte.

»Wenn wir die beiden schon einladen, sollten wir dann nicht auch Ina Schwarz einladen?« fragte Nancy scheinheilig.

Bernadette hielt die Luft an. »Vater, paß auf, daß dies hier nicht zum Tollhaus wird«, platzte sie mit einem giftigen Blick zu Nancy heraus.

»Nur, weil wir Gäste bekommen? Aber Bernadette!« Anno schüttelte mit deutlichem Mißfallen den Kopf. »Wollen wir auf unsere alten Tage spießig werden? Wie alt bist du jetzt, mein Kind?«

»45«, antwortete Julia für ihre Mutter.

»Mit 45 sollte man doch noch offen für die Welt sein«, tadelte Anno und schaute Julia an. »Und?« wollte er wissen, »was ist mit diesem Niklas? Was ist das für ein Typ? Was macht er?«

»Studiert Maschinenbau in Stuttgart. Ist aber bald fertig!«

»Das lobe ich mir. So einen Schwiegersohn hätte ich brauchen können. Aber was haben mir meine Töchter beschert? Einen Geschichtslehrer, einen Kinderarzt, einen Rechtsanwalt und –« er warf Bernadette einen Blick zu, »einen Garnichts!«

»Ich will ihn ja nicht gleich heiraten, Opi!«

»Aber du triffst ihn wieder?«

»Er holt mich nachher ab!« Julia schaute schnell auf ihre Armbanduhr und nahm sich noch ein Croissant aus dem Brotkorb.

Ihr Großvater nickte ihr zu: »Na, also!«

Ina jätete Unkraut in ihrem Garten. Das tat sie sonst nie und auch jetzt nur, um sich über die Situation hinwegzutäuschen, daß keine Arbeit für sie vorlag. Kein einziger Auftrag war heute hereingekommen. Am Morgen hatte sie Rechnungen geschrieben, das Haus geputzt, schließlich gekocht und während des Mittagessens versucht, Caroline gegenüber eine heitere Miene aufzusetzen.

»Mein Lieblingsessen, Mami, das ist aber toll«, hatte sich Caroline gefreut, nachdem ihr Schulranzen mit Schwung in die Ecke geflogen war.

Es gab Reibekuchen mit Apfelmus, das war zum einen tatsächlich Carolines Lieblingsessen, zum anderen aber einfach billig.

»Magst du heute nachmittag nicht mal wieder zu Nancy?« hatte sie ihre Tochter gefragt.

»Zu denen gehe ich nie wieder!« Caroline zersägte ihren Reibekuchen wütend mit der Gabel. »Nie wieder gehe ich dorthin! Und das Kleid ziehe ich auch nicht mehr an! Nie wieder!«

»Das Kleid kann doch nichts dafür!«

»Aber es war dabei!«

Ina nahm sich vor, demnächst einmal gemeinsam mit ihr zur Villa zu gehen. Es wäre wirklich zu schade, wenn sich das nicht mehr einrenken ließe, denn Caroline war immer gern dort gewesen, und Nancy wäre sicherlich traurig.

Für den Nachmittag war ein Kindergeburtstag angesagt, und Ina fuhr Caroline dorthin. »Was kann man der Laura denn schenken?« wollte sie von ihrer Tochter wissen.

»Ach, weißt du Mutti, die Laura hat alles. Ihr Vater hat viel Geld. Ich glaube, sie braucht nichts!«

Ina tat, was sie in einem solchen Fall immer tat, sie kaufte eine Kinokarte als Gutschein und hängte sie an einen bunten Ballon. Das war nicht viel, aber freute die Kinder meistens trotzdem.

Dann fuhr sie zurück, schaute nach einer neuen E-Mail und in ihr Fax und ließ ihre Unzufriedenheit, ihren Frust und ihre Ängste schließlich am Unkraut aus. Als das Telefon klingelte, schöpfte sie neue Hoffnung, aber es war kein Auftraggeber, sondern Nancy.

»Hast du Lust, morgen abend zu uns zu kommen?« fragte sie unumwunden. »Wir bekommen ein originelles Paar zu Besuch!« Und sie berichtete, wobei sie sich selbst dauernd durch lautes Lachen unterbrach, was Julia während des Frühstücks erzählt hatte.

»Und die beiden kommen jetzt so einfach?« wollte Ina erstaunt wissen.

»Niklas hat das eingefädelt, das ist der neue Schwarm von Julia. Ein netter Kerl übrigens, wirst ihn kennenlernen. Hat eine gute Aura!«

»Eine gute Aura?« Ina hielt das Handy mit zwei Fingern, weil ihre Hand erdverkrustet war, und ging langsam wieder in den Garten hinaus.

»Ja, ein ruhiger, besonnener Typ. Hat was!«

»Gefällt er dir oder Julia?« Immerhin kam ihre gute Laune zurück. Das war ja auch schon etwas. Nancy lachte so laut, daß Ina das Telefon vom Ohr weghalten mußte.

»Er gefällt sogar Anno!« sagte sie schließlich.

»Das ist tatsächlich erstaunlich!« Nach allem, was sie von Anno wußte, hatte er für seine Geschlechtsgenossen selten mehr als milde Herablassung übrig.

»Er studiert Maschinenbau«, fügte Nancy erklärend an.

»Na, dann!«

Am Mittwoch entlud sich am späten Nachmittag ein Gewitter, das sich bereits Stunden zuvor durch dunkle Wolken und fernes Grollen angekündigt hatte. Ina stand vor ihrem Kleiderschrank und überlegte, was sie für den Abend anziehen sollte. Es sollte weder zu provokativ noch zu elegant sein. Schlicht, aber trotzdem edel. Draußen donnerte es, und ein Blitz jagte den nächsten. Der Regen prasselte gegen die Scheiben, und es war empfindlich abgekühlt. Caroline hatte sich zu ihr geflüchtet und saß mit angezogenen Beinen auf ihrem Bett.

»Warum darf ich denn eigentlich nicht mit?« wollte sie wissen.

»Du darfst ja mit, aber Gabriela holt dich ab und bleibt dann bei dir. Das habe ich dir doch schon erklärt!«

»Ich mag Gabriela aber nicht!« Caroline zog einen Schmollmund.

»Natürlich magst du Gabriela. Das sagst du jetzt bloß!«

»Und wer trinkt mit mir meine heiße Schokolade?«

»Das machen wir gleich nachher zusammen!«

Damit war wenigstens ihr gemeinsames Gutenachtritual gerettet. Trotzdem wollte Caroline noch nicht aufgeben, es war ihr anzusehen, wie sie nach neuen Argumenten suchte. »Ich möchte aber nicht alleine zurück!«

»Du bist ja nicht alleine!« Ina zog ein einfach geschnittenes schwarzes Kleid aus Rohseide aus dem Schrank. Sie hielt es vor sich hin und drehte sich zu Caroline um. »Wie findest du das?«

»Geht so!«

»Geht so?« Ina schaute es nochmals prüfend an. »Ich hab's ewig nicht angehabt, aber es hat einen klassischen Schnitt, damit kann man eigentlich nie schief liegen!«

»Mutti, es ist doch viel zu lang!«

»Zu lang? Es geht bis zum Knie, das trägt man jetzt wieder so! Ich probier's am besten mal an!«

Caroline legte sich auf den Bauch und stützte ihren Kopf mit den Händen, während sie ihrer Mutter zusah. Ina schloß den Reißverschluß. Wenigstens paßte es noch wie angegossen, das hieß, daß sich ihre Figur während der letzten Jahre tatsächlich nicht verändert hatte. »Na also. Geht doch!« Sie stellte sich auf die Zehenspitzen und drehte sich vor dem Spiegel.

»Dazu brauchst du aber hohe Schuhe«, stellte Caroline fachmännisch fest.

»Irgendein Paar werde ich schon noch auftreiben«, lächelte Ina, während sie den Reißverschluß wieder öffnete. »Und nachher, wenn der Regen aufgehört hat, gehen wir in den Garten und stellen einen schönen Blumenstrauß zusammen. Hilfst du mir da?«

»Nur, wenn du meine Lieblingsblumen nicht abschneidest!«

»Aha, und das wären?«

Caroline überlegte. »Die am Gartenzaun und die roten vorne am Haus, die Rosen, die Margeriten und – eigentlich alle!«

Als Bernadette hörte, daß dieses Treffen tatsächlich stattfinden sollte, war sie versucht, sofort von Stuttgart zurück an den Bodensee zu fahren. Aber sie hatte am Donnerstag morgen einen Termin bei ihrem Physiotherapeuten, auf den sie so lange hatte warten müssen, daß sie ihn nicht absagen wollte. Und den Streß, Mittwoch nacht von Lindau nach Stuttgart zu fahren, wollte sie sich nicht antun. So hoffte sie, daß Julia sie über alles ausführlich unterrichten würde, und spitzte ihre Schwestern an. Renate erzählte ihr bei dieser Gelegenheit, welche Möglichkeiten Hans-Jürgen aufgezählt hatte.

»Hört sich ja sehr beruhigend an«, fand Bernadette mit spöttischem Unterton. »Vor allem wenn man Vater erlebt, wie er plötzlich so liberal und weltoffen tut. Ich hoffe sehr, daß alles im Sande verläuft!«

»Thekla meint, daß wir uns demnächst mal alle zusammensetzen sollten!«

»Zum Kriegsrat oder was?«

»Sie findet es nicht zum Lachen!«

»Ich auch nicht. Aber warte ab, was Julia morgen erzählt. Möglicherweise ist ja wirklich alles harmlos, und wir sehen Gespenster!«

Bernadette hörte Renate durchs Telefon schnauben und konnte sich in etwa ihren Gesichtsausdruck vorstellen. »Das Gespenst hat für mich schon einen Namen und gleicht eher einer weißen Frau, einer klassischen Unruhestifterin. Und ob deine Julia die Situation mit unseren Augen sieht, möchte ich bezweifeln. Womöglich findet sie alles sehr witzig!«

»Warten wir es ab!«

Ina traf als erste ein. Sie parkte vor dem Anwesen und stieg gemeinsam mit Caroline aus, die den Blumenstrauß hielt. Der Regen hatte aufgehört, und die Wolken waren einem unwirklich gleißenden Licht gewichen. Alle Farben wirkten seltsam grell, von den nassen Blättern tropfte das Wasser, und an manchen Stellen schien die Erde zu dampfen. Ein Geruch nach feuchtem Gras lag in der Luft.

»Darf ich gleich ans Wasser, Mama?« wollte Caroline wissen, kaum daß Ina geklingelt hatte.

»Jetzt warte doch erst einmal ab, Caroline. Schließlich sind wir zum Abendessen eingeladen worden und nicht zum Baden!«

»Aber ich bin doch das einzige Kind!«

»Genau! Und keiner kann auf dich aufpassen!«

»Auf mich braucht man nicht mehr aufzupassen, ich bin schließlich schon …« Das laute »Halllooo«, das vom Haus herüberschallte, schnitt Caroline das Wort ab.

Nancy hatte den Toröffner gedrückt, kam ihnen aber trotzdem entgegen. »Toll, daß ihr schon da seid!« rief sie heftig gestikulierend. »Anno wird sich freuen. Das heißt, er steht gerade noch in der Küche. Aber Julia und Niklas warten schon. Na, Caroline? Schön, daß du wieder da bist!«

Sie drückte Caroline so heftig an sich, daß die zwischen ihren Brüsten zu versinken drohte.

»Ich wollte eigentlich nie mehr herkommen«, sagte Caroline, als sie wieder Luft bekam.

»Da freue ich mich aber, daß du deine Meinung geändert hast!«

»Nur, wenn ihr alleine seid!«

»Es sind alles nette Leute da. Du kannst also unbesorgt hereinkommen!« Sie reichte Caroline die Hand, und Ina ging hinter den beiden aufs Haus zu.

Dieser Zwischenfall mit Annos Tochter saß ganz schön tief, stellte sie zum wiederholten Mal für sich fest. Das war wirklich unnötig gewesen.

Nancy führte Ina direkt in die Küche. Tatsächlich, dort stand Anno und schabte mit einem Messer Teig in einen großen Topf mit sprudelndem Wasser. »Wenn man Spätzle nicht ganz frisch macht, schmecken sie nicht«, sagte er dazu, legte Brett und Messer weg, rieb sich die Hände an dem weißen Tuch trocken, das er sich um den Bauch gebunden hatte, und reichte Ina die Hand. »Freut mich sehr, daß Sie gekommen sind. Ich bin gleich soweit!«

Ina nickte und schaute ihm zu. »Sie machen das sehr geschickt«, sagte sie nach einer Weile. »Ich glaube nicht, daß ich das so gut könnte!«

»Es ist keine Kunst. Eher Handwerk«, sagte er, und Ina schaute zu, wie die feinen Teigröllchen ins Wasser rutschten. »Ich hoffe, Sie haben Hunger mitgebracht!«

»Und wie!«

»Das freut mich! Ich mag Frauen nicht, die halbverhungert in ihren grünen Salaten herumstochern!«

»Das wird Ihnen bei mir nicht passieren! Ich esse gern und reichlich!«

Er warf ihr einen skeptischen Blick zu. »Irgendwie sehen Sie nicht so aus!«

Ina mußte lachen. »Bin ich Ihnen etwa zu dünn?«

Er musterte sie so ausführlich, daß es Ina schon unangenehm wurde. Schließlich nickte er anerkennend. »Ich finde, Sie sehen sehr gut aus – aber eben nicht gerade wie Nancy!«

Romys Auftritt war gelungen. Sie kam pünktlich zwanzig Minuten nach der verabredeten Zeit und rauschte, mit Claudio im Gefolge, auf die Terrasse, wo Nancy an einer langen Tafel den Aperitif reichte. »Mein Gott, ist das ein traumhaftes Anwesen«, flötete sie, während sie die Hände zusammenschlug. »Sie müssen der glücklichste Mann der Welt sein«, sagte sie zu Anno, der aufgestanden war, um sie zu begrüßen. Romy blieb derweil wirkungsvoll stehen, was ihr nicht schwerfiel, denn sie sah in ihrem cremefarbenen Kleid mit dem sich aufbauschenden langen Rockteil tatsächlich wie eine der legendären Filmdiven aus. Um den Hals hatte sie ein tiefrotes Seidentuch gelegt, farblich passend zu ihrem Lippenstift und den hochhackigen Sandalen, und in den Ohren trug sie, wie am rechten Ringfinger, matt schimmernde Perlen. An ihrer linken Hand funkelte dagegen ein großer Brillantring. Anno bückte sich, ganz Gentleman, zum formvollendeten Handkuß über ihre Hand und führte sie zum Tisch, wo er ihr den Stuhl zurechtrückte.

Inas Blick glitt von Romy zu Claudio, der langsam nachkam und Anno jetzt die Hand schüttelte. Er sah sehr gut aus, wie ein typischer italienischer Beau oder Gigolo. Jedenfalls gab er, in seinem leichten schwarzen Anzug mit dem betont lässigen, aber edlen T-Shirt darunter, optisch den perfekten Begleiter für Romy ab. Dagegen kam sich Ina schon old-fashioned vor.

Sie begrüßten sich und stellten sich gegenseitig vor. Nancy füllte gutgelaunt die Sektschalen mit der Sommerbowle, die sie zum Aperitif vorbereitet hatte, und trug anschließend kleine, heiße Blätterteigtaschen auf. Alle griffen zu, und Romy begann, wenig damenhaft, Anno auszufragen. Anno schien nichts dagegen zu haben, denn er plauderte aus seinem Leben, erzählte, wie er seine Fabrik aufgebaut hatte, welche Erfolge er hatte verbuchen können, welche Mißerfolge er hatte einstecken müssen, und deutete schließlich auf Niklas. »Einen wie Sie hätte ich in der Familie haben müssen. Einen Maschinenbauingenieur, dann wäre die Fabrik heute noch in Familienbesitz. Aber meine Töchter brachten mir allesamt untaugliche Männer!«

»Tatsächlich?« schmunzelte Niklas.

»Samt und sonders«, bekräftigte Anno temperamentvoll.

»Weshalb hat keine Ihrer Töchter Maschinenbau studiert? Mädels können so was auch«, führte Niklas an.

Anno stutzte, dann überlegte er offensichtlich. »Wenn ich mich recht erinnere, hatte Thekla, meine Älteste, so etwas sogar vor. Bloß damals konnte ich mir nicht vorstellen, daß eine Frau mehr als einen Haushalt führen könnte!«

»Und heute?« wollte Romy wissen.

»Heute weiß ich nicht mehr, was ich glauben soll«, wich er aus.

»Das sieht Ihnen irgendwie nicht ähnlich«, warf Claudio ein.

»Nun«, Anno schaute Julia an, »vielleicht habe ich damals einen Fehler gemacht. Aber laß das bloß nicht deine Mutter hören, die würde gleich Thekla anrufen, und die würde mir damit sofort auf die Nerven fallen!«

Interessant, dachte Julia. Normalerweise geht man doch davon aus, daß Leute im Alter starrsinnig und dickköpfig werden. Bei Opi scheint es andersherum zu sein, er wirkt direkt aufgeschlossen und aufgeklärt. »Ich verrate es nicht«, sagte sie und lächelte ihm zu.

»Sie ist nicht ohne Grund meine Lieblingsenkelin«, sagte er daraufhin in verschwörerischem Tonfall zu den anderen und legte den Zeigefinger auf die Lippen.

Ina genoß es. Alles wirkte harmonisch und sorgenfrei, so als könne einen, was sich draußen vor dem großen Tor abspielte, nicht wirklich berühren. Sie fühlte sich auf eine seltsame Art frei. Auch Caroline schien glücklich zu sein. Sie stand zwischen Julia und Niklas und klaute den beiden abwechselnd die Blätterteigtaschen vom Teller.

»Wie groß ist denn Ihre Familie?« hörte sie Romy fragen.

Anno zählte seine Töchter, Schwiegersöhne und Enkelkinder auf.

»Und alle wollen erben?« Romy blinzelte ihm zu.

So etwas fragt man doch nicht, war Inas erster Gedanke, aber Anno nickte mit verschmitztem Lächeln. »Scheint so«, bekräftigte er gestenreich.

»Da habe ich meiner Familie einen Strich durch die Rechnung gemacht!« Romy hielt ihr leeres Glas hoch, und Nancy griff nach der Kelle. »Dafür ächten sie mich jetzt, und auch die Damenliga, mit der ich früher kegeln war, lädt mich nicht mehr ein. Ich passe nicht mehr ins Raster!«

»Scheint so«, wiederholte Anno.

Romy prostete ihm zu. »Dafür bin ich lebendig wie noch nie in meinem Leben. Udo Jürgens hatte mit seinem Song unrecht. Das Leben fängt nicht mit 66 Jahren an.« Romy tätschelte Claudios Oberarm. »Bei mir hat es erst mit 80 angefangen!«

»Dann müssen Sie aber noch mindestens 100 werden, damit sich das auch rentiert.« Anno beugte sich gespannt vor. »Indiskreterweise gestehe ich aber, daß es mich natürlich schon interessiert, wie Sie das angestellt haben!« Dabei schaute er sowohl zu Claudio als auch zu Romy, so daß nicht ganz klar war, wen von beiden er angesprochen hatte.

»Claudio ist mein Kümmerer«, erklärte Romy, als sei dies die natürlichste Sache der Welt.

»Ihr was?« fragte Anno und fuhr sich mit der Hand durch seine weißen Haare.

»Wir haben ein Abkommen«, mischte sich Claudio ein, und seine kastanienbraunen Augen glänzten. »Wir haben Spaß miteinander, wir kommen gut miteinander aus, ich bin für sie da, wir unternehmen alles zusammen, und ich erbe!«

»Aha.« Mehr fiel Anno dazu im Moment nicht ein.

»Glänzende Idee!« Nancy klatschte die flache Hand auf den Tisch, daß die Gläser klirrten. »Ein Kümmerer! Toll! Ausgezeichnet!«

»So etwas habe ich wirklich noch nie gehört«, warf Ina ein.

»Wir haben eine neue Gesellschaftsform erfunden«, erklärte Romy, und ihr Brillantring funkelte, während ihre Hände erklärend die Luft zerschnitten. »Mein Mann und ich haben uns auf das Berliner Testament verständigt, das bedeutet, daß die Kinder erst nach dem Tod des Letztversterbenden erben können. Und da sich meine beiden Söhne nach seinem Tod nur noch an meinen Geburtstagen zu mir bemüht haben, wahrscheinlich um zu sehen, wie lange es noch dauern würde, habe ich nicht vor, sie über den gesetzlichen Pflichtteil hinaus zu beglücken. Und meine Tochter wurde sowieso schon ausreichend von meinem Mann bedacht. Außerdem hat sie einen sehr guten Beruf und ist zudem noch ordentlich verheiratet, sie braucht mich nicht. Eine Tochter aus der ersten Ehe meines Mannes hat sich, nachdem sie ihren Pflichtteil beim Tode meines Mannes bekommen hat, seit Jahren nicht mehr bei uns sehen lassen, was lag also näher, als einmal im Leben völlig egoistisch zu sein und nur an sich selbst zu denken?«

»Ich habe nie etwas anderes getan!« Anno zuckte die Achseln.

Niklas lachte lauthals los, und Julia knuffte ihn in den Oberarm. Anno schaute Niklas an und schien zu überlegen, was den plötzlichen Heiterkeitsausbruch bewirkt haben könnte. »Also, ich finde die Idee mit dem … Kümmerer auch sehr witzig. Und originell.« Er versank wieder in Schweigen, und alle warteten gespannt.

»Und mutig«, fügte Ina hinzu. »Das ist doch ein außerordentlicher Schritt. Wenn ich mir nur mal die Nachbarn vorstelle, oder die Bekannten, die Verwandten und überhaupt alle, die einen über Jahre nur in der Rolle der Ehefrau gekannt haben …«

»Ja«, fiel Romy ein, »in der Rolle der Ehefrau, die im Hintergrund alles ordentlich regelte. Ja, das gab schon einen Aufschrei, als ich nach dem Tod meines Mannes plötzlich andere Interessen hegte als die einer trauernden Witwe, die nun gebrochenen Herzens für den Rest ihres Lebens das Grab ihres Ehemannes pflegen würde.«

»Mama, ich wünsche mir auch einen Kümmerer!« Caroline saß inzwischen halb auf Julias Schoß und hatte der Diskussion gelauscht. Bevor Ina schuldbewußt reagieren konnte, war aber ihre halblaut geflüsterte Anmerkung zu hören. »Aber nur so einen wie Claudio!« Alle lachten, und Claudio blinzelte ihr zu, was sie offensichtlich verlegen machte.

»So einen wie Claudio finden wir alle nicht schlecht!« donnerte Nancy und schwang die leere Kelle. Romy nahm es als Aufforderung und schob ihr erneut ihr Glas zu.

Anno sah zu, wie Nancy schwungvoll das Glas mit Bowle füllte. »Das müßte doch auch in die andere Richtung funktionieren«, überlegte er laut. »Eine Kümmerin!«

»Aber Opi«, Julia runzelte die Stirn, »du hast doch mit Nancy schon eine Kümmerin!«

»Das ist doch ganz etwas anderes!« Annos viele Falten vertieften sich, als sich jetzt ein breites Lächeln in sein Gesicht kerbte. »Ich möchte meine gierige Familie ja auch nicht enterben. Aber einen Streich würde ich ihnen gern spielen!«

»Einen Streich?« Julia schaute ihn gespannt an. »Was denn für einen Streich?«

»Hmmm.« Anno zuckte die Achseln, und ein spitzbübischer Ausdruck legte sich um seine Augen. Und plötzlich blitzte in ihm der Bub von vor 80 Jahren auf. »Ich weiß nicht, ob es ratsam wäre, dir das zu erzählen!«

»Willst du mich beleidigen, Opi?«

Er grinste noch immer. »Natürlich nicht! Aber deine Mutter ist schließlich meine Tochter. Hoffe ich zumindest!«

»Opi!«

»Ja und? Sind meine Töchter nicht alle höchst unterschiedlich geraten? Hast du dir darüber schon mal Gedanken gemacht?« Er schaute Julia schräg an.

Sie zog die Augenbrauen hoch und setzte ihr erklärendes Schulmädchengesicht auf: »Das läßt sich durch die unterschiedlichen Gene erklären, Opi. Ein bißchen mehr hiervon und ein bißchen mehr davon, und schon ist alles ganz anders!«

»Habe ich das nicht eben gesagt? Ein bißchen mehr hiervon und ein bißchen mehr davon?«

»Sie wollen doch nicht etwa andeuten …« Romy hatte sich sensationslüstern über den Tisch gebeugt. »Das ist ja höchst aufschlußreich!«

»Ich habe nichts gesagt, außer daß ich mir auch eine Kümmerin vorstellen könnte. So, wie Sie das machen, Romy, das ringt mir Respekt ab. Alle Achtung! Das einzige, was ich mir eben dachte, und das ist wahrscheinlich exakt das gleiche, was Sie sich schon weit vor mir gedacht haben, ist …«

»Ist?« Romy war atemlos.

»Das haben wir uns verdient!« Anno lachte laut los und klatschte zur Bekräftigung in die Hände.

Alle lachten mit, nur Julia befürchtete insgeheim eine ungute Wendung.

Bernadette war aufs höchste alarmiert, als Julia sie am nächsten Morgen in aller Frühe anrief. Bei einer Langschläferin wie ihrer Tochter konnte das nur bedeuten, daß irgend etwas aus der Bahn geraten war. Sie war eben dabei gewesen, sich in der Küche ihren kleinen, bescheidenen Frühstückstisch zu decken, als das Telefon klingelte. Ihr erster Gedanke, ihr Physiotherapeut könnte den Termin absagen, ließ ihr Blut pochen. Dann hätte sie genausogut in Lindau bleiben können. Julias Stimme am anderen Ende der Leitung empfand sie allerdings als weitaus beunruhigender.

»Du wirst es nicht glauben, Mama«, hörte sie ihre Tochter sagen, und es klang für diese Stunde ungewöhnlich fröhlich, »Opi wandelt wieder auf Freiersfüßen!«

»Bitte?« Bernadette verschluckte sich, und jetzt brach ihr der Schweiß aus. »Was meinst du damit?«

»Nun, er hat Ambitionen!«

Bernadette ließ sich auf den nächsten Stuhl sinken. »Was heißt das genau?«

»Romy hat ihm so gut gefallen, daß –«

»Romy?«

»Ja, die mit Claudio, die Großmutter von –«

»Ich weiß schon, wen du meinst, ich dachte nur, Romy sei ihm sicherlich zu alt.«

»Opi ist für Romy zu alt. Dies mal vorweg!«

»Ich hab's befürchtet!« Bernadette bemühte sich, einen klaren Gedanken zu fassen, aber es schwirrte alles durcheinander. Was konnte das für sie, die Töchter, bedeuten? Hatte er tatsächlich irgendwelche festen Absichten? »Aber mit wem?« überlegte sie laut.

»Keine Ahnung, er tat recht geheimnisvoll!«

»War diese Schwarz auch da?«

»Sie ist sehr nett, und sie vertragen sich gut, ja!«

Bernadette schloß die Augen. Hans-Jürgen würde mit seinen lahmarschigen Überlegungen und Vorschlägen zu spät kommen. Sie hörte bereits die Glocken läuten.

»Das müssen wir verhindern, hörst du, Julia?«

»Aber warum denn? Es tut ihm doch gut!«

»Aber uns nicht! Und wir sind seine Familie! Er ist ein fürchterlicher alter Egoist!«

»Aber du auch, wenn du ihm das nicht gönnst!«

Als Julia auflegte, blieb sie kurz regungslos stehen. Ihre Gefühle waren gespalten. Einerseits belustigte sie es, ganz so, wie die anderen es prophezeit hatten, in ein Wespennest hineingestochen zu haben, auf der anderen Seite schämte sie sich für ihre Mutter, die ganz offensichtlich diesen Reigen der Erbengier mittanzte. Sie hatte insgeheim für sich gehofft, ihre Mutter würde sich über Opis Lebenslust freuen. Und jetzt wuchs die Enttäuschung, denn wenn sie es auch geahnt hatte, so hätte sie es nicht vor sich selbst zugegeben: Ihre Mutter war überhaupt nicht anders als die anderen. Und das tat weh. Langsam drehte sie sich um.

»Na, was sagt deine Mutter?« Anno und Nancy hatten wie Verschworene hinter ihr gestanden. »Freut sie sich mit mir?«

»Ich befürchte eher, sie ist erschrocken, Opi!«

»Habe ich es dir nicht gesagt?« Anno legte den Arm um ihre Schulter und zog sie zum Frühstückstisch. »Mach dir nichts daraus. Wir führen sie ein bißchen vor, sie sollen sich gegenseitig gründlich kennenlernen. Und ich sie auch. Wer kennt schon seine Familie ...«

Bernadette war außer sich. Und gleichzeitig versuchte sie sich zu analysieren. Warum regte sie das so auf? War das wirklich sie, oder war das der Einfluß ihrer Schwestern? Trotzdem war sie zu aufgeregt, um sich jetzt an den Frühstückstisch setzen zu können. Sie wanderte von der Küche ihrer Vierzimmerwohnung in das Wohnzimmer und zurück und versuchte dabei, sich über ihre Gefühle klarzuwerden. Als sie sich von Rainer scheiden ließ, hatte sie auf so manches verzichtet, denn sie fühlte sich schuldig. Nicht, daß sie einen anderen gehabt hätte, sondern weil sie ihn nicht mehr ertragen konnte. So ließ sie ihm den Bausparvertrag und auch die Sparkonten. Sie hatte das brennende Bedürfnis, frei zu sein, und machte zusätzlich beim Unterhalt Zugeständnisse. Wichtig war ihr die Zukunft ihrer gemeinsamen Tochter, der Rest interessierte sie zu diesem Zeitpunkt nicht. Heute, mit dem Abstand einiger Jahre, sah sie es freilich anders. Er hatte sich glücklich aus der Affäre gezogen, innerhalb kürzester Zeit wieder geheiratet, bis heute wußte sie nicht, ob er diese Frau schon vorher oder tatsächlich erst nach der Ehe kennengelernt hatte, und interessierte sich höchstens an Weihnachten noch für seine erste Tochter. Mit seiner zweiten Frau hatte er Zwillinge und mit ihr oder durch sie einen ungebremsten gesellschaftlichen Ehrgeiz entwickelt. Bernadette tat es manchmal für Julia weh, wenn er in einer der Stadtzeitschriften mal wieder preisgab, jede freie Minute mit seinen Kindern zu verbringen, sei es auf dem Golfplatz, im Reitverein oder zu Hause. Sie erinnerte sich dann mit Wehmut daran, daß Julia an den Wochenenden immer vor den ständigen Reibereien geflohen war und auch sonst nicht viel von ihrem Vater gehabt hatte.

Sie blieb am Fenster stehen und schaute durch den Vorhang hinaus. Sie wohnte im fünften Stock eines großen Mietshauses, das freundlich und modern gebaut war, aber eben doch als ein Silo zwischen anderen. Keine Wohnkultur wie früher im Kräherwald, wo alles gediegen und teuer und grün war. Hier zogen die Mieter die Pflanzen auf ihren kleinen Balkonen, denn von einem Garten konnten die meisten nur träumen.

Bernadette wandte sich ab und schaute in ihr Wohnzimmer. Sie hatte nichts aus ihrem Haus mitgenommen. Sie wollte mit nichts an vergangene Zeiten erinnert werden, für die Ledergarnitur hatte sie sogar einen kleinen Kredit aufgenommen. Bernadette wollte ein selbstbestimmtes Leben führen, nicht mehr fragen müssen, sich nicht beugen müssen. Doch sie hatte übersehen, daß manches nur durch Kampf zu gewinnen ist. Sie mußte mit den Jahren erkennen, daß sie zwar die Scheidung eingereicht hatte, aber trotzdem die Unterlegene war.

Bernadette rieb sich die Augen. Es war eben nicht alles so einfach, und wenn sie ehrlich war, hat sie das elterliche Erbe fest in ihre Zukunft eingeplant. Sie ging langsam durch das Wohnzimmer in Richtung Küche, blieb vor dem Regal stehen und nahm einige Fotos heraus. Ihre Tochter als Säugling, als Dreijährige, bei der Einschulung, der Konfirmation und vor ihrem ersten Auto. Das offizielle Hochzeitsbild ihrer Eltern, ein Foto der Familie an Weihnachten und ein Foto ihrer Mutter, als sie schon von ihrer Krankheit gezeichnet war und trotzdem noch lächelte. Bernadette wischte über das einzige Foto, das sie zeigte. Julia hatte es aufgenommen, deswegen war es etwas schief, aber es zeigte sie völlig ausgelassen lachend in einem Straßencafé. Die Erinnerung daran tat weh, denn sie schäumte damals über vor Glück und der Illusion einer neuen Liebe. Es dauerte zwei Monate, bis sie herausfand, daß er verheiratet war und mit ihr nur ein Spielchen spielte. Diese Erkenntnis bescherte ihr einige schlaflose Nächte, aber die Erfahrung zeigte ihr, daß sie noch mit jeder Faser ihres Körpers lebte und sie nicht, wie sie befürchtet hatte, durch die Jahre mit Rainer völlig abgestumpft war.

Bernadette nahm das Bild mit zu ihrem Frühstückstisch und setzte sich jetzt endlich. Sie hatte sich so weit beruhigt, daß sie nachdenken konnte. Wenn Anno tatsächlich eine junge Frau finden und auch noch heiraten würde, ginge zunächst einmal die Hälfte des Erbes an diese Neue. Das würde bedeuten, daß sich die Töchter den Rest teilen müßten. Sie wußte zwar nicht, wie groß das Vermögen ihres Vaters tatsächlich war, aber sie hatte nicht die Absicht, auch diesmal klein beizugeben. Anno war ihr Vater, und es war doch offensichtlich, daß es sich bei jeder Neuen um eine Erbschleicherin handeln würde. Nichts klarer als das! Bernadette schenkte sich mit energischem Schwung eine Tasse ein, bevor sie zum Telefon griff.

Ina hatte eine denkwürdige Nacht hinter sich. Als sie um sieben Uhr aufwachte und einen fürchterlichen Durst hatte, brauchte sie eine Weile, bis sich die Bruchstücke, die ihr so nach und nach in den Sinn kamen, zu einem Ganzen zusammengefügt hatten. Manches erschien ihr bereits so weit weg, daß sie sich fragte, ob es nicht vielleicht doch nur ein Traum gewesen ist. Romy, die gestern nacht so freimütig aus ihrem Leben erzählte, und Anno, der ihr so gespannt zuhörte, als verkünde sie das fünfte Evangelium. Und Nancy, die ihr ständig zublinzelte, was Ina nach einer Weile kaum noch ertragen konnte.

Als die Platte mit den Blätterteigtaschen leergegessen war und es auffrischte, bat Anno an den gedeckten Tisch ins Wohnzimmer. Alle lobten seine Spätzle und den Sauerbraten, aber so ganz bei der Sache schien er nicht zu sein. Dann und wann warf er einen nachdenklichen Blick zu Ina, so daß sie anfing, sich Gedanken darüber zu machen. Stimmte etwas nicht? Hatte sie seine Spätzle zuwenig gewürdigt? Oder war sonst etwas nicht in Ordnung?

Anno hatte einen schweren Rotwein dekantiert und sorgte ständig für Nachschub. Die Stimmung schlug hoch, Romy erzählte Anekdoten aus ihrem Leben mit Claudio, so daß sich alle vor Lachen schüttelten.

Beim Cognac dann, kurz vor Mitternacht, als alle die Gläser hochhielten und anstießen, sagte Anno plötzlich ohne jegliche Vorwarnung zu Ina: »Könnten Sie es sich vorstellen, meine Frau zu werden?«

Es war eine solch absonderliche Vorstellung, daß sich Ina die Situation fotografisch einbrannte. Sie sah es jetzt, in ihrem Bett liegend, wieder genau vor sich: Den sechsarmigen Silberleuchter mit den fast heruntergebrannten Kerzen, die Dessertteller mit den Resten eines Tiramisu, die weiße Leinentischdecke mit den Rotweinflecken, Annos Gesicht mit der Pergamenthaut über den hohen Wangenknochen und mit den schlohweißen Haaren und wie sie langsam das Cognacglas sinken ließ, ohne einen Schluck getrunken zu haben.

Ina stöhnte auf und zog sich die Bettdecke über den Kopf. Wie gerne würde sie das alles ungeschehen machen, das Bild einfach wegwischen. Aber es ließ sich nicht ungeschehen machen. Sie sah Nancys schwere Brüste vor sich, die vor dem Teller zu liegen kamen, weil sie sich vor Überraschung ruckartig über den Tisch geworfen hatte, und sie sah, wie Romy, wie aus einem der Gemälde herabgestiegen, regungslos mit ihrem Glas im Anschlag verharrte, während Julia rot anlief. Die beiden Männer warfen sich nur einen Blick zu, und Anno wartete auf Antwort. Ina starrte ihn an, und in ihren Ohren summte es. Es war genau das eingetreten, was Nancy ihr vor drei Tagen scherzhaft in ihrem Garten vorgeschlagen hatte. Oder war es überhaupt nicht scherzhaft gewesen? Hatte sie die Lunte gelegt?

»Ist das ein so ungeheuerlicher Gedanke für Sie?« fragte Anno, und sein Ton klang fast schüchtern.

Ina wollte ihn nicht verletzen, aber er war ein Greis. Das hatte sie auch Nancy schon gesagt. Sie fand ihn interessant, und er war für sein Alter auch äußerst gutaussehend, aber er war ein Greis. Ein Greis von 85 Jahren, der um ihre Hand anhielt. Ihr fiel dazu beim besten Willen nichts ein. Schließlich stammelte sie: »Es ist ... es kommt völlig überraschend!« Und gleich darauf: »Warum denn eigentlich?«

Anno lächelte milde. »Aus Realismus und Boshaftigkeit. Deshalb!«

Ein Heiratsantrag ohne Liebeserklärung, der sich auf realistische Überlegungen stützt, war genau das, was sich Ina ihr Leben lang gewünscht hatte. Sie schüttelte langsam den Kopf. »Es kommt mir ziemlich irreal vor«, sagte sie schließlich. »Warum, um Gottes Willen, sollten wir aus Boshaftigkeit heiraten? Und warum überhaupt heiraten? Wir kennen uns doch überhaupt nicht!«

Sein Lächeln hatte sich wie eine Maske über sein Gesicht gespannt. »Ich weiß nicht, wie lange ich noch Zeit habe, Sie genau kennenzulernen. Was ich bisher kenne, gefällt mir eigentlich.

Zudem denke ich, daß wir das, was ich gesagt habe, nicht ganz so planmäßig verfolgen müßten. Ich denke nur an ein gewisses Störfeuer in meinen Reihen, das mir Spaß machen würde und von dem Sie natürlich auch profitieren sollten. Mit einer finanziellen Absicherung nach meinem Tod. Ich denke dabei auch an Ihre Tochter. Oder kommt der leibliche Vater seinen Pflichten nach?«

Ina griff nach dem Cognacglas, leerte es in einem Zug und stellte es hart ab. »Nein!«

»Nein? Dachte ich mir!«

»Ich sagte *nein* zu Ihrer Idee. Ich mache da nicht mit, weil ich ...«

»Sprechen Sie nicht weiter, denken Sie darüber nach. Julia wird morgen ihrer Mutter verkünden, daß ich mich verlobt habe und daß das Verlobungsgeschenk schon vor der Tür steht!«

»Wie bitte?« Julia schaute ihren Großvater mit aufgerissenen Augen an, während Claudio zu lachen begann.

»Göttlich«, sagte er. »Grandios! Der Kümmerer, zweiter Akt!«

Eine der Kerzen zischte und begann auf das Tischtuch zu tropfen. Nancy schaute nicht einmal hin. »Was für ein Verlobungsgeschenk denn?« fragte sie.

»Keine Ahnung. Sehen wir morgen!« Annos Augen blitzten vor Vergnügen, und es war ihm anzusehen, daß er mit keiner weiteren Absage rechnete.

Ina drehte sich unter ihrer Decke herum und preßte ihr Gesicht ins Kopfkissen. Es war alles so abstrus und so abwegig, daß sie es einfach nicht glauben wollte. Etwas Schweres plumpste mit voller Wucht auf ihren Körper, sie fuhr hoch und schüttelte Caroline ab, die sich an ihr festhielt und laut lachte. »Habe ich dich jetzt geweckt?«

Ina befreite sich aus ihren Decken und kämpfte spielerisch mit ihrer Tochter, bis Carolines Kräfte nachließen und sie offensichtlich genug hatte. Ihr Kindergesicht war gerötet und wirkte durch die zarte Haut wie das einer Porzellanpuppe, die langen Haare hingen wirr um ihr Gesicht und klebten leicht an der feuchten Stirn, das weiße Nachthemd war völlig verrutscht. Was für ein Glück, daß ich sie habe, dachte Ina und flüsterte in ihr Ohr: »Kuscheln wir noch ein bißchen?«

»Komm ich dann nicht zu spät zur Schule?« wollte Caroline wissen und schlüpfte bereitwillig zu ihr unter die Decke.

»Bestimmt nicht«, sagte Ina und gab ihr einen Nasenstüber.

»Bei dir ist es viel gemütlicher als in meinem Zimmer, Mami. Bei dir hört man viel besser die Vögel singen!«

Sie lagen eine kurze Weile still nebeneinander und lauschten dem morgendlichen Gezwitscher aus dem Garten. Der weiße Vorhang aus festem Leinen mit dem eingewebten Blumenmuster, ein ehemaliger Bettüberwurf, ließ an der einen Seite einen dicken Sonnenstrahl herein, der sich auf den braunen Bohlen des Fußbodens ausbreitete und in dem man feine Staubkörner tanzen sah. Ina hatte das ganze Zimmer in Weiß gehalten, auch der alte Kleiderschrank aus braunem Nußholz mit dem integrierten Spiegel war von ihr mit weißem Lack überstrichen worden. Farbe brachten nur einige große Bilder in das Zimmer. Über dem Bett hing das Ölbild mehrerer riesiger Tulpen in kräftigem Rot und Orange, und an den anderen Wänden hingen je zwei überdimensional große Zitronen und zwei grüne Äpfel. Caroline hatte recht, Ina fand auch, daß dies das schönste Zimmer ihrer gesamten Wohnung war. Zumindest gelang es ihr morgens immer nur mit Müh und Not, es zu verlassen.

»Wie war es denn gestern?« wollte Ina von ihrer Tochter wissen. »Hat es Spaß gemacht mit Gabriela?«

Caroline rümpfte die Nase. »Es macht nie Spaß mit ihr!«

»Wieso denn? Was lief denn verkehrt?«

»Sie hat mich ins Bett gebracht!«

Ina begann erneut, Caroline zu kitzeln und zu knuddeln, bis diese vor Lachen nicht mehr konnte. »Hör auf, Mami, das ist gemein!«

Julia stand neben Nancy in der Küche. Sie hatten jede Menge benutzter feingeschliffener Gläser vor sich, die Nancy eines nach dem anderen vorsichtig im Wasserbad spülte und anschließend schaumbedeckt auf die Spüle stellte. Julia hatte sich ein Geschirrtuch gegriffen und wartete auf ihren Einsatz.

»Meinst du nicht, Opi macht da einen Fehler? Ich jedenfalls fühle mich überhaupt nicht wohl in meiner Haut!«

»Es ist ein Spiel für ihn!« Nancy griff nach der Handbrause, hielt erneut jedes der Gläser über das Becken und spülte mit starkem Strahl den Schaum ab.

»Aber es spielen doch auch noch andere Menschen mit! Und zudem hat Ina ja noch überhaupt nichts dazu gesagt!«

»Stimmt, hat sie nicht!« Nancy stellte das Glas unsanft ab. »Aber sie wird noch, da bin ich mir sicher!«

»Und was sage ich Mami?«

»Nichts. Du kannst schließlich nicht alles wissen!«

Julia band sich symbolisch das Geschirrtuch vor die Augen. »Meinst du so?«

»Ich meine, daß du ja auch wieder abreist. Mußt du nicht studieren?«

»Tjaaa«, Julia zögerte und blinzelte hinter ihrem Tuch hervor.

Nancy hielt in ihrer Bewegung inne. »Oder was?«

»Eigentlich mag ich nicht abreisen …«

»Ach nein? Ein Kerl in Sicht, und schon ist das Studium passé?« Ihr Gesicht, rund wie ein Vollmond, in dem ihre Augen kleiner wirkten, als sie tatsächlich waren, rötete sich, bevor sie losprustete. Julia hatte abgewartet, denn sie war sich in der Sekunde tatsächlich nicht sicher gewesen, wie Nancy es meinte.

»Kerle sind nicht alles!« lachte Nancy laut und griff nach einem neuen Glas. »Zumindest bei mir waren sie es nie! Der eine wollte sich an meinem Busen ausheulen, und das täglich, und der andere fing an, mir nur noch Körner vorzusetzen! Von Liebe hatten sie allesamt keine Ahnung, und Sex beschränkte sich darauf, ihren Pullermann zu bewundern. Laß es bleiben!«

Julia trocknete ausführlich an ihrem Glas herum. »Man kann sie doch nicht alle über einen Kamm scheren, Nancy. Es gibt doch solche und solche! Du hast eben Pech gehabt!«

»Ich? Pech?« Nancy runzelte die Stirn und warf ihr einen skeptischen Blick zu. »Wart's ab!«

Für Thekla hatte der Morgen schon schlecht angefangen. Sie hatte am Vorabend, in ihrer Ungeduld, im Moment nichts Konkretes gegen die schleichende Entwicklung in Lindau unternehmen zu können, Kleider aussortiert. Da ihr Geldspenden zu undurchsichtig und schlichtweg zu teuer waren, dachte sie, auf diesem Weg ihren Obolus für die Armen und Verfolgten dieser Welt zu leisten. In ihrem eigenen Kleiderschrank tat sie sich schwer, denn die etwas älteren Kleider, die zwischenzeitlich zu klein für sie geworden waren, waren ein Anreiz, irgendwann mal wieder hineinzupassen. Außerdem, kaum hatte sie etwas aus den hinteren Ecken des Schranks ans Tageslicht gezerrt, wirkte es durchaus noch brauchbar. Was sollten die Menschen auf dem Balkan oder sonstwo auch mit Kostümen anfangen. Was die brauchten, waren Hosen und Pullover. Thekla schloß den Schrank und ging in das Gästezimmer, in dem noch Kleider von Barbara hingen. Sie nahm einen Schwung heraus, legte ihn aufs Bett und begann die Kleidungsstücke zu sortieren. Diese Unart ihrer Tochter, alle möglichen Dinge auf einen einzigen Bügel zu hängen, anstatt sich nach einem anderen umzusehen. Sie legte ein Stück neben das andere, dabei fiel ihr eine Lederjacke auf, von der ihre Tochter behauptet hatte, daß sie verlorengegangen sei. Oder sogar gestohlen. Kein Wunder, daß sie bei dieser Anhäufung von Hosen, Jacken und Röcken nichts mehr fand. Triumphierend legte sie sich die Lederjacke über den Arm und eilte zum Telefon. Barbara wird staunen, und sie wird ihr gleich mal klarmachen können, was sie von so einer eklatanten Unordnung in ihrem Haushalt hält.

Schwungvoll legte sie ihr Bündel über eine Stuhllehne, um wählen zu können, da rutschte ein Brief aus der Innentasche der Jacke und blieb ihr zu Füßen auf dem Boden liegen. Thekla bückte sich, um ihn wieder zurückzutun, aber in der Bewegung blieb ihr Blick am Adressaten hängen. Ein Brief an Gerhard in der Handschrift seiner Tochter mit der Adresse seines Büros, frankiert und mit dreimal unterstrichenem »Persönlich« vermerkt. Was konnte das zu bedeuten haben? Sie spürte ihr Herz klopfen, denn eigentlich wollte sie es gar nicht wissen. Eine unbestimmte Angst erfaßte sie, am liebsten hätte sie den Brief in die Jackentasche gestopft und die Angelegenheit schlagartig vergessen.

Aber nun war er da.

Sie ging vom Flur in die Küche, der Hort, an dem sie sich sicher fühlte, setzte sich an den Tisch und legte ihn vor sich. Nachdem sie ihn eine Weile angeschaut hatte, stand sie auf und setzte Wasser auf. Sie mußte ihn öffnen, das war klar. Und dann würde sie entscheiden, ob sie ihn zurücklegen oder verschwinden lassen mußte. Da Barbara sowieso von einem Verlust ihrer Jacke ausging, dürfte das keinen Unterschied machen. Über dem Wasserdampf öffnete sie vorsichtig den Falz, legte den Brief auf den Tisch zurück und bereitete sich mit dem kochenden Wasser einen Tee zu. Sie schaffte es einfach nicht, sich dem Inhalt sorglos zu nähern. Sie trank den Tee, am Herd lehnend, in kleinen Schlückchen und betrachtete das geöffnete Kuvert aus der Ferne.

Was könnte es zu bedeuten haben? Warum schrieb eine Tochter dem Vater einen Brief, zudem an die Büroadresse? Warum sprach sie nicht mit ihm oder drückte ihm den Brief zu Hause in die Hand? War es eine Abrechnung mit ihm? Müßte sie nun lesen, was sie alles ahnte oder was ihre Tochter ihr damals an den Kopf geschleudert hatte, ohne daß sie es tatsächlich zur Kenntnis nehmen wollte? Sie starrte den Brief an. Wollte sie das überhaupt? Hatte nicht damals die Verdrängungstaktik ihre Familie gerettet? Es hätte einen ungeheuerlichen Skandal gegeben, wenn alles an die Öffentlichkeit gelangt wäre. Der Uniprofessor ein Sexmonster. So war zumindest die Fassade heil geblieben.

Schließlich war die Tasse leer, und sie hatte keinen Grund mehr, sich weiter am Herd festzuhalten. Sie ging energisch zum Tisch, nahm den Brief heraus und blieb stehen. Zuerst überflog sie ihn, dann setzte sie sich, um ihn Zeile für Zeile, Wort für Wort gründlich zu lesen. Ihre Zunge wurde pelzig und die Mundhöhle trocken. Sie schluckte. Ihre Tochter erpreßte ihren eigenen Vater.

Ganz offensichtlich wollte sie auf diese Weise ihre Studentenkasse aufbessern. Thekla schaute sich die Liste an, die da vermerkt war. Einige Frauennamen, mit kompletter Adresse und Alter. Es ging also nicht um Barbara selbst, es ging um andere Frauen. Was hieß da Frauen, es waren knapp Volljährige.

Thekla griff sich an die Stirn, sie fühlte sich feucht an. Auch ihr dünnes Leinenkleid begann am Körper zu kleben. Es durfte einfach nicht wahr sein. Anstatt aus dem Vorgefallenen eine Lehre zu ziehen, hatte Gerhard ungestört weitergemacht. Andererseits, überlegte Thekla, was bewies das schon. Eine Liste mit Namen. Die konnte jeder schreiben. Ihre Tochter forderte 10 000 Mark, sonst würde sie die Mutter einweihen. Die ist jetzt eingeweiht, dachte Thekla, und schaute auf das Datum des Briefes. Zwei Monate her. Sicherlich hatte Barbara, nachdem sie die Jacke mitsamt dem Brief verloren geglaubt hatte, ein ähnliches Schreiben aufgesetzt und losgeschickt. Ob Gerhard tatsächlich Schweigegeld bezahlt? Und wenn ja, von welchem Konto? Konnte er eine solche Summe hinter ihrem Rücken aufbringen?

Thekla stand auf, ging an den Kühlschrank und öffnete die Tür. Unentschlossen schaute sie hinein. Wie konnte Barbara so etwas tun! Es verstieß nicht bloß gegen die guten Sitten! Es war völlig regelwidrig, zumal innerhalb der Familie! Es war schlicht das Letzte! Sie griff nach einer Tafel Schokolade, nahm sie heraus und betrachtete sie. Wie sollte sie sich verhalten? Gerhard zur Rede stellen? Das würde unendlichen Streß bringen. Einfacher war es da schon, Barbara auf den Zahn zu fühlen. Auf der anderen Seite könnte sie ausrasten und sonst etwas in die Öffentlichkeit ausposaunen. Das stand auch nicht dafür. Sollte sie sich mit ihren beiden andern Kindern, Irene und Klaus, beraten? Aber Irene würde wieder ihr die Schuld an allem geben, das hatte sie bei Barbaras Vorwürfen dem Vater gegenüber schon getan, und Klaus würde ihr die Adresse eines Scheidungsanwalts in die Hand drücken. Das wäre auch nicht das erste Mal.

Thekla riß die Verpackung auf, brach einen Riegel der Vollmilchschokolade ab und steckte ihn sich in den Mund. Reine Nervennahrung, das war gestattet. Sie setzte sich wieder an den Tisch und überlegte. Wenn sie tief in sich hineinhorchte und sich selbst gegenüber ganz ehrlich war, interessierte sie an dieser Geschichte die Frage, ob Gerhard gezahlt hatte, am meisten. Und sollte er tatsächlich so blöd gewesen sein, seiner eigenen Tochter 10 000 Mark in den Rachen zu werfen, war er unbestritten ein ausgemachter Idiot. Jetzt mußte sie es nur noch herausfinden.

Gerhard drückte zu, bis sie röchelte. Ihre Augen quollen heraus, sie wehrte sich und schlug um sich, aber sie hatte keine Chance, denn sie war nicht seine Gewichtsklasse. Er lag nackt auf ihr und preßte sie langsam zu Tode. Erst als die Arme schlaff zur Seite sanken und der Widerstand gänzlich verebbt war, auch das Krümmen des Körpers und das Zucken der Bauchdecke, ließ er von ihr ab und betrachtete sie. Sie sah seiner Tochter verflucht ähnlich. Wahrscheinlich war sie es. Er betrachtete sie genauer. Er hatte seine eigene Tochter umgebracht. Das hat sie davon, dachte er noch – da wachte er auf.

Er lag auf dem Sofa, das er sich vor nicht allzu langer Zeit unter den mißtrauischen Blicken seiner Sekretärin Heidi Zell in sein Arbeitszimmer hatte stellen lassen. Langsam richtete er sich auf und stellte fest, daß er kein bißchen aufgeregt war. Den Traum hatte er in letzter Zeit häufiger, er kehrte regelmäßig wieder, wie ein Fingerzeig oder, stärker noch, wie eine Bestimmung. Gerhard rückte seine Krawatte zurecht und fuhr sich durch sein schütter werdendes Haar. Es konnte nicht seine Schuld sein, wenn ihn die jungen Dinger bis aufs Blut reizten, einschließlich seiner Tochter. Mit diesem Brief, den sie ihm vor zwei Monaten geschrieben hatte, hatte sie den Bogen eindeutig überspannt. Er hatte ihr gleich gesagt, daß er nicht vorhabe, auch nur einen Pfennig an sie zu zahlen, und sie solle sich vor ihm hüten. Er machte ihr deutlich, daß er diesen Erpressungsversuch als eindeutigen Angriff werte und seine Antwort auf sie als Aggressor nur ein Akt der Notwehr sein könne.

Das war seine Rede gewesen, und seither träumte er davon. Sie aber hatte ihm einen zweiten Brief geschrieben, in dem sie ihm drohte, sie würde eine Anzeige in der Zeitung aufgeben, falls er nicht binnen drei Wochen mit der Kohle rüberrücken würde. Und damit er sich gleich vorstellen könne, wie das Ganze dann aussehen würde, lasse sie ihm, so schrieb sie weiter, mit diesem Brief auch gleich den genauen Entwurf zukommen. Gerhard zog ein zweites Blatt aus dem Umschlag und faltete es auseinander. Adressiert war es an die Zeitung, aber auch an verschiedene Fernsehredaktionen mit entsprechenden Talkthemen. Mit zusammengebissenen Zähnen las er:

Geschichtsprofessor erzwang Inzest
Hochangesehen und hochdotiert – und trotzdem ein Monster. Die Tochter hatte über Jahre unter ihm zu leiden, er liebt blutjunge Frauen. Studiert auch Ihre Tochter an der Essener Uni? Jetzt sind Sie gewarnt!

Gez. Barbara, die Tochter

Hans-Jürgen saß in seinem Büro und tat so, als würde er seiner Mandantin zuhören, die ihm langatmig eine Geschichte erzählte, die er schon aus den Akten kannte und die darüber hinaus bereits mit dem gegnerischen Anwalt ausgehandelt war. Sie würden einen Vergleich schließen, das war in diesem Fall die schnellste und sicherste Methode zum Geldverdienen, zudem die mit dem geringsten Arbeitsaufwand.

Während er seiner Mandantin dann und wann zustimmend zunickte, dachte er an seinen Schwiegervater. Es war zwar nicht so, daß er die Hysterie seiner Frau teilte, aber immerhin erkannte er als Mann die Macht der jungen Frau und die Eitelkeit des alternden Bockes. Und das beunruhigte ihn zutiefst. Nicht nur das: Die Kanzlei lief nicht mehr so gut, seitdem sich so viele Spunde in Mannheim niedergelassen hatten. Sie zogen mit ihren flotten

Sprüchen und ihren Jeans unter den Talaren die junge Kundschaft ab, genau die, die ihm bislang den Grundstock für die monatlichen Ausgaben gebracht hatte. Wenn jedoch der alltägliche Kram wie Scheidung und Schlägerei ausblieb, mußte er größere Fische an Land ziehen, was nicht so ohne weiteres zu machen war. Und was zusätzlich an ihm nagte, war die Spielschuld bei einem seiner Kameraden. Daß sie bei ihren Männerausflügen vor allem in die Kasinos gingen, brauchte keiner außerhalb dieser Runde zu wissen. Schon gar nicht die Frauen, das wäre nicht nur lästig, sondern sträflich, wenn nicht gar tödlich gewesen. Aber beim letzten Mal, während eines Miniausflugs nach Bad Homburg – sie hatten das als nachträgliche Geburtstagsfeier getarnt –, hatte er sich völlig übernommen. Er war am Roulettetisch so gewaltig auf der Siegerseite gewesen, daß er nicht wahrhaben wollte, als er rapide zu verlieren begann. Bei 15 000 Mark hörte er auf, fast besinnungslos von dem Wunsch, noch weiterzuspielen. Er mußte von seinen Freunden ausgelöst werden, was beschämend genug war, aber auch danach konnte er seine Niederlage nicht begreifen und brauchte Tage, um der Wahrheit ins Auge sehen zu können. Natürlich wußte er nicht, wie er diese gewaltige Summe zusammenbringen sollte. Vor seinen Freunden wollte er das Gesicht nicht verlieren, und vor allem konnte er ihnen gegenüber nicht zugeben, daß er nicht mehr auf der Seite der sorglosen Verdiener war. Also blieb nur ein Kredit. Er schwitzte bei dem Gedanken, Renate könnte dahinterkommen. Mit heruntergelassenen Hosen vor ihr zu stehen, dieser Gedanke war ihm mehr als unerträglich.

Er schnippte seinen Füller hin und her und schaute durch die Mandantin hindurch. Er war Ministrant gewesen, und seine Eltern hätten ihn am liebsten schwarzberockt im Zölibat gesehen, was die 20jährige aus dem Nachbarhaus allerdings zu verhindern wußte: An seinem 17. Geburtstag zog sie ihn am späten Nachmittag in den Beichtstuhl und entließ ihn in der Gewißheit, daß jetzt nur noch der schwarze Rock eines Anwalts in Frage käme. Er erklärte seinen Eltern am selben Abend in einem Anflug aufkeimender Männlichkeit, daß er während der vergangenen 17 Jahre seines Lebens nun wahrlich genügend Weihrauch eingeatmet habe und hiermit auf Marlboro umstiege.

Trotzdem saßen die katholischen Riten und Lehren tief, und zwischendurch schlich er zur Beichte in die Kirche. Nur jetzt beherrschte ihn ein Gedanke, der über Verschwendungssucht und das bloße Begehren deines Nächsten Weibes hinausging: Er wünschte sich, daß sein Schwiegervater ein Stelldichein bei Petrus hatte, bevor diese Sirene ihre Krallen in dessen Geldbeutel schlagen konnte. Und da dies kein frommer Wunsch war, schlug er zur Verblüffung seiner beredten Mandantin ein Kreuz.

In Augsburg schlenderte Lydia durch die Fußgängerzone und schaute sich die Auslagen an. Sie wollte sich, passend zum strahlenden Wetter, ein neues Sommerkleid kaufen und möglichst auch noch entsprechende Schuhe. Für den späteren Nachmittag hatte sie sich einen Friseurtermin geben lassen, und morgen früh wollte sie zur Kosmetikerin. Irgendwie fühlte sie sich stiefmütterlich behandelt und mußte das kompensieren. Das alte Gefühl der Nichtexistenz war während der letzten Tage wieder massiv ausgebrochen; es kroch jetzt erneut durch ihre Adern und vergiftete ihre Seele. Es war unerträglich, wie ihre Schwestern sie ausschlossen.

Es war ihr völlig klar, daß sie sie nicht für voll nahmen. Kurt verdiente als Kinderarzt nicht so viel wie Hans-Jürgen mit seiner gutgehenden Kanzlei mitten in Mannheim. Renate ließ sie das stets spüren, erzählte mal so nebenbei vom neuen Mercedes und der nächsten Fernreise. Auch die Erfolge ihrer Kinder waren ein beliebtes Thema. Lisa, Lydias erstes Kind, war dagegen unehelich auf die Welt gekommen, als Lydia 21 Jahre alt war. Das war für ein Klostermädchen natürlich eine Schande, wobei es sie heute wunderte, daß es in ihrer Unerfahrenheit nicht schon mit achtzehn passiert war. Trotzdem, Thekla, der das gleiche passiert war, hatte immerhin einen Mann vorzuweisen und war sofort nach der Zeugung standesgemäß verheiratet gewesen. Und wenn ihr Gatte auch zweifelhafte Ambitionen zu haben schien, so stand die Familie gesellschaftlich doch glänzend da. Renate bekam ihre vier Kinder vorbildlich im Abstand eines Jahres. Und selbst Bernadette hatte einen Vater zu ihrer Julia, wenngleich auch einen unausstehlichen. Nur sie, Lydia, hatte es nicht, und sie spielte auch zu diesem Zeitpunkt die Außenseiterrolle, die sie in ihrer Familie immer gespielt hatte.

Wenn sie als Kind in den Ferien nach Hause kam, war sie nie richtig integriert. Weder in die Zänkereien und Handgreiflichkeiten zwischen Thekla und Renate, noch wurde sie in die Intrigen eingeweiht, die Bernadette ausheckte. Zu Weihnachten bekam sie ein goldenes Kreuz an einer Kette geschenkt, während ihre Schwestern die ersten Handtaschen unter dem Weihnachtsbaum liegen hatten. Sie haßte das Kloster und fand doch manchmal Schutz, wenn auch nur bei einer einzigen Nonne. Sie war ihre Klavierlehrerin und hatte viel Verständnis für sie, vor allem dafür, daß Lydia, die völlig unmusikalisch war, panische Angst davor hatte, im Speisesaal ans Klavier gerufen zu werden und vor allen anderen spielen zu müssen.

Es war der tägliche Spießrutenlauf für sie, denn wenn alle durch waren, kam die Reihe unweigerlich an sie. Ihre Klavierlehrerin, die während des Unterrichts den Totenglöckchen lauschte, die vom Klosterfriedhof herüberschallten, und mit faltigem Gesicht ein Vaterunser lächelte, erkannte ihre Not und hielt ihre Hand schützend über sie. Deshalb erzählte Lydia ihr alles. Von ihrer Nichtexistenz, von ihren Eltern, die sie eigentlich überhaupt nicht kannte, von der Villa am See mit den wunderbar knarrenden Bäumen und dem lockenden Wasser und von ihren Schwestern, die stets alles untereinander aufteilten und ihr nie etwas übrigließen. Als die Klavierlehrerin starb, hatte sie die einzige Freundin und Bezugsperson ihres Lebens verloren. Sie fühlte sich völlig nackt in einer kalten Umgebung und schwänzte zum ersten Mal den Unterricht, um ihr unter dem Gebimmel der Totenglöckchen und dem Gemurmel der Nonnen am frisch geschaufelten Grab ein heißes Lebewohl nachzuweinen.

Lydia stand vor der Boutique, in der sie schon so manche Mark gelassen hatte, und schaute die Blusen durch, die draußen auf einem Ständer hingen. Sie waren alle heruntergesetzt, und Lydia zog zwei heraus, um sie genauer anzusehen. Die eine war silbergrau mit schlichtem Ausschnitt und hellen, großen Knöpfen und die andere rot mit aufwendigen Applikationen. Sie betrachtete beide eine Weile, und während sie sie verglich, sah sie plötzlich ihre Situation darin widergespiegelt. Es war wie in ihrem eigenen Leben. Auf der einen Seite sie, im durchschnittlichen, leicht zu übersehenden Grau, auf der anderen Seite die Schwestern in herausforderndem Rot, siegesgewiß, fordernd. Lydia hängte die beiden Blusen zurück, als hätte sie sich die Finger verbrannt. Eines wurde ihr nämlich schlagartig klar: Sie hatte 49 Jahre ihres Lebens zurückgesteckt, war immer das Stiefkind, das Aschenputtel gewesen. Von nun an würde sie Rot tragen. Jetzt war ihre Zeit gekommen, und sie würde dafür kämpfen, daß auch sie endlich einen Platz im Leben erhielt. Sollten sich ihre Schwestern gegen Anno zusammenschließen, sie würde einen Weg finden, am Schluß zusammen mit Kurt über alle zu triumphieren: in der Villa am See!

Anno hatte sein Mittagsschläfchen beendet und blieb noch eine Weile mit geschlossenen Augen im Bett liegen. Er hatte den ganzen Tag über das nachgedacht, was er in der Nacht zuvor impulsiv ausgesprochen hatte. Er hatte es hin und her gewälzt, auf Pro und Kontra untersucht und war zu dem Ergebnis gekommen, daß es zwar ungewöhnlich, aber trotzdem eine gute Idee war. Er sah das Beispiel von Romy zu genau vor seinen Augen. Ihr glückliches Lächeln, ihre glänzenden Augen: die ganze Frau war über ihr Alter erhaben. Es war zwar unkonventionell, aber was zählten in einer Welt kurz vor dem Eintritt in die Dunkelkammer schon Konventionen. Ging es hier nicht um sein persönliches Glück?
    Ursprünglich hatte er es tatsächlich als bloße Scheinaktion gegen seine Töchter und vor allem gegen seine Schwiegersöhne gesehen. Denn er konnte sich vorstellen, daß sich Hans-Jürgen mit seinen Möglichkeiten als Anwalt längst bis zu seinen verschiedenen Konten, Sparbüchern und Wertpapieren durchgetastet hatte und für ein verlängerndes Lebensglück seines Schwiegervaters wenig Sinn aufbringen würde. Und Gerhard hielt er für einen

berechnenden Psychopathen, der die Villa wahrscheinlich am liebsten in ein Mädchenpensionat umbauen lassen würde. Bei Rainer hatte er sich eigentlich gewundert, daß er sich von Bernadette hatte vertreiben lassen, denn Anno war sicher, daß Rainer auf die Wirksamkeit einer Lieblingsenkelin wie Julia hoffte. Einzig bei Kurt glaubte er, eine Ausnahme machen zu können: Er und Lydia hatten wahrscheinlich noch nicht einmal erkannt, daß die Figuren bereits verteilt und die ersten Züge schon durchdacht wurden.

Anno stand auf und ging ans Fenster. Nancy lag in einem zeltförmigen Badeanzug draußen im Liegestuhl und sonnte sich. Er betrachtete sie eine Weile und fragte sich, welche Motivation sie zu der Rolle einer Kupplerin treiben könnte. Irgendwie hatte er im Gespür, daß sie eine Verbindung zwischen ihm und Ina Schwarz begrüßen würde. Und nicht nur das, wahrscheinlich förderte sie dies sogar. Wollte sie ihm etwas Gutes tun? Oder eher Ina? Oder ging es überhaupt nicht um Positives, sondern eher Negatives, nämlich gegenüber seiner Familie? Sein Blick glitt über sie hinweg über das Grundstück. Es war zu schön, um es kampflos aufzugeben. Es war tatsächlich ein Geschenk, hier leben zu dürfen. Er hatte es sich durch harte Arbeit, durch Findigkeit, aber auch durch ständige Risikobereitschaft erarbeitet. Was sollten sie damit tun? Durch vier teilen? Das Haus auseinanderreißen, das Grundstück in lange, schmale Handtücher aufteilen? Sie würden es verkaufen, an einen Meistbietenden aus Stuttgart oder sonstwo aus Schwaben, jedenfalls an einen, der die gelebte alte Villa abreißen und durch einen gläsernen Stahlbau ersetzen würde. Sie würden das Geld nehmen, größere Autos bestellen, Glaskästen an ihre Häuser bauen, Winterdomizile auf Teneriffa kaufen und vor den Nachbarn angeben. Annos Blick blieb an Nancys gewaltigem Bauch hängen. Und sie, was würde mit ihr passieren? Das Arbeitsamt würde ihr bescheinigen, daß sie für eine weitere Arbeitsstelle zu dick, zu laut und zu alt sei. Aus. Sie würde zuschauen, wie die eiserne Birne in die leeren Fenster sauste, sie würde das Dach einstürzen hören und den Staub aufsteigen sehen. Sie würde das Ende miterleben, wahrscheinlich auch ihr eigenes Ende.

Anno drehte sich vom Fenster weg und schaute geblendet in den nun völlig dunklen Schlafraum. Seine Augen nahmen nichts wahr, und trotzdem glaubte er für den Bruchteil einer Sekunde seine Frau auf seinem Bett sitzen und ihm zunicken zu sehen. »Blödsinn!« sagte er laut und rieb sich über die Lider. Es hätte keiner Erscheinung bedurft, formulierte er still. Er wußte auch so, was zu tun war.

Ina hatte den ganzen Vormittag an ihrem Schreibtisch verbracht. Sie sortierte Belege, versuchte Liegengebliebenes aufzuarbeiten und sich in die noch unerforschten Geheimnisse ihres Faxgerätes einzulesen. Denn daß es sehr viel mehr konnte, als sie nutzte, war klar. Auch die Gebrauchsanweisungen ihres Videorecorders, des Handys und ihres Telefons mit integriertem Anrufbeantworter lagen bereit. Sie würde Mittel und Wege finden, um sich von den drängenden Gedanken abzulenken. Kurz vor Mittag deckte sie im Garten den Tisch, richtete einen Sommersalat und stellte Wasser für Wienerle auf. Nebenher füllte sie die Waschmaschine, hängte Wäsche auf, schrubbte die Holzböden, wusch die Küchenschränke aus und fühlte sich entsetzlich hyperaktiv.

Caroline kam nicht rechtzeitig, sicherlich trödelte sie wieder mit ihrer Freundin herum. Ina ging in ihrem kurzen T-Shirt vor den Spiegel und betrachtete sich. Sie hatte wahrlich Glück mit ihrer Figur. Lange, schlanke Beine, keine Spur von Cellulitis, obwohl sie keinen Sport trieb. Sie drehte und wendete sich und kniff sich auch von hinten in die Oberschenkel. Nicht der Hauch einer Veränderung. Sie zog das T-Shirt aus. Ihr Busen war nicht besonders groß und hatte deswegen keine Schwierigkeiten mit der Schwerkraft, und ihre Hüften waren knabenhaft schmal. Sie entdeckte keinen Unterschied zu ihrer Figur von vor zehn Jahren. Eigentlich sollte sie sich darüber freuen, aber sie zog sich das T-Shirt hastig wieder über den Kopf. Welche Idee, einem solchen frischen Körper einen Körper von 80 Jahren an die Seite zu stellen. Ihre Phantasie reichte aus, um eine Gänsehaut zu bekommen.

Sie rieb sich die Oberarme und ging in den Garten. Daß sie überhaupt darüber nachdachte. Sicher, ursprünglich fand sie die Idee, dieser elenden Familie eines auszuwischen, geradezu genial. Und als Carolines Erlebnis noch frisch war, hätte sie wahrscheinlich nicht gezögert, sofort »ja« zu sagen. Aber es waren Tage vergangen, und sie hatte Abstand gewonnen. Sie träumte von einem jungen, muskulösen, sehnigen Männerkörper und nicht von faltiger Haut.

Vom Garten her hörte sie Caroline rufen und lief hinaus. Sie sah hübsch aus mit den locker zusammengenommenen Haaren und dem rotweißkarierten Kleid. »Na, mein Liebling, hast du Hunger?« Ina beugte sich zu ihr hinunter und gab ihr einen Kuß auf die Stirn.

»Was gibt's denn?« Caroline ließ den Schulranzen von der Schulter rutschen und kratzte sich hingebungsvoll am Schienbein.

»Würstchen und Salat!«

Sie erntete einen schiefen Blick von unten. »Kannst du nicht mal so was machen wie gestern die Nancy? Diese heißen Dinger?«

»Du meinst die kleinen Schinkenhörnchen?«

Caroline ging an ihr vorbei und setzte sich an den Gartentisch. »Ja, die waren lecker! Und den Claudio fand ich auch sehr nett!«

Richtig, Claudio! Ina ging in die Küche, um die Wienerle ins heiße Wasser zu legen. Wie fühlte sich eigentlich Claudio an der Seite einer 84jährigen Frau? Ob sie mit ihm ins Bett wollte? War das vorstellbar? Oder ob man das nur im umgekehrten Fall, Mann alt, Frau jung, für akzeptabel hielt?

Ina beschloß, Claudio danach zu fragen. Irgendwie hatte sie den Eindruck, daß er kein Problem damit hatte. Und da er Annos Ambitionen mitbekommen hatte, konnte sie auch sicherlich gleich offen mit ihm reden.

Ina war froh, einen Weg aus der Untätigkeit gefunden zu haben, und nahm das Telefon, während sie auf die Würstchen wartete. Sie rief die Auskunft an und hatte Glück. Romy hatte keinen Geheimanschluß, sondern im Gegenteil eine höchst einprägsame Nummer, die sich Ina auch ohne Papier und Bleistift merken konnte.

Sie wählte direkt, um nicht noch einmal darüber nachdenken zu müssen.

»Pronto.« Es war Romy. Über diese Möglichkeit hatte sich Ina im Vorfeld keine Gedanken gemacht, und sie kam ins Stocken.

»Wie nett, daß Sie uns anrufen«, freute sich Romy und lud sie spontan für den Nachmittag ein. »Bringen Sie doch Ihre Tochter mit, wir haben einen wunderschönen verwunschenen Garten, das wird der Kleinen sicher gefallen!«

Sie tauschten einige Höflichkeitsformeln aus, und Ina war froh, daß Romy überhaupt nicht nach dem Grund ihres Anrufes fragte. So sagte sie für den späteren Nachmittag zu und war gleichzeitig dankbar, ihrer Nichtbeschäftigung entfliehen zu können. Ein paar Stunden in einer neuen, sicher ungewöhnlichen Umgebung würden ihr guttun. Illusionen eben.

Caroline war hin und her gerissen. Auf der einen Seite war sie maßlos neugierig, auf der anderen hatte das Meerschweinchen ihrer Freundin Jella Junge bekommen, und sie hatten verabredet, daß eine große Taufe stattfinden sollte. Caroline war eine der vier Patinnen, und Veronique, ebenfalls ein Mädchen aus ihrer Klasse, brachte extra ein silbernes Taufbecken mit. Ina hoffte, daß die jungen Meerschweinchen die Zeremonie überleben würden, und rief noch schnell Jellas Mutter an, um sie auf die drohende Gefahr aufmerksam zu machen. Die tatsächliche Gefahr erwies sich aber erst im nachhinein, denn als Ina wieder auflegte, hatte ihr Jellas Mutter nicht nur eines der Meerschweinchenbabys aufgeschwatzt, sondern gleich deren zwei. Eines allein sei zu einsam und somit zu traurig, bekam sie zu hören, und dann erfolgte die mütterliche Verschwörung, die Tierchen in genau sechs Wochen frühmorgens in Carolines Zimmer zu stellen, so daß sie, wenn sie an ihrem siebten Geburtstag die Augen aufschlug, gleich ein wunderschönes Geschenk vorfände.

Als Ina auflegte, war ihr klar, daß das wunderschöne Geschenk an ihr kleben bleiben würde. Sie brauchte einen großen Käfig fürs Haus, für die Sommerfrische galt es ein Stück Garten einzuzäunen, sie mußte ordentliche Meerschweinchenhäuschen bauen und schließlich dafür Sorge tragen, daß aus zwei nicht im Handumdrehen acht wurden.

Ina lieferte Caroline ab, tauschte einen verschwörerischen Blick mit Jellas Mutter aus und fuhr zu der angegebenen Adresse. Dabei war sie sich überhaupt nicht im klaren, wie sie das Thema anpacken könnte. Sollte sie einfach beide fragen? Es wäre zumindest am ehrlichsten. Aber war es nicht auch verletzend? Gesetzt den Fall, Claudio würde sich aus ästhetischen Gründen davon distanzieren, wie müßte sich Romy fühlen? Sie beschloß, erst einmal abzuwarten.

Sie brauchte länger als vorhergesehen, denn der Verkehr ging nur stockend voran. Nicht zu fassen, dachte sie, während sich vor ihr mühsam ein Wagen nach dem anderen in die Hauptstraße einfädelte, wo kommen die bloß alle her? War für die Bürokraten der Stadt schon wieder Feierabend, oder waren es tatsächlich alles Touristen, die den Verkehr lahmlegten? Klasse Idee, in den Städten generell Tempo 30 einzuführen, fand sie; wenn es zwingend wäre, käme man wenigstens vorwärts.

Schließlich ging es doch weiter, und Ina parkte kurz darauf direkt vor Romys Haus. Mit einer Flasche Wein in der Hand sprang sie hinaus, öffnete das Gartentor und bemühte sich, wie vor wenigen Tagen noch Julia, die unregelmäßigen Steinplatten zu treffen. Als sie gerade die Klingel suchte, wurde die Tür vor ihr aufgerissen, und Romy stand vor ihr. »Oh, meine Liebe, ich habe gewartet, aber jetzt muß ich leider gehen!« Sie nahm Ina in die Arme, als seien sie die allerbesten Freundinnen, und erklärte ihr, daß sie total übersehen hätte, welcher Wochentag heute sei. Am Donnerstag habe sie immer ihren Italienischkurs an der Volkshochschule, und sie könne es sich leider nicht leisten, auch nur eine Stunde ausfallen zu lassen. Dann käme sie ganz einfach nicht mehr mit. »Macht es euch derweil gemütlich«, rief sie ihr mit einer Kußhand zu, während sie mit ihrem weiten, cremefarbenem Chiffonkleid über die Steinplatten einem eben am Gartenzaun haltenden Taxi entgegenwehte.

Ina sah ihr nach, dann drehte sie sich wieder zur offenen Eingangstür um und erschrak: Direkt vor ihr stand Claudio und lächelte sie an. »Wir werden schon klarkommen«, sagte er. »Kommen Sie erst einmal herein!«

Er trat zur Seite, um sie hereinzulassen. Ina fühlte sich befangen. Eigentlich wollte sie ja wirklich nur mit ihm reden, aber jetzt war ihr völlig unklar, wie sie das anfangen könnte. Und auch die Einrichtung der Eingangshalle wirkte seltsam auf sie. Diese vielen Tücher, Spiegel, der Geruch und die Musik. Sie kam sich vor wie in einer Operette, zumindest hatte es etwas Surreales. Nur Claudio wirkte seltsam klar in dieser formlosen Umgebung. Er ging ihr jetzt voraus und bat sie ins Wohnzimmer. Hier leben die beiden also, dachte Ina und konnte es sich nicht so richtig vorstellen. Die hohen Fenster erinnerten sie an eine Kirche, und unwillkürlich überlegte sie, ob Romy und Claudio hier wohl schwarze Messen feierten. Aber dann wischte sie den Gedanken weg. Er war blödsinnig, denn die Fenster waren weit geöffnet, Licht strömte herein, und der Garten dahinter sah wirklich nur nach kindlichem Abenteuer aus. Die Wohnlandschaft war hell, und es gab nichts, was dem nüchternen Auge hätte unheimlich erscheinen können.

»Überlegen Sie, was Sie sagen sollen?« sagte Claudio, und Ina fühlte sich unbehaglich. Hatte er sie durchschaut, oder war es eine Standardfrage? Sie beschloß, ihn genau dieses zu fragen, und er grinste. Dabei stand er ihr so nah gegenüber, daß Ina keine einzige Kleinigkeit entging. Er hatte eine unglaublich junge, glatte Haut und sah mit seinem römisch geschwungenen Mund, dem energischen Kinn und den dichten schwarzen Haaren, die trotz ihrer gezähmten Kürze wild wirkten, einfach verdammt gut aus. Sie stellte fest, daß sie brennend an dem Arrangement zwischen ihm und Romy interessiert war.

»Kaffee?« fragte er, und sie war sich bei dem nahen Blick in seine kastanienbraunen Augen nicht sicher, ob nicht ein kleiner Ausdruck von Spott darin lag. »Eiskaffee vielleicht?«

»Sehr gute Idee.« Ina wandte sich ab und trat an eines der geöffneten bodentiefen Fenster. Sie hörte, wie er den Raum verließ, und ging in den Garten. Ein gepflegtes Durcheinander der unterschiedlichsten Pflanzen empfing sie. In ihrer näheren Umgebung machte sie einen Bananenbaum aus, mehrere Palmen, aber auch eine Trauerweide und eine Birke.

Kein Wunder, daß Romy gemeint hatte, Caroline könnte ihren Spaß daran haben. Unter der Trauerweide hätte sie sich sicherlich bereits eine Wohnung eingerichtet und mit großen Blättern den Tisch gedeckt. Ina ging an der Hauswand entlang und blieb vor einem weiteren geöffneten Fenster stehen. Es gehörte zur Küche, und sie beobachtete, wie Claudio einen Sahnebecher aus dem Kühlschrank nahm, ihn in eine hohe Schüssel füllte und nach dem Mixer griff. »Kommen Sie ruhig herein«, sagte er. Anscheinend hatte er sie aus dem Augenwinkel heraus bemerkt. Ina kam seiner Aufforderung nach und setzte sich an den runden Bistrotisch, der zwischen zwei bequemen Korbstühlen direkt neben dem Fenster stand. Mit der Hand wischte sie über den kühlen Marmor der Tischplatte und überlegte, was sie nun sagen könnte, während sie die Küche musterte. Sie war in einem modernen Taubenblau gehalten, mit viel Edelstahl und Technik. Ina empfand sie als unerwarteten Kontrast zur verspielten, weiblichen Eingangshalle. Claudio nahm einen großen Löffel voll Schlagsahne und tauchte ihn so vorsichtig in den kalten Kaffee, daß die Schlagsahne oben schwamm, dann stellte er die beiden Gläser auf den Tisch. »Wollen wir hier bleiben?« fragte er und holte auf Inas Nicken hin aus einer Schublade zwei Röhrchen und zwei langstielige Löffel.

Irgendwie war es hier ein neutraler Raum, und Ina fand es angenehmer, als im Wohnzimmer auf der riesigen Couch zu sitzen.

»Sie wollen sicherlich einiges wissen«, begann er, kaum daß er sich ihr gegenüber hingesetzt hatte. Statt eine Antwort zu geben, griff Ina nach ihrem Löffel und strich ihn mit der Löffelspitze langsam durch die Sahne. »Brauchen Sie ein paar Tips in bezug auf Anno?«

Die Frage erschien Ina ziemlich provokant, und sie schaute auf. »Ich hatte eigentlich nicht vor, Ihr Beispiel auf mein Leben zu übertragen«, sagte sie, und während sie es noch aussprach, fragte sie sich, ob es nicht zu scharf gewesen war. Schließlich war sie Gast und, das mußte sie ehrlicherweise zugeben, tatsächlich in jeder Hinsicht neugierig.

»O la la!« Er schnalzte mit der Zunge. »Mag so sein. Könnte aber auch sein, daß andere es anders sehen!«

»Wie?!?«

»Nun, wenn mich nicht alles täuscht, war ich dabei, als Sie gestern nacht, das heißt ...«, er schaute auf seine Armbanduhr, »... vor etwa 16 Stunden einen Heiratsantrag bekommen haben. Ich hätte das zumindest mal so interpretiert. Sie nicht?«

Ina sog am Röhrchen und überlegte. Er hatte verdammt recht. Es war ein Heiratsantrag gewesen, und seitdem war sie völlig neben der Rolle. »Ich auch«, sagte sie schlicht.

»Nun, sehen Sie!« Dabei ließ er es bewenden und fischte mit dem Löffel nach dem Vanilleeis, das unter der Sahne schwamm und sich bereits auflöste.

»Sehe ich was?« wollte Ina wissen.

Er schaute sie an, und sie hielt seinem Blick stand. »Sie müssen schließlich wissen, was Sie wollen«, sagte er mit einem leichten Lächeln in der Stimme.

Da wußte sie es schon nicht mehr. Was interessierte sie überhaupt das Gerede über Greise in weiblicher oder männlicher Form, wenn ihr hier ein Exemplar gegenübersaß, das alle Kriterien eines Kümmerers erfüllte? Ob er sich auch um Frauen unter 80 Jahren kümmerte?

Seine Augen kamen näher, schwebten über dem Eiskaffee, und Ina hing in ihnen fest, bis sie seine Lippen spürte. Sie fühlten sich härter an, als sie aussahen, und als sie den Mund öffnete, fiel sie fast vom Stuhl. Der Mensch konnte küssen! Kaum zu fassen! Ein Mann, der ihr nicht mit zuviel Speichel und zu lascher Zunge die Mundhöhle vollsabberte, sondern tatsächlich einer, der das Spiel beherrschte. Kaum zu glauben, das ließ Rückschlüsse zu. Sie hingen mehr als fünfzehn Minuten quer über dem Bistrotisch und küßten sich immer sinnlicher. Irgendwann rückten sie zusammen, ohne voneinander abzulassen, und Ina ertastete durch sein schwarzes T-Shirt hindurch seinen Oberkörper. Sie hatte so lange keinen Mann mehr gehabt, daß ihr sämtliche äußeren Umstände egal waren. Wenn er liebte, wie er küßte, war er es allemal wert. Zumindest in dieser Sekunde! Sie fühlte seine Hände auf ihren Brüsten und knöpfte kurz entschlossen ihre kurzärmelige Bluse auf. Sein Mund glitt hinunter zu ihrem Busen, seine Hände lösten den BH, dann versank sein Kopf zwischen ihren Brüsten. Sie saßen sich noch immer auf den beiden Stühlen gegenüber, sie hatte sein T-Shirt am Rücken bis zum Nacken hochgezogen und ließ ihre Finger an seiner Wirbelsäule entlang nach oben wandern, an den Schultern verharren, mit sanftem Druck ertasten und wieder nach unten fahren. Irgendwann geriet ihr das Streicheln außer Kontrolle, und sie spürte, wie sie sich mit allen zehn Fingern in seine Schulterblätter eingrub. Er hatte ihre Brustwarzen stimuliert wie keiner vor ihm, und sie wollte es jetzt wissen, und wenn es sein müßte, auf den Steinfliesen des Küchenbodens.

Er schien genau das gespürt zu haben, denn er zog sie hoch, fegte sein T-Shirt über den Kopf in eine Ecke, und sie drängten ihre nackten Oberkörper aneinander. Aber die Küsse waren es, die Ina am meisten verwirrten. Nie im Leben hätte sie geglaubt, daß ein Mann so küssen kann. Er topte alle bisherigen Erfahrungen und widerlegte ihre feste Meinung, daß Männer oberhalb der Gürtelschnalle völlig unbrauchbar seien.

Sie spürte seine Finger an ihrem Hosenknopf, und obwohl sie höllisch erregt war, war sie gespannt, wie er diese Hindernisse meistern würde. Sie hoffte, daß er sich jetzt nicht ungeschickt anstellen würde, denn sie wußte genau, daß es sie, ob sie wollte oder nicht, sofort abtörnen würde. Sie wollte in ihrem ganzen Leben keinen Dilettanten mehr an ihren Körper lassen, davon hatte sie wahrlich schon genug gehabt. Aber er wußte, wo er hingreifen mußte, und so beschäftigte sich auch Ina mit seiner Hose, und während sie alle weiteren Gedanken abschüttelte, lagen sie plötzlich nackt auf dem Boden. Und bevor Ina ein Gefühl für Kälte oder Wärme entwickeln konnte, war er zwischen ihren Beinen und küßte sie mit einer solchen Hingabe und Intensität, daß sie sich völlig fallenließ. Er schaffte es, sie bis in die Fingerspitzen unter Strom zu setzen, und als er, gerade zum rechten Zeitpunkt, als könne er in ihrem Körper lesen, langsam in sie eindrang, spürte sie ihn wie noch nie einen Mann zuvor. Es paßte, verdammt noch mal, dachte sie halb beglückt, halb erschrocken. Sein Körper war für ihren gemacht, das konnte nur Probleme geben.

Anno legte den Telefonhörer wieder auf. Anrufbeantworter mochte er nicht, und wenn Ina jetzt nicht erreichbar war, würde er sie eben später wieder anrufen. Vielleicht war es auch ganz gut so, denn eigentlich war er sich noch nicht sicher, wie er es formulieren wollte. Kommen Sie doch her, und lassen Sie uns mal über alles reden? Und wenn sie antworten würde: »Worüber sollten wir denn reden? Habe ich heute nacht nicht schon alles gesagt«, was dann? Und schließlich hätte sie recht, es war bereits ein klares »Nein« gefallen. Andererseits war er selbstbewußt genug, um zu wissen, daß er vieles zu bieten hatte. Aber er spürte auch das Handicap seines Alters, es hatte ihn unsicher gemacht. Konnte er sich einer so jungen Frau überhaupt anbieten? Waren die Zeiten nicht anders geworden? Würde sie gar über ihn lachen?

Er ging ins Wohnzimmer zurück, wo Julia und Niklas mit Nancy am Tisch saßen und Kaffee tranken. Sie schauten ihm aufmerksam entgegen. »Ich befürchte, ich werde das nicht so richtig vermitteln können«, sagte er, während er sich seinen Stuhl zurechtrückte.

»Was sagt sie denn?« wollte Julia wissen.

»Nicht viel.« Anno setzte sich und schenkte sich eine Tasse Kaffee nach, bevor er seine Enkelin aufklärte. »Sie war nicht da!«

»Schade.« Nancy klatschte ihm eine ordentliche Portion Schlagsahne auf den Apfelkuchen. »Wir hätten sie gleich mal herbitten können!«

»Nicht so viel!« Anno wehrte einen zweiten Löffel ab. »Ich kann in so einer entscheidenden Phase meines Lebens nicht auch noch dick werden!«

»Stimmt!« Julia hielt Nancy ihren Teller hin. »Opi muß attraktiv bleiben, gib es besser mir!«

»Ach, du etwa nicht?« Nancy warf Niklas einen vielsagenden Blick zu, dann schaute sie an sich hinunter. »Und was heißt da überhaupt, attraktiv bleiben? Will hier jemand behaupten, ich sei nicht attraktiv? Ich habe die attraktivsten Pfunde, die jemals durch Lindau getragen wurden, darauf lege ich Wert, und ich möchte es auch von euch bestätigt wissen!«

Niklas musterte sie mit fachmännischem Blick und nickte. »Nichts leichter als das! Ich habe wirklich noch nie so großartig angelegte Pfunde gesehen!«

Sein Grübchen in der Wange verstärkte sich, als er sie jetzt anlächelte, und der Schalk blitzte aus seinen blaugrauen Augen.

Julia warf ihm einen Blick zu und fand ihn unwiderstehlich. Nur, er schien nicht so richtig in Fahrt zu kommen. Heute nacht hatte er ihr, als sie sich vor seinem Wagen verabschiedeten, lediglich ein distanziertes Küßchen aufgedrückt und auch vorhin, zur Begrüßung, ein eher kameradschaftliches Bussi. Wenn sie nicht sein Typ war, was tat er dann hier? Vielleicht war er aber auch einer der Jungs, die erst mal Zeit brauchen. Oder hatte er in Stuttgart womöglich eine andere Braut sitzen und war nur noch nicht dazu gekommen, ihr das zu sagen? Oder noch schlimmer – wollte es nicht?

Julia beschloß, nichts zu überstürzen, und kam sich mit diesem Gedanken seltsam altmodisch vor.

Nancy war inzwischen dabei, Anno von seiner eigenen Idee zu überzeugen. »Frisches Leben wird Ihnen und diesem Haus guttun, und Ihre Familie wird sich allerlei einfallen lassen. Das wird ein Spaß werden!«

»Sie werden mir einen Psychiater schicken!«

»Ja, herrlich! Und dem werden wir eine Geschichte vorspielen, daß er nachher selbst einen Kollegen nötig hat!« Nancy schüttelte sich aus vor Lachen.

»Wolltest du nicht heute schon ein Verlobungsgeschenk besorgen?« Julia legte den Kopf schief.

»Wenn es nach meinem Plan gegangen wäre, ja!« Anno zuckte die Achseln.

»Was hast du dir denn gedacht?« Julia war maßlos neugierig, wieviel ihr Großvater wohl in eine neue Braut investieren würde.

»Ich dachte an etwas, das ein bißchen was hermacht und deine Tanten zur Verzweiflung treibt.« Er zog die Augenbrauen hoch und wartete ab.

Julia hatte seine Taktik zwar durchschaut, aber sie konnte es sich nicht verkneifen, gespannt »was denn nun?« zu fragen.

Er schaute kurz zur Decke und anschließend zu ihr. »Ich habe an einen Jaguar gedacht. Das Cabrio, meine ich, nicht das Tier!«

Julia fiel der Löffel aus der Hand.

Ina und Claudio lagen noch immer auf dem Küchenboden, jetzt seitlich und eng umschlungen. Sie hatten beide ihre Köpfe auf seinen ausgestreckten rechten Arm gelegt und schauten sich direkt in die Augen. Eine Weile sagten sie nichts, Claudio begann mit seinem linken Zeigefinger ihre Gesichtskonturen nachzuzeichnen. Sie schloß die Augen und horchte in sich hinein. Sie fühlte sich rundum zufrieden. Hier, auf dem harten Fußboden in Romys Küche. »Und wenn sie jetzt kommt?« fragte sie schließlich.

»Dann ist es eben so. Ich bin ihr Begleiter und nicht ihr Liebhaber!«

Sie hatte es nicht fragen wollen, aber sie hätte es sich auch schlecht vorstellen können. Alles, was eben geschehen war, hätte sie mit Romy teilen sollen? Ina war zu phantasievoll, um sich das ausmalen zu wollen. So blieb sie liegen und spürte, wie sie langsam auseinanderglitten.

»Kannst du es dir mit Anno vorstellen?«

Ina zog die Stirn kraus. »Ich habe keine Veranlassung, darüber nachzudenken!«

»Es gäbe sicherlich Arrangements, über die man nachdenken sollte!«

Ina bewegte sich ein bißchen von ihm fort und spürte, wie sie aneinander klebten. Ihre Körper waren feucht von Schweiß.

»Ich weiß nicht, was du meinst. Ich kenne keine solchen Arrangements.« Sie griff nach ihrem Busen. Ein nasser Film überzog ihn, sie glitt mit ihrer Hand zu Claudios Brust und fuhr ihm mit allen fünf Fingern durch seine geringelten Brusthaare. »Du hast einen schönen Körper«, sagte sie.

»Ich?« Er schaute sie groß an, dann lachte er laut. »Ha! So ein Witz! *Du* hast einen schönen Körper! Du kannst einen damit verrückt machen!«

Ina schaute an sich hinunter. Ja, sie hatte Glück gehabt, aber daß einer nach ihr verrückt gewesen wäre, hörte sie heute zum ersten Mal. Ihr Körper war eher knabenhaft schlank, hatte nichts von den Formen einer Brigitte Bardot. »Sollten wir nicht vielleicht mal ins Bad?« Sie zog ein Bein unter seinem hervor und spürte, daß es schon fast eingeschlafen war. Sicherlich würde sie morgen überall blaue Flecken haben, aber er war auch nicht ohne Schrammen und Male davongekommen, das war sicher.

Gemeinsam standen sie auf, und er ging ihr voraus ins Bad. Es war ganz aus weißem Marmor und fiel zum Garten hin stufig ab, so daß man von der eingelassenen runden Badewanne direkt durch die hohen Fenster hinausschauen konnte. An der anderen Seite waren moderne, runde Waschbecken aus Edelstahl angebracht, Bidet und Toilette verschwanden hinter einem gemauerten Vorsprung. Für Ina war es ein schier unvorstellbarer Luxus, der sich ihr bot, auch die weiße, runde Dusche, zu der Claudio sie jetzt führte.

»Ich hole dir nur noch schnell ein frisches Badetuch«, sagte er, während sie hineinging und sich die vielen Massagedüsen anschaute. Es war eine High-Tech-Dusche mit einem an der Innentür angebrachten Display und einem Bedienerfeld voller Symbole. Ina war es unbegreiflich, daß sich eine 84jährige Frau in so etwas zurechtfinden konnte. Claudio kam zu ihr herein, tippte einige Tasten an, drehte das Wasser auf, so daß es aus allen seitlich angebrachten Duschköpfen kam und nur ihre Köpfe aussparte, und begann Ina einzuseifen. Sie lehnte sich gegen die Glasscheibe und genoß seine Massage, und danach massierte sie ihn. Amüsiert stellte sie fest, daß ihre gezielte Säuberungsaktion bereits wieder

103

Wirkung zeigte. Sein Penis wuchs in ihrer Hand, und schließlich hob er sie hoch, und während sie ihre Beine um ihn schlang, wollte sie es selbst nicht glauben. Zuletzt hatte sie so etwas mit Kim Basinger in der Hauptrolle von »9½ Wochen« gesehen, aber selbst nicht für möglich gehalten. Was hatte sie bisher nur für schlaffe Liebhaber gehabt!

Romy hatte es sich in ihrem Garten auf einem kleinen Klappstuhl bequem gemacht. Geschützt durch die vielen Bäume und Zweige konnte sie so mit ihrem lichtstarken, aber handlichen Fernglas genau beobachten, was in ihrem Haus ablief. Es war ihr klar gewesen, und es kam ihr sehr entgegen. Claudio machte wirklich keine schlechte Figur, fand sie und bewunderte seinen Körper. Zudem zeigte er sich ausdauernd und geschickt. Kein Wunder, daß Ina dahinschmolz, welcher Mann konnte schon so ein Repertoire bieten. Sie lächelte vor sich hin und stellte ihr Fernglas schärfer. Das Glas der runden Dusche spiegelte zwar etwas, aber trotzdem war alles gut zu sehen, weil die winzigen Lichtstrahler an der Decke der Duschkabine allesamt eingeschaltet waren. Romy seufzte. Was hatte sie da nur für einen Prachtburschen an Land gezogen. Schade, daß ihr Mann sexuell so ein Tölpel war. Wie schön hätte ihr Leben sein können!

Anno hatte sich aufgemacht, er wollte Ina persönlich fragen. Nancy beschrieb ihm den Weg, er setzte sich in seinen Mercedes, der zwar schon etliche Jahre alt war, aber noch kaum Kilometer hatte, und fuhr los. Und weil er es genoß, mal wieder im Auto zu sitzen, fuhr er auch gleich einige Umwege. Zuerst auf die Insel, an der Inselhalle vorbei und durchs alte Stadttor in die Altstadt hinein. Das vertraute Kopfsteinpflaster brachte den Wagen zum Schwingen, Anno fuhr langsam und sortierte nach alter Gewohnheit Einheimische und Touristen. Die Einheimischen liefen meist über die Straße, ohne auch nur ansatzweise nach Autos zu schauen, denn die Insel gehörte ja ihnen. Die Touristen wichen aus und regten sich sichtbar darüber auf, daß in so schönen Gassen überhaupt ein Auto fahren durfte, zudem auch noch ein Mercedes – wenn auch ein betagter. Anno lächelte still vor sich hin. Er liebte die Stadt der Moschtköpfe, wenn auch seiner Meinung nach die meisten zur Fasnet keinerlei Verkleidung brauchten. Er fuhr bis zum alten Rathaus auf den Reichsplatz, blieb stehen, bewunderte, wie schon so oft, die herrliche Malerei auf der Fassade dieses geschichtsträchtigen Hauses, betrachtete den Lindavia-Brunnen am Rande des Platzes und überlegte, ob er in Ermangelung freier Parkplätze nicht einfach im Halteverbot parken und in einem der Restaurants an der Seepromenade das pulsierende Leben genießen sollte. Aber er dachte an Ina und daran, daß er heute eine wichtige Sache klären mußte, etwas, das er endlich wissen mußte, um es entweder aus seinem Kopf zu streichen oder zu entwickeln.

Er wendete und fuhr langsam zurück, bewunderte die Hafeneinfahrt von Lindau, fragte sich zum tausendsten Mal, warum ausgerechnet die Ämter die schönsten Flecken am See hatten, und fuhr, glücklich darüber, daß das Finanzamt zumindest ihm nichts mehr anhaben konnte, im Schrittempo am Stadttheater vorbei aus der Altstadt hinaus.

Auf der langen Brücke, die das Lindauer Festland mit der Insel verbindet, gab Anno Gas und fuhr schwungvoll in den Kreisverkehr ein, um kurz danach vor der geschlossenen Eisenbahnschranke zu stehen. Anno stellte den Motor aus, und Felix Wankel fiel ihm ein. Der in Annos Augen viel zu früh verstorbene berühmte Bewohner der Stadt hatte seiner Meinung nach schon gewußt, was er tat, als er sein delphinartiges Autoboot »Zisch« konstruierte: Auf dem Wasserweg wurde man wenigstens nicht ständig behindert.

Anno und Ina trafen gleichzeitig vor Inas Grundstück ein. Ina hatte Caroline abgeholt und erkannte den schwarzen Mercedes erst nicht, der ihr schräg gegenüber am Randstein einparkte. Caroline aber rief sofort: »Schau mal, Mutti, Herr Adelmann besucht uns, ist das nicht toll?«

Ina war sich nicht sicher, ob das toll war, aber sie stieg aus und ging über die Straße, um ihn zu begrüßen. Caroline hüpfte um sie herum, riß seine Wagentür auf und reichte ihm die Hand. Ina sah es mit Staunen, vor allem den kleinen Mädchenknicks, den sie andeutete. Das hatte sie noch nie gemacht, Ina war sich im Gegenteil sicher gewesen, daß sie weder Mädchenknickse noch Bubendiener kannte.

»Ich bin die Hofprinzessin, und du bist der König«, erklärte Caroline ihm, was für Ina die Welt wieder zurechtrückte. Daher wehte also der Wind, sie spielte Theater.

»Das ist aber ein überraschender Besuch«, sagte sie vorsichtig und wartete, bis Anno ausgestiegen war.

»Komme ich ungelegen?« Er reichte ihr die Hand, und sie drückte sie entschlossen. Gott sei Dank kein lascher, lauwarmer Händedruck, dachte er sofort, sondern eine feste, zupackende Hand. Das nahm ihn sogleich noch mehr für sie ein, auch ihre ganze Erscheinung war hinreißend. Sie vermittelte den Eindruck einer völlig glücklichen Frau. Ihr schwarzes Haar fiel ihr locker über die Schultern, sie trug überhaupt kein Make-up, nicht einmal Lippenstift, aber trotzdem, oder vielleicht gerade deshalb, wirkte sie mädchenhaft frisch. Anno konnte kaum den Blick von ihr lösen. Er räusperte sich. Wenn sie in ihren bescheidenen Verhältnissen so glücklich war, was konnte er ihr dann überhaupt bieten? War seine Idee vielleicht doch völlig daneben?

Ina bat ihn hereinzukommen und ging vor, um das kleine Gartentor zu öffnen. Es quietschte, und der bemooste alte Jägerzaun wies mehrere Lücken auf. Anno schritt hinter Ina her, sah aber eher ihren schmalen Rücken unter der Bluse und das wehende Haar als die Umgebung – trotzdem registrierte er, daß der Garten gepflegt und das Haus hergerichtet war. Auf den zweiten Blick war ihm aber sofort klar, daß Ina mit vielen Tricks gearbeitet und zahlreiche oberflächliche Schönheitskorrekturen vorgenommen hatte, um diesen ersten Eindruck zu vermitteln. Die Bausubstanz des Häuschens war augenscheinlich schlecht, die Fenster zu alt, um noch zugfrei zu schließen, das Dach notdürftig repariert. Hier fehlte an jeder Ecke das Geld, oder zumindest das Know-how.

»Sie wohnen hier sehr goldig«, sagte er zu ihr, während er vor dem Eingang stehenblieb. »Es hat etwas von einem Hexenhäuschen!«

»Stimmt, das sagt Nancy auch immer«, lachte Ina arglos. »Möchten Sie sich vielleicht dort unter dem Nußbaum auf die Bank setzen? Das ist eine unserer Lieblingsstellen! Oder an den Tisch? Das wäre vielleicht praktischer.«

»Gern.« Er drehte sich nach dem kleinen Gartentisch um.

»Und trinken?« fragte sie nach. »Hätten Sie Lust auf einen trockenen Weißwein?«

Sie schon, dachte sie dabei. Sie hatte unbändig Lust auf alles, was Leben hieß. Auch das war eine völlig neue Erfahrung, sie fühlte sich irgendwie neu und hatte Lust, vieles zu ändern. Seitdem ihre Tochter auf der Welt war, hatte sie eigentlich keine nennenswerte Affäre mehr gehabt. Es war jetzt wirklich an der Zeit, manches leichter zu nehmen. Wenn es mit Claudio auch nicht weiterlaufen würde, dachte sie, während sie in die Küche lief, dann hatte sie doch einen wichtigen Anstoß bekommen, ihr Leben zu ändern, zu erkennen, daß es neben dem Kind auch noch andere Dinge gab und sie einen Anspruch auf Leben hatte. Vor allem jetzt, da Caroline aus dem Gröbsten heraus war. Sechs Jahre Babysitting mußten genügen, jetzt hatte Caroline zu lernen, daß sie, ihre Mutter, auch ihr eigenes Leben und Rechte hatte.

Anno hatte ihrem Vorschlag zugestimmt, und sie nahm eine der kostbaren Flaschen, die ihre Freundin aus Meersburg ihr mitgebracht hatte. Es war ein Tag zum Feiern, wenn Anno auch nicht wissen konnte, warum.

»Darf ich die Gläser hinaustragen?« fragte Caroline, kletterte auf einen Stuhl, um an den Küchenschrank zu kommen, und drehte sich dort nach ihr um. »Du siehst so anders aus, Mutti, ist irgendwas?«

»Nein, ich bin Dornröschen und bin eben aufgewacht! Die Rosenhecke weicht zurück, und ich befreie mich aus meinem Gefängnis!«

»Hat dich dann wenigstens ein Prinz wachgeküßt?«

Anno sah sie kommen, Mutter und Tochter, fröhlich, barfüßig, Wein und Gläser schwingend. Ina stellte die Flasche auf den Tisch, den Weinkühler und den Korkenzieher dazu.

»Darf ich sehen?« fragte Anno und drehte die Flasche herum. »Meersburger Fohrenberg. Ein Gutedel. Sehr gut, da weiß ich auch gleich, woher der kommt!«

»Ach, ja?« Ina staunte und nahm ihrer Tochter die Gläser ab. »Woher denn?«

»Aus einer alten Traditionswinzerstube, die ein Zimmer ganz aus Birnbaum hat und deren Wirte über Generationen nicht nur ausgezeichnet gekocht, sondern auch immer kräftig in der Politik mitgemischt haben!«

»Ach!« Sie reichte ihm den Korkenzieher.

»Wir sollten mal zum Essen hingehen. Wenn Sie gestatten, lade ich Sie gern dorthin ein. Sie werden es nicht bereuen!«

»Hört sich gut an!« Ina setzte sich und lächelte in sich hinein. Ein Liebhaber und ein Gönner, und das alles am selben Tag. Jetzt sollte man das Ganze nur noch miteinander verbinden können, dann hätte sie den perfekten Mann. Und dann müßte sie die große Karriere machen, damit sie keinen von beiden mehr bräuchte – wenn sie nicht wollte.

»Gern!« fügte sie hinzu und nickte.

»Aber für heute abend könnte ich Ihnen, wenn Sie wollen, vielleicht einen anderen Vorschlag machen. In das Restaurant hoch auf dem Hoyerberg, beispielsweise, da genießt man nicht nur eine wunderbare Aussicht, sondern ich hätte da auch so einige Vorschläge, was die Speisekarte anbelangt, oder etwas weiter weg nach Bregenz, in das Schloßhotel in der Altstadt. Dort kocht der österreichische Koch des Jahres!«

»Wunderbar! Ich bin für alles zu haben! Aber ich koche übrigens auch nicht schlecht, und das Problem ist einfach, daß es für Caroline zu spät würde und ich niemanden für sie habe. Zumindest heute abend nicht. Und da Gabriela gestern schon hier war, wird es …«, sie stockte, denn eigentlich wollte sie »zu teuer« sagen, »… für das Kind zuviel.«

»Ich geh mit«, warf Caroline lauthals ein, während Anno im selben Moment »dafür habe ich vollstes Verständnis« sagte.

Beide schwiegen kurz.

»Wenn Sie bei uns in der Villa wohnen würden, hätten Sie das Problem nicht. Es wäre immer jemand für Caroline da!«

Ina hatte das gleiche gedacht. Die äußeren Umstände wären geradezu ideal. Sie war sich nur über die inneren überhaupt nicht im klaren.

»Ich weiß, was Sie sagen wollen«, wehrte sie ab. »Ich weiß nur nicht, wie das zusammengehen könnte. Ich kann Sie doch nicht einfach heiraten«, sie schaute schnell nach Caroline, die in der Nähe im Gras herumschlich, und senkte die Stimme. »Ich meine, da gehört doch mehr dazu, und ich bin nun mal überhaupt nicht in Sie verliebt!« Sie zögerte. »So leid es mir tut«, fügte sie an, um ihm etwas Nettes zu sagen.

»Das braucht es doch auch nicht!« Er griff nach ihrer Hand. Sie ließ es geschehen, obwohl es sie leicht erschreckte. Nicht daß er ihr doch an die Wäsche wollte, das wäre jetzt so ziemlich das letzte, was sie in dieser Hinsicht ertragen könnte. Aber er hielt sie nur leicht, und ihre Aufregung legte sich wieder. Im Gegenteil, es stellte sich mit der Zeit ein nettes Gefühl ein. Eher behütet als gefordert.

Ina hörte ihm zu. Er setzte ihr seinen Plan sehr detailliert, aber emotionslos auseinander. Dieser Sprache konnte sie folgen.

»Sie sehen also, es geht nicht um eine Liebesheirat. Noch nicht einmal um eine Hochzeit. Es geht, wenn es Ihnen so leichter fällt, um eine Rolle. Möglicherweise um die Rolle Ihres Lebens, denn nicht nur Sie würden in jeder Hinsicht davon profitieren, sondern auch Ihre Tochter. Wir gehen gemeinsam auf die Bühne und spielen ein großes Theaterstück. ›Ich bin noch nicht tot‹ könnte es heißen«, überlegte er, »oder: ›Das Erbe am silbernen Faden‹!«

»Wie wär's mit: ›Die Meute der Erben‹?« fiel Ina ein.

»›Die Meute der Erben‹!« Er wiederholte es langsam, dann ging ein Zucken durch sein Gesicht, bis er lauthals lachte. »Ja, genau so! Die Hundemeute, die sich gierig an jedem noch so kleinen Stück festbeißt, nur damit ein anderer es nicht bekommt, ja, genau, das ist das Bild! Sehr gut, wir werden es so nennen und die Rollen vergeben, wenn Sie mitspielen wollen. Ihre Gage werden wir aushandeln, so viel, daß Sie eine Zeitlang ausgesorgt haben, und ich werde das Geld für Sie nach Liechtenstein oder in die Schweiz bringen, was Ihnen lieber ist. Falls ich dann früher von der Bühne abtrete als erwartet, kann Ihnen finanziell nichts passieren. Denn wir werden natürlich nicht heiraten, das soll nur die Androhung der vollkommenen Katastrophe für meine …«, er stockte, »… Erben sein!«

Ina hatte ihm zugehört. Sie räusperte sich und lehnte sich in ihrem Stuhl zurück. »Es ist verrückt«, sagte sie. »Wissen Sie, daß dieser Plan vollständig verrückt ist?«

»Das kann ich Ihnen sagen!« Er griff nach dem Glas. »Ich habe mein Leben lang nie etwas Verrücktes getan. Ich war immer der nüchterne Geschäftsmann, der seine Rolle spielte. Die des Geldes, der Macht und des Patriarchen. Manchmal frage ich mich, ob ich das wirklich war oder ob ich nur da hineingestoßen wurde. Und dann brach mit dem Tod meiner Frau alles zusammen, und Nancy kam ins Haus. Sie mit ihrer Künstlerattitüde, ihrer Abfallkunst und der Nichtbeachtung gesellschaftlicher Normen. Und jetzt denke ich plötzlich, ich war nie richtig verrückt, ich habe nie gelebt. Und bevor ich sterbe, möchte ich noch einmal richtig leben, alles auf den Kopf stellen, was ich bisher war. Und wenn Sie mir dabei helfen würden, wäre das der größte Abgang, den ich mir vorstellen könnte!«

Ina schwieg eine Weile. »Sie wollen sich aber nicht umbringen?« fragte sie vorsichtig.

»Umbringen?«

»Es klang so!«

»Das wird nicht nötig sein. Ich bin 85 Jahre alt und werde ganz von selbst abtreten. Aber mit Ihrer Hilfe auf meine Art!«

Als Ina an diesem Abend Caroline ins Bett brachte, las sie ihr vom Sams vor, dem kleinen Findling, der alles hinterfragte, alles sehr genau nahm und jedem Unsinn frech und selbstbewußt begegnete.

Vielleicht steckt in jedem von uns so ein Freiheitstier, dachte sie dabei, und wir sind nur völlig zugeschüttet. Von den Konventionen, von dem, was man angeblich tut und nicht tut, von unseren Traditionen. Zwänge über Zwänge. Wo stand es, daß man sein Leben nicht anders leben konnte? Bloß, weil sich die Ururgroßeltern schon diesen Zwängen beugten? Sie hatte Anno keine Zusage gemacht, sie hatte ihm aber versprochen, darüber nachzudenken. Und eigentlich, wenn sie ehrlich war, hatte sie sich schon entschieden. Sie würde den Panzer aufbrechen und sich, wie das Sams, ein Vergnügen daraus machen, die Leute mit der Nase darauf zu stoßen. Sie würde morgen Caroline fragen, was sie davon hielte, eine Zeitlang zu Anno und Nancy in die Villa zu ziehen.

Die ganze folgende Woche über wurde sich die Familie nicht darüber einig, wie gegen die Liebeslust des Vaters vorzugehen sei. In unzähligen Telefonaten versuchten sie zu klären, wie sie Ina Schwarz ausschalten könnten, aber keinem wollte ein wirksames Mittel einfallen. Seitdem Julia am Freitag vergangener Woche angerufen und erklärt hatte, daß es Opi mit Ina Schwarz wohl ernster meine, als ursprünglich von allen angenommen, schlugen die Wogen hoch. Die Töchter versuchten sich mit ihren Männern zu beraten, was wenig erfolgreich war, weil sie die Situation noch nicht als wirklich bedrohlich einstuften oder es zumindest ihren Frauen gegenüber nicht zugaben. Hans-Jürgen winkte ab, als Renate ihn wiederholt um seinen fachmännischen Rat bat. »Mach ein Abonnement mit der nächsten Konditorei aus und laß ihr täglich mehrere Sahnetorten schicken«, sagte er und warf ihr einen anzüglichen Blick zu. »Speck an den falschen Stellen bremst Männer ungemein!«

»Ach!« fauchte sie ihn an. »Umgekehrt etwa nicht?«

Auch Thekla kam nicht weiter. Gerhard gab ständig vor, keine Zeit für ein längeres Gespräch zu haben. Und sie befürchtete insgeheim, sie könne vom Problemfall Ina Schwarz abschweifen und unvermittelt nach dem Brief ihrer Tochter fragen. Deshalb bohrte sie auch nicht, sondern vertraute darauf, selbst eine Lösung zu finden.

Bernadette zerbrach sich den Kopf und versuchte alle Einzelheiten aus Julia herauszupressen, aber Julia war inzwischen schon wieder in Heidelberg und telefonisch kaum zu erreichen. So telefonierte Bernadette zwar mit ihren Schwestern, versuchte aber einen eigenen Weg zu finden, um die Dinge zu handhaben.

Nur Lydia und Kurt hatten sich ernsthaft zusammengesetzt, um sich über manches klarzuwerden. Kurt holte zu diesem Anlaß einen guten Rotwein aus dem Keller und stellte die großen, bauchigen Gläser auf den Tisch, die sie sonst selten benutzten, weil sie von Hand abgespült werden mußten.

Lydia stieß mit Kurt an und erzählte ihm von Bernadettes Anruf und Annos Entschlossenheit, sich diese Frau ins Haus zu holen. Und sie schilderte Kurt auch gleich noch, was ihr seit ihrem Einkaufsbummel in der Augsburger City im Kopf herumging. Sie war lange genug das häßliche Entlein der Familie gewesen. Sie wollte endlich zum Schwan werden. Und sie sah nicht ein, daß auch nur eine ihrer Schwestern im Kampf um das Erbe die Oberhand behalten sollte. Kurt hörte ihr eine Weile zu, dann fragte er sie, ob dies denn tatsächlich alles so wichtig sei, denn schließlich zerstöre es doch auch ihren Familien- und Seelenfrieden. Hier in Augsburg lebten sie gut, seien zufrieden, besäßen ausreichend Geld und hätten keinen Ärger. Doch wenn er an die Auseinandersetzungen mit ihrer Verwandtschaft dächte, grauste es ihm bereits jetzt. Aber Lydia ließ sich nicht von ihrer Sache abbringen. Im Finale würde sie die Siegerin sein, das hatte sie sich geschworen.

Die Telefonate gingen derweil hin und her, und schließlich schlug Thekla ein gemeinsames Treffen in Lindau vor, um die Sachlage besser einschätzen zu können. Es sollte möglichst harmlos wirken, am geeignetsten erschien ihnen ein Samstagnachmittag, ganz schlicht zum Kaffee. Alle zeigten sich spontan einverstanden, selbst Lydia, obwohl sie eigentlich andere Pläne hatte. Sie wollte sich unter irgendeinem Vorwand für eine ganze Woche bei ihrem Vater einquartieren, um mit ihm in aller Ruhe reden zu können: über ihre Kindheit, über die ständige Zurücksetzung durch ihn und Mutter und angespornt durch deren Vorbild auch noch durch ihre eigenen Schwestern. Und wenn sie ihm das begreiflich gemacht hätte, würde sie ihn fragen, ob er nicht glaube, daß nur eine Wiedergutmachung ihr seelisches Gleichgewicht und ihren Frieden und somit ja auch seinen wiederherstellen könne. Aber da dieses gemeinsame Treffen für ihre eigenen Pläne möglicherweise von Vorteil war und sie die anderen zudem nicht aus den Augen verlieren wollte, sagte sie zu.

Der Schock war groß, als Thekla und Renate zufällig gemeinsam vor ihrem Elternhaus in Lindau angefahren kamen und das Gartentor öffneten, um ihre Autos zu parken. Kaum gingen sie nebeneinander die Freitreppe hinauf, wurde auch schon die Haustür geöffnet. Ina stand lächelnd im Türrahmen. »Dachte ich mir doch, daß ich so etwas hörte. Herzlich willkommen daheim!«

Renate verschlug es den Atem, Thekla starrte Ina an, stürmte die letzten Stufen hoch auf sie zu, schrie: »Was heißt da: herzlich willkommen daheim? Es ist unser Zuhause!« und fegte an ihr vorbei ins Haus. »Vater!« rief sie dort, während sie Nancy keines Blickes würdigte. »Vater! Wo bist du! Erklär uns das bitte!«

Renate wußte nicht so richtig, wie sie an Ina vorbeikommen sollte, die noch immer lächelnd im Eingang stand. Aber als Ina mit einer einladenden Handbewegung »aber bitte, treten Sie doch ein«, sagte, war es auch um ihre Fassung geschehen.

»Eine bodenlose Unverschämtheit!« schnaubte sie und ging mit hochrotem Kopf an ihr vorbei ins Hausinnere.

Inzwischen war Anno ins Wohnzimmer getreten. Er trug einen dunkelblauen Blazer zur dunkelgrauen Hose, ein weißes Hemd mit dunkelroter Krawatte und passendem Einstecktuch. Er sah so hochoffiziell aus, daß Thekla im ersten Moment erschrak. Richtig, auch diese Schwarz hatte ein dunkelblaues Kleid mit Goldknöpfen an. Allerdings zu kurz und zu tief ausgeschnitten! Trotzdem! Hoffentlich hatte dieser Auftritt nichts Wesentliches zu bedeuten.

Thekla ging auf ihn zu, und ohne Gruß deutete sie mit dem Daumen über ihren Rücken. »Kannst du uns erklären, was das zu bedeuten hat? Wie kommt diese Person dazu, uns in unserem eigenen Haus ein ›Willkommen daheim‹ anzubieten?«

Anno lächelte und hob abwehrend beide Hände. »Welche Aufregung, meine liebe Tochter, bevor man sich überhaupt begrüßen konnte!« Er hielt ihr seine Wange hin, und Thekla hauchte einen Kuß darauf. »Trotzdem …« wollte sie fortfahren, doch Anno schnitt ihr das Wort ab: »Genau, das wollte ich auch sagen: Trotzdem kannst du nicht behaupten, daß es *unser* Haus ist. Wir wollen doch bitte realistisch bleiben. Es ist *mein* Haus!« Ein leichter Anflug von Spott durchsetzte sein Lächeln, als er: »Noch!« hinzufügte.

Thekla verstand es als Warnung, obwohl sie am liebsten gegangen wäre und ihren Abgang mit einer zugeschlagenen Tür akzentuiert hätte. Aber sie traute sich nicht, denn dann wären die Dinge ohne sie weitergelaufen, das war ihr klar.

Renate stand zwischenzeitlich neben ihr. Ihr Kopf war mindestens so rot wie ihr Leinenkostüm, das sie im übrigen unvorteilhaft kleidete. Es war zu eng und völlig zerknittert. »Vater, findest du das richtig?« begann sie diplomatisch, wie Thekla zugeben mußte.

»Schon wieder kein Gruß!« Anno schüttelte den Kopf. »Haben wir euch eigentlich keinen Anstand beigebracht?«

Renate schluckte. Jetzt waren auch die Ohren rot. »Vater, was verstehst du unter Anstand? Daß uns dieses Weibsbild an der Tür begrüßt, als gehöre das alles ihr?«

»Könnte ja schließlich sein, oder nicht?« Anno lächelte süßlich, und Renate schnappte nach Luft. Thekla fühlte sich einem Herzschlag nahe.

»Hör bitte mit solchen Scherzen auf!« sagte sie und überlegte, ob sie ihn vielleicht gleich erschlagen sollte. Dann wäre zumindest die Erbfolge gesichert.

»Wollt ihr euch nicht setzen? Frau Schwarz hat die Kaffeetafel so hübsch gerichtet!«

Unwillig warf Thekla einen Blick darauf. Stimmt, so stilvoll hätte Nancy es nie fertigbekommen, dachte sie, aber alles in ihr weigerte sich, an einem Kaffeetisch zu sitzen, den diese Schwarz gedeckt hatte. Fühlte sie sich bereits als Stiefmutter? So ein Witz!

»Wie kommt sie eigentlich dazu, in deinem Haus die Kaffeetafel zu richten? Wäre das nicht Nancys Aufgabe gewesen?« wollte sie wissen, obwohl sich eben Ina Schwarz dazugesellte.

»Och«, sagte Ina, und ihre Stimme klang zuckersüß, »das habe ich gestern für meine Gäste auch schon getan.«

»Wir sind nicht Ihre Gäste!« Thekla bebte vor Zorn. »Vater, sag ihr, daß wir keine Gäste sind! Wir sind deine Töchter! Das ist ja wohl etwas anderes!«

»Was regst du dich eigentlich auf? Sie hat den Kaffeetisch gedeckt, das ist doch liebenswürdig? Sie hat Kuchen besorgt, das ist doch dankenswert? Und natürlich seid ihr Gäste, auch wenn ihr meine Töchter seid!«

Nancy stürmte herein, in jeder Hand eine Kaffeekanne. Ein Lachen überzog ihr Gesicht, ihre kleinen Augen blitzten. »Bitte zu Tisch«, rief sie. »Wann kommen die anderen?«

Thekla beachtete sie mit keinem Blick. »Wir verlangen, daß du diese Frau hinauswirfst!« sagte sie. »Zumindest setze ich mich mit der an keinen Tisch!«

Anno holte tief Luft, schüttelte den Kopf und trat zu Ina. »Darf ich dich an den Tisch begleiten?« Er bot ihr seinen Arm. Ina lächelte ihn an, nahm seinen Arm, und die beiden gingen und setzten sich an die beiden Fensterplätze. »Ich hoffe, meine beiden anderen Töchter verspäten sich nicht zu sehr!« sagte er zu ihr. »Das wäre wirklich sehr ärgerlich. Aber eigentlich auch nur ein Zeichen mangelnder Erziehung.« Er verzog sein Gesicht. »Und somit wohl irgendwo mein eigener Fehler!« Er lachte laut über seinen eigenen Witz, und Ina lachte mit. Thekla und Renate standen nach wie vor wie versteinert im Raum, da sprang Ina auf.

»Du entschuldigst mich«, sagte sie zu Anno und ging ohne ein weiteres Wort an Thekla und Renate vorbei zur Tür. Sie hatte richtig gehört, auch die anderen beiden Wagen waren eben durch das

Tor gefahren. Es dauerte nicht lange, und Bernadette und Lydia stürmten ähnlich aufgebracht wie kurz zuvor Thekla und Renate durch die Wohnzimmertür.

»Was ist denn das?« wollte Bernadette von Thekla wissen.

Thekla zuckte die Schultern und wies zu ihrem Vater. »Fragt ihn. Er spielt mit uns. Keine Ahnung, was er damit bezweckt!«

Für Ina waren die letzten Tage höllisch aufregend gewesen. Und der Gedanke an das heutige Zusammentreffen mit Annos Töchtern hatte sie mindestens ein Kilo Gewicht und zwei Lebensjahre gekostet. Zudem hatte sie ein dauerndes leichtes Ziehen im Magen und Durchfall. Es war schon leicht zu sagen, es sei alles wie im Theater. Aber sie war keine Schauspielerin, und sie hatte Mühe, nicht aus ihrer Rolle zu fallen. »Wollen Sie das wirklich?« hatte sie Anno noch am Morgen gefragt, denn bislang lebte sie unverändert in ihrem eigenen Haus, schlief bis zur Besinnungslosigkeit mit Claudio und siezte sich mit Anno.

»Ich will mal so einen kleinen Vorabcheck machen«, hatte er geantwortet. »Möglicherweise sind sie ja ganz gefaßt und freuen sich über mein neues Glück!«

»Das wäre Ihnen zu wünschen«, sagte Ina, obwohl sie keine Sekunde an eine solche Möglichkeit glaubte. Auch Anno schien es nicht wirklich in Betracht zu ziehen, das sah sie seinem nachdenklichen Gesicht an.

Er saß bei ihr in der Küche, denn ein Tief hatte das wochenlange sonnige Hoch verdrängt und forderte feste Schuhe und warme Pullover. Ina hatte einen Tee gekocht und dazu frische Croissants auf den Tisch gestellt. Sie war bester Laune, denn in einer Stunde würde Claudio kommen, und sie hätten gut zwei Stunden Zeit, bevor Caroline aus der Schule käme. Sie gierte förmlich nach ihm und beobachtete ihre eigenen Gefühle und Sehnsüchte mit Erstaunen. Weiß der Teufel, was an ihm ist, dachte sie zwischendurch, ließ es aber damit gut sein, denn sie wollte sich ihren eigenen Spaß nicht verderben. Sie hatte ein echtes Liebesabenteuer, einen Lover – nicht mehr und nicht weniger, beruhigte sie sich. Das war normal, das hatten weiß Gott viele Leute. Wahrscheinlich mehr Verheiratete als Ledige. Was also sprach dagegen.

Sie konnte sich wieder auf Anno konzentrieren, wenn auch nur mit Mühe. Was, wenn er länger bliebe als ursprünglich beabsichtigt? Es war nicht unbedingt nötig, daß die beiden sich die Gartentür in die Hand gaben.

»Also gut«, sagte sie schließlich, »ich werde das Spiel perfekt spielen. Die perfekte Gastgeberin, die perfekte Geliebte, die perfekte Zukünftige. Hoffentlich werde ich dadurch nicht zur perfekten Leiche!«

Anno lachte. »Ich werde Ihnen gleich morgen ein perfektes Konto eröffnen«, sagte er. »Damit Sie an Ihrer Rolle trotz allem Spaß haben!«

Ina schaute an ihm vorbei kurz zur Uhr und begann, die leeren Teetassen zusammenzustellen. »Ich werde auf jeden Fall Spaß haben. Bloß jetzt muß ich meine Tochter abholen, sonst wird es zu spät!«

»Dafür habe ich volles Verständnis!« Anno stand auf, drückte ihre Hand fest und wandte sich zum Gehen. Ina begleitete ihn bis unter die Tür, dort spannte er seinen Regenschirm auf. »Und vergessen Sie nicht«, er drehte sich nochmals nach ihr um, »wir duzen uns. Sonst fliegt die Geschichte auf, bevor sie angefangen hat!«

»Es wird mir leichtfallen.« Ina nickte ihm zu und schaute ihm nach, wie er über ihren Gartenweg bis zur Straße ging. Seine ganze Gestalt wirkte von hinten betrachtet gebrechlich, obwohl er sich bemühte, forsch und kraftvoll aufzutreten. Doch die Folgen seines Schlaganfalls waren gut zu sehen, er schonte ganz offensichtlich seine linke Seite. Möglicherweise hatte er sogar Schmerzen. Ina spürte ein großes Mitgefühl für ihn in sich aufsteigen. Sie wünschte ihm, daß er seine Töchter völlig falsch einschätzte. Daß sie ihm nach den ersten Minuten des befremdlichen Erstaunens alles Gute für einen glücklichen letzten Lebensabschnitt wünschten. Es würde eine herrliche Gewißheit für ihn sein, nicht seines Geldes und des Erbes wegen heuchlerisch umworben, sondern schlicht und tatsächlich einfach nur geliebt zu werden.

Am Gartentor drehte er sich um, und sie winkte ihm zu, bevor sie die Tür schloß. Dann ging sie in ihr kleines Badezimmer, um aufzuräumen und frische Badetücher bereitzulegen, und schließlich hängte sie das blaue Kleid, das sie in Annos Auftrag für den heutigen Abend gekauft hatte, von der Garderobe in den Schrank. Er hatte es in einem Bekleidungsgeschäft in Lindau passend zu seinem neuen Blazer ausgesucht, und Ina war darüber erstaunt. Sie hätte ihm manches zugetraut, aber sicherlich keinen Sinn für Damengarderobe. Möglicherweise täuschte sie sich in noch mehr. Sie suchte die passenden Schuhe in ihrem Schrank und stellte das Putzzeug parat, da hörte sie das Gartentor. Sie ging schnell an die Eingangstür. Claudio kam durch den Garten auf sie zu. Welch ein Unterschied zu Anno. Er kam zielstrebig daher, seine Kraft wie eine Bugwelle vor sich herschiebend. Ina spürte es förmlich. Sie erwartete ihn und verschränkte die Arme, während sie ihn beobachtete. Wie er sich wohl in einem Damenbekleidungsgeschäft ausnehmen würde? Oder ob er damit sogar Erfahrung hatte – dank Romy?

Merkwürdigerweise hatte sich Inas Aufregung gelegt, als sie Thekla und Renate im Garten stehen sah. Im Gegenteil, sie empfand es plötzlich als tiefe Genugtuung, den beiden eins auswischen zu können. Sie wußte zwar noch immer nicht, wer von den vieren Caroline die Tür gewiesen hatte, aber sie würde es schon noch herausfinden. Die Reaktionen erschienen ihr allerdings bösartiger, als sie erwartet hatte. Bloß war sie sich nicht sicher, ob es nicht vielleicht doch an ihrer Person lag. Ob die Töchter ihrem Vater ein gleichaltriges Lebensglück eher gegönnt hätten? Schon rein rechnerisch?

Sie setzte sich, nachdem sie Bernadette und Lydia am Hauseingang begrüßt hatte, ganz selbstverständlich wieder neben Anno an den Tisch. Bernadette, Thekla, Renate und Lydia standen noch immer zusammen, anscheinend waren sie sich völlig unschlüssig darüber, wie sie reagieren sollten.

»Wollt ihr euch nicht vielleicht endlich setzen?« fragte Anno. »Oder sollen wir den ganzen schönen Kuchen allein essen?«

Keine gab eine Antwort.

»Ich dachte, ihr wolltet zum Kaffeetrinken kommen? So habt ihr es doch angekündigt? Also, bitte: Hier steht er!« versuchte er es noch einmal, allerdings mit leichter Ungeduld in der Stimme.

Thekla drehte sich frontal zu ihm hin. Typisch, dachte Renate, Thekla, die Wortführerin. »Vater«, begann sie, »du stellst uns hier vor vollendete Tatsachen. Plötzlich sitzt Ina Schwarz an deiner Seite und damit ausgerechnet die Frau, die mit ihrem provokanten Auftritt bereits deine Geburtstagsfeierlichkeiten gestört hat. Merkst du nicht, worauf diese Frau abzielt?«

»Sie will dein Geld, sonst nichts!« fiel Renate ein.

»Ist dir das Andenken unserer Mutter überhaupt nicht mehr heilig?« empörte sich Lydia.

Nur Bernadette schwieg. Sie spürte, daß dies nicht der richtige Weg war. Sie mußte diese Frau auf andere Art ausschalten. Das ging weder mit Empörung noch mit Moral. Höchstens mit Gewalt.

»Vielleicht solltest du wirklich mit ihnen darüber reden«, riet Ina, ganz so, wie sie es zuvor im Falle einer familiären Eskalation besprochen hatten.

Er führte ihre Hand zärtlich an seine Lippen. »Du kannst ja so lange eine kleine Probefahrt machen und mich nachher, wenn dir der Wagen zusagt, hier zum Abendessen abholen.«

Davon hatte er nichts gesagt. Was für eine Probefahrt? Welcher Wagen?

»Nancy hat die Schlüssel verwahrt, sie wird dir die Garage öffnen.« Er winkte Nancy zu. Und wandte sich gleich darauf an Thekla. »Allerdings müßt ihr dazu eure Autos leider wegfahren, sollten sie in der Einfahrt stehen. Sonst kommt Ina nicht vorbei!«

Ina stand auf und drückte ihm einen Kuß auf die Stirn. Dabei überlegte sie fieberhaft, was er wohl gemeint haben könnte. Sie hatte ihren Wagen um die Ecke stehen, das hätte nicht eines solchen Aufhebens bedurft.

Auch die Blicke der vier Töchter waren eindeutig von Unverständnis und Mißtrauen geprägt. Sie traten zurück, als Ina bewußt leichtfüßig und beschwingt an ihnen vorbeiging. Nancy klimperte mit einem Schlüsselbund und hüpfte vor ihr her zum Ausgang. Ina hätte sie ja gern gefragt, aber es war ihr klar, daß sie jetzt einfach mitspielen mußte. So, als sei überhaupt nichts. Zumindest nichts unklar. Hinter ihr hörte sie, wie sich die Töchter in Bewegung setzten. Wohl eher von blanker Neugierde getrieben als von dem Wunsch, durch Wegfahren der eigenen Autos behilflich zu sein. Es stand auch keines im Weg, wie Ina gleich sehen konnte. Sie hatten alle ordentlich hintereinander in der Einfahrt geparkt.

Gute Erziehung ist eben doch etwas wert, grinste sie in sich hinein, da drückte Nancy auf die Fernbedienung des Garagentors. Es ging lautlos auf, und Ina traute ihren Augen nicht. Ein dunkelblaues Jaguar-Cabrio stand darin, mit heruntergelassenem Verdeck. Nancy streckte ihr die Schlüssel hin, und Ina war klar, daß die Frauen hinter ihr spätestens ab jetzt Mordgedanken hegten. Sie ging in die Garage, stieg ein, startete und fuhr den Wagen wie selbstverständlich hinaus. Anno stand am Hauseingang auf der obersten Treppenstufe. Sie warf ihm über die Köpfe seiner Töchter eine Kußhand zu, was ihr von Herzen kam, und fuhr aus der Einfahrt hinaus auf die Straße. Das Gefühl war mehr als unbeschreiblich. Noch nie hatte sie in einem solch teuren Wagen gesessen, geschweige denn ihn selbst gefahren. Außerhalb der Sichtweite der Villa fuhr sie rechts ran und richtete sich in dem Wagen ein. Sitzhöhe, Lehne und Spiegel. Dabei fiel ihr auf, wie viele andere Autofahrer und auch Fußgänger zu ihr herüberschauten. Ganz offensichtlich war ihr Marktwert durch den Jaguar gestiegen.

»Ich glaub's einfach nicht!« Thekla hieb sich mit der flachen Hand vor die Stirn. »Habt ihr das gesehen? Er schenkt ihr einen Jaguar! Der Mensch verschleudert unser Erbe, er ist eindeutig unzurechnungsfähig! Ein Fall für die Klapse!«

Lydia dachte darüber nach. Möglicherweise könnte man ihn entmündigen lassen. Aber nur, weil er einer jungen Frau einen Wagen schenkte? Da mußte wohl schon mehr kommen.

Renate war schon auf dem Weg zurück. »Jetzt soll er uns das mal erklären«, schnaubte sie.

Bernadette wollte es auch nicht glauben. Sie kämpfte seit ihrer Scheidung um jede Mark, seine eigene Enkelin fuhr ein erbarmungswürdiges Vehikel, und da hängte ihr eigener Vater einer anderen Frau einfach einen Jaguar um den Hals. Thekla hatte völlig recht, er wurde entweder langsam unzurechnungsfähig oder senil, was de facto aufs gleiche herauskam.

Als sie ins Wohnzimmer zurückkamen, saß Anno bereits wieder am Tisch. Er ließ sich eben von Nancy seelenruhig Kaffee einschenken und nahm sich ein Stück Obstkuchen von der Tortenplatte. »Euer Benehmen empfinde ich als äußerst beschämend.« Er blickte auf, um sie eine nach der anderen streng zu fixieren. »Frau Schwarz empfängt euch freundlich, hat Kuchen gekauft, den Tisch gedeckt, schenkt jedem ein Lächeln, und ihr stellt euch an, als hätte sie Pestbeulen im Gesicht!«

»Hat sie auch«, maulte Renate, »für uns zumindest!«

»Sei nicht kindisch«, wies Anno sie barsch zurecht. »Setzt euch. Und dann erklärt mir, wo euer Problem liegt!«

»Das kann ich dir genau sagen«, begann Thekla, noch während sie sich den Stuhl zurechtrückte. »Und muß das sein, daß Nancy hier herumtanzt, wenn wir Familienangelegenheiten besprechen?«

Nancy, die eben ein Stück Kuchen auf der Tortenschaufel balancierte, sah aus, als wolle sie es direkt in ihre Richtung schnalzen lassen. Aber sie beschränkte sich auf ein breites Grinsen und lud sich den Kuchen auf den eigenen Teller.

»Was soll das!« Anno hob eine seiner buschigen Augenbrauen, deren weiße Haare nur noch mit wenigen schwarzen durchsetzt waren. »Sprechen wir über das Wesentliche. Was habt ihr eigentlich gegen Ina Schwarz?«

Ina fuhr mit dem offenen Wagen durch Lindau, und es zog sie fast magnetisch in das Stadtviertel, in dem Claudio mit Romy lebte. Bevor sie in die Straße einbog, zögerte sie, aber sie mußte dieses Erlebnis einfach mit jemandem teilen. Selbst auf die Gefahr hin, daß Romy ebenfalls mitfahren wollte. Also parkte sie an der Straßenseite und ging zum Gartentor. Dort drehte sie sich nochmals nach dem Jaguar um. Sie hatte sich bisher nicht viel aus Autos gemacht, sie als reine Gebrauchsgegenstände gesehen, die funktionieren, Platz bieten und wenig Sprit verbrauchen sollten. Aber das hier war ein Schmuckstück von einem Auto, und sie fand, daß er einen zweiten Blick wert war. Sie öffnete die Gartentür, versuchte mit ihren hohen Schuhen die wackeligen Steinplatten möglichst in der Mitte zu treffen und stand endlich vor der Haustür. Dort klingelte sie lang, aber es tat sich nichts. Schon wollte sie gehen, da packte sie die Neugierde. Sie zog die Schuhe aus, nahm sie in die Hände und schlich ums Haus herum. Die vielen Grünpflanzen, Büsche und Bäume versperrten ihr jedoch so den Weg, daß sie nach ein paar Metern aufgeben wollte. Mehr als blödsinnig, sich womöglich noch das neue Kleid aus lauter Vorwitz zu ruinieren, dachte sie. Und zudem wolltest du doch Cabrio fahren und nicht hier durch fremde Gärten wandeln. Da hörte sie lautes Gelächter, und im selben Moment entdeckte sie einen schmalen Trampelpfad durch die kleine Wildnis. Interessant, sie war anscheinend nicht die einzige, die zeitweise sensationslüstern war.

Vorsichtig ging sie weiter, und ihr Herz schlug bis zum Hals. Noch konnte sie durch das grüne Dickicht nichts erkennen, aber nun war sie sich sicher, daß jemand auf der Terrasse saß. Was geht dich das überhaupt an, fragte sie sich, während sie vorsichtig einen Fuß vor den anderen setzte. Was, wenn sie entdeckt wurde? Eine größere Peinlichkeit war wohl nicht auszudenken.

Doch im selben Moment konnte sie endlich etwas erkennen. Es war völlig harmlos, wie sie sich gleich beruhigte. Claudio saß auf einem Stuhl, wenn auch in einer etwas seltsamen Pose. Tatsächlich, so beruhigend war das Ganze nicht, denn Claudio war nackt. Was tat er da so völlig ohne? Ina schob ein kleines Blatt vor ihrem Gesicht zur Seite, damit schob sich Romy in ihr Blickfeld. Sie saß tief in einem Korbstuhl und drehte ihr den Rücken zu. Soviel sie erkennen konnte, war Romy angezogen. Zumindest trug sie eine Bluse, den Rest konnte sie nicht sehen.

Ina spürte ihr Blut pulsieren. Was war das für eine seltsame Show? Gehörte das zu seinem komischen Vertrag? Sich einmal in der Woche nackt auf einen Stuhl zu setzen? Ob ihr so etwas auch bevorstehen könnte? Da würde sie nicht mitspielen, dessen war sie sich sicher. Nicht einmal außer Reichweite. Durchatmen, sagte sie sich, ruhig durchatmen. Mit Claudio hatte sie am Nachmittag noch zwei wunderschöne Stunden gehabt. Es befremdete sie, ihn jetzt so völlig entblößt zu sehen. Vor einer anderen Frau. Verdammt, dachte sie, das geht dich eigentlich nichts an. Romy war zuerst da. Gleichzeitig wäre sie gern hingegangen und hätte ihn dort weggezogen. Da sah sie, daß Romy ständig leicht in Bewegung war. Ihre Schulterpartie zuckte fast rhythmisch. Mein Gott, dachte Ina erschrocken, masturbiert sie etwa? Sofort fiel ihr alles ein, was sie in letzter Zeit über Alterssex gelesen hatte. Und er schaut zu? Sie würde ihn nicht mehr anfassen können, das war klar. Es schüttelte sie geradezu, und Ina hatte Mühe, ruhig stehen zu bleiben. Das war eindeutig zuviel! Sie wollte sich schon angewidert abwenden, da entdeckte sie neben Romys Korbstuhl einen Tonkrug mit länglichen, schmalen Gegenständen. Sie konzentrierte sich darauf. Was war denn das jetzt noch? Hilfsmittel für irgendwelche Praktiken? Sie spürte, wie ihr langsam schlecht wurde, da bückte sich Romy danach und zog schnell eines davon heraus. Mein Gott, es war ein Pinsel! Jetzt erkannte Ina auch den Aquarellblock vor ihr. Romy malte einen Akt, und Claudio war das Modell! Das war ja nicht zu überbieten! Wie konnte sie so blöd sein! Vor lauter Erleichterung wäre sie jetzt am liebsten hingelaufen und hätte beide geküßt. Kein Wunder, daß sie die Tür nicht aufmachen wollten. Sie ließ die grünen Blätter vor ihrem Gesicht vorsichtig zurückgleiten und machte sich auf den Rückzug. Aktmalerei! Daß sie nicht gleich darauf gekommen war!

Gerhard hatte Theklas Abwesenheit genutzt, um einige Dinge in seinem Sinne zu regeln. Als erstes mußte er seine Tochter aufspüren und ihr unmißverständlich klarmachen, daß sie niemals Geld von ihm sehen würde und daß es nicht ratsam für sie sei, ihn zum Feind zu haben. Zweitens brauchte er ein neues Mädchen, denn da Sabine auf Barbaras Liste stand, konnte er da nicht mehr hin. Und drittens mußte er herausfinden, wie Barbara an alle diese Namen gekommen war. Die 10 000 Mark, die sie in ihrem Brief forderte, beunruhigten ihn weitaus weniger als die Informationsquelle, die ihm geradezu unheimlich war.

Aber wie sollte er es angehen? Mit Gewalt? Er hatte seinen Traum vor Augen und angst, er könne tatsächlich einmal die Beherrschung verlieren. Er empfand sich eigentlich nicht als besonders gewalttätig, aber ein gewisses Potential an Aggressivität fühlte er in sich. Mal stärker, mal schwächer. Stärker bei Fußballspielen und wenn ihn Thekla zur Weißglut brachte und schwächer, wenn er in der Uni war. Das war sowieso seine Stätte des Friedens, auch wenn sein Fach, Geschichte, alles andere als friedlich war. Es zeigte eigentlich nur, daß die Menschheit aus der Geschichte nichts lernte.

Er hatte sich für diesen Tag einen Leihwagen genommen, denn Thekla hatte für die lange Fahrt an den Bodensee den großen dabei, und in ihre kleine Haushaltsgurke setzte er sich nicht. Außerdem wollte er von Barbara nicht gleich am Auto erkannt werden, wenn er vor ihrer Wohnung lauerte. Er mußte sie abpassen und zu einem Gespräch zwingen. Am Telefon konnte sie ihm entwischen, und brieflich ließen sich in einem solchen Fall keine Resultate erzielen.

Kaum war Thekla morgens losgefahren, da nahm er ein Taxi zum nächsten Autovermieter und suchte sich ein durchschnittliches, unauffälliges Auto aus. Es wurde ein Kombi, der war im Angebot und hatte eine Klimaanlage. Das erschien Gerhard für längere Wartezeiten wichtig. Er nahm den nächsten Weg zu Barbaras Wohnung, fuhr die Straße zweimal auf und ab und schaute nach ihrem schwarzen Golf. Als er ihn nicht finden konnte, suchte er die nächste Telefonzelle und rief bei ihr an. Keiner nahm ab. Also war sie tatsächlich nicht da. Es gab die Möglichkeit, zu warten, bis sie zurückkäme, oder einfach noch mal wiederzukommen. Letzteres erschien ihm angenehmer, so fuhr er zur Uni, um in Ruhe einige

Dinge aufzuarbeiten, und beschloß, am Nachmittag erneut hinzufahren.

Hocherfreut stellte er Stunden später fest, daß seine Rechnung
aufging. Ihr Golf stand um die Ecke. Das Schicksal meinte es gut
mit ihm. Er fuhr dicht an das große Mehrfamilienhaus heran, in
dem sie oben unter dem Dach zwei Zimmer hatte, parkte und stieg
schnell aus. Dann klingelte er nacheinander bei anderen Mietern,
bis einer aufmachte. Unter einem Vorwand, unverständlich in das
Haustelefon genuschelt, war er im Gang. Er beschloß, die fünf
Stockwerke zu Fuß hoch zu gehen, um niemandem zu begegnen.
Damit aber Barbara nicht gleichzeitig mit dem Lift herunterfahren
konnte, blockierte er ihn im Erdgeschoß.

Im vierten Stock raste sein Herz. Er war 62 Jahre alt, untrainiert
und falsch ernährt, das wurde ihm in solchen Situationen immer
stärker bewußt. Aber an den Jahren konnte er nichts ändern, und
an allem anderen wollte er nichts ändern. Er würde für manche seiner Vorlieben mit den Jahren ein bißchen mehr bezahlen müssen,
aber schließlich arbeitete er ja auch dafür. Schwer atmend kam er
im fünften Stock an. Er stellte sich zunächst mal neben Barbaras
Tür, allerdings in der Sorge, ein Nachbar könne unvermittelt herauskommen. Dann überlegte er. Er hätte Blumen mitbringen sollen, dann wäre dem Blick durch den Spion sofort das Öffnen der
Tür gefolgt. Gerhard schaute sich in dem Flur um. Eine rote Topfpflanze stand neben einigen Kakteen auf dem Fenstersims. Das war
zwar nicht optimal, aber wenn man sie direkt an den Spion hielt,
konnte sie möglicherweise als Rose durchgehen. Gerhard holte tief
Luft, preßte die Topfpflanze gegen das Guckloch und klingelte. Er
hörte, wie seine Tochter durch das Haustelefon »hallo!« rief. Daraufhin klopfte er. Sie öffnete, und bevor sie die Tür wieder zuschlagen konnte, hatte er seinen Fuß dazwischen und schob die
Tür langsam auf.

»So, mein süßes Töchterlein, jetzt wollen wir uns doch mal
unterhalten«, sagte er dabei. »Kein freudiges Wort der Begrüßung?
Da bin ich aber enttäuscht!«

Hans-Jürgen war längst nicht so gelassen, wie er seiner Frau gegenüber getan hatte. Eine junge Frau war auf jeden Fall bedrohlich, denn es gab genügend Beispiele dafür, daß Frauen ganz schnell beschlagen wurden, sobald sie in die Reichweite von Geld kamen. Einer seiner Männerfreunde organisierte regelmäßig Meetings für Deutschlands Vorstände, und was der dabei zu erzählen hatte, war grandios. Kaum einer von denen hatte seine Nummer eins, die erste Ehefrau, noch dabei. Mehr als die Hälfte reisten bereits mit Nummer zwei an, die meist knapp unter Vierzig waren und, der Auskunft seines Freundes nach, schon deshalb zänkisch, weil sie am Beispiel anderer Vorstände sehen konnten, daß die bereits auf Nummer drei, Alter zwischen zwanzig und dreißig, umgestiegen waren. Diese Kategorie, so sein Freund, waren die nervigsten, denn sie hatten selbst im Leben noch nichts erreicht und beriefen sich in allem auf die Macht ihrer Männer, frei nach dem Motto: »Mein Mann möchte das aber so!«

Und dies befürchtete Hans-Jürgen nun bei Anno auch. Ina Schwarz war jung und äußerst attraktiv, das hatte er selbst gesehen. Sie würde den Rest des männlichen Verstandes, den Anno vielleicht noch besäße, genauso umnebeln, wie es die jungen Frauen mit ihren alten Vorständen taten.

Er hatte nicht die geringste Lust, sich mit einer reichen Witwe auseinandersetzen zu müssen. Vor allem um die Kohle, die er so dringend brauchte. Und die, so ehrlich war er sich gegenüber, auch dazu beigetragen hatte, daß Renate damals die einzig Richtige für ihn war. Daß sich Anno nicht an das durchschnittliche Sterbealter für Männer gehalten hatte, war ärgerlich genug. Aber daß eine junge Pflanze sie so kurz vor dem Ziel zum Narren halten würde, war ein Sakrileg und mußte verhindert werden. Er dachte wieder einmal an Petrus und schlug ein Kreuz.

Hans-Jürgen saß im Garten ihres Hauses in Mannheim und machte sich Notizen. Zunächst einmal mußte er sich über Annos Vermögensverhältnisse Klarheit verschaffen. Er stand auf und rückte den Sonnenschirm zurecht. Die Sonne wanderte schneller, als er denken konnte. Dann setzte er sich wieder. Auf legalem Wege ließ sich das nicht herausbringen. Auch im Rahmen eines Mandantenverhältnisses konnte er sich über die Schuldnerkartei beim Amtsgericht höchstens über erfolgte Zwangsvollstreckungen informieren, was bei Anno überflüssig war. Eine Art Guthabenkartei sah das Gesetz nicht vor.

Hans-Jürgen stand auf und ging über die Terrasse ins Haus, um sich ein Hefeweizen einzuschenken. Er genoß es, einen Tag für sich ganz allein zu haben. Sein Jüngster hatte sich für heute zwar angesagt, aber als er hörte, daß Renate nicht zu Hause sei, sich gleich wieder zurückgezogen. Wahrscheinlich wollte er seiner Mutter Geld abschwatzen und zudem die schmutzige Wäsche bringen, da war er nicht der richtige Gesprächspartner. Hans-Jürgen war es recht. Es war herrlich, einmal alle los zu sein. Keiner, der ihn mit kritischem Blick ansah, wenn er am hellichten Nachmittag ein Hefeweizen zog. Und keiner, der ihn darauf hinwies, daß das Gras schon wieder zu hoch sei. Und daß die Terrasse endlich neu gemacht werden müsse. Und es an der Zeit sei, Freunde zum Grillen einzuladen. Schließlich sei der Sommer kurz, und eine Gegeneinladung sollte möglichst noch in diesem Jahr erfolgen.

Hans-Jürgen tätschelte seinen nackten Bauch, als er über die zu renovierende Terrasse wieder ins hohe Gras trat. In den Boxershorts fiel es auf, daß er ein bißchen schwammig geworden war. So um die Hüften, was ihm überhaupt nicht gefiel. Mit 53 Jahren war er für die Altersfigur noch zu jung. Er würde sich mehr bewegen müssen und möglicherweise weniger Bier trinken. Aber die guten Vorsätze hielten nur bis zum Gartentisch, denn dort trank er sein kühles Bier und sagte sich, daß er, wenn er erst einmal in Lindau am See wohnte, jeden Tag nur noch Sport machen würde. Morgens schwimmen, radeln oder segeln, mittags Sportzeitschriften lesen und sich abends in den Kasinos von Lindau, Bregenz und Konstanz nach hübschen jungen Bräuten umschauen.

Er nahm das Blatt, auf das er bereits einige Gedanken geschrieben hatte, und las es nochmals durch. Im Grunde war es ganz einfach. Das Lösungswort hieß: bankintern. Wozu war er in einer verschworenen Männergemeinschaft, wenn es keinen Nutzen hätte?

Peter, sein Freund und Oberbanker, konnte sicherlich auf kleinem Dienstweg herausfinden, was Sache war. Dazu mußte er nur wissen, welches Annos Hausbank war, und das in Erfahrung zu bringen war für Hans-Jürgen kein Kunststück.

Ein Geruch nach Holzkohle und Spiritus stieg ihm in die Nase. Er lehnte sich zurück, trank den Rest seines Bieres. Gleich würde das Unheil über ihn hereinbrechen, und ein freundlicher Nachbar würde ihn über den hohen Gartenzaun hinweg zum Grillwürstchen einladen. Hans-Jürgen überlegte, ob er sich schon mal in Sicherheit bringen und in der Küche noch ein weiteres Weizenbier trinken sollte. Er betrachtete sein Haus, das als ehemaliges Fertighaus nach und nach erweitert worden, aber alles in allem keine reine Augenweide mehr war. Und das handtuchartige Grundstück, in dem man auf Gedeih und Verderb den nachbarlichen Launen ausgesetzt war. Grillten sie rechts oder links, roch die frisch gewaschene Wäsche danach. Musizierten sie, half nur Ohropax. Mähten sie am Samstag frühmorgens den Rasen, ging ihm die Galle über. Am schlimmsten aber waren die Goodwill-Attacken. Was? Frau nicht da? Komm rüber zum Abendessen. Auto am Samstag nicht gewaschen? Wohl keine Zeit gehabt? Wir schicken euch unseren Sohn. Neue Putzfrau? Aus Jugoslawien? Seid bloß vorsichtig. Neues Auto? Viele Scheidungen in letzter Zeit, was? Haha!

Hans-Jürgen zog sich von seinem leicht einzusehenden Platz im Mittelpunkt des Gartens auf die sichtgeschützten Steinstufen der Terrasse zurück. Schon immer hatte er diese Adresse hier als reine Übergangslösung gesehen. Die Villa am See war sein visionärer Ankerplatz. Er betrachtete sein leeres Glas und dachte über die veränderte Situation nach. Eines war ihm klar: Es genügte nicht, zu wissen, wieviel Anno in Aktien angelegt oder auf Sparkonten hatte. Um zu seinem Ziel zu kommen, mußte er einen Plan aushecken, wie diese Frau auszuschalten sei. Das bedeutete, daß Peter auch gleich mal *ihre* finanziellen Verhältnisse durchleuchten mußte. Notfalls würde er sogar einen Privatdetektiv anheuern. Denn sicherlich ließ sich etwas finden, das sie in Annos Augen indiskutabel werden ließ. Und wenn es nichts gab, mußte man eben etwas konstruieren.

Anno bewahrte die Ruhe, obwohl seine vier Töchter völlig außer sich waren. »Wovor habt ihr eigentlich Angst? Daß mich eine so junge Liebe schneller unter den Boden bringt, oder was?«

Keine sagte etwas, es war kurz erstaunlich ruhig. Das war natürlich auch eine Möglichkeit, dachte Bernadette. Wenn das bald genug geschah, würde zumindest alles beim alten bleiben. So schnell würde er sein Testament sicherlich nicht ändern. Kurz darauf schämte sie sich für diesen Gedanken, aber nicht lange, denn sie konnte an den Gesichtern ihrer Schwestern sehen, daß sie ähnliches dachten.

»Das könnte euch doch nur recht sein«, sagte Anno in die Stille hinein.

»Also, Vater!« protestierte Lydia lahm. »Du weißt doch, daß wir dich lieben. Wir wollen, daß du noch sehr lange lebst! Und dabei gesund bleibst!«

»Eben! Und eine so junge Frau belastet. Den Organismus, das Herz, den Geist – einfach alles. Das reine Gift!« fügte Thekla schnell an.

»Und das Erbe«, säuselte Nancy, während sie die leergegessenen Kuchenteller zusammenstellte.

Bevor Thekla sie scharf zurechtweisen konnte, klingelte das Telefon.

»Ich geh schon«, flötete Nancy und schob ihre Pfunde an den Stühlen vorbei. Anno schaute ihr grinsend nach.

»Nur, um das nochmals klarzustellen«, begann Thekla wieder, da wurde sie von Nancy, den Telefonhörer in der Hand, unterbrochen.

»Thekla, Barbara ruft Sie um Hilfe. Sie wird von Gerhard bedroht! Kommen Sie schnell!«

Thekla wich sofort alle Farbe aus dem Gesicht. Und das hier und jetzt! Ausgerechnet! Sie stand schnell auf, doch bis sie am Telefon war, war aufgelegt worden.

»Das ist doch einer Ihrer typischen Streiche!« herrschte sie Nancy an.

Nancy riß ihr den Telefonhörer aus der Hand. »Sagen Sie mir die Nummer Ihrer Tochter! Schnell! Wer weiß, warum sie aufgelegt hat. Oder auflegen mußte!«

Thekla sagte sie langsam vor, während Nancy wählte.

Inzwischen waren die anderen Schwestern aufgestanden und standen jetzt um Nancy und Thekla herum.

»Dieser Scheißkerl!« sagte Bernadette im Brustton der Überzeugung.

»Du hast kein Recht ...«, fauchte Thekla, aber Nancy schnitt ihr das Wort ab.

»Besetzt!« Sie schaute Thekla an. »Er hindert sie daran zu telefonieren. Wer weiß, was da gerade passiert!«

»Lassen Sie mich mal!« Thekla wollte ihr den Telefonhörer wieder abnehmen, aber Nancy riß ihn zurück.

»Schluß mit lustig!« sagte sie. »Wie heißen die Nachbarn?«

Thekla schüttelte stumm den Kopf.

»Dann die Polizei!«

»Sind Sie verrückt?« Thekla griff erneut nach dem Hörer, hatte aber keine Chance gegen Nancy.

Lydia legte ihre Hand auf Theklas Arm. »Nancy hat recht! Wenn sie hier anruft, ist etwas passiert oder passiert in diesem Moment! Wie kannst du da noch zögern!«

Barbara hatte sich vor ihrem Vater hinter das Sofa geflüchtet. Er stand breitbeinig davor, das Telefon in der Hand. »Das war überhaupt keine gute Idee«, sagte er langsam. »Außerdem brauchst du nicht zu glauben, daß dir das etwas nützt! Es liegen über 600 Kilometer zwischen deiner Mutter und dir«, er stockte kurz und grinste dann. »Und noch andere Klippen!«

»Sei doch vernünftig«, versuchte Barbara ihn zu beschwichtigen. Bloß nicht reizen, bloß nicht aufregen, dachte sie dabei. Er wirkte auf sie wie ein zu allem entschlossener Psychopath, dem nur ein Reizwort zum Angriff fehlte.

»Laß uns doch in Ruhe darüber reden«, fuhr sie fort und versuchte ihre Stimme ruhig klingen zu lassen. Möglichst ruhig und gleichförmig sprechen, sagte sie sich, so wie mit einem bissigen Hund oder einem kurz vor der Hysterie stehenden Pferd.

»Sag mir doch mal, was ich dir so Schlimmes angetan habe«, sagte er, und sie war im Zweifel, was er hören wollte. Sollte sie nun lügen und »es war doch gar nichts« sagen, oder wollte er sich an ihren Schilderungen aufgeilen?

»Das weißt doch du wohl am besten«, sagte sie und spürte in derselben Sekunde, daß es entweder zu provokativ oder die falsche Tonlage gewesen war.

Seine Augen verengten sich zu Schlitzen, und er kam zwei Schritte auf sie zu. Barbara überlegte, wohin sie ausweichen könnte, wenn er über das Sofa klettern würde, und spürte, wie die Panik in ihr wuchs.

»Freche Antworten kann ich schon mal überhaupt nicht leiden!« Er verharrte wie ein Tier vor dem Sprung.

»Laß uns doch darüber reden!« Barbara bewegte sich ebenfalls nicht. Sie befürchtete, daß ihn jede Art von Bewegung herausfordern könnte.

»Du wirst diese Erpresserbriefe sein lassen! Und für diese Idee mit dem Anzeigenblatt hätte ich nicht übel Lust …« Er vollendete seinen Satz nicht, und Barbara ließ ihn ebenfalls in der Luft hängen. »Was ich aber wirklich von dir wissen will«, eine unnatürliche Röte begann sein Gesicht bis zur Stirnglatze zu überziehen, »ist, woher du diese Namen hast.« Er warf das Telefon auf die Sitzfläche des Sofas. Barbara stand hinter der Rückenlehne, mit dem Rücken fast an der Wand. Er ging am Sofa entlang, sie begann zur anderen Seite auszuweichen.

»Bleib stehen!« herrschte er sie an. »Komm nicht auf die Idee, vor mir davonzulaufen!«

Sein Atem ging schwer, und Barbara starrte ihn an. Ihr Vater war ein Monstrum. Ein unzurechnungsfähiges Monstrum! Sie verlor die Nerven und lief hinter dem Sofa vor, um zur Eingangstür zu gelangen. Bloß raus, dachte sie, nichts wie weg. Doch er war schneller, als sie gedacht hatte, und riß sie an den Haaren zurück, schleuderte sie zu Boden und warf sich auf sie. Sein Gewicht erdrückte sie fast, doch sein Gesicht so nahe über ihrem mobilisierte ihre Kräfte, sie drehte sich mit einem Ruck auf die Seite und bekam ein Bein vom Couchtisch zu fassen, der daraufhin umstürzte. Gerhard griff nach ihrem Armgelenk, aber sie entwand sich ihm und fühlte gleich darauf auf dem Boden, was sie gesucht hatte: den Aschenbecher aus massivem Glas. Sie umfaßte ihn, da spürte sie Gerhards Griff an ihrem Unterarm. Sie hob den Kopf und biß zu. Gerhard schrie auf, ließ los und schrie gleich noch einmal, denn Barbara hatte ihm blitzschnell und mit voller Kraft den kantigen Aschenbecher auf den Kopf geschlagen. Dann sackte er weg, sie wand sich unter ihm hervor, warf den Aschenbecher auf den Boden, rannte zur Eingangstür und riß sie auf. Erst dort drehte sie sich nach ihm um. Er lag bewegungslos, breit und irgendwie verdreht auf dem Teppich. Aus ihrem Blickwinkel konnte sie seinen Kopf nicht sehen, und sie traute sich auch nicht, zurückzugehen und nachzuschauen. Hatte sie ihn erschlagen? Oder trickste er? Lag er im Sterben, und sie würde wegen unterlassener Hilfeleistung angezeigt? Schlimmer noch, wegen Totschlags? Sie zitterte am ganzen Leib, während sie überlegte, was sie tun sollte. Hilfe holen? Arzt anrufen? Polizei? Das Telefon lag auf dem Sofa, sie hätte auf dem Weg dorthin an ihm vorbei gemußt. Das erschien ihr zu gefährlich. Sie wollte seine Hand nicht an ihrem Knöchel spüren.

Sie beobachtete ihn und überlegte, ob es für alle Beteiligten nicht sogar besser wäre, wenn er sterben würde. Das hätte fast etwas von biblischer Gerechtigkeit. Sie versuchte in sich hineinzuhorchen. Ihr Verstand sagte ihr, daß sie einen Arzt rufen mußte, ihr Gefühl riet ihr, die Dinge laufen zu lassen. Er hatte sie angegriffen, nicht umgekehrt. Immer war sie das Opfer gewesen. Sollte es jetzt andersherum sein.

Als die von Nancy alarmierte Polizei fünfzehn Minuten später eintraf und die Tür aufbrach, war die Wohnung leer. Sie schauten sich um, fanden aber nirgends einen Hinweis auf ein verübtes Verbrechen. Achselzuckend gaben sie über Funk Entwarnung, was direkt nach Lindau übermittelt wurde.

»Seht ihr«, sagte Thekla und wischte sich die feinen Schweißperlen ab, die unaufhörlich über ihre Stirn rannen. »Falscher Alarm!«

»Du kannst deinen Mann schützen, solange du willst, er ist ein Barbar! Und es geht um deine Tochter!« Renate ging kopfschüttelnd zum Tisch zurück. »Ich habe ja Verständnis dafür, daß du keinen Skandal willst. Aber schmeiß ihn endlich raus, diesen Widerling!«

»Er ist mein Mann, und wir sind eine Familie! Und der Rest geht euch nichts an! Oder prüfst du vielleicht nach, was dein Mann so treibt, wenn er mit seiner tollen Männergesellschaft unterwegs ist? Was? Ich sage da nur: Paris ...«

Auch Bernadette hatte sich wieder gesetzt. »Das ist doch wohl was anderes! Gekaufte Mädchen und eigene Töchter – das ist doch wohl ein Unterschied!«

Renate fuhr herum: »Wer sagt dir denn, daß Hans-Jürgen Mädchen kauft? Eine Unverschämtheit ist das von dir!«

»Was soll er denn sonst in Paris machen?« fragte Bernadette süffisant und zog die Brauen hoch. »Dann könnten sie ja auch gemeinsam nach Wanne-Eickel fahren. Oder nach Leck. Dort gibt's garantiert kein Nachtleben!«

»Ich brauch 'nen Schnaps!«

Nancy stellte eine Flasche mit Selbstgebranntem auf den Tisch und holte Gläser.

Alle schauten ihr zu, wie sie die Schnapsgläser randvoll machte und sie anschließend verteilte. Anno hob sein Glas und drehte es in Augenhöhe vorsichtig in der Hand. Dabei schaute er hinein, als handele es sich um die Glaskugel einer Wahrsagerin. »Na, ich weiß nicht«, begann er mit bedächtiger Stimme, »ob ich einem solchen Schwiegersohn auch nur einen Sou vererben will!« Er schüttelte langsam den Kopf. »Ich glaube eher nicht!«

Als Ina aufgekratzt von ihrem Fahrerlebnis zurückkam, stand Anno unter der Tür und rauchte ein Zigarillo. Er blinzelte ihr zu. »Da drinnen ist die Hölle los. Irgendwie habe ich den Eindruck, daß es nicht mehr lange dauern wird, bis sie sich gegenseitig die Augen auskratzen.«

»Ich verstehe sowieso nicht, daß sie sich so benehmen. Sie gewinnen dadurch doch nichts!« Ina hielt Anno die Autoschlüssel hin. »Ein wunderbares Auto. Ich hätte wirklich nie geglaubt, daß man von einem Auto schwärmen kann!«

Anno schaute sie von der Seite an. »Eigentlich wäre es mir ja auch lieber, du würdest von mir schwärmen …«

Ina lachte und drückte ihm spontan einen Kuß auf die Wange. »Nichts leichter als das!«

»Vielen Dank! Das tut doch richtig gut!« Er legte seinen Arm leicht um ihre Schulter und deutete mit dem Kopf zur Tür. »Wollen wir?«

Ina nickte. »Auf in den Kampf. Soll ich jetzt dabei bleiben?«

»Du wirst den Wagen loben, ich werde geheimnisvoll tun, und bei passender Gelegenheit werden wir zum Abendessen entschwinden!«

Das Stimmengewirr legte sich sofort und machte eisigem Schweigen Platz, als die beiden Seite an Seite ins Wohnzimmer kamen. Nur Nancy kam sofort auf Ina zu. »Na, wie war's mit der Luxuskarosse?«

»Unbeschreiblich!« sagte Ina in möglichst leichtem Tonfall. »Er fährt sich himmlisch, sieht traumhaft aus, hört und fühlt sich gut an. Wie der perfekte Liebhaber eben.« Das war ihr herausgerutscht, denn sie hatte im gleichen Moment an Claudio gedacht. Um es wiedergutzumachen, lächelte sie Anno an. Der strich ihr leicht über die Wange. Thekla schnappte hörbar nach Luft. Das war ihr einfach zuviel. Er bootete sie alle aus, einfach mal so mit einem Fingerschnippen, und hier, vor ihren Augen, wurde die neue Prinzessin gekürt. Unwillkürlich schaute sie nach Inas Händen. War sie etwa auch schon beschmuckt? Womöglich aus der Schatulle ihrer Mutter? Wenn das der Fall wäre, würde sie ... was sie genau tun würde, wußte sie auch nicht, aber sicherlich zu drastischen Mitteln greifen. Wahrscheinlich den betreffenden Finger abhacken.

Anno lächelte in die Runde. Bernadette schüttelte den Kopf. Das Ganze kam ihr vor wie ein Theaterstück. Irgendwie war sie in die falsche Aufführung geraten. Was um Gottes Willen kam ihrem Vater in den Sinn, mit dieser Frau vor ihnen zu stehen, als ob sie zur Familie gehörte? Schlimmer noch, als sei sie mehr wert als die eigenen Töchter? Julia hatte recht gehabt. Anno wandelte augenscheinlich auf Freiersfüßen. Für einen Moment überlegte sie, was sinnvoller wäre, ihr oder ihm Gift in den Kaffee zu geben. Effektiver wäre es sicherlich bei ihm.

»Habe ich das eigentlich richtig verstanden, Vater, hast du dir einen neuen Wagen gekauft?« Lydia nahm mit vorgestrecktem Kopf den Kampf auf.

»Vielleicht ...« Anno lächelte und drückte Inas Arm.

»Tut es deiner nicht mehr oder wieso? Der Mercedes ist doch noch nicht so alt?«

»Es dreht sich dabei ganz und gar nicht um mich ...«, sagte er und ließ den Satz bedeutungsvoll in der Luft hängen.

»Sind wir wieder bei dieser Frau angelangt?« Lydia starrte Anno an und vermied es, den Blick auch nur andeutungsweise zu Ina abschweifen zu lassen.

»Diese Frau und ich gehen jetzt zum Abendessen. In ein Restaurant. Ihr könnt euch gern in der Küche bedienen, wenn ihr nachher aufräumt. Nancy hat heute abend nämlich etwas anderes vor!« Er warf seinen Töchtern einen Handkuß zu und zog Ina, die noch ein »auf Wiedersehen allerseits und gute Heimfahrt« in die Runde warf, zur Haustür.

Eine Weile war es still am Tisch. Jede überdachte die Situation aus ihrer eigenen Warte. Schließlich sagte Renate: »Wenn jetzt auch noch jede von uns ihr eigenes Süppchen kocht, kann es nur schiefgehen. Wir müssen wirklich zusammenhalten und an einem Strang ziehen. Diese Ina Schwarz ist unser gemeinsamer Feind, und so müssen wir das betrachten und auch angehen. Wir müssen sie auf irgendeine Art vernichten.«

»Oder, sagen wir einmal«, warf Lydia ein, »wir müssen zumindest verhindern, daß Vater unser Geld an sie verschleudert. Das fängt ja jetzt schon an! Was kostet so ein Jaguar?«

Bernadette zuckte die Achsel. »Ich schätze mal um die 130 000 Mark!«

»Das sind«, Thekla verzog das Gesicht, »realistisch gesehen, schon mal 130 000 weniger für uns! Wegen so einer dahergelaufenen Schlampe!«

»Wir sollten noch was trinken!« warf Renate ein. »Die Weinflasche ist leer. Wer geht?«

»Im Weinkeller steht auch der Tresor!« Sie schauten sich an.

»Wo ist Nancy?« fragte Thekla.

»Habe sie nicht mehr gesehen. Hoffentlich hat sie sich verzogen!«

»Die verzieht sich nicht, die platzt höchstens!«

»Was ist jetzt mit dem Tresor? Wer von euch hat die Nummern noch im Kopf?«

Sie schauten sich gegenseitig an. Keine war sich wirklich sicher, ob nicht eine der anderen etwas verheimlichen könnte.

»Gehen wir gemeinsam«, entschied Thekla. »Vielleicht fällt sie uns ja wieder ein, wenn wir davor stehen.«

»Ich denke, wir haben die Nummer nie gewußt!« Renate trank im Aufstehen ihr Glas leer und ging voraus zur Kellertür.

Gerhard war zu sich gekommen, nachdem Barbara bereits gegangen war. Er hatte höllische Kopfschmerzen und konnte sich im ersten Moment an nichts erinnern, wußte nicht einmal, wo er war. Jede Bewegung schmerzte, so blieb er noch einige Minuten liegen, bis sich seine Augen auf einen gläsernen Gegenstand vor ihm einstellten. Langsam wurde ihm bruchstückhaft klar, was geschehen war. Er rappelte sich hoch, nahm den Aschenbecher an sich und schaute sich nach Barbara um. Sie lag nirgends, also hatte er sie nicht umgebracht. War auch schlecht möglich, sagte er sich gleich darauf, denn schließlich hatte sie noch recht lebendig zugeschlagen. Er tastete seine Kopfhaut ab und betrachtete seine Finger. Blut. Das hatte er sich gedacht. Hoffentlich hatte sie ihn nicht ernsthaft verletzt. Zumindest pochte es bei jeder Bewegung. Trotzdem war ihm klar, daß er so schnell wie möglich hier fort mußte. Er quälte sich zur Tür und schaute von dort den Teppichboden an. Keine Blutspur zu sehen. Anscheinend war er mit der unversehrten Kopfhälfte zu Fall gekommen. Er hatte keine Ahnung, wie er aussah, aber sein Instinkt sagte ihm, daß er keine Zeit für einen Badezimmeraufenthalt hatte. Gerhard wollte so schnell wie möglich hier raus. Bevor er die Tür öffnete, schaute er durch den Spion, dann ging er schnell zum Lift. Der war aber gerade in Bewegung, anscheinend geradewegs zu ihm, Stockwerk fünf. Gerhard wich zur Treppe aus. Als er von dort aus Polizisten aus dem Lift kommen sah, die sich gleich darauf an Barbaras Tür zu schaffen machten, dankte er seinem Schutzengel und schwor seiner Tochter Rache.

Barbara hatte sich, ohne weiter zu überlegen, in ihren Wagen gesetzt und war losgefahren. Die nächste Bastion, die ihr einfiel, war Julia. Sie mußte unbedingt mit jemandem reden. Bei ihrer Mutter hatte sie schlechte Karten, das wußte sie, denn Thekla hatte nur den Ruf der Familie im Sinn und das Schlagwort: *Komme, was wolle, eine Familie muß zusammenhalten. Vor allem nach außen.* Barbara hatte unter dieser Maxime jahrelang gelitten. Im engeren Umfeld kannte sie niemanden, dem sie ihre Kindheitserlebnisse anvertraut hätte. Vor Irene und Klaus, ihren älteren Geschwistern, hatte sie sich in dieser Sache immer geniert. Manchmal hatte sie sogar den Eindruck, sie hielten sie für eine Aufschneiderin. Obwohl sie auf der anderen Seite mitbekommen hatte, wie Klaus ihrer Mutter zur Scheidung riet und Irene ihr heftige Vorwürfe machte. Aber auch das alles nur im Rahmen der Familie.

So fuhr sie noch immer völlig starr und abwesend vor Schreck nach Heidelberg. Sie würde Stunden brauchen, und sie hatte auch nicht angerufen. Aber es war ihr egal. Ihr Wagen erschien ihr im

Moment als der sicherste Ort, und solange er sich bewegte, konnte ihr von außen auch keine Gefahr drohen. Keiner konnte ihr zu nahe kommen. Sie fuhr vor sich hin und versuchte die Bilder abzuschütteln, die sie trotz allem verfolgten. Sie sah sich hinter dem Sofa und Gerhard davor. Und dann der Moment, als er sie an den Haaren zu Boden riß. Und schließlich der Schlag mit dem Aschenbecher. Was, wenn er wirklich tot war? Leblos in ihrer Wohnung lag, wenn sie nach Hause kam? Es schüttelte sie, und sie gab Gas. Julias kleine Studentenwohnung erschien ihr wie eine rettende Insel.

Thekla, Renate, Lydia und Bernadette standen in dem leicht modrig und nach Kartoffeln riechenden Keller um den Tresor herum und wußten nicht weiter. Thekla merkte sich die derzeit eingestellten Zahlen, dann drehte sie ein bißchen herum, aber es war sinnlos. »Dazu bräuchte man einen Fachmann«, sagte sie.

»Es wäre schon interessant zu wissen, was er drin hat!« Renate versuchte jetzt ebenfalls ihr Glück. »Fast wie am Roulettetisch«, sagte sie dazu.

»Glaubt ihr, er verwahrt Goldbarren oder so was?« wollte Lydia wissen.

»Warum nicht?« Thekla zuckte die Achseln. »Wertbriefe, Bankauszüge, was weiß ich. Jedenfalls irgend etwas, damit wir die Lage besser einschätzen können!«

»Warum fragen Sie ihn denn nicht einfach?«

Alle vier fuhren herum, Nancy stand am Treppenaufgang, ihre Gestalt füllte den gesamten Türrahmen aus, aber es hatte sie keiner kommen hören.

Selbst Thekla fühlte sich ertappt und brauchte einige Sekunden, bis sie kontern konnte. »Was schleichen Sie hier denn so herum?« fuhr sie sie an.

»Ich passe auf das Haus auf«, sagte Nancy und lächelte sanft. »Und wie man sieht, nicht unbegründet!«

»Raus!« schrie Thekla. »Ich werde dafür sorgen, daß Sie Ihre Stelle verlieren, Sie anmaßendes Frauenzimmer!«

»Tun Sie das!« Nancy nickte ihr zu. »Viel Erfolg dabei!« Damit ging sie die Treppe wieder hinauf.

»Das hätte jetzt nicht passieren dürfen«, flüsterte Bernadette, die sich in ihre Kinderjahre zurückversetzt und wie beim Marmeladeklauen erwischt sah. »Sie wird es Vater in jedem Fall erzählen!«

»Das wird sie wohl«, nickte Thekla grimmig und ging zu den Regalen mit den Weinen. Die eine Glühbirne an der Decke reichte nicht ganz aus, um den hinteren Teil des Raumes zu erhellen, außerdem schluckte auch der unebene Boden viel Licht. Thekla ging vor dem Weinregal in die Knie und zog eine Flasche nach der anderen heraus. Sie hielt sie nach oben ins diffuse Licht und versuchte, die Etiketten zu entziffern. »Die guten liegen unten. Ganz wie früher! Suchen wir uns einen aus. Einen möglichst teuren, bevor ihn diese Schwarz bekommt!«

Barbara war spät abends fast wie in Trance in Heidelberg angekommen. Sie hätte keinen Meter ihrer Fahrt rekonstruieren können, alles war wie ein böser Traum an ihr vorübergegangen. Ein Wunder eigentlich, daß sie überhaupt bis hierher gekommen war, fand sie, als sie jetzt vor Julias Studentenwohnheim einen Parkplatz suchte. Nach wenigen Minuten verlor sie die Geduld und stellte ihren Wagen im Parkverbot ab. Es war ihr alles egal, was um sie herum geschah. Sollten sie ihn abschleppen, was würde das an der Welt schon ändern. Sie klingelte unten und war angenehm überrascht, als nach dem zweiten Mal aufgedrückt wurde. Eigentlich hatte sie nicht damit gerechnet.

Julia hatte den halben Nachmittag über ihre Wohnung aufgeräumt, was nötig war, gründlich geputzt, was sie nur in Notfällen tat, gekocht, was sie selbst als mittlere Sensation betrachtete, und ihren kleinen Holztisch liebevoll mit Kerzen und roten Servietten für ein Abendessen zu zweit gedeckt. Dann hatte sie vor ihrem Kleiderschrank gestanden und sich gefragt, was gut, aber nicht aufgedonnert aussah, sexy, aber nicht gewollt. Sie probierte einige Stücke an, sah aber fast nur ihre Problemzonen an sich. Ihrer Meinung nach stimmten ihre Proportionen nicht. Den Busen fand sie

zu klein, die Hüften zu breit. Von dem derzeit gängigen Figuren-
ideal, groß, ordentliche Oberweite und ab der Taille knabenhaft
schlank, fühlte sie sich weit entfernt, was sie nicht glücklicher
machte. Das einzige, was sie wirklich gut an sich fand, war ihre Frisur. Sie war heute vormittag noch beim Friseur gewesen und hatte
sich ihr schulterlanges dunkelbraunes Haar nach einem Foto, das
sie in einer Frauenzeitschrift gefunden hatte, schneiden und färben
lassen. Mittelscheitel, die vorderen Haare streng hinter die Ohren
und locker nach hinten auftoupiert. Tiefschwarz hatte ihr der Friseur empfohlen. Damit kam sie sich im Spiegel zwar ein bißchen
fremd vor, aber es gab ihr auch etwas. Sie fühlte sich schlagartig
attraktiver und war sich sicher, daß sie es heute schaffen würde.
Heute, da Niklas sie zum ersten Mal besuchen kam, würde sie ihn
verführen. Es war ihr danach.

Als Barbara vor Julias Wohnungstür angelangt war und Julia
mit einem freudigen Lächeln öffnete, war beiden sofort klar, daß
etwas schieflief.

»Mich hast du wohl nicht erwartet«, sagte Barbara, nachdem sie
das obligatorische Begrüßungsküßchen ausgetauscht hatten. Sie
musterte Julia mit ihrer neuen Frisur und dem ausgeschnittenen
langen Kleid, in dem sie vor ihr stand.

»Ehrlich gesagt, nein«, sagte Julia und überlegte krampfhaft.
Was sollte sie tun, sich den Abend verderben lassen und Barbara
hereinbitten? Auf der anderen Seite sah sie erbarmungswürdig aus.
Die Augen in tiefen Höhlen, die Haut fahl, die Haare ungekämmt.
Eigentlich fand Julia sie, die mit ihren 28 Jahren nur drei Jahre
Ältere, von Natur aus sehr viel hübscher als sich selbst, aber davon
war jetzt nichts zu sehen. »Komm rein«, sagte sie entschieden.
»Irgend etwas ist doch passiert!«

»Ich glaube, ich habe meinen Vater erschlagen«, sagte Barbara
tonlos, und Julia glaubte im ersten Moment, sich verhört zu haben.
Sekunden später spürte sie, wie ihr eine Gänsehaut über den
Rücken kroch.

»Hat er wieder ...«, begann sie noch zwischen Tür und Angel,
aber dann zog sie Barbara an der Hand in die winzige Wohnung.

»Komm, setz dich«, sie wies zu dem gedeckten Tisch. Barbara registrierte zwar, daß Julia Besuch erwartete, aber sie fühlte sich völlig gelähmt. Sie setzte sich und starrte Julia an. Ihr Blick wurde Julia unheimlich. Sie rückte ihren Stuhl neben sie. »Mensch, Barbara, was ist denn passiert? Kann ich dir helfen?« Wenn sie ihn erschlagen hat, geschieht es ihm gerade recht, dachte sie plötzlich.

Barbara holte tief Luft, dann erzählte sie völlig emotionslos und mit monotoner Stimme, was sich am Nachmittag in Essen zugetragen hatte.

Niklas hatte Mühe, in Stuttgart wegzukommen. Seine Freundin schien etwas zu ahnen, denn noch nie wollte sie so genau wissen, was er denn die halbe Nacht im Institut für Werkzeugmaschinenentwicklung zu schaffen hätte. Sie bereiteten einen Tag der offenen Tür vor, erklärte er geduldig und wahrheitsgetreu, das ginge jedenfalls bis spät in die Nacht, und der Prof hätte sie nach der Arbeit noch eingeladen. Da könne und wolle er nicht absagen. Er gab sich trotzig. Warum sollte er auch. Weil sie heute abend ebenfalls etwas vorgehabt hätte, ließ Angelika ihn wissen, und Joshua immerhin das gemeinsame Kind sei. Dagegen gab es zwar kein Argument, aber er wollte sich den Abend mit Julia trotzdem nicht verderben lassen. Er mache es wieder gut, versprach er, und küßte sie auf die Stirn. Gleich morgen übernehme er den Termin, mit Joshua zum Babyschwimmen zu gehen. Das wolle sie sehen, meinte Angelika nur, und er konnte endlich gehen.

Nachdem Barbara alles geschildert hatte, stand Julia auf und holte die Flasche Sekt, mit der sie Niklas überraschen wollte. 15 Mark, ein Vermögen, aber es schien ihr jetzt nicht der richtige Zeitpunkt, auf solche Nebensächlichkeiten zu achten. »Trinken wir erst einmal einen Schluck zur Beruhigung«, sagte sie. »Und danach rufe ich in Lindau an. Wenn du mit deinem Anruf Nancy erreicht hast, hat sie sicherlich etwas in die Wege geleitet. Hast du daran schon gedacht?«

Barbara schüttelte stumm den Kopf, und Julia griff zum Telefon. »Dann machen wir das lieber gleich!«

Niklas war inzwischen auf der Autobahn. Es war fast neun Uhr, und er würde einigermaßen zu spät kommen, aber er hatte keine Möglichkeit mehr gehabt, Julia zu informieren. Angelika hatte ihn nicht aus den Augen gelassen, bis er aus der Wohnung war, und ein Handy konnte er sich nicht leisten. Er drehte die Musik auf und kurbelte das Schiebedach zurück. Vielleicht würde er sich heute abend ja schlüssig darüber werden, was er überhaupt wollte. Romy, die ihm immer mal wieder Geld zusteckte, hatte ihn das auch schon gefragt. Sie hatte sich in Julias Gegenwart zwar nichts anmerken lassen, wie es sich für eine gute Omi gehörte, aber später wollte sie schon wissen, ob sie sich ihren Urenkel gleich wieder abschminken könne. Niklas wußte es selbst nicht. Das mit dem Kind war passiert, Angelika hatte gleich die Zügel in die Hand genommen, eine gemeinsame Wohnung gemietet, und seitdem war es eben so.

Bisher hatte er es nicht hinterfragt, und er fühlte sich auch nicht unglücklich. Andere waren mit 25 auch schon Väter und noch in der Ausbildung. Auch das war nichts Ungewöhnliches. Er fragte sich nur, ob er Julia heute über seine Situation aufklären sollte oder besser nicht. Eigentlich wollte er sich nichts verderben, und das veranlaßte ihn schon zur nächsten Frage an sich selbst, wie ehrlich er es eigentlich meinte. Und da war er sich auch schon nicht mehr sicher, mit wem eigentlich. Mit Julia oder Angelika.

Die vier Schwestern hatten sich eine Flasche nach der anderen aus dem Weinkeller der elterlichen Villa geholt, in der Hoffnung, guter Wein könne die Phantasie beflügeln und somit eine Strategie gegen Ina Schwarz herbeizaubern.

Schließlich hatten sie sich mehrere Möglichkeiten ausgedacht. Sollte Anno weiterhin ihr Geld an diese Person verschleudern, mußte ein Weg gefunden werden, um ihn zu entmündigen. Denn daß einer, der sein Leben lang wirtschaftlich gedacht und sparsam gehandelt hatte, plötzlich sein Geld aus dem Fenster warf, mußte

Gründe haben. Entweder war er fremdbestimmt oder geistig verwirrt. Und das kam ihrer Meinung nach aufs gleiche raus. Dafür brauchte man nun also einen Fachmann, der eine Entmündigung gezielt in die Wege leiten konnte.

Lydias Vorschlag, ihn doch einfach aus steuerlichen Gründen um vorzeitige Schenkungen zu bitten, wurde von den anderen weggelacht. Es hätte häufig genug Anlässe für eine finanzielle Unterstützung gegeben, lästerte Bernadette, aber er habe schließlich immer gesagt, dafür hätten sie ihre Ehemänner. »Geldbeschaffung ist erstes männliches Gebot«, rezitierte sie in tiefer Stimmlage, »erst danach kommt die Arterhaltung.«

»Zumindest hat er seine eigenen Sprüche ernst genommen«, befand Renate darauf lakonisch, und die anderen brachen in Gelächter aus und hoben die Gläser.

Die zweite Möglichkeit sei, Ina Schwarz auszuschalten. »Killer aus dem Ostblock kosten 10 000 Mark, die kommen, arbeiten präzise und verschwinden wieder. Wäre also denkbar!« Thekla zuckte die Achseln und schaute in die Runde.

»Wieso denn Ostblock, schick doch deinen Mann«, schlug Renate vor, doch Thekla fand den Vorschlag nicht besonders witzig.

»Man muß sie ja nicht gleich umbringen. Wie wäre es mit Drohungen? Schließlich hat sie eine Tochter. Die könnte man doch mal für einen halben Tag verschwinden lassen, das würde einer Mutter doch sicherlich den Rest geben.« Alle schauten verblüfft zu Lydia. Von ihr hätten sie einen solchen Vorschlag nicht erwartet.

»Keine schlechte Idee«, nickte Bernadette. »Bloß braucht man dazu auch jemanden, der so etwas ausführt. Aber sicherlich ist das der einfachste und effektivste Weg. Über die Kleine gegen die Mutter und damit für uns! Das ist ein zugkräftiger Slogan!«

In der Gewißheit, das Geschehen im Griff zu haben, deckten sie im Garten den Tisch für ein gemeinsames Abendessen. So waren sie um neun Uhr zu weit vom Telefon entfernt, um das Klingeln noch hören zu können.

Anno und Ina saßen auf der Terrasse eines Restaurants auf dem Hoyerberg und ließen nach ihrem Hauptgang den Blick über Lindau schweifen. Von dort oben hatte man eine herrliche Sicht, selbst Annos Villa lag einem gewissermaßen zu Füßen.

»Was die jetzt wohl aushecken?« fragte Ina und strich sich ihr Haar hinter die Ohren.

»Ich habe mir auch schon überlegt, daß ich den Tisch hätte verwanzen lassen sollen. So ein bißchen 007 würde mir möglicherweise ganz gut stehen!« Anno blinzelte ihr zu.

»Ohne Zweifel!« Ina nickte. »Dazu vielleicht noch eine versteckte Videokamera?«

Anno grinste. »Gute Idee!«

»Ob sie noch da sind, wenn wir zurückkommen?«

»Sie werden aus lauter Frust den Weinkeller plündern und sich nach reichlichem Genuß einig werden. Und zwar darin, daß ich wegen Alterstorheit zu entmündigen sei!«

Er schnitt mehrere Grimassen, die Ina zum Lachen brachten, und schob sein Gesicht mit seinen beiden Händen wie ein Clown wieder in Form, weil der Kellner herankam, die Weißweinflasche aus dem silbernen Weinkühler zog und die Gläser nachfüllte. »Dürfte ich Ihnen noch ein Dessert anbieten?« fragte er dabei. »Ich könnte Ihnen unsere Spezialität, frische Eispralinen mit Früchten der Saison, empfehlen.«

Ina stimmte zu, Anno entschied sich für ein Sorbet.

»Ist das Leben nicht herrlich?« sagte sie, nachdem sie wieder allein waren.

»Heute ja«, stimmte Anno zu.

Niklas' Überraschung, in Julias Wohnung noch eine Cousine anzutreffen, wich einer bestimmten Erleichterung. So mußte zumindest heute nichts entschieden oder besprochen werden, wovor er sich sowieso gern gedrückt hätte. Obwohl er, wenn er ehrlich war, schon ganz gern mit Julia geschlafen hätte. Möglicherweise war er sogar deswegen hierhergefahren. Aber da er nicht so gern in seinem Seelenleben grub, nahm er die Situation eben so, wie sie nun mal war. Er hatte zwei Frauen vor sich, die eine offensichtlich für einen intimen Abend zu zweit gerichtet, die andere aus der Fassung. Das war fast wie zu Hause, wenn Angelika irgendeine Bedürftige aus ihrer Frauengruppe mitbrachte, die Zuspruch, Aufmunterung oder auch ganz einfach einen Mann brauchte. Was er sich natürlich nie so zu sagen traute, denn sonst wären sie geschlossen über ihn hergefallen.

Barbara taute langsam auf, obwohl die Ereignisse schwer auf ihr lasteten. Sie hatte Julia gebeten, Niklas nicht einzuweihen. Die Sache erschien ihr zu privat, eine reine Familiengeschichte. So bot sie Julia nach zwei Stunden an, sie mit Niklas allein zu lassen. Julia war hin und her gerissen, traute sich dann aber doch nicht, ihre Cousine in diesem Zustand wegfahren zu lassen. Sie bot ihr an, bei ihr zu übernachten, was bedeutete, daß sie, in dem Einzimmerapartment, keine Chance hatte, Niklas in irgendeiner Form näherzukommen. Sie fand sich schließlich damit ab, daß ja noch andere Abende und somit Gelegenheiten kommen würden. Als sich Niklas um Mitternacht verabschiedete, hatte er das Gefühl, überhaupt nichts verstanden zu haben. Warum Barbara ausgerechnet heute da war, war ihm völlig unklar. Daß sie was hatte, war dagegen offensichtlich. Was, hatte er allerdings nicht herausgebracht. Oder war sie von Julia als Anstandsdame eingeladen worden? Sozusagen als Schutzschild zwischen sich und ihm? Es kam ihm zwar etwas abwegig vor – so wie Julia sich zurechtgemacht hatte, sah sie eher nach Angriff aus –, aber bei Frauen wußte man schließlich nie.

Gerhard lag leidend im Bett, als Thekla am nächsten Tag nach Hause kam. Er hatte sich am Morgen für die nächsten Tage krank gemeldet und grübelte seitdem, ob er in eine Klinik fahren sollte oder nicht. Es war ihm nicht so klar, als was er das Ganze deklarieren könnte. Überfall? Die Polizei würde ein Protokoll aufnehmen und Einzelheiten wissen wollen. Womöglich präsentierten sie ihm nachher sogar noch einen Täter. Unfall? Selten schlug sich jemand einen Glasaschenbecher selbst auf den Kopf. Schlägerei? Wenn ja, mit wem und wo, und schon hätte er es wieder mit der Polizei zu tun. Und er wußte ja auch nicht, ob Barbara womöglich Anzeige erstattet hat. Dann würden seine ärztlich attestierten Verletzungen genau mit Barbaras Angaben übereinstimmen, und das wollte er lieber vermeiden. So lag er Stunde um Stunde und litt vor sich hin.

Thekla stürmte geradewegs ins Schlafzimmer. »Hier finde ich dich also. Sich ins Bett verkriechen, das ist ja wohl die Höhe, nach allem, was vorgefallen ist. Mußt du mich in eine solche Lage bringen, du unverbesserlicher Vollidiot? Alle meine Schwestern sind über mich hergefallen! Und mit Recht, sage ich dir, mit Recht!« Sie war so empört, daß sie ihm am liebsten eine geklebt hätte.

»Es war ganz anders«, wehrte er ab. »Deine Tochter hätte mich fast umgebracht! Ich wollte überhaupt nichts von ihr, habe sie schlicht besucht. Da ist sie über mich hergefallen!« Er deutete auf die blutverkrustete Stelle an seinem Schädel. »Schau her, was sie mir angetan hat! Mit einem massiven Aschenbecher. Totschlagen wollte sie mich, ihren eigenen Vater!«

»Hör auf damit, oder ich schlage mit dem nächstbesten Gegenstand hinterher!« Thekla hätte ihn am liebsten nicht nur aus dem Bett, sondern gleich auch noch aus dem Haus geworfen. Sie stand hoch aufgerichtet vor ihm, und korpulent, wie sie war, wirkte sie in ihrer Wut durchaus bedrohlich. Vor allem auf Gerhard, der vor ihr lag. »Sie hat dich erpreßt, mein Lieber. Und sie hatte Grund dazu. Und ich hätte mehrere Gründe, dir hier den Garaus zu machen, wenn es nicht so mühsam wäre. Es würde öffentlich, alle würden mich und meine Kinder anstarren. Nur das schützt dich, sei dir dessen bewußt. Ich werde dich nicht anrühren. Aber wenn du hier sterben willst, dann stirb halt! Meinen Segen hast du!« Damit drehte sie sich um und rauschte aus dem Zimmer.

Gerhard lag sprachlos im Bett. So hatte sie noch nie mit ihm gesprochen. So kannte er sie überhaupt nicht. Was in drei Teufels Namen war in sie gefahren, so mit ihm umzugehen? Eigentlich müßte er sofort hinterher und sie in den Senkel stellen, denn wehret den Anfängen, das stand schon in der Bibel. Was hat sie eben gesagt, er habe ihren Segen zum Sterben? Nicht zu fassen! Er griff sich an den Kopf. Es tat noch immer höllisch weh, und wenn er die

Stelle genau abtastete, was er sich des Schmerzes wegen aber kaum traute, glaubte er, eine Delle zu spüren. Eine Macke in seinem Professorenschädel! Schon der bloße Gedanke machte ihm angst.

Niklas war nach Hause gekommen, als Angelika und Joshua schon schliefen, hatte sich während der nächtlichen Brüllphasen schlafend gestellt und war ermattet aufgewacht, als Angelika und Joshua die Wohnung schon wieder verlassen hatten. Stimmt, sie hatten irgendeine Untersuchung beim Kinderarzt, die U-Sonstwas. Er wußte es nicht mehr so genau, auf jeden Fall war er froh darüber, so mußte er ihr nicht irgendein Zeug über die gestrigen Nacht vorlügen. Und heute abend könnte er es vielleicht mit einem gemeinsamen Bier beim Jazzabend im Biergarten überspielen. Er trank einen Kaffee, hinterließ Angelika einen Gutenmorgengruß auf einem Stück Papier und fuhr erleichtert ins Institut. Zu seiner Freude fand er auch gleich einen Parkplatz und ging an der mit einer Schranke gesicherten Einfahrt entlang. Eigentlich war es doch ganz beruhigend, daß zwischen Julia und ihm nichts vorgefallen war. Vielleicht sollte er es doch wirklich dabei belassen und ihr möglichst bald die Wahrheit sagen. Noch wäre Gelegenheit, das Ganze in eine nette Kameradschaft umzulenken. Quatsch, du belügst dich selbst, sagte er sich und sah im selben Moment, daß der Dekan des Instituts heranfuhr. Die Schranke ging hoch, doch anstatt an ihm vorbei zur Tiefgarage zu fahren, ließ er das Fenster herunter. Niklas war irritiert, blieb stehen und grüßte.

»Sagen Sie mal«, wollte Udo Heisel von ihm wissen, »was hätte ich Ihrer Frau oder Freundin gestern abend eigentlich erzählen sollen, als sie mich anrief und nach Ihnen fragte? Von Vorbereitungen zum Tag der offenen Tür weiß ich zwar, aber seit wann arbeiten wir denn bis Mitternacht? Hmm? Freiwillig?«

Niklas schoß erst das Blut in den Kopf und wich ihm dann bis unter die Zehennägel. »Du lieber Himmel«, war das einzige, was ihm spontan dazu einfiel.

»Nun«, sein Professor grinste süffisant, »ich habe Ihren Einsatzeifer gebührend gelobt, aber ich denke, daß sie ihn nun nachträglich beweisen sollten. Heute müssen wir für diese von Ihnen so hervorgehobene Veranstaltung noch sämtliche Plakatstellwände streichen, und ich gehe davon aus, daß Sie sich hundertprozentig einbringen werden. Sollte Ihre Freundin dann noch mal kurz vor Mitternacht anrufen, kann ich Sie zumindest ans Telefon holen lassen!«

Niklas nickte nur und sah dem schwarzen Mercedes nach, der in Richtung Tiefgarage davonrollte. Er fühlte sich völlig benommen. Warum nur hatte sie angerufen? War etwas mit Joshua? War sie deshalb heute morgen schon so früh weg? Normalerweise würde Angelika doch nie anrufen. Oder hatte sie einen siebten Sinn und spionierte ihm tatsächlich nach? Und dann dachte er: Was treibt eigentlich der Heisel so lange im Büro?

Ina hatte wieder ein paar Aufträge bekommen und saß in ihrem Büro. Sie war glücklich darüber, spürte aber, daß sie das alles nicht mehr ganz so wichtig nahm. Es hatte etwas eingesetzt, das sie Umdenkprozeß nannte. Es war schnell gegangen, schneller, als sie je hätte selbst vermuten können. Sie lebte in ihren Vorstellungen und Gedanken tatsächlich schon mehr in der Villa als hier in ihrem kleinen Häuschen, und sie fuhr auch ihren alten Wagen nicht mehr, sondern hatte den Jaguar vor der Gartentür stehen. Anno hatte ihr gestern nacht, nachdem sie ihn zur Villa zurückgefahren hatte, bedeutet, daß der Wagen das formale Verlobungsgeschenk sei, und als solches könne sie ihn auch ruhig betrachten. Zumal sie ihn für das offizielle Verlobungsfoto bräuchten, denn vor dem Wagen käme die entsprechende Anzeige mit Bild sicherlich noch mal so gut. Vor allem in der Post seiner Töchter.

Warum willst du sie eigentlich so sehr reizen, wollte Ina wissen.

Weil ich wissen will, wo ich stehe, bevor ich sterbe. Ich möchte nicht als Seele in einer Ecke hängen und wehrlos zuhören, wie sie das Erbe an meinem Sterbebett unter sich aufteilen. Ich möchte wissen, wer zu mir und wer zu meinem Vermögen steht. Und nach diesen Erkenntnissen werde ich handeln. Wenn's sein muß, kriegt eine alles und die anderen nichts. Oder ihren Pflichtteil, von mir aus.

Warum aber sollten sie dich lieben, hatte Ina gefragt. Warst du ein guter Vater? Hast du dir die Liebe verdient?

Er dachte darüber nach. Der Nachtisch war schon gegessen, sie tranken noch ein letztes Glas Wein, und er wägte ab. Schließlich sagte er: »Bist du Caroline eine gute Mutter?«

»Keine Ahnung«, sagte Ina spontan. Dann dachte sie darüber nach. »Ich hoffe schon. Aber eigentlich wird man das wohl erst wissen, wenn die Kinder erwachsen sind. Oder die Kinder wissen es zu diesem Zeitpunkt zumindest! So wie wir es heute über unsere Eltern wissen!«

»Weißt du es wirklich? Weißt du, was deine Eltern falsch oder richtig gemacht haben? Manches war eine Wunschvorstellung, solange man noch erzogen wurde. Lange wegbleiben, mit dieser oder jener Clique losziehen, früh rauchen und auf sich selbst aufpassen. Doch was hat einen weitergebracht? Die Verbote oder die Zugeständnisse?«

Ina griff nach ihrem Glas und ließ den Wein kreisen. »Ich gebe zu, daß ich es auch heute nicht weiß. Wenn ich es wüßte, wäre ich vielleicht weiter. Ich denke, meine Eltern haben keine wirklichen Fehler in meiner Erziehung gemacht. Sie haben mich nicht geschlagen und mich zu nichts gezwungen. Möglicherweise haben sie mich durch diese liberale Erziehung aber auch nicht richtig gefördert, weil die Herausforderung fehlte. Möglicherweise bin ich heute deshalb zu lax.«

»Zu lax?« Anno schaute verständnislos.

»Zu schlaff, zu lässig – ich weiß auch nicht. Ich scheue Konsequenzen. Und Konflikte.«

»So hast du an meinem Geburtstag aber nicht ausgesehen!«

»Da war ich tierisch wütend. Und ich habe mir damals gedacht, ihr habt mich herausgefordert, und jetzt bekommt ihr die Quittung!«

Anno legte seine Hand auf ihre. »Ich denke, das sollte dein Lebensmotto werden. Es wird noch vieles auf dich zukommen, aber kampflos sterben nur Schafe. Wenn überhaupt. Der Trieb im Menschen erwacht, wenn er etwas haben will. Und die Dinge, die er will, sind meist die gleichen: Sex, Geld, Macht. Ohne Kampf kommt keiner durchs Leben, es sei denn, er ist ein Sozialfall. Und selbst da muß er sich mit den Ämtern herumschlagen!«

»Und was hat das nun alles mit deinen Töchtern zu tun?« wollte Ina wissen.

»Es sind vier. Sie haben drei Ehemänner, unzählige Kinder und noch mehr Enkel. Sie alle haben unerfüllte Wünsche und Träume. Und sie alle glauben, daß ich der Goldopi sei, der nur noch über den Jordan springen müsse, damit sich ihre Träume und Wünsche erfüllen. Und ich denke mir, daß ich mitnichten der Goldopi bin, sondern ein Zocker, der seine Gegenspieler erst mal auflaufen läßt. Und in dieser Phase bin ich jetzt. Meine vier Töchter und mehr noch ihre beratenden Ehemänner werden sich jetzt zunächst mal gegenseitig lahmlegen, weil sie sich nämlich gegenseitig nichts gönnen. Phase zwei wird dann sein, einen von uns beiden aus dem Weg zu räumen.«

»Hört sich ja vertrauenerweckend an«, hatte Ina daraufhin gesagt, aber irgendwie konnte sie es sich vorstellen, und der Gedanke war ihr unheimlich.

Ina nahm ihre Arbeit wieder auf. Sie hatte Mühe, ihre umherschwirrenden Gedanken einzufangen und sich auf die Übersetzungen zu konzentrieren. Auf der anderen Seite wollte sie aber auch schnell fertig werden, denn sie hatte Caroline versprochen, heute nachmittag Zeit für sie zu haben, schließlich war Sonntag. Und möglicherweise könnte sie heute nacht, wenn Caroline schon schlief, noch ein, zwei Stündchen mit Claudio einbauen. Das hieß, natürlich nur, wenn Romy ihn gehen ließ.

Thekla stand mit dem Telefon in der Hand am Fenster ihrer Küche und versuchte, ihre Tochter ausfindig zu machen. Schon gestern hatte sie es mehrfach unter ihrer Telefonnummer versucht, aber keinen Erfolg gehabt. Es beunruhigte sie zunächst nicht, denn sie hatte den gestrigen Ereignissen, besonders nach der Rückmeldung der Polizei, daß alles in Ordnung sei, nicht die große Bedeutung beigemessen. Sie hielt Barbara für hysterisch und zickig und völlig aus der Art geschlagen. Insgeheim verzieh sie ihr auch nicht, daß es ihretwegen ein solches Spektakel gegeben hatte. Es waren Dinge, die sie einfach nicht wissen wollte. Aber jetzt, da sie Gerhards aufgeschlagenen Kopf gesehen hatte, bekam sie es mit der Angst zu tun. Bevor diese Geschichte publik wurde, mußte sie eingreifen. Und zunächst mal ihre Tochter aufspüren. Aber als sie darüber nachdachte, wo und bei wem sie wohl stecken könnte, mußte sie sich eingestehen, daß sie keine Ahnung hatte. Sie kannte weder eine einzige Freundin noch den Freund ihrer eigenen Tochter.

Barbara hatte sich wieder beruhigt. Die Nacht bei Julia hatte ihr gutgetan. Wobei es ihr jetzt leid tat, Julia den Abend vermiest zu haben. Julia winkte ab. Niklas gäbe es morgen auch noch und wahrscheinlich sogar noch übermorgen. Und in Ausnahmesituationen liefe eben manches anders. Hoffentlich hatte er überhaupt Verständnis dafür, meinte Barbara, denn schließlich sei er ja nicht über den Grund ihres Hierseins aufgeklärt worden. Julia fand, das sei in dem Fall eine geeignete Nagelprobe. Wenn er mit so etwas nicht umgehen könne, ließe das auf eine gewisse Engstirnigkeit schließen, was sie aber eigentlich nicht glaube. Und sie erzählte Barbara von Romy und Claudio und wie genial Niklas dieses Arrangement fand. Barbara stimmte zu und fing sogar wieder an zu lachen. Julia überlegte, ob sie sie auch gleich noch über Annos Spielchen aufklären und damit noch mehr aufheitern sollte, ließ es dann aber. Sie hatte Nancy in die Hand versprochen, es keinem aus der Familie zu verraten. Und obwohl Barbara doch gewissermaßen selbst eine Verratene war, so gehörte sie doch immerhin zur Familie.

II

Inzwischen waren über vier Wochen vergangen. Ina war, gegen den erbitterten Widerstand der Familie, in die Villa eingezogen. Anno hatte ihr zwei Zimmer im ersten Stock räumen und herrichten lassen und eine Spedition mit dem Umzug beauftragt. Ina war es seltsam zumute, als sie ihr Häuschen ausräumte. Sie nahm vieles, aber nicht alles mit, denn das Häuschen sah sie als ihre Bastion gegen unvorhersehbare Ereignisse. Im Notfall konnte sie immer wieder zurück. Obwohl Anno der festen Meinung war, daß dies erst nach seinem Tod der Fall sein könne und sie dann genug Geld hätte, um sich eine große Eigentumswohnung kaufen zu können.

Stundenlang hatte sie in den vergangenen Wochen mit Anno zusammengesessen und über die Zukunft gesprochen. Anno sah zwar immer noch sein Theaterstück vor Augen, aber durch die gemeinsam verbrachte Zeit hatte er Ina gegenüber eine starke Zuneigung entwickelt und war sich gar nicht mehr so sicher, ob er nur Theater spielte. Er fand es wunderschön, eine so lebenslustige und hübsche Frau an seiner Seite zu haben, und auch Caroline brachte neues Leben ins Haus. Es bereitete ihm Spaß, ihr ein Kinderzimmer nach ihren Wünschen einzurichten: das Hochbett, von dem sie schon immer geträumt hatte, ausgestattet mit bunten Zeltplanen, unter denen man so herrlich mit den Freundinnen spielen konnte, einem Turm mit Fenstern und einer Rutschbahn.

Es war Annos Geburtstagsgeschenk gewesen, und Caroline wußte zunächst nicht, worüber sie sich mehr freuen sollte: über die beiden Meerschweinchen oder über das Bett. Schließlich verband sie die beiden Geschenke, indem sie die Meerschweinchen mit in ihre Burg nahm. Die ganze Villa glich an diesem Tag einem Tollhaus. Überall waren Kinder, Nancy hatte unendlich viel Kuchen gebacken und sich Spiele überlegt, auf die Ina im Traum nicht gekommen wäre. Als die Eltern ihre Kinder am Abend abholten, waren alle völlig erschlagen, und während die Eltern auf der Veranda noch auf Annos Einladung hin ein Glas Wein tranken und von Nancy frisch aufgebackene Schinkenhörnchen aßen, waren die Kinder in dem großen Zelt, das Nancy im Garten aufgebaut hatte, bereits eingeschlafen.

Anno blühte von Tag zu Tag mehr auf, und Ina fühlte sich wohl. Er löste sein Versprechen ein, sie in keiner Weise zu bedrängen. Er verhielt sich völlig gentlemanlike, sorgte für alles, lud sie zwischendurch zum Essen oder ins Theater ein und organisierte für ihren Arbeitsplatz alle wichtigen Anschlüsse und Geräte. Abends saßen sie gemeinsam mit Caroline und Nancy auf der Terrasse, wenn das Wetter entsprechend war, ließen während des Abendessens den Tag Revue passieren, unterhielten sich über Politik und Wirtschaft. Ina lernte einiges dazu, denn Anno las täglich mindestens fünf Zeitungen, eine davon ließ er sich aus England kommen, die »Times«. Außerdem hatte er mehrere Magazine abonniert, und wenn er bemerkenswerte Artikel fand, legte er sie ihr aufgeschlagen hin.

Der Druck, den Ina in den letzten Jahren im Magen verspürt hatte, die Angst vor morgen, die Angst, keine Arbeit mehr zu bekommen und kein Geld mehr zu haben, ließ allmählich nach. Die neue Sorglosigkeit tat ihr gut, versetzte sie in die Jahre vor ihrer Mutterschaft zurück. Und sie stellte fest, daß sie noch nie in ihrem Leben so verwöhnt worden war und daß ihr noch nie so viele Dinge einfach abgenommen worden waren. Zwischen ihnen herrschte, so fand sie, die perfekte Symbiose.

Caroline war von der Schule auf dem Heimweg, als ein Wagen neben ihr hielt und eine der Tanten ausstieg. »Gut, daß ich dich gefunden habe, Caroline, deine Mami und Onkel Anno sind mit Nancy weggefahren und haben mir gesagt, ich soll dich von der Schule abholen. Dummerweise habe ich dich verpaßt!«

Caroline war erstaunt, denn so etwas war noch nie vorgekommen. Wenn Ina nachmittags mit Anno wegfuhr, fuhr sie entweder mit oder blieb bei Nancy, wenn es schon zu spät war.

»Ist denn etwas passiert?« wollte sie wissen und stand wie versteinert auf dem Trottoir, die Daumen in die Riemen ihres Schulranzens gestemmt.

»Sie sind nach Bregenz auf den Pfänder gefahren, weil so schönes Wetter ist, und haben mich gefragt, ob ich mit dir nachkomme!«

Caroline stand in ihrem kurzen Sommerkleid da und gab keine Antwort. Sie überlegte. Eigentlich wollte Nancy ja heute mit ihr töpfern. Seit Tagen malten sie Entwürfe, und sie hatte für heute nachmittag ihre besten Freundinnen eingeladen. Ob Nancy das vergessen hatte? Sah ihr gar nicht ähnlich.

»Ich will lieber nach Hause!« sagte Caroline und zog gegen die Sonne die Stirn kraus.

»Da ist jetzt aber niemand«, sagte die Tante schon etwas ungeduldig. »Steig jetzt lieber ein, damit wir loskommen. Deine Mami wartet schon!«

»Ich will aber nicht einsteigen!« Caroline rührte sich immer noch nicht.

»Jetzt stell dich doch nicht so an. Ich bin deine Tante Renate. Du kennst mich doch! Und wenn wir nicht bald losfahren, schmilzt sicherlich das große Eis, das deine Mutter schon bestellt hat!« Renate hielt die hintere Tür auf.

»So einen Quatsch würde sie nicht machen, solange ich noch nicht da bin.« Caroline warf einen Blick auf die Rückbank des Wagens. »Und einen Kindersitz hast du auch nicht. Wie soll ich da denn mitfahren?«

Renate beherrschte mühsam ihren aufkommenden Unmut. »Deine Mami hat nachher einen im Wagen. Wir haben das ganz einfach vergessen. Aber du bist ja schon groß, also schnallst du dich einfach an. Und dann fahren wir mit der Seilbahn auf den Pfänder, schauen uns die Greifvögelschau an und die anderen Tiere und haben wahnsinnig viel Spaß!«

»Greifvögel?« Caroline machte einen kleinen Schritt auf ihre Tante zu.

»Ja, da fliegt beispielsweise ein Adler. Ein richtiger Adler!«

»Aber dann muß ich meine Freundinnen anrufen und ihnen sagen, daß es heute nachmittag bei mir nicht geht!« Caroline nahm den Schulranzen ab, den Renate mit einem Seufzer der Erleichterung schnell im Kofferraum versenkte.

»Kein Problem«, sagte sie und lächelte Caroline an, »das erledigen wir alles von unterwegs!«

Nancy hatte Carolines Lieblingsessen gekocht, und Ina mußte lachen, als sie sah, was Nancy heraustrug: Reibekuchen mit Apfelmus. Wie ihr jahrelanges Sparprogramm doch eine ganz andere Bedeutung bekam, wenn es nur noch um den Genuß ging. Ina hatte den Tisch im Garten gedeckt und den Sonnenschirm aufgespannt. Es war ein phantastischer Sommer, dachte sie dabei. Wenn der Herbst auch so wurde, stand ihnen noch eine wunderschöne Zeit bevor. Anno kam ebenfalls vom Haus herunter, er trug eine leichte Sommerhose und ein Polohemd darüber. Er sah für sein Alter tatsächlich extrem gut aus, fand Ina, und es fiel ihr auf, daß sie sich bereits so an ihn gewöhnt hatte, daß sie seine Falten nicht mehr sah. In der Hand trug er, wie so oft, ein aufgeschlagenes Magazin. Sicherlich hat er wieder etwas entdeckt, dachte Ina amüsiert, und blinzelte Nancy zu. »Ich werde hier noch zur Intelligenzbestie«, sagte sie, und Nancy lachte los.

»Bei mir hat er das nicht geschafft!« schnaufte sie. »Aber wahrscheinlich auch nicht ernsthaft probiert!«

Sie setzten sich, und Anno legte einen Artikel auf den Tisch. »Hier steht, daß die Internet-Banken zur Bedrohung für die etablierten Bankhäuser werden. Man stelle sich vor, was durch die Rechner alles möglich wird. Und man stelle sich weiterhin vor, welche Konsequenzen es haben könnte. Und ich denke, ich muß mich internetfit machen, was meinst du, Ina?«

Ina überlegte. »Ich nutze das Internet nur für meine Zwecke. Darüber hinaus habe ich keine Ahnung. Leider. Ich befürchte, wir müßten uns nach einem Fachmann umschauen. Aber die Idee finde ich gut!«

Anno schob ihr das Nachrichtenmagazin hin, und Ina begann den Artikel zu lesen, bis Nancy sagte: »Es ist jetzt bereits fünf vor eins. Wo bleibt sie nur so lange?« Ina schaute ebenfalls auf ihre Uhr.

Tatsächlich. Daß sich Caroline so sehr verspätete, war selten.

»Die schönen Kartoffelpuffer sind schon ganz kalt«, jammerte Nancy.

»Wir essen die jetzt, und Sie machen eben für Caroline später noch mal frische«, bestimmte Anno und lud sich den Teller voll. »Kann ja nicht so schwer sein!«

»Vielleicht hat sie eine neue Freundin …«, überlegte Ina.

»Oder sie begleitet eine alte nach Hause«, mutmaßte Nancy. Sie warfen sich einen Blick zu, beide waren sie besorgt.

»Jetzt habt euch nicht so, eßt! Sie wird sich schon nicht in Luft aufgelöst haben. Das Mädchen ist doch schon sehr selbständig!« Anno klatschte sich Apfelmus auf seine Reibekuchen.

Sie aßen, und Ina schaute sich zur Ablenkung im Garten um. Er war gepflegt, aber nicht manikürt. Es gab Blumeninseln, die, wie Nancy behauptete, jedes Jahr anders blühten. Mal setzten sich diese Pflanzen durch, mal jene. Sie gaben ein buntes, duftendes Gemisch und zogen sich bis zum See hinunter, der leise und träge gegen das Ufer schwappte.

Doch nach fünf Minuten schaute Ina wieder auf die Uhr. Sie verstand ihre innere Unruhe selbst nicht. Caroline war wirklich selbständig, ganz wie Anno sagte. Sie war recht weit für ihr Alter, ganz einfach, weil sie es sein mußte. Ina hatte ihr früh begreiflich gemacht, daß sie ein Teil ihres gemeinsamen kleinen Haushalts war und somit selbständig denken und handeln mußte. Wenn Ina an ihrem Arbeitsplatz saß, war Caroline auf sich selbst angewiesen und hatte auch kein Problem damit.

Aber jetzt spürte Ina, wie etwas in ihr wuchs, das nichts mit dem zu tun hatte, was ihr Verstand ihr sagte.

Nach zehn Minuten stand sie abrupt auf. »Tut mir leid, Anno, aber ich habe ein ganz ungutes Gefühl im Bauch. Ich *muß* ihr entgegenfahren.«

Anno stand ebenfalls auf. »Ich begleite dich natürlich, wenn du meinst, daß etwas Außergewöhnliches passiert sein könnte.«

Und Nancy sagte sofort: »Ich auch!«

Ina winkte mit beiden Händen ab. »Es ist … nur ein Gefühl. Ich komme gleich wieder!«

Renate war losgefahren und ließ sich während der Fahrt von Caroline die Telefonnummern ihrer Freundinnen geben, denen wegen heute nachmittag abzusagen sei. Bei der nächsten Telefonzelle stieg sie aus, bedeutete Caroline, die das gern selbst erledigt hätte, sitzenzubleiben, schaute auf ihre Armbanduhr und wählte.

Es war Viertel nach eins, als in der Villa das Telefon klingelte. Ina hatte eben nach dem Autoschlüssel gegriffen und wollte schon hinauslaufen, aber die Hoffnung, Caroline könne von irgendeiner Freundin aus anrufen, hielt sie zurück. Hastig nahm sie ab und meldete sich in ihrer Aufregung mit »Adelmann«.

Auf der anderen Seite war es kurz still, so daß sie schon ein »Hallo« nachschob und aufzulegen gedachte, als sie ein gedämpftes Hüsteln hörte. Mit einer unbestimmten Vorahnung preßte sie den Hörer an ihr Ohr. »Hallo!« sagte sie noch einmal.

»Caroline ist bei uns, und es geht ihr gut. Wir werden sie heute abend wieder wohlbehalten absetzen. Aber Sie sollten wissen, daß wir Ihrem Spiel mit unserem Vater nicht zuschauen. Nehmen Sie das als Warnung, aber behalten Sie es für sich. Wir sind der Meinung, daß Sie sich möglichst bald von unserem Vater trennen und schnellstmöglich wieder ausziehen sollten. Irgendein Grund wird Ihnen schon einfallen!«

Ina war starr vor Schreck, und sie verspürte eine plötzliche Übelkeit. »Wo ist Caroline?« wollte sie, sich mühsam beherrschend, wissen.

»Gut aufgehoben. Damit sie keinen Schaden nimmt, werden

Sie ihr heute abend erklären, daß der Ausflug nicht so geklappt hat, wie es vorgesehen war. Das ist alles.«

Es wurde aufgelegt, und Ina stand mit dem Telefonhörer in der Hand da, bis sie spürte, daß ihre Knie zitterten. Sie legte auf und ließ sich in den nächstbesten Sessel sinken. Mein Gott, sie hatten Caroline entführt. Es wollte ihr nicht in den Kopf. Was hatte sie gesagt, ein Ausflug? Also hatten sie Caroline irgendeinen Bären aufgebunden. Klar, anders hätte sie sich auch nicht weglocken lassen, schon gar nicht von diesen widerlichen Tanten.

Inzwischen zitterte sie am ganzen Körper. Es war eine Drohung, eine unverblümte Drohung. Wenn sie die Finger nicht von Anno ließe, würden sie Caroline etwas antun. Aber das war einfach unsinnig, denn schließlich kannte sie damit die Täter schon, bevor die Tat begangen wurde. Ina versuchte ihre Gefühle unter Kontrolle zu bekommen, um den Verstand arbeiten zu lassen, aber die Angst um Caroline schob sich wie ein rotes Tuch dazwischen. Es war leicht gewesen, sie einzukassieren, das war ihr Triumph. Und wenn Ina sich auf die Erklärung mit dem Ausflug einließe, hätten sie auch beim zweiten Mal leichtes Spiel. Caroline würde denken, es sei alles in Ordnung, wenn sie mit diesen Frauen mitginge. Vielleicht waren es dann aber auch schon nicht mehr die Tanten, sondern ganz andere Gesellen?

Ina erschauderte. Was sollte sie tun? Anno einweihen? Würde das Caroline schützen? Eher nicht. Die Polizei informieren? Die Schwestern würden sich sonstwie herausreden. Kleine Überraschung, liebevoll geplant, wer weiß, vielleicht äußerte sich sogar Caroline begeistert, was sollte sie dagegen anführen? Daß die Tanten erbgeil waren und sie außer Gefecht setzen wollten? Das hörte sich wie eine Paranoia an.

Das gleißende Licht des Sommers, das durch die geöffnete Verandatür in das gedämpfte Halbdunkel des Zimmers fiel, verdunkelte sich jäh, als sich Nancys Gestalt hereinschob. Ina riß sich zusammen. »Eben hat mich die Mutter von Kathrin, der Schulkameradin, angerufen, Caroline bleibt heute bei ihr, sie wollen segeln gehen.«

»Verstehe ich nicht«, Nancy hielt sich die Augen zu, um die Augen schneller an die Dunkelheit zu gewöhnen, »sie wollte doch heute mit ihren Freundinnen hier töpfern. Sonst ist sie doch auch nicht so!« Sie hielt inne. »Und zudem gab es ihr Lieblingsessen. Darauf hat sie sich schon heute morgen gefreut!«

Ina war versucht, Nancy alles zu erzählen. Ihre Sorgen, ihre Ängste, die Drohung. Aber sie wollte erst in Ruhe darüber nachdenken, sofern sie überhaupt noch klar denken konnte. Zumindest wollte sie nichts überstürzen, weil sie Angst vor den Konsequenzen hatte.

Automatisch sagte sie: »Laß uns einfach wieder rausgehen, Nancy!« Aber der Impuls, den Autoschlüssel zu nehmen und sich auf die Suche nach ihrer Tochter zu machen, war stärker. »Weißt du was, ich richte ihr schnell ihre Schwimmsachen und bringe sie ihr. Sie hat außer ihren Schulsachen ja überhaupt nichts dabei!«

Nancy nickte. »Gute Idee«, sagte sie lahm. So als glaube sie selbst nicht, was sie da sagte.

»Dann also …«, Ina stand auf und ging schnell weg. Sie hätte Nancy selbst bei den schlechten Lichtverhältnissen keine Sekunde länger in die Augen schauen können. Sie hatte so schon das sichere Gefühl, daß Nancy genau wußte, daß etwas nicht stimmte.

Sie stopfte in Carolines Zimmer wahllos Dinge in eine Tasche und kam sich dabei unsäglich verlogen und dumm vor. Als sie den Reißverschluß zugezogen hatte, war sie kurz davor, in den Garten zu gehen und Anno alles zu erzählen. Aber dann kam die Angst um Caroline dazwischen. Was wollte ein 85jähriger Mann schon gegen eine zu allem entschlossene Meute von Hyänen ausrichten?

Ina nahm die Tasche, bat Nancy, Anno auszurichten, daß sie gleich wiederkäme und fuhr los. Kreuz und quer durch die Stadt, jeden Kinderspielplatz, jeden Badeplatz, selbst die Parkplätze suchte sie ab, in der Hoffnung ein ihr bekanntes Auto aufzuspüren. Aber es war vergebens. Als sie sich in Claudios Straße wiederfand, stellte sie den Wagen ab und überlegte, ob es der richtige Weg sei, Claudio über diese Geschichte aufzuklären. Oder ob nicht vielmehr Anno der Mann ihres Vertrauens sein sollte. Sie beschloß schließlich, keinen von beiden um Rat zu bitten, und fuhr zur zurück.

Caroline überwand ihr anfängliches Mißtrauen, denn die Fahrt mit der Seilbahn auf den Pfänder, den Bregenzer Hausberg, machte ihr ganz einfach Spaß. Sie schwebte über allem, und unter ihr wurde alles winzig klein. Trotzdem kam es ihr merkwürdig vor, bei der Ankunft in der Bergstation weder ihre Mutter noch Nancy oder Anno, sondern Renates drei Schwestern anzutreffen. »Und wo ist Mami?« fragte sie, aber die vier verstanden es gemeinsam, sie mit den Tieren und der Greifvogelschau so abzulenken, daß sie den Grund dieses Ausflugs vergaß. Sie ging von Gehege zu Gehege, schaute sich die Tiere an, versuchte dem einen oder anderen näher zu kommen und durfte sich im Restaurant nach einer großen Portion Pommes frites auch noch eine große Portion Eis bestellen. Während sie hingebungsvoll löffelte, schaute sie plötzlich von ihrem Teller auf und Thekla gezielt an.

»Warum hast du mich an Annos Geburtstag eigentlich weggeschickt? Ich habe dir doch gar nichts getan?«

Thekla hatte nicht damit gerechnet, daß sich Caroline diesen kleinen Zwischenfall so gut gemerkt hatte. Sie überlegte. Und um dies zu überspielen, rührte sie Zucker in ihren Kaffee, obwohl sie ihn nie mit Zucker trank. »Weißt du«, begann sie schließlich, »das war eine Geburtstagsfeier für Erwachsene. Da waren überhaupt keine Kinder eingeladen!«

»Aber ich wollte doch nur helfen!«

Wie die Kinderaugen sie so ansahen, fiel ihr die passende Antwort schwer.

»Wir brauchten eben keine Hilfe«, kürzte Renate das Thema ab.

Caroline vergrub sich wieder in ihr Eis. »Ich möchte jetzt heim«, sagte sie dann.

Bernadette schaute auf die Armbanduhr. Halb fünf, das kam exakt hin. Bisher lief alles nach Plan. Sie hatten sich zu viert eingefunden, damit nachher keine der Schwestern behaupten könnte, sie hätte von nichts gewußt. Alle Aktionen mußten gemeinsam

durchgeführt werden, das hatten sie letzte Woche
als sie diese kleine Entführung als Warnschuß ausblieb nur zu hoffen, daß Ina den Ernst der Lage
und ihre Konsequenzen ziehen würde. Wenn nicht,
mußten sie sich etwas Neues überlegen. Aber lockerlassen würden
sie nicht, das hatten sie sich geschworen.

Ina war direkt in ihr Arbeitszimmer gegangen. Sie hätte keinem
unter die Augen treten können, denn sie war sicher, daß man ihr
das Vorgefallene ansah. Als Anno in der Tür stand, versuchte sie
zunächst, große Beschäftigung vorzutäuschen. Er lehnte sich an
den Türrahmen und beobachtete sie eine Weile, dann trat er an
ihren Schreibtisch.

»Schau mich doch mal an, Ina, so kenne ich dich doch gar nicht.
Vom Tisch wegstürzen, sich vergraben und ganz offensichtlich
auch verschließen.«

Ina antwortete nicht, sie mußte sich konzentrieren, damit sie
nicht sofort losheulte. Die Situation war unerträglich.

»Nancy hat recht«, er nickte. »Irgend etwas ist passiert. Mit
Caroline, stimmt's? Was ist es?«

»Deine Töchter haben sie entführt.« Ina sagte es zu ihrem Computer, nicht zu Anno, der schräg vor ihr stand.

Es war kurz still, nur der Computer summte.

»Wie meinst du das?« Anno stützte sich mit beiden Händen auf
ihrem Tisch ab.

Jetzt schaute sie ihm in die Augen. »Sie haben sie mitgenommen. Und mir gedroht. Ich soll es als Warnung verstehen.«

»Als Warnung«, sagte Anno mehr zu sich selbst als zu Ina. »Als
Warnung? Was soll denn das bedeuten?«

»Sie wollen, daß ich bei dir ausziehe, mich von dir trenne!«

Wie sie das sagte, wurde ihr bewußt, daß es wie von einem alten
Liebespaar klang, denn trennen konnte man sich schließlich nur
von jemandem, mit dem man tatsächlich zusammen war.

Anno stellte sich kerzengerade hin und verschränkte die Arme.
Die Finger seiner rechten Hand trommelten auf seinen Oberarm,

seine Miene hatte sich verdunkelt. Er wirkte auf Ina wie eine Figur aus einem alten Western. Kirk Douglas vielleicht oder John Wayne. Schließlich sagte er mit Nachdruck: »Das hätte ich nicht von ihnen erwartet. Ich gebe zu, ich war gespannt, was sie unternehmen würden, so wie man bei einem Schachspiel auf den ersten Zug des Gegenübers lauert.« Er runzelte die Stirn. »Aber das ist heftig!«

Ina schwieg.

»Wann bringen sie sie wieder?« fragte Anno, als sei es das Selbstverständlichste auf der Welt, daß diese Frage bei einer Entführung schon geklärt sei.

»Heute abend.« Sie blickte auf. »Siehst du das tatsächlich als Spiel?« wollte sie gleich darauf wissen und wußte nicht so recht, was sie davon halten sollte.

»Als Herausforderung!« Er sah sie an, und Ina glaubte, in seinen Augen eine Veränderung zu entdecken. Ein kämpferischer Ausdruck lag darin, seine gesamte Physiognomie hatte sich verändert.

»Es geht um meine Tochter!« Ina spürte ihr Herz schneller schlagen.

»Und um meine Töchter!« Er nickte wie zur eigenen Bestätigung.

»Und jetzt?«

Anno stand noch immer breitbeinig mit verschränkten Armen vor Ina. Er rührte sich nicht, selbst seine Augen wirkten starr. Ina hatte den sicheren Eindruck, er schaue durch sie hindurch.

»Und jetzt?« Sie wiederholte ihre Frage, weil sie der Meinung war, er hätte sie überhaupt nicht gehört.

Er lachte kurz und trocken. »Wenn meine Familie glaubt, uns in die Knie zwingen zu können, werden wir Gegenmaßnahmen ergreifen.«

»Gegenmaßnahmen?« Ina knetete ihre Hände, denn eigentlich wollte sie nur eines: Caroline wieder sicher bei sich haben. Alles andere war ihr im Moment egal.

»Wir heiraten!«

Nancy war es klar gewesen, daß da etwas ganz anderes lief, als Ina ihr glauben machen wollte. Gleichzeitig wußte sie, daß Ina sie nicht leichtfertig anlügen würde, das paßte nicht zu ihr. Sie war, nachdem Ina das Haus verlassen hatte, zum Gartentisch zurückgekehrt und hatte sich auf ihren Stuhl sinken lassen. Anno, der ihr gegenüber saß und in seinem Magazin las, schaute auf.

»Stimmt was nicht?« fragte er, nachdem er sie kurz gemustert hatte.

»Wenn ich das wüßte …« Nancy schob den gefüllten Teller von sich weg, was an sich schon eine Sensation war.

»Dann sagen Sie schon!«

Sie überlegte, ob sie ihre vagen Vermutungen überhaupt als Theorie anbieten konnte.

»Am Essen wird's ja nicht liegen«, fügte er hinzu, mit einem Blick auf ihren weggeschobenen Teller.

Sie holte tief Luft und schilderte ihm die eben erlebte Szene und ihren Verdacht, daß die Geschichte von Carolines plötzlichem Segelausflug so nicht stimme. Anno konnte daran noch nichts Verdächtiges entdecken, aber als Ina dann nach ihrer Rückkehr, ohne sich noch einmal am Tisch blicken zu lassen, sofort in ihrem Büro verschwand, gab Anno ihr recht. Das sah Ina nicht ähnlich. Er war aufgestanden, um mit ihr zu reden.

Nancy saß noch immer vor den kalten Kartoffelpuffern am Tisch und wartete ab. Sie wälzte alle möglichen Gedanken hin und her, kam aber zu keinem Ergebnis. Wenn Caroline einen Unfall gehabt hätte, hätte Ina sie alle sofort informiert. Was konnte es also sein? Als Ina und Anno endlich nebeneinander über die Veranda auf sie zukamen, atmete sie auf. Anscheinend hatten sie für das Problem, was immer es auch sein konnte, gemeinsam eine Lösung gefunden. Das sprach schon einmal für sich. Ina sah blaß aus. »Also, was ist los?« fragte sie hastig, als die beiden vor ihr standen. Sie konnte sich einfach nicht mehr länger beherrschen.

»Wir werden heiraten«, sagte Anno und grinste.

Ina lächelte schwach, sagte aber weiter nichts dazu, sondern setzte sich neben Nancy.

»Wie?« Nancy war völlig verdattert, denn das hatte sie nicht erwartet.

Anno setzte sich ebenfalls. »Meine Töchter haben Caroline entführt, diese dämlichen Weiber. Als ob das was nützen würde! Wir antworten auf unsere Art: Wir heiraten!«

Nancy schluckte. Es fiel ihr beim besten Willen nichts dazu ein. »Herzlichen Glückwunsch«, sagte sie. Dann dämmerte ihr, was er gesagt hatte. »Entführt? Um Gottes Willen! Wie denn das?«

Ina seufzte. »Sie müssen sie irgendwo abgepaßt und unter irgendeinem Vorwand weggelotst haben!«

»Ja, und jetzt?« Ihr mächtiger Brustkorb bebte. Am liebsten hätte sie die vier auf der Stelle zerquetscht.

Ina erzählte ihr, wie sich das Telefonat in Wahrheit abgespielt hatte und wo sie überall auf der Suche nach einem ihr bekannten Wagen gewesen war.

»Wahllos durch die Gegend zu fahren macht wenig Sinn«, schloß Anno ihre Schilderung. »Wir können nur abwarten!«

»Die Polizei rufen und sie festnehmen lassen!« Nancy schenkte sich ein Glas Wasser nach, das sie in einem Zug austrank.

»Es ist meine Familie!« Anno hob die Hände. »Wir werden das auf meine Weise lösen!«

Sie ließen Caroline kurz vor sechs Uhr an der nächstgelegenen Straßenkreuzung zu Annos Villa aussteigen.

»Paß auf dem Nachhauseweg auf«, ermahnte sie Renate, die ihr die Tür aufhielt und sich dabei hektisch umschaute. Insgeheim hatte sie doch befürchtet, Ina hätte sich direkt an die Polizei gewandt. Andererseits war sie davon überzeugt, daß Ina nachgeben würde. Keine Mutter setzt ihr Kind freiwillig einer Gefahr aus. Aber schätzte Ina sie überhaupt als ernsthafte Gefahr ein? Es würde sich weisen.

»Warum fahrt ihr mich denn nicht nach Hause?« wollte Caroline wissen, während sie sich ihren Schulranzen auf den Rücken hievte.

»Weil wir uns mit deiner Mutter verpaßt haben«, erklärte

Renate fadenscheinig. »Wenn unser Vater uns sieht, gibt es endlose Diskussionen, zu denen wir jetzt aber keine Zeit mehr haben. Wir müssen schließlich auch nach Hause! Es ist also besser, du erzählst Anno überhaupt nichts, dann regt er sich nicht auf! Aufregungen schaden seinem Herzen, und du weißt, alte Leute können schnell an Aufregung sterben. Sag ihm einfach, du warst bei einer Freundin!«

Renate stieg schnell in den Wagen und fuhr los.

Caroline sah ihr nach und konnte sich überhaupt keinen Reim darauf machen. Seit wann forderten Erwachsene denn Kinder zum Lügen auf?

Ina sprang auf, als sie Caroline durch das Gartentor kommen sah. Die letzte halbe Stunde hatte sie in einem Gartenstuhl am Eingang des Hauses gesessen und sich eine Illustrierte vor die Nase gehalten. Allerdings war sie viel zu aufgeregt, um sich auch nur eine Zeile von dem, was sie gelesen hatte, merken zu können. Ihr fiel ein riesiger Stein vom Herzen, als Caroline, frisch und fröhlich, auf sie zukam.

»Was machst du denn da?« wollte Caroline gleich wissen. »Und wo warst du überhaupt?«

Ina schloß sie in ihre Arme, was Caroline verwirrte. »Was ist denn los?« fragte sie. »Ist irgendwas passiert?«

»Nein, überhaupt nichts«, sagte Ina glücklich und nahm sie an der Hand. »Ich freue mich einfach, daß du da bist!« Nimm dich zusammen, sagte sie sich dabei, du mußt ihr das sachlich erklären. Bloß nicht emotional werden, wie soll sie das mit sieben Jahren verstehen?

Caroline hüpfte an ihrer Hand neben ihr her.

»Die Tiere auf dem Pfänder sind wirklich toll, Mami, das war eine klasse Idee! Aber wo seid ihr eigentlich gewesen? Und warum darf ich Anno nichts davon erzählen?«

Ina überlegte. »Ich erkläre es dir gleich.«

Anno und Nancy hatten während der ganzen Zeit auf der Veranda gesessen. Nancy fühlte sich außerstande, irgendwelche

Hausarbeiten zu verrichten, solange Caroline nicht sicher und wohlbehalten zurückgekehrt war, und Anno fühlte sich von den sich überstürzenden Ereignissen völlig erschlagen.

»Sie hat tatsächlich ja gesagt«, erklärte er Nancy in dieser Zeit viermal, und Nancy nickte ihm jedesmal aufmunternd zu. »Das ist eine kluge Entscheidung!«

»Schau'n wir mal!«

Dann brach das Gespräch wieder ab, und jeder hing seinen eigenen Gedanken nach.

Als Ina mit Caroline ums Haus bog, sprang Nancy auf. »Da bist du ja, mein Engel«, rief sie und lief den beiden mit einer ungeahnten Behendigkeit entgegen.

»Ja, warum denn nicht?« fragte Caroline jetzt wirklich verwundert.

»Setzt euch zu mir«, Anno wies zu den leeren Stühlen, »und, Nancy, Sie machen bitte eine Flasche Champagner auf. Es ist mir jetzt danach!«

Ina zog Caroline auf ihren Schoß, und Nancy klatschte in ihre Hände. »Gute Idee«, lachte sie befreit und entschwand ins Haus.

»Na, wie war's denn?« fragte Anno Caroline scherzhaft und zwinkerte ihr zu.

»Ich denke, du darfst nichts wissen, sonst stirbst du an der Aufregung?« Caroline beäugte ihn.

»Ach so!« Anno wog bedächtig seinen Kopf. »Das ist natürlich ein Argument. Aber da ich es ja nun schon einmal weiß, kannst du mir den Rest auch noch erzählen. Und deiner Mutter, und Nancy, sobald sie zurück ist!«

Caroline befreite sich vom Schoß ihrer Mutter und rückte sich einen eigenen Stuhl zurecht. »Bekomme ich auch etwas zu trinken?« wollte sie wissen. »Champagner mag ich nämlich nicht!«

Ina sprang auf. »Aber selbstverständlich! Wie gedankenlos von uns!«

Caroline schaute ihr hinterher und verzog das Gesicht. »Was ist denn heute bloß los? Ich habe doch gar nichts gemacht, und trotz-

dem ist heute alles irgendwie merkwürdig. Liegt das am Wetter?«
Sie schaute Anno mit schiefgelegtem Kopf an.

»Am Wetter?« fragte Anno zweifelnd.

»Ja, wenn die Leute verrückt spielen, heißt es doch immer, es liegt am Wetter!«

In kürzester Zeit saßen sie alle wieder am Tisch, denn keiner wollte irgend etwas verpassen. Und außerdem war sich auch keiner der Erwachsenen sicher, wie Caroline das Vorgefallene richtig zu erklären sei.

Caroline wollte natürlich wissen, warum zur Verabredung auf dem Pfänder nur die Tanten gekommen seien und ob Ina das Treffen schlichtweg vergessen habe.

Ina hatte sofort mit widersprüchlichen Gefühlen zu kämpfen. Daß Caroline überhaupt auf die Idee kommen konnte, sie könne von ihrer eigenen Mutter vergessen werden, kränkte sie und gab ihr zu denken. War so etwas schon einmal vorgekommen? Wahrscheinlich, denn Ina fühlte sich in der Vergangenheit ganz einfach häufig überfordert. Das war jetzt aber nicht die Frage, sagte sie sich, sondern die Frage war, wie sie Caroline begreiflich machen konnte, was hier gespielt wurde. Und zwar ohne dem Kind unnötig angst zu machen.

Sie erklärte Caroline, daß die Tanten sich einen Scherz erlaubt hätten. Weder sie noch Anno oder Nancy hätten davon gewußt und sich deshalb Sorgen gemacht, obwohl sich die Tanten sicherlich nichts dabei gedacht hatten. Die vier wollten Caroline ganz einfach mit einem schönen Tag überraschen. Das nächste Mal soll sie aber besser nicht einsteigen, wenn Anno, Nancy, oder sie nicht dabei wären.

Caroline hatte zugehört, aber ihrem Gesichtsausdruck war zu entnehmen, daß sie das alles nicht sonderlich interessierte. »Können wir morgen töpfern?« fragte sie Nancy schließlich.

Nancy nickte. »Wenn die ganzen Kinder morgen nochmals kommen wollen«, gab sie zu bedenken.

»Wollen sie bestimmt!« erklärte Caroline überzeugt. »Dann

komme ich morgen nach der Schule auch garantiert gleich nach Hause, Mami!«

Julia hatte sich in den vergangenen Wochen mehrmals mit Niklas verabredet, aber es reichte nur einmal zum Kaffeetrinken auf halber Strecke zwischen Stuttgart und Heidelberg. Ständig kam etwas dazwischen, und da sie selbst mit den Vorbereitungen auf Prüfungen beschäftigt war und nebenher zum Geldverdienen in einem Bistro jobbte, fiel ihr das auch nicht weiter auf. Sie fand es nur schade, und irgendwie schob sie es ein bißchen auf den Abend zu dritt. Möglicherweise hatte er eben doch gedacht, sie hätte sich einen Anstandswauwau eingeladen. Vielleicht hätte sie die Situation einfach erklären sollen und nicht darauf vertrauen, daß er es schon irgendwie richtig einordnen würde. Es stimmte wohl doch, was sie immer wieder von ihren erfahreneren Freundinnen hörte, Männer schätzten Dinge völlig anders ein und waren mit komplexen Situationen schlichtweg überfordert. Plakativ muß es sein, leicht verständlich, hatte eine Kommilitonin ihr erklärt. Am besten schwarzweiß, wie bei Kindern. Mit Psychokram verschreckst du sie nur. Kapiert keiner und will auch keiner kapieren! Und wie sagte einer neulich so schön: »Wir überlegen nicht, wir handeln!« Das fand sie zunächst ziemlich albern, aber dann sah sie ein, daß Handlungsbedarf bestand, und erklärte Niklas beim nächsten Telefonat, daß sie an einem der kommenden Wochenenden nach Lindau führe. Er zögerte kurz, erklärte aber gleich darauf, daß er versuchen werde, auch zu kommen.

Julia war nach dem Telefonat so gut gelaunt, daß sie Barbara anrief, um sie zu fragen, wie es ihr denn so ginge. Sie erreichte aber nur den Anrufbeantworter.

Barbara hatte sich, nachdem sie von Julia aus Heidelberg zurückgekehrt war, mit ihrer Mutter in Verbindung gesetzt. Thekla war mit ihren Aussagen vorsichtig gewesen, wie immer, wenn es um den Erhalt der Familie ging, aber Barbara hatte nicht locker gelassen und erfahren, daß Gerhard wegen einer schweren Gehirnerschütterung in ärztlicher Behandlung und derzeit arbeitsunfähig sei. Ob es sie denn nicht interessiere, wie es dazu hatte kommen können, wollte Barbara von Thekla wissen. Thekla wich aus, aber dann brach es aus ihr heraus. Daß sie diesen Brief in ihrer Jacke gefunden habe und ob sie denn noch gescheit sei, ihren eigenen Vater erpressen zu wollen? 10 000 Mark aus der Familienkasse einzufordern? Es sei ja wohl klar, daß es bei solchen Methoden irgendwann zur Katastrophe käme. Die hätte schon viel früher stattgefunden, erklärte daraufhin Barbara und legte auf.

Sie mußte weg aus dieser Stadt und noch besser gleich aus dem Land. Italien fand sie passend, und während sie darüber nachdachte, fiel ihr eine Schulkameradin ein, die inzwischen in Florenz verheiratet war. Während der darauffolgenden Tage forschte sie nach und schrieb Lisa schließlich, ob sie nicht irgendeinen Job für sie wüßte, von Andenkenverkäuferin bis zur Fremdenführerin sei ihr alles recht. Es dauerte zwei Wochen, bis die Antwort kam. Lisa fand, sie solle doch einfach mal so kommen, ihr Mann habe ein kleines Hotel, und sie sei herzlich eingeladen. So könne sie sich in der Zeit selbst nach Wohnung und Arbeit umschauen. Im Notfall könne sie bei ihnen im Büro mitarbeiten. Barbara war hocherfreut, nahm sofort Urlaub, packte ihren Wagen und fuhr los.

Auch Romy hatte eine Auszeit genommen, was Ina gar nicht gefiel, denn Claudio war mit von der Partie. Sie bereisten ebenfalls Italien, quartierten sich für einige Tage in einem alten Grandhotel in Camogli ein, fuhren weiter in ein Hotel nach Portofino und von dort nach einigen Kulturtagen in Florenz und ausgiebigem Einkaufsbummel in Mailand wieder nach Hause. Während dieser drei Wochen stellte Ina fest, daß sie Claudio vermißte, wenn sie sich über die Gefühle zu ihm auch nicht im klaren war. Hatte sie einfach körperliche Entzugserscheinungen, oder ging das tiefer? Sie hatte so lange keinen guten Sex gehabt, daß sie ihn so schnell nicht wieder aufgeben wollte.

Noch am Abend der inszenierten Entführung suchte sie sich mit ihrem Handy eine stille Ecke im Garten und rief Claudio an. Sie hatte Glück, er war allein. Es war der letzte Abend vor ihrer Heimfahrt von Mailand, und Romy war noch unterwegs. »Ich bin froh, wenn ich dich endlich wiedersehe«, sagte er, und der Satz tat ihr gut. Sie war so aufgewühlt durch die Ereignisse, daß sie ihn am liebsten herbeigezaubert und sich an ihn geschmiegt hätte. Ina saß auf einer kleinen Bank, die Beine seitwärts hochgezogen, über sich die Äste einer alten Trauerweide und vor sich die dunkle Fläche des Wassers, die nach wenigen Metern schon mit dem Nachthimmel zu verschmelzen schien. Sie berichtete ihm, was vorgefallen war, und er war der Meinung, daß sich die Familie schon wieder einkriegen werde. Sie dürften nur nicht nachgeben, da habe Anno völlig recht.

Es wäre das Stichwort dazu gewesen, ihm von der bevorstehenden Hochzeit zu erzählen, aber Ina brachte es nicht über sich. »Ist nicht sowieso alles ein bißchen irre?« fragte sie ihn statt dessen und beobachtete dabei die unzähligen kleinen Wellen, die unablässig über die hellen Steine des Strandes wuschen.

»Was meinst du?« fragte er nach.

»Nun, unsere Situation. Du mit einer alten Frau in Italien, ich mit einem alten Mann am Bodensee.«

»Sieh es als Job, das habe ich dir schon einmal gesagt. Es ist ja auch nichts anderes. Eine Wechselwirkung zwischen Lebensfreude für die einen und Geld für die anderen. Jeder von uns hat nur Vorteile, das ist nicht unredlich. Keiner wird übers Ohr gehauen!«

»Auch nicht emotional, wenn wir ein Verhältnis miteinander haben?«

»Theoretisch ist es sogar nicht einzusehen, warum wir es verstecken!«

Ina schwieg.

Sie würden sich nie offen dazu bekennen können, schon gar nicht, wenn sie Anno geheiratet hatte, das war völlig klar!

»Sehen wir uns morgen?« wollte er wissen.

»Ja!« Inas Antwort kam schnell.

»Ich brenne danach!«

»Ich auch!«

Ina brachte Caroline am nächsten Tag selbst zur Schule. Sie tat so, als müsse sie sowieso einkaufen. Auf dem Rückweg würde sie sie auch wieder abholen, erklärte sie ihr, aber Caroline wollte nicht. »Ich bin doch kein Baby! Die anderen Mädchen werden auch nicht mehr von ihren Müttern abgeholt!«

»Ist das eine Schande, wenn man von der Mutter abgeholt wird?« wollte Ina wissen und parkte am Straßenrand.

»Ich bin einfach zu groß dafür«, winkte Caroline ab und stieg aus.

Das wird nicht einfach werden, dachte Ina und überlegte, daß sie eine Strategie entwickeln mußte. Caroline mußte auf jeden Fall beschützt werden, doch es durfte ihr auch nicht auffallen. Sie würde es mit Anno besprechen müssen.

Anno erwartete sie bereits am Gartentor und schaute ihr zu, wie sie den Wagen in die Einfahrt fuhr. Dann öffnete er ihr die Wagentür: »Du machst dich wirklich gut in dem Wagen«, sagte er voller Besitzerstolz, wobei sich Ina nicht so sicher war, ob dies mehr ihr oder dem Jaguar galt.

»Er ist auch tatsächlich ein Traum!« Sie nickte ihm lächelnd zu, doch der Stellenwert des Cabrios war deutlich gesunken. Ihre Sorgen um Caroline hatten den Wagen verdrängt, genauso wie Claudios Heimkehr. Sie war wirklich wild darauf, ihn zu sehen.

»Ich habe eine Überraschung.« Anno strahlte, und Ina kam sich schlecht vor. Wie paradox! Sie hatte nichts mit ihm und fühlte sich trotzdem wie eine infame Fremdgängerin.

»Du hast mir schon so viele Überraschungen bereitet. Irgendwie habe ich den Eindruck, jetzt wäre ich mal dran«, sagte sie, dachte aber gleichzeitig, daß ihre Überraschung eher eine schlechte wäre.

»Es handelt sich um etwas, das uns beiden guttut!«

Sie ging hinter ihm her zur Treppe. »Na?« Im Gehen drehte er sich um und schaute sie mit einem pfiffigen Ausdruck in den Augen an. »Was denkst du denn, was es sein könnte?«

Ina überlegte nicht lange. »Ein Massagesessel? Ein neues Theaterabo? Eine besondere Flasche Wein?« Es war ihr eigentlich herzlich egal, denn all das erschien ihr im Moment nicht wichtig.

Er lachte. »Du wirst staunen!«

Durch das Halbdunkel des Hauses führte er sie auf die gleißende Terrasse. Unter der herausgefahrenen cremefarbenen Markise saß ein Mann am Tisch, den Ina nicht kannte. Sollte dies etwa die Überraschung sein?

Womöglich *noch* ein Verwandter?

Er stand auf und kam ihr entgegen. Gedrungen, aber muskulös, den Oberkörper in einem grünen Polohemd verpackt, darüber ein Durchschnittsgesicht mit dünnen dunkelblonden Haaren, die er sich aus der Stirn nach hinten gekämmt hatte, und abstehenden Ohren. Er hatte wache, helle Augen, das fiel Ina auf.

Sie schüttelte seine Hand, die er ihr entgegenstreckte, und schaute ihn fragend an, als er sich ihr vorstellte. Zumindest hieß er schon mal nicht Adelmann. Welch ein Glück!

»Ingo Feilhaber wird ab heute auf Caroline aufpassen!« Es war Anno anzusehen, daß er auf Inas Reaktion gespannt war.

»Sie sind …«, begann sie, aber dann brach sie ab. Was konnte er sein? Privatdetektiv?

»Richtig«, vervollständigte er ihren Satz. »Ich bin Privatdetektiv. Wir observieren Personen, arbeiten aber auch im Personenschutz!«

Ina nickte und fiel Anno spontan um den Hals. »Mein Gott, bin ich froh. Und erleichtert! Das ist eine glänzende Idee, Anno!« Er drückte sie zum Zeichen des Einverständnisses leicht, ließ sie aber gleich wieder los. Ina hatte es trotz allem registriert und wußte es zu deuten. Er war tatsächlich ein Ehrenmann.

»Wollen wir uns nicht setzen?«

Sie unterhielten sich gut eine Stunde über die Situation, Ingo Feilhaber machte sich Notizen über Notizen und fragte Dinge, an die Ina nie gedacht hätte. Als er sich schließlich verabschiedete, empfand ihn Ina als den leibhaftigen Retter in der Not.

»Machen Sie sich keine Sorgen, ich werde bereits auf Caroline aufpassen, wenn sie nachher aus der Schule kommt!«

Ina sah ihm nach und ließ sich wieder auf ihren Stuhl sinken.

»Ich weiß nicht, wie ich dir danken soll«, sagte sie, als Anno zurückkam.

»Überhaupt nicht!« sagte er und setzte sich zu ihr.

»Aber das muß doch ein Vermögen kosten!«

Er zuckte die Schulter. »Macht nichts. Geht alles vom Erbe ab!«

Ingo Feilhaber blieb während der nächsten zwei Tage völlig unsichtbar für Ina und, wie sie registrierte, anscheinend auch für Caroline, denn wenn ihr etwas aufgefallen wäre, hätte sie es sicherlich erzählt. Das beruhigte sie gewaltig, denn Annos Familie traute sie nicht über den Weg, und vor allem, da Anno jetzt intensiv an einem Hochzeitstermin tüftelte und bereits den Grafiker beauftragt hatte, einen Entwurf für die Karten vorzulegen, war sie auf alles mögliche gefaßt. Zunächst einmal mußte sie jetzt Claudio erzählen, was geplant war, denn sie wollte nicht, daß er es womöglich über Romy erfuhr.

Doch am Ankunftstag hatten sie sich nur kurz in ihrem alten Häuschen sehen können, weil er mit Romy später als vermutet eintraf und eigentlich auch gleich wieder gehen sollte. Sie fielen sich kurz in die Arme und vertrösteten sich auf den nächsten Tag.

Ina sah ihm nach, wie er ging, und wurde von einem seltsamen Gefühl überfallen. Hier, allein in ihrem fast ausgeräumten Häuschen, in dem Caroline aufgewachsen war, das zwar nie perfekt, aber ihr Reich gewesen war, kamen ihr massive Zweifel an ihrem Leben. War denn das alles richtig so? Hätte sie nicht vielleicht hier mit einem Mann wie Claudio glücklich werden können? Sie ließ sich auf die Steinplatte vor der Verandatür sinken, lehnte sich mit dem Rücken an die glatte Glasfläche der Tür und schaute in den Garten. Klar, sie sicherte ihre und Carolines Zukunft ab. Wahrscheinlich wäre es auch so nicht mehr lange weitergegangen. Die nächste große Rechnung hätte sie vermutlich aus der Bahn geworfen. Dieser Druck war weg, die Ängste passé. Dafür stellten sich jetzt andere ein. Was, wenn Anno sich als Ehemann anders aufführte als jetzt? Wenn aus dem galanten Kameraden plötzlich ein

Despot wurde? Sie konnte es sich zwar nicht vorstellen, aber die Möglichkeit bestand immerhin.

Und dann – war das überhaupt sie? Ina Schwarz, 30, attraktiv, lebensbejahend, Mutter, heiratet 85jährigen Greis. Hätte es nicht auch eine Liebesheirat getan? Sie schloß die Augen und hielt ihr Gesicht in die letzten wärmenden Strahlen der Sonne. Die Tage wurden merklich kürzer, bald würde der Herbst kommen. Sie strich sich mit den Händen über ihre nackten Beine. Sie hatte dunkelblaue kurze Hosen an und einen dekolletierten weißen Pullover. Es waren derzeit ihre liebsten Kleidungsstücke, schnell, praktisch und dazu noch sexy. Aber das verlor alles an Gültigkeit, wenn man allein auf einer Verandastufe in einem verlassenen Garten saß. Sie fühlte eine unbestimmte Traurigkeit aufsteigen und versuchte die Ursache dafür zu ergründen. Lag es daran, daß Claudio so schnell aufgebrochen war? Lag es daran, daß sie ihr Leben anscheinend doch nicht so selbständig in den Griff bekommen hatte, wie sie es sich nach Carolines Geburt vorgestellt hatte? War es der Rückblick, der sie unglücklich stimmte? Oder die Gegenwart? Oder die Zukunft? Sie horchte in sich hinein. Lag es an ihr? Lag es an anderen? Hatte sie versagt? Nach einer Weile hätte sie heulen mögen, aber da sie sich über den Grund noch immer nicht im klaren war, verkniff sie es sich. Fehlt nur noch, daß ich in Depressionen verfalle und als Hochzeitsgeschenk einen Psychotherapeuten bekomme, sagte sie sich selbst, um sich wieder aufzuheitern, aber es nützte nichts.

Sie hörte den späten Vogelstimmen zu, sah, daß das Gras unglaublich gewachsen war, betrachtete ihre Blumen und den Nußbaum, dessen Blätter ihnen über Jahre hinweg ein lebendiges Dach gewesen waren, und als sie auch noch Nachbars Katze entdeckte, die durch den Garten streifte, war es mit ihrer Beherrschung endgültig vorbei, und die Tränen schossen ihr aus den Augen. Sie verbarg ihr Gesicht in den Armen, die sie auf ihren Knien aufgestützt hatte, und schluchzte heraus, was sich über Jahre aufgestaut hatte.

Irgendwann versiegte der Strom, sie streckte sich und betrachtete die verschmierte Wimperntusche auf den weißen Ärmeln ihres

Pullovers. Sie fühlte sich eindeutig besser. Vielleicht war ja auch alles gar nicht so schlimm. Immerhin hatte sie eine gut geratene, gesunde Tochter, eine gepolsterte Zukunftsperspektive, einen grandiosen Lover, wenn er da war, und einen Jaguar XK 8, unverdient, aber zu ihrer Verwendung vor dem Gartentürchen stehen. Sie hatte ihr Leben bisher im Griff gehabt, warum sollte es jetzt anders werden? Anno war in Ordnung, alt zwar, aber das war schonungslos ehrlich der Hintergrund ihrer Rechnung. Und noch nicht einmal ihrer eigenen, sondern auch der von Anno. Er wollte einen letzten großen Auftritt. Was gab's da zu heulen! Sie rieb sich mit den Fäusten die Augen und stand auf. Das Leben ging weiter, und sie war der Motor. Also hieß es handeln. Nicht heulen!

Am nächsten Tag wollte Anno mit ihr nach Zürich fahren, das bedeutete wiederum, daß sie Claudio nicht sehen konnte. Es war Freitag, und sie hatte sich mit Claudio am späten Nachmittag in ihrem Häuschen verabredet. Ina hinterließ ihm die Nachricht auf der Mailbox seines Handys, denn zu Hause wollte sie ihn nicht anrufen. Was hätte sie Romy sagen sollen, falls sie abgenommen hätte? Gruß an ihren Kümmerer, wir poppen heute nicht? Es sei denn, wir finden eine andere Uhrzeit? So bat sie Claudio, sie dringend zurückzurufen. Er tat es auch, allerdings in der Villa, und erwischte Nancy, die sofort Anno rief, weil sie glaubte, Claudio wolle Anno sprechen. Anno freute sich und nutzte die Gelegenheit, die beiden gleich für ein gemeinsames Abendessen einzuladen. Ina kam gerade dazu, als sie hörte, wie Anno geheimnisvoll: »Es gibt etwas zu feiern« sagte und Ina dabei zuzwinkerte.

»Wer ist denn dran?« flüsterte sie und spürte ihr Blut pulsieren, als er die Muschel zuhielt und leise Claudio sagte. Hoffentlich war sie vor Überraschung nicht rot angelaufen.

»Morgen abend wäre ein wunderbarer Termin«, hörte sie Anno sagen, und dann wandte er sich wieder ihr zu. »Oder, Ina, haben wir da etwas anderes vor?« Sie verneinte und überlegte, daß sie Claudio nun ganz dringend treffen mußte. So völlig unvorbereitet konnte sie ihn nicht mit Annos Hochzeitseuphorie konfrontieren. Obwohl sie genaugenommen keine Ahnung hatte, wie er zu ihr stand, hatte es während der letzten Wochen doch keinen Tag ohne Telefonate zwischen Italien und Deutschland gegeben. Manche bis zu einer Stunde lang. Es sah für Ina nicht so aus, als ob es ihm nur rein ums Körperliche ging.

»Frag ihn doch mal, wie es in Italien war«, flüsterte sie Anno zu und erreichte, was sie bezweckt hatte.

»Claudio, ich gebe Ihnen noch Ina. Sie wollte noch etwas über Italien wissen!« Anno gab Ina den Hörer und bedeutete ihr, daß er wieder hinausginge. Ina schaute seiner schlanken Silhouette nach und sagte, während sie ihn laut und vernehmlich nach Romy, Italien, der Kultur und dem Essen fragte, leise: »Geht's in einer halben Stunde?«

»Wir tun ja, als wären wir verheiratet und auf dem Weg zum Seitensprung«, hörte sie ihn halb spöttisch, halb ärgerlich antworten. »Natürlich geht es in einer halben Stunde, wir sind schließlich freie Menschen. Wir müssen über einiges dringend reden!«

»Reden?« fragte Ina so erschrocken, daß er lachen mußte.

»Ist schon recht«, beruhigte er sie. »Das können wir ja auch verschieben!«

Nein, sicherlich nicht, dachte Ina nur. »Also, dann«, sagte sie leise und gleich darauf laut: »Finde ich eine gute Idee von Anno. Hoffentlich hat Romy ebenfalls Lust!«

»Aber jetzt darf ich schon noch allein kommen?«

Sie hörte das unterdrückte Lachen in seiner Stimme.

»Ganz und gar«, antwortete Ina und legte langsam auf.

Ihr Herz schlug, als sie vor ihrem Häuschen parkte. Die gestrige Stimmung war vergangen, sie verspürte weder Wehmut noch Aufbruchsstimmung, sondern schlicht gewaltige Vorfreude. Sein Wagen stand noch nicht da, vielleicht hatte er aber auch um die Ecke geparkt. Sie öffnete das Gartentürchen, ging durch den Garten und setzte sich auf die Bank unter den Baum. Es war kühler geworden, sie trug Jeans, ein enganliegendes T-Shirt und eine schwarze Lederjacke darüber. Die langen Haare hatte sie locker hochgesteckt, und außer Lippenstift und etwas Wimperntusche trug sie kein Make-up. Sie zog die Beine auf die Bank und überlegte, warum sie es so schwierig fand, Claudio von der Hochzeit zu erzählen. Es änderte doch nichts. Oder befürchtete sie insgeheim, es könne sich doch etwas verändern? Sie hörte einen Wagen und sah Claudio kurz darauf den Garten betreten.

Sie genoß es, ihn beobachten zu können, während er nichts ahnte. Er trug ebenfalls Jeans und darüber einen grobmaschigen, leinenfarbenen Pullover mit Rollkragen und Reißverschluß. Seine Haare waren etwas länger geworden und lagen in weichen, gestuften Wellen nach hinten. Er ging schnell und zielstrebig durch den Garten, und seinem Gesichtsausdruck nach zu schließen freute er sich ganz offensichtlich.

Ina stieß einen kurzen, verhaltenen Pfiff aus, er zögerte, blieb stehen und schaute in ihre Richtung. »Versteckst du dich vor mir?« wollte er wissen, als er sie unter dem Baum entdeckt hatte.

»Noch nicht«, Ina lächelte ihm zu, und Claudio bückte sich im Gehen, um unter den tieferen Ästen hindurchzukommen.

»Du siehst zum Anbeißen aus«, sagte er und setzte es so direkt in die Tat um, daß Ina kaum noch Luft bekam. Er küßte ihren Hals und ihren Mund in rasender Folge, und ehe Ina es sich versah, lag er auf ihr.

»He!« prustete sie, aber er küßte weiter. »Du zerquetscht mich«, rief sie mit erstickter Stimme, doch er raunte ihr ins Ohr: »Ich fresse dich jetzt auf! Mit Haut und Haaren!« und begann auch sofort am Ohr zu knabbern. Ina schüttelte lachend den Kopf und versuchte ihn mit beiden Armen abzuhalten, aber er ließ sich nicht stören. Mit seiner Zunge liebkoste er ihr Ohr. »Wußtest du nicht, daß ich ein anderes Kampfgewicht habe als du?« fragte er leise, was Ina zu einem Kraftakt herausforderte. Mit einem Ruck drehte sie sich auf der Bank um, stieß sich gleichzeitig mit den Beinen an der Rückenlehne ab und landete mit Claudio auf dem Boden. Nur daß er jetzt unten lag und sie oben. »He! Au!« sagte er, und beide brachen in schallendes Gelächter aus. »Was willst du denn da oben?« fragte er schließlich. »Ich bin der Mann!« Sie kugelten prustend über die Erde, bis sie schließlich eng umschlungen seitlich liegenblieben. »Okay, das ist ein Kompromiß«, sagte er und begann wieder ihren Hals zu küssen. Ina spürte, wie es ihr heiß wurde, und suchte seinen Mund. Sie küßten sich in Ekstase, zogen sich dabei aus und fanden sich kurz darauf auf der Bank wieder, wo sie übereinander herfielen. Ina fühlte sich wie elektrisiert und ihm gegenüber nach einer Weile fast ausbeuterisch, denn jetzt hätte er um alles in der Welt nicht aufhören dürfen. Sie glitt wie in Trance auf einer Ebene dahin, durch jähe Spitzen nach oben unterbrochen, je nachdem, welche Stellung sie gerade gefunden hatten. Ihr Körper war ihr entglitten, führte ein völliges Eigenleben. Schließlich kam auch er zum Höhepunkt, dabei bäumte er sich auf und riß durch diese plötzliche Gewichtsverlagerung die Bank um. Sie stürzten über die Rückenlehne auf den Boden, wo sie zunächst eine Schrecksekunde lang unbeweglich liegenblieben, bis Ina loslachte. Sie lagen schweißnaß aufeinander, die Bank schräg auf ihnen, und Ina wurde von einem Lachkrampf geschüttelt, bis sie kaum noch atmen konnte. Claudio lachte zunächst mit, aber dann versuchte er, sie beide von der Bank zu befreien. »Hast du da noch Töne?« fragte er sie, und sie schüttelte den Kopf: »Nein, kaum noch!«, was sie sofort wieder zum Lachen brachte.

Claudio stellte die Bank auf, und sie setzten sich nackt nebeneinander. »Du siehst aus wie ein Bundeswehrsoldat nach einer Gefechtsübung!« Er zupfte ihr Blätter aus dem Haar, fuhr mit dem angefeuchteten Zeigefinger über ihre Wange und hielt ihn ihr vor die Augen. »Schwarz«, stellte er fest. »Dreck!«

»Erde«, stellte sie richtig, während sie seinen Zeigefinger festhielt und fachmännisch von allen Seiten betrachtete. »Natur!«

»Na, klasse!« Er betrachtete sie grinsend.

»Warst du eigentlich jemals mit einer Frau im Bett?« wollte Ina wissen.

»Wie?«

»In einem Bett, meine ich. Ganz einfach in einem Bett!«

»Wieso? Willst du?« Er legte den Kopf schief und runzelte die Stirn. »Gleich?«

Eine Stunde später war Ina wieder zu Hause. Sie war bester Laune, als sie sich für den gemeinsamen Ausflug mit Anno nach Zürich duschte und umzog. Sie hatte Claudio von Annos Plänen erzählt und ihm ihre Gründe für ihre Zustimmung auseinandergesetzt. Das sei absolut okay, fand er, denn es sichere sie natürlich vollkommen ab. Und somit auch Caroline. Obwohl sie auf der einen Seite erleichtert war, daß er so reagierte, fühlte sie auf der anderen Seite eine leichte Enttäuschung. Während sie sich duschte, fragte sie sich, wo dieses Gefühl hergekommen war. Ob sie sich heimlich gewünscht hatte, er würde: »Bist du denn verrückt? Heirate mich!« ausrufen? Sie lachte über sich selbst, aber ganz echt war es nicht. »Gekränkte Eitelkeit?« überlegte sie, während sie ihr cremefarbenes Leinenkleid aus dem Schrank nahm, oder mochte sie ihn mehr, als sie sich gegenüber eingestand? Sie schlüpfte in das Kleid, zog den Reißverschluß hoch und zupfte es zurecht. Es war ein kurzes Sommerkleid mit rundem Ausschnitt und ohne Ärmel. Einfach und schlicht, stand ihr aber durch ihre gebräunte Haut besonders gut. Sie schlüpfte in die passenden Schuhe, fuhr sich noch mal schnell durch die Haare und ging hinunter. Es war kurz vor zwölf Uhr, gleich würde Caroline aus der Schule kommen. Ob Ingo Feilhaber hinter ihr herlief? Einfach so? Wie er die Beschattung wohl anstellte? Sie schaute sich nach Anno um, fand ihn in seinem Büro, wo er Bankbelege studierte.

»Du machst so ein sorgenvolles Gesicht«, sagte sie und blieb diskret in der Tür stehen.

Er blickte auf. »Mit Geld hat man ja auch nur Sorgen! Entweder man hat keins, das ist die größte Sorge. Oder man hat welches und die Angst, man könne es verlieren, oder es könne zur Neige gehen, das ist die nächste Sorge, oder man hat zuviel und wird sorglos, und wums, ist man wieder am Anfang!«

Ina blieb stehen. »Über zuviel habe ich mir nie Sorgen gemacht!«

Anno zuckte die Achseln. »Sobald die anderen glauben, du hättest zuviel, werden sie schon dafür sorgen, daß es weniger wird!«

Nancys Ruf schallte durch das Haus. »Ina, wo bist du? Telefon!«

Ina ging schnell ins Wohnzimmer, wo Nancy mit dem Telefonhörer hin und her wedelte. »Schnell, mir brennen meine Schenkel an!«

»Schenkel?« Ina nahm ihr den Hörer ab, bekam aber keine Erklärung von Nancy, vergaß es auch sofort wieder, denn es war Ingo Feilhaber.

»Herr Feilhaber? Ist etwas passiert?« Ina war nervös, denn seine Auskunft klang ausweichend.

»Ich muß Sie gleich mal sprechen. Möchte aber nicht, daß man uns zusammen sieht. Also fahren Sie jetzt bitte zur Aral-Tankstelle und tanken dort. Dann lassen Sie sich den Toilettenraumschlüssel geben und gehen durch die Hintertür hinaus. Dort warte ich.«

Ina schluckte. »So kompliziert? Ist das nötig?«

Er antwortete nicht darauf, sagte nur kurz: »In zehn Minuten« und legte auf.

Ina spürte, wie sie zu zittern anfing. Ein inneres, nicht zu kontrollierendes Vibrieren, das nahtlos in eine Gänsehaut überging. Sie stand da und hatte den Eindruck, alle ihre Haare hätten sich gesträubt. Aber dann faßte sie sich und nahm den Autoschlüssel. Was sollte sie jetzt Anno sagen? Einem unbestimmten Gefühl nach beschloß sie, einfach ohne weitere Erklärungen schnell hinzufahren.

»Ich fahre mal schnell tanken, damit wir nachher startklar sind«, rief sie Nancy zu und lief aus dem Haus. Der Tank war halbleer, so konnte sie wenigstens an eine der Zapfsäulen fahren. Sie tankte, ging hinein, um zu bezahlen, und fragte nach dem Toilettenraumschlüssel. Dabei kam sie sich vor wie in einem schlechten Krimi. Wenn sie jetzt hinausginge, würde sie erschossen werden. Oder entführt, wie Caroline. Mit gemischten Gefühlen öffnete sie die Hintertür. Sie führte auf einen gepflasterten Hof hinaus, eingegrenzt von ungepflegten Büschen. An der einen Wand standen große Blechtonnen, auf der anderen Seite entdeckte sie Ingo Feilhaber. Er stand an die Wand gelehnt neben der Toilette. Er kam sofort auf sie zu.

»Gut, daß Sie da sind. Ich entschuldige mich für diesen Umstand, aber es hat seinen Grund!«

Ina fühlte sich atemlos. »Das denke ich mir.« Sie traute sich aber nicht, ihn direkt nach diesem Grund zu fragen. In ihrem Bewußtsein war eine rote Lampe angegangen, und am liebsten hätte sie kein weiteres Wort gehört.

»Wußten Sie, daß ein Privatdetektiv auf sie angesetzt ist?«

»Ein was?« Sie schluckte. Das kam nun wirklich überraschend.

»Das dachte ich mir!« Er nickte wie zu seiner eigenen Bestätigung und fuhr sich mit seinen fünf Fingern durch die schütteren Haare.

»Ein Kollege von mir hat ganz offensichtlich den Auftrag, irgend etwas über sie herauszubringen. Er recherchiert. Und beobachtet sie. Und fotografiert. Beispielsweise heute morgen an ihrem Haus.«

Ina spürte, wie ihr die Farbe aus dem Gesicht wich.

»Ich weiß nicht, was es zu bedeuten hat, das können Sie vielleicht selbst wissen. Ich dachte nur, daß Sie es wissen müssen!«

»Ich«, Ina überlegte. »Ich habe, ehrlich gesagt, überhaupt keine Ahnung! Ich bin völlig vor den Kopf geschlagen! Wer könnte denn ein Interesse …?« In dem Moment war es ihr klar. Jetzt richteten sich die Aktionen nicht mehr gegen Caroline, jetzt wurde sie ins Visier genommen. »Es ist die Familie meines zukünftigen Mannes!« sagte sie mehr zu sich als zu ihm.

Er nickte. »Ich hatte so etwas vermutet! Es wurden Bankauskünfte angefordert, zudem ein polizeiliches Führungszeugnis, außerdem bei Ihren Nachbarn herumgefragt. Ich denke, da soll etwas gefunden werden …«

»Das ist … einfach abscheulich!« Ihr fielen die Szenen vom Vormittag ein. Du lieber Himmel, das war ein gefundenes Fressen. Wilder Sex unter freiem Himmel, während Anno seelenruhig

Hochzeitskarten drucken ließ. Das würde wahrscheinlich sogar ihn erschüttern. Sie schaute Ingo an.

»Wie haben Sie das überhaupt erfahren?« fragte sie.

»In der Branche spricht sich so etwas schnell herum. Zudem hat er Sie nicht wirklich professionell beschattet, als Sie heute morgen zu Ihrem Haus fuhren.«

»Ich dachte, Sie waren an der Schule?!«

»Nicht nur. Caroline hat ja auch Unterricht.«

Klar, Ina schwieg. Wie blöd von ihr.

»Ich weiß nicht, wie weit die Beziehungen dieser Familie reichen. Möglicherweise sollten Sie sich jedoch auch beim Telefonieren vorsehen!«

Ina schüttelte nur noch den Kopf. »Das gibt's doch gar nicht ...«

Ingo zuckte die Achseln. »Wenn's ums Geld geht, ist alles möglich. Von Verleumdung bis Mord habe ich schon alles erlebt!«

Sie schaute ihn mit hochgezogenen Augenbrauen an. »Sie machen mir ja wirklich Mut!«

Er lächelte sie an. »So ist es!«

Auf der Rückfahrt kam sich Ina fast schon paranoid vor. Sie ertappte sich, wie sie ständig in den Rückspiegel spähte. Wo steckte dieser Typ, der sie beschattete? Würde er jetzt hinter ihnen her nach Zürich fahren oder in der Zwischenzeit irgendwelche Intrigen aushecken? Das Haus durchkämmen, in ihrer Wäsche wühlen? Würden die Fotos vom Vormittag zu ihr oder zu Anno geschickt? Möglicherweise noch Kopien zu Romy?

Sie mußte Anno vorwarnen. Sie mußte überhaupt mit ihm reden, denn daß sie die nächsten Jahre auf Sex verzichten würde, war absurd. Das mußte ihm klar sein. Ebenso, daß er ihr dafür zu alt war. Schließlich lagen 55 Jahre zwischen ihnen. Doch konnte sie wissen, wie er darüber dachte? Nancy zufolge war er körperlich durch seine Krankheit und die Medizin nicht mehr dazu in der Lage. Aber Zärtlichkeit beschränkte sich ja nicht nur auf das eine. Es war dringend notwendig, auch diese Dinge vor der Hochzeit anzusprechen. Möglicherweise änderten sich seine Erwartungen mit dem Jawort.

Hans-Jürgen saß in seinem Büro und betrachtete die Fotos. Ein breites Grinsen überzog sein Gesicht, jetzt hatte er alle Trümpfe in der Hand! Ina Schwarz lag ihm quasi nackt »zu Händen«. Er betrachtete sie näher. Das war ein heißes Weib. Wenn er da an Renate dachte ... besser nicht. Auf dem einen Foto war sie allein zu sehen. Das Bild war grobkörnig, da mit einem starken Teleobjektiv geschossen, aber die Makellosigkeit ihres Körpers war gut zu erkennen. Sie lag etwas verdreht seitlich auf der Bank. Es war ein höchst erotisches Bild. Hans-Jürgen war versucht, es in seiner Männerrunde zu präsentieren. Damit hätte er seinen frauenmordenden Ruf nach Jahren der Agonie wiederhergestellt. Irgendwie war sein Leben schon verteufelt fade geworden. Das konnten, bei Licht besehen, die Stippvisiten ins vermeintliche Abenteuer auch nicht mehr wettmachen. Im Gegenteil.

Hans-Jürgen dachte über seinen letzten Kasinobesuch und seine Schulden nach. Dieser Detektiv wird ihn auch eine Stange Geld kosten. Bis jetzt wußte er noch nicht, wie er das würde begleichen können. Allerdings waren diese Fotos natürlich Gold wert. Und nicht nur in barer Münze. Wenn er nicht so dringend Geld gebraucht hätte, hätte er sich damit ein ganz anderes Spielchen einfallen lassen können. Er blätterte sie noch mal nachdenklich durch. Kleine Erpressung unter Freunden, nach dem Motto: Deine Zukunft liegt in meiner Hand. Gegen ein kleines Entgegenkommen bekommst du die Negative. Er lächelte in sich hinein, dann legte er die Fotos in den Umschlag zurück. Schluß! Früher waren ihm die Frauen nachgelaufen, so etwas hatte ein Hans-Jürgen nicht nötig. Die Fotos waren ein Glücksfall für ihn, er würde mit ihnen genau das tun, was er von Anfang an vorhatte.

Thekla hatte ihren Mann aus dem gemeinsamen Schlafzimmer verbannt. Ohne großes Aufheben zu machen, sie brauchte dafür keine Zeugen, hatte sie die Kleiderschränke umgeräumt und Bilder umgehängt. So fand Gerhard, als er von seinem Krankenhausaufenthalt zurückkam, seine Sachen in Barbaras ehemaligem Zimmer vor.

»Da kennst du dich ja aus«, hatte Thekla dazu gesagt und ihn nicht weiter beachtet.

Gerhard ging es schlecht. Nicht nur, daß die Verletzung ihm arg zu schaffen machte, es war vor allem die Niederlage. Die Niederlage gegen seine eigene Tochter, die Niederlage gegenüber seiner Frau und letztlich die Niederlage gegen sich selbst. Wo war er geblieben? Auf der Strecke. Wo waren die süßen Stunden mit all den unschuldigen Mädchen? Aufgelistet in Barbaras Akten, und er wußte noch immer nicht, wie sie an diese Namen und Adressen gekommen war. Und Thekla wußte über alles Bescheid, das war fast das Schlimmste. Wie war sie an diese Informationen gekommen? Barbara wird ihr es kaum beim Tee erzählt haben. Gerhard war voller Zweifel, und die Ungewißheit nagte an ihm. Was, wenn Thekla über den heiligen Stand der Ehe hinausdachte und sich scheiden ließ? So kurz, bevor der Alte sein Erbe ausspuckte? Sie hatte einen ausgezeichneten Ehevertrag. Zu ihren Gunsten, ausgefertigt von Annos Rechtsanwalt. Eine Scheidung würde ihn um das bringen, wofür er sich Jahre über Jahre hergegeben hatte – ein gesichertes Leben in der Villa am See. Dort hätte er sein Amüsement schon gefunden, denn wer sagt denn, daß Männer immer vor den Frauen sterben mußten? War nicht Annos Frau das leibhaftige Beispiel dafür, daß es auch andersherum gehen konnte?

Eine Woche war vergangen, es war Freitag morgen, Endspurt für Caroline. Ina war früh aufgestanden, denn sie genoß es, den Tag mit einem gemeinsamen Frühstück zu beginnen. Nancy hatte sich noch nicht sehen lassen, so deckte Ina schnell den Tisch, bereitete den Kaffee vor und schob einige tiefgefrorene Croissants in den Ofen. Diese 20 Minuten würde sie nutzen, um Caroline zärtlich zu wecken und mit ihr ins Bad zu gehen. Sie wollte gerade zum Kinderschlafzimmer hochgehen, als es an der Haustür klingelte. War Nancy etwa zum Bäcker gegangen und hatte den Haustürschlüssel vergessen? Sie lief die Treppen schnell wieder hinunter in den Flur und drückte auf den elektrischen Türöffner. Eigentlich wollte sie schon wieder hochlaufen, wartete dann aber doch. Es war nicht Nancy, die hereinkam, sondern zwei Männer. Zwar ebenfalls ziemlich breit, aber eindeutig männlicher Natur. Und in Arbeitskleidung.

»Ja?« fragte Ina gedehnt und dachte gleichzeitig, daß ihr die Zeit davonlief. Caroline würde zu spät kommen, wenn sie sie nicht bald wecken würde.

»Firma Ruck. Guten Morgen!«

Firma Ruck sagte Ina nichts, und sie hörte auch in dem Moment, wie hinter ihr die Tür aufging. Sie drehte sich um, Anno stand im Morgenmantel hinter ihr. Gott sei Dank, jetzt konnte sie die Firma Ruck abgeben.

»Ruck? Spedition?« fragte Anno beim Näherkommen.

»Richtig! Wo können wir anfangen?«

»Guten Morgen, Anno.« Ina drückte ihm einen Gutenmorgenkuß auf die Wange und wollte eigentlich an ihm vorbei die Treppe hochgehen, aber jetzt blieb sie doch stehen. Wozu hatte Anno eine Spedition bestellt?

»Womit wollen Sie denn anfangen?« fragte Anno und zog den Gürtel enger.

»Damit, wozu wir herbestellt wurden. Ausräumen, umziehen!«

Anno schüttelte den Kopf. »Aber nicht hier!«

»Nun«, der eine der Männer, um die Fünfzig, ein runder Kopf auf kräftigem Hals, der von kräftezehrender Arbeit zeugte, zog ein zusammengefaltetes Blatt Papier aus dem Latz seiner blauen Hose, strich es glatt und las vor: »Ina Schwarz bei Anno Adelmann, das ist doch hier? Die Adresse stimmt jedenfalls!«

Anno streckte die Hand aus. »Darf ich mal sehen?« Er las und ließ das Blatt sinken. »Willst du wieder ausziehen?« fragte er Ina verwundert.

»Ich?« Ina trat neben ihn. »Wie kommst du denn darauf?«

»Weil es hier steht. Und der Vertrag wurde von dir unterschrieben.« Er zögerte. »Sieht jedenfalls so aus!«

»Gib mal her!« Ina war völlig verdattert. Wie sollte sie einen Vertrag unterschrieben haben, von dem sie überhaupt nichts wußte. Zumal von einer Spedition. Sie prüfte das Dokument.

»Das sieht zwar aus wie meine Unterschrift, ist aber nicht meine«, sagte sie entschieden.

»Was jetzt?« fragte der eine der Männer und griff nach dem Vertrag. »Was soll damit nicht in Ordnung sein? Hier steht: 7.30 Uhr, Ina Schwarz. Umzug in die Höhenstraße 8. Was soll daran nicht stimmen?«

»Ich habe zwar noch eine Wohnung in der Höhenstraße 8, aber von dort bin ich eben erst hierhergezogen. Ich denke nicht daran, dorthin zurückzuziehen. Das ist ein Irrtum!« Ina hob die Hände. »Ich habe keine Ahnung, wie das passieren konnte!«

»Gute Frau, wir haben einen Tag für Sie reserviert, draußen steht ein 14-Tonner, und es warten noch zwei Männer. Wir können jetzt nicht so einfach gehen!«

Anno legte seinen Arm um Inas Schulter. »Müssen Sie aber. Ich rufe jetzt zunächst einmal in Ihrem Büro an. Wir müssen klären, wie es zu dem Auftrag kommen konnte!«

Lautes Schluchzen kam von der Treppe. Ina drehte sich rasch um. »Ihr habt vergessen, mich zu wecken! Jetzt komme ich bestimmt zu spät!« Völlig in Tränen aufgelöst kam Caroline im Nachthemd herunter.

»Du kommst noch lange nicht zu spät, mein Schätzchen!« Ina ging ihr schnell entgegen und nahm sie hoch.

Caroline umschlang mit ihren Armen ihren Hals und mit den Beinen ihre Taille. »Und wenn ich doch zu spät komme? Immer bin ich die letzte!«

Anno nickte Ina beruhigend zu. »Ich mache das schon!«

Nancy hatte verschlafen. Sie schoß hoch, als sie einen schweren Lkw vor dem Haus starten hörte. Ihr erster Blick auf die Uhr brachte ihre Pfunde in Bewegung. Du lieber Himmel, eine ganze Stunde zu spät dran. Ihr Wecker hatte versagt! Sie schlüpfte in ihren Morgenmantel, putzte sich schnell die Zähne in ihrem kleinen Badezimmer, fuhr sich mit dem angefeuchteten Zipfel des nächsten Handtuchs über das Gesicht und ging hinunter. Anno, Ina und Caroline saßen bereits beim Frühstück.

»Tut mir leid«, begann sie, »entweder war mein Traum zu schön, oder er war so schwer, daß ich das Klingeln nicht hörte. Keine Ahnung ...«

Anno winkte ab. »Sie haben nichts versäumt, Nancy. Nur ein paar Möbelpacker, die das Haus ausräumen wollten!«

»Die was?« Sie setzte sich an den Tisch, und ihr Doppelkinn bebte. »Haus ausräumen? Das hier?«

Anno zuckte die Schultern, als sei dies das Natürlichste auf der Welt. »Sie hatten einen Auftrag. Frage ist jetzt nur, von wem.«

»Von mir nicht!« antwortete Nancy sogleich. »Bestimmt nicht!«

Ina mußte lachen. Wie sie so dasaß, in ihrem Ungetüm von Morgenmantel, die Haare verwuschelt, das Gesicht vom Schlaf oder von der frühen Aufregung gerötet, mit runden Kulleraugen, aus denen sie Anno anstaunte, kam sie Ina wie ein Riesenbaby vor, ein überdimensionales Kleinkind, von Rieseneltern in eine unverständliche Welt gestoßen.

Nancy ließ sich haargenau schildern, was vorgefallen war, und stellte eine Frage, die Ina noch gar nicht in den Sinn gekommen war. »Und wer muß das jetzt bezahlen?«

»Stimmt!« Ina ließ das Messer sinken, mit dem sie eben Carolines Vesperbrot strich. »Da kommt doch bestimmt eine saftige Rechnung. Lkw, Leute, Arbeitsstunden, Ausfall, was weiß ich. Du lieber Himmel!«

Anno beruhigte sie: »Die Unterschrift war eine Fälschung, keiner von uns hat diese Spedition bestellt. Also sind wir auch nicht haftbar. Haftbar ist derjenige, der das veranlaßt hat. Aber den muß man erst einmal finden!«

»Und – wer könnte es sein?« fragte Nancy mit Unschuldsblick. Sie schauten sich an. Und sie sahen sich gegenseitig an, daß sie alle das gleiche dachten.

Renate hing schon seit einer halben Stunde am Telefon.

»Ich glaube, wir müssen stärkere Geschütze auffahren! Das ist doch alles Spielerei! Das nimmt sie doch überhaupt nicht ernst!« Theklas Stimme klang erbost. »Wenn er das tatsächlich durchzieht«, Renate hörte durch die Leitung, wie sie mit den Fingern auf etwas herumtrommelte, »dann sind wir die Blöden! Was hat denn dein Superheld von Mann ausgetüftelt? Hat er in seinem Leben überhaupt schon einmal etwas in Bewegung gesetzt außer einer Kugel am Roulettetisch?« Sie verstummte. Das hatte sie nicht sagen wollen. Diese Information stammte von Gerhard, aber sie hatte sie nicht so einfach verschleudern wollen.

»Was meinst du damit?« fragte Renate hellhörig.

»Nichts! Das war ein Vergleich, sonst nichts!« Wieder hörte Renate Thekla trommeln, und sie wußte auch, worauf sie trommelte: auf eine Karte. Die gleiche Karte hatte sie heute morgen auch aus ihrem Briefkasten gezogen, und sie lag nun ebenfalls vor ihr. Die Ankündigung der baldigen Hochzeit zwischen Anno Adelmann und Ina Schwarz, sorgfältig gestaltet und teuer auf Hochglanzpapier gedruckt.

»Ich könnte sie umbringen, das Luder!« Wenn es einen Knopf gegeben hätte, auf den sie zu diesem Zweck hätte drücken können, hätte sie es getan. Diese Ina mußte doch schließlich auf irgendeine Art aus der Welt zu räumen sein.

»Wenn Papa vor der Hochzeit sterben würde, wäre das, wenn es nur ums Effektive geht, nützlicher«, warf Renate ein.

Beide schwiegen. Es war ein ungeheuerlicher Gedanke, aber nicht von der Hand zu weisen.

»Willst du ihn umbringen?« fragte Thekla leise, und es hörte sich an, als würde sie dabei die Luft anhalten.

»Quatsch!« sagte Renate, aber beide dachten darüber nach.

»Oder entmündigen lassen! Wie schon gesagt! Vielleicht kennt Lydias Mann einen Arzt in Lindau, mit dem man sich in Verbindung setzen könnte!«

»Ich glaube, so etwas geht übers Gericht. Und zudem heißt das nicht mehr entmündigen, sondern … sonstwie!«

»Ich erkundige mich mal bei Lydia!«

Sie schwiegen wieder eine kurze Weile.

»Trotzdem!« sagte dann Thekla in die Stille.

Renate wußte, was sie meinte, reagierte aber nicht. »Vielleicht solltest du mal Barbara auf ihn loslassen! Zumindest hat sie schon mal geübt!« Es sollte locker klingen.

»Sehr witzig!« Es gelang Thekla aber nicht, sich richtig darüber aufzuregen. »Was ist denn mit Hans-Jürgen? Ich habe vorher schon gefragt. Wollte er sich nicht was überlegen?«

»Ich glaube, es berührt ihn nicht so sonderlich. Oder er hat zuviel zu tun. Ich habe jedenfalls noch nichts von ihm gehört!«

»Braucht er kein Geld?«

Renate dachte nach. Die Finanzlage hielt er vor ihr immer geheim. Sie erfuhr nur, wenn sie nicht »soviel« ausgeben sollte.

»Ich seh schon! Laß mich das machen!« sagte Thekla schnippisch und legte einfach auf.

Dr. Rebherr war erstaunt, als er das Schreiben las, das ihm seine Sekretärin vorgelegt hatte. Die Familie von Anno Adelmann äußerte sich darin besorgt über Annos Geisteszustand und beantragte eine Prüfung durch das Vormundschaftsgericht. Er lehnte sich zurück und dachte nach. Gut, Anno Adelmann war 85 Jahre alt. Aber verwirrt oder geschäftsunfähig war er ihm an seinem Geburtstag nicht erschienen. Ob sich dieser Zustand so überraschend geändert hatte? Es gab geistige Krankheiten, die in diesem Alter jäh auftreten und sehr schnell zur Senilität führen. Das wäre schlimm für Anno, auf der anderen Seite: Warum sollte er einem Brief der Töchter mißtrauen?

Dr. Klaus Rebherr, Vormundschaftsrichter am Amtsgericht in Lindau, las sich den Brief nochmals in Ruhe durch. Adelmanns Tochter Thekla schilderte einige Krankheitssymptome, betonte allerdings, daß dies trotzdem kein Problem sei. Die Familie hielte zusammen und könne die Pflegschaft selbst übernehmen. So bräuchte man keine Fremdbetreuung, was die Dinge sicherlich vereinfache. Denn Anno sei in die Fänge einer berechnenden jungen Frau geraten, und es bestünde Anlaß zur Sorge, ob sie ihm nicht sein gesamtes Vermögen abluchse, so daß er auf seine alten Tage zum Sozialfall würde. Vor allem ginge es ihnen um den im Gesetzbuch festgeschriebenen Einwilligungsvorbehalt. Genau wie es dort beschrieben sei, bestünde derzeit durch Ina Schwarz eine erhebliche Gefahr für die Person oder das Vermögen des zu Betreuenden, und die Familie sähe es als dringend notwendig an, den Vater zu schützen. Dies könne beispielsweise so aussehen, daß er für größere Transaktionen, wie unsinnige Geldausgaben oder unvermittelte Heirat, der Einwilligung der Familie bedürfe. Möglicherweise erlahme, hoffte Thekla in ihrem Brief, mit einer Pflegschaft dann auch das berechnende Interesse von Ina Schwarz an Anno Adelmann. Darüber hinaus sei zu überlegen, ob der Vater mit seinen 85 Jahren noch weiterhin in seinem für ihn zu großen Haus wohnen könne oder ob es nicht weitaus besser für ihn sei, in einer Wohnanlage in der Nähe einer der Töchter zu leben. Schließlich könne er dann durch die Familie auch umfassend betreut werden.

Klaus Rebherr bat über seine Rufanlage um einen Kaffee. Dann lehnte er sich zurück und nahm das ärztliche Gutachten zur Hand, das dem Brief beilag. Es nannte sich allerdings nur so, denn bei näherer Betrachtung stellte es sich eher als persönliche Meinung dar, und zwar von einem Kinderarzt. Und wie Klaus Rebherr anhand der Namen sehen konnte, war dies auch noch ein Ehemann einer der Töchter.

Sein Referendar brachte ihm den gewünschten Kaffee, und Dr. Rebherr rührte die Würfelzucker hinein, während er nachdachte. Welche Motive könnte die Familie haben, daß sie einen solchen Schritt erwog? Sorge um den Vater, natürlich. Wenn sich da tatsächlich eine junge Frau bemühte und Anno für diese Reize empfänglich war, war die Sorge wahrscheinlich sogar berechtigt. Aber war er deshalb unzurechnungsfähig? War er möglicherweise schlicht und einfach verliebt? Oder schlug seine männliche Eitelkeit durch, und er sah den Hintergrund der weiblichen Bemühungen nicht? Oder wollte ihn nicht sehen? Natürlich bedeutete ein cleveres Weib eine Gefahr für so einen alten Mann. Aber hatten sich nicht auch schon erheblich Jüngere lächerlich gemacht, in dem sie allen Ernstes behaupteten, der Frau ginge es schlicht um Liebe? Jünger als die eigene Tochter, aber haltlos in den unwiderstehlichen Adoniskörper eines vom Leben Verschlissenen verliebt?

Was sollte er tun? Er kannte Anno Adelmann, aber eben nur flüchtig und nicht gut genug, um ihn nach Sinn und Unsinn seines Tuns zu befragen. Er würde das zweite Gutachten, das in dem Brief angekündigt wurde und von einem Lindauer Arzt angefertigt werden sollte, abwarten. Vorher konnte er sowieso nichts einleiten, geschweige denn entscheiden. Die Dinge nahmen so oder so ihren Lauf.

Ina hatte damit gerechnet, daß nach dem Verschicken der Heiratsanzeige der Boden beben würde, aber nichts geschah. Da sich ihre Eltern kurz nach ihrem Abi hatten scheiden lassen und ihre Mutter inzwischen verstorben war, konnte sie ihrerseits nur noch ihren Vater einladen. Doch er antwortete ihr, daß er sie gern einmal besuchen würde, zur Hochzeit aber leider verhindert sei. Sollte sie für die Party jedoch größere Mengen Fleisch benötigen, könne er dies sicherlich organisieren. Ina dankte ihm und war insgeheim froh, daß sie weiter nichts erklären mußte. Und da sie keine Geschwister hatte, war auch dieses Thema abgehakt. Aus ihrer Ecke war also wie erwartet weder krasse Ablehnung noch überschäumende Begeisterung gekommen. Was sie jahrelang gekränkt und belastet hatte, das Gefühl, für ihre Eltern nicht wirklich wichtig zu sein, stellte sich jetzt als direkter Idealfall heraus. Sie war niemandem Rechenschaft schuldig. Allerdings hatte sie jetzt eine Familie am Hals, die sie sich so auch nicht gewünscht hatte. Irgendwie schien in ihrem Leben nichts so zu laufen, wie es bei anderen offensichtlich völlig normal war.

Kurt hatte den heiklen Auftrag, in Lindau einen Arzt aufzutreiben, der die These, die Thekla in Gemeinschaftsarbeit mit ihren Schwestern aufgestellt hatte, nicht nur bestätigte, sondern auch noch durch eigene Untersuchungen und ein entsprechendes Gutachten unterstützte. Das war ein schwieriges Unterfangen, dem er nur zustimmte, weil Lydia ihn ausdrücklich darum gebeten hatte.

Kurt ging die Liste der Lindauer Psychologen durch, aber er kannte schlichtweg keinen. Er weitete seine Recherche auf alle Ärzte aus. Fehlanzeige, kein einziger Name sagte ihm etwas. Wie ärgerlich! Wäre das jetzt schön gewesen, darunter einen ehemaligen Kommilitonen zu entdecken, oder besser noch einen, der ihm irgendwie verpflichtet war. Oder in einer gemeinsamen Bruderschaft steckte. Was deswegen schwierig war, weil er selbst einen solchen Klüngel ablehnte. Aber jetzt wäre es eben verdammt praktisch gewesen.

Kurt saß spätabends allein in seiner Praxis und überlegte. Im Normalfall lehnte er aus persönlichen Gründen solche Praktiken ab, aber Lydia hatte ihm klargemacht, daß die Hochzeit zwischen Ina und Anno nur so vielleicht noch zu verhindern sei. Das Handicap dabei war nur, daß die Zeit unheimlich knapp war. Er ging an seinen Rolladenschrank und schloß ihn auf. Er glaubte es zwar nicht wirklich, aber möglicherweise fand sich doch etwas in seiner Geheimakte. Irgendwann mußte er diese Dokumente verschwinden lassen, denn er hatte, wie viele seiner Landsleute, aus angeborener oder eingetrichterter Ordnungssucht die verhängnisvolle Tugend, jedwedes belastendes Beweismaterial so akkurat buchhalterisch abzuheften, daß er sich damit bei der kleinsten Überprüfung sofort selbst ausliefern würde. Kurt sagte sich wieder einmal, während er den Ordner vor sich auf den Schreibtisch legte, daß er ihn demnächst würde vernichten müssen.

Die ganze Geschichte hatte irgendwie eine Eigendynamik entwickelt. Zunächst hatte er nur einige Lücken in der kassenärztlichen Gebührenordnung erkannt und genutzt. Dann erwachte das Interesse seiner Kollegen an seinem Wissen, und er begann, die jeweiligen Tricks professionell auszuarbeiten. Es war nicht schwierig gewesen, aus seinen Kenntnissen Vorteile zu ziehen und somit Gewinn zu schöpfen. Der Unterschied zu Franz Konz mit seinen Steuertricks war lediglich, daß dessen Buch legal verlegt war, während Kurts Disketten unter der Hand weggingen. Aber inzwischen hatte die Mundpropaganda einiges bewirkt, und es gab reichlich Kunden, die ihm gern seine Unterlagen abkauften.

Er blätterte den Ordner kurz durch und nahm sich schließlich die Diskette aus der Klarsichtfolie. Wenn er es genau betrachtete, hatte er eine Art Network aufgebaut, wenn auch ein illegales mit Konto in Luxemburg. Er legte die Diskette in das Laufwerk und gab Lindau ein. Er war sicher gewesen, daß das Ergebnis negativ sein würde, aber siehe da, einer seiner allerersten Kunden saß in der östlichen Bodenseestadt. Es war ein Allgemeinmediziner, das würde ihm schon mal weiterhelfen. Jetzt mußte er die Sache nur geschickt angehen, dann konnte er seiner Frau ein erstes As präsentieren.

Ina hatte sich mit Claudio getroffen, aber es war ihr nicht nach Sex. Um diesem ominösen Detektiv nicht noch mehr Material zu liefern, hatten sie sich hochoffiziell zu einer Ruderbootausfahrt verabredet. Ina war es übel, denn sie hatte am Morgen in der Post ein Sexmagazin entdeckt, von dem sie zunächst nicht wußte, warum es ausgerechnet an sie adressiert war. Weil sie inzwischen aber schon mit allem rechnete, nahm sie es heimlich in ihr Zimmer und blätterte es nach dem Frühstück durch. Es war nicht nur billig hergestellt, sondern auch noch mit Fotos der geschmacklosesten Art bestückt. Es konnte doch schlichtweg nicht möglich sein, daß Männer für solch einen Schund Geld ausgaben. Sie blätterte es angewidert mit spitzen Fingern durch, bis sie an einem Bild mit dem Titel »Unser schönstes Urlaubsfoto« hängenblieb. Ihr Herz schlug einen Salto, und sie hatte den Eindruck, nicht mehr klar sehen zu können. Gleich würde sie abheben, denn was sie da sah, war eindeutig sie selber. Mit Claudio auf der Gartenbank, mehr als anzüglich, das lief bereits unter Pornographie. Sie ließ das Blatt sinken, dann schaute sie es sich nochmals an. Das Foto war grobkörnig, also ganz eindeutig mit einem sehr starken Teleobjektiv geschossen. Der Typ mußte hinter den Büschen im Nachbargarten gesessen haben. Sie ließ das Blatt sinken und wollte Claudio anrufen. Im selben Moment fiel ihr ein, daß Ingo Feilhaber sie davor gewarnt hatte. Möglicherweise wurden alle Gespräche aufgezeichnet. Obwohl sie keine Vorstellung hatte, wie das geschehen könnte, zweifelte sie keine Sekunde an der Machbarkeit. Sie verabredete sich mit Claudio über die nächste Telefonzelle. Und jetzt ruderten sie von einem Lindauer Bootsverleiher aus durch den Kleinen See zum See hinaus. Das hieß, er ruderte, und sie beobachtete die Leute auf der vollbesetzten Restaurantterrasse der Inselhalle. Nebenbei erzählte sie ihm, was sie am Morgen in der Post gefunden hatte.

»Das ist ja ein richtiges Kesseltreiben«, sagte er und zog die Ruder rhythmisch durch das Wasser, so daß sie dem schmalen Durchlaß, der die kleine Wasserfläche vom offenen See trennte, schnell näher kamen.

»Gibt's nicht auch so ganz starke Richtmikrophone? Weiß Gott wie weit und sogar durch Mauern hindurch? Erinnerst du dich an die Debatte deswegen im Bundestag?«

»Das dürfte dich nicht betreffen!« Claudio ruderte unter der Eisenbahnbrücke durch die schmale Seeöffnung hindurch und schaute sie dabei mit hochgezogenen Brauen an. »Dabei ging es ums organisierte Verbrechen, echte Kriminalität. Ich denke, diese Mittel dürften deiner sauberen Verwandtschaft in spe nicht unbedingt zur Verfügung stehen!«

»Keine Ahnung, worauf die alles kommen und was sie alles aushecken!« Sie drehte sich kurz in Fahrtrichtung und musterte den See, der nun vor ihnen lag. Auf der gegenüberliegenden Seite die Schweiz, linkerhand die Berge Österreichs und dazwischen unendlich viel Wasser. Es wehte ein leichter Wind, und das Wasser kräuselte sich an manchen Stellen, wobei es an anderen wie ein silberner Spiegel wirkte. Der Himmel war zwar ziemlich bewölkt, doch die Luft war angenehm warm, und Ina ließ ihre Hand ins Wasser gleiten, spreizte sie und genoß es, wie das Wasser durch ihre Finger hindurchglitt. Dann zog sie sie wieder heraus, schüttelte sie und strich mit den Fingerkuppen über das Holz. »Hast du beispielsweise kontrolliert, ob eine Wanze im Boot ist? Oder ein sich vergrößerndes Loch? Oder eine Bootsbombe?«

Claudio mußte lachen. »In Abwandlung einer Autobombe, meinst du? Ja, warum nicht. James Bond wird's schon richten!«

»Ich meine es ernst!« Sie wandt sich ihm wieder aufmerksam zu, so daß sie erneut mit dem Rücken zur Fahrtrichtung saß, und streckte sich nun auf der Ruderbank aus. Ihre Füße legte sie Claudio in den Schoß, wonach er sofort zu rudern aufhörte und sich umblickte.

»Hier?« fragte er und warf ihr einen ungläubigen Blick zu.

»Quatsch!« Sie zog die Füße etwas zurück und legte sie rechts und links neben ihn auf die Ruderbank. »Laß dich bloß nicht irritieren!«

»Du bist gut!« Er betrachtete ihre braungebrannten Beine in den kurzen Shorts und begann sie mit den Fingerspitzen zu streicheln. »Mir gegenüber sitzt die erotischste Frau, die ich kenne, wirft mir ihre nackten Beine entgegen und erklärt allen Ernstes, ich solle mich davon nicht irritieren lassen. Tolle Meldung, das!«

»Schau dir das erst mal an!« Ina zog die Zeitschrift aus ihrem Rucksack und legte sie ihm aufgeschlagen hin.

Claudio brachte das Boot mit einigen Ruderschlägen von der engen Durchfahrt und dem Ufer weg, dann griff er nach dem Blatt und musterte das Bild genau. »Nicht zu fassen!« sagte er schließlich. »Wie sind die denn drauf? Die ganze Bande hat augenscheinlich einen Schuß! Zeig sie doch an!«

»Damit würde das Ganze publik werden!!«

»Als was würdest du *das* denn bezeichnen? Geheimes Tagebuch, oder was?« Er blätterte darin herum. »Und in was für einer Nachbarschaft! Schon deswegen hätten sie sich eine blutige Nase verdient!« Er schlug die Seite wieder auf und vertiefte sich. »Wobei du eine gute Figur abgibst. Das muß man dir lassen – trotz allem!«

Sie fiel ihn so heftig an, daß er fast das Gleichgewicht verloren hätte und aus dem Boot gestürzt wäre.

»He!« lachte er und hielt sie fest. »Es war doch nur eine Feststellung! Völlig sachlich!«

Ina biß ihn in den Hals, das war die nächstbeste Stelle, die sie erwischen konnte.

»Autsch«, rief er, und das Boot schwankte bedrohlich. »Friede! Ich kann nicht schwimmen!«

»Du lügst!« Sie biß ihn wieder.

»Mach so weiter, und du wirst sehen, was du davon hast!«

Als sie ein drittes Mal zubiß, warf er sie mit einem Ruck über Bord und sprang hinterher. Das Wasser war auf den ersten Schreck hin kalt, und Ina spürte die Strömung unterhalb der Oberfläche. Sie tauchte prustend auf und sah sich nach dem Boot um. Im selben Moment spürte sie ihn an ihrer Taille. Er zog sie kurz zu sich herunter und tauchte, sie fest gegen sich gepreßt, gleich darauf wieder mit ihr auf. »So, Fräulein Schwarz«, sagte er lachend, »jetzt beißen Sie doch noch einmal!«

Sie strampelte und schluckte dabei Wasser, kam aber nicht von ihm los. »Okay, okay«, keuchte sie schließlich, »du hast gewonnen, du widerlicher Kerl!« Er lockerte seinen Griff, und sie schwammen gemeinsam zum Boot. Dort reckte Ina ihren Arm hoch, um sich an der Außenwand des Bootes festzuhalten.

»Gleich kommt die Wasserschutzpolizei, um mich zu retten!« sagte sie dabei und streckte ihm die Zunge heraus.

»Eher kommt Annos Familie, um dich zu ertränken«, grinste Claudio, wofür sie ihm mit der freien Hand eine Wasserfontäne ins Gesicht spritzte.

»Du kannst es ja wohl nicht lassen!« Er wollte sie wieder vom Boot wegziehen, doch sie umklammerte ihn unter Wasser mit den Beinen und zog ihn an sich. Claudio tauchte kurz unter, kam aber direkt vor ihr wieder hoch. Ihre nassen Gesichter waren sich genau gegenüber, und Claudio griff jetzt ebenfalls nach der Bordkante.

Sie küßten sich, bis Ina der Arm weh tat und sie sich einfach nicht mehr festhalten konnte. »Schluß jetzt«, sagte sie und bohrte ihren Zeigefinger dort gegen sein T-Shirt, wo sie seinen Bauchnabel vermutete. »Mir stirbt der Arm ab!«

»Dann hoch mit dir!«

Claudio wollte ihr vom Wasser aus hochhelfen, doch das Boot legte sich zu schräg. So kletterten sie schließlich gleichzeitig von beiden Seiten hinein und versuchten anschließend, ihre nassen Kleider am Körper auszuwringen, bis Claudio meinte: »Wir könnten sie ausziehen, zum Trocknen über die Ruder hängen und uns ein bißchen auf den Boden legen.« Er zeigte auf den Bretterboden zu ihren Füßen.

Ina grinste ihn an. »Sieht besonders einladend aus!«

»Nein? Findest du etwa nicht?«

Er zog sich das nasse T-Shirt über den Kopf.

»Hast du schon mal an die Sitte gedacht?« Ina zeigte zum Ufer. »Wir werden sowieso schon beobachtet. Was meinst du, was die sich alles denken!« Tatsächlich gab es am Ufer bereits einige, deren Interesse durch das schwankende Boot mit seinen nassen Insassen offensichtlich geweckt worden war.

»Na, und?« Claudio musterte die Zuschauer am Ufer, zog nach dem T-Shirt auch noch seine Hose aus, breitete beides zum Trocknen aus und ließ sich auf den Boden des Bootes sinken. »Wir sonnen uns doch bloß ein bißchen, oder ist das auch schon verboten?«

»Auch wenn augenscheinlich keine Sonne da ist?« Ina wies zum bedeckten Himmel.

»Dann ist das deren Problem!«

Am Abend sollten, wie verabredet, Romy und Claudio eintreffen, und als Überraschungsgäste hatten sich Julia und Niklas angemeldet. Nancy stand in der Küche und bereitete einen Elsässer Flammenkuchen und verschiedene Salate vor. Anno wollte grillen und hatte dazu Spieße, Bauchspeck, Schweinehals und Steaks vorbereitet. Caroline fand es herrlich, draußen im Garten an dem großen Grill zu stehen und zuzuschauen, wie Anno das Feuer entfachte, Holzkohle dazu legte und ihr nebenbei Geschichten aus seiner Kindheit erzählte. Sie hatte eines ihrer Meerschweinchen im Arm und kraulte es.

»Hast du früher auch ein Meerschweinchen gehabt?« wollte Caroline wissen, während sie wie gebannt in die Glut starrte.

»Wir hatten Hunde! Riesige Hunde, Wolfshunde. Sie waren immer größer als ich.« Er wies auf das kleine weißrote Tier in ihrem Arm. »Ich glaube, so etwas gab es zu meiner Zeit noch gar nicht. Ich kann mich jedenfalls nicht erinnern, in meiner Kindheit je ein Meerschweinchen gesehen zu haben. Ratten und Mäuse, ja! Aber Meerschweinchen?«

Caroline hob es etwas zu ihm hoch, was mit einem hellen Quietschen quittiert wurde. »Aber Hanni ist doch niedlich, oder nicht?«

Anno betrachtete es aus der Entfernung. »Sehr niedlich, ja!«

Sie drückte es an sich. »Sie braucht jedenfalls viel Liebe!«

»Das braucht jedes Lebewesen.« Er wies auf die Bäume. »Selbst die Pflanzen!«

Um den großen Backsteingrill herum, auf dem der Rost nur leicht auflag, hatte Anno vor Jahren eine hüfthohe Steinmauer bauen lassen. Caroline zog sich hinauf und ließ die Beine baumeln.

»Es ist schade, daß Jella nicht so lange bleiben durfte«, sagte sie zu Anno und setzte ihr Meerschweinchen neben sich auf die Steine. »Aber weißt du, Anno, ich bin gern hier!«

Anno schaute sie an, und seine buschigen Augenbrauen zogen sich etwas nach oben. »Das freut mich sehr. Ich finde es auch schön, daß du da bist! Und deine Mutter!«

Caroline sprang von ihrem Sitzplatz hinunter und lief schnell zu Anno hin, er bückte sich und nahm Caroline in die Arme. Sie drückte ihm einen Kuß auf die Wange. »Ich hab dich lieb!« sagte sie dazu, und Anno hatte Mühe, seine Rührung zu verbergen.

»Dein Meerschweinchen läuft davon …«, sagte er, und tatsächlich – Hanni hatte die Chance erkannt und lief pfeilschnell auf der Mauer entlang. Caroline lief ihr erschrocken hinterher, was Hanni nur noch schneller werden ließ. Da die Mauer aber im Bogen um den Grill herumlief, konnte Anno sie am anderen Ende bequem einfangen. Caroline stürzte hin und nahm sie ihm ab.

»Sind dir deine Hunde auch davongelaufen, als du noch klein warst?«

»Bestimmt!« Anno schaute auf, denn Nancy rief vom Haus her, daß die Gäste eingetroffen seien. »Na, denn! Hoffentlich hält das Wetter!« Beide schauten gleichzeitig nach oben.

»Sind doch nur weiße Wolken!« meinte Caroline ernsthaft.

»Noch! Aber spürst du den leichten Wind, der plötzlich aufgekommen ist und so ganz gleichmäßig bläst? Er ist ein Vorbote, und du spürst, daß er dir etwas sagen will.«

Caroline ging einen Schritt näher zu Anno heran und reckte sich auf den Zehenspitzen hoch. »Was will er mir denn sagen?«

Anno streckte seinen rechten Arm aus und fuhr sich mit der linken Hand über den Unterarm. »Er sagt, daß er einen Sturm im Gepäck hat. Und daß er ihn heute abend noch freilassen wird!«

»Oh!« Caroline staunte ihn an. »Darf ich mal?« Sie strich Anno ebenfalls über den Unterarm. »Und woher weißt du das?«

»Er bläst gleichmäßig, aber schon ein bißchen so, daß er auch streng ist und warnt. Siehst du, meine Härchen stellen sich gleichmäßig auf, wenn ich den Arm dagegen halte.«

Caroline streckte ihren Arm ebenfalls aus und beobachtete angestrengt die Wirkung. Anno mußte lachen. »Ich glaube, dazu sind deine Härchen einfach noch zu kurz.«

»Schade!«

Nancy rief noch einmal. Sie stand auf der Veranda und ruderte mit den Armen.

»Oh, ich glaube, jetzt müssen wir aber gehen!« Anno nickte Caroline zu. »Sonst haben wir schlechte Karten!«

Romy und Claudio saßen bereits an dem langen Eßtisch auf der Terrasse, als Ina aus der Verandatür heraustrat. Sie hatte die Begegnung herausgezögert, denn sie war sich sicher, daß man ihr sofort alles ansehen würde. Und sie hatte gehofft, daß Julia und Niklas rechtzeitig dazukommen würden, um für Auflockerung zu sorgen.

»Entschuldigt mich, irgendwie bin ich heute ständig zu spät dran.«

»Aber Kindchen«, Romy streckte ihr die Hände entgegen, »das ist doch überhaupt kein Problem! Fabelhaft sehen Sie aus. Sieht sie nicht fabelhaft aus, Claudio?«

Ina ging zu ihr hin. Sie trug ein hellrosafarbenes Chiffonkleid mit wehenden Ärmeln und einem passenden runden Hütchen, dessen rosafarbenes Netzteil sie sich kokett vor ihre Augen gezogen hatte. Unter der heruntergelassenen cremefarbenen Markise und vor dem Hintergrund des Sees, der jetzt bewegt war und silbern glänzte, wirkte sie wie Meryl Streep in dem Film »Jenseits von Afrika«.

Von der anderen Seite kamen jetzt Anno und Caroline die breite Treppe hinauf. »Welche Schande, im eigenen Haus von den Gästen begrüßt zu werden«, sagte er und küßte Romys Hand. »Ich hoffe, Sie verzeihen mir mein ungalantes Benehmen als Gastgeber!«

Romy lachte fröhlich, und Claudio warf Ina einen Blick zu, daß es ihr heiß und kalt wurde. Eben hatten sie noch zusammen im Boot gelegen, und nicht nur das, und jetzt tauschten sie Begrüßungsküßchen aus, als hätten sie sich ewig nicht gesehen. Nancy erlöste sie, denn sie kam »Achtung, heiß und fettig« rufend mit einer Platte voll Flammenkuchen heraus, die sie in kleine Quadrate geschnitten hatte, und stellte sie mit großer Geste in die Mitte des Tisches. Bewaffnet mit einer großen Kuchenschaufel rief sie: »Wem darf ich davon auflegen?«

Romy hielt ihr den Teller hin. »Zum Probieren, bitte!«

Caroline klaubte ihren Kinderteller vom Tisch und rannte lieber gleich selbst zu Nancy. »Mir ganz viele, bitte!«

Der ermahnende Satz von Ina ging unter. Romy lachte, und Anno meinte: »Recht hat sie!«

Julia wartete über eine halbe Stunde an der Autobahnraststätte Schönbuch hinter Stuttgart. Schließlich zweifelte sie, ob die Idee so grandios gewesen sei. Niklas war der Meinung, daß sie sich dort treffen und von da aus gemeinsam fahren könnten. Für sie war es eher fraglich, denn sie haßte den Schlauch am Bodenseeufer entlang. Lieber wäre sie über Ulm gefahren, aber sie hatte Niklas so lange nicht gesehen, daß sie zustimmte. Jede gemeinsame Minute erschien ihr wichtig. Dann war ihr eingefallen, daß sie sich ja auch in Stuttgart treffen könnten, denn sie könnte diese Fahrt mit einem kurzen Besuch bei ihrer Mutter verbinden. Niklas fand allerdings, ihren Wagen mitten in Stuttgart stehen zu lassen bedeute für den Rückweg nach Heidelberg einen Umweg für sie, und so blieb es dabei, daß sie sich an der Raststätte trafen.

Julia, frühzeitig in Stuttgart eingetroffen, trank mit ihrer Mutter Kaffee und versuchte ihr Neuigkeiten über ihr Studium zu erzählen. Doch Bernadette gab unumwunden zu, daß sie momentan nur für eines Interesse habe, für Anno und Ina. Und sie verdonnerte Julia dazu, ihr nach ihrem Besuch alles genau zu schildern.

Schließlich platzte Julia der Kragen. »Laßt sie doch einfach in Ruhe! Sie wollen ihr Leben genießen, sonst nichts. Das steht ihnen doch zu!« ereiferte sie sich über die unzähligen Fragen, aber Bernadette lachte nur und drückte ihr beim Abschied einen selbstgebackenen kleinen Kuchen in die Hand.

»Karottenkuchen, Vaters Lieblingskuchen! Du siehst, ich will ihm doch gar nichts Böses. Und du hast ein kleines Mitbringsel! Aber nicht anknabbern!« Während sie jetzt wartend im Wagen saß, betrachtete sie den kleinen, rechteckigen Kuchen mit den kleinen, verlockenden Marzipankarotten, der in einer Plastikschüssel auf dem Nebensitz lag. Am liebsten hätte sie tatsächlich davon genascht, aber dann entschloß sie sich doch, in die Gaststätte zu gehen und einen Cappuccino zu trinken.

Niklas war total im Streß. Sein Wagen war nicht angesprungen, und er mußte auf Angelikas Gefährt ausweichen. Das war deshalb schon mühsam, weil er in der Zwischenzeit ein motorisierter Kinderwagen geworden war. Sollte er Julia gleich mit seiner Vaterrolle konfrontieren? Er empfand dies als zu hart und baute zunächst einmal den Kindersitz aus, bevor er sich um Keksreste, Bonbonpapier und verlorene Schnuller kümmerte, die er zwischen den Sitzen fand. »Ach, Schatz, hast du einen Gummi dabei?« »Ja, hier!« schoß ihm dabei durch den Kopf, und er hätte sich darüber amüsieren können, wenn die Arbeit nicht so nervend gewesen wäre. Ansonsten war er aber überzeugt davon, daß er Julia auf der langen Fahrt nach Lindau alles würde erklären können. Und zwar schön der Reihe nach und ohne sie zu sehr zu verletzen. Das wollte er nämlich nicht, dazu war ihm auch ganz einfach das Wochenende zu schade. Julia hatte sich eben den zweiten Cappuccino aus dem Kaffeeautomaten herausgelassen, als Niklas zur Tür hereinkam. Sie sah ihn, und obwohl da nichts war, was sie auf der Stelle umgeworfen hätte, war der Zauber wieder da. Er hatte, im wahrsten Sinne des Wortes, etwas Unbeschreibliches an sich.

»Hast du etwa gewartet?« fragte er und grinste so frech, daß sie ihn zur Begrüßung küßte, anstatt ihm eine Moralpredigt zu halten. »Solltest du nicht tun«, fuhr er auch gleich darauf fort, »kein Mann ist so etwas wert!«

»Recht hast du«, sie hielt ihm ihre Tasse hin, »deshalb gehen wir jetzt auch!«

Sie ließen ihren Wagen stehen und fuhren mit seinem weiter. »Ist das nicht fürchterlich kompliziert, das Auto auf dieser Autobahnseite wieder aufzulesen, wenn wir doch in die andere Richtung fahren?« wollte Julia noch wissen, bevor sie starteten, aber Niklas beruhigte sie, es gäbe eine Straßenverbindung unter der Autobahn hindurch. Sei zwar verboten, aber praktisch. Julia war nicht so sicher, ob sie das beruhigte, wollte aber nicht zimperlich erscheinen.

»Ich befürchte, wir kommen höllisch zu spät«, sagte Niklas und trat das Gaspedal durch, was augenscheinlich nicht viel nützte.

»Mit dieser Rakete hier werden wir es schon schaffen«, lachte Julia. »Wo hast du dieses Gefährt denn her?« Niklas zündete sich eine Zigarette an. Jetzt hätte er die Sache bequem einleiten können. Stückchen für Stückchen immer ein bißchen mehr Wahrheit. Aber Julia saß so fröhlich neben ihm, so augenscheinlich gut gelaunt und möglicherweise auch verliebt. Konnte er ihr da so brutal zwischen die Augen schlagen? Er beschloß, sich Zeit zu lassen. Die Dinge mußten reifen.

Bis Lindau hatte die Zeit nicht ausgereicht, denn ständig gab es ein anderes Gesprächsthema. Vor allem war die Fahrt doch sehr schön, besonders der Moment, als sie über die Engener Berge hinunterfuhren und sich ihnen der Blick über den Hegau öffnete. Diese einmalige Mischung aus lieblicher Landschaft, urtümlichen Vulkanbergen und dem silbernen Streifen des Bodensees im Hintergrund ließ einen auf die Entfernung glauben, es hätte sich in den letzten tausend Jahren nichts verändert. Ein leichter Schleier lag über der Ebene und erinnerte fast unwirklich an ein altes Gemälde.

»Ich liebe diese Landschaft«, sagte Julia mit einer Inbrunst, die Niklas schnell zu ihr hinschauen ließ. In ihr steckte mehr, als so auf den ersten Blick zu vermuten war, das war ihm schon nach dem ersten Abend klar gewesen. Aber wie sie so völlig gelöst neben ihm saß – den einen Fuß auf den Sitz gezogen, den anderen gegen das Armaturenbrett gestemmt, ihr tiefschwarzes Haar, das sich durch das geöffnete Schiebedach ständig ein wenig bewegte –, ertappte er sich dabei, wie er sie geradezu herausfordernd erotisch fand. Sie war sicherlich die pure Leidenschaft im Bett. Er nahm seine rechte Hand vom Lenkrad und legte sie ihr auf den Oberschenkel. Sie legte ihre darauf und lächelte ihn an. Niklas atmete durch. Er mußte es ihr sagen. Unbedingt!

»Du machst mich tierisch an«, sagte er, obwohl er das überhaupt nicht sagen wollte.

»Du bist auch nicht von schlechten Eltern«, sagte sie darauf, obwohl sie diesen Satz fürchterlich fand.

Sie schauten sich an und sagten eine Weile nichts mehr.

Romy, Claudio, Anno und Ina waren bereits vom Smalltalk und den Flammenkuchenhappen zur Politik und den ersten gegrillten Fleischstücken übergegangen, als Niklas und Julia eintrafen.

»In Friedrichshafen schüttet es bereits«, sagte Julia zur Begrüßung und dann gleich darauf: »Aber das war nicht der Grund unserer Verspätung. Entschuldigt bitte!«

Nancy sah kein Problem, sie hatte einen weiteren Flammenkuchen im Ofen, und auch die anderen fanden, daß dies bei den heutigen Verkehrsverhältnissen durchaus vorkommen könne. Nur Anno konnte es sich nicht verkneifen, »dann muß man eben rechtzeitig losfahren« zu sagen.

»Recht haben Sie«, bestätigte Niklas, während er ihm zur Begrüßung die Hand reichte, und Julia schüttelte tadelnd den Kopf: »Aber Opi! Die Dinge sind nun heute mal anders als vor zwanzig Jahren!«

»Daß du auch immer so tun mußt, als sei ich aus dem letzten Jahrhundert!«

Claudio mußte lachen. »Sind wir doch alle!«

Sie hatten schon zwei Digestifschnäpse hinter sich und waren ins Wohnzimmer umgezogen, als Niklas plötzlich fragte: »Stimmt das eigentlich, was ich so läuten höre?«

Romy saß in einem der tiefen Sessel, in dem sie kaum zu sehen war, aber sie tauchte sofort kerzengerade auf. Es war ihr deutlich anzusehen, daß sie überlegte, ob sie überhaupt eine Antwort geben sollte oder eher nicht. Sie kratzte mit ihrem langen, rosa lackierten Fingernagel des rechten Zeigefingers am Schnapsglas auf und ab und besah sich das Resultat.

Claudio, der mit Niklas zusammen gesessen hatte, schaute Niklas von der Seite her an. »Was meinst du?«

»Ach«, sagte Romy in wegwerfendem Ton, »meine Stieftochter will mich ruinieren. Das scheint ihr Spaß zu machen.« Sie betrachtete ihre Fingernägel und blickte dann auf. »Warum auch nicht!«

»Warum auch nicht?« echote Claudio. »Warum auch nicht was?«

Es war augenblicklich klar, daß dieses Thema zwischen den beiden noch nie auf dem Tisch gewesen war und sich auch jetzt nicht für eine allgemeine Diskussion eignete.

Ina stand schnell auf und ging an den Servierwagen mit den Käsehappen. »Darf ich euch noch etwas anbieten? Zu dem Käse hat Anno einen herrlichen Dessertwein bereitgestellt. Ihr werdet begeistert sein!«

»Was ist mit Christiane?« Claudio wirkte wie ein Spürhund auf der Fährte. Jetzt würde er nicht mehr locker lassen, das war allen klar.

Ina überlegte, wie sie die Situation retten könnte, und Niklas kratzte sich am Kopf. Das war ihm unbedacht herausgerutscht. Anscheinend versagte seine Selbststeuerung zur Zeit total. Auch Romy hatte ihm zwei-, dreimal einen Blick zugeworfen, wohl als Ermahnung, was er Angelika, Joshua und nicht zuletzt Julia schuldig war. Doch blöderweise spürte er absolut keinen Drang zur Wahrhaftigkeit in sich. Genaugenommen genoß er den Abend. Und bei Licht besehen: Was ging Angelika deswegen schon ab? Der Wagen vielleicht, zugegeben!

Romy stellte ihr Glas ab und seufzte. »Wenn ich euch das erzählen soll, brauche ich auf jeden Fall noch ein Gläschen Portwein. Diese Geschichte nervt mich kolossal, und nach Portwein kann ich herrlich schlafen! Wenn's sein muß, hier im Sessel!«

»Jederzeit auch im Gästezimmer«, wehrte Anno ab, um die Geschichte mit ihren möglichen Auswirkungen gleich darauf einzudämmen zu wollen: »Wir wollen aber nicht indiskret sein. Es steht nicht in unserer Absicht, zu privat zu werden.«

»Ach, wir sind schon sehr, sehr privat«, ließ sich Romy zart aus ihrem Sessel vernehmen, und etwas in der Betonung oder der Art, wie sie es sagte, ließ Ina hellhörig werden. Sie konnte es nicht präzisieren, aber sie hatte den starken Verdacht, daß Romy genau Bescheid wußte. Ob Claudio ihr, so zum Zeitvertreib, neben dem Aktsitzen her, Geschichten über sie beide erzählte? Sie schüttelte den Gedanken ab, er erschien ihr doch zu kindisch.

Anno hatte Romy den Wein gebracht, und Romy nahm einen Schluck, bevor sie etwas aus dem Sessel herausrutschte, um alle, und vornehmlich Claudio, im Blick zu haben.

»Ja, mein Enkel hat recht. Meine vermaledeite Verwandtschaft hat wieder zugeschlagen. Diesmal die Tochter aus der ersten Ehe meines Mannes. Sie stellt Ansprüche an das Erbe ihres Vaters. Und natürlich weit über den Pflichtteil hinaus, den sie nach seinem Tod ja schon bekommen hat.«

»Du hast mir nichts davon erzählt«, warf Claudio ein. Er war, wie meist, völlig schwarz gekleidet, so daß sich sein Gesicht jetzt hell von der Farbe seiner Kleidung abhob.

»Ich wollte dich nicht beunruhigen«, winkte Romy mit einer großzügigen Geste ab, so daß die Brillanten an ihrem Ringfinger im Kerzenlicht glitzerten.

»Das tust du aber. Genau auf diese Weise tust du es!«

Ina setzte sich zu Anno. Es war ihr äußerst unangenehm, Claudio so zu erleben. Klar ging es um Geld, aber das konnte doch jetzt nicht der Punkt sein. »Haben Sie keinen Anwalt?« fragte Ina, um den sich zuspitzenden Dialog zu unterbrechen.

»Klar. Schon. Den freut natürlich die Summe!«

»Von welcher Summe sprechen wir denn?« wollte Claudio wissen, und jetzt fand Ina schon, daß es sich sehr gierig anhörte.

»Knapp 700 000 Mark«, sagte Romy aus der Tiefe ihres Sessels heraus, als ob sie über den Stundenlohn der Putzfrau spräche.

»Das glaub ich ja gar nicht!« Claudio starrte sie an, als sei sie von allen guten Geistern verlassen. »Wie willst du das denn machen?«

»Ich müßte alles zusammenkratzen, wenn es dazu kommen sollte. Das Haus, die Konten, alles.« Sie kicherte. »Es kommt aber nicht dazu!«

Niklas hatte sich interessiert vorgebeugt, und mit einemmal fiel Ina ein, daß ja auch Niklas erben wollte. Ein Enkel und ein Kümmerer. Eigentlich müßten sie jetzt diese Tochter ausschalten und sich anschließend gegenseitig ans Leder gehen.

Ina stand auf, ging zur Getränkebar und holte sich einen Cognac. Sie trank selten und eher wenig. Aber die Ereignisse erschienen ihr von Tag zu Tag nicht nur bedrohlicher, sondern auch bizarrer. Und noch bizarrer erschienen ihr ihre eigenen Gedanken. Ob Claudios Physis seiner Psyche standhalten wird? Oder ob sich die Aussicht, eventuell doch nichts zu erben, auf seine Libido niederschlagen wird? Sie warf ihm einen forschenden Blick zu und konnte sich ein Grinsen nicht verkneifen.

Julia schlief im Gästezimmer, und sie hatte die halbe Zeit lang überlegt, wie sie es anstellen könnte, daß Niklas nicht zu gehen brauchte. Aber ihr fiel nichts ein. In den Augen ihres Großvaters war so etwas mehr als unschicklich, geradezu undenkbar, das war ihr klar. Sie hätte ihn über die Hintertür hereinlassen können, aber das hätte bedingt, daß er auch gewollt hätte. Da setzten ihre nächsten Zweifel an. Was war bloß mit ihm los? Den halben Abend hatte er neben Claudio gesessen, dann auch zum Schluß noch diese Verbrüderung. War er etwa schwul? Oder aus welchem Grund wollte er unbedingt bei Romy übernachten? Wo schlief er da überhaupt? Das Haus war ihr nicht übermäßig groß erschienen, und je mehr sie darüber nachdachte, um so überzeugter war sie, daß Niklas für sich selbst garantiert kein Zimmer hatte. Blieb das Sofa oder das Bett eines anderen.

Aber war das nicht zu abstrus? Hatte er nicht auf der Herfahrt erklärt, er sei scharf? »Du machst mich tierisch an«, genau diesen Satz hatte er gebraucht. Julia lag im Bett und wälzte sich von einer Seite zur anderen. Es war zu blöd. Sie hatten gerade mal zwei Nächte, und davon schlief sie schon eine allein. Wenn er sich morgen auch zu Romy verkroch, würde sie ihn von dort entweder unter Zwang herausholen oder ebenfalls dort schlafen. Und falls die beiden großelterlichen Häuser als gemeinsame Unterkunft nicht in Frage kamen, dann war die Jugendherberge, ein Zelt oder eine kleine Pension allemal besser, als nach Heidelberg zurückzufahren und wieder Wochen auf eine neue Begegnung zu warten.

Romy saß in ihrem kleinen Arbeitszimmer und kramte in den Briefen herum, die auf ihrem Schreibtisch lagen. Es war nun überhaupt nicht in ihrem Sinne gewesen, daß Niklas mit dieser Information so herausplatzte. Sie wollte eigentlich erst alles geregelt haben, bevor Claudio es erfahren sollte, denn es stimmte ja schon, als gemeinsame Abmachung galt: Leistung gegen Leistung. Und wenn sie seiner Leistung nichts mehr entgegensetzen konnte, war das Spiel aus. Sie suchte den Brief hervor, den ihr Mann vor seinem Tod noch aufgesetzt hatte. Er war schon ziemlich zerknittert vom vielen Lesen, und eigentlich wußte sie auch genau, was drin stand. Ihr Mann beruhigte sie darin hinsichtlich seiner Tochter. Christiane sei von ihm finanziell versorgt worden und würde sich, so sei es zwischen ihnen abgesprochen, mit jeglichen Ansprüchen Romy gegenüber zurückhalten.

Das war eine geniale Absprache, fand Romy schon damals, denn sie hatte absolut keine Unterlagen. Sie wußte nicht, was diese Tochter aus erster Ehe über den Pflichtteil hinaus von ihrem Mann vorab erhalten hatte, sie hatte kein Papier, das ihr beschied, daß Christiane sich aufgrund dieser Zahlungen zurückhalten würde, sie hatte nur den von ihrem Anwalt formulierten Beweis, daß sie es sich gründlich anders überlegt hatte. Sie wollte das Erbe ihres Vaters, und wenn sie nur einen Bruchteil dessen durchsetzen konnte, was ihr Anwalt da geschrieben hatte, bekam sie, Romy, ein massives Problem.

Claudio konnte nicht schlafen. Er hatte mit Niklas noch ein letztes Bier getrunken, aber Niklas wollte sich bald darauf hinlegen, und da hierfür nur die große Couch im Wohnzimmer in Frage kam, zog sich Claudio kurz danach in sein eigenes Zimmer zurück. Er lag auf dem Rücken, hatte die Arme unter dem Kopf verschränkt und starrte zur Decke. Er war nicht der Typ, der sich tiefere Gedanken über sein Leben machte. Es lief ziemlich easy, seine Zukunft schien gesichert, die Gegenwart war angenehm, zum einen durch Romys Geld und zum anderen durch Inas sprühende Erotik. Aber jetzt, da alles geradezu vollkommen schien, wankte plötzlich das Fundament. Konnte es tatsächlich möglich sein, daß Romy das Geld ausgehen könnte? Sie hatten stets in den teuersten Hotels gelebt, in den besten Restaurants gegessen, und sein Kleiderschrank hing voll von edlen Teilen. Nie im Leben hätte er vermutet, daß es da Probleme geben könnte. Wenn sie die Forderung von 700 000 Mark so schreckte, sah seine Zukunft düster aus. Was wollte sie ihm vermachen, selbst wenn sie nur die Hälfte abgeben müßte? Die Hütte da? Ein Dankeschön für die vertane Zeit? Er war jetzt 33 Jahre alt, ab spätestens 35, hatte er gerechnet, war er frei und reich. Was blieb ihm, wenn er möglicherweise bald frei, aber arm war? In seinen Beruf zurück? Er hatte als Kaufmann in einer großen Firma gesessen, und er konnte sich nicht vorstellen, jemals in diesen Rhythmus von Arbeitszeit, Freizeit, angemeldetem Urlaub und zu hoch versteuertem Weihnachtsgeld zurückzukehren. Er fühlte sich diesem Leben der Zwänge entwachsen. Was konnte er also tun? Eine Anzeige aufgeben und die nächste reiche Witwe suchen? Er kam mit Romy gut aus, sie hatten wirklich Spaß miteinander. Er kannte inzwischen jede ihrer Marotten, zog sie damit auf oder spielte mit, je nachdem. Sie gab sich gern exaltiert, schlüpfte leidenschaftlich gern in Rollen, war die Grande Dame des vorigen Jahrhunderts, die Diva, die Göttliche und gleich darauf wieder die verspielt Unerfahrene oder die Künstlerin im bekleckten Malerkittel. Sie lebte sich aus. Eigentlich war sie die zwangloseste Frau, die ihm je begegnet war, und er mochte sie. Er dachte noch eine Weile darüber nach, aber dann stand sein Entschluß fest. Wenn es irgendwie möglich war, würde er ihr helfen und nicht einfach so gehen.

Auch Niklas machte sich Gedanken. Er hatte gesehen, daß in Romys Arbeitszimmer noch Licht brannte. Eigentlich wäre er gern zu ihr gegangen, denn es tat ihm leid, was er da ausgelöst hatte. Er wollte ihr nicht ihr letztes schönes Spiel verderben, indem er ihren Kümmerer über die tatsächlichen Verhältnisse aufklärte. Aber die Sache war die, daß sich die enterbte Familie deshalb so friedlich zeigte, weil es kaum etwas zu erben gab. So kam die Forderung dieser Tochter eher einem großen Witz gleich als einer wirklichen Bedrohung. Wenn Romy überhaupt noch 700 000 Mark hatte, war das mehr, als jeder vermutet hätte. Die Spekulationen pendelten sich so zwischen 100 000 und 200 000 Mark ein. Und das würde sie bei ihrem Lebensstil in kürzester Zeit aufgebraucht haben. Worüber sollte man sich da also aufregen?

Aber wenn er jetzt zu ihr ginge, würde die Sprache unweigerlich darauf kommen. Und er wollte es eigentlich gar nicht so genau wissen. Er wollte seine Oma so sehen, wie sie sich selbst gern sah: als völlig ausgefallenes Modell, blutjung für ihr Alter, lebensbejahend und generös. Dieses Bild wollte er weder für sie noch für sich zerstören. Und außerdem, so fürchtete er, würde sie ihn über Julia ausfragen. Und da er sich dieser Frage selbst noch nicht gestellt hatte, wollte er sie auch nicht bei anderen beantworten müssen. Noch wich er sich aus, das wußte er selbst am besten. Vielleicht war er ja ein bißchen feige oder aber noch nicht skrupellos genug. Da er sich darauf auch keine Antwort geben konnte, drehte er sich um und versuchte, endlich einzuschlafen.

Sie hatten sich zum Frühstück in der Villa verabredet, aber bis alle eingetroffen waren, war es Ina bereits sterbensschlecht. Sie hatte am Morgen die Post herausgenommen und, während sie in die Küche ging, eher achtlos einen mit Schreibmaschine an sie adressierten Brief aufgerissen, aber gleich darauf war sie erstarrt. Das Foto von ihr und Claudio, das bereits in dem Sexmagazin abgedruckt gewesen war, fiel ihr in die Hände und ein maschinengeschriebener Brief, in dem ihre gute Figur und zudem ihr ausgesprochener Sinn für Erotik und ausgefallene Stellungen bewundert wurde. Ob Anno ahne, welcher Profi ihm da ins Haus gefallen sei? Und ob er das wohl zu schätzen wisse? Oder ob sie sich und ihm eine Popularität in verschiedenen einschlägigen Blättern nicht lieber ersparen wolle?

Ina war erschüttert, und das schlimmste war, daß sie sich nicht wehren konnte. Sie wußte nicht, wer dahintersteckte. Sie wußte, daß sie beschattet wurde, und sie ahnte auch, daß ihre Ruderbootpartie fotografische Folgen haben könnte – wenn auch diesmal nicht in dieser Art.

Sie hätte Anno einweihen können, aber sie wollte ihn nicht verletzen. Das erschien ihr unfair. Bei Claudio war sie sich auch nicht mehr so sicher, wer weiß, was die gestrige Eröffnung bewirkt hat. Vielleicht orientierte er sich bereits um. Sie hatte das Gefühl, als würde ihr mit Schwung der Boden unter den Füßen weggezogen, und sie müsse trotzdem die Balance halten.

Anno kam hinzu, als sie gerade bedrückt den Tisch deckte.

»So kenne ich dich ja gar nicht«, sagte er statt einer Begrüßung und drückte ihr zwei Küsse auf die Wange. »Geht's dir nicht gut?«

»Sieht man das?« fragte sie ausweichend, denn sie fühlte sich wirklich elend. Warum mußte ihr Leben auch immer so verzwickt sein. Kaum glaubte sie, irgendwo angekommen zu sein, bekam sie eine Fahrkarte verabreicht. Und auch hier stand sie schon wieder knapp davor, das spürte sie, und es schnürte ihr die Luft ab. Nicht wegen ihr selbst, sondern wegen Caroline. Sie hatte ihr so sehr ein Nest gewünscht, aber täglich wurde klarer, daß es in jeder Hinsicht auf Treibsand gebaut war. Sie hätte sich in ihrem kleinen Häuschen zufriedengeben sollen, sagte sie sich. Doch kaum dachte Ina daran, spürte sie die altbekannte Angst, die Angst vor morgen, die ihre Brust zuschnürte. Sie konnte nicht zurück. Allein war alles kein Thema, aber sie durfte nicht nur an sich selbst denken.

»Geht's dir nicht gut?« wiederholte Anno seine Frage. Er stand vor ihr und sah sie so teilnahmsvoll an, daß sich Ina noch schlechter fühlte. Hätte sie doch auf der Fahrt nach Zürich die Dinge klargestellt. Aber er war so fröhlich und optimistisch gewesen, daß sie einfach keinen Einstieg fand. Vielleicht hätte sie die CD »Let's talk about sex« einlegen müssen, um zu ihren eigenen Belangen überleiten zu können. Auf der anderen Seite ärgerte es sie, daß er die Situation, die zwangsläufig auf sie zukam, nicht von sich aus durch ein Gespräch entschärfte. Er mußte ihr doch irgendwann darlegen, was er erwartete und was nicht. Und wenn er das nicht tat, sondern einfach abwartete, wie die Dinge sich entwickeln würden, war es klar, daß sie ihn früher oder später verletzen mußte.

Das Telefon klingelte, worüber Ina froh war, denn sie hatte sich eben dazu entschlossen, ihm ganz einfach die Wahrheit zu erzählen. Und den Brief, wenngleich auch ohne Foto, vorzulegen. Aber so gab es einen Aufschub, und sie, die ewig Spontane, konnte noch einige Minuten darüber nachdenken.

Nancy hatte abgenommen und rief gleich darauf nach Anno. »Das ist ganz eindeutig für Sie«, sagte sie und hielt ihm das Telefon entgegen. »Ein Doktor!« Auf seinen fragenden Blick hin zuckte sie die Achseln und hielt die Muschel zu. »Keine Ahnung. Einer von vielen. Noch nie gehört!«

Ina nutzte die Ablenkung, um mit Nancy in die Küche zu gehen. Sie hatten gestern nacht, während sie sich voneinander verabschiedeten, ein gemeinsames Frühstück in der Villa ausgemacht, so daß es jetzt einiges vorzubereiten gab.

»Ich habe heute nacht kaum geschlafen«, sagte Nancy, und jetzt, da sie es sagte, fiel Ina auf, daß ihre sonst eher rosige Gesichtsfarbe heute morgen ins Aschfahle ging.

»Der Mond?« fragte Ina aufs Geratewohl, ohne die geringste Idee zu haben, wie er im Moment überhaupt stand und welcher Zustand was zu bedeuten hätte.

Nancy schaute sie genauso ratlos an. »Keine Ahnung. Ich dachte eher an Annos Familie. Irgendwie werde ich das Gefühl nicht los, daß sich da was zusammenbraut. Es ist so teuflisch ruhig. Kein einziger empörter Anruf nach dieser Hochzeitsankündigung. Ist dir das nicht aufgefallen?«

Ina stellte fest, daß sie in letzter Zeit so sehr mit sich selbst beschäftigt war, daß ihr das tatsächlich nicht aufgefallen war. Aber stimmt, keiner hat deswegen angerufen.

»Die machen das anders. Versteckter!«

»Na ja, das mit dieser windigen Entführung. Das kann man aber doch nicht weiter ernst nehmen!« Sie schaufelte Kaffeepulver in die Kaffeemaschine.

Ina schaute ihr dabei zu. »Hast du überhaupt mitgezählt?«

»Was? Ach das? Tu ich nie! Da verlasse ich mich auf mein Gefühl!«

»Wie Loriot mit seinen Eiern«, sagte Ina, und ihr fiel ein, daß sie vielleicht schon mal Wasser für die Frühstückseier richten könnte. Das bedeutete, daß sie sich aus Nancys Sammelsurium an Töpfen einen geeigneten für mindestens acht Eier heraussuchen mußte. Sie kniete sich vor die Schublade und begann zu wühlen.

»Wie was?« fragte Nancy in den Lärm hinein und drehte sich nach ihr um.

Ina überlegte, ob sie ihr nun besser diese Geschichte oder die von Claudio und ihr erzählen sollte, aber bevor sie eine Entscheidung getroffen hatte, stand Anno in der Tür.

»Das war jetzt seltsam«, sagte er und runzelte die Stirn. »Also, ehrlich gesagt habe ich überhaupt nicht erfaßt, was dieser Mensch wollte!«

»Dieser Doktor, oder was?« Ina hielt kurz mit der Suche inne.

»Ich kenne ihn überhaupt nicht. Aber er fragte mich, ob ich nächste Woche für einen Termin Zeit hätte.«

»Will er Ihnen was verkaufen?« Nancy öffnete mit Schwung die Backofentür, um Brötchen und Croissants zum Aufbacken hineinzulegen.

»Ein Arzt?« Anno sah sie skeptisch an.

»Warum nicht? Ein Grundstück, Haus, ein Auto, ein – was weiß ich. Ärzte brauchen auch Geld!«

»Hmm!«

»Oder könnte es einen anderen Grund haben? Hat er sonst nichts gesagt?« Ina hatte einen Topf gefunden, füllte ihn mit Wasser und setzte ihn auf.

Anno schüttelte leicht den Kopf. »Es war alles etwas seltsam! Ich habe es nicht richtig verstanden, das heißt, ich verstehe es jetzt noch nicht. Weshalb ruft ein Arzt hier an, den ich nicht kenne, und will mit mir einen Termin vereinbaren? Ich muß mich mal informieren, was das für einer ist!«

»Hast du ihm denn einen Termin gegeben?« wollte Ina wissen. »Dann werden wir es leicht herausfinden!«

»Ich habe ihm erklärt, daß er nächste Woche ja mal vorbeikommen könne!«

»Hast du den Namen?«

»Ja, ein Dr. Schatte!«

»Da schau ich doch gleich mal im Telefonbuch nach!«

Peter Läufer war froh gewesen, daß er das Ansinnen, das Kurt in seinem Brief beschrieben hatte, gleich an eine geeignetere Stelle hatte weitergeben können. Klar, daß er Kurt nicht abweisen konnte, die Hilfestellung von damals verpflichtete schon, auch wenn er die Diskette bezahlt hatte. Immerhin hatte er durch diese von Kurt verfaßten kleinen Tricks so viel Geld mehr verdient, daß er sich ihm auf irgendeine Art verpflichtet fühlte. Und zudem saßen sie als Produzent und Abnehmer und Verwerter im selben Boot. Nur gut, daß er seinerseits aus diesen von Kurt zusammengestellten Informationen Kapital geschlagen hat. Und praktischerweise war sein Abnehmer ein Psychiater, der natürlich gleich verstand, worum es ging.

»Adelmann?« hatte er gefragt. »*Der* Adelmann?«

»Anno Adelmann, ja!«

»Aha!« Dann war erst einmal Ruhe. Schließlich hörte Peter Läufer, wie sein Gesprächspartner tief Luft holte. »Hört sich irgendwie nicht besonders gut an!«

»Nein, tut es nicht!«

Wieder war Ruhe.

»Auch nicht gerade unproblematisch!«

»Nein, auch das nicht!«

Jetzt war Peter Läufer klar, daß Michael Schatte nicht so einfach aus reiner Verbundenheit heraus auf den Zug aufspringen würde.

»Die Rechnung wird aus Augsburg bezahlt«, erklärte er schnell. Das würde er dem Augsburger beibringen müssen. Andererseits, wenn es tatsächlich um eine Erbschaft ging, war eine kleine Gewinnbeteiligung allemal gerechtfertigt.

Nach seinem Telefonat mit Anno Adelmann trat Michael Schatte an das hohe Fenster seines Arbeitszimmers und blickte auf den grünen Rasen vor seinem Haus. Er würde sich das mal anschauen. Und ein entsprechendes Gutachten anfertigen. Aber letztlich war das Gesetz nicht zu biegen, und er war nicht der Richter.

Kurt hatte die Nachricht von Peter Läufer erhalten und klopfte sich innerlich auf die Schulter. Es schien zu klappen, dieser Dr. Schatte war Psychiater, sollte er Anno für unzurechnungsfähig oder sogar gefährlich einstufen, war ein solches Gutachten schon mal ein geeigneter Einstieg für ein Vormundschaftsverfahren. Dann kam es noch auf den Arbeitseifer des Amtsarztes und letztlich auf den Richter an. Bloß, wenn zu viele Momente auf Annos geistige Verwirrung und möglicherweise sogar Unzurechnungsfähigkeit bis hin zur Gefährdung seiner selbst oder anderer hinwiesen, hatte der Richter eigentlich keinen Grund mehr, anders als von der Familie angestrebt zu entscheiden. Was ihm nicht so sehr gefiel, war der Hinweis, daß Michael Schatte an eine Entlohnung dachte. Das war unter Kollegen eigentlich unüblich, aber da dieser Herr nicht in seiner eigenen Geheimakte stand und als Psychiater natürlich nützlicher war als Läufer selbst, mußte man es so akzeptieren. Er würde Thekla darüber informieren, dann konnte sie sich schon einmal Gedanken machen, wie man mit diesem Thema umging. Sie war ja auch sonst so schlau.

Ina hatte schnell herausgefunden, daß Dr. Schatte ein Psychiater war. Beim Frühstück fragten sie Julia aus, doch die hatte von nichts eine Ahnung. »Mir erzählt doch keiner was«, sagte sie und untermauerte dies mit vehementem Kopfschütteln. »Aber eigentlich kann ich mir so was auch nicht vorstellen. Wozu sollten sie dir einen Psychiater schicken?«

»Ist das nicht ziemlich durchsichtig?« fragte Niklas, worauf Romy »findest du?« fragte, denn sie hatte es auf ihre Spitzenbluse bezogen. Alle lachten los, erleichtert, endlich einen Grund zu haben. Denn jeder hing so seinen Gedanken nach, und eine rechte Stimmung wollte einfach nicht aufkommen. Ina paßte den Moment ab, da sie mit Claudio allein sein könnte. Sie wollte ihm unbedingt den Brief zeigen. Claudio machte sich Gedanken darüber, wie er seinen Plan, Romy zu helfen, umsetzen könnte, Julia dachte über Niklas nach, Niklas versuchte herauszufinden, was er eigentlich wollte, und Anno wollte nicht glauben, was er insgeheim schon wußte: Seine Familie wollte ihn entmündigen lassen. Einzig Nancy sorgte für Stimmung. Sie erzählte pausenlos Geschichten, denen keiner zuhörte, und tischte Dinge auf, die keiner essen wollte.

»Lassen Sie es doch einfach, Nancy«, sagte schließlich Anno, dem sie zum dritten Mal erfolglos ein frisches Croissant oder ersatzweise auch ein Ei angeboten hatte.

Plötzlich sprang sie wieder auf. »Julia, jetzt hätten wir fast dein Mitbringsel vergessen! Das war doch für das Frühstück gedacht! Nein, so was aber auch!«

Anno schaute mißbilligend hoch, äußerte sich aber nicht mehr dazu.

»Na, da bin ich aber gespannt!« flötete Romy und zwinkerte Anno zu. Sie hatte zu ihrer Spitzenbluse einen hellen Hosenanzug mit buntem Rosenmuster an und sich dazu einen gleichfarbigen Schal wie einen Turban um den Kopf geschlungen. »Die beste Art, sich nicht frisieren zu müssen«, hatte sie gleich bei der Begrüßung gesagt und hell dazu gelacht. Ina fand das praktisch, aber da ihre langen Haare ohnehin keine Frisur nötig hatten, kam es für sie nicht in Frage. Zudem hatte sie weiß Gott andere Sorgen.

Nancy kam mit dem Karottenkuchen zurück und stellte ihn vor Annos Teller. »Extra und eigens für Sie gebacken, Ihr Lieblingskuchen!«

»Stimmt, das ist wirklich nett!« Er lächelte Julia zu. »Bestelle deiner Mutter, daß ich mich darüber freue. Bloß bin ich jetzt so satt, daß ich mir diesen Genuß bis zum Nachmittagstee aufsparen werde!« Er sah sich auffordernd in der Runde um. »Wem darf ich einen geben?«

Alle schauten den Kuchen an, und einer nach dem anderen schüttelte langsam den Kopf.

»Also, ehrlich«, meinte Niklas und rückte deutlich ab. »Wenn's jetzt eine Gänseleberpastete wäre oder gern auch eine Schweinskopfsülze. Aber bei Rüblikuchen wird's mir … ganz anders!«

»Dem kann ich mich nur anschließen«, warf Claudio ein, der auch heute wieder ganz in Schwarz war. »Wobei ich auch bei einer Schweinskopfsülze streiken würde. Ich würde ein paar Austern bevorzugen!«

»Himmel hilf, Austern! Davon war's mir schon so übel, daß ich die Engelein verfrüht Posaune spielen hörte!« Theatralisch warf

Romy die Arme nach oben. »Bitte, Anno. Reichen Sie mir doch ein Stück Ihres exklusiven Karottenkuchens!«

Er lachte. »Jetzt bin ich aber doch tatsächlich erstaunt, denn den hat außer mir an diesem Tisch noch nie jemand gegessen. Ich dachte immer, nur mir erschließe sich die perfekte Kombination von Karotten, Nüssen und Marzipan.«

Romy reichte ihm ihren Teller. »Man soll immer mitreden können. Und ich denke, das gilt auch für dieses Thema!«

Ina hatte sich durch das Gespräch kurz von ihren eigenen Gedanken ablenken lassen, aber jetzt sah sie wieder den Brief vor sich. Sie mußte unbedingt mit Claudio darüber reden. Bevor sie es mit Anno tat. Es war ganz gut, daß sie vorhin durch das Telefonat abgehalten wurde. Wenn auch das wiederum eine merkwürdige Sache war. Es war für sie kaum denkbar, daß die Familie Anno einen Psychiater auf den Hals hetzen konnte. Und sie versuchte sich vorzustellen, wie so etwas funktionieren sollte.

Auch Nancy konnte mit ihren Späßen den Vormittag nicht mehr retten. Im Gegenteil, mit der Zeit wurden sie eher nervend, so daß sich bald darauf alle verabschiedeten. Romy ließ sich von Claudio direkt nach Hause fahren. Er machte Ina in einem unbeobachteten Moment ein Zeichen, daß er sie so schnell wie möglich anrufen werde. Sie formulierte ein lautloses »Dringend!«. Niklas schlug Julia einen Bummel durch die Stadt vor, worüber sie froh war. Endlich mal mit ihm allein, sie würden irgendwo etwas trinken und sich richtig aussprechen können. Insgeheim befürchtete Niklas genau das und dachte eher an einen Kinobesuch. Caroline war bereits frühmorgens von Jellas Mutter abgeholt worden. Sie planten einen Tag im Freizeitpark, und Caroline war natürlich begeistert. Und Anno auch. So würde er wieder einmal einen geruhsamen Samstag erleben, ohne Aufregung und Hektik.

Claudio wollte Romy für ihren Mittagsschlaf einen Liegestuhl auf die Terrasse stellen, aber sie beschloß, doch lieber eine Stunde im Schlafzimmer zu ruhen. »Es wird mir draußen dann doch zu kühl«, sagte sie, und Claudio mußte ihr recht geben. Ganz zweifellos kam der Herbst. Wenn auch noch nicht mit Nebel und feuchter Kälte, so doch mit kühleren Winden und den ersten bunten und fallenden Blättern. Spätestens im November waren sie deshalb immer verreist. Es war die Zeit am See, die so manchem auf die Psyche schlug und selbst Optimisten irgendwann nicht mehr an die Sonne glauben ließ. Claudio verabschiedete Romy mit einem Küßchen. »Ich fahre noch mal in die Stadt«, sagte er, und sie strich ihm leicht über die Wange.

»Fahr nur, mein Schatz. Ich wünsche dir viel Spaß! Und danke für alles!«

Er wollte sich eben zum Gehen umdrehen, verharrte aber in der Bewegung. »Danke? Wofür denn? *Ich* habe zu danken!«

»Daß du noch da bist«, sagte sie leise. Er schaute sie an, schüttelte den Kopf und schloß sie spontan in seine Arme. Sie fühlte sich so klein und zerbrechlich an, fast wie ein ausgezehrter Vogel, der von Zeit zu Zeit sein Federkleid aufplustert, um dadurch über die verletzliche Gebrechlichkeit hinwegzutäuschen.

»Ach, du!« sagte er. »Was soll's denn. Wir werden das schon durchkämpfen. Wenn du willst, helfe ich dir dabei. Ich war mal ein ganz guter Kaufmann …«

Sie lächelte ihm zu, aber in ihren leicht getrübten Augen lag eine Traurigkeit, die ihn fast körperlich schmerzte.

»Soll ich besser nicht gehen?« fragte er, denn irgend etwas hielt ihn zurück. »Willst du reden? Sollen wir gleich einen Plan machen, wie wir dieses Ekel von Tochter angehen?«

Sie verneinte durch ein leichtes Kopfschütteln. »Laß nur, Claudio. Ich bin müde. Geh und amüsiere dich. Wir werden die Dinge später in Angriff nehmen!«

Sie ging in Richtung ihres Schlafzimmers, und Claudio schaute ihr nach. Sie war eine bemerkenswerte Frau!

Julia hatte sich durchgesetzt. Sie waren nach ihrem Bummel durch Lindau nicht im Kino gelandet, sondern in einer kleinen Weinstube in einer Nebenstraße. Nebeneinander saßen sie nun an der getäfelten Wand, um auf diese Weise gemeinsam in den Raum schauen zu können, und Julia bestellte zwei Viertele eines trockenen Bodenseeweins. Er kam recht schnell, denn um diese Zeit waren sie fast die einzigen Gäste. »Zum Wohl«, sagte Julia und schob ein »Auf uns!« nach.

Niklas stieß an und fühlte gleich darauf ihre Hand auf seinem Oberschenkel liegen. Das war ihm zwar nicht unangenehm, aber es brachte ihn in Zugzwang. Entweder er erwiderte es und blies nun ebenfalls zum Angriff, dann lief der Rest sowieso automatisch, oder aber er offenbarte sich. »Gibt's hier auch was zu essen?« fragte er, um Zeit zu schinden.

»Essen?« Sie schaute ihn an, als hätte er nach gegrillten Ratten gefragt. »Jetzt?«

»Jaaa«, er zögerte. »Ist nicht Mittag?«

»Hast du tatsächlich schon wieder Hunger?«

»Warum denn nicht?« Er hob die Hand, um nach der Bedienung zu winken. »Ich bin schließlich noch im Wachstum … und … Karottenkuchen mag ich nun mal nicht!«

Julia mußte lachen. »Dann kommt jetzt wohl die Schweinskopfsülze. Wenn du das tust, wandere ich aus, das schwöre ich dir!«

»Die legen doch keinen Schweinskopf auf den Tisch! Du hast völlig falsche Vorstellungen!«

Die Bedienung, ein junges Mädchen, brachte ihm die Karte, und Niklas vertiefte sich darin, während er spürte, wie sich Julias Hand erneut auf seiner Jeans selbständig machte. Er spürte ihre Fingernägel durch den Stoff und bildete sich sogar ein, ein leichtes Kratzen zu hören. Diese Kombination faszinierte ihn. Er ließ es eine Weile geschehen, ohne darauf zu reagieren, aber schließlich konnte er nicht mehr so tun, als sei da nichts. Zumal es auch nicht so war. Er spürte bereits sein Blut pulsieren, und jetzt war ganz einfach eine Entscheidung gefragt.

Zur Einleitung in seine Erklärungen streichelte er langsam ihren Rücken, fuhr die Wirbelsäule mit seinen Fingerkuppen hinauf und herunter, verweilte auf den einzelnen Wirbeln, um sie zu erforschen, und stellte bei der Gelegenheit fest, daß sie keinen BH trug. Das war nicht unbedingt das, was seine eben gefaßten Vorsätze unterstützte. Ihm ging es jetzt vielmehr darum, mit seiner Hand nach vorne zu kommen. Nach einigen Anläufen machte Julia den Weg frei, und Niklas streichelte unter ihrem kurzen, aber weiten Pullover genüßlich ihre Brust. Am liebsten hätte er ihr den Pullover ausgezogen und sich mit dem Gesicht dazwischengelegt, so schön fühlte sich das an. Aber unpassenderweise kam die Bedienung, und da er sich an das Gelesene nicht mehr erinnern konnte, bestellte er aufs Geratewohl einen Käsesalat. Mit geriebenem Rettich, sagte er dazu.

»Haben Sie den noch nötig?« fragte die Kleine kokett und ging zur Theke.

»Was war denn das?« Niklas schaute Julia verdutzt an.

Julia lachte los. »Wahrscheinlich meinte sie damit, ob wir wohl kein Bett haben!«

»Na ja! Haben wir ja auch nicht!« Niklas runzelte die Stirn.

»Aber gleich, wenn wir wollen«, sagte Julia und suchte seinen Mund. Sie küßten sich immer drängender und rutschten dabei langsam von ihrer Bank.

Schließlich löste sich Niklas von Julia. »Gleich liegen wir unter dem Tisch, dann gelten wir als Erregung öffentlichen Ärgernisses!«

»Wir sollten gehen!« sagte sie.

»Austrinken!« sagte er. »Und außerdem habe ich noch einen Käsesalat bestellt!«

»Du wirst doch nicht …«

»Mit Rettich!«

»Du brauchst doch nicht …«

»Von brauchen kann keine Rede sein. Eher von wollen!« sagte er und grinste sie schief an.

»Verdammt, Niklas, was ist los?!«

»Ich habe einen Sohn und bin quasi verheiratet. Ohne Trauschein allerdings. Das wollte ich dir sagen!«

Julia war still.

»Tut mir leid«, fügte er hinzu.

Julia zog ihre Hand weg. »Warum sagst du mir das erst jetzt?«

»Weil ich …«, er schaute hilflos nach der Bedienung, als könnte sie ihn noch retten, »vorher nicht dazu kam.«

Julia schwieg. Eben waren ihre Träume zerplatzt. Reiß dich zusammen, sagte sie sich. »Liebst du sie?« wollte sie wissen.

»Ja!« sagte er. »Aber dich irgendwie auch«, fügte er schnell hinzu.

Sie griff nach dem Glas, er ging in Deckung, aber sie bemerkte es nicht. Sie nahm einen großen Schluck und setzte es wieder ab. »Ein Kind«, wiederholte sie und fragte automatisch: »Wie alt?«

»Ganz klein!« Er deutete die Größe mit den Händen an. »Ein wirklich süßer Fratz!« Seine Stimme belebte sich wieder. »Du solltest ihn mal sehen. Sieht mir total ähnlich!«

»Ich will ihn nicht sehen!« Steh auf und geh, sagte sie sich. Geh hier raus, bevor du ihm den Käsesalat ins Gesicht pfefferst, den sie eben aus der Küche bringen. Oder pfeffere ihm den Käsesalat ins Gesicht, danach geht es dir sicherlich besser. Und dann gehst du. Du kannst doch gehen. Keiner hält dich zurück! Ein süßer Fratz, der Kleine. Ganz der Papa! Wenn du noch ein bißchen Stolz hast, dann laß ihn jetzt hier sitzen!

Sie bewegte sich nicht, sondern sah zu, wie ihm der Käsesalat serviert wurde.

»Mit Rettich! Extra viel!« sagte die Bedienung dazu und zwinkerte Niklas zu.

»Das braucht er jetzt nicht mehr!« entgegnete Julia. »Oder doch, warten Sie! Packen Sie ihm eine Extraportion zum Mitnehmen ein!«

Anno saß mit einigen Magazinen auf der Terrasse, und Ina hatte sich einen Stuhl an seine Seite gerückt. »Wird es dir nicht zu kühl?« fragte sie, denn es wehte ein frischer Wind vom See herauf.

»Ich liebe jedes Wetter am See. Ob heiß oder kalt, neblig oder sonnig, für mich trägt der See jeden Tag, jede Stunde, ja, selbst jede Minute ein anderes Gesicht. Wäre ich Maler, ich würde verrückt werden!« Er lächelte ihr zu, und sein braungebranntes Gesicht legte sich in tausend Falten. »Und was hast du vor mit diesem Tag?«

»Ich wollte noch mal eine Stunde mit meinem wunderschönen Wagen angeben, solange man noch offen fahren kann, und dann ein paar Übersetzungen bearbeiten, die gestern gekommen sind. Das mache ich lieber heute als morgen, wenn Caroline wieder da ist!«

»Da hast du recht!« Er nickte ihr zu. »Wenn du zurückkommst, werde ich wahrscheinlich mein Mittagsschläfchen halten. Wollen wir gemeinsam Tee trinken? Gegen vier Uhr?«

Ina drückte seine Hand. »Wunderbar! Ich werde da sein!«

Claudio und Ina trafen sich an der Tagesbar eines Lindauer Hotels an der Hafenpromenade. Sie bestellten sich beide einen Cappuccino, und Ina legte ihm den Brief hin.

»Ein solcher Drecksack! Wenn ich den erwische!« Claudio las angewidert den Text und betrachtete die Fotos. »Das ist doch einfach unsäglich!« Er beugte sich zu ihr hin und küßte ihre Nasenspitze. »Könnte dein Privatdetektiv nicht vielleicht auch herausfinden, was der andere für ein Vogel ist?«

»Das ist ein anderer Bahnhof, ein anderer Auftrag. Ich habe nicht das Geld, ihn dafür zu bezahlen!« Sie schaute ihn schräg an. »Du etwa?« Claudio zog eine Augenbraue hoch. »Schönes Paar sind wir.« Inas Gesichtsausdruck wurde nachdenklich. »Allein müßten wir ganz schön strampeln!«

»Ach, das würden wir auch schaffen!«

»So, denkst du? Nun, ganz ehrlich, ich schätze mal, mit Armani, Joop und Versace wäre dann Schluß, mein Lieber!« Sie zog leicht an seinem Designer-T-Shirt. »Angesagt wären C&A, Woolworth und Ausverkauf!«

Claudio zuckte mit den Schultern. »Du denkst, ein Fünf-Mark-T-Shirt würde mich nicht kleiden? Hast du eine Ahnung! Der Inhalt macht's, nicht die Verpackung!«

»So, so!« Ina lächelte spöttisch.

»Und außerdem, meine Süße«, er bohrte ihr leicht den Finger in ihren Oberarm, »wer von uns beiden fährt denn einen Jaguar XK 8? Du oder ich?«

Ina streckte ihm die Zungenspitze heraus. »Das ist ein Objekt, das unter *wir reizen die Familie* läuft. Möglicherweise ist er nur auf Zeit gemietet, ich habe keine Ahnung!«

Der Kellner unterbrach sie, indem er den Cappuccino servierte, und damit kamen sie auf den Anlaß ihres Treffens zurück. Claudio meinte, daß sie Anno mit dieser Schmiererei nicht belästigen sollte. »Es ist fraglich, ob er das jemals zu sehen bekommt. Du holst morgens immer die Post, also liegt es doch in deiner Hand, ob er dubiose Briefe oder Magazine bekommt. Aussondern das Zeug, und der Fall ist erledigt!«

Ina gab ihm recht. Ihr war es so auch bedeutend lieber. »Und was machen wir beide?« fragte sie mit einem schnellen Blick auf die Uhr.

»Meinst du das jetzt speziell oder eher global?« Er beugte sich zu ihr hinüber und begann, an ihrem Ohrläppchen zu knabbern.

»Wenn du mich sooo fragst…« Ina lachte. »Aber eigentlich dachte ich jetzt eher an die Zukunft!«

»Was in einer halben Stunde ist, *ist* Zukunft. Was also ist in einer halben Stunde?« flüsterte er direkt in ihr Ohr.

»Ich werde mit Anno Tee trinken, und du wirst Romy den Rücken massieren!«

»Hmmm«, sie fühlte seine Zungenspitze in ihrer Ohrmuschel, und eine Gänsehaut jagte ihre Oberarme hinunter. »Bist du dir da sicher?«

»Ja!«

»Wirklich?«

»Völlig!«

Sie schloß die Augen und ließ sich in das prickelnde Gefühl hineinfallen.

»Wovon sprachen wir gerade?«

Ina fuhr auf dem Nachhauseweg an ihrer Stamm-Eisdiele vorbei, denn Anno liebte selbstgemachtes Eis und ganz besonders von diesem Italiener. Und da Nancy auch auf Eis stand und Caroline sowieso, kaufte sie zwei riesige Becher. Der Einfachheit halber bestellte sie pauschal von jeder Sorte drei Kugeln. Das dauerte eine Weile, und Ina hatte Zeit, über Claudio und sich nachzudenken. Sie wäre jetzt tatsächlich lieber mit ihm auf irgendeine Spielwiese gegangen, aber es stimmte schon, was sie vorhin gesagt hatte. Sie beide allein wären ein ziemlich hoffnungsloses Paar. Ihr ganzer Arbeitseinsatz hatte bisher immer gerade für sie und Caroline gereicht. Ein Dritter im Bunde war undenkbar. Und ob Claudio Arbeit bekommen würde und wenn ja, welche, war fraglich. Aus dem Dolce vita würde unversehens grandioser Streß werden. Das konnten dann auch die tollsten Liebesakrobatikkünste nicht mehr auffangen. Wenn's im Kopf zu kriseln begann, verabschiedete sich meist auch die Libido, das hatte sie oft genug erlebt. Irgendwie mußte es eben auf beiden Seiten stimmen. Alles andere waren nur Kompromisse.

Würde es zwischen ihnen stimmen, wenn sie genug Geld hätten und diese Existenzfrage nicht wie ein Damoklesschwert über ihnen schweben würde? Dazu kannte sie ihn einfach zuwenig. Klar war jetzt alles schön und irgendwie rosarot. Sie hatten Spaß miteinander, konnten zusammen lachen und waren ganz verrückt nach einander.

Ina stellte die eingepackten Eisbecher neben sich in den Beifahrerfußraum. Es war sinnlos, sich darüber Gedanken zu machen. Die Wirklichkeit sah ganz anders aus, und was kommen würde, würde sowieso kommen. »Wat mutt, dat mutt«, hat eine alte Nachbarin in ihrer Kindheit immer gesagt. So war's wohl auch.

Wenige Minuten später fuhr sie in die Einfahrt, stellte den Wagen ab und lief mit ihren Eisbechern fröhlich ins Haus. »Hallooo«, rief sie laut. »Überraschung!«

Sie fand Anno im Wohnzimmer stehen, den Telefonhörer in der herabgesunkenen Hand. Er schaute ihr blicklos entgegen, kalkweiß im Gesicht.

»O Gott!« Ina dachte an einen Herzinfarkt, stellte die Eisbecher auf den Tisch, lief schnell zu ihm hin und griff ihm stützend unter den Arm. »Komm, leg dich hin«, sagte sie und nahm ihm das Telefon aus der Hand. Sie wollte ihn wegführen, aber er bewegte sich nicht, sondern stand wie angewurzelt.

»Was ist los? Tut dir was weh? Soll ich einen Arzt rufen? Wo ist Nancy?« wollte sie wissen, doch Anno gab keine Antwort.

»Das gibt es doch überhaupt nicht!« sagte er schließlich. »Das kann doch überhaupt nicht sein!«

»Was kann nicht sein?« fragte Ina und hielt ihn noch immer fest.

»Romy ist tot! Wieso sollte sie plötzlich tot sein?«

»Tot?« Ina schaute ihn groß an. »Wieso denn tot? Wer sagt denn das?«

»Claudio hat eben angerufen. Er hat sie tot in ihrem Schlafzimmer gefunden. Der Arzt war bereits da, es gibt keinen Zweifel!«

Ina schwirrten tausend Gedanken gleichzeitig durch den Kopf. Es war völlig unverständlich. Heute morgen war sie doch quicklebendig gewesen.

»Woran ist sie denn gestorben?« Mein Gott, jetzt sprach sie bereits von einer Toten, obwohl sie doch vorhin noch in ihrer Spitzenbluse bei ihnen gesessen, gelacht und gegessen hatte.

Anno faßte sich ans Herz. »Ich glaube, ich muß mich jetzt doch setzen! Ich kann's einfach nicht fassen!«

Ina führte ihn zu einem der Sessel und setzte sich neben ihn auf die Armlehne. »Soll ich für dich einen Arzt rufen? Nicht, daß du auch noch …«

»Zwei mit einem Streich? Das wäre ein bißchen deftig!« Er brachte ein schräges Lächeln zustande. »Sie wissen noch nicht, woran sie gestorben sein könnte. Herz war's wohl nicht. Der Arzt war vorsichtig, meinte laut Claudio aber, daß es auch eine Vergiftung sein könnte. Sie wird obduziert!«

Er hatte es ausgesprochen, und sie schauten sich an. Keiner sagte ein Wort.

Ina spürte, wie sich ihr sämtliche Haare am Leib aufstellten, es kribbelte vom Kopf bis zu den Zehen. Es schüttelte sie förmlich vor Entsetzen. »Vergiftet?« wiederholte sie, und es würgte sie. Fast plastisch sah sie die künstlich orangefarbenen kleinen Marzipankarotten auf dem Karottenkuchen vor sich. Keiner hatte von dem Kuchen gegessen. Nur Romy. Sie schloß die Augen. Und für Anno war er bestimmt. Konnte es möglich sein …

»So etwas tun sie nicht«, sagte Anno in die Stille hinein. »Das glaube ich einfach nicht!«

Ina antwortete nicht darauf. In der Zwischenzeit konnte sie sich alles mögliche vorstellen. »Wo ist denn dieser Kuchen?« fragte sie.

»Ich habe nicht darauf geachtet!« Anno holte tief Luft. »Du denkst also auch …?«

Ina zuckte die Achseln. »Wenn du vor unserer Hochzeit stirbst, bin ich aus dem Rennen. So könnte man das ganz nüchtern sehen!«

Er griff nach ihrer Hand, drückte sie und hielt sie fest. »Dann wäre sie ja für mich gestorben. Wenn es so wäre«, sagte er nach einer Weile, und der Satz blieb eine Zeitlang unvollendet in der Luft hängen.

Ina schwieg.

»Dann hätte ich einen Mörder in meiner Familie. Oder deren gleich mehrere!«

»Wir wissen es nicht«, entgegnete Ina lau. »Es könnte auch eine andere Ursache haben. Warten wir die Obduktion ab!«

Claudio war völlig fertig. Warum war er nur gegangen? Er hatte doch gespürt, daß irgend etwas mit ihr war. Er machte sich Vorwürfe und sagte sich gleichzeitig, daß es nicht vorhersehbar gewesen war. Aber ihr Anblick saß ihm tief in den Knochen. Den Moment, da er erkannte, daß sie nicht schlief, sondern nur so aussah, würde er wahrscheinlich nie vergessen. Er hatte noch nie eine Tote zu wecken versucht. Und jetzt mußte er sich auch noch mit ihrer Familie herumschlagen. Als erstes versuchte er, Niklas zu erreichen, aber sein Handy war ausgeschaltet, und eine Stimme erklärte nur, der Teilnehmer sei »vorübergehend nicht erreichbar«.

Er rief Romys ältesten Sohn an, dessen Telefonnummer stets griffbereit auf dem Schreibtisch lag. Claudio versuchte ihm die schmerzliche Nachricht möglichst schonend zu vermitteln, aber er fuhr ihn ohne ein Wort des Bedauerns an: »Es ging Ihnen wohl nicht schnell genug?« Claudio war völlig perplex. »Was wollen Sie damit sagen?« fragte er, aber er hörte nur noch: »Und jetzt machen Sie, daß Sie schleunigst aus diesem Haus herauskommen!«

Claudio legte langsam auf. So ging das also. Gestern hatte er noch mit Romy das Leben geteilt, heute galt er als Persona non grata. Unerwünscht, überflüssig, abgeschoben. Wie schnell doch die Wirklichkeit die Phantasie einholen konnte.

Auf Inas Anruf hin fuhr er in die Villa. Romy war abgeholt worden, alles weitere stand nicht mehr in seiner Macht. Er mußte warten, bis Niklas kam oder der älteste Sohn irgendeine Initiative ergriff. Er fühlte sich wie versteinert, und eigentlich konnte er es noch gar nicht richtig glauben. In seinen Augen war sie überhaupt nicht tot. Sie hatten sie hinausgetragen, ja, aber innerlich war er davon überzeugt, daß sie heute abend auf ihn warten würde. Wie sonst auch – eine verrückte Musik aufgelegt, etwas Feines auf den Tisch gestellt, irgend etwas Ausgefallenes angezogen.

Ina kam ihm am Eingangstor entgegen. »Ich kann noch nicht mal heulen, weil ich's einfach nicht glauben kann! Während wir zusammen Cappuccino getrunken haben, ist sie allein gestorben! Und – vergiftet? Hat der Arzt das wirklich gesagt?«

Claudio nahm sie in den Arm, und so standen sie eine Weile.

»Es kommt mir vor wie in einem schlechten Film«, sagte er schließlich und löste sich von ihr.

»Laß uns reingehen. Anno wartet schon.«

Nebeneinander gingen sie den Weg zum Treppenaufgang entlang, da fiel Ina erst auf, daß Anno oben in der Tür stand. Er hatte sie sicherlich beobachtet, aber das war jetzt auch egal. Diese Dinge hatten plötzlich so wenig Bedeutung. Sie nickte ihm zu, während sie die Treppen zu ihm hinaufstiegen.

Anno streckte Claudio die Hand hin. »Mein herzliches Beileid«, sagte er, und Ina wurde bewußt, daß er es aufrichtig meinte. Ihm mußte das Beileid gelten, denn wenn man glauben konnte, was Romy so erzählt hatte, dann dürfte es von ihrer ganzen Familie Claudio neben Niklas am härtesten treffen.

»Danke«, sagte er schlicht und ging hinter Anno her ins Haus.

Anno bot ihm am großen Eßtisch Platz an und holte eine Glaskaraffe mit Cognac und drei Schwenker. Damit setzte er sich neben Ina und schenkte ein. »Ich glaube, das können wir jetzt alle vertragen!«

»Auf Romy«, sagte Ina, und sie stießen an.

Claudios Gesichtszüge hatten sich verändert. Ina betrachtete ihn und verglich sein Gesicht mit dem, das sie noch vor wenigen Stunden völlig gelöst angestrahlt hatte. Jetzt traten seine Kiefermuskeln hart hervor, seine Augen wirkten dunkler, und an der Schläfe entdeckte sie eine Ader, die sie da noch nie gesehen hatte.

»Ich habe mit Romys ältestem Sohn telefoniert«, sagte Claudio, während er sein Glas abstellte. »Er beschuldigt mich«, er zögerte, drehte sein Glas hin und her, »ja, wenn ich es recht besehe, beschuldigt er mich des Mordes!« Er blickte auf und schaute Anno an.

Anno reagierte zunächst nicht. Es dauerte eine Weile, bis ihm die Bedeutung des eben Gesagten bewußt wurde.

»Entschuldigung«, sagte er in die Stille, die nur vom gedämpften Gezwitscher der Vögel im Garten unterbrochen wurde. »Habe ich das richtig gehört? Eben habe ich darüber nachgedacht, warum überhaupt jemand sterben sollte.«

»Warum jemand sterben sollte? Wie meinen Sie das?«

Anno wies mit einer Handbewegung auf Ina, und Ina verstand es als Aufforderung, von ihrem gemeinsamen Verdacht zu erzählen.

Claudio hörte zu, dann verbarg er seinen Kopf in den Händen. »Das ist schlicht bodenlos!«

»Aber warum kommt dieser Sohn auf die Idee, du könntest Romy umgebracht haben?« wollte Ina wissen. »Das ist doch völlig daneben!«

»Ungeheuerlich ist das!« warf Anno ein. »Eine Ungeheuerlich-keit, einen solch schwerwiegenden Verdacht einfach so auszuspre-chen!«

»Er sagte, es sei mir wohl nicht schnell genug gegangen ...« Claudio legte seine Hände wieder auf den Tisch und holte tief Luft. »Nicht schnell genug gegangen«, wiederholte er langsam. »Das muß man sich mal vorstellen!«

Anno füllte Claudios Glas nach. »Ja, man muß sich das mal vor-stellen, aber auch den anderen Verdacht. Der Verdacht des Arztes, daß sie vergiftet wurde, und unser Verdacht, daß ich eigentlich gemeint war. Das muß man sich auch mal vorstellen!«

Claudio kippte das Glas in einem Zug herunter. »Eigentlich mag ich mir überhaupt nichts mehr vorstellen. Nicht einmal, daß sie tot sein soll. Das heißt, das kann ich mir überhaupt am wenig-sten vorstellen!«

Ina betrachtete ihn und überlegte, wie sie ihm helfen könnte. Am liebsten hätte sie seine Hände, die so kraftlos auf der Tisch-platte lagen, in ihre genommen, um ihn zu beschützen oder auch zu bestärken. Sie war sich selbst nicht sicher.

»Wo ist eigentlich der Kuchen?« fiel ihr plötzlich ein.

»Nancy wird es wissen«, gab Anno zur Antwort.

»Und wo ist Nancy?«

»Das weiß ich nicht!«

Ina stand auf und ging durch die Küche in die Speisekammer. Bei Nancys chaotischer Haushaltsführung war es schwierig, den Überblick zu behalten. Sie suchte das Regal mit den Frischhalte-schüsseln aus Plastik ab, dann die Ecke mit den in Silberpapier ein-gewickelten Teilchen. In jedes einzelne schaute sie hinein, zwei davon warf sie direkt in den Bioeimer. Den Karottenkuchen aber fand sie nicht. Wo könnte er sein? Sie durchforstete den Kühl-schrank und entdeckte ihn in einer länglichen Kuchenform. Nie im Leben wäre sie darauf gekommen, daß er an Ort und Stelle sein könnte. Mit spitzen Fingern nahm sie ihn heraus und trug ihn ins Wohnzimmer. Dort plazierte sie ihn mitten auf den Tisch. »Hier ist das Corpus delicti, wenn es ein solches überhaupt gibt!« sagte sie dazu. »Immerhin müssen wir das Teil aufheben, denn wenn sich der Verdacht des Arztes bestätigt, wird eine Untersuchung dieses Geschenks interessant werden ...«

»Bernadette hat ihn gebacken. Meine Lieblingstochter, bisher. Warum sollte sie ...?«

»Sie oder eine andere, oder alle zusammen, Anno, sie haben einfach Angst vor dem, was du da angekündigt hast. Und das treibt sie zu Verzweiflungstaten!«

»Es geht doch nur um Geld«, sagte er müde. »Wenn ich jetzt ein Stück davon esse, wissen wir es genau. Das wäre die einfachste und schnellste Art, es herauszufinden!«

»Und die dümmste«, sagte Claudio und ballte seine Hände zu Fäusten. »Der soll mich noch mal anrufen, dieser Idiot! Ausgerechnet mir so etwas zu sagen! Durch mich hat seine Mutter noch ein paar schöne Stunden gehabt!«

»Apropos Verwandtschaft«, fiel Ina ein. »Wo steckt eigentlich Niklas?«

»Nicht erreichbar, der junge Herr. Kinder in die Welt setzen, Frau zu Hause und dann mit einer anderen herumziehen und so tun, als sei nichts!«

»Wie?« Anno zuckte zusammen. »Was war das?«

»Ach«, winkte Claudio ab. »Das war jetzt ungerecht.« Er griff nach der Karaffe, hielt aber in der Bewegung inne. »Darf ich?« fragte er Anno.

Anno nickte und hielt ihm sein eigenes Glas hin. »Trotzdem möchte ich das erklärt haben. Was ist mit Niklas? Frau? Kind? Ist das wahr?«

Es war Claudio anzusehen, daß er den Ausrutscher bereute.

»Weiß Julia das?« hakte Anno im nächsten Atemzug nach und schaute dabei Ina fragend an.

»Keine Ahnung, ich wußte es ja selbst nicht!« Ina rieb sich die Stirn. Es wurde immer konfuser. Seitdem sie zu diesem ersten Abendessen mit Claudio und Romy eingeladen war, schien sich ihre Welt völlig aus den Angeln zu heben. »Und was spielt es auch für eine Rolle, angesichts von Romys Tod!«

»Keine«, gab ihr Anno recht. »Aber da sie meine Enkelin ist, spielt es für mich zumindest eine kleine!«

Julia war nicht gegangen. Sie war mit Niklas an dem Tisch in der Weinstube sitzen geblieben und hatte versucht, mit dieser neuen Situation zurechtzukommen. Das bedeutete nun einfach für sie, daß sie ihre Wünsche zurückschrauben, ihre Sehnsüchte einstellen und alles auf Anfang zurückdrehen mußte. So einfach war das. Sie würde Niklas als netten Freund in ihre Kartei aufnehmen und nie darüber nachdenken, was sie sich alles vorgestellt hatte. Dabei mußte sie auf sich selbst aufpassen, denn sie spürte einen nicht gekannten Drang zu Fragen, die sie normalerweise nie stellen würde. Am liebsten hätte sie sofort alles gewußt. Wie seine Frau aussah, wie das passieren konnte, ob das Kind Absicht war, ob es schön mit ihr sei oder kriselte, ob sie miteinander lachen konnten – nein, das wollte sie eigentlich überhaupt nicht hören, weil es weh tun könnte. Ob sie gemeinsame Interessen hätten, Hobbys, was sie beruflich tat, ob sie sportlich sei, belesen, humorvoll, charmant, nein, auch diese Dinge waren ihr für ihr Seelenleben zu heikel.

Sie brachte ihre widersprüchlichen Gefühle nicht auf die Reihe und ärgerte sich über jede Frage, die sie stellte. Niklas blieb ruhig und erteilte Auskunft. Das tat er so nüchtern, daß es Julia fast auf die Palme trieb. Hatte der Mann keine Emotionen? Konnte er nicht sehen, daß alles in ihr in völligem Aufruhr war, daß alle Kräfte miteinander stritten, daß sich ihre Gedanken wie ein Kinderkreisel drehten? Niklas versuchte sachlich darzustellen, warum er es Julia nicht von Anfang an gesagt hatte. Er sprach von unpassenden Gelegenheiten wie der Abend zu dritt und davon, daß er so etwas ungern am Telefon kläre.

»Was denn?« fragte Julia dazwischen. »Was heißt denn *so etwas*? Es war doch gar nichts!«

»Ja, es war gar nichts«, bestätigte er merklich erleichtert. Julia warf ihm einen Blick zu und musterte sein Gesicht. Natürlich war er erleichtert. Es war deutlich zu sehen. Es war Julia auch klar, warum. Nun lag es an ihr, ob sie mit einem derart gebundenen

Mann etwas anfing oder nicht. Wenn, dann ging es auf jeden Fall zu ihren Lasten aus, das war klar. Welche Vorteile ließen sich aus so einer Konstellation schon ziehen? Gar keine. Es sei denn, sie bräuchte einen Partner, der nie da, nie Zeit und keinen Feiertag frei hatte. Brauchte sie den? Brauchte sie nicht!

»Laß uns gehen«, sagte sie und griff nach ihrer Geldbörse.

»Laß stecken«, sagte er generös und winkte nach der Kellnerin.

Sie brachte die Rechnung auf einem kleinen Teller und legte einen ausgewachsenen Rettich daneben. »Gruß aus der Küche«, sagte sie dazu.

Julia lachte überreizt los, Niklas wußte nicht, wie er reagieren sollte, so bedankte er sich und nahm ihn mit.

Bernadette rief sofort Thekla an. Julia war völlig aufgelöst gewesen, als sie ihr vom Tod dieser Frau berichtete, und Bernadette versuchte sie zu beruhigen. Mit dem Kuchen sei alles in Ordnung gewesen, kein Gedanke an einen Mordanschlag. Wie sie auch nur auf diese Idee käme?

Thekla konnte sich einen Juchzer nicht verkneifen. »Na, klasse«, sagte sie, »ich rufe sofort diesen Psychiater an. Jetzt fängt Vater schon an, die Leute in seinem eigenen Haus umzubringen. Das läuft unter mehr als gewalttätig. Ich sage dir, da strickt der was draus, und ruck, zuck sind wir unsere Probleme los!«

Bernadette zögerte. »Also Gefängnis fände ich nicht so gut. Ist schließlich unser Name. Und unser Vater – das nicht zu vergessen!«

»Keiner spricht von Gefängnis. Aber wenn Vater gewalttätig wird, in welcher Form auch immer, fällt das unter Paragraph fragmich-nicht dieses Betreuungsgesetzes. Gewalttätig gegen sich oder andere Personen, steht da. Oder so ähnlich. Ich habe es jetzt nicht vor Augen.«

»Nun gut.« Bernadette stand, wie so oft, vor ihrem Wohnzimmerfenster und schaute hinaus. Es war ein trostloser Ausblick. Den Rest ihres Lebens wollte sie hier nicht verbringen. Das rechtfertigte vielleicht nicht alles, aber doch zumindest einiges, und sicherlich so viel, daß diese junge Frau nicht abgreifen konnte, was ihr nicht zustand.

»Wir werden das schon schaffen«, hörte sie Thekla sagen. »Ich rufe jetzt die anderen an!«

»Wie geht es eigentlich Gerhard?« fragte Bernadette schnell nach.

»Seit wann interessierst du dich für Gerhard?«

Gar nicht. Sie wollte nur noch etwas Nettes sagen. Interesse heucheln. »Nun, weil es ihm doch nicht so besonders ging«, sagte sie ausweichend.

»Es geht ihm immer noch nicht so besonders. Geschieht ihm recht!«

»Und wie geht es Barbara?« fragte sie automatisch.

»Barbara?«

Sie hörte die Verwunderung aus Theklas Stimme heraus.

»Ich schätze mal gut. Geld scheint sie keines zu brauchen, sonst hätte sie sich schon gemeldet!«

»Dann ist ja alles bestens!« sagte Bernadette, ohne länger nachzudenken, und legte auf. Das Leben war, wie's war. Man konnte nur für sich selbst das Beste daraus machen.

Niklas hatte Julia mit widersprüchlichen Gefühlen in die Villa gebracht. Klar, jetzt war es heraus, und er war erleichtert. Die Dinge lagen nicht mehr in seiner Hand, was kam, das kam. Que sera, sera! Völlig richtig. Auf der anderen Seite war dieses prickelnde Gefühl auch weg. Es hatte schon seinen Reiz gehabt, mit Dingen zu spielen, die über ihn hereingebrochen waren. Er war nicht der fordernde Typ, die Dinge geschahen ihm einfach. Oder eben auch nicht. Jetzt befürchtete er allerdings, daß überhaupt nichts mehr geschehen würde, denn Julia zeigte sich seit seiner Beichte mehr als reserviert.

Der erste Blick auf die Runde am Tisch offenbarte ihm, daß etwas passiert war. Nicht, weil sie gleich damit herausgeplatzt wären, sondern weil sie das eben nicht taten. Es war geradezu unheimlich still. Aber Anno warf ihm einen Blick zu, der ihn auf

Anhieb schuldig machte. Er spürte, daß es um ihn ging, und er dachte sofort an Angelika. Da war etwas schiefgelaufen, möglicherweise hatte sie angerufen und nach ihm gesucht. Und war von Romy an Anno verwiesen worden, oder weiß der Teufel was. Jedenfalls gab es Ärger, da brauchte man kein Prophet zu sein.

Julia ging unbefangen voraus, küßte ihren Großvater zur Begrüßung und fragte dann, bevor sie sich setzte: »Ist was? Ihr seid so komisch!«

Claudio schaute sie an und wartete, bis sie saß. »Romy ist tot«, sagte er dann kurz und ohne jegliche Betonung in der Stimme.

»Romy ist … was?« Das war Niklas. Er stand noch immer, denn eigentlich hatte er erwartet, daß das Unwetter gleich über ihn hereinprasseln würde.

Jetzt trat er hinter Julias Stuhl und griff beidhändig nach der Rückenlehne. Er starrte Claudio an, der Julia gegenübersaß. »Das ist nicht wahr!«

»Leider doch!« Claudio hob den Blick, sie schauten sich direkt in die Augen.

»Aber wieso? Heute morgen war sie doch noch völlig fit!«

Julia hatte die Augen geschlossen. Sie fror plötzlich. Tot? Sie konnte sich das nicht vorstellen. Der Tod war für sie stets ein abstraktes Wesen. Nicht greifbar, bedrohlich, fremd. Und nun sollte er in ihrer Mitte zugeschlagen haben? Sie hörte zu, was Claudio erzählte, aber sie faßte es nicht. Bis die Sprache auf den Vergiftungsverdacht kam.

Langsam tauchte sie aus ihrem Inneren auf und schaute Anno an. Der erwiderte ihren Blick, sagte aber nichts dazu. Julia rieb ihre Arme, denn was sie dachte, war so entsetzlich, daß sie es nicht auszusprechen wagte. An Annos Miene erkannte sie aber, daß nicht nur sie diese Vermutung hegte.

Ohne konkret darüber gesprochen zu haben, sagte sie einfach: »Das kann ich mir nicht vorstellen. Sie ist meine Mutter. Nie im Leben würde sie so etwas tun!«

Was weiß ich schon über meine Mutter, dachte sie gleich darauf. Sie hat sich von meinem Vater viel zu lange herumschikanieren lassen. Dem hätte sie wahrscheinlich eher mal Gift geben können, wenn überhaupt. Aber der lebte noch. Wohl und munter mit einer anderen Frau. Konnte es wirklich nur ums Geld gehen? So geldgierig war ihre Mutter nie gewesen. Hätte sie sonst ihren Mann einfach so ziehen lassen? Ihr hatte viel mehr zugestanden als das bißchen, mit dem sie abgefunden wurde. Oder war es gerade diese Ungerechtigkeit, die sie verändert hatte?

»Was denkt ihr?« fragte sie einfach in die Runde.

Anno zuckte leicht die Schultern und drehte sich nach Niklas um, der noch immer schräg hinter ihm an Julias Stuhllehne stand.

»Setzen Sie sich doch«, sagte er. Und fügte an, als sei dies ein unbedeutender Nebensatz: »Weiß sie es?«

Niklas war sofort klar, was er meinte. Aber Julia auch. »Ich weiß es«, sagte sie deshalb schlicht. »Wir haben darüber geredet. Es gibt nichts, was dich beunruhigen müßte!«

Anno nickte. »Wenigstens *eine* beruhigende Nachricht!«

Hans-Jürgen war mit dem Fortgang der Dinge unzufrieden. Er hatte gemeint, daß Ina sehr viel leichter zu manipulieren sei. Und er war sich sicher gewesen, daß sie bei einer derartigen Drohung sofort einen Rückzieher machen würde. Welche Frau wollte schon als Hure dastehen, zumal wenn sie im Begriff war, in eine altehrwürdige Familie einzuheiraten. Fakt war jedoch, daß seine Fotoaktion nicht den erwünschten Erfolg gehabt hatte, daß er jetzt zwar eine sehr aufreizende Bilddokumentation besaß, aber auch eine gewaltige Rechnung, die er nicht bezahlen konnte. Er hatte gehofft, mit Inas Rückzug in der Familie als der große Zampano dazustehen, und hätte dies intern im Hinblick auf die Erbschaft auch sofort festgeschrieben. Denn wenn er diese Hochzeit tatsächlich hätte vereiteln können, wäre ein Erfolgshonorar in der Größenordnung des halbierten Witwenanteils nur gerecht gewesen. Aber jetzt sah es so aus, als ob sich Ina von seinen Drohungen, sie öffentlich bloßzustellen, überhaupt nicht beeindrucken ließ. So konnte nur noch das Finale bleiben, nämlich auf Annos Ehrgefühl zu setzen. Das Blatt und die Bilder mußten ihm in die Hände fallen, dann warf er sie möglicherweise hinaus. Er jedenfalls würde das mit Renate so machen, wobei er sich gleichzeitig nicht vorstellen konnte, daß es Renate je auf einer Gartenbank treiben würde. Sie streikte ja schon bei Licht.

Hans-Jürgen saß an seinem Lieblingsplatz im Garten und genoß es, daß Renate vom Einkaufen noch nicht zurück war und die Nachbarn ihn in Ruhe ließen. So konnte er sich ungestört dem Genuß seines eiskalten Hefeweizens und seinen Gedanken hingeben. Immerhin hatte er zwischenzeitlich wenigstens einen Trumpf in der Hand: Seine Recherchen in Annos Vermögensangelegenheiten waren erfolgreich gewesen. Er wußte jetzt dank seiner Beziehungen, daß Anno bei seiner Hausbank etwa vier Millionen Mark an angelegtem Geld, Fonds, Wertbriefen und Aktien verbucht hatte. Zuzüglich der Dinge, die nicht über die Bank herauszubringen waren, und seiner Villa. Es würde sich also auf jeden Fall lohnen, die Nase vorn zu halten, er durfte nicht locker lassen. Gleich nachher wollte er das Überraschungspäckchen an Anno schnüren. Er trank einen großen Schluck und hoffte, daß Renate sich in der Stadt etwas zurückhalten würde, denn wenn sie weiterhin ihre Kreditkarte so bedenkenlos einsetzte, mußte er sie früher oder später über ihre finanzielle Lage aufklären. Und das war schwierig genug, denn dann würde sie als die Tochter aus gutem Hause dastehen, die bei einem Versager gelandet war. Und das würde sie ihn spüren lassen, das wußte er jetzt schon.

Er hörte das Telefon klingeln, dachte aber nicht daran, das Gespräch anzunehmen. Wer konnte es schon sein. Eine der zahlreichen Bridgefreundinnen seiner Frau oder irgendwas für seine Kinder. Er sah es nicht ein, wie eine Sekretärin Notizen für irgendwen zu machen. Wenn es wichtig war, riefen sie ohnehin noch mal an oder sprachen auf den Anrufbeantworter.

Thekla hielt den Hörer in der Hand und überlegte, ob sie Renate etwas auf den Anrufbeantworter sprechen sollte oder nicht. Sie entschied sich für die kurze Bitte um einen Rückruf, es sei dringend. Dann wählte sie Lydias Nummer. Das war ohnehin wichtiger, denn nun galt es, diesen Psychiater in Marsch zu setzen. Kurt sollte sich gleich mal dahinterklemmen. Für irgendwas mußte so ein Mann ja auch gut sein.

Anno war vom Tisch aufgestanden. »Ich muß mich hinlegen. Für mich gibt's jetzt ohnehin nichts zu tun.« Er ging ein paar Schritte, dann drehte er wieder um. »Das heißt, eines doch. Wenn's dir recht ist, Ina, dann heiraten wir so schnell wie möglich. Gleich am Montag werde ich mich informieren, ob wir den Termin nicht vorziehen können. Und mit meinem Notar werde ich Anfang nächster Woche auch sprechen. Falls hier jetzt tatsächlich der Erbenkrieg ausbricht, haben sie an meinem Grab wenigstens nichts zu lachen!« Er hob die Hand leicht zum Gruß und ging in Richtung seines Schlafzimmers.

»Und wir beide kümmern uns jetzt um Romy!« sagte Niklas zu Claudio.

»Wir beide?« Claudio schaute ihn schräg an. Er spürte den Cognac, und das Gefühl von Trauer, Bitterkeit und Vorwürfen gegen sich selbst verstärkte die Wirkung noch.

»Selbstverständlich wir beide. Schließlich hast du mit ihr gelebt. Oder willst du nicht?«

»Davon kann gar keine Rede sein. Deine Familie wird mich steinigen!«

»Das wollen wir erst mal sehen! Wir beide werden das jetzt in die Hand nehmen. Müssen wir ja wohl auch. Anzeige aufsetzen, Karten schreiben, Beerdigungstermin, was weiß ich, was man da alles tun muß. Als erstes rufe ich meine Mutter an, die muß sich um die rechtlichen Angelegenheiten kümmern. Und dann müssen wir herausfinden, wohin man Romy gebracht hat. Oder weißt du das?«

Claudio saß wie erschlagen am Tisch. »Irgendwie fühle ich mich zu nichts mehr fähig. Aber das kriege ich noch zusammen.«

Michael Schatte hatte sich angehört, was Kurt zu sagen hatte. Es war ein genialer Zufall, denn wenn die alte Dame wirklich an Gift gestorben war, ließ sich daraus leicht etwas machen. Er mußte herausbekommen, wer diese Obduktion durchführte, das bedeutete einige Telefonate, war aber nicht weiter schwierig. Und eigentlich kannte er ja fast alle, und mit den meisten von ihnen ließ es sich reden.

Julia reiste am nächsten Tag schweren Herzens ab, Niklas fuhr sie zu ihrem Auto, und die übrigen Tage waren mit Vorbereitungen erfüllt. Ina, Claudio und Niklas versuchten Romy einen würdigen Abschied zu bereiten. Das war gar nicht so einfach, denn zum einen war Romy noch nicht zur Beerdigung freigegeben, und zum anderen mischte sich die Familie vehement ein. Niklas' Geschwister drängten darauf, daß Claudio aus dem mütterlichen Haus ausziehen müsse, aber Niklas stärkte Claudio den Rücken, dies nicht zu tun. Solange das Testament nicht eröffnet sei, bewege sich da gar nichts, und soviel er wisse, sei die Familie doch sowieso enterbt. Wozu also diese Aufregung.

Ina und Anno wiederum bereiteten ihre Hochzeit vor. Sie sollte kurz und standesamtlich sein, und für die Feier wollten sie nur die engsten Freunde einladen. Da sich dieses Bild, seitdem sie offiziell zusammen waren, etwas gewandelt hatte, war es eher ein kleiner Kreis, den sie nach Bregenz in das Schloßrestaurant einladen wollten.

Aus ihrem eigenen Umfeld dachte Ina nur an ihre Freundin Doris. Die war jedoch inzwischen für zwei berufliche Jahre nach Toronto gezogen, und es war fraglich, ob sie kommen könne. Außerdem mußte Ina ihr überhaupt erst einmal einen langen Brief über die jüngsten Geschehnisse schreiben, und sie wußte einfach nicht so recht, wie sie es anfangen sollte. Ich schlafe mit einem 33jährigen, heirate aber einen 85jährigen? Ich denke, du verstehst das, Doris? Klar würde sie es verstehen, Freundinnen verstehen schließlich alles, aber ein bißchen Fleisch an den Knochen würde sie ihr schon liefern müssen. Telefonisch war das jedoch zu teuer und eine E-Mail zu unpersönlich und überhaupt – wer wußte schon, wer in diesem Fall was lesen würde. Sie entschloß sich also zu einem Brief, auch wenn das mühsam war und lange dauern würde.

Es war Donnerstag nachmittag, als Ina auf der Terrasse saß und nach den ersten Worten suchte. Nach der ersten Seite hatte sie sich eingeschrieben, und es lief ihr aus der Feder, was sie Doris dringend erzählen wollte. Als es an der Tür klingelte, schaute sie hoch und wartete, ob sich Nancy zeigen würde. Beim zweiten Klingeln stand sie selbst auf. Sie schaute schnell auf die Uhr, drei, das könnten Carolines Freundinnen sein. Vorsorglich rief sie schon mal »Caroline« nach oben in das Kinderzimmer, wo sie Hausaufgaben machte, während sie auf den Türöffner für das Gartentor drückte und die Haustür öffnete. Es kamen ihr aber zwei Gestalten entgegen, die mit Carolines Freundinnen nicht die geringste Ähnlichkeit besaßen.

»Polizei?« sagte sie zur Begrüßung. »Was verschafft uns die Ehre?«

Die beiden Beamten begrüßten sie und fragten nach Anno.

»Um diese Uhrzeit pflegt Herr Adelmann seinen Mittagsschlaf zu halten. Ich darf ihn nicht stören. Kann ich etwas ausrichten?«

»Sind Sie mit Anno Adelmann verwandt?« fragte der eine, und Ina spürte, wie ihr Herz schneller schlug. Irgend etwas braute sich da wieder zusammen, das letztlich wahrscheinlich sie betraf.

»Ich bin seine Braut«, sagte sie und kam sich dabei komisch vor.

»Tja.« Ihr Gegenüber musterte sie kurz und schob dabei seine Mütze etwas nach hinten. »Wir müssen Sie leider bitten, ihn zu wecken. Gleichzeitig können Sie uns sicherlich den Kuchen aushändigen, von dem Frau Steinberg letzte Woche gegessen hat, bevor sie verstorben ist!«

Aha. Ina überlegte. Jetzt ging es dieser verbrecherischen Familie wohl an den Kragen. »Liegen die Obduktionsberichte für Romy denn vor?« wollte sie wissen.

»Ja«, sagte der andere Beamte, der für seine Statur ein erstaunlich kindliches Gesicht hatte, »aus diesem Grund benötigen wir diesen Kuchen.«

Ina bat sie herein, holte den eingepackten Kuchen aus der Speisekammer, weckte Anno und bot den beiden Polizisten auf der Terrasse Kaffee an. Sie lehnten gerade ab, als Anno dazukam.

Er hatte sich einen seidenen Morgenmantel übergezogen, aber man sah ihm an, daß er aus tiefem Schlaf geholt worden war. Die weißen Haare hatten sich nach dem eiligen Durchkämmen wieder aufgestellt und seinen zahlreichen Wirbeln ergeben. Aber er trat wie immer herrschaftlich auf. »Womit kann ich Ihnen behilflich sein, meine Herren?« fragte er und blieb zunächst mal am Tisch stehen.

»Die Obduktion von Martha Steinberg hat ergeben, daß sie keines natürlichen Todes gestorben ist. Es liegt deswegen eine Anzeige gegen Sie vor!«

Anno kniff die Augen zusammen, und Ina glaubte, umfallen zu müssen. Gegen *Anno* wurde ermittelt? Nicht gegen seine Familie?

»Was ist denn das für ein Blödsinn«, rutschte ihr heraus.

»Eine Anzeige?« Anno fuhr sich mit den gespreizten Fingern durch die Haare. »Wie soll ich denn das verstehen?«

»Noch gar nicht. Zunächst muß einmal dieser Kuchen untersucht werden, dann wird sich zeigen, ob sich der Verdacht gegen Sie erhärtet oder nicht!«

Anno stand stocksteif. »Von welchem Verdacht reden Sie überhaupt?«

»Je nachdem geht es um Mord oder um eine haltlose Vermutung. Das wird sich herausstellen. Wir fangen mit den Ermittlungen ja gerade erst an!«

»Aber Sie sprechen von mir?«

»Ja, das tun wir!«

»Und weshalb hätte ich Romy oder, wie sagten Sie, Martha Steinberg umbringen sollen? Aus welchem Grund?«

Die beiden Beamten sahen sich an, der eine schob seine Mütze wieder etwas über die Stirn nach hinten. »Dem Vormundschaftsgericht liegt ein Antrag vor, einen Betreuer für Sie bestellen zu lassen!«

»Einen *was*? Wieso denn das?« Ina trat mit wenigen schnellen Schritten neben Anno.

»Es besteht die Möglichkeit einer psychischen Krankheit. Das muß allerdings von einem Gutachter geprüft werden, bevor der Richter darüber entscheiden kann!«

Ina griff Anno schnell stützend am Arm.

»Können Sie uns das bitte erklären?« Anno legte seine Hand beruhigend auf Inas Finger.

»Darüber können wir weiter nichts sagen! Sie werden aber von uns hören.« Die beiden verabschiedeten sich, nahmen den in Alufolie eingepackten Kuchen vom Tisch und gingen.

Ina begleitete sie zur Eingangstür und wartete dort so lange, bis sie sehen konnte, daß der Polizeiwagen wegfuhr. Anschließend kam sie zu Anno zurück.

Der saß am Tisch und schaute auf den See hinaus. »Das hätte ich mir auch nie träumen lassen«, sagte er und schüttelte den Kopf. »Jetzt werde ich mit 85 Jahren noch zum Mörder!« Er lachte kurz auf. »Und zum Irren!« Er schaute Ina an, und seine Mimik drückte ungläubiges Staunen aus. »Bring mir doch bitte mal das Telefon, Ina, jetzt habe ich genug! Ich muß Thekla anrufen, das will ich wissen!«

Ina ging mit gemischten Gefühlen zum Telefontisch und nahm das Handy mit. Kaum hatte Anno es aber in der Hand, klingelte es. »Hmm«, es war ihm nicht recht, denn eigentlich ging er nie als erster ans Telefon, aber er nahm das Gespräch an. »Ach, Sie sind es ...«, hörte Ina ihn sagen, und schließlich lachte er. »Entschuldigen Sie, aber das ist ja nur noch idiotisch! Bei mir waren eben auch Polizeibeamte, und die erzählten mir das gleiche!«

Ina warf ihm einen fragenden Blick zu. Mit wem sprach er?

»Augenblick bitte mal, Claudio, das muß ich Ina erzählen!« Er nahm kurz den Hörer auf die Seite. »Romys Sohn hat Anzeige gegen Claudio erstattet. Mordverdacht. Er habe die alte Dame schneller beerben wollen, das sei das Motiv! Die Polizei war eben bei ihm!«

Ina verzog das Gesicht. Sie wußte nun wahrlich nicht mehr, ob es eine Groteske oder ein Drama war. »Eine Leiche und zwei Mörder?« sagte sie. »Und der Gärtner war völlig unbeteiligt?«

Es klingelte wieder an der Tür. »Ich mache auf«, sagte Ina, denn jetzt konnten es wirklich nur die Kinder für Caroline sein. Sie wollte möglichst nichts von dem Gespräch verpassen, deshalb drückte sie auf den Toröffner und kam gleich darauf wieder zurück. Carolines Spielkameraden kamen sowieso durch den Garten. Ina war gerade wieder bei Anno, als es erneut klingelte. Diesmal direkt an der Haustür. »Was ist denn heute bloß los!«

Sie machte Anno gegenüber eine bedauernde Geste und lief zur Tür. Ein hochgewachsener Herr im grauen Anzug, blauer Krawatte mit Rautenmuster und weißem Hemd stand vor ihr. Die Aktentasche in der Hand ließ auf einen Versicherungsvertreter schließen.

»Ja, bitte?« fragte Ina zurückhaltend, ganz darauf bedacht, ihn sofort wieder abzuwimmeln.

»Ich habe einen Termin mit Herrn Adelmann. Wenn Sie mich bitte anmelden könnten? Mein Name ist Schatte. Dr. Michael Schatte!«

Sah sie jetzt schon wie eine Hausdame aus? Es wurde ja immer besser!

»Warten Sie bitte einen Augenblick«, sagte sie, dachte aber erst über den Besucher nach, als sie bereits durchs Haus auf die Terrasse zu Anno ging.

Schatte? Das sagte ihr doch etwas. Doktor Schatte? Sie blieb stehen. Der Psychiater, mein Gott!

Hatte sich Anno tatsächlich mit dem verabredet?

»Anno«, sie ging zu ihm und berührte ihn sacht am Arm. »Entschuldige, aber draußen steht Doktor Schatte. Er sagt, ihr hättet einen Termin …«

»Schatte?« Anno runzelte die Stirn.

»Ich glaube, der Psychiater!«

Anno lachte wieder. »Also, Claudio, langsam macht das Ganze Sinn«, sagte er ins Telefon. »Nun habe ich bereits den passenden

Psychiater für die Klapse im Eingang stehen. Den schaue ich mir jetzt mal an. Wenn Sie wollen, kommen Sie vorbei!«

Michael Schatte schrieb am selben Abend noch sein Gutachten. Es sei anzunehmen, daß Anno Adelmann kraft seines Alters und seines Geschlechts völlig in der Hand dieser jungen Frau sei. Draußen stünde, genau wie von der Familie Anno Adelmanns beschrieben, ein Jaguar-Cabrio, Wert schätzungsweise 130 000 Mark, das sie von ihm zur Verlobung bekommen habe. Die Verlobung habe aber nie stattgefunden, sondern Ina Schwarz habe offensichtlich durchgesetzt, daß sofort geheiratet werden solle. Körperlich hinterließe Anno Adelmann eher einen fragwürdigen Eindruck. Am hellen Nachmittag war er noch immer im Bademantel, und dies ungekämmt. Möglicherweise stünde er unter Medikamenten oder auch Drogeneinfluß, was wiederum der jungen Frau zuzuschreiben sein könnte. Sie habe ihm auf »den Schreck hin«, wie sie sagte, einen Cognac serviert, nachmittags um vier Uhr, was auch noch darauf schließen lassen könne, daß sie ihn in den Alkoholismus treiben wolle.

Alles in allem müsse er, Dr. Michael Schatte, der Befürchtung zustimmen, daß Anno Adelmann völlig in der Hand dieser Frau sei, keine eigenen Entscheidungen mehr treffen könne und keine Chance habe, sich gegen seine weibliche Begleiterin zu wehren. Alle Fakten zusammen, unterstrichen durch seine extreme Labilität, wiesen auf eine psychische Krankheit hin und ließen ihn eine Betreuung befürworten.

Er ließ den Brief gleich zur Post bringen, damit der betreffende Richter schon morgen Maßnahmen ergreifen konnte. Eine Kopie des Gutachtens ging an Kurt, zusammen mit einer ersten Rechnung über 10 000 Mark. In einem kurzen Begleitbrief erläuterte er die Summe. Schließlich habe er für das Gesagte geradezustehen, und damit sei dieser Betrag durch das Ausmaß der möglichen Folgen dessen, was er veranlasse, eher als zu niedrig veranschlagt zu betrachten.

Die Trauung fand am nächsten Dienstag statt, an dem Tag, als Richter Rebherr das Gutachten von Michael Schatte las. Er las es langsam und sorgfältig und gleich ein zweites Mal, denn es war recht eindeutig. Was Schatte da zu berichten hatte, zeigte zweifellos, daß Adelmann nicht mehr Herr seiner Sinne oder zumindest seines Willens war. Es schien also in die richtige Bahn zu laufen, wenn Anno Adelmann in Zukunft von der Familie betreut werden würde und dies auch noch in deren Nähe. Er beschloß, alles weitere für diesen Schritt in die Wege zu leiten.

Die Trauung war schlicht und schnell vollzogen. Der Standesbeamte nuschelte so sehr, daß Ina kaum etwas verstand, aber es war ihr auch egal. Als er anfing, vom Eheglück mit Kindersegen und den unsäglichen Folgen zu schneller Scheidungen zu sprechen, war ihr klar, daß dies sowieso ein stereotyper Text war. Kein Mensch konnte bei ihrem Anblick auf die Idee reichen Kindersegens kommen. Claudio und Niklas waren die Trauzeugen, Caroline stellte sich an die Seite ihrer Mutter, und Nancy war der einzige Gast. Julia hatte wegen einer wichtigen Klausur nicht kommen können, weitere Gäste waren nicht geladen, und auch Doris war natürlich aus Toronto nicht extra eingeflogen. Es war sowieso fraglich, ob der Brief sie noch rechtzeitig erreicht hatte.

Ina hatte sich für ein schlichtes lachsfarbenes Kostüm entschieden, während Anno einen dunkelblauen Anzug mit dunkelroter Fliege und Einstecktuch trug.

Einzig Caroline trumpfte auf. Sie hatte sich für diesen Anlaß ein besonderes Kleid gewünscht und ihrer Mutter erklärt: »Wenn schon du als Braut nicht in Weiß gehst, tue ich das wenigstens.« So trug sie stolz ein beigefarbenes langes Spitzenkleid mit großer Schleife, weitem Rock und in der Hand ein dazu passendes Biedermeiersträußchen. Sie fand die Hochzeit toll, denn erstens hatte sie sich dafür dieses Kleid aussuchen dürfen, und zweitens bedeutete das, daß sie in der Villa blieben. Und sie zudem einen neuen Vater bekam, der dazu auch noch herrliche Geschichten erzählen konnte.

Ina und Anno waren trotz allem gut aufgelegt, irgendwie kam es ihnen vor, als spielten sie der ganzen Welt einen Streich. Sie tauschten lächelnd die Ringe, die sie tags zuvor noch in Lindau ausgesucht hatten, und fuhren zur Feier nach Bregenz. Ina hatte lange darüber nachgedacht, ob sie ihren Namen behalten sollte, aber Anno hatte sie gebeten, seinen anzunehmen. »Du bist hiermit die einzige Adelmann«, sagte er dazu. »Und wenn es dir recht ist, werde ich Caroline adoptieren, dann trägt sie diesen Namen auch.« Ina dachte nach und willigte schließlich ein. Eigentlich war es ihr völlig egal, ob sie Schwarz oder Adelmann hieß. Caroline Adelmann klang auch nicht schlecht, und wenn es ihm etwas bedeutete, bitte.

Anno hatte im Restaurant ein sechsgängiges Hochzeitsmenü bestellt, und so saßen sie in einem der ehrwürdigen Räume, tranken auf den Tag und die Zukunft, kamen aber doch relativ schnell wieder zu Romy und den Ereignissen zurück.

»Haben Sie eigentlich die Untersuchungsergebnisse mitgeteilt bekommen?« wollte Niklas wissen.

»Welche meinen Sie jetzt?« Anno stellte sein Glas ab. »Die von Romy?«

»Nein, die des Kuchens! Ich meine, wenn der vergiftet war, hat sich noch keiner um die andere Theorie gekümmert, daß man nämlich *Sie* um die Ecke bringen wollte!«

Anno zog eine Augenbraue hoch. »Ich nehme an, das interessiert im Augenblick auch keinen. Die Geschichte soll so laufen, daß ich Romy in geistiger Umnachtung umgebracht habe und deshalb als gemeingefährlich einzustufen und aus dem Verkehr zu ziehen bin!« Er strich sich mit einer kurzen Handbewegung seine weißen Haare in die Stirn, verzog das Gesicht zu einer Grimasse und machte mit einer schnellen Handbewegung in Carolines Richtung: »Hu!«

Caroline kreischte auf und lachte. »Wie siehst du denn aus! Wie von der Geisterbahn!«

»Genau!« Anno strich sich die Haare wieder zurück und lächelte Caroline an. »Geht's jetzt wieder?«

»Mach's noch mal!«

»Heute abend, im Dunkeln«, versprach er. »Zur Geister-stunde!«

»Lieber nicht!« wehrte Caroline ab. »Da krieg ich bloß Angst!«

»Aber wie auch immer«, wandte Anno sich wieder an Niklas, »sie sind zu spät. Wir sind rechtmäßig verheiratet, und alles, was sie jetzt noch aushecken, ändert an dieser Tatsache nichts mehr. Zumindest nicht bis zu dem Tag, an dem Ina sich wieder scheiden läßt ...« Er warf ihr einen schrägen Blick zu.

»Wie?« Ina legte ihre Hand auf seinen Unterarm. »Wie meinst du das?«

»Nun, könnte ja sein, daß du dich verliebst, einem echten, wie sagt man das heute, *Knaller* begegnest, sagen wir mal einem Mannsbild wie Claudio beispielsweise.«

Ina sagte nichts, sondern warf Claudio einen Blick zu. Er gab ihn ebenso fragend zurück. Der Kellner half ihnen über die Situation hinweg, indem er für jeden ein Amusegueule in Form einer kleinen Kaninchenterrine als ersten Gruß aus der Küche servierte.

»Iih, Kaninchen«, sagte Caroline sofort, »das esse ich nicht!«

»Gib's mir«, sagte Niklas und zog ihr den Teller unter der Nase weg. »Ich esse es gern!«

Trotzdem hing Annos Satz noch im Raum. Ina gab sich einen Ruck. »Ich hab's nicht so ganz verstanden, Anno, was meintest du?«

Er griff nach seinem Champagnerglas und hielt es hoch. »Trinken wir zunächst einmal auf die Freundschaft, das Verständnis und das Leben.« Er wartete, bis Ina mit ihm angestoßen und alle getrunken hatten. »Und dann trinken wir darauf, daß die Dinge sind, wie sie sind. Es ist nichts vorhersehbar, und man kann auch nichts erzwingen. Zumindest nicht auf Dauer!«

»Ich stimme dem gern zu, aber hat es eine besondere Bewandtnis?« fragte nun Claudio.

»Mag sein, mag nicht sein.« Anno hielt noch immer sein Glas in der Hand. »Ich habe gestern von UPS ein Päckchen in die Hand gedrückt bekommen. Ina war mit Nancy und Caroline das Kleidchen kaufen, also habe ich selbst aufgemacht. Nicht nur die Tür, sondern später auch noch das Päckchen.«

Ina spürte, wie ihr die Röte ins Gesicht schoß. Jetzt war es klar, was er meinte. Claudio hatte unrecht gehabt. Es war nicht das beste, die Dinge einfach laufenzulassen. Er hatte es also bekommen.

»Es tut mir leid, daß du auf diese Weise damit konfrontiert wurdest«, sagte sie leise.

Niklas schaute von einem zum anderen.

Anno zuckte leicht die Schultern. »Es ist, wie's ist. Was würde es ändern, wenn ich die Fotos nicht gesehen hätte?«

Jetzt dämmerte auch Claudio, worum es ging. »Ach, du lieber Himmel«, rutschte es ihm spontan heraus. »Auch das noch! Das hätte nun wirklich nicht sein müssen!!«

»Was ist denn los?« wollte Caroline wissen, und Niklas schloß sich an: »Das wüßte ich auch gern!«

»Warum hast du denn gestern nichts gesagt?« Ina ignorierte die Fragen der anderen. Ihr war das Ganze mehr als furchtbar.

»Ich wollte dich heiraten. Und dem sollte nichts im Wege stehen. Nun ist es raus, und es ist gut so!« Dann hob er das Glas und sagte nur: »Wißt ihr eigentlich, daß wir hier beim österreichischen Koch des Jahres essen? Also konzentrieren wir uns auf die feinen Gänge, sonst hätten wir auch zu Tante Frieda in die Currywurstbude gehen können!«

Der Triumph war groß, als Thekla am nächsten Morgen Dr. Rebherr anrief. Er erklärte ihr zwar, daß er ihr keinen offiziellen Vorentscheid geben könne, er informell aber geneigt sei, ihrem Antrag stattzugeben. Sie möge dies nicht als abschließenden Bescheid betrachten, doch könne sie sich schon einmal Gedanken machen, wer aus der Familie die Betreuung übernehmen wolle und wo Anno Adelmann in Zukunft unterzubringen sei. Als Thekla auflegte, stieß sie einen spontanen Siegesschrei aus. Das war die perfekte Sensation! Jetzt war es durch! Diese Ina Schwarz würde keine Chance mehr haben, ihr Vater würde ihnen zur Kontrolle unterstehen. Es war ein ungewohntes Machtgefühl, das sie durchflutete. Ihr Vater, der ihr ihr Leben verdorben hatte, indem er ihr die Leitung der Firma von vornherein nicht zugetraut hatte, nicht zur Kenntnis nahm, daß sie hochintelligent war, und dann auch noch darauf bestanden hatte, daß sie wegen ihrer Schwangerschaft Gerhard heiraten mußte. Er war ihr Vater, und somit hatte sie ihn auch zu lieben. Aber ihre Gefühle waren längst abgestorben, sie hatte nie richtig gelebt, denn seine Autorität hatte ihr im entscheidenden Moment die Flügel gebrochen, sie hatte nie fliegen dürfen, sich nie selbst erfahren können. Sie war immer das Produkt anderer gewesen, zunächst das ihres Vaters und dann das ihres Mannes. Dabei hätte sie das nie nötig gehabt. Es tat weh, mit 56 Jahren erkennen zu müssen, daß ihr Leben an ihr vorbeigegangen war.

Und nun kam diese Beurteilung eines angesehenen Richters. Sie hatten gesiegt, auf der ganzen Linie. Die Schwarz würde in die Röhre glotzen, und sie, Thekla, hätte ihr Erbe schneller als gedacht. Jetzt müßte sie eigentlich nur noch Gerhard loswerden, Grund hatte sie ja genug, und sich gegen die Schwestern durchsetzen, dann stand einem gemütlichen Lebensabend in der Villa nichts mehr im Wege. Ihre erste Amtshandlung, das wußte sie jetzt schon, würde sein, Nancy zu entlassen.

Sie griff zum Telefon und rief Lydia an. Lydia erschien ihr die rechte Betreuerin zu sein. Von ihrem Mann unterstützt, konnte da eigentlich nichts mehr schiefgehen. Und sicherlich gab es in der Nähe ihrer Wohnung in Augsburg auch ein passendes Heim.

Aber Lydia zeigte sich zwar hochbegeistert über ihren gemeinsamen Erfolg gegen Ina Schwarz, aber von einer Betreuung wollte sie nichts wissen. »Ich binde mir doch auf meine alten Tage nicht eine solche Last auf! Tu's selbst, oder frag die anderen. Kurt hat diese ganze Nummer in Schwung gebracht, also haben wir unseren Teil geleistet.«

Irgendwie hatte sie da sogar recht. Wer noch überhaupt nichts getan hatte in dieser Sache, war Renate. Obwohl ihr hochgelobter Ehemann angeblich alles mit links schaffte, war aus dieser Ecke überhaupt nichts gekommen. Thekla wählte Renates Nummer und hatte Glück. Renate war da, und sie fand die Nachricht gigantisch, gab aber zu bedenken, daß es ja wenig Sinn hätte, den Vater nach Mannheim ziehen zu lassen, wenn sie selbst bald umzögen.

»So? Wo wollt ihr denn hinziehen? Davon weiß ich ja noch überhaupt nichts?!«

»Nun, in die Villa! Wer soll denn dorthin, wenn sie leersteht? Eine von uns muß doch darauf aufpassen!«

»Ach! Und das sollt ausgerechnet ihr sein?«

»Wer denn sonst? Gerhard ist an der Uni, er kann die Uni schließlich nicht verpflanzen. Kurt hat seine Praxis, und Bernadette hat keinen Mann. Also bleiben doch nur wir übrig!«

»Ist ja interessant! Und Hans-Jürgen mit seiner Kanzlei? Ist so eine Kanzlei nichts? Ich meine, kann man das so einfach aufgeben?« fragte Thekla, und sie spürte, wie ihr Unterton immer gereizter wurde.

»Hans-Jürgen kann auch von Lindau aus arbeiten. Und mit 53 hat er genug verdient!«

»So, hat er! Dann werde ich dich mal über deinen feinen Hans-Jürgen aufklären!« Und Thekla knallte Renate in fünf Minuten mehr Informationen um die Ohren, als sie in all ihren Ehejahren zu hören bekommen hatte.

In Renate kroch der alte Jähzorn empor: »Du redest doch bloß«, unterbrach sie Theklas Redeschwall. »Kasino, Schulden, Weibergeschichten – Thekla, das ist doch purer Schwachsinn! Wenn Hans-Jürgen daneben stehen würde, würdest du nicht so daherreden!«

»Dann erst recht!« empörte sich Thekla. »Vor allem deshalb, weil es alle wissen, nur du nicht! Frag ihn doch mal, wie er seine letzten Spielschulden bezahlen wird – du wirst schon sehen, was er sagt!«

Renate war unsicher geworden. Es klang überzeugender, als ihr lieb war. Gegen Gehässigkeit war sie von Kindheit an gewappnet. Aber das hier hörte sich irgendwie nach Wahrheit und somit direkt bedrohlich an. Den Rest wollte sie von Hans-Jürgen selbst hören.

»Nimm du Vater doch!« sagte sie, um Thekla wieder zum Ausgangspunkt zurückzubringen. »Schließlich bist du die Älteste, ich denke, es ist dein Vorrecht!«

Thekla legte erbost auf, aber auch bei Bernadette hatte sie kein Glück. Es war nicht anders als nach seinem Schlaganfall. Keine wollte ihn haben, keine wollte sich mit dem Vater belasten.

Thekla überlegte. Wenn sie tatsächlich die Betreuung übernehmen würde, was könnte für sie herausspringen? Konnte sie die anderen ausbooten, das alleinige Erbe antreten? Nein, da gab es einen Pflichtteil für die Kinder, so viel wußte sie. Aber der Rest? Und ließe sich nicht auch über monatliche Zahlungen etwas drehen? Sie mußte das nochmals ganz genau durchdenken.

Am späten Nachmittag war sie nach etlichen Telefonaten so weit, daß sie Dr. Rebherr anrief und dem Richter mitteilte, daß sie die Betreuung für ihren Vater übernehmen würde. Dazu gehörte, das wußte sie jetzt, auch die Vollmacht über sein Bankkonto. Und da sollten ihre Schwestern erst einmal schauen, wo sie blieben. Sie war eben schon immer die Cleverste in diesem Clan gewesen. Dr. Rebherr zeigte sich angetan, somit sei auch dies geklärt, und die Dinge nähmen ihren Lauf. Es könnte schneller gehen als erwartet, Thekla möge die Dinge bei sich zu Hause also schon einmal festschrauben.

Am nächsten Tag fand Thekla, wie alle ihre Schwestern auch, die Nachricht der vollzogenen Trauung in ihrem Briefkasten. Das war mehr, als sie ertragen konnte. Zuerst sank sie mit dem Brief nieder, dann las sie ihn wieder und wieder, um einen Fehler zu entdecken, schließlich rief sie auf dem Standesamt in Lindau an, um sich bestätigen zu lassen, was sie nicht glauben konnte. Der offizielle Termin war doch erst in zwei Wochen. Es hätte gereicht, sicherlich hätte es gereicht. Das Vormundschaftsgericht war doch schon soweit!

Bloß, was fing sie jetzt mit ihrem Vater an?

Das war die blanke Ironie: Sie schaffte Anno aus der Villa weg, und die Schwarz saß wie die Made im Speck in derselben und lachte sich über die Doofheit der Familie ins Fäustchen. Sie mußte die Betreuung sofort rückgängig machen! Aber wie sollte das geschehen? Den Richter anrufen und erklären, Anno habe sich schlagartig von seiner Verwirrung erholt? Auch diese Romy, alias Martha Steinberg, sei mitnichten von ihm vergiftet worden, sondern habe sich selbst gemeuchelt? Keiner würde das glauben. Zudem – die Untersuchungen liefen, da würde sie sich kaum noch einschalten können.

Himmel Herrgott, jetzt hatte sie ihren Vater am Hals, der sie für seine restlichen Tage auch noch schikanieren würde.

Am Mittwoch hatte Caroline erst um halb zehn Schule. Das war einer der gemütlichen Tage, da alle völlig ausgeruht am Frühstückstisch saßen. Anno hatte Ingo Feilhaber dazugebeten, denn er fand, daß jetzt wohl keine Gefahr mehr drohe und somit Herrn Feilhabers Arbeitsvertrag als Detektiv ausgelaufen sei. Caroline, gewissenhaft, wie es ihrem Naturell entsprach, war früh dran und bot sich bei Nancy an, den Tisch zu decken. Nancy war froh darüber, denn ihr Gewicht machte ihr zuweilen erheblich zu schaffen, und so mußte sie nicht so oft hin- und herlaufen. Caroline liebte es, in der Speisekammer zu stöbern und heimlich Dinge zu probieren, die sonst den Erwachsenen vorbehalten waren. So fing sie an, mehrere in Alupapier eingewickelte Teilchen auszupacken. Manche waren bereits so hart, daß Caroline sie direkt auf den Küchentisch zum Wegwerfen legte. Zwei hatten auch schon Schimmel, aber an einem fand sie verlockendes Naschwerk. Sie pulte die orange schimmernden Karotten ab und steckte sich eine davon in den Mund. Der Rest des Kuchens sah nicht mehr gerade frisch aus, aber mit Tee würde es gehen. Caroline wußte, daß Anno gern harten Kuchen aß, meist englischen Biskuit, den er genüßlich in Tee eintauchte. So nahm sie den Kuchen mit, plazierte ihn auf einen feinen Porzellanteller und stellte ihn als Überraschung mitten auf den Tisch.

Ina war die erste, der die Augen förmlich aus den Höhlen quollen. Sie starrte den Kuchen an und gleich darauf Caroline. »Wo hast du den her?« wollte sie mit sich überschlagender Stimme wissen.

»Aus der Speisekammer«, gab Caroline kleinlaut zur Antwort, obwohl sie sich keiner Schuld bewußt war. »Als Überraschung für Anno«, fügte sie noch verhalten hinzu.

»Anno!« brüllte Ina durch das Haus.

Das war das erste Mal, daß Caroline ihre Mutter in einer solchen Verfassung sah. Sie bekam es mit der Angst und rutschte unter den Tisch.

»Anno! Komm schnell her! Nancy!«

Beide kamen aus verschiedenen Richtungen herbeigelaufen.

»Ist was passiert?« fragte Anno in dem Tonfall desjenigen, der sich über nichts mehr wundert.

»Schau dir das an!« Caroline wies auf den Kuchen, der in seiner vollen Länge, bis auf das abgeschnittene Stück, das Romy gegessen hatte, mitten auf dem Tisch stand.

Anno verstand zunächst nicht. Er brauchte einige Sekunden, bis er begriff, daß dies der Kuchen war, der angeblich zu Romys Tod geführt hatte.

»Was hat denn dann die Polizei mitgenommen?« wollte er als erstes wissen, während sich Nancy völlig entgeistert nach Caroline unter dem Tisch bückte.

»Hast du davon gegessen?« wollte sie in hysterischem Tonfall wissen. »Da fehlt eine Marzipankarotte. Hast du die gegessen?«

Caroline war vor Schreck verstummt.

Ina ging auf, was Nancy meinte. Tatsächlich, da fehlte eine der scheußlichen Marzipankarotten, und der Stelle, wo sie einmal gesteckt hatte, nach zu urteilen, war sie gerade erst frisch herausgezogen worden.

»Hast du davon gegessen?« Nun saß auch Ina unter dem Tisch.

Caroline wollte alles Unheil abwenden, denn sie hatte den Eindruck, daß eben die Welt um sie herum zusammenbrach. »Nein!« sagte sie.

»Caroline! Es ist wirklich wichtig! Vielleicht war da Gift drin. Wenn du sie gegessen hast, müssen wir sofort zum Arzt. Schwindel jetzt also nicht, es bedeutet zuviel! Hast du sie gegessen? Ja oder nein?!«

Zum Arzt wollte Caroline nicht. Sie mochte keine Ärzte, meistens tat es weh, wenn sie dorthin mußte, und zudem hatte heute ein Mädchen in der Klasse Geburtstag, und deren Mutter wollte in der Pause Mohrenköpfe bringen. Da freuten sich schon alle darauf, und sie würde sich das nicht vermiesen lassen.

»Nein!« wiederholte sie bestimmt. »Ich habe nichts davon gegessen!«

Ina schaute sie schief an. Sie glaubte kein Wort. »Komm, wir fahren bei Doktor Dieterle vorbei, der soll sich das anschauen!«

»Ich bin doch nicht krank, Mama, und ich habe auch sonst nichts!«

»Egal!« Ina tauchte mit Caroline an der Hand unter dem Tisch auf. »Und den Kuchen lassen wir verschwinden, Anno. Egal, was da drin ist oder nicht drin ist, wir können von Glück sagen, daß ich der Polizei aus Versehen das falsche Stück mitgegeben habe! Da können sie natürlich lange forschen!«

Sie fuhr mit Caroline zum Arzt, der sie zwar als Notfall behandelte, aber nichts feststellen konnte, brachte sie zur Schule, entschuldigte bei ihrem Klassenlehrer die Verspätung und fuhr direkt zu Claudio. Es war ein sehr seltsames Gefühl, die Straße entlangzufahren und dort zu parken, wo sie damals schon geparkt hatte, als sie kurz danach heimlich die Malszene im Garten beobachtete. Daß jetzt alles anders sein sollte, konnte sie kaum fassen. Sie klingelte, und Claudio öffnete kurz danach. Er war sichtlich erstaunt, sie zu sehen.

»Schön, daß du herkommst«, sagte er und nahm sie in die Arme. »Hätte ich nicht gedacht!«

»Nein? Warum nicht?«

»Nun, nach Annos gestriger Eröffnung, und immerhin hast du ja jetzt einen anderen Status!«

»Du spinnst wohl!« Sie küßte ihn. Und schaute an ihm vorbei in den Hausflur. »Bist du allein?«

»Niklas ist zu seiner Familie nach Stuttgart gefahren. Angelika war schon ziemlich ungeduldig. Aber er muß gleich wieder herkommen, denn heute kam das Obduktionsergebnis!«

Er schaute sie an und schob sie dann an den Schultern vor sich ins Haus. »Aber komm erst mal rein. Das müssen wir wirklich nicht draußen besprechen!«

Sie ging durch die Halle ins Wohnzimmer, und alles war wie sonst. Romy, wohin sie schaute, was sie atmete, selbst die Musik. Es war für Ina auch jetzt noch nicht faßbar, daß sie einfach nicht mehr dasein sollte.

»Also, sie ist tatsächlich an Gift gestorben!«

»O Gott, nein!« Ina blieb stehen. »Das ist ja fürchterlich! War es vielleicht doch dieser elende Kuchen?«

»Darüber weiß ich leider nichts!«

Ina mußte trotz allem lachen. »Entschuldige, ich weiß, daß es unpassend ist, aber die Polizei hat das falsche Teil mitgenommen. Ich habe keine Ahnung, was in diesem Alupaket war, ich dachte, der Form und der Plazierung nach müßte es dieser Kuchen sein, aber Caroline hat ihn heute morgen reichlich vertrocknet in der Speisekammer entdeckt!« Und sie erzählte ihm kurz, was sich am Morgen zugetragen hatte.

Claudio strich ihr leicht über die Wange. »Wenn wir die Dinge selbst steuern können, ist das schon mal ein Pluspunkt. Trotzdem, selbst wenn Anno jetzt nicht mehr belastet werden kann, wie auch immer, werft ihn bloß nicht weg. Laßt ihn besser in einem neutralen Labor untersuchen! Man kann nie wissen ...«

»Und was ist mir dir?« Ina begann langsam die Knöpfe seines Polohemds zu öffnen. »Lassen sie dich in Ruhe?«

Er strich ihr über den Rücken. »Ich nehme an, jetzt geht es überhaupt erst los. Der Verdacht ist bestätigt, jetzt brauchen sie einen Schuldigen. Euren Kuchen haben sie nicht, die Theorie mit Anno ist auch zu blöde, aber möglicherweise fällt ihnen ja etwas zu mir ein. Niklas' Onkel arbeitet kräftig daran. Anscheinend glaubt er noch immer an den Weihnachtsmann, der ihm die Gaben auf den Tisch schüttet, sobald ich aus dem Weg bin!«

»Deshalb verstehen wir uns so gut.« Ina suchte seinen Mund. »Zwei personifizierte Dornen im Auge!«

Claudio griff in ihr Haar und schob sie etwas von sich fort. »Was war mit der Hochzeitsnacht? Gehen wir jetzt nicht fremd?«

»Anno war durch und durch Gentleman und hat mir gestern auf der Rückfahrt erklärt, daß es ihm nicht darum ginge. Dieses Thema sei für ihn sowieso erledigt, sein Leben habe durch Caroline und mich neue Qualitäten erfahren. Und neue Erkenntnisse. Der Rest sei akzeptabel!«

»Der *Rest* bin ich?« fragte Claudio und hielt Ina fest. »Was, wenn sie mich morgen als Mörder verhaften?«

»Dann nimm bitte eine Einzelzelle, damit wir ungestört sein können!«

Thekla fühlte die Mühlen des Gesetzes mahlen. Sie hatte ein Schwungrad in Gang gesetzt, das jetzt nicht mehr so schnell zu bremsen war. Dr. Rebherr behandelte die Akte Adelmann bevorzugt, und bald traf sowohl bei Thekla als auch in der Villa vom Vormundschaftsgericht die amtliche Benachrichtigung ein, daß Anno der Betreuung durch seine Tochter Thekla unterstellt sei und diese in Zukunft seine Angelegenheiten zu besorgen habe.

Thekla wußte nun überhaupt nicht, wie sie reagieren sollte, denn kaum, daß sie das Schreiben erhalten hatte, kam ein Brief des Rechtsanwalts von Ina Adelmann – schon bei diesem Namen hätte sie ihr am liebsten die Kugel gegeben –, der ihr im Namen seiner Mandantin viel Spaß bei der Betreuung wünschte und einige gute Ratschläge erteilte. Wie beispielsweise den, daß Anno seinen Nachmittagstee exakte sechs Minuten ziehen lasse, sein Frühstücksei jedoch nur fünfeinhalb. Und daß Thekla dies präzise zu beachten habe, da er sich ja selbst nicht mehr versorgen könne. Für den Großteil seiner Wäsche dulde er im übrigen nur Handwäsche, aber das würde Thekla in ihrer Eigenschaft als Hausfrau sicherlich nicht weiter tangieren. Zudem trage er nur selbstgestrickte Socken, allerdings natürlich nicht aus Wolle, sondern aus einem feinen Seidengemisch, dessen kurze Haltbarkeitsdauer häufiges Nachstricken bedinge. Seinen Lieblingsfriseur in Lindau werde er auch während eines Zwangsaufenthalts in Mannheim nicht aufgeben. Aber da er nur alle drei Wochen zum Nachschneiden gehe, sei dies sicherlich ohne weiteres machbar.

An dieser Stelle hörte Thekla auf zu lesen, denn sie fühlte sich hoffnungslos verladen. Sie rief sofort Hans-Jürgen an, damit er entsprechend zurückschreibe. Auf solch einen Nonsensbrief gebe er keine Antwort, ließ er sie wissen. Sie könne sich aber trotzdem schon mal darauf einrichten, daß die Befindlichkeiten des alten Herrn der Wahrheit entsprächen. Hätte sie in allem schneller reagiert, wäre dies nicht passiert. Nun solle sie schauen, wie sie klarkäme, das Hauptziel, die Hochzeit zu verhindern, hätte sie ja glatt verfehlt.

»Du unverschämter Nichtskönner!« brüllte Thekla ins Telefon und knallte den Hörer hin. Sie war nur von unsäglichen Idioten umgeben, einschließlich ihres eigenen Ehemanns, und hatte jetzt eine Betreuung am Hals, die außer Ärger und Arbeit nichts brachte. Das heißt, einer brachte es schon etwas: ihrer neuen Stiefmutter!

Anno hatte sich schiefgelacht. Er hatte mit Peter Knut, seinem langjährigen Freund und Anwalt, den Brief aufgesetzt, und ein enger Kollege von Peter ließt ihn in Inas Namen laufen.

»Denen machen wir jetzt richtig angst! Du schreibst alle Allüren und Spleens von mir hinein und unzählige Bedingungen!«

»Paß auf, daß dieser Brief nicht zum Beweismittel für deine sogenannte psychische Krankheit wird!« gab Peter zu bedenken.

»Mag sein.« Anno gab sich leichtfertig. »Bloß, mich will ja keiner, wenn keiner was davon hat. Und daß Ina etwas davon haben könnte, das wollen sie noch weniger. Also wird es Thekla ein Horror sein, wenn ich jetzt darauf bestehe, nach Mannheim zu kommen! Laß uns ihr ein bißchen Angst einjagen. Und demnächst reden wir mit Dr. Rebherr vom Amtsgericht. Ich kenne diesen

Mann. Keine Ahnung, was in ihn gefahren ist, aber wir werden ihn vom Gegenteil überzeugen. Persönlich oder mit einem neuen Gutachten. Allerdings braucht das Thekla nicht zu wissen!«

»Du stellst dir die Beamtenwelt recht einfach vor. Vergiß dabei nicht, wenn der Schimmel den Amtskarren erst mal zieht, dann zieht er!«

»Irgendwo wird auch so ein Amtsschimmel eine Notbremse haben!«

Am späten Nachmittag rief Niklas in der Villa an. Er sei bereits wieder in Lindau, der Befund läge nun vor, und Romy könne an diesem Freitag beerdigt werden. Als Termin hätten sie 14 Uhr angesetzt, das ginge auch mit dem Prediger und dem Orgelspieler klar. Und vom Nachlaßgericht sei ein Schreiben gekommen, die Testamentseröffnung fände direkt im Anschluß beim Notar statt.

Ina notierte sich alles und wollte dann wissen, was in diesem Befund drinstünde.

»Sie ist an Natriumpentobarbital gestorben«, sagte Niklas, und es war ihm anzuhören, daß ihn die Tatsache schockierte. »Ein sehr hochkonzentriertes Gift. Du schläfst ein und spürst nichts – sagt man.«

»Ich kann's nicht fassen und nach wie vor nicht verstehen«, begann Ina, wurde aber von Niklas unterbrochen.

»Augenblick, es klingelt an der Tür. Ich rufe dich gleich wieder an!«

Ina hatte eben aufgelegt, als Julia anrief. Sie bedauerte noch einmal, daß sie zur Trauung nicht hatte kommen können, wünschte viel Glück und erzählte, daß Niklas ihr eben von Romys Beerdigung berichtet hätte. Sie wollte wissen, ob es recht sei, wenn sie zum Wochenende käme. Sie wolle am Freitag schon gern dabei-sein. Ina erklärte ihr, daß sie sich jederzeit über ihren Besuch freuen würde, fragte aber, ob sie deshalb noch Anno sprechen wolle, was Julia jedoch verneinte. Nun sei sie doch die Frau im Haus, dann dürfe dies wohl ausreichen. Zumal sie über ihre Mutter erfahren habe, daß Thekla eine Betreuung angestrebt hätte. Vorzugsweise noch in Verbindung mit einer Sterilisation. »Wie schrecklich«, sagte sie.

»Und wie überflüssig«, antwortete Ina spontan, worüber beide lachen mußten.

Als Ina das Telefonat beendet hatte, legte sie ihre Beine auf ihren Schreibtisch und schaute durch das große Fenster auf den See hinaus. Das beruhigte sie immer und inspirierte sie gleichzeitig. Sie dachte über Claudio nach. Er war am Morgen zwar wie die letzten Male ein einfühlsamer Liebhaber gewesen, aber sie spürte, daß er trotz allem nicht recht bei der Sache war.

»Quält dich dieser Verdacht?« hatte sie ihn schließlich gefragt.

»Und wie!« Sie lagen zum ersten Mal miteinander in seinem Bett, sie waren noch ineinander verschlungen, während er sich ausstreckte und eine Mineralwasserflasche angelte, die am Kopfteil stand. »Und nicht nur das! Auch diese profane Beerdigung, die die Familie anvisiert hat. Für Romy ein Orgelspieler! Ausgerechnet! Das müßte eigentlich schon Grund genug für sie sein, während der Messe aus dem Sarg zu klettern!«

»Claudio!«

»Stimmt doch!«

Aber sie konnte ihm auch nicht helfen. Wenn irgendwelche Ermittlungen liefen, mußte das abgewartet werden. Passieren konnte ja eigentlich nichts, es sei denn, Romys rachsüchtige Familie hätte Claudio auf irgendeine Art einen Strick gedreht. Auszuschließen war das nicht, vor allem in Anbetracht der Tatsache, daß auch Anno auf diese Weise entsorgt werden sollte.

Ina setzte das Claudio auseinander, was er höchst motivierend fand. »Komm, laß uns aufstehen«, sagte er schließlich mit einem leichten Klaps auf ihren Po. »Ich bin viel zu zappelig, um ein guter Liebhaber zu sein. Entschuldige. Wenn alles rum ist, wird's hoffentlich wieder besser!«

»Wir werden es schrittweise testen«, sagte sie und grinste ihn an. »Immerhin ein Fortschritt, daß wir nicht schon wieder auf dem Boden gelandet sind!«

Er zog die Augenbraue hoch. »Von unseren Böden kann man essen. Keine Angst!«

»Kein Zweifel«, entgegnete sie. »Aber wer will das schon?«

Ina lächelte in der Erinnerung und sah alles noch einmal genau vor sich. Als das Telefon neben ihr auf dem Schreibtisch klingelte, mußte sie sich erst wieder besinnen. Dann nahm sie ab.

»Ina, hier ist Niklas. Die Polizei durchsucht Romys Haus – mit einem Durchsuchungsbefehl. Sie suchen doch tatsächlich nach diesem Gift, stell dir vor! Gib mir doch schnell mal Namen und Telefonnummer eures Rechtsanwalts. Ich erreiche unseren nicht!«

»Das darf doch wohl nicht wahr sein!« Ina lief zum Telefontisch im Flur, wo Anno alle wichtigen Telefonnummern in einem Karteikasten geordnet hatte. Sie fand sie und gab sie Niklas durch.

»Und was ist mit Claudio?«

»Kannst du dir ja denken. Er ist fix und fertig und befürchtet jetzt natürlich irgendeine Intrige, die, unter uns gesagt, ja auch naheliegen würde!«

»Aber was kann so ein Anwalt tun?«

»Das will ich ihn ja eben fragen!«

Claudio saß auf der Couch und beobachtete, wie die Polizisten die Wohnung auf den Kopf stellten. Drei Männer und eine Frau waren gekommen, hatten den Hausdurchsuchungsbefehl vorgezeigt, sich sehr höflich, aber bestimmt verhalten, und nun schaute er zu, wie sein Schicksal seinen Lauf nahm. Irgendwann kam die Polizistin zu ihm, bat ihn aufzustehen und nahm die Couchecke auseinander, auf der er gesessen hatte. So, als würde er wie eine Glucke auf dem gesuchten Gift sitzen. Anschließend ließ er sich wieder auf dieselbe Stelle sinken und fühlte sich völlig betäubt. Mit einem Ohr hörte er Niklas' Telefonaten zu.

»Komm, raff dich auf«, sagte Niklas schließlich zu ihm. »Es kann nichts passieren! Wenn sie was finden, dann wissen wir, von welcher Seite!«

»Wir schon! Aber wissen die das?« Er wies mit einer vagen Handbewegung auf die Beamtin, die eben einen Schrank durchwühlte.

»Der Anwalt ist gleich da. Er hat es versprochen!«

Peter Knut wollte eben gehen, als Niklas' Anruf durchgestellt wurde. Er hatte ein Tennismatch und war ohnehin spät dran, ein langwieriges Gespräch war jetzt so ungefähr das letzte, was er noch brauchen konnte. Es lag an der neuen Sekretärin. Er würde ihr beibringen müssen, ab wann Anwälte partout nicht mehr zu sprechen sind. Aber jetzt war es bereits vermasselt, ungeschehen konnte er es nicht mehr machen, also mußte er das Telefonat annehmen.

Er hörte Niklas kurz zu und entschied dann, da sich Niklas auf Anno bezog, mit dem er seit Jahren freundschaftlich verbunden war, das Tennisspiel sausen zu lassen. Er gab seinem Tennispartner über Handy Bescheid und setzte sich gleich in den Wagen.

Das waren schon seltsame Geschichten, die sich plötzlich um Anno herum entwickelten. Gut, Anno war 85 Jahre alt, und Anno hatte Geld. Aber deshalb konnten doch nicht plötzlich alle durchdrehen, fragwürdige Gutachten ausstellen, für Betreuung plädieren, und ganz nebenbei starb auch noch eine alte Frau, deren Tod man ihm in die Schuhe schieben wollte. Und jetzt wurde in derselben Sache in eine völlig andere Richtung ermittelt! Jetzt sollte es plötzlich der Liebhaber von Annos junger Frau gewesen sein?

Anno hatte ihm einen Tag vor seiner Hochzeit die Fotos von Ina und Claudio gezeigt und um seinen Rat gebeten. Als Anwalt war Peter nichts fremd, deshalb zuckte er nur mit den Schultern, und als Freund gab er Anno den Rat, die Dinge zu akzeptieren, wie sie seien. Er habe eine junge, äußerst attraktive Frau, er genieße alle Vorteile einer freundschaftlichen Partnerschaft, habe Leben im Haus und keinen einzigen Nachteil, außer der außerhäuslichen Sexualität. Und, sagte er zu Anno, alter Freund, du hast in deinem Leben gehabt, was du wolltest. Jetzt gönne es anderen.

Peter Knut fuhr in die angegebene Straße und mußte nicht lange suchen. Vor dem Haus mit der angegebenen Hausnummer standen zwei Polizeiwagen, Kinder waren schon versammelt, und sicherlich hatte auch die gesamte Nachbarschaft schon ein neugieriges Auge darauf geworfen. Er parkte und klingelte gleich darauf an der Haustür.

Niklas machte ihm die ohnehin nur angelehnte Tür auf. »Ich bin froh, daß Sie kommen konnten«, begrüßte er ihn.

»Viel ändern wird sich dadurch nicht«, sagte Peter und schüttelte Niklas' Hand. »Wenn die Burschen einen rechtmäßigen Hausdurchsuchungsbefehl haben, kann ich nur aufpassen, daß sie nichts tun, was sie nicht dürfen. Und eigentlich«, er zuckte die Schultern und setzte ein leichtes Lächeln auf, »dürfen sie damit fast alles!«

»Trotzdem!« Niklas bat ihn herein. »Es tut uns gut!«

Peter Knut, im nächsten Jahr runde Sechzig, ein drahtiger, energischer Naturbursche im ewig grauen Anzug, trat auf einen der Beamten zu, gab sich als Anwalt von Claudio aus und ließ sich die Legitimation zu dieser Aktion zeigen.

Er wechselte einige Worte mit dem Polizisten und ging anschließend zu Claudio ins Wohnzimmer. »Eine schöne Geschichte«, sagte er zur Begrüßung. »Aber Sie brauchen sich keine Gedanken zu machen. Man kann Ihnen nicht vorwerfen, was Sie nicht getan haben!«

Claudio setzte ein zweifelndes Grinsen auf.

»Werden die aber tun, das werden Sie sehen!«

In diesem Moment kam einer der Beamten herein, ein mit einem Tuch umwickeltes kleines Fläschchen in der Hand. »Es scheint, daß wir gefunden haben, wonach wir suchten! Wenn wir Sie nun bitten dürften, uns zur Vernehmung zu begleiten?«

»Welchen Grund dürfte es dafür geben?« wollte Peter Knut wissen.

»Mordverdacht«, sagte der Polizist kühl.

»Zur Vernehmung müssen Sie mit«, wand sich Peter Knut an Claudio. »Aber ich werde Sie begleiten. Sollten man Sie über 48 Stunden festhalten, müssen Sie dem Untersuchungsrichter vorgeführt werden. Aber dazu müßte es schon einen besonderen Grund geben. Also keine Sorge!«

»Die Sorgen habe ich aber!« Claudio stand von seiner Couch auf. Er fühlte sich müde und alt, und ihm kam zum ersten Mal in aller Klarheit zu Bewußtsein, daß Romy ein Bollwerk gegen die Welt gewesen war. Alles lief mit ihr wie geschmiert, fast automatisch. Er war tatsächlich ihr Kümmerer gewesen und sie die Starke. Es war unerträglich zu wissen, daß sie tot war, vergiftet, und daß er auch noch in den Verdacht geriet, so etwas Abscheuliches und Unsinniges getan zu haben.

»Darf ich mal sehen?« Er ging auf den Beamten zu, der das Fläschchen behutsam in einen Plastikbeutel versenkte. »Soll das das Gift sein? In einer Flasche? Hat es nicht geheißen, sie hätte etwas Vergiftetes gegessen?«

»Das ist deshalb ja nicht auszuschließen«, sagte die Polizistin. »Das Gift hätte ja leicht in etwas Eßbares gelangen können.«

Claudio schwieg und nickte nur. Peter Knut unterhielt sich wieder mit einem der Polizisten und kam anschließend zu Claudio. »Haben Sie das Fläschchen schon einmal gesehen? Oder angefaßt?«

»Ich habe es nicht richtig sehen können. Ein Fläschchen wie viele. Sah aus wie eines der typischen Glasfläschchen, die man in italienischen Hotels bekommt. Mit Duschgel eben. Ich habe, ehrlich gesagt, keine Ahnung!«

»Wir werden sehen. Packen Sie sich lieber etwas ein, falls es länger dauert!«

Niklas kam aus dem Arbeitszimmer dazu. »Ich komme auch mit! Schon wegen der Zaungäste, die sich draußen versammelt haben. Wir gehen gemeinsam, dann wissen sie zumindest nicht, wem das Aufgebot gilt!«

Es bestand keine Fluchtgefahr, keine Verdunkelungsgefahr und kein dringender Tatverdacht, so daß Claudio zwei Stunden später wieder zu Hause war. Sie hatten seine Fingerabdrücke genommen, die mit denjenigen auf der Flasche verglichen werden sollten, und sich angehört, was er zu Romy, zu den Vorwürfen und zu dem Fläschchen zu sagen hatte. Peter Knut ermahnte ihn, im Zweifel besser nichts zu sagen, aber Claudio war sich keiner Schuld bewußt. Niklas war schon früher zurückgefahren, er mußte sich um die baldige Beerdigung kümmern, so bot Peter Knut Claudio an, ihn mitzunehmen.

»Es wundert mich, daß Sie mich angerufen haben«, sagte er nach einer Weile. »Martha Steinberg war noch nie eine Mandantin von mir. Wäre es nicht sinnvoller gewesen, ihren Rechtsanwalt anzurufen?«

Er dachte an sein abgesagtes Tennisspiel und an seine mangelnde Bewegung.

Claudio fuhr sich über sein Kinn. Es kratzte bereits erheblich, insgesamt hatte er nur den dringenden Wunsch, unter der Dusche zu stehen.

»Haben wir versucht, aber er ist leider im Urlaub!«

»Klar, da nützt er Ihnen natürlich herzlich wenig!«

»Sie sagen es!«

Sie blieben stumm, bis sie in Claudios Stadtviertel einbogen. »Was kann denn jetzt noch passieren?«

»Nun, sie werden auf dem Glas Ihre Fingerabdrücke finden oder auch nicht. Egal, was passiert, Sie werden sich nicht dazu äußern, ohne mich angerufen zu haben. Das möchte ich Ihnen ans Herz legen!«

Claudio nickte nur und schaute aus dem Fenster. Die Straße war wieder ruhig, die Leute, die neugierig die Polizeiautos und natürlich auch ihren Abmarsch beobachtet hatten, waren verschwunden. Claudio atmete auf. Ein Spießrutenlauf war so ziemlich das letzte, was er jetzt noch gebrauchen konnte.

»Wer ist denn Frau Steinbergs Anwalt?«

»Reinhard Lang heißt er!«

»Ach, Reinhard! Na, denn …«

Anno Adelmann gab Claudio Geleitschutz. Ihm war klar, daß sich die Verwandtschaft auf Claudio stürzen würde, und so rief er ihn vor der Beerdigung an. »Kommen Sie zu uns, wir fahren von hier aus gemeinsam!«

Ina, Nancy und Julia trafen mit ihm in der kleinen Aussegnungskapelle ein, und auch Niklas gesellte sich gleich darauf zu ihnen. Sie nahmen alle zusammen in der zweiten Bank Platz, obwohl das vor ihnen, wo Romys Familie Platz genommen hatte, ein heftiges Rumoren bewirkte. Einer nach dem anderen drehte sich nach Claudio um, und es fielen böse gezischelte Sprachfetzen, die verhalten, aber dennoch gut zu hören waren. »Wie kann er es wagen!« und »Rauswerfen sollte man ihn!« und, leise, aber doch gut hörbar: »Mörder!« Was von wem kam, war nicht auszumachen, aber Ina befürchtete, daß Claudio das nicht durchstehen würde. Dabei stand vorne der Sarg, und es wäre Zeit für einige rückblickende Gedanken gewesen.

Romys ältester Sohn regte sich besonders auf. Er saß an dem einen Ende der schmalen Kirchenbank und lehnte sich schräg nach hinten. Sein Gesicht war von kaum verhaltener Wut verzerrt, seine Augen zu schmalen Schlitzen zusammengezogen. »Wenn Sie hier nicht auf der Stelle verschwinden, werfe ich Sie eigenhändig hinaus«, fuhr er Claudio an. »Es geht hier um unsere Mutter!«

»Dann benehmen Sie sich auch so«, gab Anno zur Antwort. »Da vorne liegt sie. Nicht hier hinten!«

»Ich werde Sie …«, schimpfte er, aber seine Frau legte ihm ihre Hand auf den Arm.

»Später«, beschwichtigte sie ihn. »Nicht hier!«

Er drehte sich unwillig nach vorn, und Claudio warf Anno einen dankbaren Blick zu. Seine Rolle der Familie gegenüber war schon schwierig genug, aber dieser Verdacht beraubte ihn seiner Abwehrmechanismen. Er fühlte sich völlig schutzlos.

Trotzdem schaffte er es, sich auf den Sarg zu konzentrieren. Die vielen Blumen und Kränze lenkten davon ab, daß sie tatsächlich da drin lag. Er hätte ihr einen weißen Sarg gegönnt, eingehüllt von einem Meer aus Baccararosen. Die Familie setzte jedoch gegen Niklas' Einwände einen massiven Eichensarg durch, und die einzigen Rosen waren seine, die zu einem Kranz zusammengeflochten waren. Der Kranz lag, wohl auf Anweisung der Familie, halb unter einem anderen, und die Rosen waren schon zerdrückt. Es tat weh, diesen letzten Auftritt einer Frau wie Romy zu sehen. Er konnte nur hoffen, daß sie es selbst nicht mitbekam.

Als der Prediger kam, hörte er weg. Das Entscheidende war diesem Menschen nicht mitgeteilt worden – diese Frau war zwar eines unnatürlichen Todes gestorben, aber die letzten Jahre war sie glücklich gewesen. So stand er verkrampft hinter seinem Rednerpult und hangelte sich an dem Text ihrer Söhne entlang, am Blabla der Mutterliebe und guten Gattin. Sie war außergewöhnlich und renitent, schrie es in Claudio, und er überlegte sich einen Moment, ob er nicht nach vorne gehen und nach der Rede des Predigers eine eigene spontane Abschiedsrede halten sollte. Er traute aber seinen Emotionen nicht, und vor allem befürchtete er, daß es zum Eklat kommen könnte. So wartete er ab, bis der Orgelspieler mit seinem »Ave Maria« anfing. Es war unsäglich, kaum auszuhalten. Claudio hatte noch Niklas davon überzeugen wollen, eine fetzige Beerdigung zu machen, ganz im Sinne der Toten. Aber Niklas kam nicht gegen seine Familie an. Selbst seine Mutter, die die Aufgeschlossenste von allen war, wollte davon nichts wissen. Sie nannten es einheitlich »Spleen« und »Verschrobenheit«, was Claudio als »Lebensfreude« und »Mut« bezeichnete. Gegen Ende der Orgelmusik hatte er aufgegeben, sich dagegen zu wehren. Dort lag sie, es war vorbei. Für sie, für ihn. Sie trat als Frau x-beliebig von der Bühne ab, und er verließ sie hier als ihr mutmaßlicher Mörder. Sie waren ein Stück des Weges zusammen gegangen, aber so wie die Kerzen am Sarg flackerten, war auch diese Realität instabil geworden.

Ein merkwürdiges Knacken schreckte Claudio auf. Ein Lautsprecher war eingeschaltet worden. »Ich möchte, daß ihr hört, wie ich wirklich war, wie ich dachte, was ich liebte, ich will, daß ihr wißt, daß ich Orgelmusik nicht leiden kann, schon gar nicht zu meiner Beerdigung!« Alle fuhren hoch, die Familie, die zweite Sitzreihe und die Gäste, ihre Freundinnen aus den Tagen, als sie noch die ehrbare Frau Steinberg war, und die Nachbarn, die teils aus echter Trauer, teils aus purer Neugierde gekommen waren.

Jetzt sah Claudio, wer die Kapelle mittlerweile noch betreten hatte. Peter Knut stand mit verschränkten Armen am Eingang. Und dann hörte er Töne, die ihm so bekannt waren, daß er instinktiv nach Inas Hand griff. »… faß mich an, liebe mich, die Nacht hat alle Schatten verwischt, hab keine Angst vor der Dunkelheit, sie gibt uns ihr Schweigen und macht mich bereit, das in deiner Umarmung zu finden, was ich noch bin …«

»Romy Haag«, flüsterte er, als ob Ina das nicht selbst verstanden hätte. Hier wurde nicht nur Romys Lieblingslied gespielt, sondern ihre ganze Lebensphilosophie. Sie hörten auch noch ein Stück aus einem anderen Lied. »… Geliebter, dreh dich ruhig noch mal um, schlaf noch ein wenig, der Herbst hat ihm ein Bett gemacht, er tritt die lange Reise an, die Leute sind betroffen, sie lassen ihn nicht gehen, ich, ich will ein wenig leben …« Zwischenzeitlich hatten sich alle wieder gesetzt, obwohl es klar zu sehen war, daß diese Szene der Familie fürchterlich peinlich war. Sie streckten die Köpfe zusammen und flüsterten. Zwischendurch schaute einer böse nach hinten.

»Die denken, du hättest das Ganze inszeniert!« sagte Ina schließlich.

»Hätte ich ja gern, wenn ich die Möglichkeit gehabt hätte«, gab Claudio zurück.

»Ich wollte euch nur sagen«, das war wieder Romys Stimme, »keinen von euch trifft eine Schuld. Ich hatte wunderbare Kinder, etwas eigenwillig vielleicht und mit zunehmendem Alter sogar etwas spießig, aber trotzdem habe ich euch sehr geliebt. Und ich hatte einen wunderbaren Wegbegleiter in meinen letzten Jahren, der mir half, meine Träume zu leben. Ich war sehr glücklich, und ich trage dieses Glück mit hinüber über die große Schwelle. Behaltet mich in Erinnerung, wie ihr mich am liebsten gesehen habt. Als Mutter, als Behüterin und Bewahrerin, aber auch als lebenslustige Frau und von mir aus auch als verschrobene Alte. Ich war alles. Und das ist mehr, als so mancher von sich sagen kann. Wir werden uns sehen, paßt auf euch auf!«

Ina rannen die Tränen über das Gesicht, und als sie zur Seite schaute, sah sie, daß alle anderen auf ihrer Bank auch weinten. Selbst Anno hatte sein Einstecktuch gezogen. Bloß, wo kam jetzt plötzlich dieses Band her? Das war die Frage, die alle bewegte und den Zug hinter dem Sarg auf dem Weg zum Grab unruhig machte.

Claudio ging als letzter, denn er hatte eine Vermutung, und er versuchte so nah wie möglich an Peter Knut heranzukommen. Der nickte ihm zu. »Die Sache ist vom Tisch!« sagte er leise. »Ein Abschiedsbrief an Sie und ein weiterer an die Familie sowie das Band lagen bei Romys Anwalt unbearbeitet auf dem Tisch. Der Laden arbeitet manchmal etwas schlampig, und als sie mir gesagt haben, daß Reinhard Lang im Urlaub sei, dachte ich mir so etwas schon. Es war ihr freier Wille, so viel ist klar, den Rest müssen Sie selbst lesen.«

Claudio war auf der einen Seite erschüttert, auf der anderen erleichtert. Am liebsten hätte er Romy noch geküßt, denn mit diesem Tonband war eine riesige Last von seinen Schultern genommen. So fühlte er sich, als der Sarg hinuntergelassen wurde, stark genug, um trotz der bösen Blicke der Familie ganz vorne zu stehen. Hier ging es um Romy, nicht um irgendwelche familiären Befindlichkeiten. Trotzdem konnte er sich in diesem Moment nicht auf die Zeremonie konzentrieren. Er war zwar traurig, aber die starken Emotionen wie zuvor bei Romys Stimme, als sie wie aus dem Nichts heraus kam, waren vorbei. Irgendwie, so fühlte er, hatte sich der Abschied dort vollzogen. Sie hatte auf Wiedersehen gesagt, und aus irgendeinem Grund glaubte er ihr. Was sich hier vor seinen Augen abspielte, war demnach nur noch ein Ritual. Ob bei den Würmern oder bei den Fischen, verbrannt oder am Stück, ihr Geist schien ihm nah, und der Rest war Hülle.

Bei der Testamentseröffnung war Claudio jedoch froh, daß Niklas dabei war. Sie waren ins Büro gebeten worden, der Notar wollte gleich nachkommen. Die Atmosphäre war zum Schneiden, als sich die beiden Brüder mit ihren Frauen nach einem geeigneten Sitzplatz umschauten, möglichst weit von Claudio entfernt. Niklas setzte sich demonstrativ eng neben ihn und blinzelte seiner Mutter zu, die die Mitte wahrte und Niklas gegenüber ein kleines Lächeln andeutete. So saßen sie wie an einer Perlenkette aufgereiht und schauten angestrengt auf den Schreibtisch, der klotzig und altertümlich vor ihnen stand.

»Damit werden Sie nicht durchkommen«, sagte Niklas' ältester Bruder plötzlich zu Claudio, nachdem sie eine Weile in völliger Stille gesessen hatten.

»Was ist denn? Ich denke, es gibt nichts zu erben – wozu dann die Aufregung?« sagte Claudio daraufhin kühl.

Aus Niklas aber brach es heraus: »Laßt ihn doch in Ruhe! Wo seid ihr denn gewesen, wenn sie jemanden gebraucht hat? Ihr hattet doch nur immer Schiß, sie könnte euch mal zur Last fallen!«

»Gehörst du zur Familie oder nicht?!« griff ihn sein jüngerer Onkel an.

»Blöde Frage!« mischte sich Niklas' Mutter ein, die in ihrem schwarzen Kostüm nicht nur sehr attraktiv, sondern auch sehr energisch wirkte. »Auch einer aus der Familie kann eine andere Meinung haben. Wo sind wir denn?«

»Das ist ja unglaublich!« Ihre Schwägerin, die Frau ihres ältesten Bruders, beugte sich auf dem Stuhl etwas vor, um sie sehen zu können. »Da zieht eine Frau ihre Kinder groß, und dann soll so ein dahergelaufenes Individuum abkassieren? Wo kommen wir denn da hin!«

»Was hast denn du damit zu tun? Bist du von unserer Mutter großgezogen worden? Nein? Dann halt dich da raus!« Der Ton von Niklas' Mutter war scharf und verriet Claudio, daß dies wahrscheinlich nicht der erste Disput zwischen den beiden Frauen war.

»Immerhin hat dein Bruder mich geheiratet, also gehöre ich ...«

»War's nicht eher umgekehrt?« schnitt ihr Niklas' Mutter den Satz ab.

»Sag was!« fuhr die Angesprochene daraufhin ihren Mann an, der sich eben aufplusterte, als die Tür aufging. Augenblicklich war es ruhig, alle schauten auf den Notar, der mit einem allgemeinen

Gruß gemächlich hereinkam, und Claudio kam sich vor wie in der Schule. Irgendwie war es auch die gleiche Stimmung. Einer da vorn, von dem alles abhing, der jetzt schon mehr wußte als sie alle und der sie nachher glücklich oder enttäuscht entlassen würde.

Und ganz wie ein Lehrer setzte er sich jetzt an den Schreibtisch, legte die Brille, die er in der Hand gehalten hatte, neben die Papiere, die vor ihm lagen, und blickte auf. Sein Blick ging langsam von einem zum anderen, als er zu sprechen anfing.

»Im großen und ganzen wissen Sie ja schon, was Martha Steinberg, Ihre Mutter, Schwiegermutter, Großmutter und Lebensgefährtin«, damit nickte er Claudio zu, was einen empörten Zischlaut auf der anderen Seite der Stuhlreihe verursachte, »in etwa verfügt hat. Zumindest hat sie mir gesagt, daß sie nie einen Hehl daraus gemacht hat, daß sie die Lebensfreude ihrer letzten Jahre Claudio Resin zu verdanken hat und auch ihren Enkel Niklas sehr mochte, weil er immer zu ihr und ihrer Lebensauffassung und Lebensweise stand!«

Er verharrte kurz und setzte seine randlose Brille auf. »So lese ich Ihnen jetzt Martha Steinbergs Letzten Willen vor!«

Romys ältester Sohn samt seiner Frau drohten sofort, alles anzufechten, nachdem sie gehört hatten, daß tatsächlich alles, bis auf den Pflichtteil, an Claudio ging. Das Haus und das Barvermögen, die Wertbriefe und Aktien. Eine Ausnahme bildeten nur die Bilder, die sie gesammelt hatte, der fünf Jahre alte BMW und 10 000 Mark in bar. Das sollte Niklas erhalten. Niklas' Mutter fand es soweit in Ordnung, ihre Brüder sahen das anders. Sie waren nicht gewillt, auch nur eine einzige der wackeligen Steinplatten auf dem Fußweg zum Haus einem Typen wie Claudio zu überlassen.

Claudio zuckte die Achseln und flüsterte Niklas zu: »Noch ist ja nicht einmal klar, ob überhaupt etwas da ist. Aber was mich am meisten interessiert, ist, aus welchem Grund sie es überhaupt getan hat!«

»Hast du den Brief von Peter Knut noch nicht erhalten?« fragte Niklas erstaunt.

»Doch, schon!« Sie verließen gemeinsam das Gebäude, Niklas schaute sich kurz nach seiner Mutter um, aber sie stritt hinter ihnen mit ihren Brüdern und deren Frauen. »Und noch nicht gelesen?« fragte er weiter.

»Ich habe mich noch nicht getraut. Ich dachte, ich bräuchte Ruhe dazu, und die hatte ich bisher noch nicht!«

»Du weißt, daß Anno ein kleines Abendessen vorbereitet hat? Ich soll dich in seinem Namen einladen. Meine Mutter hat er auch dazugebeten, aber sie will lieber gleich wieder nach Hause fahren. Und die anderen werden in der nächsten Kneipe eine Strategie gegen dich aushecken, was dir allerdings egal sein kann. Was ich dir noch zu unserem Brief sagen wollte, den wir von Romy bekommen haben, da steht nur drin, daß sie es freiwillig getan hat, weil sie meinte, daß es Zeit für sie war und sie ihr Leben bis in den Tod im Griff behalten wollte. Und sie bittet, das als ihre letzte Entscheidung zu akzeptieren. Und dann schreibt sie noch, daß sie ein Tagebuch an meine Mutter hinterlegt habe, in dem sie über fünfzig Jahre die Dinge, die ihr wichtig waren, vermerkt hat. Quasi von ihrer Hochzeit über die Geburt ihrer Kinder bis zu ihrem Tod. Und ich denke, das ist die wertvollste Hinterlassenschaft!«

Claudio nickte. »Ich bin froh, daß es dich gibt, Niklas!«

In der Villa nahm Claudio den Brief, erklärte Anno kurz die Situation, bat Ina, mit ihm zu kommen, und ging mit ihr in den Garten.

»Ich kann das unmöglich allein«, sagte er und warf ihr ein kleines, verlegenes Lächeln zu. »Irgendwie brauche ich jetzt Beistand!«

»Kann ich gut verstehen«, sagte Ina und streifte ihre hohen Schuhe auf der Terrasse ab. Dann ging sie barfüßig neben ihm die kleine Steintreppe hinunter und durch das Gras zu der kleinen Mauer am Grillplatz. Sie trug ein langes, schwarzes Kleid, das sie dann und wann etwas hochnahm, und sie hatte ihre langen Haare hochgesteckt.

»Du siehst sehr ernst und feierlich aus!« Claudio betrachtete sie von der Seite.

»Mir ist es nicht nur sehr ernst und feierlich zumute, sondern auch ziemlich unheimlich«, entgegnete sie und setzte sich vorsichtig auf die unebenen und rauhen Steine der Mauer.

»Mir auch!«

Claudio zog den Brief aus der Innentasche seines schwarzen Jacketts. Es war ein kleines Kuvert aus weißem Büttenpapier, fein säuberlich stand in Romys schwungvoller Handschrift *Claudio Resin, persönlich* darauf.

»Wenn du denkst, was von so einem Brief alles abhängen kann«, sagte er dazu und strich ihn glatt, obwohl es nicht nötig war.

»Du sagst es! Gott sei Dank war Annos Anwalt so clever, bei diesem Schlamper von Kollegen nachzuhaken. Stell dir mal vor, was da heute noch losgewesen wäre? Romys Familie hätte dich fertiggemacht!«

»Ich darf gar nicht daran denken!« Claudio seufzte. »Ich habe mich wirklich schon unter Beweisnot im Knast gesehen! Das mit den Fingerabdrücken hat mir schon gereicht!«

Er glitt vorsichtig mit dem Zeigefinger in den Falz und drückte ihn langsam auf.

»Lies ihn zuerst allein«, sagte Ina schnell und legte ihre Hand auf seinen Oberschenkel. Claudio zögerte, stimmte ihr aber zu. Ina beobachtete ihn und schaute dann aufs Wasser.

Wie beruhigend dieser See war. Es konnte passieren, was wollte, er war immer gleich oder spielte sich wieder ein. Er unterwarf sich gewissen Regeln, den Jahreszeiten, führte mal mehr, mal weniger Wasser, zwischendurch begehrte er auf und überschwemmte alles, dann war das Geschrei groß, und wenn seine Kraftmeierei ein Ende hatte, fiel er in seinen alten Rhythmus zurück, und alles war wieder wie zuvor. In gewisser Weise zeigte er ihr eine Lebensphilosophie. Sie dachte darüber nach und auch darüber, wo Romy jetzt sein könnte und ob tatsächlich alles ein Ende hatte und sie selbst dem See im Verhältnis zu seiner schieren Unendlichkeit wie eine Eintagsfliege vorkommen mußte.

Sie hörte Claudio kurz aufstöhnen und schaute schnell zu ihm hin.

»Ach, du lieber Himmel!« sagte er.

»Was ist denn?«

»Sie hat … nein, das ist schier unglaublich!« Er schüttelte den Kopf und versank wieder in das Schreiben.

»Was denn?«

Er schaute auf und schüttelte erneut den Kopf. »Du glaubst es nicht! Nein, es ist nicht zu glauben!«

»Ich kann's nicht glauben, wenn du es mir nicht sagst!«

Mit einem Auge sah sie, wie Caroline von der Terrasse aus die Steintreppe herunterlaufen wollte, um zu ihnen zu kommen, und von Anno zurückgehalten wurde. Er war schon ein unglaublicher Mann.

»Sie hat unser Zusammensein vorausgeplant! Kannst du dir vorstellen, was sie ausgeheckt hat?«

»Was?« Ina konzentrierte sich wieder auf ihn. »Wie meinst du das?«

»Sie hat«, er stieß ein kurzes ungläubiges Lachen aus, »uns bei unserem ersten Zusammensein gesehen. Beobachtet hat sie uns, weil sie so etwas vermutet hat. Und sie war höchst zufrieden, denn, jetzt paß auf, sie wußte, daß ihr das Geld ausgehen würde. Und sie wollte meine Zukunft sichern. Und so spekuliert sie, daß du mich, wenn Anno ihr erst einmal nachgefolgt sei – so schreibt sie das hier tatsächlich –, heiraten wirst und ich somit das Erbe erlangen werde, das sie mir in unserer Abmachung zwar versprochen, aber wegen Geldmangels nicht geben kann!«

Ina sagte nichts darauf.

»Es ist ihre Art, die Dinge zu lösen!« Er schüttelte den Kopf. »Oh, Romy!« sagte er. »Aus Geldmangel hättest du wirklich nicht sterben müssen!«

»Steht das da auch drin?« fragte Ina erschrocken.

»Sie schreibt, ihr Vermögen beläuft sich noch auf zirka 200 000 Mark. Sie sah das Ende des Dolce vita voraus, schreibt sie, und wollte vorher ihre Spielwiese verlagern!«

Ina holte tief Luft. »Eigentlich war sie mutig! Mutiger als alle, die sich dem Schicksal treu ergeben!«

»Manchen steht da eben ihre Religion im Wege!« gab Claudio zu bedenken und schnippte sie leicht gegen die Nase.

»Religionen, die im Wege stehen, können keine Bereicherung sein. Insofern hatte sie recht, selbst über ihr Leben zu bestimmen!« Ina rutschte vorsichtig von der Mauer herunter. »Laß uns nach oben gehen. Julia wird Beistand brauchen, wenn Niklas da ist.« Sie ging Claudio voraus, drehte sich aber noch mal kurz nach ihm um. »Romys Plan mit uns beiden behältst du aber besser für dich!«

»Würdest du mich denn heiraten wollen?« fragte er mit ironischem Unterton.

»Wenn du weiterhin zwei Schritte hinter mir läufst, vielleicht!«

Julia hatte sich vorgenommen, Niklas völlig nüchtern zu betrachten. Und das hielt sie auch eine Weile lang durch. Er ist ein völlig unscheinbarer Mensch, sagte sie sich, ohne hervorstechende Qualitäten. Er hat Frau und Kind und ist damit absolut indiskutabel. Zudem auch noch uninteressant. Alle saßen am Tisch, sprachen einen Trinkspruch auf Romy aus und unterhielten sich darüber, wie glimpflich das Ganze noch abgelaufen war. Julia saß Niklas gegenüber und sprach, wenn sie mit ihm redete, in betont distanziertem Tonfall. Es fiel allen auf, und Niklas überlegte, wie er darauf reagieren sollte. Überhaupt nicht beachten war wahrscheinlich die beste Möglichkeit, dafür aber ziemlich anstrengend. Außerdem nervte es ihn, denn schließlich hatte er nichts verbrochen. Sie waren noch nicht einmal miteinander im Bett gewesen. Und während er darüber nachdachte, merkte er plötzlich, wie ihn das anmachte. Sie war auf dem »Rühr-mich-nicht-an«-Trip, und er wollte es wissen. Verdammt, Niklas, sagte er sich dann gleich darauf wieder, laß es, es ist der beste Ausklang! Aber wie sie ihn so am kleinen Finger verhungern ließ, reizte es ihn gewaltig, sich das Gegenteil zu beweisen.

Anno hatte Stillschweigen nach außen verordnet; so hatte Julia heute zwar mit ihrer Mutter telefoniert, aber nichts von den wesentlichen Dingen des Tages berichtet. Dafür konnte sich ihre Mutter nicht verkneifen, Julia die Konsequenz dieser unglücklichen Hochzeit, wie sie es nannte, zu schildern. Anno würde als Pflegefall in Theklas Hände geraten, während Ina die Schloßherrin spielen und die Kohle vergeuden könne. Und das sei auch schließlich ihr, Julias, Erbe. Julia konnte es nicht mehr hören und beschloß, nichts darüber zu verraten, daß sich Anno aus dieser Geschichte bereits wieder herausschraubte. »Thekla wird ihre Freude haben«, sagte sie nur. »Und wir gönnen Thekla doch alles Gute!«

»Du siehst das zu einseitig«, hatte ihre Mutter durchs Telefon gemahnt, »du mußt doch auch an die Familie denken! Du setzt dich für die falsche Seite ein!«

»Mutti«, Julia wollte das Gespräch schnellstens beenden, »glaubst du, daß es noch eine Familie gibt, sobald es ans Erben geht? Glaubst du, du hast gegen Gerhard oder Hans-Jürgen oder Kurt eine Chance, ganz zu schweigen von deinen biestigen Schwestern? Die werden sich gegenseitig niedermetzeln! Und du wirst überhaupt nicht gefragt werden! So sieht's aus!«

Es war kurz still in der Leitung, dann hatte Bernadette sich wieder gesammelt. »Ich glaube, ich muß mal wieder einen Besuch bei Vater machen!« sagte sie.

»Gute Idee«, kommentierte Julia. »Bring einen Kuchen mit!«

Es wurde rasch kühl auf der Terrasse, und alle zogen ins Wohnzimmer um. Anno hatte im Feinkostgeschäft einige Platten mit Kanapees und verschiedene Salate bestellt, die bereits auf dem gedeckten Tisch standen. Niklas richtete es so ein, daß er neben Julia zu sitzen kam. Dabei begegnete ihm zwar Annos forschender Blick, aber er erwiderte ihn offen. Schließlich spielte sich bisher alles ausschließlich in seiner Phantasie ab, und es gab keinen Grund, Anno nicht in die Augen schauen zu können.

»Wie lange bleibst du denn?« fragte er Julia beiläufig.

»Übers Wochenende«, sagte Julia. »Und du?« fügte sie dann gegen ihren Willen an. Verdammt, sie wollte es nicht wissen. Hatte es zumindest nicht wissen wollen! Aber jetzt, da sie neben ihm saß und direkt in seine Augen sah, spürte sie, wie es schon wieder losging. Irgend etwas hatte er an sich, und, verflucht noch mal, sie hatte sich nicht eine einzige Nacht mit ihm gegönnt! Sie überlegte, wie sie es bewerkstelligen könnte, dachte an seine Freundin und das Kind und strich es wieder. Kurz danach fand sie ihre moralischen Vorbehalte ziemlich spießig. Wen juckte es schon, wenn sie etwas Spaß hatte? Möglicherweise war er ja eine völlige Niete, hatte keine Ahnung von einer Frau, dann konnte sie es mit ruhigem Gewissen abhaken. Und hätte ihn aus dem Kopf. Nachdem er sich in den entscheidenden Momenten immer körperlich ferngehalten hatte, lockte es sie, diese Bastion zu nehmen. Mal schauen, ob sie dem nichts entgegenzusetzen hatte!

Sie spielte mit dem Gedanken, dann fuhr sie vom Sitz hoch. Alle schauten überrascht auf.

»Was ist denn los?« fragte Niklas, der sofort argwöhnte, es könnte etwas mit ihm zu tun haben.

»Hast du die Pille vergessen?« fragte Nancy, aber keiner nahm Notiz von ihr.

»Viel schlimmer! Ich bin ja völlig verkalkt!«

»Ach?« machte Niklas frech, aber Julia schaute ihn nicht einmal an. »Opi, Peter Knut war vorhin da. Außer mir war keiner da, aber er gab mir einen Brief und sagte, er sei dringend und sehr wichtig! Verdammt, vor lauter Romy und allem anderen«, was sie meinte, war jedem klar, Niklas runzelte die Stirn, »hab ich's total vergessen! Tut mir leid!«

Sie ging schnell zum Telefontisch, zog die Schublade auf und kam mit einem länglichen gelben Briefumschlag wieder. »Hoffentlich ist es jetzt nicht zu spät!« Sie überreichte ihn Anno, der ihn genau betrachtete, drehte und wendete.

»Zu spät ist es erst, wenn man tot ist«, sagte er unbedacht, schaute kurz auf, sagte: »Prost, Romy«, und legte den Briefumschlag vor sich auf seinen noch leeren Teller. »Er kommt aus den USA. Aus Lansing.« Er schaute in die Runde. »Kennen wir da jemanden?«

Alle schüttelten verneinend den Kopf.

»Staat Michigan«, fügte Anno noch hinzu.

»Wie wär's denn, wenn du ihn aufmachst?« fragte Julia.

»Er ist nicht an mich. Tausendmal durchgestrichen und neue Adressen über- und untereinander, wie ihr seht, aber da steht Ina Schwarz; c/o Anno Adelmann hat wohl Peter Knut dazugeschrieben. Muß gewaltige Umwege genommen haben, das Schreiben, bis es schließlich bei Peter landete. Was hat er denn dazu gesagt?« wollte er von Julia wissen.

Die zuckte die Schulter. »Sei ein völliger Irrläufer gewesen. Mehr nicht!«

»Briefe aufzuspüren scheint seine Spezialität zu sein«, sagte Claudio und beobachtete, wie Anno mit dem Zeigefinger über die Briefmarken fuhr.

»Ist schon ewig unterwegs, das gute Stück! Wenn ich's recht lesen kann, knapp drei Monate!«

»Nun mach's doch nicht so spannend!« Julia war hinter seiner Lehne stehengeblieben, und Ina, die neben Anno saß, beugte sich zu ihm hinüber.

»Merkwürdig«, sagte sie. »Da steht tatsächlich mein Name!«

»Mädchenname«, korrigierte Anno.

»Wie auch immer, macht's doch auf!« Julia war höllisch gespannt. »Ist doch fast wie Flaschenpost!«

»Die könnte schneller gehen«, warf Niklas ein.

»Kommt auf die Strömung an«, sagte Anno automatisch und schob den Briefumschlag leicht zu Ina über den Tisch. »That's your turn«, meinte er dazu.

Ina griff nach ihrem Messer und riß ihn mit einem Ruck auf. »Irgendeine Behördensache«, stellte sie auf den ersten Blick fest und schaute sich den Briefkopf daraufhin genauer an. »Habe ich jemanden umgebracht? Das ist ein Schreiben vom Gericht!«

»Warst du schon mal in Michigan?« wollte Julia wissen.

»Ich war überhaupt noch nie in Amerika! Leider!«

Jetzt war auch Caroline hellhörig geworden, die sich bisher mit den Kanapees beschäftigt hatte. Etliche lagen bereits abgegessen auf ihrem Teller. »Amerika?« Sie rückte ihren Stuhl weg. »Laß mal sehen, Mami. Ehrlich Amerika? Geil!«

»Geil?« echote Anno. »Was ist denn das?«

»Ein Ausdruck eben«, klärte Caroline ihn auf.

»Lernt man so was in der Schule?« wollte Anno wissen.

»Ja, und? Da ist doch nichts dabei!« Caroline stellte sich neben Julia und versuchte an ihrer Mutter vorbei auf den Brief zu schauen. »Was ist denn das für ein komischer Brief? Das kann ich ja überhaupt nicht lesen!«

»Das ist amerikanisch«, erklärte Ina, »und jetzt sei mal still, ich blick's noch nicht so richtig!« Sie blätterte die Seiten durch. An der vorletzten blieb sie hängen. »O Gott!« sagte sie, blickte auf und vertiefte sich gleich wieder. »Ich brauch einen Schnaps!« sagte sie gleich darauf. »Oder besser noch gleich drei!«

Keiner bewegte sich.

Ina griff sich ans Herz. »Ich glaub's nicht! Da verarscht mich einer!«

»Verarschen?« fragte Anno, bekam aber keine Antwort.

»Was ist denn, Mami?«

Ina hob kurz hilflos die Hände. »Wenn mich nicht alles täuscht – schade, daß Peter Knut schon wieder weg ist ... also, wenn mich nicht alles täuscht, geht es hier um eine Erbschaft. Eine alte Tante, die Schwester der Mutter meiner Mutter, steht da, also, wartet mal«, Ina überlegte, und es war ihr anzusehen, wie schwer es ihr fiel, überhaupt einen klaren Gedanken fassen zu können.

»Großtante«, half Niklas ihr weiter.

»Großtante? Na, gut, also Großtante. Diese Großtante, die ich überhaupt nicht kenne und von der ich auch noch nie was gehört habe, ist verstorben und hat mir, als letztem Sproß der Familie, ihr Vermögen vermacht!«

»Wie?« Claudio schaute sie an.

»Steht da!« Ina hob die Hände erneut in einer fragenden Geste hoch. »Keine Ahnung, ob das so sein kann! Sieht aber zumindest alles sehr echt aus!« Sie blätterte die sechs Seiten nochmals durch und fächerte sie auseinander. Gleich darauf war sie von allen umringt.

»Um wieviel geht es denn?« wollte Julia wissen.

»Knapp fünf Millionen«, sagte Ina trocken und fügte sachlich hinzu. »US-Dollar!«

»Fünf Mi…« Niklas schnappte hinter ihr nach Luft. »Laß das mal sehen!« Er drängte sich an ihr vorbei und zog eine Seite nach der anderen heraus.

»Ich glaub's nicht!« Claudio schaute Niklas über die Schulter.

»Ich auch nicht!« nickte Ina. »Das kann ganz einfach nicht sein! Wie sollte ich zu fünf Millionen kommen? US-Dollar?«

»Ruft Peter Knut an«, sagte Anno trocken. »Er soll sofort kommen! Und sein Handbuch über amerikanisches Recht mitbringen!«

Diese Neuigkeit konnte Julia nicht für sich behalten. Kaum daß Peter Knut nach eingehender Prüfung die Echtheit des Dokuments bekräftigt und die Odyssee dieses Briefes kurz erläutert hatte, hing Julia am Telefon und rief ihre Mutter an.

»Hab ich dich geweckt? Macht nichts. Stell dir vor, Ina hat fünf Millionen geerbt. Aus Amerika, von einer Großtante, die sie überhaupt nicht kennt. US-Dollar! Sie ist jetzt reicher als Opi! Ist das nicht ein Witz?«

Bernadette faßte es als schlechten Witz auf und wollte wieder aufhängen. Nur der Protest, den sie aus dem Hintergrund hörte, machte sie hellhörig.

»Beschrei's nicht, Julia!« hörte sie Inas Stimme. »Solange es nicht auf meinem Konto ist, glaube ich es nicht!«

Bernadette war schlagartig hellwach. Sie rief sofort Thekla an. Es dauerte eine Weile, bis sie abnahm – aber sie gab Bernadette recht: Diese Neuigkeit rechtfertigte jeden Anruf zu jeder Zeit.

»Das sieht nach fetter Beute aus«, sagte sie und lachte dumpf.

»Ja, die macht sie jetzt wohl«, gab Bernadette ihr recht.

»Recht so. Zuerst sie, und dann sind endlich wir dran!«

»Wir? Wie willst du das denn machen?«

»Wie? Keine Ahnung. Aber ist Anno nicht schon durch dieses Gutachten vorbelastet? Und war er nicht schon mal Witwer?«

Bernadette schluckte. »Du meinst …, nein, das ist teuflisch!«

»Teuflisch?« Thekla lachte wieder. »Ich nenne das gerecht. Wir sind seine Töchter, das haben wir uns verdient!«

Lydia erfuhr die Nachricht erst am nächsten Tag. Aber zu diesem Zeitpunkt wußte Thekla schon, was Lydia in dieser Sache tun konnte. Für Kurt als Arzt durfte es nicht weiter schwer sein herauszufinden, woran diese Romy tatsächlich gestorben war. Und sollte es, wie zu vermuten war, tatsächlich Gift gewesen sein, so erklärte sie Lydia, dann dürfte es ihrem Mann als Mediziner auch nicht weiter schwerfallen, das gleiche Mittel zu besorgen.

Lydia war völlig überrumpelt. Die Vorstellung, daß ausgerechnet eine Person wie Ina ein solches Vermögen geerbt haben sollte, ließ sie an der Gerechtigkeit dieser Welt zweifeln. Sie fand Theklas Gedanken nachvollziehbar. Sollte Ina etwas zustoßen und ihrer Tochter als direkter Nachfolgerin natürlich auch, so fiel das Vermögen an Anno. Und bei Anno war die natürliche Zeit abzusehen. Vor allem, wenn er emotional mit einem solchen Verbrechen und womöglich auch noch mit einem entsprechenden Verdacht belastet wurde.

»Ich weiß nicht, ob Kurt da mitspielt«, gab Lydia zu bedenken.

»Bei insgesamt, sagen wir mal, fünf Millionen Dollar von Ina und, was weiß ich, etwa vier väterlichen? Plus der Villa? Schwesterherz, mach dich nicht lächerlich! Ist das nicht irre? Sie hat es tatsächlich geschafft, ihn gegen unseren Willen zu heiraten, und nun erweist sich dieser Tiefschlag als rechter Glücksfall. Denn wenn sie ihn nicht geheiratet hätte, könnten wir sie nicht beerben!« Thekla lachte böse, und Lydia zuckte zusammen. Thekla würde die Sache durchziehen, das spürte sie. Es konnte nicht nur das Geld sein, das sie trieb. Geld verdiente Gerhard doch eigentlich genug. Irgendwie schien es Lydia, als wolle Thekla ihren Vater regelrecht vernichten. Möglicherweise fand sie es sogar befriedigender, ihm einen zweifachen Mord anzuhängen, als ihn zu beerben.

Für Kurt war es tatsächlich kein Problem herauszufinden, woran Martha Steinberg genau gestorben war. Natriumpentobarbital kannte er, es war mit Wasser zu mixen, und man schlief ein.

Ein humanes Mittel, im Gegensatz zu manch anderen radikalen Giften – solange man bei einem gewaltsamen Tod überhaupt von human sprechen kann. Er rief Lydia an und teilte es ihr mit, und Lydia faxte es direkt ihrer Schwester durch. Sie hoffte, daß sie damit ihren Part erfüllt hatten und daß Thekla den Rest nun allein besorgte. Eigentlich wollte sie mit allem weiteren überhaupt nicht konfrontiert werden, obwohl der Ausblick auf einen derartigen Geldsegen natürlich verlockend war.

Thekla erteilte ihr jedoch sofort telefonisch den Auftrag, das »Mittel« zu besorgen. Und zwar in ausreichender Menge, was Kurt sicherlich gut einschätzen könne. Und zwar lieber etwas mehr als zuwenig.

»Denkst du dabei auch gleich an uns?« fragte Lydia scherzhaft, aber Theklas Antwort stimmte sie nachdenklich.

»Keine schlechte Idee«, sagte sie spontan. Aber dann lachte sie. »Du weißt doch, Familien halten immer zusammen!«

In der Villa hatte in dieser Nacht kaum jemand geschlafen. Ina konnte es nicht fassen. Vor allem nicht, daß sie bereits vor drei Monaten, als es ihr schlechtging, eigentlich schon reich war. Vorausgesetzt diese ganze Geschichte stimmte tatsächlich. Die ganze Inszenierung mit Anno hätte nicht stattgefunden, wenn sie das gewußt hätte. Die halbe Nacht dachte sie darüber nach, was passiert wäre, wenn alles anders gelaufen wäre. Ob sie Claudio genommen, ihr Häuschen verändert hätte? Oder mit Caroline in ein ganz anderes Haus gezogen wäre, möglicherweise ebenfalls am See? Die Entführung, die Fotos, diese Drohungen wegen Romys Tod, alles wäre anders gelaufen, ja, sie hätte Romy noch nicht einmal kennengelernt. Und Claudio auch nicht. Es stimmte sie nachdenklich, denn wenn sie sich jetzt ein Leben ohne Anno, Nancy und Claudio vorstellte, erschien es ihr irgendwie nackt. Sie kam zu dem Schluß, daß das Schicksal es sicherlich so gewollt hatte und daß alles weitere abzuwarten sei.

Anno lag ebenfalls mit Zweifeln in seinem Bett. Konnte er Ina nun überhaupt noch halten? Wäre es nicht zumindest fair, ihr die problemlose Scheidung anzubieten, denn ehrlicherweise mußte er ja einräumen, daß die Grundlage zu ihrer Ehe hinfällig war. Die Abmachung lautete auf Geld und Sicherheit gegen Kümmern und Familienschocking. Die Familie zeigte sich mittlerweile jedoch so geschockt, daß sie das Visier heruntergeklappt hatte und Anno feindlich anging. Das war zwar eine Erkenntnis, aber keine, die ein schönes Altern im Familienverbund verheißen konnte. Hier ging es ums Erbe, und Anno hatte keine Lust, von seiner väterlichen Rolle auf einen bloßen Geldsack zusammengestrichen zu werden. Aber noch weniger Lust hatte er, das herrliche Familienleben mit Ina und Caroline, das er jetzt genießen durfte, so schnell wieder aufzugeben.

Es war ihm bange ums Herz, aber er beschloß, Ina morgen darüber zu befragen.

Claudio hatte in dieser Nacht die größten Probleme. Er war von der Schuld an Romys Tod freigesprochen worden, nicht richterlich, aber moralisch, und das war eine unglaubliche Befreiung für ihn. Und er hatte geerbt. Nicht so viel, wie es ursprünglich geheißen hatte, aber doch 200 000 Mark, mit denen es sich für die nächsten Jahre leben ließ, wenn er das Geld zusammenhielt. Was ihm Probleme bereitete, war die veränderte Situation mit Ina. Warum waren es in seinem Leben immer die Frauen, die das Geld hatten? Bisher hatte zwischen ihnen beiden ein Gleichgewicht geherrscht. Er hatte Romy als Förderin und somit einige Verpflichtungen, sie hatte Anno. Romys Brief erschien Claudio nicht einmal blöd. Nachdem Anno ihre Liebschaft akzeptiert hatte, so sah es zumindest aus, hätten sie noch gemütlich einige Zeit auf diese Weise leben können. Das hätte ihnen beiden zumindest einige gemeinsame Stunden in der Woche beschert. Stunden, die er nicht missen wollte und, wenn er genau darüber nachdachte, auch nicht missen konnte. Er war ganz einfach gnadenlos in sie vernarrt. Aber jetzt erhob sich Ina mit einemmal über alle hinaus. Sie hatte Anno nicht mehr nötig und ihn sowieso nicht. Was, wenn sie packen und wegziehen würde? Mit ihrer Tochter nach – wer weiß wohin? Wenn dieses amerikanische Dokument wirklich stimmte, stand ihr die Welt offen. Was sollte sie da noch mit einem Ex-kümmerer anfangen wollen?

Nancy stand die halbe Nacht am Fenster und starrte auf den blei-chen Mond und lauschte dem monotonen Rauschen der Wellen. Dann und wann hörte sie ein Tier schreien, mal einen Wasservogel, dann wieder einen Kauz, aber sie war so tief in ihre Gedanken ver-strickt, daß sie nicht darauf achtete.

Sie war bald 50 Jahre alt, und ihre Zeit lief parallel zu der Zeit von Anno. Sie hatte allen Grund, sich vor der Zukunft zu fürch-ten, denn wenn Ina gehen würde, wäre sie nach Annos Tod der Willkür seiner Töchter ausgesetzt. Und sie konnte sich ausmalen, daß die sie so schnell wie möglich aus dem Haus werfen würden. Wahrscheinlich sogar in verletzender Weise. Womöglich würden sie ihre Gepäckstücke durchwühlen, ob sie nicht zu guter Letzt doch noch das Silber mitgehen ließe. Und möglicherweise wür-den sie die unteren Räume vor ihr verschließen, so daß sie körper-lich und seelisch spüren sollte, wie unwillkommen sie sei und wie sehr man ihr mißtraute. Sie hatte diese Geschichte mit Ina bewußt forciert, ja, wenn nicht sogar eingefädelt, weil sie sich auch etwas davon erhofft hatte: ein langes Leben an der Seite einer befreundeten und zudem fröhlichen Frau und deren aufgeweck-ter Tochter. Aber diese amerikanische Erbschaft konnte alles ins Wanken bringen. Sie hoffte sehr, daß Ina nun nicht alles über Bord werfen würde. Wenn es einen Gott gab, und vor allem nachts, wenn die Welt ein anderes Gesicht bekam, glaubte sie daran, dann würde sich Ina nicht von der Villa und ihnen lösen können.

Julia hatte die allgemeine Aufregung ausgenutzt. Anno war früher als alle anderen ins Bett gegangen, Nancy war auch müde, und Ina trank mit Claudio noch einen letzten Whisky, aber es war offen-sichtlich, daß die beiden allein reden wollten. Julia war aufgestan-den, hinter Niklas' Stuhl getreten und hatte ihm »gehen wir rauf?« ins Ohr geflüstert.

»Wie?« Er drehte sich erstaunt nach ihr um. »Vor kurzem wolltest du mich noch lynchen – und jetzt ...?«

Sie grinste ihn an. »Es ist meine Nacht! Wer weiß, wann wir uns
wiedersehen! Vielleicht überhaupt nicht mehr, was soll's also!«

»Überhaupt nicht mehr?« Er schob seinen Stuhl nach hinten
und schaute sie von unten herauf an. »Gibt's Krieg?«

»Möglicherweise«, sagte Julia und zuckte die Achseln. »Möglicherweise gibt es dann in Stuttgart eine Witwe. Und einen Halb-
waisen!«

»Hör auf!« Niklas stand auf und faßte sie an der Schulter. »Mit
dem Tod macht man keine Scherze!«

»Aber mit dem Leben?«

Er war auf der Hut. »Manchmal. Wieso?«

»Weil ich auch leben will, deshalb!«

»Hmm.« Er schaute ihr in die Augen und zog sie näher an sich
heran. »Willst du diskutieren ...?«

»Wenn du mich so fragst ...«

»Ja?«

»Nein!«

»Gut, dann laß uns gehen!«

Zum Frühstück trafen sie sich, wenn auch nicht um Punkt zehn.
Alle wirkten völlig übernächtigt, Anno war blaß, als er an den Tisch
kam, und es schien ihm nicht aufzufallen, daß Niklas noch da war.
Er nickte ihm zu, wie allen anderen auch, und setzte sich hin.
Nancy brachte ihm Tee und Toast, und Anno zog sich die Butter
heran. »Gute Nachrichten haben manchmal etwas Teuflisches«,
sagte er dabei, und als ihn alle gespannt anschauten, fügte er hinzu:
»Sie lassen einen nicht schlafen!«

»Bis auf Mami«, krakeelte Caroline. »Die schläft noch wie ein
Stein. Ich habe ihr eben die Decke weggezogen, aber es nützt
nichts. Ich glaube, sie schläft bis Mittag!«

»Dann laßt sie. Ich kann's verstehen!« Anno griff nach der englischen Orangenmarmelade, und jetzt erst schien er Niklas zu bemerken. »Auch den Weg nicht mehr nach Hause gefunden?«

»Ich hätte schon«, sagte Niklas, »aber ich wollte nicht. Ich habe bei Julia geschlafen!«

Anno zog die Augenbrauen hoch. »In diesem Haus gerät alles durcheinander. Manchmal war es mir etwas zu langweilig, das stimmt. Aber jetzt scheint es ins andere Extrem umzuschlagen!«

Einige Tage später war es amtlich. Ina war tatsächlich die Alleinerbin, es gab keine Ansprüche von einer anderen Seite. Bis zu diesem Zeitpunkt wollte Ina einfach nicht daran glauben. Es wäre zu schmerzlich gewesen, wenn sich im nachhinein alles als Mißverständnis herausgestellt hätte. Aber jetzt lud sie Anno zu einem mittäglichen First-Class-Menü nach Konstanz ein. »Das verknüpfen wir mit einer schönen Fahrt«, freute sie sich, und Anno war es bang ums Herz. Würde sie ihm beim Dessert sagen, daß nun alles vorüber sei?

Ina war während der Fahrt bester Laune. Das Wetter war durchwachsen, nicht strahlend genug, um offen zu fahren, aber Ina tangierte das in keiner Weise. »Ist das nicht ein herrlicher Tag?« fragte sie Anno ein ums andere Mal, und er mußte ihr recht geben. Natürlich war es ein herrlicher Tag für sie, und es würden noch viele herrliche Tage kommen. Ina fuhr zielsicher durch Konstanz hindurch zu der großen weißen Jugendstilvilla neben dem Konstanzer Kasino. »Et voilà«, sagte sie und lächelte verschmitzt. »Da wollte ich schon immer mal hin. Schau, wie herrlich, direkt am See!«

Haben wir zu Hause auch, wollte Anno sagen, verkniff es sich aber. Sie war einfach glücklich, und so sah sie auch aus. »Für morgen habe ich einen großen Tisch in dieser Winzerstube in Meersburg, von der du so geschwärmt hast, reservieren lassen. Da werden wir alle hingehen und alle so lange feiern, bis wir umfallen!«

Sie lachte hell und zeigte ihre strahlend weißen Zähne, stieg aus und wirbelte um den Wagen herum, um Anno beim Aussteigen zu helfen. »Komm, jetzt lassen wir uns so richtig verwöhnen!« Sie führte ihn die Treppen hinauf in das Restaurant.

»Eigentlich hat es auch seine angenehmen Seiten, eine reiche Frau zu haben«, sagte Anno, während sie ihm die schwere Eingangstür aufhielt.

»Gemeinsam sind wir stark«, antwortete sie, was Anno hoffen ließ.

Das Päckchen mit dem Gift traf am selben Tag bei Thekla ein. Sie nahm das Fläschchen heraus und stellte es in den Küchenschrank. Das war ihr Reich, hier konnte sie frei denken, hier wurde sie von keinem aus der Familie belästigt. Sie setzte sich an den Küchentisch und dachte nach. Freiwillig würde es keine von beiden nehmen. Sie mußte einen Weg finden, wie es nur Mutter und Tochter einnehmen würden, und zwar in ausreichender Menge. Dazu müßte sie wahrscheinlich ins Haus, aber das war für sie kein Problem, sie hatte ja noch einen Schlüssel. Und da es in der Villa keine Alarmanlage gab und auch keinen Hund, dürfte das nachts ohne weiteres gelingen.

Sie stand auf, ging an den Schrank, nahm das Fläschchen heraus und stellte es vor sich auf den Tisch. Dort betrachtete sie es eine Weile und wartete auf eine entsprechende Eingebung. Es war Pflaumenzeit, das war ein Ansatzpunkt. Kinder liebten normalerweise Obst, und eine Frau wie Ina, die auf ihre schlanke Linie achtete, war sicherlich auch eine Obstesserin. Es war wie bei Schneewittchen, sie könnte einen Bauernwagen hinfahren und die Früchte probieren lassen. Oder sie nachts einfach in die Obstschale legen in der Hoffnung, daß sich keiner Gedanken darüber machte, wie sie dorthin gekommen waren.

Sie stand auf, ging an den Kühlschrank, nahm sich ein Stück Obstkuchen heraus und setzte einen Kaffee auf. Vielleicht würde ihr aber auch noch etwas Besseres einfallen.

Beim dritten Gang, es gab Filet vom Bodenseezander an Fond von Jasmintee auf Kohlrabi-Zuckerschoten-Gemüse, hielt es Anno nicht mehr aus. Sie saßen sich gegenüber, spekulierten über das Leben dieser Großtante und beobachteten zwischendurch das Treiben auf der Seestraße. Um sie herum wirkte alles sehr elegant, der hohe Raum, die getragene leise Musik und die weiß gedeckten Tische.

»Wie stellst du dir nun deine Zukunft vor?« fragte Anno direkt.

Der Fischhappen, den sich Ina eben in den Mund schieben wollte, schwebte auf halbem Wege. Sie blickte eine Zeitlang darauf, bevor sie den Blick hob. »Das ist die einzige Frage, die ich nicht beantworten kann«, sagte sie schließlich. »Ich habe auch schon darüber nachgedacht und mir vorgestellt, daß ich ja jetzt alles mögliche machen könnte. Aber irgendwie war ich darüber auch nicht so glücklich …« Sie sahen sich eine Weile direkt in die Augen, dann ließ sie die Gabel sinken und griff nach seiner Hand. »Zuerst war es eine Abmachung. Aber jetzt kann ich mir wirklich nicht vorstellen, euch zu verlassen, nur weil ich mir jetzt ein eigenes Haus am See kaufen könnte. Ihr alle seid meine Familie geworden, weißt du? Du und Nancy, selbst Julia und Niklas, ich fühle mich einfach wohl und wüßte nicht, was noch mehr kommen sollte!«

»Daß du beispielsweise mit Claudio zusammenziehst!«

Sie verharrte kurz und dachte nach.

»Ich weiß, daß es auf diese Art eine schwierige Konstellation ist.« Sie drückte seine Hand. »Und wenn es zu schwierig ist, mußt du mir das sagen. Aber ich bin mir nicht sicher, ob Claudio der Mann ist, mit dem ich leben könnte. Mit dir ist das sehr entspannt, ich fühle mich frei und ungezwungen, du weißt sehr viel und informierst dich laufend, und ich, entschuldige, wenn ich es so profan sage, lerne viel von dir. Und außerdem schätze ich dich sehr. Caroline fühlt sich wohl wie noch nie in ihrem Leben, sie ist rundherum glücklich, worin könnte die Steigerung liegen?«

Anno lächelte. »Das hört sich alles wunderbar an. Aber ich bin alt, Claudio ist jung, ich bin verbraucht, er ist stark. Irgendwann würdest du uns vielleicht gern austauschen!«

Ina zog ihre Hand zurück und griff nach ihrem Weinglas. »Laß uns einfach mal darauf anstoßen, daß es ist, wie es ist. Du bist mein Ehemann und ein wunderbarer väterlicher Freund, und wenn dir das genügt, braucht sich nichts zu ändern. Und Claudio ist mein

Liebhaber, was für eine echte Ehefrau meiner Kreise« – sie zwinkerte ihm kokett zu – »wahrscheinlich sowieso nichts Ungewöhnliches ist. Was soll sie auch sonst den ganzen lieben Tag lang tun …«

Anno schloß kurz die Augen. »Es mag sich für einen Patriarchen meines Schlages seltsam anhören«, er hob das Glas, »aber ich bin außerordentlich erleichtert. Um nicht zu sagen, es fällt mir ein riesiger Stein vom Herzen. Vor wenigen Minuten noch wollte ich dir, um dir gegenüber fair zu bleiben, die schnelle Scheidung anbieten, aber ehrlich gesagt, du bist der Sonnenschein im Haus, und ohne dich und Caroline möchte ich mir mein Leben nicht mehr vorstellen.« Er stieß mit ihr an und trank einen großen Schluck. »Trotzdem bist du natürlich jederzeit frei, wenn du es dir anders überlegen solltest!« Er stellte sein Glas ab.

»Wenn dich Claudio nicht stört?«

»Bei eurer Diskretion habe ich kein Problem!«

»… dann hätte ich noch eine Bitte!«

»Jede!«

»Ich möchte dir den Jaguar abkaufen! Einmal im Leben möchte ich einen solchen Wagen wirklich selbst besitzen!«

Anno lachte. »Wenn dein Herz daran hängt … wir werden uns erkundigen, was ein gebrauchter XK 8 kostet!«

Ina drohte ihm mit dem Zeigefinger. »In unserem Fall soviel wie ein neuer!«

Anno zuckte mit den Schultern.

»Und wir können uns in Zukunft die Haushaltskosten inklusive Telefon teilen!« fuhr Ina fort.

»O nein!« Jetzt schüttelte Anno vehement den Kopf. »So weit kommt es noch! Nein, ein bißchen Haushaltsvorstand mußt du mir schon noch überlassen, sonst komme ich mir seltsam vor. Du kannst die Spendenkasse übernehmen, wenn du unbedingt willst!«

Thekla hatte in der Zwischenzeit einen weiteren Auftrag erteilt. Bernadette sollte durch ihre Tochter möglichst diplomatisch erfahren, welche Vorlieben Ina und ihre Tochter hegten. Ob es irgendeine bestimmte Eissorte, ein bestimmtes Obst oder sonst irgend etwas gab, was in der Villa nur von den beiden bevorzugt wurde. Ein Saft, eine Joghurtsorte, eine Brötchenart, egal was.

Bernadette war skeptisch. »Die kriegen von mir einen Karottenkuchen und glauben, daß diese Romy danach tot umgefallen ist. Glaubst du im Ernst, daß ich da noch etwas herausfinde?«

»Du wirst doch deine Tochter fragen können! Schließlich ist sie dein Kind!«

»Ach nee!« Bernadettes Ton war selbst für Theklas Ohren unverkennbar spöttisch. »Plötzlich sind Kinder wieder gefragt ...«

»Laß das jetzt«, wies Thekla sie barsch zurecht. »Hier geht es um die Sache, nicht um Sentimentalitäten!«

»Das hätte ich dir auch nicht zugetraut!« erwiderte Bernadette.

Julia lag mit Niklas in ihrem Bett, als der Anruf kam. Da er abends ohne lange Erklärungen nicht einfach gehen konnte, war er nach dem Mittagessen nach Heidelberg gefahren. Diesmal hatte Julia keine Zeit für lange Vorbereitungen, denn er meldete seinen Besuch ziemlich überraschend an.

»Hast du heute nachmittag was vor?« fragte er kurz vor zwölf.

»Bisher nicht«, gab Julia zur Antwort.

»Dann hast du jetzt etwas vor!« sagte er darauf.

Sie überlegte, ob sie ihn für diesen Spruch zappeln lassen sollte, aber da sie selbst darauf brannte, ihn wiederzusehen, verkniff sie es sich. »Das paßt bestens, meine Putzfrau ist ausgefallen, dann kannst du mir helfen, die Fenster zu putzen. Ich komme da so schlecht ran!« sagte sie statt dessen.

»Kehrwoche hast du wahrscheinlich auch noch?!?«

»Richtig! Aber zu zweit geht es allemal schneller!«

»Wir können ja mal sehen, ob uns dafür noch Zeit bleibt ...«

Sie mußte gegen ihren Willen lachen, und er stimmte in ihr Gelächter ein.

»Okay«, sagte sie schließlich, »aber dann beeil dich!«

»Das hört ein Mann immer gern!«

»Ich werde dich nachher daran erinnern!«

Es war kurz still. »So war's nicht gemeint!«

Julia lachte wieder. »Aber gesagt!«

Sie hatte, um das Vorgespräch am Tisch abzukürzen, die Getränke direkt ans Bett gestellt. Es war sowieso klar, was sie wollten, also war alles weitere bloße Zeitvergeudung. Und Niklas brachte auch keine weiteren Einwände, sondern verschwand, nachdem er die Situation überblickt hatte, sofort im Badezimmer.

»Sekt, Bier oder Saft?« fragte sie ihn.

»Dich!« sagte er, und weil sie eigentlich auch nichts anderes wollte, zog sie sich direkt aus und stieg zu ihm in die Wanne.

Später plänkelten sie gemütlich im Bett herum, vermieden es, auf die Uhr zu schauen und die Rede auf unbequeme Details zu bringen. Als das Telefon klingelte, schauten sie sich kurz an, aber da es neben dem Bett auf dem Fußboden neben all den anderen Sachen lag, rollte sich Julia quer über Niklas an die Bettkante und zog es heran. Das Display gab die Nummer ihrer Mutter an.

»Still, es ist Mami. Sie denkt, ich studiere!«

»Tust du doch!«

Da sie so bequem über ihm lag, biß sie ihn leicht in die Brust. »Ruhe! Männer gibt's nicht als Studienfach, weil sie erstens viel zu unwichtig und zweitens zu simpel gestrickt sind. Noch Fragen?«

»Du wirst frech!« Er tätschelte drohend ihren Po.

»Zu simpel! Sag ich doch!« Sie grinste ihn an und nahm den Hörer ab. »Hey, Mutti! Wie geht's?«

Für Bernadette war es jedesmal aufs neue seltsam, daß sie direkt erkannt wurde. Es brachte sie auch etwas aus dem Konzept, denn sie hatte sich genau zurechtgelegt, wie sie Julia unverfänglich befragen konnte. Sie erzählte ihr, daß sie einen Rhetorikkurs in der Volkshochschule belegt habe und nun ein Thema gezogen habe, mit dem sie einfach nichts anfangen könne.

»So? Worum geht's denn«, fragte Julia mit der generösen Nachsicht der Besserwissenden.

»Rituale. Und zwar zwischen Mutter und Tochter, bei denen andere ausgeschlossen sind. Kannst du dich erinnern, daß wir beide ein Ritual hatten? Also irgend etwas, das nur wir beide für uns ganz allein gemacht haben?«

Julia dachte nach. »Nein, leider nicht. Wahrscheinlich hätte ich mir so etwas gewünscht!«

»Fällt dir denn etwas dazu ein?« Bernadette wartete gespannt.

Niklas streichelte Julias Wirbelsäule. »Ich glaube, ich komme jetzt nicht darauf!«

»Irgendein Essen, was weiß ich, ein Eis, das nur Mutter und Tochter essen und der übrigen Familie verweigert wird, oder eine bestimmte Obstart, oder …«

»Also ums Essen geht's?« Ihre Härchen stellten sich am Rücken auf, und als sich Niklas' Finger zur weichen Unterseite ihres Oberarms hinübertasteten, wurde sie vollends unruhig. »Also, Mutti, ich glaube …«

»Essen oder Trinken wäre nicht schlecht, ja!«

»Wie wär's denn mit heißer Schokolade?« Inzwischen mußte sie darauf achten, daß ihr kein Wohllaut entschlüpfte. »Das machen Ina und Caroline jeden Abend vorm Zubettgehen, auch wenn du die beiden nicht magst.«

Bernadette hielt die Luft an.

»Tja, vielleicht. Bist du im Streß?«

»Au ja! Mutti! Ich muß jetzt, glaube ich, ganz schnell auflegen!«

Anno und Ina fuhren in bester Stimmung nach Hause. Anno war glücklich, denn so wie es aussah, hatte sein bisheriges Leben weiterhin Bestand. Und auch Ina war mit sich und der Welt völlig im reinen. Sie wußte nicht, welchem guten Geist sie das alles zu verdanken hatte, aber sie war sich sicher, daß sie es in irgendeiner Form zurückgeben mußte. Es gab genug Möglichkeiten, sich zu engagieren. Vielleicht war das Heim für ungeliebte Kinder, von dem Nancy immer träumte, eine Möglichkeit. Sie würde das prüfen, denn sie meinte es ernst.

Es war später Nachmittag, als sie zu Hause eintrafen. Nancy stand mit Caroline in der Küche. Sie hatten beide Schürzen um und backten Plätzchen. Die erste Ladung duftete schon im Backofen, die nächste wurde von Caroline eben ausgestochen. Ihre Wangen glühten, und sie war über und über mit Mehl bestäubt.

»Ist es nicht ein bißchen früh für Weihnachtsgebäck?« Ina schaute sich die Backformen aus Blech an. Engel, Kerzen und Christbäume.

»Unser Sortiment ist zugegebenermaßen etwas begrenzt«, lachte Nancy, und ihr Körper erbebte dabei. »Ich weiß aber auch nicht, ob es Dahlienformen und Zwetschgenformen überhaupt gibt. Darum haben wir ausgemacht, daß wir das locker sehen!«

»Hauptsache, sie schmecken!« bekräftigte Caroline. »Und ich kann den Teig alleine machen, Mami! Ich weiß jetzt, wie das geht!«

»Meine Tochter, eine Hausfrau. Sie schlägt völlig aus der Art!« Ina grinste und gab ihr einen Kuß. »Na, klasse! Wann gibt's die erste Kostprobe?«

»Zum Schlafengehen! Als Betthupferl!«

»Okay! Aber vor dem Zähneputzen!«

»Zur heißen Schokolade!«

»Ausnahmsweise. Aber das führen wir jetzt nicht auch noch ein, sonst rollen wir eines Tages die Treppe hinunter!«

»Na und?« fragte Nancy und rollte demonstrativ die Augen.

Ina fuhr sich mit beiden Händen über ihre schmalen Hüften. Sie trug ein knielanges, enganliegendes Kleid aus schwarzer roher Seide. »Schwarz macht schlank, wie man ja weiß. Aber zwei Kilo habe ich bereits zugenommen, seitdem ich hier bin, und ich versichere dir, Nancy, mehr sprengt meinen gesamten Kleiderschrank!«

»Klasse!« Nancy stupste sie an. »Dann gibst du mir die Sachen zum Auftragen und kaufst dir was Neues!«

Thekla jubilierte. Das war eine Sensation! So einfach hatte sie es sich nicht vorgestellt. Jetzt galt es, ihre Rechte und Pfründe zu sichern. Sie rief nacheinander ihre Schwestern an. »Wir sind ein Verbund«, sagte sie ihnen, »und wir wollen alle das gleiche. Also sind wir alle gleichermaßen verantwortlich. Ich will das von euch unterschrieben haben!«

Auf ihre erstaunten Reaktionen hin erklärte sie weiter, daß zwar alle verantwortlich seien, aber nur eine die Tat ausführen könne.

Sie würde dafür sorgen, daß die Dinge ihren gewünschten Lauf nähmen. Doch dafür müßten ihr bei der Verteilung auch Sonderrechte zustehen. Geld sei »danach« für alle genügend vorhanden, aber nur sie würde in die Villa einziehen.

»Zu Vater?« wollte Lydia erstaunt wissen.

»Ich denke, dieses Problem sollten dein Mann, der hochgelobte Arzt, und Renates Göttergatte, der verschuldete Rechtsanwalt, wohl gemeinsam lösen können. Der Samen ist schließlich schon gesät, ein weiterer Giftfall im Hause Adelmann dürfte dafür sorgen, daß manches fragwürdig wird. Vor allem Vaters Geisteszustand. Und möglicherweise sogar noch einmal Martha Steinbergs Tod, die immerhin davor bei Anno zu Abend gegessen hat.«

»Es war Selbstmord! Das ist bewiesen, sagt Bernadette!«

»Was heißt bewiesen? Abschiedsbriefe und eine Giftflasche! Ein guter Rechtsanwalt wird das Gegenteil beweisen. Alles unter Zwang entstanden! Oder gefälscht … oder, oder!«

Lydia schwieg. Das mit der Villa gefiel ihr überhaupt nicht. Auf der anderen Seite würden sie nie an die Villa herankommen, wenn diese Ina das Sagen hatte. Thekla ließe sich wahrscheinlich leichter ausschalten. Da würde sich sicherlich ein Weg finden lassen.

»Also gut«, sagte sie. »Meinen Segen hast du!«

Niklas war schon wieder auf dem Rückweg. Mit dem Eintritt in seine Wohnung würde er wieder in eine völlig andere Welt eintauchen, und das Intermezzo von eben hätte keine Bedeutung mehr. Die Dinge waren leicht zu trennen, und wenn es so easy weiterlaufen würde, sah er auch keine Probleme. Julia war anscheinend an keinen weiteren Zugeständnissen interessiert, und Angelika konnte sich nicht äußern, weil sie nichts wußte. Eigentlich war alles völlig entspannt, und auch in anderen Kulturen waren zwei Frauen ja akzeptabel. Oder sogar eher zuwenig. Er ließ seine Gedanken schweifen, wie die Männer das dort finanziell bewerkstelligten und welche Potenz sie wohl bräuchten, um mehrere Frauen von Julias Format zu verkraften. Nebenher hielt er nach einem

Parkplatz Ausschau, denn schneller als gedacht war er vor seiner Stuttgarter Wohnung angekommen. Er hatte Glück, eben wurde auf der anderen Straßenseite ein Parkplatz frei.

Als Niklas in die Wohnung kam, saß Angelika am Tisch und schaute ihm entgegen.

»Schön, daß du auch mal wieder zu Hause auftauchst«, sagte sie statt einer Begrüßung.

Sie sah etwas aufgelöst aus, wie sie so dasaß, fand Niklas. Ohne Make-up, die halblangen Haare feucht nach hinten gekämmt. Wahrscheinlich hatte sie frisch geduscht. Er rückte sich ihr gegenüber einen Stuhl zurecht.

»Wo warst du?« fragte Angelika scharf und bewegte sich dabei keinen Millimeter, sondern fixierte ihn mit ruhigen, kalten Augen. Niklas kam sich vor wie auf der Anklagebank. Er wurde immer unsicherer.

»Was soll das?« fragte er im Versuch, Zeit zu gewinnen.

»Das ist keine Antwort!«

Verdammt, wieso schrie Joshua nicht. Er schrie doch sonst immer!

Niklas zuckte mit den Achseln. »Was soll der Blödsinn! Ich habe ein paar Dinge besorgt! Du tust ja gerade so, als sei das ein Verbrechen!«

»Wenn es eine andere Frau ist, dann sei so ehrlich, oder soll ich sagen: mutig?, und sag es mir. Ich denke, ich habe ein Recht darauf!«

»Das hättest du«, sagte Niklas bestätigend. »Wenn's so wäre!«

»Drecksack!« Sie schleuderte ihm den Rest Orangensaft aus ihrem Glas mit einer schnellen Bewegung ins Gesicht.

Niklas sprang auf, so daß der Stuhl nach hinten wegkippte. »Spinnst du?!« Er wischte sich mit dem Unterarm den Saft ab. Sie hatte sich noch immer nicht bewegt.

»Faß doch mal in deine Hosentasche!« Er tat es nicht, denn er wußte, was er dort vorfinden würde.

»Blöderweise hattest du die Packung in der Jeans, als ich sie waschen wollte. Frisch aus Lindau zurückgekehrt. Eines fehlte. Ich habe die Jeans nicht gewaschen, sondern in den Schrank gelegt. Heute habe ich im Institut angerufen, du warst aber nicht da. Daraufhin habe ich nachgeschaut. Die Packung hast du mitgenommen. Darf ich fragen, wie viele der Herr heute nachmittag verbraucht hat? Eines? Oder hat er sich zu mehr aufgeschwungen? Zwei? Leg die Dinger ruhig mal auf den Tisch, dann können wir ja gemeinsam nachzählen!«

Niklas stand stocksteif. Sie hatte recht. An die Kondome hatte er keinen Gedanken verschwendet. Er hatte sich selbst eine Falle gestellt.

»Los, zieh sie raus!«

Zögernd griff er in seine rechte Hosentasche. Er war ein Gewohnheitstier, daran gab es keinen Zweifel. Geld, Schlüssel, alles steckte er in die rechte Hosentasche. Manchmal auch in die Innentasche einer Jacke. Aber jetzt war halt Sommer. Und er zog die halbleere Packung heraus.

»Also gut«, sagte er und warf sie auf den Tisch. »Können wir darüber reden?«

»Ob es gut oder schlecht ist, Gummis zu benutzen?« Sie starrte ihn an.

»Beispielsweise!« sagte er.

»Wir könnten uns *beispielsweise* auch darüber unterhalten, ob es gut oder schlecht ist, Männer aus der Wohnung zu werfen!« Sie sprach es so emotionslos, daß in Niklas' Gehirnwindungen sämtliche Alarmanlagen angingen. »Ich denke nämlich, daß ich keine Lust habe, mich nochmals von dir anfassen zu lassen!«

»Angelika!« Er setzte sich wieder. »Nun mach doch mal halblang. Das kann doch mal passieren!«

»Etwas anderes als eure Ständer habt ihr wirklich nicht im Kopf. Nicht zu fassen. Es gibt auch noch was anderes! Kinder, Familie und Vertrauen zum Beispiel. Das scheint bei dir nicht zuzutreffen!«

»Nein! Nicht wirklich!« Es war ihm herausgerutscht, rein als Schlagabtausch gedacht. Aber er sah an ihrer Miene, daß er sich vergriffen hatte.

»Weißt du was, Niklas, nimm deine zwei übriggebliebenen Gummis und verpiß dich. Und das möglichst zügig!«

Thekla hatte einen Vertrag aufgesetzt und an ihre Schwestern gefaxt. Es war ihr klar, daß Hans-Jürgen das Schreiben genauestens würde prüfen wollen, aber sie hatte dazugeschrieben, daß sie nicht tätig würde, solange das Einverständnis zu ihren Forderungen nicht vorläge. So kamen die Faxe tatsächlich noch im Laufe des Abends zurück. Sie sammelte sie an ihrem Küchentisch und las sie mehrmals durch. Endlich hielt sie den Schlüssel in den Händen. Es war wie Schach. Sie beherrschte alle Züge, sie würde den König in die Enge treiben. Am Schluß siegte ihre Intelligenz.

Sie ging an den Kühlschrank und schaute, was sie sich Gutes antun konnte. Sie verspürte einen Heißhunger auf Maultaschen mit gerösteten Zwiebeln, aber sie hatte keine mehr. Ein schneller Blick auf die Uhr sagte ihr, daß sie noch eine Chance hatte, wenn sie sich beeilte. Und sie konnte sich bei dieser Gelegenheit auch gleich mit einer Packung Schokoladenpulver eindecken, um zu schauen, ob sich das Pulver so mit dem Gift vermischen ließe, daß nichts mehr davon zu sehen war. Bestens gelaunt griff sie nach Autoschlüssel und Geldbörse und verließ das Haus.

Gerhard hörte das Klacken der Haustür. Er hatte sich im zweiten Stock in seinem Arbeitszimmer auf das Sofa gelegt und die Fenster verdunkelt. Sein Kopf bereitete ihm noch immer Probleme, aber schlimmer war es, daß er seinen Neigungen nicht mehr nachgehen konnte. Thekla bewachte ihn wie einen bissigen Hund. Sobald er nur telefonierte, und sie hörte es am Knacksen des Zweitapparats, hing sie entweder direkt in der Leitung oder erschien überraschend hinter ihm. So stand er jetzt schnell auf und beobachtete durch den Spalt zwischen den Vorhängen, wie sie in den Wagen stieg und wegfuhr. Wohin, hatte sie ihm nicht gesagt, aber es interessierte ihn auch nicht. Hauptsache, sie war weg! Er griff sofort nach seinem geheimen kleinen Adreßbuch, das er hinter dem Schrank versteckt hatte, und rief Sabine an. Eigentlich wollte er sich nach Barbaras Brief mit der entlarvenden Namensliste eine Neue suchen, aber dazu fehlte ihm bislang die Gelegenheit.

»Lange nichts von dir gehört«, begrüßte ihn Sabine und verstieg sich mit rauchiger Stimme zu einem: »Dachte schon, du hättest was Jüngeres gefunden.«

Gerhard paßte der Ton zwar nicht, aber da er keine Alternative zu ihr hatte, sagte er nur kurz: »Ich muß dich sehen!«

»Nur sehen?« fragte sie und lachte vieldeutig.

»Du weißt schon …« Er haßte solche Spielchen.

»Wann denn?« fragte sie, und er hörte etwas piepen. Anscheinend hatte sie ihren Organizer eingeschaltet.

»Könnte es die nächsten Tage spontan sein?« fragte er verhalten. Er konnte einfach nicht so weg, wie er wollte. Solange er noch nicht voll arbeitete, hatte er ständig Thekla im Kreuz.

»Auf Abruf?« Sie zögerte. »Ich bin ziemlich ausgebucht. Müßte gerade Glück sein. Morgen sieht's recht gut aus.«

»Nun, vielleicht habe ich ja Glück, Sabine. Du bist eine tolle Frau! Ich melde mich!«

Er trat vom Fenster zurück, legte auf, wählte eine andere Telefonnummer, um die Wiederwahl zu verhindern, und ging in die Küche. Die Aussicht auf eine scharfe Nummer beflügelte seine Sinne. Wahrscheinlich wäre er schon längst wieder gesund, wenn er könnte, wie er wollte. Die rasenden Kopfschmerzen kamen eher vom Samenstau als von diesem lächerlichen Schlag, da war er sich sicher. Trotzdem schwor er sich zum wiederholten Mal, sich an Barbara zu rächen, sobald sie ihm in die Finger kommen würde. Und wenn ihm das eine Anzeige wegen Vergewaltigung einbrächte, würde er es auf ihre Neurosen schieben. Kurt konnte sicherlich ein entsprechendes Gutachten in die Wege leiten.

Barbara war langsam am Haus vorbeigefahren. Sie war aus Italien zurückgekommen, um sich für die nächsten Wochen einige Dinge aus ihrer Wohnung mitzunehmen. Es gefiel ihr in Florenz, und sie spielte ernsthaft mit dem Gedanken, für länger nach Italien zu gehen. Aber wenn sie schon da war, dann wollte sie die restlichen

Dinge, die noch von ihr in ihrem Elternhaus waren, an sich nehmen – vor allem ihren Brief. Es paßte ihr nicht, daß er sich noch im Haus und somit in den Händen ihrer Mutter befand. Aber da sie weder ihrer Mutter noch ihrem Vater begegnen wollte, mußte sie eine günstige Stunde abpassen.

Von der Ecke aus hatte sie gesehen, wie ihre Mutter wegfuhr. Jetzt war nur fraglich, ob sonst noch jemand im Haus war. Sie hatte sich heute morgen versuchsweise im Büro ihres Vaters nach ihm erkundigt und erfahren, daß er noch immer krankgeschrieben war. Das ließ vermuten, daß er noch daheim war, er könnte aber auch im Krankenhaus oder in Kur sein. Wenn das der Fall war, so hätte sie wahrhaftig gut zugeschlagen.

Barbara nahm ihr Handy und rief zu Hause an. Gerhard meldete sich, sie legte auf. Schade, die Gelegenheit wäre günstig gewesen. Sie bog in die nächste Seitenstraße ein und sah im Rückspiegel, daß ihre Mutter schon wieder zurückkam.

Thekla war mit sich und der Welt zufrieden. Was jetzt noch kam, war eigentlich ein Kinderspiel. Sie schaute auf ihre Einkaufstüte, die neben ihr auf dem Beifahrersitz lag. Sie hatte eine gängige Trinkschokolade eingekauft, es ging ja nur um einen Test, deshalb konnte ihr die Marke egal sein. In Nancys Speisekammer würde dann schon die richtige Packung stehen. Sie parkte, nahm ihre Tüte und ging direkt in die Küche. Dort traf sie auf Gerhard, der ganz gegen seine Gewohnheiten mit einer Flasche Bier am Küchentisch saß. Sofort spürte sie, wie ihr Adrenalinspiegel anstieg. Hoffentlich hatte er nicht herumspioniert. Andererseits, wonach sollte er suchen? Wenn ihr Coup klappte, hatte sie ihn auf diskrete Weise los. Er würde hier wohnen bleiben, und sie würde den Platz einnehmen, der ihr zustand.

»Schon zurück?« Er sah nicht aus, als ob er sich sonderlich freute.

»Sollte ich nicht?« Sie räumte die Tüte aus und stellte das Schokoladenpulver in den Küchenschrank. Das Fläschchen stand unverändert an seinem Platz. Gut so, dachte sie und drehte sich nach Gerhard um.

Er zuckte die Achseln.

Seitdem er nicht mehr regelmäßig in die Uni ging und zu Hause herumhing, hatte er etwas Quallenartiges bekommen, fand sie. Der Kopf war irgendwie runder geworden, und sein ganzer Körper wirkte aufgedunsen. Sie betrachtete ihn und stellte fest, daß sich seine Gesichtshaut rötete.

»Ist was?« Er zog die Augenbrauen zusammen.

»Was soll sein?« Sie legte die Maultaschen neben dem Herd auf der Anrichte zurecht und die Zwiebeln daneben.

»Schon mal was von Kommunikation gehört?« Sein Unterton wirkte drohend.

»Mit dir?« Sie öffnete die Schublade und suchte das passende Messer für die Zwiebeln.

»Beispielsweise!« sagte er.

Sie wiegte statt einer Antwort bedächtig ihren Kopf.

Er knallte mit der Faust auf die Tischplatte. »Mit dir kann man ja nicht mehr reden!«

Sie drehte sich zu ihm um, das Messer in der Hand. »Ich würde mal behaupten, du bist daran nicht unschuldig!«

Er schnaubte und starrte sie an. Sein Gesicht rötete sich zusehends, selbst seine Augen schienen die Farbe zu verändern. »Es muß mich der Teufel geritten haben, daß ich *dich* geheiratet habe!«

Sie taxierte ihn voller Widerwillen mit eng zusammengekniffenen Augen. »*Mich* hat der Teufel geritten! Du verwechselst da etwas!«

»Eines Tages bringe ich euch alle um!« zischte er und stand auf.

»Da wirst du dich aber ranhalten müssen!« Sie hatte das Messer noch immer vor ihrer Brust.

»Lächerlich!« Er griff nach seiner Bierflasche, ging hinaus und knallte die Tür hinter sich zu.

Thekla atmete auf. Lange würde sie es auf diese Art sowieso nicht mehr aushalten. Es war tatsächlich Zeit, daß sich in ihrem Leben etwas Grundlegendes änderte.

Sie griff sich die Packung mit dem Schokopulver, nahm einen Teelöffel des weißen Pulvers aus der Giftflasche, streute es über das dunkle und vermischte ganz vorsichtig die oberste Schicht. Es war nicht zu erkennen. Es war perfekt! Morgen würde sie am frühen Nachmittag gemütlich nach Lindau fahren, und in der Nacht würde sie sich mit ihrem Schlüssel ins Haus schleichen. Das einzige Handicap, das sich ihr jetzt noch in den Weg stellen könnte, wäre ein ausgetauschtes Haustürschloß. Aber sie vertraute darauf, daß Anno alles beim alten gelassen hatte, so wie es seine Art war.

Barbara hatte sich schon frühmorgens mit einem kleinen Fernglas auf die Lauer gelegt. Ihren Wagen stellte sie auf einem Parkplatz ab, der durch Büsche geschützt war. Sie hatte sich einen Roman als Hörkassette mitgenommen, um sich die Zeit zu vertreiben. Der Briefträger kam und ging, aber sonst regte sich nichts in dem Haus. Gegen elf Uhr wurde oben der Vorhang aufgezogen. Es war das Zimmer ihres Vaters, dort hatte er seinen Schreibtisch stehen und eine Couch. Vermutlich fing er jetzt an zu arbeiten. Oder er verkroch sich ganz einfach. Gut so. Wenn sie wußte, wo er war, konnte sie sich in ihr ehemaliges Zimmer, das jetzige Gästezimmer, schleichen. Sicherlich hatte Thekla den Brief dort aufbewahrt oder aber in ihrem Schlafzimmer. Die beiden Möglichkeiten mußte sie überprüfen, und sie würde es tun, sobald ihre Mutter das Haus für ihre täglichen Besorgungen verlassen hätte. Barbara hatte sich eine Milch und ein belegtes Brötchen mitgenommen, das sie gegen ein Uhr aß. Kurz danach sah sie, wie ihre Mutter aus dem Haus kam. Sie trug einen Mantel über dem Arm und eine kleine Reisetasche bei sich. Das war ja hochinteressant. Das sah nach einer längeren Abwesenheit aus. Ob ihr Vater mitging?

Thekla belud den Wagen, setzte sich hinein und fuhr rückwärts aus der Ausfahrt. Barbara sah, wie sich oben der Vorhang bewegte. Gerhard stand wohl in seinem Zimmer und beobachtete sie. Womöglich würde er das Haus auch gleich verlassen, das wäre ein ungeahnter Glückstreffer. Aufgeregt kaute Barbara auf ihrem Fingernagel herum, was sie sonst nie tat, und setzte sich ein Zeitlimit. Wenn er in der nächsten halben Stunde nicht ging, würde sie es einfach versuchen. Den Schlüssel hatte sie noch, die Tür ging leicht, sie kannte sich aus und war schnell. Was sollte also passieren.

Der Fingernagel war bereits kantig abgebissen, als ein kleiner Sportwagen vor das Haus fuhr. Barbara setzte sich auf. Was war das? Bekam Gerhard jetzt Besuch? Sie nahm das Fernglas. Die Autonummer kannte sie, es war die von Sabine. Nicht zu fassen, das war direkt tollkühn. Sabine war die jüngere Schwester einer ehemaligen Kommilitonin, mit der Barbara bis heute befreundet war. Von ihr hatte sie die ganzen Informationen über ihren Vater, inklusive der Namen der anderen »Bräute«. Und eigentlich auch den Tip, aus Gerhards gestörtem Verhalten Kohle zu ziehen.

Jetzt hatte sie die Chance, direkt hineinzugehen, aber weil sie Sabine nicht unbedingt bei der Arbeit sehen oder hören wollte, vertraute sie darauf, daß er danach in Tiefschlaf fallen würde. Sie stellte ihren Autositz etwas bequemer und spulte die Kassette noch mal zurück. Vor lauter Nervosität hatte sie nur die Hälfte der Geschichte mitbekommen.

Gerhard hatte sich einen Kaffee aufgesetzt, denn mit irgend etwas mußte er jetzt die Stunde überbrücken. Sabine hatte zugesagt, aber nur eine vage Uhrzeit genannt. Als er sie, früher als erwartet, klingeln hörte, war er bereits sichtlich erregt. Schon allein die Vorstellung, daß es in ihrem Haus, praktisch vor Theklas Nase, geschehen würde, machte ihn tierisch heiß. Es würde seine geheime Waffe gegen sie bleiben. Irgendwann, wenn sie sich wieder so blöd wie gestern abend benehmen würde, konnte er es ihr dann an den Kopf schleudern. Eigentlich freute er sich jetzt schon darauf. Er öffnete die Tür, und Sabine stand tief ausgeschnitten vor ihm. Er wäre am liebsten gleich zwischen ihre Brüste gefallen, aber er wußte, daß sie ihr Spielchen spielen wollte. Dazu gehörte zunächst einmal schauen, aber noch nicht anfassen.

»Ich bin rattenscharf auf dich!« Gerhard betrachtete sie mit leuchtenden Augen.

»Gut so!« Sabine warf den Kopf kokett zurück und drückte sich so an ihm vorbei, daß er ihren Busen spüren konnte.

»Mmmhh«, er seufzte wollüstig, ging hinter ihr her und kam sich dabei vor wie ein dressiertes Hündchen.

Sabine blieb im Flur stehen.

»Schlafzimmer? Wohnzimmer? Terrasse?«

Allein die Aussicht, sie auf der Terrasse zu nehmen, heizte ihm noch mehr ein. Aber es waren zu viele Augen in der Nähe.

»Die Terrasse wäre scharf, geht aber nur in der Dunkelheit – die Nachbarn«, fügte er entschuldigend hinzu. »Laß uns ins Wohnzimmer gehen. Da gibt's einige Möglichkeiten für unsere Spielchen!« Und vor allem konnte er sich insgeheim über Thekla totlachen, wenn sie morgen wieder seelenruhig in ihrem Fernsehsessel sitzen würde.

»Ist in Ordnung, mein Süßer.« Sabine zog ihn an der Knopfleiste seines blauweiß gestreiften Hemdes zu sich her und griff ihm mit einer schnellen Bewegung in den Schritt. Dann schnupperte sie. »Riecht irgendwie nach frischem Kaffee. Hatte ich heute noch keine Zeit dafür – nicht zuletzt dir zuliebe! « Sie bohrte ihm ihren Fingernagel durch das Hemd in den Bauchnabel. »Wollen wir noch ein bißchen rauszögern?«

Gerhard war es überhaupt nicht nach Verzögerung. Aber daß sie so schnell hatte kommen können, wollte er auch honorieren. Wer wußte schon, ob er sie nicht bald wieder herbestellen würde?

»Ich habe eben in der Küche einen aufgesetzt. Er dürfte jetzt durchgelaufen sein!«

»Reicht er für zwei?« Sie ging dem Duft nach, und Gerhard betrachtete ihre nackten langen Beine in dem kurzen weißen Faltenrock von hinten. Er mußte sich beherrschen, daß er nicht direkt darunter griff.

»Ich habe beim Kaffee nie ein Maß, darum mache ich immer zuviel!«

»Recht so! Maßlosigkeit ist eine Tugend!« Sie grinste ihn herausfordernd an.

Gerhard griff nach der gläsernen Kaffeekanne, stellte sie neben die Herdplatte und holte zwei Tassen. Dabei hörte er den Kühlschrank klappen.

»Milch ist da«, stellte Sabine fest. »Schulmädchen trinken gern Milch«, sagte sie, drehte den Deckel der Milchflasche auf und stippte mit dem Zeigefinger hinein.

»Nimm dir, was du brauchst!« Gerhard nickte ihr zu, während er lüstern beobachtete, wie sie genüßlich ihren Finger in den Mund schob.

»Laß uns ...«, begann er, aber sie wehrte ab.

»Ich mache uns einen Cappuccino. Das schmeckt mit einer geschlagenen Milchhaube tausendmal besser, und Kätzchen lieben es, wenn sie ihre süßen Schnäuzchen in Sahne stecken können!« Sie fuhr sich mit der Zungenspitze über die roten Lippen.

Gerhard nickte nur noch. Er konnte sich kaum mehr bremsen. Gleich würde er über sie herfallen, ihr die Kleider herunterreißen und sie gerade hier in der Küche, am besten auf Theklas vermaledeitem Küchentisch ...

Sabine bückte sich, um in der großen offenen Ausziehschublade unter dem Herd nach dem Schneebesen zu greifen, den sie dort eben entdeckt hatte. Gerhard trat von hinten an sie heran, aber sie wehrte ihn ab. »Gleich!« sagte sie und fuhr sich mit dem Schneebesen zwischen die Brüste. »Noch ein Topf, dann steht unserem Glück nichts mehr im Wege!«

»Du machst mich völlig verrückt!« sagte er und öffnete eine der Türen des Küchenschranks. »Hier gibt es Töpfe genug! Große, kleine, dicke, dünne.« Seine Stimmlage wurde immer rauher. »Aber vor allem dicke ...«, sagte er und griff sich jetzt selbst an den Schritt. »Gleich platze ich!«

Sie fuhr ihm mit dem Schneebesen kurz über die Hose, schüttete die Milch in den Topf und drehte sich zu ihm um. »Man soll sich mit nichts Mittelmäßigem zufriedengeben, wenn man es auch besser haben kann!«

Dann schlug sie die aufkochende Milch schaumig und löffelte den Schaum behutsam über die beiden Tassen Kaffee.

»Na?« fragte sie provokant und drehte sich, den Schneebesen mit der Zungenspitze abschleckend, zu Gerhard um.

»Beifall!« sagte er und beobachtete sie. Dann warf er einen Blick auf den Cappuccino. »Fehlen nur noch die Schokostreusel!«

Sabine schüttelte den Kopf. »Das mag ich nicht! Aber wenn du … wo stehen sie denn?«

Gerhard überlegte. Dann fiel im das Schokopulver ein, das seine Frau gestern in den Küchenschrank geräumt hatte. »Ist zwar Kindertrinkschokolade«, sagte er und nahm es heraus, »aber das dürfte den gleichen Zweck erfüllen!« Sabine reichte ihm einen Löffel, und er streute sich eine große Portion Schokopulver über den Milchschaum.

Barbara beobachtete erstaunt, wie Sabine nach nur 20 Minuten panikartig das Haus verließ. Sie schaute sich mehrmals um, setzte sich in ihren Wagen und fuhr mit durchdrehenden Reifen los. Hatte er sie angegangen, das alte Ekel? Sie hatte ihre Handynummer nicht dabei, sonst hätte sie sie gleich angerufen. Aber so oder so, jetzt würde sie ihre Mission in Angriff nehmen. Und wenn er ihr in die Quere kam, würde sie schießen. Dazu hatte sie sich eine mit Gas gefüllte Schreckschußpistole mitgebracht. Sie wollte ein neues Leben anfangen, und dazu gehörte, daß sie ihr altes bereinigte. Irgendwo würde sie den Brief schon finden, es war nicht anzunehmen, daß ihre Mutter ihn mitgenommen hatte.

Sie steckte die Waffe in die Tasche ihrer Lederjacke, nahm die große Nylontasche, die sie für ihre Kleider gerichtet hatte, und stieg aus. Von der Nachbarschaft war niemand zu sehen, das war ihr angenehm, so konnte sie unbemerkt durch die Haustür schlüpfen. Im Flur nahm sie die Waffe heraus und schlich sich langsam an der Wand entlang in Richtung Treppe. Das Wohnzimmer war leer, das sah sie mit einem Blick. Also war er oben, vermutlich in seinem Zimmer. Die Treppe war aus Stein, sie setzte ganz behutsam einen Fuß vor den anderen, immer darauf gefaßt, sich plötzlich ihm gegenüber zu sehen. Aber es rührte sich nichts. Vorsichtig drückte sie die Türklinke zu ihrem ehemaligen Zimmer hinunter, ging hinein und schloß sie wieder hinter sich. Unerwarteterweise war das Zimmer bewohnt. Das Bettsofa war ausgezogen, die Bett-

wäsche verriet, daß einer von beiden aus dem ehelichen Schlafzimmer ausgezogen war. Oder hinausgeworfen worden war. Barbara tippte auf Gerhard und schaute sich um. Wo sollte sie anfangen? Sie öffnete den Kleiderschrank. Da hingen noch einige
Kleidungsstücke von ihr, unter anderem die von Thekla erwähnte
Lederjacke. Sie tastete sie ab, aber es fand sich kein Brief. Also
nahm sie ihre Wäsche leise heraus und verstaute sie in ihrer Reisetasche. Dann horchte sie an der Tür nach draußen und überlegte,
wo sie weitersuchen könnte. Den großen Tisch am Fenster hatte
ihre Mutter wohl zu ihrem Arbeitstisch gemacht. Es lagen Stöße
von Papieren zu Haufen geordnet nebeneinander. Sie fing beim
vordersten an, kämmte alles durch, fand aber nichts. Es waren fast
alles alte Rechnungen oder auch Briefwechsel. Leise zog sie die
Schublade auf. Ein Ordner aus grüner Recyclingpappe lag oben-
auf. Er sah recht abgegriffen aus, wahrscheinlich war es ein alter
von ihr, überlegte Barbara, nahm ihn aber trotzdem heraus und
schlug ihn auf. Zuerst verstand sie nicht, was sie da auf den ersten
Blick gesehen hatte, also las sie es nochmals langsamer. Ein Vertrag
zwischen ihrer Mutter und Bernadette. Sie blätterte durch. Mit all
ihren Schwestern hatte sie Verträge geschlossen, und Barbara
stockte der Atem, als ihr der Grund klar wurde. Ihre eigene Mutter plante einen Mord, um sich zu bereichern. Um in der Villa
leben zu können. Es trieb ihr augenblicklich den Schweiß auf die
Stirn. Die Faxe waren von gestern. Was hatte sie vor? War sie deshalb heute nachmittag weggefahren? Barbara klemmte sich den
Aktenordner unter den Arm, alles andere vergaß sie.

In Windeseile lief sie aus dem Zimmer und rannte mit vorge-
streckter Waffe die Treppe hinunter und aus dem Haus hinaus. Sie
knallte die Tür zu, als ihr bewußt wurde, daß sie keinen Schlüssel
dabei hatte. Weder den Haus- noch den Autoschlüssel. Sie lagen
noch oben auf dem Tisch. Sie blieb kurz stehen und schaute sich
nach der Haustür um. Warum kam Gerhard nicht hinter ihr her-
gerannt? Den mußte Sabine ja restlos fertiggemacht haben. Sie
steckte die Waffe in die Tasche der Lederjacke zurück und zwang
sich zur Ruhe. Du mußt telefonieren, sagte sie sich. Aber das

Handy lag im Auto, und der Wagen war verschlossen. Zu den Nachbarn konnte sie mit ihrer Horrormeldung nicht. Sie lief zu ihrem Wagen und schlug kurz entschlossen mit dem Knauf ihrer Waffe das Seitenfenster ein. Ein älterer Mann, der ebenfalls auf dem Parkplatz geparkt hatte und sie dabei beobachtete, rief: »Was machen Sie denn da! Ich rufe die Polizei!«

»Das ist mir gerade recht!« schrie sie zurück, besann sich aber, weil sie noch nicht darüber nachgedacht hatte, ob sie die Polizei ins Spiel bringen wollte oder nicht. »Es ist mein eigenes Auto! Und das ist eine Schreckschußpistole. Keine echte!« rief sie ihm zu, in der Hoffnung, er würde ihr glauben.

Dann ließ sich Barbara in den Wagensitz fallen und griff nach dem Handy. Sie war völlig außer Atem, und es fiel ihr vor Aufregung die Telefonnummer der Villa nicht ein. Beruhige dich, beruhige dich, sagte sie sich, aber da sie jeden Moment auch mit dem Auftauchen der Polizei wegen Sachbeschädigung oder versuchten Wagendiebstahls oder ähnlichem rechnete, schlug ihr das Herz bis zum Hals.

Endlich hatte sie die Nummer wieder zusammen. Ängstlich schaute sie nach ihrem Akku. Gott sei Dank, wenigstens das klappte, Saft hatte das Gerät noch genug. Sie wählte, verwählte sich, wählte nochmals. Alles an ihr fieberte. Ina nahm ab.

Barbara brachte kaum einen vernünftigen Satz heraus. Aber endlich hatte Ina verstanden, wenn sie es auch nicht glauben konnte.

»Das gibt's doch gar nicht«, sagte sie ein ums andere Mal.

»Ich weiß nicht, was sie vorhat. Aber es geht um euer Leben, also ruft die Polizei und verreist für diese Nacht!« Barbara schaute sich die Unterlagen nochmals an.

»Ich faxe euch diese Verträge«, sie spuckte das Wort förmlich aus, »so schnell wie möglich zu. Meine Mutter ist wirklich gefährlich, paßt auf!«

Als nächstes ließ sie sich über die Vermittlung mit Sabines Wohnung verbinden. Sie sprach ihr zunächst auf den Anrufbeantworter, aber gleich darauf wurde abgenommen.

»Du bist es, Barbara! Dich schickt der Himmel!«

»Wie? Was war denn los?« Barbara erzählte kurz, aus welchem Grund sie alles beobachtet hatte, da fiel ihr Sabine ins Wort.

»Er hat diesen Cappuccino getrunken und ist plötzlich zusammengesackt. Ich dachte erst, er spielt mir was vor, will gerettet werden, irgend so eine Krankenschwesternummer, aber dann verdrehte er die Augen und – ich glaube, er ist tot!«

»Warum hast du denn keinen Arzt gerufen?«

»Ich? Warum wohl?«

Barbara überlegte. Sie erzählte Sabine nichts von ihrer Entdeckung, aber langsam schwirrte ihr der Kopf. Es war einfach zuviel. Gerhard sollte tot sein? Warum denn? »Was habt ihr denn gemacht?«

Sabine erzählte alles und bat sie dann, sie aus dieser Geschichte herauszuhalten.

»Werde ich versuchen! Versprechen kann ich's nicht. Mir ist nämlich auch was Blödes passiert, meine Schlüssel liegen noch drin«, und während sie das sagte, fiel ihr ein, daß ja auch ihr eigener Erpresserbrief an ihren Vater noch in der Wohnung war. Sollte die Polizei kommen, würden sie ihn finden, und der Verdacht fiele womöglich auf sie. Sie mußte unbedingt wieder in das Haus zurück, Brief, Tasche und Schlüssel mitnehmen. Und einen Blick auf Gerhard werfen, ob es wirklich stimmte. »Wahrscheinlich hat er einen Herzschlag gekriegt, oder ein Äderchen in seinem blöden Schädel ist geplatzt«, meinte sie zu Sabine, um sie zu beruhigen.

»Aber irgendwie …«, Sabine zögerte, »er faßte sich nichts ans Herz und auch nicht an den Kopf. Eher an den Magen. Ich habe zwar keine Ahnung, aber es sah eher so aus, als wäre ihm etwas nicht bekommen.«

»Was hat er anders gemacht als du?«

Sabine überlegte. »Keine Ahnung«, sagte sie schließlich. »Wirklich nicht!«

»Jedenfalls muß ich da noch mal rein!« meinte Barbara.

Sabine dachte nach. »Probier's doch mal über die Terrassentür!«

Barbara stimmte zu. Das hatte sie sich auch schon überlegt. Und sonst über die Kellertür, und wenn alle Stricke rissen, mußte sie im Keller ein Fenster einschlagen. Die Waffe nahm sie deshalb lieber noch mal mit. Sie steckte sie sich in die Jackentasche und stieg aus, griff aber nochmals zurück und steckte sich das Handy in die linke Tasche. Etwas klapperte. Sie griff nach. Da waren die Schlüssel, verdammt, sie hatte sie doch automatisch eingepackt. Zuerst ärgerte sie sich über die eingeschlagene Autoscheibe, aber gleich darauf war sie froh. Wichtiger war, daß sie die Schlüssel hatte. Das erleichterte die Sache ungemein.

20 Minuten später saß sie wieder im Auto. Sie hatte alles gefunden. Ihr Brief hatte ebenfalls in der Schublade gelegen, zusammen mit mehreren Briefen, die die Betreuung und den Geisteszustand Annos zum Inhalt hatten. Sie hatte alles, was sie finden konnte, zu den Kleidern in die Tasche gepackt und war mit der Waffe in der Hand in die Küche gegangen. Gerhard lag dort tatsächlich vollkommen leblos. Ganz eindeutig war er tot. Er hing über dem Küchentisch wie ein riesiger, unförmiger Sack. Sie betrachtete ihn und empfand nichts dabei. Dann betrachtete sie die beiden Tassen. An der Innenwand klebten noch Schokoladenreste an dem Milchschaum, aber es sah nicht verdächtig aus. Sie ließ alles so stehen und rührte nichts an. Schnell weg, sagte sie sich, und sie fuhr direkt nach Hause, um die Faxe durchzugeben.

Ina saß in ihrem Büro und nahm Barbaras Faxe in Empfang. Sie las alles noch einmal in Ruhe durch.

Ein Bild aus ihrer Jugend schob sich vor ihr inneres Auge. Sie sah die Schmeißfliegen wieder vor sich, die in dem großen gekachelten Raum darauf warteten, daß das Kalb, das gerade hereingeführt wurde und ängstlich die Augen verdrehte, geschlachtet würde. Sie sah es so plastisch vor sich, als stünde sie wie damals in der geöffneten Tür, hin und her gerissen zwischen Mitleid und Abscheu, aber von purer Neugierde getrieben, nichts davon zu verpassen. Sie hielt es durch, und als sie später das rohe Fleisch vor sich sah, das ihr Vater in Portionen schnitt, konnte sie sich zwar noch an die Augen des Kalbes erinnern, aber der Rest war Notwendigkeit.

Das gleiche Gefühl überkam sie jetzt wieder. Doch diesmal lauerten die Schmeißfliegen auf *sie*. *Sie* sollte das Festmahl abgeben, der Metzger war schon bestellt. Sie spürte, wie eine Veränderung in ihr vor sich ging. In ihrem Bauch wuchs die Wut, und mit ihr fühlte sie, wie ein ungeahnter Kampfwille sie durchflutete. Sie würde nicht auf den Metzger warten. Sie würde den Spieß umdrehen, aus dem Kalb war ein Stier geworden. Es würde ihr Schlachtfest werden, und zwar ohne daß es im Haus jemand mitbekam.

Um acht Uhr ging Ina mit Caroline nach oben. Sie tranken ihren obligatorischen Schokoladen-Schlummertrunk, und nach dem Zähneputzen mußte Ina noch ein neues Abenteuer der Mäusefamilie erfinden. Caroline hatte selbst einiges zu erzählen, und so wurde es fast neun Uhr, bis sie endlich einschlief. Anno verabschiedete sich nach einem gemeinsamen Glas Rotwein gegen zehn Uhr, um ins Bett zu gehen.

»Es war ein herrlicher Tag«, sagte er ihr und küßte ihre Hand. »Und noch schöner sind die Zukunftsperspektiven.«

»Ich gehe auch bald«, versprach Ina und begleitete ihn bis zu seiner Schlafzimmertür. Nancy wollte gegen elf Uhr nach oben in ihre Räume gehen, aber da klingelte das Telefon. Die beiden Frauen schauten sich erstaunt an. Ina dachte sofort an Thekla, wollte aber nicht, daß Nancy irgend etwas mitbekäme. Thekla war ihr Fall. Sie wollte sie allein schlachten.

Aber es war Niklas. Nancy nickte ihr zu und verabschiedete sich, während Niklas anfing, Ina sein Herz auszuschütten, was sie angesichts der vorrückenden Stunde nervös werden ließ. »Was soll ich bloß tun?« fragte er zum Schluß. »Du hast doch Erfahrung. Was würdest du tun?«

»Was willst du tun? Was sagt dir dein Bauch?«

»Bauch?«

Ina seufzte. Warum machten Männer nur immer alles so kompliziert. »Dein Gefühl. Dein Inneres«, erklärte sie. »Wen von beiden liebst du, was willst du?«

»Ich liebe beide. Irgendwie. Die eine kürzer, die andere länger!«

»Dann such dir eine dritte!«

»Ist das dein Ernst?«

»Wenn du's nicht weißt, spricht alles dafür, daß es keine von beiden ist!« Sie kam sich vor wie Dr. Sommer aus der »Bravo«, dabei hätte sie vor kurzem noch selbst Beratung am allernotwendigsten gehabt.

»Hast du schon mit Julia gesprochen?« wollte sie wissen und schob sich einen Sessel so in eine der dunklen Ecken, daß sie den Überblick über den gesamten Wohnbereich bis durch die geöffnete Tür in den Flur hatte. Dann ging sie in die Küche und suchte sich in Nancys Sammelsurium das schärfste und längste Messer heraus. Ein echtes Fleischermesser.

»Was tust du eigentlich die ganze Zeit nebenher?« hörte sie Niklas fragen.

»Messer wetzen«, sagte sie.

»So!«

»Was ist jetzt? Weiß es Julia, oder weiß sie es nicht?« Sie legte sich das Messer neben den Sessel und dazu die schwere Stablampe aus massivem Stahl.

»Bisher nicht«, antwortete Niklas.

»Kann es sein, daß du ein bißchen feige bist?« fragte Ina und ging an den schweren alten Schreibtisch, der in der anderen Ecke vor dem Fenster stand.

»Hast du Anno gleich alles erzählt?«

»Nein, das stimmt. Aber wir haben ein Arrangement getroffen. Das Ergebnis zählt!«

Sie öffnete die schwere Schublade mit einer Hand. Sie quietschte, aber Ina fand darin, wovon Anno schon im Falle einer Gefahr gesprochen hatte. Einen kleinen Revolver.

»Räumst du um?« wollte Niklas wissen.

»Ich bewaffne mich nur. Wart mal, ich muß schauen, ob

sie geladen ist. Ich lege dich mal kurz aus der Hand. Bleib dran!«

»Du tust was?« hörte sie ihn gedämpft fragen, aber sie hatte das Handy auf die dunkelgrüne Schreibunterlage des Tisches gelegt, um die Waffe zu überprüfen. Munition war drin. Anno hatte also recht gehabt. In Zukunft mußten sie die Schublade abschließen. Sie durfte gar nicht daran denken, was passieren konnte, wenn die Kinder die Waffe als Spielzeug entdeckten.

»Da bin ich wieder«, sagte sie gleich darauf zu Niklas.

»Sag mal, was ist denn eigentlich los?« wollte er wissen.

»Nichts Aufregendes«, sagte sie.

»Hört sich irgendwie anders an!«

»Wo bist du denn?« Sie fragte eher aus Höflichkeit denn aus Neugierde. Eigentlich war es ihr egal.

»In einer Kneipe in Stuttgart. Ich überlege gerade, wo ich heute nacht schlafen könnte.«

Das machte sie hellhörig. Sie konnte ihn heute nacht auf keinen Fall im Haus gebrauchen.

»Du hast sicher schon getrunken!«

»Ein bißchen!«

»Dann nimm dir ein Hotelzimmer, und denk in Ruhe über alles nach!«

»Ich schlafe so ungern allein!«

»Männer!«

»Sag das nicht so despektierlich!«

»Nancy hat in ihrem Bettchen sicherlich noch ein Plätzchen frei!«

»Schon gut! Hab schon verstanden. Ich fahre jetzt nach Hause, schließlich habe ich ein Kind!«

»Ach nee!«

»Und morgen erkläre ich Julia alles. Sie wird es sicherlich verstehen!«

»Und übermorgen schläfst du wieder mit ihr!«

»Dann bringt Angelika mich um!«

»Mit Recht!«

Ina hatte inzwischen sämtliche Lichter gelöscht. Nur ein kleines Nachtlicht im Hausgang brannte noch. Sie schaute auf die beleuchteten Zeiger ihrer Armbanduhr. Fast Mitternacht. Leise ging sie in die Küche und spähte nach draußen. Von hier aus konnte sie den Eingangsbereich überblicken.

»Gib mir doch einen Rat«, bat Niklas an ihrem Ohr.

»Rede mit beiden, überstürze nichts!«

»Warum flüsterst du eigentlich?«

»Oder laß die beiden Frauen miteinander reden. Frauen regeln so etwas schneller und effektiver!« Sie nahm sich noch ein Messer aus der Schublade. Man konnte schließlich nie wissen.

»Ich bin doch nicht lebensmüde!«

Sie hörte ein Geräusch aus dem dunklen Garten.

»Psst!« Machte sie unwillkürlich.

»Psst, was?«

»Leise! Ich muß jetzt auflegen! Und ruf bloß nicht mehr an!«

»Ina!«

»Tschüß, Niklas. Gute Nacht!« Jetzt flüsterte sie wirklich.

»Ina!«

Ina drückte die Aus-Taste und schlich sich in Richtung Wohnzimmer. Das Telefon steckte sie in die Anlage auf dem Telefonschränkchen zurück, das Messer und die Stablampe legte sie sich griffbereit daneben. Im Wohnzimmer nahm sie die Pistole und steckte sich das Schlachtermesser in ihren breiten Gürtel. Sie hörte wieder Geräusche und war sich sicher, daß jemand die große Freitreppe heraufschlich. Schnell stellte sie sich neben die geöffnete Wohnzimmertür und spähte in Richtung Eingangstür. Sollte sie nur kommen, die Kuh!

Thekla hatte gewartet, bis im Haus alles ruhig geworden war. Vor einer halben Stunde waren die Lichter ausgegangen, aber sie wollte sichergehen. Schließlich mußte dieser eine Versuch gleich klappen. Sie hatte eine kleine Taschenlampe dabei, den Haustürschlüssel und das Giftfläschchen mit einem Teelöffel. Sie ging nicht davon aus, daß die gesamte Aktion mehr als zehn Minuten dauern könnte. So leise, wie sie es konnte, schlich sie die Freitreppe hinauf. Den Haustürschlüssel hatte sie sich mit einem Bindfaden an den Gürtel gehängt, die Taschenlampe in die Hosentasche gesteckt. Sie war völlig schwarz gekleidet und hatte sich eigens für diesen Zweck in Lindau am Nachmittag noch ein paar schwarze Sportschuhe und eine Bauchtasche gekauft. Darin verwahrte sie die kleine Giftflasche. Jeder Handgriff mußte sitzen, so hatte sie sich das vorgestellt. Nur Perfektionisten kamen ans Ziel.

Sie steckte vorsichtig den Schlüssel ins Schloß. Der leichte Lichtschein einer entfernten Straßenlaterne half ihr dabei, wobei sie selbst über diese Beleuchtung nicht so glücklich war. Stockdunkel wäre ihr die Nacht lieber gewesen, aber zudem hing auch noch der Vollmond über ihr, wenngleich er gegen den bedeckten Himmel kaum eine Chance hatte. Ihre Hand zitterte ein wenig, und ein Geräusch hinter ihr ließ sie herumfahren. Es war jedoch nur ein Tier, das sich durch das Unterholz des Gartens bewegte. Sie sammelte sich wieder und drehte den Schlüssel langsam herum. Er knackte ein wenig, was ihr in der Stille der Nacht unglaublich laut vorkam. Thekla verharrte lauschend, dann drehte sie den Schlüssel vollends herum und öffnete die Tür. Es war alles dunkel und still, ganz so, wie sie es erwartet hatte. Sie schloß die Tür leise hinter sich und ging linker Hand in die Küche. Hier kannte sie sich blind aus, denn seitdem ihre Mutter gestorben war, hatte sich in diesen Räumen kaum etwas verändert. Thekla öffnete leise den Küchenschrank über der Kaffeemaschine. Dort hatte immer der Kaffee gestanden, und es war anzunehmen, daß das Schokoladenpulver dort ebenfalls seinen Platz hatte. Es fiel von der Straßenseite zwar etwas Licht durch das Fenster in den Raum, aber es reichte nicht aus, um zu erkennen, was in den Schränken war. Thekla nahm ihre kleine Taschenlampe und leuchtet hinein. Sie hatte recht gehabt. Neben dem Kaffeepulver stand die Kinderschokolade, ganz so, wie in Tausenden anderer Haushalte wahrscheinlich auch. Sie stellte schnell die Giftflasche vor sich auf der Anrichte ab, schraubte den Verschluß auf und legte den Teelöffel daneben. Dann nahm sie die Plastikpackung mit der Kinderschokolade herunter, öffnete den Deckel und vermengte das weiße mit dem dunkelbraunen Pulver.

In diesem Augenblick spürte sie ein kleines, aber kaltes Stahlrohr an ihrem Nacken. Sie erstarrte.

»Kinder vergiften, was? Verjagen und entführen reicht wohl nicht!« Die Stimme war schneidend, aber nicht laut.

Theklas Sinne erwachten sofort. Es war nur eine Person. Ina. Und sie wollte nicht, daß die anderen aufwachten, weshalb auch immer.

Sie sagte nichts.

»Steck dir doch mal einen Löffel davon in den Mund, liebe Stieftochter, und schluck es schön herunter!« Ina zischte mehr, als sie sprach.

Thekla überlegte sich blitzschnell ihre Chancen. Sollte es hart auf hart kommen, mußte sie nur laut sein und hätte in der allgemeinen Verwirrung sicherlich die Möglichkeit zur Flucht.

»Schluck's selber!« sagte sie und wollte sich umdrehen.

»Schön so bleiben!« Ein Ruck in Theklas Nacken bedeutete ihr, sich nicht zu rühren. War es tatsächlich eine Waffe, oder bluffte Ina? »Nimm einen Löffel, na los jetzt! Kann doch nicht so schwer sein!«

Mit einem Aufschrei drehte Thekla sich um, warf sich mit ihrem vollen Gewicht gegen Ina und versuchte ihr in der Drehung die Waffe aus der Hand zu reißen. Sie rangelten miteinander, mal wies die Mündung auf Ina, mal auf Thekla. Ein gewaltiger Stoß auf die Brust ließ Ina taumeln, sie knallte gegen den Kühlschrank.

»Ei, ei!« Thekla richtete die Waffe auf sie. Ihr Gesicht war blutrot vor Anstrengung, und ihre Augen leuchteten unnatürlich. Sie ging rückwärts drei Schritte von Ina weg in Richtung Küchentür. »Was haben wir denn da? Ein Schlachtermesser im Gürtel stecken?«

Ina griff danach.

»Finger weg!« Thekla deutete mit der Waffe nach oben. »Schön die Hände hochnehmen!« Sie sprach jetzt leise, denn ab jetzt konnte sie keine Zeugen mehr gebrauchen. »Wir gehen jetzt zusammen auf die Straße. Und morgen wird man sich fragen, was Sie um diese Uhrzeit dort getan haben. Und daß *so eine* wohl überfallen wird. Kleiner Raubmord. Auch recht. Und den Rest wird Ihre Tochter selbst erledigen. Bei der nächsten heißen Schokolade!« Sie ging noch einen Schritt zurück. »Vorwärts jetzt! Im Notfall schieße ich auch hier drinnen. Es macht keinen Unterschied. Bis jemand da ist, bin ich längst weg!«

Ina kam zwei Schritte auf sie zu.

»Langsam!« Thekla wollte sie bis zum Schluß unter Kontrolle haben. »Schön langsam nachkommen!« Sie behielt Ina mit der Waffe im Anschlag im Auge und machte einen weiteren Schritt nach hinten. Ein gewaltiger Schlag auf den Hinterkopf ließ sie zusammensacken.

Nancy hielt die eiserne Stabtaschenlampe wie einen Schlagstock in der Hand. Thekla war ihr direkt vor die Füße gefallen. Dort lag sie und gab keinen Mucks mehr von sich. Nancy stand fast über ihr, den Bademantel über dem gewaltigen Bauch nur unzureichend verknotet, das Haar wirr, die Füße in Filzpantoffeln.

Sie blickte auf.

»Du warst meine Rettung!« Ina griff nach dem Revolver, der Thekla aus der Hand gefallen war, und richtete ihn vorsichtshalber wieder auf Thekla. »Wer weiß, was ohne dich passiert wäre!«

»Warum mußt du auch immer alles allein erledigen wollen, du verrücktes Weib, du!?« Nancy schüttelte tadelnd den Kopf und stupste Thekla mit einem Fuß an. »Die rührt sich nicht mehr!«

Ina trat näher. »Willst du damit sagen …«

»Keine Ahnung. Ich habe zugeschlagen. Mehr nicht!«

Ina bückte sich nach ihr, aber vorsichtshalber außer Reichweite, und sah Thekla an. »Ich will ja nichts sagen, aber so, wie sie ausschaut …«

Nancy tat sich schwer mit Bücken, deshalb stellte sie erst mal ihre Stablampe auf dem Küchentisch ab. »Wie schaut sie denn aus?« wollte sie dabei von Ina wissen.

Ina hob die Hände und zuckte die Achseln. »Irgendwie tot!«

»Tot?«

Ina nickte.

»Den Trick hat sie noch von früher drauf!« Ina und Nancy schauten überrascht auf. Anno stand völlig angekleidet in der Tür, neben ihm Klaus Rebherr, der Richter. »Als sie damals von Renate die Treppe hinuntergestoßen wurde, hat sie sich auch tot gestellt!«

Tatsächlich, in Thekla kam Bewegung. Sie richtete sich auf und starrte Anno an. Ina war völlig perplex. Sie war sich nicht sicher, welches das größere Wunder war. »Wo kommst denn du jetzt her?« wollte sie von Anno wissen.

»Das kommt davon, wenn man seine Faxe am Faxgerät offen herumliegen läßt. Ich erwartete ein Fax von Herrn Dr. Rebherr, da kamen mir die anderen unter!« Er blickte auf Thekla herunter. »Deinen netten Brief hat er mir hergeschickt. War ja äußerst aufschlußreich!«

»Dieser interne Vertrag, den Sie aufgesetzt haben und der von jeder ihrer Schwestern unterschrieben wurde, ist es im übrigen auch. Dürfte jeden Staatsanwalt interessieren!« Klaus Rebherr hatte die Arme verschränkt und wippte direkt vor Thekla, die sich mit beiden Armen auf dem Kachelboden abstützte, leicht mit dem Fuß. Thekla verharrte bewegungslos. »Ich denke, es wäre an der Zeit, daß Sie sich bei Ihrem Vater und Frau Adelmann entschuldigen!«

Thekla schwieg. Es war kurz still, nur Nancy ließ ihre Finger knacken.

»Dann eben nicht!« Klaus Rebherr zuckte die Schultern. »Tut mir für die Familienehre leid, Herr Adelmann, aber wenn Ihre Tochter kein Einsehen hat, muß ich wohl ein Verfahren gegen sie und ihre Schwestern einleiten! Wegen versuchten Mordes in zwei Fällen!«

»Das müssen Sie wohl«, bestätigte Anno.

Thekla stand mühsam auf. Ina hielt noch immer die Waffe in der Hand. Nancy warf sich drohend in die Brust.

»Sie wissen, was das bedeutet?« fragte Klaus Rebherr und schaute Thekla ungerührt zu, wie sie schwankend zum Stehen kam. »Das Gift steht dort, die Faxe haben wir; was, glauben Sie, kann Sie jetzt noch retten?«

Thekla warf ihm einen haßerfüllten Blick zu, dann griff sie sich an den Kopf. »Dieses Monster von Pflegerin hat versucht, mich umzubringen!« sagte sie und tastete die Stelle ab.

»Och, das tut mir aber leid.« Nancy lächelte ihr kokett zu.

»Das wollten wir eigentlich von dir hören!« Annos Ton wurde zunehmend ungeduldig. »Was denkst du dir eigentlich? Willst du der restlichen Familie den Rückweg für immer verbauen? Ohne eine Entschuldigung vor allem Ina gegenüber kommst du hier nicht heraus! Es sei denn mit der Polizei!«

Theklas Gesicht war anzusehen, daß sie fieberhaft überlegte. Kurze Zeit hefteten sich ihre Augen auf dem Giftfläschchen fest, dann sanken ihre Schultern merklich herab. »Es tut mir leid!« sagte sie schließlich mehr zu sich selbst.

»In meinem Alter hört man so schlecht!« Anno hielt sich demonstrativ die Hand hinter die Ohren.

»Es tut mir leid!« sagte sie lauter, schaute dabei aber keinen an.

Der Richter räusperte sich. »Und wenn Sie das jetzt noch jedem persönlich sagen und wenn Sie daran denken, was wir alles gegen Sie und Ihre Schwestern in der Hand haben und wenn Sie auch noch versprechen, in Zukunft Ruhe zu geben und Herrn und Frau Adelmann, Caroline und Nancy in Frieden leben zu lassen, dann lassen wir Sie nach Hause fahren!«

Thekla rang sich dazu durch, sie drückte jedem die Hand, murmelte dazu eine Entschuldigung und verließ das Haus fluchtartig.

»Ich denke, das ist aus der Welt!« schmunzelte Klaus Rebherr.

»Wie gut, daß man auf alte Freunde zählen kann! Ich danke Ihnen!« Anno reichte ihm die Hand.

»Eigentlich ist jetzt eine Entschuldigung meinerseits angebracht. Ich hätte nie so leichtfertig auf diesen Brief hereinfallen dürfen!«

»Eher ist eine Flasche Champagner angebracht!« Anno ging allen voraus in Richtung Wohnzimmer. »Nancy, holen Sie doch gleich mal einen guten Champagner aus dem Keller!«

Ina griff im Gehen nach Annos Arm. »Du erstaunst mich immer wieder«, sagte sie kopfschüttelnd.

»Ich dich?« Am Telefontischchen blieb er stehen und nahm das scharfe Messer in die Hand, das Ina dort deponiert hatte, und wies damit auf das Schlachtermesser, das sie noch immer im Gürtel stecken hatte. »Eher du mich! Kannst du damit denn umgehen?«

Ina nahm ihm das Messer aus der Hand und drehte es ein wenig, so daß sich das Deckenlicht in der glänzenden Klinge brach. »Als Kind konnte ich es mal!«

Sie drehte das Messer spielerisch immer schneller kreiselnd um den Finger, so wie es Cowboys mit den Revolvern tun. Das hatte sie von ihrem Vater gelernt. Und aus der Bewegung heraus feuerte sie es gegen ein Gemälde, das ihnen gegenüber über dem Schreibtisch hing und Anno, seine Frau und die halberwachsenen Kinder zeigte. Es blieb in Theklas Kopf stecken.

Alle schauten hin.

»Manchmal klappt's noch!« sagte Ina.

Die Texte von Romy Haag sind der LP »So bin ich« entnommen, einer Aladin-Produktion von Raymond Bacharach, Peter Orloff GmbH & Co. KG, CBS Schallplatten.

Das Kinderbuchzitat entstammt dem Buch »Eine Woche voller Samstage« von Paul Maar, Verlag Friedrich Oetinger, Hamburg.

Gaby Hauptmann
Mehr davon
Vom Leben und der Lust am Leben.
180 Seiten. Geb.
Mit über 100 Farbfotos.

Die attraktive und erfolgsverwöhnte
Bestsellerautorin, die mit ihren Büchern Frauen
auf der ganzen Welt begeistert, der hinreißende
blonde Vamp, der die Männer nur so um den
Finger wickelt ... Von wegen: Auch Gaby
Hauptmanns Alltag ist nicht immer rosarot,
auch ihr fliegt nicht alles einfach nur zu. Sie
hat gelernt, mit Traumprinzen und Fröschen
umzugehen. Und sie kennt ihre ganz persönlichen
kleinen Tricks und Wohlfühltips, die garantiert
immer helfen – auch dann, wenn es das Leben
einmal nicht so gut mit einem meint.
Natürlich und mit sympathischer Offenheit
schreibt Gaby Hauptmann über ihre Familie,
die sie geprägt hat, über ihre Erfahrungen als
alleinerziehende Mutter und über die Männer,
die ihr wirklich wichtig sind. Sie ermutigt, die
täglichen Ziele nicht allzu hoch zu stecken und
sich auch an kleinen Dingen freuen zu können.
Und sich selbst öfter zu belohnen: von den
Streicheleinheiten zu zweit über das gemütliche
Essen mit Freunden bis hin zum spontanen Glas
Sekt – einfach so, aus purer Lust am Leben.

KABEL

Gaby Hauptmann

Fünf-Sterne-Kerle inklusive

Roman. 317 Seiten. SP 3442

Katrin kann es nicht fassen, daß sie tatsächlich so viel Glück hat und im Residenz, einem noblen Hotel am Arlberg, gelandet ist. Eine ganze Woche Skiurlaub liegt vor der 23jährigen, die als Schwarzwälderin zwar gut skilaufen kann, aber die Welt der Reichen und Schönen bisher nur aus dem Fernsehen kannte. Katrin verschweigt, daß sie die glückliche Gewinnerin eines Preisausschreibens ist und als Supermarktkassiererin nun am exquisiten Arlberg weilt – und wird für die Männer im Hotel um so interessanter: Denn als mysteriöse Fremde scheint sie jung, reich, gutaussehend, und jeder bemüht sich, Katrins Geheimnis zu lüften. Doch nach und nach spürt sie, daß auch die anderen ein Geheimnis hüten. Was ist mit dem charmanten Jan, dem Staatsanwalt, der sich mit merkwürdigen Männern trifft? Wer ist der Kerl, der ihr nachts unheimliche Liebesgedichte ins Zimmer legt? Ihrem Stuttgarter Freund gegenüber verharmlost sie alles, doch Ronny befürchtet von Tag zu Tag Schlimmeres und macht sich auf den Weg; bloß, er kommt nicht an. Und dann entdeckt Katrin plötzlich, worum es in Wahrheit geht – und zieht ihren eigenen Nutzen daraus …

»Fünf-Sterne-Kerle inklusive« ist die Geschichte einer jungen Schulabbrecherin, die innerhalb einer Woche zu einer Frau reift, die weiß, was sie will, und den Grundstein für ein neues Leben legt.

Mit einer erfrischenden Portion schwarzen Humors schaut Gaby Hauptmann auf die Welt der Reichen und Schönen. So amüsant und kurzweilig wie eine Woche Skiurlaub in den österreichischen Alpen!

SERIE
PIPER

Gaby Hauptmann

Suche impotenten Mann fürs Leben

Roman. 315 Seiten. SP 2152

Wer seinen Augen nicht traut, hat richtig gelesen: Carmen Legg meint wörtlich, was sie in ihrer Annonce schreibt. Sie sucht den Traummann zum Kuscheln und Lieben – der (nicht nur) im Bett seine Hände da läßt, wo sie hingehören. Die Anzeige entpuppt sich als Knüller, und als sie schließlich in einem ihrer Bewerber tatsächlich den Mann ihres Lebens entdeckt, wünscht sie, das mit der Impotenz wäre wie mit einem Schnupfen, der von alleine vergeht.

Gaby Hauptmann ist das Kunststück gelungen, das Thema »Frau sucht Mann« von einer gänzlich anderen Seite aufzuziehen und daraus eine fetzige und frivole Frauenkomödie zu machen, die kinoreif ist.

»Mit Charme und Sprachwitz wird der Kampf der Geschlechter in eine sinnliche Komödie verwandelt.«

Schweizer Illustrierte

»Haben Sie Lust auf eine fetzige und frivole Frauenkomödie? Auf das Thema ›Frau sucht Mann‹ in einer ganz neuen Variante? Dann haben wir was Passendes. ›Suche impotenten Mann fürs Leben‹ von Gaby Hauptmann.

Attraktive, erfolgreiche 35erin sucht Mann für schöne Stunden, Unternehmungen, Kameradschaft. Bedingung: Intelligenz und Impotenz.

Diese Anzeige stammt von Carmen Legg, schlau, attraktiv, selbständig. Eigentlich hat sie eine Schwäche für Männer, nur von einer Sorte hat sie die Nase voll: von den Typen, denen der Verstand zwischen den Beinen baumelt, die immer wollen – und zwar das eine. Da gibt's nur einen Ausweg: der impotente Mann für's Leben muß her. Zusammen mit ihrer 80jährigen Nachbarin Elvira prüft Carmen eingehend die Antwort-Briefe auf ihre Chiffre-Anzeige. Einer macht auch tatsächlich das Rennen. Wer, wird nicht verraten... höchstes Lesevergnügen.«

Radio Bremen

Gaby Hauptmann

Nur ein toter Mann ist ein guter Mann
Roman. 302 Seiten. SP 2246

Ursula hat soeben ihren despotischen Mann beerdigt. Doch obwohl sich der Sargdeckel über ihm geschlossen hat, läßt er sie nicht los. Während sie sich von der ungeliebten Vergangenheit trennen will, fühlt sie sich weiter von ihm beherrscht. Sie wirft seine Wohnungseinrichtung hinaus, will seinen Flügel und seine heiß geliebte Yacht verkaufen, übernimmt die Leitung der Firma. Er schlägt zurück: Männer, die ihr zu nahe kommen, finden ein jähes Ende – durch ihre Hand, durch Unglücksfälle, durch Selbstmord. Erst als Ursula langsam hinter das Geheimnis ihres Mannes kommt, gewinnt sie die Macht über sich selbst zurück. Und als sie dabei eine Ex-Freundin ihres Mannes kennenlernt, öffnet sich ein völlig neuer Weg für sie – doch dann stellt sich die große Frage: Woran ist ihr Mann eigentlich gestorben

Gaby Hauptmann hat eine listige, rabenschwarze Kriminalkomödie geschrieben.

Die Lüge im Bett
Roman. 315 Seiten. SP 2539

Für Nina ist Brasilien ein Geschenk des Himmels: Es wird Zeit, Sven loszuwerden. Doch in Rio kommt es nicht nur zu turbulenten Ereignissen während der Dreharbeiten ihres Fernsehsenders, sondern ernsthaft neue Perspektiven in Sachen Liebe tun sich auf: Hals über Kopf verliebt sich Nina in den smarten Nic. Ihr Puls klopft, ihr Herz rast – nur Nic scheint es nicht zu merken... Mit hinreißend leichter Hand und sprühendem Witz schickt Gaby Hauptmann ihre hellwache und erfrischend durchtriebene Heldin Nina in einen scheinbar undurchdringlichen Dschungel der Gefühle.

Die Meute der Erben
Roman. 318 Seiten. SP 2933

Mit frechem Witz und unnachahmlicher Hinterhältigkeit lockt die Bestsellerautorin Gaby Hauptmann in den Dschungel des großen Geldes.

SERIE PIPER

SERIE PIPER

**Ellen Fein,
Sherrie Schneider**

Die Kunst, den Mann fürs Leben zu finden

»The Rules«. Aus dem
Amerikanischen von Renata Platt.
176 Seiten. SP 2461

Wie angle ich mir meinen Märchenprinzen? Dieses Buch verrät Ihnen große und kleine Tricks, die bei der Eroberung Ihres Herzblatts (fast) immer ins Schwarze treffen.

»Vierunddreißig Regeln für den Männerfang legen Ellen Fein und Sherrie Schneider heiratswilligen Frauen ans klopfende Herz. Männer sind Jäger, wissen sie, und begehren stolzes Wild. Daher hat eine Frau freitags Einladungen für den Samstag abzulehnen. Kurzfristige Zusagen lassen sie als leichte, langweilige Beute erscheinen und den Mann fürchten, daß sie nur darauf warte, sich und ihr Elend ihm an den Hals zu werfen. Das trifft zwar zu, sie verschweigt es aber und spielt in heiratstaktischem Feminismus die Selbständige – nicht um ihrer Autonomie willen, sondern weil den Männern

nur die Frauen keine Ruhe lassen, die sie in Ruhe lassen.«
FAZ–Magazin

Die neue Kunst, den Mann fürs Leben zu finden

»The Rules II«. Aus dem
Amerikanischen von Ursula
Buntspecht. 232 Seiten. SP 2702

Auf in die zweite Runde! Nach dem Sensationserfolg ihres Buches »Die Kunst, den Mann fürs Leben zu finden« bieten Ellen Fein und Sherrie Schneider einen neuen Katalog mit Tips und tieferen Einsichten, damit auch Sie ihn endlich bekommen: den Mann fürs Leben. Jede Menge Singles laufen heutzutage herum, es wäre doch gelacht, wenn da nicht einer für Sie dabei ist. Nur müssen Sie es richtig machen. Wie hole ich meinen langjährigen besten Freund vor den Traualtar? Wie bekomme ich meinen Ex zurück? Was mache ich aus der Büroaffäre? Was, wenn er geschieden ist und Kinder hat? Was, wenn er reich ist und mich zu einem luxuriösen Wochenende einlädt? Unverblümt und offen stehen Ellen Fein und Sherrie Schneider mit Rat und Tat zur Seite.

Franziska Stalmann

*Champagner und
Kamillentee*
Roman. 230 Seiten. SP 1541

Nach dreizehnjähriger Ehe
wird die 39jährige Ines von
ihrem Mann in Rekordzeit
»ausgemustert«. Er wird an-
derweitig Vater und will eine
schnelle Scheidung. Ines steht
fassungslos und allein da, ohne
Beruf, ohne Ausbildung, ohne
Freunde.
Wie sie sich langsam fängt und
sich mit neuem Outfit und
neuen Aufgaben zum Schwan
mausert, schildert die Autorin
mit Charme, Sprachwitz und
viel Situationskomik.
Eine Emanzipations-Komödie
der allerfeinsten Art. Franziska
Stalmanns spritziger Roman,
erzählt in wunderbar leichtem
Ton, ist längst zu einem Bestseller geworden, der sich bei
Frauen wie ein Lauffeuer herumgesprochen hat.

Ein »Frauen-Power-Buch, süf-
fig wie ein Glas Champagner.«
Brigitte

»Spaß vom Allerfeinsten.«
Die Welt

*Lieber die Taube
in der Hand*
Roman. 260 Seiten. SP 6025

Agnes hat auf einmal ihre
schaumgebremsten Männerbe-
ziehungen gründlich satt, besonders ihr Arrangement mit
Rainer, der mit ihr ins Bett und
auch mal ausgeht, sonst aber
nicht viel braucht. Agnes ist
vierzig und Psychologin, seit
langem geschieden, und hat
noch Jessica, eine wohlgerate-
ne Tochter, die schon studiert. Jetzt, nach all den ma-
geren Jahren, könnte sie sich
eigentlich mal was Richtiges
gönnen, eine schöne, fette Liebe mit allem Drum und Dran.
Doch wie und wo findet man
in diesem Alter den passenden
Mann? Sie weiß, daß sie eigenwillig und anspruchsvoll ist
und nicht bereit, jeden zu nehmen. Sie weiß, daß ihre inneren Werte ansehnlich, die äußeren dagegen reichlich ver-
nachlässigt sind. Unterstützt
von Feundin Lea macht Agnes
sich systematisch ans Werk. Da
wird sie zum Abendessen eingeladen und begegnet Felix.

SERIE
PIPER

Hauptsache weit weg

Abenteuerliche Frauen-Leben. Herausgegeben von Susanne Aeckerle. 237 Seiten. SP 2697

Viele Frauen reizt der Gedanke, nicht nur in die Ferne zu reisen, sondern auch dort zu leben, zu arbeiten und – zu lieben. Und schon immer gab es mutige und starke Frauen, die sich auf den Weg machten: in die Wüste, nach Grönland, zu den Scheichs, in den Busch, zu den Kopfjägern. Dort blieben sie für ein paar Monate, ein paar Jahre – oder ein ganzes Leben.

Elf berühmte abenteuerliche Frauen sind in diesem Band vereint: Daisy Bates, Margaret Mead, Florinda Donner, Dian Fossey, Sophie Caratini, Maria Sibylla Merian, Anna Leonowens, Anne Spoerry, Lady Hester Stanhope, Christiane Ritter und Carmen Rohrbach.

Strapazen Nebensache

Abenteuerliche Frauen reisen. Herausgegeben von Susanne Aeckerle. 230 Seiten. SP 3333

Ob mit dem Fahrrad durch Afrika, mit dem Kamel durch die australische Wüste, zu Fuß quer durch Tibet, im einmotorigen Flugzeug über den Atlantik, als Einhandseglerin um die Welt oder im Frauenteam zur Spitze des Annapurna: Reisen, die Welt sehen, Abenteuer erleben – das hat auch Frauen schon immer gelockt. Dieses Buch vereint zehn Berichte abenteuerlicher Frauen: Mary Kingsley, Alexandra David-Néel, Robyn Davidson, Bettina Selby, Helen Thayer, Lucy Irvine, Elly Beinhorn, Beryl Markham, Gudrun Calligaro und Arlene Blum.

»Jede Reise ist ein Abenteuer oder kann zu einem werden. Auch heute noch, wo wir ohne großen Aufwand die entferntesten Orte der Welt erreichen können. Und es wird immer Frauen geben, die über alle Grenzen hinaus nach dem Neuen, Unbekannten, der persönlichen Herausforderung suchen.«

Aus der Einleitung

Gute-Nacht-Geschichten für Männer, die nicht einschlafen wollen
Herausgegeben von Ingrid Kahl. 143 Seiten. SP 2651

Es gibt eine Alternative zu den zwei üblichen Tätigkeiten im Bett – und ihr ist dieses Buch gewidmet: Frau kann dem Manne an ihrer Seite auch etwas vorlesen. Zum Beispiel eine der Geschichten dieses Bandes, für den sechzehn Autorinnen sechzehn Erzählungen und einen Abzählreim beigesteuert haben. So gibt es kein schlafloses Herumwälzen mehr, das den eigenen Schlaf kostet. Und selbst das männliche Sägewerk kann zur Ruhe gebracht werden. Einfach vorlesen! Und daß die Geschichten nicht vom Liebesleben der Flußkiesel erzählen, sondern hineingreifen ins volle Liebesleben von Mann und Frau, versteht sich bei diesen Betthupferln von allein. Hier wird geliebt und gelitten, gestritten und Versöhnung gefeiert, daß es eine wahre Freude ist. Und alle Geschichten dienen ausschließlich dem einen guten Zweck: Vergnügen zu bereiten.

Warum heiraten?
Ein Lesebuch rund um die Ehe. Herausgegeben von Regula Venske. 192 Seiten. SP 2747

Heute wird in Großstädten jede zweite Ehe geschieden. Trotzdem wird weiter sich hingegeben, gehochzeitet und die Zugewinngemeinschaft zelebriert. Warum nur? Wozu die Quälerei? Oder ist an der eingetragenen Lebensgemeinschaft nicht doch etwas dran? Die größten Experten sind vermutlich die Heiratsschwindler, die größten Skeptiker Singles. Regula Venske hat mehr als dreißig Autorinnen und Autoren eine Meinung zu diesem Thema entlockt. Ein buntschillerndes Kaleidoskop ist entstanden, das allen Zögerlichen und Heiratsscheuen, aber auch Enthusiasten zeigt, daß übers Heiraten noch längst nicht alles gesagt ist. Denn schon allein die Frage »Warum heiraten?« wirft eine Gegenfrage auf: »Warum nicht?«

SERIE PIPER